BIBLIOTHÈQUE ALLEMANDE

Dirigée par Nicole Bary

L'ÉTRANGE MÉMOIRE DE ROSA MASUR

Vladimir VERTLIB

L'ÉTRANGE MÉMOIRE DE ROSA MASUR

Traduit de l'allemand
par Carole Fily

Éditions Métailié
20, rue des Grands Augustins, 75006 Paris
www.editions-metailie.com
2016

Traduit avec l'aide de la
Chancellerie fédérale d'Autriche

BUNDESKANZLERAMT ÖSTERREICH

Titre original : *Das besondere Gedächtnis der Rosa Masur*

ISBN : 979-10-226-0172-6
ISSN : 1248-4695

À la mémoire de mon père Gregori Vertlib,
de ma grand-mère Mira Bregman
et de mon oncle Isaak Vaisman.

1

Dans la cuisine d'un appartement communautaire de Leningrad, redevenue Saint-Pétersbourg depuis peu, mais que tout le monde continuait d'appeler Leningrad, Svetlana la putain parlait à ses voisins de la lointaine et merveilleuse ville d'Aix-en-Provence. Elle racontait les larges allées et les vieux platanes, les nuits chaudes à la belle étoile, les couples enlacés à l'ombre des façades baroques, les bars et les restaurants bondés, la joie de vivre et l'oisiveté, les fruits qu'on y trouvait en abondance, les mets aux noms extraordinaires. Dans ses histoires, Svetlana faisait revivre le personnage du bon roi René, le dernier comte de Provence. Elle flânait avec lui dans les ruelles, longeait des maisons bourgeoises et de splendides hôtels particuliers…

Tandis qu'ils s'affairaient autour de leurs marmites, les voisins étaient peu loquaces. Leurs yeux étaient rivés sur l'opulente poitrine de Svetlana. Qu'est-ce que cela pouvait bien leur faire, aux autres, qu'elle passe ses après-midis dans cette cuisine étouffante ? N'était-ce pas déjà assez pénible pour elle de descendre le soir faire commerce de son derrière, boudinée dans sa tenue de cuir noir, devant la porte de l'immeuble ? Seul Kostik, le vieil ingénieur, demeurait un long moment assis sur la chaise près du réfrigérateur. Il promenait son regard des seins aux lèvres de Svetlana.

Autrefois, Svetlana avait enseigné l'histoire et le français dans une école pour futurs officiers de la marine, jusqu'à ce que la misère générale ne l'amène à trouver une activité plus lucrative. Ses anciens élèves s'étaient engagés comme gardes du corps, chauffeurs ou matelots dans des flottes de pêche scandinaves. Les vestiges de la marine soviétique rouillaient dans les ports militaires de Mourmansk, Sébastopol ou de l'ancienne Kœnigsberg, qui s'appelait encore Kaliningrad.

– Bientôt, très cher Konstantin Naoumovitch, déclara Svetlana, on vous enviera de voir Aix-en-Provence, Arles, Avignon et Orange de vos propres yeux, des lieux que moi, jusqu'à la fin de mes jours, je ne pourrai voir qu'en rêve.

– L'avenir, chère Svetlana Ossipovna, est aussi imprévisible qu'une averse d'orage en été, dit l'ingénieur d'un ton qui laissait soupçonner que cette conversation était plus un rituel qu'un dialogue.

– Hélas, il faut se rendre à l'évidence, Konstantin Naoumovitch, dit Svetlana. Les rêves restent des rêves, c'est pour cela qu'on les appelle ainsi. Les Français n'ont pas mérité la France, je l'admets. Qu'est-ce qu'ils y connaissent à la vraie vie, les Français ? Mais ils sont français. Et nous, que sommes-nous ? *Quod licet Iovi non licet bovi.*

– Je ne suis pas aussi instruit que vous, chère Svetlana Ossipovna, je ne connais ni le latin ni le français, mais je comprends ce que vous voulez dire.

Aux yeux des autres, les voisins, les habitants du quartier et les ouvriers de l'usine d'ampoules électriques d'à côté, Svetlana restait une catin avec des diplômes. Pour beaucoup, c'était ce détail qui la rendait si excitante. On montrait à cette dame cultivée qui était le maître. Et c'était encore mieux de l'entendre s'extasier sur la ville française dont elle seule savait prononcer le nom correctement.

Pour Kostik, les récits sur Aix-en-Provence n'avaient rien d'un stimulant érotique. Il était le seul de l'immeuble à appeler la putain par son prénom entier et son patronyme, et pas simplement Svetka, la Catin ou – pire encore – Sveta-Matelas, et Svetlana était la seule à ne pas appeler l'ingénieur juste Kostik ou même par son surnom Debout-Kostik. Tous les matins, à sept heures, on entendait la voix de la mère de Kostik qui perçait les murs : "Debout Kostik, c'est l'heure !" Et Kostik marmonnait en couvrant son visage de son bras droit, comme il faisait petit, lorsque sa mère le réveillait pour qu'il aille à l'école, et plus tard, quand il était étudiant, pour qu'il n'arrive pas en retard en cours, et après, durant ses quarante années de vie active, pour qu'il soit à l'heure au travail. À présent, l'appel inquiet de la mère ne retentissait plus que chaque mercredi et un jeudi sur deux, ainsi que le dernier jour du mois. Même après son départ à la retraite, Kostik avait continué de travailler dans son entreprise. Sa maigre pension aurait à peine suffi pour survivre.

Debout-Kostik, en caleçon et maillot de corps de coton gris clair, traversait furtivement le couloir en direction des toilettes, frappait timidement à la porte – quand Kostik voulait aller aux cabinets, ils étaient, comme par une loi implacable du hasard, toujours occupés – et demandait d'un ton soucieux : "Ça va encore durer longtemps ? Je suis pressé…" Et à chaque fois on lui répondait : "Y a même pas moyen de chier en paix ici ! En voilà des façons !" Kostik patientait, les yeux fermés, l'épaule contre la porte, comme s'il cherchait la suite de ses rêves.

Svetlana savait que la mère de Kostik ne l'aimait pas. Des années auparavant, alors qu'elle était petite fille, sa propre mère l'avait prise sur ses genoux et lui avait expliqué qui étaient leurs voisins. Pendant trois mois, la petite Sveta n'avait plus salué l'ingénieur au nez crochu ni les membres de sa famille. C'était scandaleux de voir avec qui on était obligé de cohabiter, disait la mère de Sveta – Losaberidse, Abdouloïedov, Masur, Schwarz, Abramovitch et Rosenbaum. Elle, elle était originaire de Samara, sur la Volga, rebaptisée plus tard Kouïbychev (redevenue Samara depuis quelque temps, mais elle ne vivait plus lorsque la ville avait repris son nom).

Souvent, sous un prétexte quelconque, la mère de Kostik venait dans la cuisine et s'asseyait à côté de son fils. Dès qu'elle entrait, Kostik changeait de sujet. Un an plus tôt, son fils Sacha avait émigré en Allemagne en tant que "réfugié du contingent" et vivait à présent dans une ville au centre du pays, où il travaillait comme graphiste dans une grande société. Il était prévu que ses parents et sa grand-mère le rejoignent.

– C'est vraiment une grande chance, chère Svetlana Ossipovna, que les Allemands aient si mauvaise conscience de nous avoir saignés comme des cochons. Comme ça, certains d'entre nous ont maintenant le droit de s'installer en Allemagne. Les Allemands récupèrent ainsi leurs Juifs et nous, nous avons la vie plus belle.

Kostik eut un sourire presque enjoué, et Svetlana se souvint que sa mère lui avait souvent expliqué que les Juifs arrivaient toujours à se débrouiller dans la vie. "Si tu les chasses par la porte, ils rentrent par la fenêtre", disait-elle.

– Ce n'est pas aussi simple que ça, poursuivit Kostik. Pour mon fils, tout est plus facile. Il est jeune. À trente-quatre ans, vous avez le monde à vos pieds. Vous trouvez vos marques, apprenez la langue, vous vous mariez, faites des enfants. Mais nous qui sommes vieux, nous avons toujours vécu dans ce pays, dans cette ville et, presque toute notre vie, dans cet appartement. Qu'irions-nous faire en Allemagne ? D'un autre côté, bien sûr, il y a beaucoup d'éléments qui plaident en faveur de l'émigration. Examinons le problème en détail…

– Kostik, dit sa mère à voix basse, où est la limite de ma patience, à ton avis ?

Mais Kostik, imperturbable, ne cessait de poser des poids sur une balance qu'il avait construite en imagination. Sur l'un des plateaux se trouvaient les raisons de quitter la Russie, sur l'autre, les raisons de rester. Les plateaux penchaient sans cesse d'un côté puis de l'autre.

– Vous, chère Svetlana Ossipovna, vous ne tarderez pas à vous faire une opinion, dit Kostik. Tandis qu'il parlait, il sentait l'euphorie monter en lui. Sous ses yeux et ceux de ses auditrices, la balance invisible oscillait comme une balançoire. On aurait dit qu'elle projetait sur le mur de la cuisine une ombre allongée, que celle-ci grandissait de plus en plus, qu'elle remplissait pratiquement tout l'espace, assombrissant leurs visages et, de ce fait, leurs pensées.

– Tous les Juifs, absolument tous, quittent le pays. Même la vieille Rahil Mendelevna, celle qui a toujours l'estomac détraqué, elle est partie chez sa fille en Israël. C'est tout naturel que nous ayons envie d'être auprès de notre fils. Même si ce borgne de Vladik, celui de l'immeuble d'à côté, n'arrête pas de dire qu'il ne faut pas être un fardeau pour ses enfants.

Il essuya la sueur de son front avec sa manche.

– Notre retraite suffit à peine pour survivre. Ma femme et moi devons continuer à travailler alors que nous avons tous les deux plus de soixante ans. Mais mon amie Dora, qui habite maintenant à Münster, m'a écrit qu'en Allemagne non plus les aides sociales ne sont pas élevées.

Il scruta les visages graves des deux femmes.

– La sécurité est un argument important, peut-être même décisif!

Il leva l'index.

– Je n'ai pas besoin de vous raconter ce qui se passe dans nos rues. Il y a quelques jours, un soir, Schurotschka, la fille de l'appartement numéro 12, s'est fait pousser dans une cabine téléphonique par deux hommes, qui l'ont violée et dépouillée… Chaque jour on entend des histoires de ce genre.

– Mais que faisait-elle seule dans la rue à cette heure? maugréa la mère de Kostik. Et puis quel est le rapport avec nous? Chez nous, il n'y a rien à voler. Et moi, il faut être aveugle pour avoir envie de me violer.

– Nous allons tout droit vers une apocalypse, continua Kostik, sans prêter attention à l'intervention de sa mère. Ça a commencé par les fusillades des mafiosi, puis il y a eu les retraités dans les décharges publiques, ensuite on a eu droit à la guerre en Tchétchénie, à la crise du rouble, et maintenant on est menacé par une guerre civile. Le jour où ça va péter en Russie, tout le pays va s'écrouler. On n'est pas en France, chère Svetlana Ossipovna, chez nous on n'est pas aussi raffiné. On ne fabrique pas de belles guillotines toutes propres pour des ennemis triés sur le volet. Nous, on nous arrache le cœur avec les dents et on nous le piétine.

– Ne t'énerve pas comme ça, le supplia sa mère. Tu es déjà tout rouge. Ce soir on va reprendre ta tension.

Kostik lui lança un regard noir et poursuivit son raisonnement.

– D'un autre côté, en Allemagne, ce n'est non plus si rose que ça. On raconte que là-bas, des incendies éclatent dans les foyers de demandeurs d'asile et que les étrangers sont victimes de violences. Au fond de leur cœur, ils n'ont pas changé, les Allemands, d'après ce qu'écrit Dora, depuis Münster.

– Pourquoi vous n'allez pas en Israël ? Vous êtes juifs après tout, demanda Svetlana.

– Il ne faut pas oublier les attentats ! s'écria Kostik. Les turbulences politiques, le climat très chaud – un mélange de bain de vapeur et de fournaise, parfois les deux en même temps. Ces histoires s'accumulent, les lettres venant d'Israël s'entassent. Chaque lettre est un point d'exclamation, chaque ligne un point d'interrogation...

Svetlana ne dit rien. Seuls ses sourcils se froncèrent, se touchant presque. Au-dessus de l'arête de son nez se creusèrent deux sillons qui se ramifièrent sur son front en plusieurs petites rides. Kostik les ressentit comme une offense. Les ouvriers de l'usine, dont beaucoup étaient les clients de Svetlana, disaient souvent eux aussi que les Juifs étaient un peuple privilégié. En matière d'habileté, personne ne leur arrivait à la cheville, tout comme dans leur capacité à souffrir. Que n'aurait-elle pas donné pour passer une nuit sur le Kurfürstendamm ! Le lendemain, elle aurait eu assez d'argent et aurait pris place dans le train en partance pour le sud de la France. Au lieu de quoi, elle était tous les soirs au même endroit, là où sa mère déjà avait fait les cent pas, sous la lumière blafarde des lampadaires. À l'époque, les gens étaient encore gigantesques et les toits des immeubles alentour grattaient le ciel. Les messieurs que sa mère faisait monter dans sa chambre s'empressaient d'offrir des bonbons à l'enfant. Ils avaient des regards étranges de bêtes traquées. Debout-Kostik, qui avait alors le crâne encore tout garni de cheveux bruns, était dans la cuisine avec Sveta et la gavait de thé, pendant que dans la chambre de sa mère le lit grinçait.

Un jour, Svetlana invita Kostik chez elle. Les voisins échangèrent des sourires entendus. Tour à tour, ils vinrent frapper à la porte de Kostik et chuchotèrent à l'oreille de sa femme des paroles faussement indignées. Mais Svetlana était seulement en train de montrer à Kostik son coffret en carton marron foncé qu'elle avait tiré de sous le canapé. À l'intérieur se trouvaient des brochures jaunies qu'une collègue lui avait rapportées du sud de la France, des années auparavant. Des photos bariolées montrant de belles personnes. Le soleil radieux au-dessus de leurs têtes les auréolait d'une lumière qui n'existait qu'à l'Ouest.

– Ma femme dit que nous devrions partir. – Kostik répétait chaque jour la même chose. – Mais moi, je n'ai jamais voulu. Quand les premiers amis ont émigré en Israël dans les années 70, j'étais horrifié. Je suis ici chez moi, j'aime cette ville, l'odeur des canaux, la neige sur les toits en hiver, les nuits blanches. Oui, je l'avoue, je suis un sentimental. Qui aurait deviné qu'on aurait encore à craindre des pogroms ? Qu'irais-je faire en Allemagne ? Là-bas il n'y a que des Allemands. On ne peut même pas les insulter correctement. Ils ne comprennent même pas nos injures.

– Partez, Konstantin Naoumovitch, dit Svetlana, partez, qu'avez-vous encore à perdre ? Tout va à vau-l'eau chez nous. Que vous reste-t-il ? Quelques belles années et surtout quelques moments inoubliables.

Elle croisa alors le regard de Kostik, baissa les yeux, en voyant ses mains ridées triturer le tissu de son pantalon, elle sut qu'il allait aussitôt lui parler de ses vieilles connaissances, Oleg, Micha et Vladik le borgne, et lui raconter ce qu'ils avaient dit à ce sujet. Je suis bête, pensa-t-elle. Mon Dieu, que je suis bête. Mais Kostik ne souffla mot, sa tête bascula en avant comme si elle était trop lourde pour son cou mince, et Svetlana eut l'impression qu'il allait lui pousser de longues oreilles qui pendraient jusqu'à terre.

Par un matin glacial d'avril, Svetlana rencontra son voisin à la gare. Elle ne savait pas vraiment comment elle s'était retrouvée là. Elle ouvrit son manteau. Son chemisier déchiré attira les regards des passants qui descendaient des trains de banlieue et se hâtaient vers la ville.

Il flottait une odeur de mégots de cigarettes, d'alcool et de vomi. Au loin, les portes du hall oscillaient. Elles rapetissaient peu à peu. Il semblait à Svetlana qu'elles s'étaient détachées du sol et qu'elles allaient s'envoler.

Soudain elle comprit que c'était elle qui dégageait cette odeur répugnante. Des scènes de la nuit passée défilèrent devant ses yeux. L'appartement sur la perspective Nevski, encombré d'objets kitsch coûteux, le garçon dans le vestibule, avec sa mitraillette en joue et son air de lycéen blasé. Le maître des lieux avec ses bajoues couvertes d'une barbe couleur paille. Puis le poids de sa grosse bedaine sur sa tête, et le goût de l'urine et du sperme dans sa gorge. La voix d'un acolyte du maître des lieux, haut perchée, altérée par la cigarette : "Voilà la vieille pute qui a fait des études et connaît le français." Et les ricanements des deux filles sur le canapé, tout juste vêtues de dessous de soie, et leurs mots : "Mais on ne va pas baiser seulement à la française aujourd'hui !" et "on espère qu'elle a étudié autre chose". Les bouteilles vides dans le coin, des éclats de verre sur le sol. On la fait se pencher en avant et on lui fourre des billets – des dollars et des roubles – dans le derrière.

Elle chercha à tâtons l'argent dans son sac à main. Il était bien là. À cet instant, elle vit Kostik traverser le hall, la tête rentrée dans les épaules qui, avec son dos rond, le protégeaient du monde extérieur. Et c'est à cet instant que Svetlana eut un accès de colère contre les Juifs. N'y avait-il pas de l'arrogance dans ces yeux cernés aux cils insolemment longs, aussi longs que les faux cils qu'elle mettait chaque soir avant d'aller au travail ? Le Juif avait-il le monopole du malheur ? Elle saisit Kostik par la manche du manteau marron foncé qu'il portait déjà lorsqu'elle était enfant.

– Hé, monsieur le voisin ! Kostik ! Déjà de sortie ? De si bonne heure ?

Était-ce vraiment sa voix ?

– Ne me dites pas que vous êtes allé rendre visite en cachette à une dame.

Kostik la regarda d'un air effrayé et se lança dans une explication. Elle ne comprit pas un mot, fut agacée de le voir se comporter comme un écolier pris en faute et de l'avoir appelé Kostik pour la première fois de sa vie. Elle le tenait toujours par la manche mais elle desserra sa prise, et sa main courut le long de l'étoffe jusqu'à toucher le dos de sa main velue.

– Mon Dieu, Svetlana Ossipovna, vous faites peur à voir !

Elle retira vite sa main.

– Que croyez-vous donc que j'aie fait cette nuit ?

Il rougit.

– Venez, je vous ramène à la maison, murmura-t-il. Je vais vous faire une bonne tasse de thé, avec de la bouillie de sarrasin et des petites saucisses.

Elle le suivit sur la place où le monument en forme d'aiguille commémorant une guerre remportée longtemps auparavant fendait le soleil matinal en deux moitiés. L'air froid emplit ses poumons. Elle fut secouée d'une quinte de toux. Elle lança un crachat gris de cendre dans la neige.

Lorsqu'ils furent descendus du tramway, Sveta ne prit pas la direction de chez elle.

– Svetlana Ossipovna ! Svetlana Ossipovna !

Kostik ne la quittait pas d'une semelle. Il avait du mal à respirer. Elle s'arrêta et lui indiqua le magasin de spiritueux sur le trottoir d'en face.

– Après cette nuit il me faut un antidote, dit-elle. Si vous vous faites tant de souci pour moi, allez me le chercher. – Elle plongea la main dans son sac et en sortit un billet. – Je n'ai pas la force d'entrer.

– Mais, Svetlana Ossipovna, c'est bien la dernière chose dont vous avez besoin. – Il la prit par les épaules. – Venez. Venez donc !

– Qu'est-ce qui vous prend ? fit-elle d'un ton sec. Lâchez-moi ! Je sais mieux que vous ce qui me fait du bien. – Elle fit quelques pas en arrière. – Vous allez me chercher un quart de litre, oui ou non ? demanda-t-elle, puis sa voix se radoucit. Je vous en supplie, Konstantin Naoumovitch, soyez un amour. Ayez pitié de moi !

Il prit le billet sans dire un mot et entra dans le magasin.

Quelques minutes plus tard il réapparut avec le précieux flacon, le serrant contre lui comme pour le protéger de Svetlana. Mais celle-ci le lui arracha des mains, but à pleines gorgées. Des nausées encore plus fortes. Le froid glacial. Et les aboiements furieux de cabots errants. “Que Dieu me vienne en aide”, murmura-t-elle. Et en effet : le sol qui vacillait sous ses pieds s'immobilisa, la neige sur les branches des arbres retrouva son éclat sympathique, Sveta respira l'odeur du printemps tout proche, les effluves d'algues putrides qui émanaient de l'eau et faisaient partie de cette ville au même titre que les palais et les ponts somptueux. Ses maux de tête avaient disparu, ainsi que son amertume, sa colère et sa honte, elle ressentait juste de la joie à l'idée de savoir tous ces dollars dans son sac. Jamais elle n'avait possédé autant d'argent, et soudain elle eut de nouveau la profonde conviction que cela continuerait comme jusqu'à présent. Sa mère disait toujours : "Si ta charrette de bourreau se retrouve coincée dans les ornières et menace de s'enliser, ne saute pas, ne te laisse pas abattre, la grand-mère du diable viendra te sortir de là..."

Une fois chez elle, Svetlana lava son corps des souillures de la nuit. Lorsqu'elle entra dans la cuisine, le thé était prêt. On sentait déjà la bonne odeur de la bouillie dans la casserole.

– Parlez-moi un peu d'Aix-en-Provence, très chère Svetlana Ossipovna, demanda Kostik sans se détourner de la cuisinière. Que s'est-il passé pour les habitants lorsque le comté de Provence a été annexé à la France après la mort de René ? Et surtout : qu'est-ce que cela a représenté pour les Juifs ?

Svetlana ne répondit pas. Elle buvait son thé, étonnée qu'ils soient seuls dans la cuisine de si bon matin.

– Je n'ai pas encore vu votre femme et votre mère aujourd'hui, dit-elle.

– Elles font leur promenade au parc, expliqua Kostik. Il posa l'assiette de bouillie fumante sur la table, s'immobilisa, bras croisés, et la regarda. C'était comme autrefois, des dizaines d'années auparavant, lorsque la mère de Sveta faisait sortir sa fille de sa chambre pour être seule avec ses clients. La cuisine n'avait pas changé. Le robinet neuf gouttait lui aussi, dans les coins s'était nichée une nouvelle génération de cafards et de souris, et par l'étroite fenêtre on voyait la silhouette de l'usine en briques rouge foncé, ses cheminées et, au loin, le clocher pointu d'une église qui avait été détournée de ses fonctions pendant un certain temps, et accueillait de nouveau des fidèles depuis peu.

Svetlana ferma les yeux. Des scènes surgirent d'un passé très lointain.

“Mange, mon enfant, mange, ton organisme en pleine croissance a besoin de calories. – Oui, Konstantin Naoumovitch. – Qu’est-ce que tu veux faire plus tard, Sveta ? – Je ne sais pas, Konstantin Naoumovitch. – Tu as un si beau visage, tu seras sûrement actrice. – Chanteuse aussi, Konstantin Naoumovitch. – Alors il ne faut pas que tu manges de glace. – De toute façon, je n’aime pas la glace, Konstantin Naoumovitch. – Tu te produiras dans tout le pays, et quand tu viendras à Leningrad, nous serons dans le public pour t’applaudir. – À l’école je n’ai que des ‘très bien’, Konstantin Naoumovitch.”

– Que se passe-t-il, Svetlana Ossipovna, vous n’avez pas d’appétit ?

Elle secoua la tête, repoussa l’assiette et invita Kostik à s’asseoir. Il se laissa choir sur la chaise comme si c’était lui qui n’avait pas dormi de la nuit. Sa respiration était accompagnée de légers sifflements. Ses mains étaient posées sur la table dans une position étrange, les paumes tournées vers le haut, on aurait dit les plateaux de cette balance invisible qui hantait son esprit.

Soudain, Sveta renversa la balance, agrippa sa main droite, l’attira vers elle en la faisant glisser le long du bord de la table, sans la lâcher, chercha dans ses yeux ces étincelles de malice qu’elle aimait tant jadis mais qui, à son grand regret, avaient disparu.

– Ce n’est pas avec la raison qu’on résout les questions cruciales de notre existence, dit-elle. Kostik ne réagit pas, seuls les sifflements de sa respiration s’intensifièrent. – Il y a longtemps que j’ai perdu la foi en la raison. À l’école, on nous faisait des tas de sermons sur tout ce qui était de l’ordre du faisable mais on ne nous a pas appris grand-chose sur les lois de la probabilité.

Il la fixait du regard, concentré, inexpressif. Non, l’idée de Sveta ne lui conviendrait pas.

– J’ai une solution à votre problème. – Il ne fallait plus qu’elle hésite. – Partir ou ne pas partir, partir ou ne pas partir. Chaque argument appelle nécessairement un contre-argument. Il est impossible de faire une synthèse. L’anti-dialectique parfaite. À moins que vous ne partiez pas mais rêviez que vous partiez ou que vous partiez et rêviez que vous restiez ici, ou encore que vous vous arrêtiez à mi-chemin, dans une petite ville de Biélorussie par exemple.

– Ma mère est originaire de Vitchi, un village de Biélorussie, murmura Kostik. Je ferais un grand détour pour éviter cette région. Elle est irradiée depuis la catastrophe du réacteur de Tchernobyl.

Elle secoua la tête, impatiente.

– Ce que je veux dire est simple. Plus vous avancez d'arguments, plus la probabilité de tomber sur l'une des deux solutions tend vers zéro virgule cinq. Le *pat* classique.

Et soudain, elle réapparut. La lueur de malice dans ses yeux.

– Vous êtes très perspicace, chère Svetlana Ossipovna. Les lois de la statistique me sont familières.

Elle prit son autre main.

– C'est pour ça, dit-elle, que vous devriez reconnaître au hasard ce pouvoir que, de toute façon, il a pris sur vous depuis bien longtemps.

Il haussa les épaules.

– Apportez-moi du papier et un crayon ! ordonna-t-elle.

Quelques instants plus tard, Kostik lui tendit une feuille quadrillée au format calepin et un stylo.

– Peut-être ne devrions-nous pas… dit-il d'une voix triste. Qui sait, peut-être…

Mais elle avait déjà plié la feuille et l'avait déchirée en deux. Elle écrivit, penchée sur les bouts de papier qu'elle cachait avec son bras gauche, comme une écolière qui fait un dessin obscène. Quand elle eut terminé, elle forma deux boules, les posa dans sa main droite et présenta à Kostik ces deux boules blanches, de taille presque identique.

– Ne réfléchissez pas trop ! dit-elle.

Il tendit la main pour prendre celle de gauche, mais la retira au dernier moment.

– Ah, Svetlana Ossipovna, à quoi jouez-vous avec moi ?

– Peu importe, Konstantin Naoumovitch. Pensez à la probabilité de zéro virgule cinq.

– Je ne peux pas, Svetlana Ossipovna, je ne peux pas, gémit-il. Quel que soit le papier que je prenne, je me dis au même moment que ce devrait être l'autre.

– Fermez juste les yeux, cher Konstantin Naoumovitch.

Kostik plissa les yeux comme un enfant qui, lors d'une partie de cache-cache, doit compter jusqu'à dix avant de commencer à chercher les autres, tendit le bras, tâtonna dans le vide. Svetlana prit alors une des boules. Sa main décrivit un cercle – l'orbite d'une planète du destin, encore inconnue, qui gravitait dans la cuisine –, fixa le point de conjonction, y arriva à temps pour que Kostik sente entre son index et son pouce les arêtes pointues du papier plié. Il ouvrit les yeux. Ses sifflements se muèrent en soupirs et en halètements. Puis il posa la boulette sur la table devant lui.

– Il reste la possibilité de tout… dit-il après un bref silence.

– Konstantin Naoumovitch ! Je vous en supplie !

– Bon, Sveta. Tu as raison. Mais arrête de me crier dessus.

C'était la première fois, depuis qu'elle avait quitté l'école, qu'il l'appelait Sveta. Un sentiment de tristesse s'empara d'elle. Soudain, il prit l'autre boule, pas celle qu'elle avait glissée dans sa main, la déroula, lut, lut une deuxième fois – son visage devint cendreux – puis encore une fois. On dirait un parchemin fait de la peau d'un vieil onagre, pensa Sveta, se remémorant un proverbe provençal.

Pendant un long moment, Kostik ne put détacher son regard du papier.

– Qu'il en soit ainsi, déclara-t-il enfin, d'une petite voix. Vous avez raison, Svetlana Ossipovna. Peut-être est-ce la meilleure solution.

Ce jour-là, Svetlana la putain ne raconta rien sur Aix-en-Provence, et Kostik, le vieil ingénieur juif, ne posa plus de questions. Ils se turent tous les deux. Puis Kostik se leva et partit, tandis que Sveta restait assise. Elle regarda par la fenêtre. Son regard glissa sur les toits, parcourut la ville, se porta vers la mer, très loin, jusqu'à Stockholm, Berlin et Aix-en-Provence, et peut-être plus loin encore. Plus tard, elle se leva et fit la vaisselle. Il était presque midi. Les rayons du soleil se reflétaient sur le métal du robinet qui gouttait, projetant des gerbes de lumière sur le papier peint vert mat. On entendait des voix et des bruits de pas dans le couloir, la porte de l'appartement claqua. La femme et la mère de Kostik étaient manifestement rentrées de leur promenade au parc. Les voix enflèrent. Je comprends pourquoi elles sont aussi agitées, je le serais tout autant à leur place, songea Sveta en mettant le torchon à sécher. Les voix inquiètes devinrent des appels, des cris. Un meuble fut renversé. Quelle comédie ! pensa Sveta. Les Juifs sont un peuple du Sud, ils font du cinéma pour un rien. Pas étonnant que les meilleurs acteurs soient juifs. Ces faiseurs de grimaces… Kostik disait que j'aurais dû devenir actrice…

Dans le couloir, quelqu'un décrocha le téléphone, composa un numéro. "99, oulitsa Fabritchnaïa, appartement 14, venez vite !" La voix de la femme de Kostik. "Mon mari se sent mal ! Je crois qu'il fait un infarctus… COMMENT ? Konstantin Naoumovitch Schwarz, soixante-sept ans… oui, oui, je suis sa femme. Frieda Berkovna Kogen. Je viens juste de rentrer, il était allongé sur le lit et gémissait, il a dit qu'il avait la nausée, la poitrine et l'estomac et… maintenant il ne bouge plus… Quoi ?… 99, oulitsa Fabritchnaïa, appartement 14. Une ambulance, s'il vous plaît ! Le plus vite possible !"

Svetlana se tenait dans le couloir. Frieda Berkovna était retournée dans sa chambre où les voix, soudain, s'étaient tues. Avant que le médecin et les deux secouristes sonnent à la porte et demandent sèchement "Konstantin Naoumovitch Schwarz ?", avant que les voisins arrivent et apprennent ce qui s'était passé, avant donc que le bruit la recouvre, l'entraîne et l'emporte, Svetlana était seule dans le silence du corridor sombre. Et à quelques pas de là, sur la table de la cuisine, étaient posées deux feuilles de papier enroulées sur lesquelles figurait, en lettres capitales, la même inscription : *PARTEZ.*

2

Avant d'entrer dans le bâtiment, Rosa sortit de son sac à main une photographie jaunie aux coins légèrement cornés. Lorsqu'elle approcha l'image tout près de son visage, ses doigts se mirent à trembler. Son autre main était cramponnée à sa canne. Elle resta quelques instants à contempler le visage de Macha, en cherchant son équilibre comme un funambule, ce qui la fatigua beaucoup. C'était comme si elle la voyait pour la première fois. Les yeux, gris sombre sur la photo, verts dans la réalité, brillaient d'un éclat sévère et froid, juste adouci par une petite étincelle moqueuse. "Fais-le ! disait Macha. Fais-le pour ton fils ! Qu'attends-tu de l'avenir ?"

La vieille femme remit délicatement la photo dans son sac en murmurant des remerciements. Après plusieurs mois de refus, Macha lui adressait donc de nouveau la parole. Peut-être avait-elle gardé le silence pendant si longtemps parce qu'elle en voulait à son amie Rosa de ne plus pouvoir venir fleurir sa tombe depuis son départ de Saint-Pétersbourg.

Le bâtiment était l'une de ces constructions en béton faites à la va-vite qui donnent l'impression qu'on peut voir à l'intérieur à travers les lézardes. L'étroite salle d'attente qui ressemblait à un corridor évoquait l'atmosphère d'une clinique soviétique ou d'un poste de police, mais avec la propreté des administrations allemandes. Les murs peints en blanc, légèrement tachés, par endroits, par d'épaisses toiles d'araignées grises, de la crasse et de l'humidité. La porte en formica marron clair qui donnait sur le bureau ne s'ouvrait que de l'intérieur.

Rosa Abramovna Masur regarda autour d'elle. Quelques personnes âgées attendaient déjà. Une petite femme corpulente. Avec son foulard bleu foncé en nylon, sa robe à fleurs, elle avait l'air d'une paysanne originaire d'une province de Russie centrale. Sur le banc, à côté d'elle, les Rotschwants, un couple d'Odessa. Rosa les connaissait depuis l'époque où elle résidait dans le foyer de migrants de Saxe-Anhalt. Par chance, ils ne vinrent pas aussitôt lier conversation avec elle.

Rosa se laissa choir sur le banc. Le trajet à pied de l'appartement jusqu'ici l'avait fatiguée. Si seulement son fils l'avait accompagnée ! Mais comme jamais elle n'avait attendu ni même exigé de soutien de la part de Kostik, celui-ci n'avait pas eu l'idée de lui proposer son aide. Pour lui, la Rosa de quatre-vingt-douze ans était toujours cette femme énergique grâce à laquelle il avait traversé sain et sauf la guerre et d'autres moments difficiles. Elle avait une santé extraordinaire. Elle ne portait même pas de lunettes. Au premier abord, on lui aurait donné soixante-dix ans, tout au plus soixante-quinze. L'âge était un mal pénible mais à ne pas prendre au sérieux, on pouvait le combattre à force de volonté et de médicaments. La plupart des gens de son âge étaient morts, grabataires depuis des années, aveugles ou sourds ou les deux, incontinents, radotaient, prenaient leurs arrière-petits-enfants pour leurs enfants, leurs enfants pour leurs frères et sœurs ou étaient eux-mêmes retombés en enfance. Pour Rosa, en revanche, le temps semblait s'être arrêté. À soixante-dix ans, elle avait décidé de ne plus vieillir ou de mourir. Elle ne mourut pas. Tous les matins, elle était surprise de se réveiller. Pas plus tard que la semaine dernière, elle était allée voir le docteur Friedmann.

– Ma chère madame Masur, avait dit le médecin, votre cœur fonctionne comme une horloge suisse et votre esprit est aussi vif que si vous aviez vingt ans. Si vous continuez ainsi, vous survivrez à vos petits-enfants.

– Vous feriez mieux d'avaler votre langue ! avait-elle crié. Imbécile que vous êtes ! Si ce n'était mon fils qui a besoin de moi, il y a longtemps que je me serais tuée, pour ne pas être un fardeau pour les jeunes.

Le médecin fut surpris de la violence de sa réaction. Sa voix redevint neutre, et pendant près d'une demi-heure il la bombarda de termes médicaux. Encore un signe que les Allemands sont un peuple heureux, s'était dit Rosa : ils ont l'âme simple. Même lorsqu'ils sont juifs.

Depuis l'infarctus de Kostik, Rosa était retombée de plus belle dans son rôle de mère. Tous les matins, elle préparait des tartines de beurre et de confiture, versait du thé dans le thermos, enveloppait dans un torchon un plat de bouillie chaude ou de boulettes de viande, et fourrait le tout dans le sac à dos couleur caramel que la maison d'édition où elle avait travaillé lui avait offert en cadeau d'adieu à l'occasion de son départ à la retraite, trente-cinq ans auparavant. Ensuite elle prenait le métro et deux trolleybus pour rendre visite à Kostik. Depuis que les hôpitaux de Saint-Pétersbourg n'avaient plus l'argent pour prendre en charge ce qui, comme les repas, ne relevait pas de la médecine, c'était aux proches des malades de s'en occuper. Rosa passait le plus clair de ses journées à l'hôpital. Le soir, Frieda prenait le relais. C'était un léger infarctus, la rassuraient les médecins, un signal d'alarme du corps. Avec une hygiène de vie plus saine, un régime et "plus de sérénité face aux coups durs du quotidien", pour reprendre l'expression d'une des docteurs, "il serait facile de venir à bout de ce problème de cœur". Une opération serait une bonne chose, disait-on, mais en raison du manque d'argent on ne la réaliserait qu'en cas d'extrême nécessité.

Rosa aurait dû se faire du souci, mais Kostik avait déjà survécu à une dizaine de maladies mortelles, une pneumonie aiguë après sa naissance, un empoisonnement à la pénicilline après la guerre, une perforation de l'appendice, la tuberculose... Les médecins l'avaient toujours condamné. Mais aussi longtemps que Rosa vivrait, son fils resterait en vie. Elle ne croyait pas en Dieu, mais elle croyait au pouvoir du destin.

À l'hôpital, Kostik annonça à sa mère qu'il avait décidé d'émigrer en Allemagne, parla de probabilité mathématique, de Sveta et d'un bout de papier qui, soi-disant, aurait tout déterminé. Ses propos étaient confus. Rosa espérait seulement que sa décision était définitive. Plus les semaines passaient, moins elle supportait d'écouter l'exposé quotidien de Kostik sur les avantages et inconvénients que présentait une émigration en Allemagne. Il y a quelques années, la perspective de partir dans un pays étranger (et, qui plus est, en Allemagne) aurait effrayé

Rosa et suscité une résistance de sa part. Maintenant, elle était prête à tout accepter, pourvu que cessent enfin les souffrances qu'endurait Kostik et qu'il faisait endurer à sa famille. Quant à Frieda, sa belle-fille, elle était depuis le début favorable au départ. Elle voulait rejoindre son fils. Mais Frieda n'avait pas grand-chose à dire.

La porte s'ouvrit de l'intérieur. Un vieil homme portant un veston défraîchi apparut. Il était maigre et marchait légèrement penché en avant. On aurait dit un point d'exclamation jeté négligemment sur le papier. Au bout de quelques pas, il s'arrêta au milieu de la salle et fit une grimace. Puis il retroussa sa manche droite et tendit son bras, tel un trophée, à ceux qui attendaient. Une cicatrice rouge foncé s'étirait en zigzag du coude jusqu'au dos de la main.

– En 48, ils m'ont tabassé pendant une heure entière, dit-il. – Sa voix devint presque stridente. – Ils n'y allaient pas mollo lors des interrogatoires.

Les autres le regardaient fixement, plutôt avec une sensation de malaise que de curiosité.

– Mais ça ne leur suffit pas. Ils veulent du sel, du poivre, et en plus de ça, du sexe et les dix petits nègres.

– Alors, on vous a éconduit d'emblée, Moïseï Markovitch ? demanda la femme au foulard et à la robe à fleurs.

– Peuh ! – L'homme fit un geste de dédain. – Ils ne veulent pas de moi, je sens ce genre de chose. Un entretien bref, et glacial : nous vous tiendrons informé par courrier. La fille dans ce bureau, elle est si jeune. Pourrait être ma petite-fille. Qu'est-ce qu'elle sait ? Se donne des grands airs. A fait des études. Et alors ? Elle se prend terriblement au sérieux. Qu'est-ce qu'elle connaît à la vie ?

Derrière la porte retentit la voix d'une jeune femme : "Au suivant !"

Les Rotschwants se levèrent du banc. Lui, l'air pressé, elle, deux pas derrière lui, avec un sourire mielleux de supériorité.

– Allez viens, ma vieille. La lenteur est le propre de la tortue, et non de l'homme.

Sa phrase favorite. Au foyer de migrants, il la répétait au moins dix fois par jour.

Rosa se souvint de son arrivée à Gigricht, six mois auparavant. Le premier regard, depuis l'autoroute, sur une ville de taille moyenne. Un fleuve nonchalant. Une cathédrale de la fin du Moyen Âge. Une vieille ville avec une zone piétonne. Sur une île, au milieu du fleuve, le château fraîchement rénové, avec une aile principale de style baroque et une tour carrée, résidence des ducs de Gigricht et de Patsch jusqu'à la fin du XVIIIe siècle. Une promenade plantée d'arbres qui longeait les berges, une rocade, et plus loin, les espaces verts aménagés sur le site des anciens remparts. La statue d'un général en chef sur la place principale, en face de l'hôtel de ville : perché sur son cheval, sabre au clair. D'une fois sur l'autre, Rosa oublie son nom et qui il a vaincu.

Ils étaient arrivés un après-midi d'automne ensoleillé. Les collines boisées qui entouraient la ville semblaient couvertes de rouille. Une voie rapide descendait jusqu'au fleuve en faisant un grand détour.

Voici donc l'endroit où je mourrai, se dit Rosa. Elle était assise sur le siège avant d'une voiture qui se rabattait sur la file de droite. Le panneau indiquait *Centre-ville nord*. Kostik, Frieda et son petit-fils Sacha étaient sur la banquette arrière. Lorsqu'elle tendait le cou, elle pouvait voir leurs visages dans le rétroviseur. Ils discutaient tous les trois à mi-voix. Elle n'arrivait pas à comprendre de quoi ils parlaient. Si seulement on ne l'avait pas attachée à son siège comme dans l'avion !

Au volant était assis un Allemand, Günter Huber, le collègue de Sacha, et son seul ami à Gigricht. Günter avait eu la générosité de venir chercher la famille de son ami au centre de transit de la Saxe-Anhalt. En contrepartie, il attendait que Rosa réponde à ses nombreuses questions. En même temps, il restait dans les limites de cette insistance désarmante parce que courtoise et quelque peu naïve, à laquelle on pouvait difficilement opposer une fin de non-recevoir.

– Vous ne m'en voudrez pas, madame Masur, si je vous pose une question très personnelle… – Il fit une pause. –

Madame Masur, qu'est-ce que ça représente pour un Juif russe de venir s'installer en Allemagne, je veux dire, après tout ce que les Allemands ont fait aux Juifs ?

– Écoutez, je suis très vieille, marmonna Rosa, voyez ça avec mon petit-fils. Il va passer la moitié de sa vie dans ce pays.

À leur départ du foyer de Saxe-Anhalt, Rosa s'était réjouie de l'intérêt que lui portait le jeune homme. À présent, trois heures plus tard, elle regrettait presque d'avoir étudié la langue et la littérature allemandes soixante ans auparavant et d'avoir ensuite traduit des ouvrages spécialisés de l'allemand vers le russe pour une maison d'édition soviétique.

Sacha avait éliminé tous les obstacles administratifs pour faire venir ses parents et sa grand-mère à Gigricht. Cela n'avait pas été une mince affaire. "Si les Allemands étaient assez intelligents pour gérer leur pays de manière centralisée, avait-il expliqué, il n'y aurait pas tous ces problèmes pour quitter un Land et s'installer dans un autre." Toujours est-il que Rosa, Kostik et Frieda étaient contents de pouvoir quitter le centre – une ancienne caserne soviétique. Ce bâtiment sommairement transformé en foyer pour accueillir des dizaines de milliers d'immigrés était encore aménagé de façon spartiate. Les murs étaient décorés d'anciens mots d'ordre pleins de bon sens. *Sois vigilant et toujours prêt!* était peut-être celui qui préparait au mieux les nouveaux résidents du bâtiment à ce qui les attendait. Et les habitants du petit village où se trouvait la caserne changeaient de trottoir lorsqu'un groupe de "Russes" venait dans leur direction, ce qu'ils faisaient sans doute déjà du temps de la RDA en voyant des soldats soviétiques. Les Russes restaient des Russes.

Le chauffeur importun ne laissait aucun répit à Rosa.

– Est-ce vrai, madame Masur, que beaucoup de Juifs russes qui viennent chez nous ne sont pas juifs, et que les Allemands ne sont pas de vrais Allemands, mais des Russes qui se sont procuré de faux papiers ? Avez-vous entendu des histoires de ce genre quand vous étiez au centre ?

– Je n'ai pas demandé aux autres résidents quelle était leur origine, marmonna Rosa. Je ne suis pas experte en science des races.

Günter rougit, bredouilla qu'il s'était mal fait comprendre et se tut. Quelques minutes plus tard, ils se garèrent sur un parking situé entre deux barres d'immeubles et une pelouse garnie de quelques massifs de fleurs. Ils traversèrent le gazon en prenant un sentier très fréquenté qui passait devant la pancarte *Pelouse interdite*.

L'immeuble se trouvait à quelques mètres de la voie rapide.

– C'est un peu bruyant, expliqua Sacha, mais le bureau d'aide sociale n'avait rien de mieux à me proposer pour vous.

Un studio au troisième étage avec kitchenette et salle de bains. Un grand lit, une armoire, une table et trois chaises, un lit à une place pour Rosa. Le coin qui lui était destiné était séparé du reste de la pièce par un paravent. Par la fenêtre, on voyait une ancienne usine avec sa cheminée, et le clocher d'un village rattaché depuis longtemps à la ville.

Cela faisait à peine plus d'un quart d'heure que les Rotschwants avaient disparu dans les mystérieuses salles. Lorsqu'ils sortirent, Mme Rotschwants en tête, M. Rotschwants, juste derrière, semblait la pousser.

– Qu'est-ce qui t'a pris de raconter des choses pareilles à cette jeune fille ? s'écria-t-il d'une voix éraillée. Combien de fois ne te l'ai-je pas dit : d'abord on réfléchit, ensuite on parle ? Ah ! Les femmes, quand elles ne savent pas tenir leur langue…

– Quoi ? Quoi ? grogna-t-elle. Je n'ai absolument rien dit, moi. C'est toi qui as parlé tout le temps. Et mon Dieu, quelles bêtises tu n'as pas dites ! Ça fait plus de cinquante ans que je te connais, mais cette fois tu t'es surpassé.

– Mais oui, bien sûr ! cria-t-il. Évidemment, c'est toujours de ma faute. Cinquante ans que ça dure.

À cet instant, Mme Rotschwants regarda Rosa et se força à sourire.

– Bonjour, Rosa Abramovna. Je ne vous avais pas remarquée tout à l'heure. À moins que vous ne veniez d'arriver ?

– Bonjour, Moïra Chaïmovna, bonjour Isaak Davidovitch. Il y a déjà plus d'une demi-heure que j'attends.

– Une magnifique journée à vous aussi, très chère Rosa Abramovna, dit M. Rotschwants d'une voix chantante, puis il s'inclina.

– Comment va la santé ? demanda-t-il.
– Je vis encore, Isaak Davidovitch. Pour l'instant.
M. Rotschwants sourit.
– Il ne faut pas jouer les oiseaux de mauvais augure, chère Rosa Abramovna. Vous savez ce qui arrive quand on invoque les esprits.
Maintenant disparais, espèce de singe, pensa Rosa, mais elle dit :
– Ce fut un immense plaisir de vous revoir, Isaak Davidovitch.
– Tout le plaisir fut pour moi, Rosa Abramovna.
Mme Rotschwants rendit un grand service à Rosa en poussant son mari vers la porte d'entrée.
– Au suivant !
Rosa remarqua que la voix de l'inconnue avait pris une intonation rauque. La femme au physique de paysanne russe se leva, fouilla nerveusement dans son sac, d'où elle sortit, au bout d'un moment, un miroir de poche rond et un peigne.
– Au suuu-iiii-vaaant !
La vieille femme laissa retomber peigne et miroir dans le sac, grommela quelques mots incompréhensibles, fit quelques pas hésitants en demi-cercle dans la salle, comme si elle avait perdu ses repères pendant un instant. Puis elle se précipita vers la porte.

Tous les mois, le bureau d'action sociale versait à la famille "Kogen / Masur / Schwarz" – c'est ainsi qu'elle était inscrite dans les registres officiels – une aide de mille trois cent quatre-vingt-quatre marks et lui payait le loyer de l'appartement sans les charges. Cet argent permettait juste d'acheter des vivres et des vêtements. Tout le reste, même une visite chez le coiffeur, était du luxe. Une immigrée russe, coiffeuse amateur, rendait régulièrement visite à la famille, et pour dix marks, faisait une coupe au bol à Frieda et Rosa. C'était à la mode trente ans plus tôt. Kostik, lui, faisait tailler ses rares cheveux par Frieda.
Chaque samedi matin, le marché se tenait sur la place principale. Dès cinq heures du matin, les paysans des environs venaient dresser leurs étals tout autour de la statue. À huit

heures, on avait l'impression que la moitié de la ville était là, à se bousculer dans les allées étroites, entre les cageots de tomates, d'oignons, de pommes de terre, de pommes et de salades. Dans les années 20, lorsqu'elle était enfant, Rosa avait vu des marchés de ce genre, mais à Gigricht l'offre était plus abondante que dans la province biélorusse dont elle était originaire. Très peu de commerçants faisaient l'article en criant à tue-tête, retenaient les clients potentiels par la manche ou marchandaient sur le prix. Les Allemands étaient un peuple courtois, de vrais Européens, et par conséquent – là-dessus, Sacha avait sans doute raison – un peu niais. Enfant, Rosa avait appris que le capitalisme suivait des règles similaires à la loi de la jungle, à l'école on lui en avait donné les bases théoriques et dans le Saint-Pétersbourg des années 90 elle en avait eu la démonstration concrète.

– Nous avons acheté des airelles, expliqua Frieda à son fils, elles étaient assez chères, mais Kostik les aime, et avec ça, quatre kilos de pêches, des prunes et trois kilos et demi de tomates. Nous aurions pu en acheter plus mais notre réfrigérateur est trop petit, c'est pourquoi on va en manger beaucoup pendant quelques jours, et après on ira en racheter dans les supermarchés. Là-bas, tout est plus cher et la qualité n'est pas la même qu'au marché. On est devenus difficiles, on fait les courses dans différents magasins, dans l'un c'est meilleur, dans l'autre moins cher. Ici, en Allemagne, les prix sont tels que…

– Maman, coupa Sacha, je t'ai déjà dit plusieurs fois de ne pas économiser. Je vais vous verser une partie de mon salaire, disons, cinq cents marks par mois. Et la semaine prochaine je t'achète un nouveau réfrigérateur…

– Hors de question ! l'interrompit Kostik. Tu as besoin de cet argent. Tu dois commencer une nouvelle vie dans ce pays. Passe le permis et achète-toi une voiture. Tu n'arrêtes pas d'en parler. Comme ça, tu pourras nous emmener à la campagne ou même faire le tour de l'Europe. Un jour. Pour l'instant, on se débrouille.

– Nous n'avons besoin de rien ! s'empressa d'assurer Frieda.

– Nous n'avons besoin de rien, confirma Rosa, en écho.

– Je suis heureux ici, déclara Kostik.

Frieda se garda de dire à son fils que la famille se nourrissait essentiellement de pommes de terre. C'était bon, sain et pas cher.

Tous les matins, Kostik se promenait dans la chaleur de l'hiver allemand. Pour cela, il se faisait réveiller chaque jour à sept heures par sa mère. L'appel habituel "Debout, Kostik!" résonnait désormais aussi dans l'appartement de Gigricht. Rosa était déjà réveillée depuis six heures. D'après son horloge interne, il était deux heures de plus.

Le week-end, dans les allées le long du fleuve, on voyait des amoureux marcher main dans la main. Dans la zone piétonne les décorations de Noël brillaient de tous leurs feux. Et quand on voyait quelqu'un debout contre un mur, tournant le dos à la rue, les jambes écartées d'une étrange manière, on pouvait être sûr que c'était un immigré russe en train d'uriner. Il n'y avait que dans les faubourgs, là où commençaient les barres d'immeubles, qu'on sentait l'odeur du pays natal.

Le vendredi soir, les Juifs de Gigricht se rassemblaient à la synagogue, un édifice en brique construit au XIXe siècle dans le style byzantin, qui avait survécu à la Nuit de Cristal pour la bonne et simple raison que le fleuve avait inondé cette partie de la ville au début de novembre 1938. Les SA avaient refusé de patauger dans l'eau. Plus de cinquante ans après la fin de la guerre, la coupole dorée du temple ornait toujours la vieille ville. Toutefois, on ne célébrait plus d'offices religieux dans la grande salle à la voûte bleu foncé. Les quelques membres de la communauté se retrouvaient dans l'ancienne salle des archives de la synagogue. Les hommes étaient assis dans les premiers rangs, les femmes derrière une grille décorative en bois. Presque tous étaient originaires de Russie. Rares étaient ceux qui s'y connaissaient en matière de religion. Les ragots qu'on échangeait avant et après l'office avaient plus d'importance que les prières du rabbin.

– Je suis heureux, répétait Kostik plusieurs fois par jour. La nuit cependant, il restait éveillé pendant des heures.

– Qu'est-ce qu'il y a, Kostik?

– Rien.

– À quoi tu penses ?

– À rien du tout. Rendors-toi.

Rosa entendait son fils et sa belle-fille discuter à mi-voix.

– Kostik, ne me raconte pas d'histoires ! – La voix de Frieda oscillait entre inquiétude et agacement. – Ce n'est pas la peine de faire semblant avec moi.

– Ce n'est pas mon intention.

Bref silence.

– Alors ?

– Si tu ne dors pas, tu vas être de mauvaise humeur toute la journée et c'est encore moi qui vais prendre, répondit Kostik, un peu énervé. Avant, tu te plaignais de ne pas dormir assez. Maintenant tu es à la retraite, alors fais une cure de sommeil.

– Mon sommeil, c'est mon problème. Je veux savoir ce qui te tourmente.

Ce fut le moment où Rosa jugea utile de se mêler à la conversation.

– Tu ne peux pas le forcer à parler, dit-elle en essayant d'imaginer la tête de sa belle-fille à cet instant.

L'enseignante écrivit au tableau, à la craie : *Die Mutter, der Mutter, die Mutter. Der Tisch, des Tisches, dem Tisch, den Tisch. Das Haus, des Hauses, dem Haus, das Haus. Ich gehe, ich ging, ich bin gegangen…* Kostik et Frieda suivaient des cours de langue organisés par la communauté pour les émigrés de Russie. La grammaire n'était pas difficile. Par contre, dans la vie quotidienne, les mots ne venaient pas.

– J'ai l'impression que chaque jour j'oublie plus que je n'ai appris, dit Frieda à Rosa. Vous avez eu de la chance d'apprendre cette langue quand vous étiez jeune. Sans vous, nous serions totalement démunis.

– Tout ça n'a plus tellement d'importance, observa Kostik, ce n'est pas dans ce pays qu'on fera carrière et qu'on se trouvera de nouveaux d'amis.

Kostik planait quelque part, loin de la réalité. Rosa voyait que sa belle-fille faisait tout à sa place et qu'il s'opposait de moins en moins à sa tutelle. Lui apporter son thé au lit le matin était devenu un rituel bien rôdé tout comme lui rappeler plusieurs fois par jour de prendre ses médicaments. Il rétorquait qu'il n'était pas aussi tête en l'air qu'elle le croyait manifestement. Il n'empêche qu'elle devait insister à plusieurs reprises pour qu'il daigne avaler ses pilules.

– Les gens en bonne santé auront toujours une dette envers les gens malades, disait Frieda, de la même façon que les vivants ne pourront jamais expier leurs fautes vis-à-vis des morts.

Kostik acceptait tout sans broncher. Contrairement à Frieda, il ne passait pas ses soirées devant la télévision, mais le plus souvent au lit, très rarement un livre à la main. On aurait dit qu'il s'était enfermé dans un monde intérieur auquel lui seul avait accès.

Un jour, Rosa le trouva penché au-dessus de quelque chose qu'il fit disparaître dans la table de chevet lorsqu'elle s'avança près de lui. Une autre fois elle le vit prendre des notes. Un cahier à la couverture bariolée était posé sur la table. Il n'eut pas le temps de le dissimuler. Il détestait qu'elle s'approche en catimini, dit-il. Rosa expliqua qu'elle ne s'était pas approchée en douce, qu'elle vivait dans cet appartement et avait le droit de s'y mouvoir en toute liberté. Par ailleurs, elle ne comprenait pas pourquoi il lui cachait quoi que ce soit. Cela n'avait aucun sens. Il n'avait même pas réussi à lui cacher les pages couvertes de photos cochonnes qu'il avait découpées dans un livre lorsqu'il était adolescent. Elle avait tout jeté dans le poêle. Et elle ne pouvait pas croire qu'aujourd'hui, à soixante-huit ans, il éprouve encore le besoin de regarder ce genre d'images. Kostik grimaça un sourire crispé. “Ce serait bien si j'en ressentais encore le besoin”, murmura-t-il. Et il poussa la revue jusqu'à elle. Les bords des feuilles étaient jaunis et déchirés. La couverture montrait un paysage méridional avec des oliviers, une église romane et des collines rocheuses à l'arrière-plan. Au-dessus, en lettres capitales, on pouvait lire : *PROVENCE.*

– Nous n'aurons jamais les moyens d'aller là-bas, murmura Kostik, et pourtant nous sommes si près. Juste un peu plus d'une nuit en train, à peine la distance Leningrad-Minsk.

Un peu moins d'une demi-heure plus tard, la femme en robe à fleurs sortit du bureau. Elle traversa la salle d'attente sans dire un mot, passa devant Rosa, se retourna et lui lança un bref regard. Son menton tremblotait. Elle s'arrêta, hésita, puis elle se retourna et partit en boitant.

– Au suivant, s'il vous plaît !

Derrière la porte, l'atmosphère viciée des années 60 avait cédé la place au nouveau millénaire avec ses ordinateurs bourdonnants et ses meubles design. Au bureau était assise une jeune femme qui donna à Rosa l'impression qu'on l'avait elle aussi choisie parce qu'elle était assortie à la décoration intérieure des locaux administratifs, et qu'on l'avait installée là, dans la pièce, tel un beau meuble.

– Bonjour, je suis Karoline Wepse, dit le meuble en tendant sa main droite potelée à Rosa. – Les ongles brillaient d'un éclat rose vif, rouge et mauve foncé. – Asseyez-vous, je vous prie. Vous désirez un café ?

– Un verre d'eau, si cela ne vous dérange pas, répondit Rosa, en se disant que Mme Wepse n'était pas aussi jeune que lui avaient laissé croire l'homme à la cicatrice et M. Rotschwants. En tout cas, on ne pouvait plus la qualifier de jeune fille.

Avec la grâce d'une patineuse, Mme Wepse sortit de la pièce puis revint avec une bouteille d'eau minérale et un verre. Elle était accompagnée d'un jeune homme qu'elle présenta comme étant M. Silbermann, collègue et traducteur de russe. Rosa, qui parlait l'allemand avec un accent mais sans la moindre faute, fut un peu surprise. L'homme lui parut sympathique. Il avait dans les vingt-cinq ans, et dans son apparence il était tout l'opposé de Wepse, qui était quelqu'un de soigné. Les cheveux très noirs, légèrement ondulés, en désordre, la barbe de trois jours, trop longue pour être interprétée comme un signe de négligence.

– Je m'appelle Dmitri, dit l'homme en russe, avec un sourire. Je serai votre traducteur. D'ailleurs, je suis moi aussi originaire de Russie. Je suis arrivé en Allemagne avec mes parents lorsque j'étais enfant.

– Ravie de faire votre connaissance à tous les deux, dit Rosa en allemand, je m'appelle Rosa Masur. J'ai lu votre annonce dans le *Gigrichter Tagblatt*.

– Elle s'appelle Rosa Masur, dit Dmitri Silbermann, traduisant de l'allemand vers l'allemand, et elle…

Il s'arrêta brusquement au milieu de sa phrase. Wepse le regarda, puis elle regarda Rosa. Et là, ils se mirent tous les trois à rire.

– Mais vous savez l'allemand mieux que moi ! C'est fantastique, s'écria Mme Wepse. Où donc avez-vous appris à le parler aussi bien, si je puis me permettre ? Je n'ai encore jamais vu ça avec les gens qui viennent nous voir.

– Nous n'avons pas grandi dans la forêt vierge, répondit Rosa.

La jeune femme prit un air grave :

– Ce n'est pas ce que je voulais dire. Vraiment pas. J'entendais par là que les autres Russes ou Juifs russes qui sont venus ici ne le parlent pas aussi bien… comprenez-moi bien : je sais que les langues étrangères étaient très peu enseignées en Union soviétique. C'est ce que je voulais dire.

– Je sais, dit Rosa. Elle n'était pas étonnée. Elle avait déjà été confrontée à ce genre de situation lorsqu'elle accompagnait Kostik et Frieda au bureau d'aide sociale ou au service des étrangers.

Wepse glissa un coup d'œil gêné en direction de Silbermann. Mais celui-ci ne dit rien, s'assit au bureau et alluma une cigarette.

– J'ai étudié la langue et la littérature allemandes il y a soixante-dix ans et ensuite j'ai travaillé comme traductrice, expliqua Rosa en ajoutant : Je suis atypique.

– On est tous un peu atypiques, dit Silbermann.

Bref silence.

Puis Wepse raconta ce que Rosa savait déjà pour l'avoir lu dans l'article :

– L'année prochaine, la ville de Gigricht célèbre son anniversaire. Il y a exactement sept cent cinquante ans, cet ancien village, éclipsé par Patsch qui était beaucoup plus important à l'époque, a obtenu sa charte communale. À cette occasion, des fêtes, des manifestations et une exposition au château seront organisées pendant toute l'année. En outre, l'adjoint au maire chargé des affaires culturelles a commandé une série de publications. Il porte une attention toute particulière à un projet de livre censé favoriser l'intégration des immigrés et la compréhension de leur cadre de vie, un volume enrichi de photographies d'un grand intérêt. Il paraîtra à la fin de l'année prochaine. Le tirage sera limité.

Rosa hocha la tête à plusieurs reprises.

– Avez-vous des photos intéressantes ? s'enquit Wepse.

– Tout le monde a des photos qu'il trouve intéressantes. Pas vous ? demanda Rosa.

Le livre s'intitulerait *Étrange patrie. Une patrie à l'étranger*, poursuivit Wepse, sans donner de réponse à Rosa. Un membre de chaque communauté établie à Gigricht, représentant tous les autres, y serait présenté par un curriculum vitae détaillé et une description de ses conditions de vie en Allemagne : un Turc, un Kurde, un Croate, un Serbe, un Bosniaque (pour des raisons de coûts, la ville aurait voulu ne prendre qu'un seul "Yougoslave", mais bien entendu, aujourd'hui cela n'était plus possible), un Albanais du Kosovo, un Nord-Africain (là par contre, on ne faisait pas de distinction entre les différents pays, par conséquent c'était un Marocain qui serait le porte-parole de tous les Algériens, Tunisiens, Libyens et Égyptiens), un Rom ou un Sinti, un Juif originaire de Gigricht (un survivant de l'Holocauste s'était gentiment proposé de participer au projet), un Chinois, ainsi qu'une personne "devant représenter toutes les autres minorités" (dans ce cas précis, il était particulièrement difficile de s'entendre sur le choix d'un candidat approprié) et, bien entendu, un Juif russe, puisque ces dernières années, de nombreuses familles d'ex-Union soviétique étaient venues s'installer à Gigricht. On avait programmé de longs entretiens avec tous les candidats. Il était prévu de leur allouer une indemnité journalière de cinquante marks par entretien et, après la parution du livre, de les convier à une réception chez le maire et, à la fin, de leur verser une rétribution de cinq mille marks.

– Comme vous voyez, la ville est généreuse, dit Wepse. C'est l'Institut de recherche historique de la ville de Gigricht qui est chargé de mener à bien ce projet. Il travaille en collaboration avec les facultés d'histoire de quelques universités. Pour ma part, je dois effectuer une présélection et proposer un nombre convenable de candidats au comité directeur de notre Institut.

C'est lui qui prendra la décision finale dans un délai qui n'a pas encore été fixé – cela prendra encore quelques semaines...

– Bref, expliqua Silbermann en russe, on élimine tous les frimeurs, raseurs et psychopathes, puis ceux du comité directeur choisissent la personne qui les arrange, pour que le maire soit content, ainsi que le conseiller municipal chargé de la culture et tous les gens qui liront peut-être ce petit livre. C'est censé être un bouquin ambitieux, critique mais quand même sympa. Vous comprenez...

Il sourit et Rosa sourit, ce qui déplut visiblement à Wepse car elle sourit également, mais d'un air plutôt crispé.

– Qu'est-ce que tu as dit ? demanda-t-elle à Dmitri. C'est quoi cette histoire avec le maire ?

– Ah, rien de spécial, je lui ai seulement expliqué à quel point notre maire est intéressé par le projet.

Wepse fronça les sourcils et continua son discours. Le plus gros problème, c'était que l'Institut voulait des portraits de gens tout à fait banals, à vrai dire des gens ordinaires, et donc représentatifs des différents groupes de population, tandis que le conseiller municipal chargé de la culture recherchait l'originalité pour montrer que notre ville a des habitants intéressants.

– Cela signifie, précisa Wepse, qu'ils doivent impressionner aussi bien par des qualités dites "typiques" de leur groupe que par des qualités personnelles peu communes.

– Par ailleurs, ajouta Silbermann, en allemand cette fois, le maire veut que les biographies des Juifs fassent sentir le tragique, les bouleversements et les espoirs du XXe siècle. Les hauts et les bas de cette période, illustrés, à titre d'exemple, par une expérience personnelle qui, dans sa singularité, reflète l'universel. De plus, nous sommes à l'aube d'un nouveau millénaire, ça colle très bien. En tout cas, c'est ainsi qu'il s'est exprimé, le maire. Grosso modo.

Un énorme rond de fumée épaisse s'échappa de sa bouche. Puis il écrasa sa cigarette.

– Notre maire est lui-même historien, expliqua Wepse.

Désormais, Rosa comprenait pourquoi l'article intitulé *5000 marks offerts à des témoins de l'histoire* faisait mention de *personnes âgées de confession juive originaires de Russie* qui devaient participer à un projet de recherche historique unique en son genre. Cela faisait une semaine qu'elle avait lu cet article dans le quotidien local. Cette offre alléchante était le principal sujet de conversation de tous les Juifs russes.

– On n'est pas des bêtes de cirque, avait crié dans l'entrée de la synagogue une femme avec un fort accent de Russie méridionale. Un projet de recherche historique pour divertir les Allemands ! Ils veulent qu'on leur dise tout ce qu'on a sur le cœur ? Après tout ce que j'ai vécu chez nous, à Taganrog... À l'époque, on n'avait pas le droit de raconter des histoires. Les Allemands voulaient nous exterminer comme de la vermine

– Il est question de cinq mille marks, et même davantage ! Ça mérite réflexion. Le reste, on s'en fiche, dit quelqu'un.

– De toute façon, ils ne vont pas nous comprendre. – Une autre voix. D'après l'accent, un Moscovite. – On aura beau leur raconter à quoi ressemble l'intérieur d'une maison, ils n'en verront que la façade.

– Ce qu'il faut, avec les Allemands, c'est leur donner mauvaise conscience. Nomme-leur cinq membres de ta famille tués par les nazis et ils tomberont à genoux devant toi.

– Ou bien ils te défonceront le crâne. – De nouveau l'homme à la prononciation moscovite. – En effet, ces Européens de l'Ouest ne sont pas seulement des intellectuels engagés, des pacifistes qui défilent dans les rues et des défenseurs de l'environnement, des jeunes femmes avec leurs maris efféminés et impuissants et leurs amis pédés paternalistes. Je ne te parle pas de ceux-là ! Les types du marché, les concierges, les chauffeurs de taxi, les bureaucrates du service social, les retraités dans le parc... ce sont eux les plus nombreux. Parmi eux, pas un seul ne tombera à genoux devant toi.

– Il y en a qui tabassent les étrangers à mort ou qui lancent des bombes. Parfois, je me dis que ce n'était pas si mal en Russie.

– Cinq mille marks, les amis ! Cinq mille marks !

– Foutaises ! dit Kostik.

– Oui, vraiment. Dès qu'il s'agit de faire une bêtise, il y en a qui sont toujours partants, acquiesça Frieda. Mais tandis qu'elle écoutait la mélopée du jeune rabbin, qui était venu d'Israël à Gigricht en qualité de "coopérant" et avait pris la relève de son prédécesseur de Baltimore, Rosa ne pouvait s'empêcher de penser aux regards nostalgiques de Kostik, penché sur les vieilles photographies d'Aix-en-Provence que Svetlana lui avait offertes avant son départ de Saint-Pétersbourg. Elle se rappelait qu'elle lui avait pris la main pour lui expliquer qu'on trouverait bien le moyen d'entreprendre ce voyage tant espéré, que l'âge ne devait pas être un frein aux désirs et qu'il restait toujours du temps, une fois qu'on avait appris à vivre chaque jour comme si c'était le dernier.

– Ah, maman, chuchotait Kostik sur un ton mélancolique, lorsque nous n'aurons plus rien, alors le moment sera venu. J'ai soixante-huit ans. Qui aurait pensé que j'atteindrais cet âge.

Et, de nouveau, elle eut le sentiment que son fils n'avait pas vingt-quatre ans de moins qu'elle mais qu'il était son frère aîné.

Rosa avait parlé une dizaine de minutes. Ensuite elle avait fait le résumé de sa vie, et Wepse avait dit que c'était une histoire très originale mais qu'elle ne savait pas si cela suffirait:

– Vous comprenez, les autres aussi racontent des choses tragiques, dramatiques, anecdotiques, mais malheureusement nous ne pouvons sélectionner qu'un tout petit nombre de candidats, et demain et après-demain d'autres Juifs russes viendront sûrement nous voir.

C'est alors que Rosa joua son va-tout. Cela lui prit deux minutes. C'était la première fois qu'elle dépeignait de manière aussi concise, et à la fois aussi poignante, cet événement qu'elle désignait très souvent comme étant le plus marquant de son existence.

Un peu plus tard, de nouveau dans la rue, elle se fit un plaisir de raconter à Macha, son amie défunte, la réaction de ses interlocuteurs: Wepse qui l'avait prise pour une folle et Dmitri qui n'arrêtait pas de rire, tous deux lui disant n'avoir jamais entendu jusqu'ici d'histoire aussi incroyable et aussi absurde. Mais, après, elle avait posé sa preuve sur le bureau.

Wepse avait tendu le papier à Silbermann, celui-ci en avait vérifié le contenu et déclaré qu'il avait l'air authentique, même si, bien sûr, il pouvait s'agir d'un faux. Ils semblaient tous deux abasourdis, décontenancés.

– Si tout cela n'est qu'une mauvaise plaisanterie, alors… avait murmuré Wepse.

– Faites donc analyser ce papier par vos savants professeurs d'université, l'avait interrompue Rosa, éprouvant presque de la pitié pour ses interlocuteurs estomaqués. Est-ce que j'ai une tête à inventer des histoires pareilles ?

Wepse et Silbermann l'avaient raccompagnée jusqu'à l'entrée et l'avaient aidée à mettre son manteau.

– Tu vois, expliqua Rosa à son amie Macha, on peut tout faire gober à ces gens-là. Ils n'ont pas l'œil affûté faute d'avoir jamais regardé dans l'obscurité dans laquelle nous sommes souvent obligés d'avancer à tâtons dans la vie, lorsque nous ne fermons pas tout simplement les yeux pour foncer vers l'inconnu. Ces gens n'ont jamais supporté de garder longtemps les yeux ouverts, alors pourquoi n'en tirerais-je pas profit ? Après tout ce que nous avons vécu, n'avons-nous pas droit à une tranche toute fine de ce qu'on appelle communément le bonheur ? Et comme toujours dans ce genre de situations, Macha lui rappela de ne pas se laisser duper par la poésie de ses propres pensées.

– Arrête de parler autant de regards affûtés, d'obscurités et de tranches de bonheur, dit-elle avec une pointe d'ironie dans la voix, prends plutôt garde de ne pas te casser le nez avec cette histoire.

Rosa sourit, et soudain elle eut l'impression que Macha était encore en vie et qu'elle marchait à ses côtés, dans les rues enneigées.

3

Le début ? Le premier souvenir ? Le cri d'un petit enfant. Le petit enfant, c'est moi. Le tremblement des vitres de la synagogue, à l'autre bout de la rue. Ma mère me maintient couchée dans mon lit. Quelque chose n'est pas du tout comme d'habitude, et j'ai peur qu'elle tire la couverture au-dessus de ma tête. Derrière le mur de la maison, tout près, j'entends des hurlements de loups. Ils vont entrer dans notre maison en rongeant la cloison en bois, m'emporter avec eux et me déchiqueter. En dessous d'eux, les mauvais esprits dont mon grand-père m'a parlé. À moins que les loups ne soient eux-mêmes des mauvais esprits ?

– Où étaient votre père et vos frères et sœurs ? demande Dmitri Silbermann. Avez-vous pleuré ? Les portes avaient-elles été verrouillées ? Où vous êtes-vous cachée ?

Rosa reste silencieuse. Elle a quitté la pièce lumineuse du bureau de Gigricht, est retournée en Biélorussie, dans la bourgade de Vitchi, en 1910 ou 1911, à l'époque où la petite Reyzele restait éveillée toute la nuit, à entendre les affreux braillements de la populace et les appels au secours des Juifs. C'était l'époque où les arbres pointaient encore vers le ciel, où les hommes n'avaient pas de visage et les grincements de porte étaient présages de malheur.

Dmitri Silbermann suce son stylo à bille parce que Rosa lui a interdit de fumer en sa présence. Les cris des corneilles, sur les pelouses enneigées du parc situé entre la rue et le fleuve, percent le silence.

– Pleuré ? Je ne me souviens plus. J'avais deux ans. Je sais juste que quelqu'un tambourinait violemment contre la porte. Et je pensais vraiment que j'allais me faire dévorer.

Dmitri Silbermann, qu'elle appelle désormais tout simplement Dima, remplit le verre de Rosa d'eau minérale. Les médecins lui avaient conseillé de boire plus afin d'éviter la déshydratation.

– Un autre souvenir lointain. Miriam, ma sœur aînée, est devant moi, prête à partir, ses affaires emballées dans deux grands balluchons. Ils sont faits avec de vieux draps, on dirait des tubercules blancs posés sur le sol de la salle de séjour. Ma mère se tient devant l'entrée, bras croisés.

"Avant que ma grande sœur ne franchisse pour la dernière fois le seuil en bois de notre maison, sans se retourner car cela pourrait porter malheur, elle se penche vers moi et m'accroche quelque chose autour du cou : 'Pour toi, Reyzele, dit-elle, pour que tu saches que nous sommes toujours ensemble même si un océan nous sépare.' Elle ajoute quelque chose dont je ne me souviens plus. Je saisis l'objet qui scintille. La chaîne me serre le cou. On peut ouvrir le médaillon argenté. Je vois le visage de ma sœur au sourire un peu crispé. Elle avait quinze ans lorsque la photo a été prise, et moi je n'étais pas encore née.

"Nous traversons le village pour accompagner Miriam à la gare. Elle marche prudemment sur les planches posées dans la boue de la ruelle en guise de petit chemin piéton. Ma sœur porte son unique paire de belles chaussures, talons bleus, cuir blanc. Des chaussures qui méritent de fouler le sol sacré de l'Amérique. Miriam remonte sa jupe, juste assez pour ne pas la salir, mais pas trop pour ne pas livrer ses chevilles aux regards.

"Quelques minutes plus tard, elle se précipite sur le quai, là encore sans se retourner. Elle ne peut plus faire attention au bord de sa jupe. Elle tient à présent les deux ballots que mon père avait portés jusqu'alors. Lorsqu'elle grimpe les trois échelons rouillés du marchepied pour entrer dans la voiture de troisième classe, son chapeau de paille tombe à terre. Elle n'a pas le temps de le ramasser. Le train se met en branle, et moi je me réjouis à l'idée d'avoir encore un souvenir. Mais le chef de gare ramasse le chapeau et le lance à travers la portière toujours ouverte. Il dit quelque chose à voix haute en tournant la tête dans notre direction. Ma mère serre ma main au point de me faire mal. Je comprends soudain que ces paroles ont quelque chose de déplacé et de blessant. À travers mes larmes, le train qui s'éloigne se fond en un enchevêtrement de polygones colorés."

Rosa est contente de pouvoir parler russe. Dmitri la laisse raconter, l'interrompt rarement. Rosa se dit une fois de plus que ce serait bien d'avoir un arrière-petit-fils.

Nous avons le grand honneur de vous annoncer que vous avez été retenue pour participer au projet "Étrange patrie. Une patrie à l'étranger", disait la lettre qu'elle avait reçue début janvier. *Votre interlocuteur, M. Dmitri Silbermann, réalisera les interviews en russe dans les locaux de l'Institut de recherche historique de Gigricht et s'engage à effectuer une traduction en allemand conforme à nos objectifs...*

Kostik, énervé, marchait de long en large dans la pièce en criant :

– Ma mère est folle ! Regardez donc, elle a été raisonnable pendant toute sa vie, elle était tellement raisonnable que c'en était presque insupportable ! Comme j'ai souffert d'avoir une mère aussi raisonnable ! Et maintenant ? Elle est cinglée ! Est-ce le choc causé par l'émigration que beaucoup de gens redoutent tant ? Est-ce l'ennui ? Ou peut-être le changement de climat ?

Il regarda Frieda, mais celle-ci ne dit rien.

– Je fais ça seulement pour récompenser tous nos efforts, expliqua Rosa. Avec l'argent nous pourrons aller dans le sud de la France. Nous nous achèterons de nouveaux meubles et un appareil pour passer ces petits disques à la mode...

– Un lecteur de CD.

– Oui, c'est ça.

– Mais que vas-tu leur raconter ? Que vont-ils écrire sur nous ensuite ? Nous allons être la risée de tout le monde.

– Tu prends ta vieille mère pour une idiote ? Tu crois que je vais leur raconter que tu faisais encore pipi au lit à dix ans, ou bien leur parler de tes angoisses, de ta manie de la persécution ou de tes problèmes d'érection durant tes premiers mois de mariage ? Quand on vit avec quelqu'un, on connaît ses facettes les plus intimes, surtout quand c'est son propre fils.

– Maman ! s'écria Kostik, plus abasourdi que vexé. Maman ! Tu te sens bien ? Tu es si pâle.

Tout en écoutant, Dmitri dessine avec application des cercles, des carrés et des étoiles sur une feuille de papier quadrillé.

– Le voyage de ma sœur dura plusieurs semaines. Le train la conduisit à Varsovie. De là-bas, elle continua jusqu'à Berlin puis Hambourg, où elle embarqua sur un bateau à vapeur portant le nom de *Destiny*. Elle ne vit pas grand-chose des lieux et ne rencontra pas grand-monde. À la gare de Varsovie l'attendait Schmul, dit Schmulka, un parent éloigné qui, des années plus tôt, était venu chercher fortune dans la métropole polonaise mais n'avait rien trouvé. Il fit tout le trajet avec ma sœur. Il n'était pas convenable pour une jeune fille de voyager seule. Schmulka était un petit homme remuant, qui s'occupa de ma sœur avec le soin qu'on se doit d'apporter à un membre de sa famille, mais sans tenir compte des besoins et désirs que peut éprouver une jeune fille. À Berlin et Hambourg, il l'entraîna de la gare jusqu'à la *stadtbahn*, puis jusqu'à la gare suivante et enfin jusqu'au port, sans lui laisser le temps de profiter de l'univers fantastique de ces métropoles.

– À trop regarder on devient aveugle ! expliqua-t-il. Mais qu'est-ce qu'ils t'ont appris, ton père et ta mère ? Le regard d'une femme honnête caresse les pavés.

Sur l'entrepont du *Destiny*, ses mains furent néanmoins moins sages. Miriam prit la fuite et finit par trouver un endroit où dormir, près des toilettes, loin de Schmulka. En collant l'oreille contre la paroi, elle entendait le ronflement régulier de la machine à vapeur.

Tout cela, nous l'apprîmes par les lettres de Miriam. La première arriva deux mois après son départ. D'autres suivirent à intervalles réguliers. Ma sœur avait tant de choses à raconter qu'elle avait de la peine à écrire. Au bout de quelque temps, son yiddish ne suffit plus, aussi inséra-t-elle des mots dans une langue étrangère que nous ne comprenions pas.

Le bateau l'avait amenée dans une grande ville qui se trouvait sur une île au milieu d'un large fleuve. Au-dessus du port flottait le drapeau britannique, mais la majorité des habitants parlaient français.

À Montréal vivait tante Moira, la cousine d'un beau-frère décédé de ma tante. Ma sœur réussit à se débarrasser de Schmulka et à se loger chez tante Moira. En peu de temps, elle trouva du travail comme brodeuse dans une manufacture textile.

Aujourd'hui encore je me souviens du contenu de ses nombreuses lettres. Elles se ressemblaient toutes :

Mes très chers, vous ne pouvez imaginer à quel point vous me manquez et combien j'aimerais vous avoir ici à mes côtés. Le Canada est un pays merveilleux, où il y a peu de pauvres et beaucoup de gens satisfaits de leur sort. À Montréal cohabitent en paix des gens venus des pays les plus divers, civilisés comme moins civilisés. Au centre, il y a des ruelles étroites et de grandes églises où les chrétiens viennent prier. Cela ressemble à Gomel, le chef-lieu de notre district, sauf qu'ici toutes les maisons sont en tuiles rouges et ont au moins deux étages, et que des échelles en fer sont fixées aux murs à l'extérieur. La plupart des gens parlent le français, qui est facile à apprendre mais difficile à prononcer. Contrairement à Gomel, cette ville s'étend bien au-delà de son centre. On peut marcher pendant des heures, à peine est-on arrivé au bout d'une rue qu'une autre commence déjà. Autant de maisons que d'épis dans un champ de blé de cent hectares. Et puis il y a bien sûr les usines et leurs cheminées, les marchés couverts et les installations portuaires, les gares et les ponts. Il y a tout un quartier peuplé uniquement de Chinois qui tiennent des boutiques ou vendent toutes sortes de camelotes dans la rue. Tous les Chinois ont des petits yeux en amande. Dans un autre coin, on ne parle qu'anglais, et un peu plus loin, seulement italien. J'ai parfois l'impression que Dieu a rassemblé ici, sur cette île du fleuve Saint-Laurent, tous les bâtisseurs de la tour de Babel, ceux dont il a brouillé les langues.

Il y a des magasins, aussi grands que notre église et la synagogue réunies, où l'on peut acheter de tout, du corset à l'abat-jour, en passant par le pain et le charbon dont on se sert ici à la place du bois pour chauffer les poêles. On remarque à peine quand la nuit tombe, car toute la ville s'illumine de milliers de lampes électriques. Il y a de la lumière même dans les omnibus, les fiacres et les automobiles. Les gens se bousculent sur les trottoirs et, pour *traverser la rue, ils doivent attendre le geste de l'agent de police dont l'unique tâche consiste à orchestrer la circulation très dense et dangereuse. Imaginez le bruit que cela fait, toutes ces roues sur les pavés des boulevards ! Dans la manufacture textile où je travaille on ne parle que yiddish, et même le propriétaire, Monsieur** *Katsenhar, ne connaît ni le français ni l'anglais. Quoi qu'il dise, cela ressemble à du yiddish. Et, tous les jours, des hommes et des femmes jeunes se rendent dans les gares pour s'en aller vers l'Ouest, où des villes entières poussent en une nuit. Et ils viennent de partout, même des États-Unis, parce que chez nous, au Canada, on réussit mieux dans la vie. Nos chers anciens voisins sont très nombreux également : Russes, Biélorusses, Ukrainiens, Polonais. Chaque jour, je vois leurs têtes d'ivrognes. Quand j'entends les sons stridents de leurs langues, je sursaute. Pourtant, même eux, la prospérité et l'optimisme du Canada semblent les avoir rendus plus doux et plus humains. Jamais je ne les ai entendus dire de méchanceté. Lorsque j'aurai gagné un peu d'argent et trouvé un mari convenable, je partirai dans l'Ouest. Avant, je serais ravie de pouvoir, ici dans le Nouveau Monde, vous serrer dans mes bras, vous, mes parents que j'honore et aime avec tant de ferveur, et vous aussi, mon petit frère et mes petites sœurs…*

Je me souviens que ma mère lisait les lettres de Miriam à voix haute. À chaque fois qu'elle avait terminé, elle se redressait comme une déesse triomphante. Sa tête semblait toucher le plafond.

– Ma fille ! s'écriait-elle. MA fille. Sa voix avait un ton fier, sévère et étrange. Je finis par détester qu'elle ouvre les lettres de Miriam et nous les lise. Ses paroles, dont je comprenais à peine la signification, se gravaient néanmoins dans ma mémoire.

Mon père essayait d'éviter les regards de sa femme. Il allait chercher un couteau à la cuisine, une bûche dans le coffre qui se trouvait à côté du poêle, et s'adonnait à son occupation favorite – sculpter des jouets pour ses enfants.

* En français dans le texte. (*Toutes les notes sont du traducteur.*)

Les antisémites prétendaient que les Juifs avaient deux mains gauches. De mon père on pouvait effectivement dire qu'il avait les "mains trouées". De ce point de vue, il était un *yid*, comme le voulaient les antisémites. Il fallait beaucoup d'imagination pour deviner ce que représentaient les objets, animaux ou êtres humains qu'il sculptait.

– Tiens, Reyzele, un petit poney pour toi, disait-il par exemple en me tendant un chameau. Comme j'avais déjà vu beaucoup de chevaux, mais jamais de chameau (je compris seulement plus tard ce qu'était un chameau), j'appelais cette chose informe "crocodile", parce que je m'imaginais que les crocodiles devaient ressembler à cela.

Lorsque ma mère nous lisait les lettres de Miriam, je me glissais sous les draps et regardais la photo de ma sœur dans le médaillon. "Reviens ! suppliais-je. Pourquoi es-tu partie ? J'ai toujours été gentille avec toi. Tu es méchante. Comme je t'aimais beaucoup, je tirais rarement sur tes nattes, je ne t'ai presque jamais mordue ou griffée quand tu me donnais mon bain ou me forçais à manger quelque chose que je n'aimais pas. J'ai très rarement été vraiment odieuse avec toi. J'aurais dû l'être plus souvent."

Ma sœur souriait. Depuis son départ, plus rien n'était comme avant. Je dus troquer la gaieté de Miriam contre la sévérité de ma mère et la faiblesse de mon père. Je restai seule avec mes sentiments, moi qui avais toujours partagé avec Miriam les petites joies, désirs et tragédies de mes cinq premières années. Ni mon frère, ni mon autre sœur, ni mes nombreux cousins et cousines et encore moins mes parents ne purent remplacer la sœur que j'avais perdue.

– Mais quel genre d'homme es-tu, Abram ? gronda ma mère. Non, tu n'es pas un homme, tu es un pou. Ma fille, elle a franchi le pas. Au Canada, quand on veut réussir, on réussit. Mais toi, tu veux que nos enfants grandissent ici ? Dans ce pays arriéré, avec ses bandes d'assassins, ses esclaves dociles, ses têtes de courges et ses cerveaux fêlés, où la pauvreté, la misère et la tristesse règnent en maîtres et la bêtise porte une couronne impériale ? Dans ce misérable trou où les cochons fouillent la terre sur la place principale, devant la mairie ? Non, Abrascha, tu es brave, consciencieux, et tu es un bon père, mais tu as l'ardeur et la force d'un cheval de labour et l'intelligence d'un cafard.

Ma mère avait la langue bien pendue, chose que toutes les femmes au village lui enviaient. Et mon père continuait à sculpter d'étranges créatures imaginaires qui ressemblaient parfois à des chevaux de labour et, plus souvent encore, à des cafards.

– Mais dis quelque chose à la fin ! le pressa ma mère, et mon père la regarda d'un air penaud en disant seulement :

– Je ne dis pas qu'on ne doit pas partir, mais il faut attendre un peu et bien réfléchir à tout. Je voudrais parler à Rabbi Rotmann.

– Depuis quand considères-tu Rabbi Rotmann comme une autorité ? – Ma mère eut un rire forcé. – Même mon chat est plus pieux que toi. À Yom Kippour, tu as mangé du pain et bu un verre d'eau.

– J'étais malade. Les malades ne sont pas tenus d'observer le jour de jeûne.

– Malade ? Tu appelles ce petit rhume une maladie ? Dieu te punira.

L'énervement de ma mère était compréhensible. Mon père était instruit. Il avait fréquenté le *kheder*, l'école juive orthodoxe, puis avait étudié quelques années à la *yeshiva*, l'académie talmudique. En plus du yiddish, du russe, du biélorusse et de quelques rudiments de polonais, il parlait l'hébreu et pouvait réciter des chapitres entiers de la Torah et du Talmud. Aussi devait-il connaître les interdits et commandements divins mieux que la plupart des autres villageois. Néanmoins, sa culture religieuse lui donnait surtout matière à des remarques incisives d'un contenu plus ou moins blasphématoire, parfois même grivois, et à des anecdotes pleines d'esprit dont les figures types étaient un *tsaddik**, un directeur de *yeshiva*, un gros rabbi, un *ganef*

* Hébreu (pl. *tsaddikim*) : personne d'une grande intégrité morale, juste ; à partir de la fin du XVIIIe siècle, chef charismatique d'une communauté hassidique.

(un voleur), un goy, le Messie, voire le Tout-Puissant lui-même. Mon père n'a jamais parlé de nos projets d'émigration à Rabbi Rotmann.

Ma mère l'accabla de reproches et dit d'un ton agacé :

– Ils vont mettre le feu à nos maisons ! La prochaine fois que ça va péter, ce seront nos enfants qui seront tués ! Tu y as déjà pensé, espèce de pou ? Les temps difficiles, vraiment difficiles, sont à venir. Je le sens.

Quand ma mère parlait ainsi, ma grande sœur Klara et moi fondions en larmes. Nous nous bouchions les oreilles et repensions à cette nuit où les vitres des fenêtres avaient volé en éclats.

Le Canada. Le pays où coulent le lait et le miel ? Ou seulement de l'eau ? Pendant des mois j'entendis mes parents en parler. À la longue je m'y habituai, tout comme je m'étais habituée aux prières qui ouvrent le shabbat le vendredi soir ou, pour Pessah, à l'exploration rituelle de la maison pour chercher des miettes de pain cachées. J'imaginais Montréal comme un grand Vitchi. Là-bas, ma sœur m'attendait. J'avais très vite cessé de croire que nous allions vraiment partir.

Tous les membres de ma famille donnèrent leur avis sur la question de l'"émigration au Canada". Cela rendit les choses plus difficiles encore, étant donné que tous les habitants juifs de Vitchi avaient un lien de parenté avec nous, par le sang ou par alliance. Il faudrait des heures pour énumérer les noms de mes tantes, oncles, grands-tantes, grands-oncles, cousins et cousines. Il ne se passait pas un jour sans que l'un d'eux vienne nous rendre visite.

– Il y a deux cent cinquante ans, raconta par exemple mon grand-père, le bandit ukrainien Bogdan Chmielnicki, maudit soit son nom, a massacré tous les Juifs d'Ukraine. Aujourd'hui on entend parler de pogroms à Odessa, à Kichinev, à Kiev. Chez nous, à Vitchi, c'est différent. Nos Biélorusses sont de paisibles paysans. Ils peuvent, comme il y a deux ans, casser quelques vitres, incendier des maisons ou rosser quelques Juifs. Cela arrive. Ce sont des goyim. Ils se laissent guider par leurs instincts et non par la raison. Dieu a créé les chiens pour garder nos maisons, les chats pour chasser les souris, les chevaux pour tirer nos charrettes, et les goyim pour nous punir de nos péchés. Il faut faire avec. Personne ne sait ce qui vous attend en Amérique. Nous vivons dans ce coin depuis des siècles, nous y serons encore dans cent ans, à moins que d'ici là le Messie ne nous ait délivrés de tous les maux.

Mon grand-père, comme il allait s'avérer par la suite, n'était pas un esprit très clairvoyant. Je l'aimais beaucoup. Il chassait lui-même les paysans ivres de sa boutique, en les rouant de coups. Lorsqu'il se mettait en rage, il frappait des deux poings sur la table. Il était tellement différent de mon père. Quand il me prenait sur ses épaules, j'avais l'impression d'embrasser le monde entier d'un seul regard.

– C'est où, ce Montréal ? demanda un oncle. J'ai entendu parler de New York. Mais Montréal ? Je vous le dis : cette ville n'existe pas ! C'est Miriam qui l'a inventée.

– Des magasins aussi grands que notre église et la synagogue réunies, des rues éclairées toute la nuit. Cela ne peut être que le fruit de l'imagination d'une jeune fille, approuva ma tante. Qui sait où elle est vraiment, notre Miriam. Peut-être dans un bordel à Varsovie.

Ma mère montra à mon oncle et ma tante les enveloppes des lettres de Miriam avec les cachets et les timbres étrangers. Mais ni l'un ni l'autre ne savaient lire les caractères latins.

– On entend des choses terribles sur ces voyages en bateau, dit un autre parent. Un navire sur deux coule. En plus, on sait où on embarque, mais jamais où on débarque. Perez, notre ancien porteur d'eau, est monté sur un bateau français pour rejoindre son fils à Brooklyn. Au lieu de quoi, il a abordé en Algérie. Les Français ont besoin de colons pour leurs possessions dans le désert. Perez doit désormais commencer une nouvelle vie à Alger parce qu'il n'a plus d'argent pour la traversée jusqu'en Amérique.

Ma mère se plaignit auprès de mon père que sa famille ne l'aimait pas. Cela sautait aux yeux. Ils essayaient de contrecarrer tous leurs projets d'émigration parce que grand-père ne voulait pas perdre son fils préféré.

– Ah, soupira-t-elle, si seulement nous étions restés dans mon village au lieu de venir nous installer ici !

Ma mère était originaire de Gobyl, un *shtetl* situé sur le Dniepr, à deux cents verstes au sud de Vitchi, en Ukraine. Son père était propriétaire d'un moulin, un homme aisé et estimé. Il possédait aussi un bateau à aubes qui transportait du fret et des passagers entre la Biélorussie et la mer Noire.

À l'âge de seize ans, elle épousa un commis voyageur qui sillonnait le pays avec toutes sortes de marchandises, notamment de la lingerie féminine. C'était, paraît-il, un jeune homme d'une rare finesse. Mais le bonheur que ma mère partageait avec lui ne fut que de courte durée. Au cours d'un de ses voyages, un paysan ivre le poussa par-dessus le bastingage d'un bac qui naviguait sur le Dniepr. Ma demi-sœur Miriam n'avait même pas deux ans à l'époque. Sur la tombe de son mari, ma mère jura de porter le deuil pendant dix ans – c'est du moins ce qui est rapporté dans la chronique familiale.

Six mois plus tard, elle mettait au monde mon demi-frère Moyshe.

Ma mère éconduisit divers prétendants qui cherchaient à obtenir les faveurs de cette jolie veuve. On disait que pour une fille juive bien élevée elle avait eu une attitude plutôt scandaleuse. On ne tarda pas à la surnommer "Kreyne la teigne", la virago, la mégère.

– Quelle honte ! aurait dit mon grand-père, indigné. S'il le faut, je te marierai à un tsigane, à un mendiant, un vagabond venu on ne sait d'où, un aveugle, un sourd, un boiteux. Tu ne resteras pas veuve à ton âge. Pourquoi es-tu aussi entêtée ? Le bruit court que je ne suis pas un vrai homme ! Qui donc engendre des filles pareilles ? On raconte que ce n'est pas moi mais un bouc possédé du diable qui, cette nuit-là, aurait chevauché ta mère.

Ainsi passèrent quelques années. Mon grand-père s'était sans doute accommodé du fait que sa fille Kreyna, la septième de ses douze enfants, ait mal tourné. Même si elle n'apportait pas beaucoup de joie à ses parents, peut-être leur serait-elle un soutien quand ils seraient vieux.

C'était peu de temps avant Pâques. Les goyim commémoraient la mort de leur Seigneur Jésus-Christ. Quelques jours plus tard, ils célébreraient sa résurrection. Les Juifs des *shtetls* de Lituanie, de Pologne et de Biélorussie verrouillaient leurs portes et tiraient leurs rideaux car, d'après les goyim, c'étaient les Juifs qui avaient mis le Sauveur en croix.

Ce jour-là, mon père, ainsi que mon grand-père et le *shadkhn*, le marieur, arrivèrent à Gobyl à bord du bateau à vapeur. Contrairement à tous les préjugés selon lesquels les représentants de ce corps étaient des escrocs et des fanfarons, le *shadkhn* était un monsieur tout à fait respectable, qui faisait plutôt penser à un lord anglais qu'à un marieur juif originaire de cette province d'Europe orientale. Il avait trouvé à mon père une fiancée qui lui convenait, pas forcément une fille de bonne famille, pas forcément la plus belle et la plus intelligente, mais en tout cas, un parti qui promettait une dot.

– Tout homme peut s'estimer heureux de ramener chez lui une fille pareille, déclara le *shadkhn*.

Mon père, un garçon âgé de vingt ans à l'époque, que tout le monde appelait Abramkele, n'eut pas le choix. Sa mère et ses sœurs l'apprêtèrent : on lui passa de la gomina dans les cheveux, on le fit entrer de force dans un costume étriqué, on astiqua ses chaussures, et on l'envoya chercher la fille pour la ramener à Vitchi.

Il se rendit en malle-poste dans une petite ville située sur le Dniepr et prit ensuite le vapeur en direction du Sud. C'était la première fois que mon père faisait un aussi long voyage.

L'embarcadère de Gobyl, comme celui de Vitchi, était une passerelle aux planches moisies. Le village était composé de bicoques en bois de plain-pied. Les chemins étaient boueux, sur la place principale les cochons fouillaient dans les tas de fumier, mangeaient des pommes pourries et des pelures de pommes de terre. Tout était comme à Vitchi. Sauf que là, les paysans parlaient un autre dialecte.

– Qu'il est vaste, fier et infini, notre beau pays, murmura le marieur, il faut deux jours de voyage pour aller d'un misérable patelin au suivant, puis encore deux jours pour arriver à un autre, et ainsi de suite. Ah, c'était le bon temps lorsque je vivais à Odessa ! Et que c'était bien, Varsovie ! Ah, Varsovie, un jardin d'Éden !

– L'an prochain à Jérusalem, marmonna grand-père.

– Amen.

C'est dans la rue principale de Gobyl que mon père vit ma mère pour la première fois. J'ignore la raison pour laquelle, en ce jour où tous les Juifs, inquiets, se cachaient dans leurs maisons, elle s'était aventurée dehors. Peut-être était-elle sortie par défi, pour montrer qu'elle n'avait pas peur des goyim qui voulaient se venger sur elle de la mort d'un Juif crucifié par les Romains deux mille ans plus tôt.

Mon père regarda ma mère, et celle-ci le regarda. Elle lui sourit.

– Qui est cette femme ? demanda mon père au *shadkhn*.

– Elle ? C'est Kreyne, la *meshuggene**. Une veuve, une bonne femme complètement cinglée. Au village, tout le monde lui casse du sucre sur le dos.

– J'aimerais bien faire sa connaissance, dit soudain mon père. Elle me plaît.

Grand-père et le marieur s'immobilisèrent et regardèrent mon père d'un air amusé.

– Elle est trop vieille pour toi, dit grand-père.

– Elle est trop folle, trop vieille, et surtout trop riche pour toi, précisa le marieur. Quand on essaye de décrocher la lune, on perd facilement l'équilibre.

– Je n'ai encore jamais vu de femme aussi belle.

Quelle mouche a donc piqué ce garçon tranquille ? s'étaient sans doute demandé les deux hommes. Un trouble passager de la raison ? Dix heures de malle-poste et sept heures de bateau, ce devait être trop pour lui. Ce genre d'homme meurt jeune, s'était peut-être dit le marieur. Des années plus tard, alors que j'étais déjà née et que lui ne ressemblait plus à un gentleman anglais mais à un vieux chien de chasse, il affirmait que les gens qui réfléchissent trop ne vivent pas longtemps. Et que nous, les enfants, devions prendre cela comme un avertissement.

Les deux hommes saisirent Abram sous les bras et l'emmenèrent de force dans la maison du cordonnier où l'on avait

---

* Folle en yiddish.

déjà apprêté sa promise pour recevoir sa visite. Mais pour la première fois et, me semble-t-il, la dernière fois de sa vie, mon père fit preuve de caractère. Il se braqua. Face à sa fiancée, il se comporta de telle sorte que le cordonnier, agacé, finit par lui montrer la porte. Rien de cela n'était en accord avec le caractère souple de mon père, et sur ce point la chronique familiale cache sûrement plus de choses qu'elle n'en révèle.

Au final, les hommes n'eurent pas d'autre choix que de frapper à la porte de la seule maison à deux étages du village et de se couvrir de ridicule. Ce qui arriva après devait être tellement pitoyable que, là encore, la chronique familiale ne restitue les événements que partiellement. Il paraît que mon grand-père maternel avait traité mon grand-père paternel de "crapule", de "malotru" et de "vaurien", et que celui-ci lui avait répondu en des termes équivalents. Mon père resta sans voix en voyant Kreyna, devint écarlate, bredouilla quelque chose et enfouit son visage dans ses mains. Le *shadkhn* soupirait et répétait sans cesse : "Ô Seigneur, quelle catastrophe ! Ô Seigneur, pourquoi me punis-tu ? Si seulement tu ne m'avais pas troublé la raison quand j'ai pris la décision de quitter Varsovie." Quoi qu'il en soit, ma mère semblait avoir trouvé cette scène tellement divertissante, peut-être même émouvante, qu'elle dit aux visiteurs de rester pour le repas du shabbat. Et lorsque Kreyna se mettait une idée dans la tête, cinquante *tsaddikim* n'auraient pas suffi à la faire changer d'avis. Mes parents se virent donc le lendemain, et le surlendemain, et le jour d'après. Ma grand-mère fut saisie d'horreur quand elle découvrit peu de temps après les jeunes gens se tenant par la main.

Les deux premières années de vie commune de mes parents s'écoulèrent, paraît-il, sous le signe de l'affection, de la passion et du respect. Jamais je ne l'aurais imaginé.

En 1902 vint au monde ma sœur Klara, en 1905 un garçon, qui mourut à la naissance, et moi, je naquis en 1907. Un an plus tard, ma mère fit une fausse couche. Après cela, elle n'arriva plus à avoir d'enfant. À cette époque, Miriam était presque adulte.

La dot de ma mère fut rapidement épuisée. Le seul bien que possédait notre famille était la vieille maison de mes grands-parents. Elle était tellement minuscule que grand-père n'eut aucun mal à s'en séparer. Il partit s'installer chez mon oncle.

Mon père prit des petits boulots. En tant que manœuvre, il charria des traverses et des rails ou déblaya de la terre pour préparer le tracé de la voie ferrée. Une fois la ligne achevée, la compagnie de chemins de fer lui offrit un billet aller-retour pour Vitebsk en troisième classe. Mon père l'échangea contre de l'argent. Il put alors s'acheter une nouvelle paire de bottes.

Ensuite il s'essaya au métier de boucher. Il abattait lui-même le bétail. Aux Juifs il vendait la partie avant de la vache, à ses voisins biélorusses la partie arrière. Malgré cela, notre famille continuait de vivre dans de modestes conditions. Soit le métier de boucher n'était pas rémunérateur, soit mon père n'était pas assez habile, ou les deux.

Il se fit commerçant. Il vendait des brocantes en tout genre, mais s'y prenait tellement mal qu'il fit rapidement faillite. Il ne savait pas négocier. Lorsqu'il demandait deux roubles et que le client ne lui proposait que cinquante kopecks, mon père cédait dès qu'il lui offrait soixante-quinze kopecks, et non pas un rouble vingt-cinq ou un rouble cinquante. "Il m'a tout simplement convaincu que cette casserole ne vaut pas plus de soixante-quinze kopecks", expliquait-il à ma mère en secouant la tête d'un air désemparé, et si ma mère n'avait pas semblé encore plus désespérée que lui, on aurait pu croire qu'il était quelqu'un de malheureux.

– Faut-il que mon mari soit un bon à rien pareil ! se plaignait ma mère. Croyez-vous que j'avais imaginé ma vie ainsi ? Enfant, je me disais toujours que j'aurais ma chambre à moi quand je serais grande. Comme mes parents. Et maintenant il nous manque l'argent pour agrandir la maison, et je suis obligée de dormir dans la même chambre que mes enfants. Vous verrez, le temps viendra où les poux viendront nous dévorer.

Je ne me rappelle pas ce que répondit mon père. Peut-être qu'une seule grande pièce était plus facile à chauffer que plusieurs. Selon toute vraisemblance, il attendit patiemment que l'accès de colère de ma mère passe. Ma mère essuya ses larmes avec sa manche et retourna à ses tâches ménagères.

Au bout de quelque temps, notre situation familiale s'améliora. Mon père trouva une place de garde forestier chez Lioubimov, le grand propriétaire à qui appartenaient pratiquement toutes les terres de notre région. Alexander Mikhaïlovitch Lioubimov était un exploiteur qui menait la belle vie aux dépens d'autrui. Mais c'était malgré tout quelqu'un de bien. Il était bien intentionné à l'égard des Juifs. Il avait vraiment l'air d'apprécier mon père. Quel était ce lien qui les unissait tous les deux, le gentilhomme de campagne bavard et le prolétaire juif, taciturne et malchanceux ? C'est toujours resté un mystère pour moi. Notre famille considérait Lioubimov comme un saint. Lorsqu'on est vraiment croyant, on adore les saints, et on ne se pose pas de questions sur les fondements réels de leur sainteté. Lioubimov et mon père s'appelaient toujours par leurs noms et prénoms, sauf que Lioubimov tutoyait mon père et que celui-ci lui disait "vous".

– Abram Isaakievitch, lui répétait souvent Lioubimov, tu es un homme digne de respect. Quand vas-tu enfin te convertir au christianisme ? Tu as trop bon caractère pour être juif.

Je voyais rarement mon frère Moyshe. Il avait commencé par étudier au *kheder*, puis, à dix ans à peine, il avait été envoyé en apprentissage chez un relieur de Gomel.

– Les gens mangeront toujours du pain, de même qu'ils liront toujours des livres, expliqua ma mère. Mais un relieur a plus la cote qu'un boulanger.

Je fus surprise car nos voisins, juifs comme non juifs, mangeaient tous du pain mais étaient peu nombreux à lire des livres. Il n'y avait que chez Rabbi Rotmann qu'on pouvait voir une bibliothèque couvrant un mur entier, et le grand propriétaire Lioubimov avait toute une pièce remplie de livres. C'était un homme riche, aussi pouvait-il mettre une pièce habitable à la disposition de ses livres. Moi, je devais même partager le lit avec ma sœur.

Ma mère lisait des romans en yiddish. Il ne fallait pas la déranger quand elle en tournait les pages. Après sa lecture, elle était très souvent déprimée. Ses attaques contre mon père étaient alors plus virulentes que d'habitude.

Mon frère rentrait pour les fêtes. Pour moi, c'était le plus bel homme au monde. Il s'habillait comme un vrai citadin, la plupart du temps il portait une chemise blanche avec des boutons de manchette, un gilet bleu foncé et un pantalon d'un tissu si fin qu'il en retroussait le bas pour ne pas le salir avec la boue de notre rue. Ma mère était comme transformée. Quand elle parlait à son fils, sa voix prenait un ton doux que je ne lui connaissais pas d'ordinaire. Ma sœur et moi étions tenues de tout mettre en œuvre pour rendre le séjour de Moyshe dans son village natal le plus agréable possible. Et c'était ce que nous faisions. Nous mettions des grenouilles dans son lit, lui arrachions sa couverture au petit matin ou jetions dans le puits le chapeau à large bord dont il était si fier. Ma mère nous donnait des coups pour nous punir. Notre frère était déjà beaucoup trop vieux et se prenait pour quelqu'un de bien trop important pour mettre lui-même la main à la pâte.

Moyshe fut le premier à m'apprendre que le monde tel que nous le connaissions allait bientôt disparaître. Car il ne se contentait pas de fabriquer des couvertures pour les livres, il les lisait aussi. Le maître relieur chez qui il était en apprentissage était un partisan du Bund, un mouvement politique engagé dans la défense des droits du prolétariat juif. Il recevait régulièrement les revues *Der Veker* et le *Folktsaytung* dont il recommandait chaudement la lecture à ses apprentis. Moyshe rapportait les journaux à Vitchi et nous en lisait des passages. Il lisait debout, ponctuant les mots de mouvements de tout son corps, et me faisait un peu penser à un camelot de foire qui vante sa marchandise. À six ans, je ne comprenais pas grand-chose à ses exposés, juste assez pour savoir que nous allions tous mal et que, pour cette raison, nous devions lutter pour une vie meilleure. Cette revendication me paraissait sensée, aussi n'arrivais-je pas à saisir pourquoi les adultes l'accueillirent avec tant d'hostilité.

"Tu vas tous nous faire aller en prison, disait mon père. Je t'interdis de lire des pamphlets politiques dans notre maison."

Le visage de mon père devenait rouge de colère, mais par égard pour ma mère il évitait en général de se disputer avec mon frère. Mais ma mère n'était pas pour autant d'accord avec son fils. Pour elle, l'avenir se trouvait dans une traversée en bateau à destination du lointain Canada. Ce qu'il adviendrait des Juifs de Russie ? Cela était l'affaire de ceux qui avaient fait des études à Saint-Pétersbourg, Moscou, Varsovie ou Kiev et avaient appris à enchaîner des phrases intelligentes. Les gens ordinaires, eux, devaient chercher le bonheur là où il leur était donné.

Grand-père réprimandait son beau-petit-fils : "Tu es un fou ! Si tu fais l'arrogant avec les goyim, ils vont te tabasser à mort. Non. Nous devons faire ce que nous avons toujours fait. Respecter pieusement les commandements et attendre le Messie."

Moyshe méprisait de telles mises en garde. Il ne suivait pas les commandements et n'allait pas à la synagogue, il avoua même avoir mangé une fois du porc. Et le châtiment de Dieu n'était jamais venu. Mon frère avait découvert d'autres dieux. Vladimir Kossowski, un des fondateurs du Bund, par exemple. Il m'apprit l'hymne des bundistes. La chanson s'appelait *Shvue* – le serment. Les paroles et la mélodie étaient faciles à retenir. Aujourd'hui encore je me souviens d'une strophe :

Mir shvern tsu kempfn far freyheyt un recht,
mit alle tyranen un seiere knecht.
Mir shvern basiegn di finstere macht
oder mit heldmut faln in shlacht!
*Himl un erd…**

Toute fière, je chantai cette chanson dans la rue à une ribambelle d'enfants ainsi qu'aux poules, aux chèvres et aux ânes. Je la chantai à tue-tête, jusqu'à ce qu'une bonne partie de la famille arrive en courant, l'air inquiet ou en colère. Mon grand-père me saisit aux épaules et me secoua. Le coup arriva sur le côté. Je chancelai et tombai. Dans mon oreille, j'entendis un bourdonnement continu, désagréable. Cependant, ce n'est

* "Nous jurons de lutter pour la liberté et nos droits / Contre tous les tyrans et leurs laquais / Nous jurons de vaincre les forces obscures / Ou de tomber en héros dans la bataille / Le ciel et la terre…"

pas à cause de la douleur que je restai la moitié de la journée blottie dans une grange, mais parce que j'avais peur que mon grand-père ne m'aime plus. Lorsqu'il me trouva, j'avais déjà essuyé mes larmes. Lui était redevenu le bon grand-père qu'il était. Il me demanda pardon en bonne et due forme, comme si j'étais déjà une adulte, et je lui pardonnai généreusement. En contrepartie, je dus lui promettre de ne plus jamais chanter l'hymne du Bund. "Si notre gendarme t'entend, dit-il, il t'enfermera dans une cellule où les rats viendront te dévorer."

Cette menace ne m'effraya guère, car le gendarme Ivanov était tout sauf terrifiant. La plupart du temps, cet homme était trop ivre pour faire sa patrouille. Et lorsqu'il arpentait les rues, il avançait avec la démarche d'un ours dressé. Même nous, les enfants, nous lui riions ouvertement au nez, lui faisions des grimaces ou lui tirions la langue. "Je vais vous montrer de quel bois je me chauffe, petites punaises à youtres!" disait-il d'un ton menaçant. Nous aurions bien aimé savoir ce qu'il entendait par là.

Mon frère racontait que le monde allait bientôt changer, et retournait chez son maître à Gomel. Mais, pour l'instant, le monde restait tel qu'il était. Nous vivions toujours dans notre petite maison. Les deux minuscules fenêtres du séjour laissaient à peine entrer la lumière. Le mobilier se composait du grand lit des parents, d'un lit pour les enfants, d'une armoire, de quelques coffres, d'une table et de deux chaises. Le soir, une lampe à pétrole baignait l'ensemble d'une faible clarté. Nous avions l'habitude d'aller nous coucher dès que la nuit tombait et de nous réveiller avec les premiers rayons du soleil.

Quand les parents nous croyaient endormis, mon père se mettait parfois sur ma mère et faisait ce que les chiens ou les chats font entre eux dans la rue. Je sus très tôt quel était le but de ces exercices, mais je n'arrivais pas à m'expliquer pourquoi mes parents les faisaient si souvent. J'attendais en vain d'autres frères et sœurs que j'aurais pu taper et mener à la baguette, tandis que les chats et les chiens mettaient régulièrement des petits au monde. J'aurais aimé poser des questions à mes parents à ce sujet, mais je compris que cela n'était pas de mise pour une petite fille. À chaque fois qu'ils se lançaient dans leurs étranges exercices de gymnastique, je faisais semblant de dormir, et plus ils se disputaient, moins ils troublaient mon repos nocturne.

Il ne se passait guère une année sans que l'un de mes cousins ou cousines ne meure d'une pneumonie, de la tuberculose, de la scarlatine, de la rougeole, de la variole ou d'autres maladies. Ils se faisaient renverser par des charrettes, se noyaient dans la rivière ou tombaient de l'échelle et se rompaient le cou. Quand on survivait aux mois d'hiver, on pouvait mourir d'une infection au printemps, parce que après la fonte des neiges, la rivière débordait et contaminait nos puits. Et j'aimais le caractère solennel des enterrements, lorsque Reb Rotmann de sa voix grave récitait les prières, que les proches déchiraient leurs vêtements et que les hommes rebouchaient la tombe. Cela ne m'inquiétait guère de me retrouver moi-même le lendemain couchée au fond du caveau.

Je ne fus pas malheureuse durant les premières années de ma vie. Nous nous sentions en sécurité au village aussi longtemps que nos voisins goyim nous laissaient en paix. Les enfants non juifs n'étaient pas tellement différents de nous. Comme nous, ils marchaient pieds nus l'été, parlaient aussi bien le yiddish que nous le biélorusse, venaient nager ou pêcher avec nous. Nous savions que leurs parents ne nous aimaient pas et qu'eux aussi, un jour, viendraient à nous mépriser parce que nous étions juifs. C'était une évidence, tout comme l'étaient le lever du soleil le matin, la neige en hiver, la naissance, le mariage et la mort. La rue des Juifs se composait de maisons en bois de plain-pied, de jardinets, de cours et de clôtures interminables. Derrière chaque clôture, un chien tirait sur sa laisse. Dans chaque maison était assise une de mes tantes. Derrière chaque fenêtre, des yeux perçants observaient chacun de mes pas. Ma mère était au courant de tout ce que je faisais, et ainsi je finis par devenir ce qu'elle souhaitait. Une petite fille sage.

4

Minuit. Un dernier regard vers notre maison. Elle n'a pas été vidée, on dirait que ses habitants sont juste partis faire une promenade. Nous traversons furtivement le jardin et nous nous glissons dans un sentier qui coupe à travers champ. J'ai le médaillon de Miriam autour du cou, je sens le métal froid sous ma robe, sur ma peau.

Au moment où ma mère allait décrocher la mezouza du montant de la porte, mon père agrippa son poignet.

– On ne peut quand même pas laisser ce qu'on a de plus sacré ! dit-elle.

– Tu veux nous faire repérer ? lança-t-il entre ses dents. À la lueur de la bougie, son visage paraissait en colère. C'était tellement inhabituel que, dans l'agitation de cette nuit, j'ai commencé à me demander si c'était vraiment mon père, ou peut-être un *dybbuk*, un de ces mauvais esprits dont grand-père m'avait parlé. Des choses terribles, irrémédiables, s'annonçaient. Je me suis réfugiée auprès de ma sœur Klara qui était occupée à ficeler un sac, l'ai enlacée, enfoui mon visage dans son ventre mou.

– Ce n'est pas le moment ! dit-elle en me repoussant.

Ma mère emporta malgré tout la mezouza.

Nous avançons à tâtons, en file indienne. Mon père marche en tête, suivi de ma mère, puis de Klara et, derrière, de Moyshe qui me porte sur ses épaules. Moyshe a ôté sa tenue élégante. Il a de nouveau l'air d'un Juif ordinaire natif de la province biélorusse. Ses cheveux sont en désordre. Je me cramponne à eux comme aux rênes d'un cheval. Nous sommes tous tenus de nous taire. Les épaules de Moyshe sont plus étroites que celles de mon grand-père. Mais, à six ans, je suis légère comme une plume. Bien que Moyshe serre fort mes jambes au point de me faire mal, je savoure la sensation d'être portée.

J'ai l'impression de connaître chaque arbre. Même sans lanterne, mon père trouve la bifurcation qui mène à la route. C'est déjà bien que Moyshe me porte, me dis-je. S'il n'était pas en meilleure santé que ce que ma mère croyait, nous ne serions pas obligés de fuir Vitchi.

À la maison, nous avions des petits soldats en papier. Mon armée n'avait pas survécu au transport de troupes. Un jour, je l'ai mise dans un petit bateau en papier et l'ai regardée se noyer dans la rivière. Klara m'a alors giflée. C'est elle qui avait dessiné les soldats sur du papier bariolé et les avait découpés. Dans son armée, les Juifs ne se faisaient pas tabasser, ni mutiler ou torturer à mort, et ils étaient même officiers. Mais son armée à elle, on pouvait souffler dessus, la brûler ou la noyer. Ses soldats n'avaient même pas de fusils.

Pendant deux semaines, Moyshe n'a rien mangé et a avalé le truc dégoûtant que son maître de Gomel lui avait concocté. Ils lui ont quand même fait passer les tests de sélection militaire.

En juillet 1914, le médecin-major n'a aucune indulgence pour les tire-au-flanc et les simulateurs. Tout le monde parle de la guerre. Mais, à Vitchi, personne ne sait pourquoi nous allons la faire. L'empereur d'Allemagne a insulté le tsar, dit-on. J'imagine la scène suivante : l'Empereur Guillaume, qui ressemble à notre maire, crache aux pieds du tsar, qui ressemble à Lioubimov, le grand propriétaire terrien.

– Tu es un misérable poivrot, mon ami, lui dit-il, un vaurien et un goinfre.

– Attends un peu, je vais te montrer de quel bois je me chauffe, espèce de chien ! crie le tsar offensé, et il ordonne de faire passer à Moyshe les tests de sélection militaire… C'est pour cette raison que devons partir à Montréal.

Un conscrit n'a pas la possibilité de sortir légalement du pays. Guidé par un passeur, il va se faufiler à travers les taillis, contourner des sentinelles et des frontières fortifiées, patauger dans un ruisseau, passer dans un champ labouré, traverser une route et se ranger parmi la foule de vagabonds, artisans ambulants et Juifs en errance qui, de ce côté-ci de la frontière comme de l'autre, n'ont pas l'air différents. Chez un cabaretier juif, dont le passeur lui dira le nom, il échangera ses roubles d'argent et ses objets de valeur contre des couronnes autrichiennes, et dans la gare d'une bourgade de Galicie il achètera un billet de troisième classe pour Trieste. Et nous, nous l'accompagnerons parce que ma mère n'envoie pas son fils seul en voyage.

Au début, Moyshe avait essayé de protester, parlé de son combat politique, de la révolution mondiale imminente, raconté qu'après toutes ses vaines tentatives d'échapper au service militaire, il souhaitait se voir à la tête du pugnace prolétariat juif au sein de l'armée russe, qu'il ne comptait pas prendre la fuite comme un étudiant talmudiste détaché de ce monde. Il souffrait avec son peuple, avec ses frères et ses sœurs. Ma mère lui donna une gifle.

– Arrête, ça suffit à la fin, cria-t-elle. A-t-on déjà entendu autant de bêtises d'un coup ? Il n'y a que les enfants, les femmes riches et les ecclésiastiques stupides pour vouloir souffrir avec le peuple. Une boutique à soi, voilà le bonheur. Si tu ne le comprends pas, tu te feras marcher dessus toute ta vie.

Mon frère marmonna quelque chose. Ma mère le frappa de nouveau, cette fois sur l'autre joue.

– Tu fais ce que je te dis, abruti ! hurla-t-elle. Tu obéis, sinon tu n'es plus mon fils.

Le révolutionnaire aux joues rouge vif n'osa plus contredire sa mère.

Je me souviens des paroles de grand-père :

– Tu as perdu la raison, Kreyna ! J'ai toujours redouté que tu ne mènes mon fils à sa perte. Si tu te fiches de ton sort et de celui de ton mari, pense au moins aux enfants. Laisse-les chez nous. Je m'occuperai d'eux comme si c'étaient les miens.

Mais, cette fois-là, ma mère réussit à s'imposer face à la famille de mon père. Je ne me rappelle plus de quoi elle les avait menacés. Peut-être de se suicider.

Le soir du départ, grand-père me prit une dernière fois dans ses bras. Seuls quelques membres de la famille étaient au courant de nos projets de fuite : les gens sérieux, les craintifs, les solitaires, c'est-à-dire ceux dont le silence était acquis. Ils s'étaient réunis dans la maison de mon oncle et avaient des visages graves, on aurait dit qu'ils faisaient le procès de mes parents. Il fallut attendre d'avoir vidé une bouteille de vodka pour que les sentiments commencent à s'exprimer. Ce soir-là, on s'apitoya sur moi, on m'embrassa, on m'enlaça et on me caressa comme rarement on l'avait fait jusqu'ici. Cela me flattait, tandis que Klara, elle, se dérobait aux cajoleries. Récalcitrante et repliée sur elle-même, elle restait dans son coin. Elle avait enroulé ses nattes autour de son cou comme pour cacher du mieux possible les parcelles nues de son corps.

Après minuit, mon grand-oncle Daniel, le charretier du village voisin, nous attend à la bifurcation avec une voiture. En guise de camouflage, il a chargé dessus plusieurs caisses entre lesquelles il reste de la place pour nous. Il ne faut pas éveiller les soupçons. Mon frère est un déserteur.

Au bout de quelques instants, je m'endors dans les bras de mon père. Je rêve de Miriam. Elle porte une robe en or pur et un diadème en argent serti de pierres précieuses. Nous sommes appuyées au bastingage d'un navire. On dirait le bateau à aubes qui accoste une fois par jour à Vitchi. Sur le pont, les mêmes planches d'un marron sale, jamais frottées. Une cabine basse de plafond, à l'intérieur une banquette en bois pour les passagers de première classe.

Montréal ressemble à Vitchi. Une rue qui s'étire à l'infini, à droite et à gauche des clôtures et les maisons de mes proches. Les clôtures sont en pain d'épice et en chocolat. "Mange!" dit ma sœur en riant. Je tire un poteau du sol et mords dans une masse sucrée, pâteuse...

Je suis réveillée par la faim. Il est tôt. Le chemin est étroit. À cause des branches et des buissons nous sommes parfois obligés de nous coucher à plat ventre sur le plancher de la charrette, ou de descendre pour écarter une branche. Lorsque le véhicule reste coincé dans la boue, les hommes sautent pour pousser, tandis que Daniel fouette les deux rosses.

Je repense au village, aux épaules de grand-père, au moulin au bord de la rivière et aux glapissements des chiens derrière les clôtures, aux cris de mes tantes, aux rideaux en dentelle et aux têtards dans la mare, derrière la remise. Je regrette notre salon, et les poupées de vieux chiffon que nous n'avons pu emporter.

Grand-père viendra-t-il me rendre visite ? Quelle distance peut-il y avoir entre Montréal et Vitchi ? Il nous faudra sûrement quelques jours avant d'arriver. Je sais que là-bas les gens parlent une autre langue. En plus du yiddish je maîtrise le biélorusse et le russe. Je comprends aussi un peu le polonais car à Vitchi il y a des Polonais et même une église catholique. Quelques familles allemandes, ukrainiennes et tatares habitent également notre village. Ce n'est pas la nouvelle langue qui me fait peur. Juste la mer qui nous sépare du Canada. Je me l'imagine comme un large fleuve. Si large qu'on distingue à peine l'autre rive.

Moyshe est affalé sur le bord de la charrette et ses jambes pendent dans le vide. Il est dans l'une de ces terribles phases de mutisme qui parfois s'abattent sur lui comme un rhume au printemps. Des périodes d'âpre mélancolie pendant lesquelles il ne laisse personne l'approcher. Klara frissonne. Elle a replié les jambes et posé son menton sur ses genoux. Ses yeux sont fermés. Ma mère s'est assise sur nos sacs et sacoches, droite comme un piquet. Avec sa jupe tricolore, elle fait penser à une reine. La commandante suprême de mes soldats en papier.

Vers dix heures du matin, nous arrivons dans une ville. Je ne parviens pas à détacher mes yeux des maisons en pierre. Leurs façades sont peintes en jaune, rouge foncé ou marron. Quelques-unes ont trois étages et je me demande comment ces constructions audacieuses font pour ne pas s'effondrer. La place du marché est couverte de pavés. C'est la première fois que je vois autant de personnes au même endroit. Je me demande comment elles font pour ne pas se marcher sans arrêt sur les pieds.

Dans le wagon de troisième classe, je suis assise sur une banquette et je ne dis pas un mot. Mes pieds ne touchent pas le sol. J'aimerais m'asseoir sur les genoux de ma mère mais je ne peux pas le lui demander car elle m'a interdit de parler pendant la durée du voyage. La moindre phrase pourrait nous faire repérer, dit-elle. À la mine que font mes parents, mon frère et ma sœur, on dirait que leurs visages sont en bois. Nous sommes entourés de paysans, d'artisans, de commerçants, de Biélorusses, d'Ukrainiens, de Juifs. Certains se sont installés sur leurs sacs et leurs valises car il n'y a plus de place sur les banquettes. Le couloir central est encombré. Il faut enjamber des bagages ou les gens accroupis par terre. Je ne m'aventure qu'une seule fois jusqu'aux toilettes. J'ai aussitôt la nausée. Le plancher en bois imprégné d'urine est couvert d'excréments. La cuvette est trop haute pour moi.

Je n'ai plus d'appétit. Ma mère me tend un sandwich au fromage auquel je ne touche pas. Dehors, le paysage défile devant nous. Il me semble que le train pourrait dérailler à tout moment. J'avale mes larmes. Peut-être mes parents comprennent-ils ma peur, peut-être pensent-ils la même chose que moi, mais leurs visages restent figés et impénétrables comme ceux des idoles que les goyim adorent dans leurs églises.

Il est tard dans la nuit. Les rues de la ville à la frontière ukrainienne sont vides. Au clair de lune, on devine confusément les contours de l'église avec ses deux clochers à bulbe. Ma bouche est comme desséchée, mais je sais que je n'aurai rien à boire jusqu'au lendemain matin.

Derrière la gare, nous avons attendu la tombée de la nuit. Mon père était parti en ville pour trouver la boutique d'un cordonnier dont il avait eu l'adresse par un parent. Celui-ci l'avait eue par un ami et celui-ci l'avait eue lui aussi par un ami. Au bout d'une heure, mon père revint, abattu. "Nous nous sommes mis d'accord sur cinquante roubles, chuchota-t-il. Il ne veut pas baisser le prix." – "Tu ne peux donc jamais faire les choses correctement, dit ma mère avec une colère contenue. Quand apprendras-tu enfin à t'imposer ? Cinquante roubles ! Avec quoi allons-nous payer la traversée ? Je vais devoir vendre mon alliance." Mon père baissa le regard. Si, à cet instant, il avait eu un couteau dans la main, il aurait sûrement pris un morceau de bois et se serait mis à le sculpter.

Nous nous engageons dans l'une des rues qui partent en étoile de la place principale et se prolongent jusqu'à la périphérie. Elle grimpe légèrement et se rétrécit environ deux cents mètres plus loin. À la place des pavés, je sens maintenant des cailloux et des gravillons sous mes pieds. Au bout d'un moment nous nous arrêtons. J'entends mon père frapper. Deux coups, courte pause, puis encore deux coups. J'entends le bruit d'un verrou qu'on tire. La porte s'ouvre, et je vois la lumière vacillante d'une lampe à pétrole. Quelqu'un dont je distingue vaguement la silhouette nous fait signe d'entrer. Par un escalier étroit, nous descendons dans une cave voûtée où je vois une table, deux chaises, des étagères contre les murs et des outils de cordonnier. Sur la table il y a des semelles, des bandes de cuir noir et marron, des couteaux, des marteaux et des clous, sur les étagères des dizaines de paires de chaussures et de bottes. L'air est humide et sent la colle. L'homme qui nous a fait entrer est un Juif orthodoxe portant des papillotes, un chapeau et un caftan. Sa barbe qui tombe sur sa poitrine a des mèches grises et fait penser à un chiffon effiloché. À Vitchi, seul Rabbi Rotmann ressemblait à cela. Chez nous, la seule chose qui différenciait tous les autres Juifs de leurs voisins chrétiens, c'était que les hommes portaient toujours un couvre-chef et certaines femmes des perruques. Une fois que mes yeux se sont habitués à l'obscurité, je discerne un jeune homme vêtu d'un blouson et coiffé d'une casquette. Il l'a bien enfoncée sur son front de telle sorte que ses yeux restent dans l'ombre.

– Vous avez l'argent ? demande-t-il. Mon père déboutonne sa veste et sort sa bourse de sa poche intérieure.

– Cinquante roubles, dit l'homme.

– Mais on nous a assuré que c'était trente, proteste ma mère. Des ombres dansent comme des spectres sur le sol d'argile humide. Soudain je prends peur. J'imagine cet homme en train de nous tuer puis de creuser une fosse au milieu de la pièce avant de nous jeter dedans.

– Les temps ont changé, répond l'homme avec une ostensible indifférence. – Il s'assoit sur l'une des deux chaises et croise les jambes. – C'est cinquante roubles ou rien du tout. C'est à vous de décider.

Maintenant je vois ses yeux. Ils sont grands, marron foncé, pas hostiles.

Mes parents se regardent. Après quelques hésitations, ma mère hoche lentement la tête, et mon père se met à compter l'argent. Cinq pièces de dix roubles en argent qu'il pose sur la table. Le passeur donne une pièce au Juif orthodoxe, fait disparaître le reste dans la poche de son pantalon.

Cette transaction financière a rendu l'atmosphère plus humaine et rassurante. Je fais quelques pas en direction du passeur.

– Comment tu t'appelles ? lui demandé-je. Aussitôt je ressens une vive douleur. Ma mère m'a attrapé l'avant-bras, me tire brusquement en arrière. Ses ongles s'enfoncent dans ma peau comme des pointes de couteau.

– Tais-toi ! dit-elle entre ses dents. Mais l'homme grimace un sourire affecté, plisse les yeux et répond :

– Mon vrai nom n'a pas d'importance. Tu peux m'appeler *Libérateur.*

Le libérateur nous conduit au sommet de la colline, là où il n'y a plus de maisons. Mes parents et nous, les filles, le suivons de près. Moyshe en dernier, chargé de nos sacs et sacoches. Klara ne lâche pas ma main. Je sens sa transpiration. Un dernier regard en arrière, avant que la forêt ne devienne plus dense. Au clair de lune, on distingue à peine les toits et les clochers pointus. Encore quelques pas, un autre regard – au-dessous de nous se trouve un lac noir, on a l'impression qu'il n'y a jamais eu de ville.

Le libérateur se fraye un chemin à travers les buissons. Des branches me giflent. Encore quelques pas et je ne pourrai plus avancer, me dis-je. Mais la main de ma sœur garde la mienne prisonnière. Si la forêt n'était pas aussi dense, Moyshe pourrait de nouveau me porter, mais, à vrai dire, je suis contente qu'il ne le fasse pas. Il n'est pas grand-père.

Moyshe a mis deux sacs noués ensemble autour de son épaule droite. Il marche d'un pas rapide et régulier. Ma mère a relevé les ourlets de sa jupe et de ses deux jupons et les a coincés dans sa ceinture. Ce n'est pas le moment d'être pudique.

J'ai beau avoir six ans, je sais que je ne peux me permettre aucune faiblesse. Si je m'assois par terre, ma mère me donnera des coups. Nous n'avons pas de temps à perdre.

Je pense aux retrouvailles avec Miriam. Depuis qu'elle est partie, elle a grandi, grandi, semaine après semaine, mois après mois.

Nous traversons un ruisseau derrière lequel s'étend un champ de seigle. Cette fois, Moyshe me prend sur ses épaules. Notre libérateur découvre un sentier entre les épis. À l'autre bout du champ se trouve un chemin, deux profondes ornières creusées par les roues d'innombrables charrettes. Nous nous arrêtons ici.

– Nous avons eu de la chance, chuchote le libérateur. J'ai évité la patrouille russe, mais nous aurions pu facilement tomber aux mains des Autrichiens. Les enfants étaient trop lents. Mais nous avons réussi. – Il pointe le doigt vers l'obscurité. – Continuez dans cette direction. Au bout de dix verstes environ, vous arriverez dans un village. À la sortie se trouve une auberge, elle appartient à un certain Himmelblau. Là-bas, vous pourrez acheter des provisions et changer de l'argent, et il vous indiquera le chemin de la gare. Mais faites attention, c'est un écorcheur. Allez, bonne chance !

Mes parents s'enlacent, un surprenant accès de tendresse.

– L'Autriche ! s'écrie ma mère. Nous sommes en Autriche ! Enfin libres.

Même Moyshe semble heureux. Je sens son dos qui se redresse, ses épaules qui se soulèvent.

Au bout d'une heure de marche, nous faisons une halte. Je m'étends sur l'herbe et m'endors aussitôt. Nous sommes au cœur de l'été, la nuit est chaude. Je me réveille lorsque ma mère me secoue par les épaules. Je me remets à marcher, sans voir grand-chose, sans réfléchir, trop fatiguée pour lever la tête, les cris d'une chouette dans l'oreille, un battement d'ailes qui claque soudain, une branche sèche qui craque sous mon pied. Nous faisons une nouvelle halte, reprenons notre route, faisons une halte. Je n'arrive plus à faire la différence entre le sommeil et la veille.

À l'aube, nous atteignons le village : une rue, bordée de cabanes aux toits de chaume. À cette heure matinale, la plupart des volets sont tirés. Devant l'église en bois peinte en blanc est assis un vieil homme, une pipe courbée à la bouche.

Nous sentons son regard méfiant qui nous suit. Ce n'est pas l'image que je m'étais faite de la belle Galicie aux richesses fabuleuses dont on m'avait parlé. Mes parents, mon frère et ma sœur ressentent sans doute la même chose. Ils ralentissent le pas et regardent autour d'eux, déconcertés. Ma mère fronce les sourcils.

Au bout de la rue, nous trouvons l'auberge. Elle est encore fermée. L'entrée est surmontée d'une enseigne, une que j'ai déjà vue à Vitchi. À côté du nom du propriétaire est dessiné un aigle à deux têtes, et en dessous, le macaron de la licence d'État, octroyée par le lointain tsar de Saint-Pétersbourg, autorisant la vente de vodka, d'eau-de-vie et de bière. Je vois ma mère jeter nos sacs et sacoches par terre, enfouir son visage dans ses mains, ses épaules tremblent tandis qu'elle pleure sans bruit, je vois Klara qui se détourne et se met à murmurer quelque chose et grimace un sourire en coin, je vois Moyshe serrer les poings, je l'entends jurer et crier : "Je vais le tuer ! Je vais le tuer de mes propres mains ! Maudits soient tous ses descendants, jusqu'à la septième génération ! Qu'ils crèvent tous dans des convulsions et dans de longues souffrances !" Seul mon père donne l'impression d'être calme. Il baisse la tête et se mordille les lèvres. Au loin, l'homme assis sans bouger devant l'église nous observe.

Je regarde encore une fois l'enseigne. L'aigle bicéphale est le même que celui de Vitchi. Ce n'est pas le lointain empereur de Vienne qui a accordé aux Juifs l'autorisation de donner aux paysans, en leur servant des spiritueux, un avant-goût du paradis et un raccourci pour y accéder. Et là, je réalise : je ne suis pas près de revoir ma sœur Miriam.

La gare se trouve dans un grand village, à dix verstes d'ici, explique le cabaretier juif, après que mon père a tambouriné plusieurs fois contre la porte. Il y a presque vingt verstes jusqu'à la ville dont nous sommes partis la veille avec le "libérateur". Le boulanger n'ouvre que dans une heure, mais lui peut nous vendre un peu de pain et de charcuterie… Il va nous donner un pichet d'eau… Non, il ne sait pas si quelqu'un peut nous conduire à la gare. Il y a deux semaines, un habitant du village est parti en charrette chercher une cousine au train, et depuis plus personne n'est allé dans cette direction…

Moyshe veut retourner en ville pour casser la figure au "libérateur".

– Tu es un abruti ! lui explique ma mère. Il fera venir la police, niera te connaître. On t'enverra aux fers en Sibérie.

Lorsque nous arrivons enfin devant le bâtiment blanc de la gare, j'ai les pieds tout écorchés. Nous avons été obligés de laisser en chemin une partie de nos bagages parce que sinon nous n'aurions pas eu la force d'avancer. Des drapeaux sont accrochés partout. Dans tout le village règne une étrange gaieté. À la gare, on nous apprend que, le jour même, le tsar a déclaré la guerre aux empereurs d'Allemagne et d'Autriche. Il y a des soldats partout dans le village. Dans quelques heures ils marcheront à l'ennemi.

Nous sommes de nouveau chez nous, à Vitchi. Allongée dans mon lit, les yeux ouverts, j'entends mon père clouer la mezouza au montant de la porte. Il s'écoulera quatre-vingt-cinq années avant que je quitte vraiment la Russie.

Moyshe part à l'armée. Maintenant il va pouvoir prouver qu'il est bel et bien le fer de lance du prolétariat. Dans les prochains jours, des troupes traverseront notre village. Dans les prochains mois, des soldats russes pilleront les maisons des Juifs. Dans les prochaines années, il s'agira de survivre. Nous ne pensons plus au lointain Canada. Lorsqu'en 1967, j'apprends la mort de Miriam à Montréal, elle n'est plus tant un souvenir qu'un produit de mon imagination. Et le médaillon qu'elle m'avait offert, je me le suis fait voler pendant la Seconde Guerre mondiale.

5

Personne ne savait d'où il venait. Il n'était pas encore vieux, mais il marchait le dos voûté, en s'appuyant sur une canne. Tout le monde parlait de lui comme si c'était un vieillard. Les premiers jours, il fit le tour du lotissement en demandant l'aumône. Comme le voulait la coutume lorsqu'un Juif étranger se présentait, on lui donna de quoi manger. On lui demanda d'où il venait et quel était son métier. Un jour, l'inconnu disait qu'il était originaire de Chepetivka, et un autre jour de Jmerinka, de Kherson et, une autre fois, d'Odessa.

Le vieux Sakodover, qui devait mourir cette année-là, lui laissait passer la nuit dans sa grange. Pendant la journée, l'étranger errait dans les rues sans avoir enlevé la paille de son caftan, et les paysans biélorusses demandaient qui était ce Juif crasseux.

Après l'office du premier shabbat qu'il passa dans notre village, il prit l'étroit escalier en colimaçon pour monter à la galerie où étaient assises les femmes. Devant chacune des femmes mariées, qui, comme le veut l'usage chez les Juifs pieux, portaient des perruques, il s'inclina profondément et se présenta comme étant Reb Jacob Weiss. Il était *melamed*, instituteur, expliqua-t-il, et voulait faire la classe à leurs enfants. "Mais nous avons déjà deux professeurs au village", lui dirent les femmes.

Il ne cherchait pas à instruire les garçons, déclara Reb Weiss. Les femmes le regardèrent sans rien comprendre. Les filles ? Incroyable ! Cela ne s'était encore jamais fait. À quoi bon ? Ce dont les filles avaient besoin dans la vie, c'étaient elles, leurs mères, qui le leur apprenaient : la couture, la broderie, le tricot et la cuisine, la lessive et la vaisselle, le ménage, quelques rudiments de lecture, d'écriture et de calcul, mais surtout tous les commandements et interdits qu'elles devaient observer en tant que femmes juives. À quoi bon dépenser de l'argent pour quelque chose d'aussi inutile que de faire instruire les filles par un melamed ? Non, il fallait qu'il s'enlève cette idée absurde de la tête.

Mais Reb Weiss n'était pas près d'en démordre. Ces chères mères n'avaient-elles pas pensé que des filles instruites étaient de meilleurs partis pour les candidats au mariage qui avaient de l'argent, vivaient en ville et ne pouvaient se contenter d'une épouse belle, vertueuse et propre qui sache qu'elle devait allumer les bougies de shabbat le vendredi soir ? Quelle mère ne souhaitait pas bien marier sa fille ? demanda Reb Weiss. Lui, et ces chères mères juives de Vitchi pouvaient le croire, il connaissait les messieurs chics des villes. Ces derniers, lorsqu'ils désiraient se marier, allaient volontiers chercher des filles de la campagne parce qu'elles avaient l'âme plus douce et meilleur caractère que les jeunes femmes de la ville. Cependant, les filles devaient être capables non seulement de faire la lessive mais aussi de mener une conversation intéressante et de donner des réponses intelligentes. Après tout, la femme avait pour devoir de transmettre à ses fils, dès leur plus jeune âge, les traditions de leur peuple rudement éprouvé, mais unique en son genre parce que élu, et de leur faciliter ainsi les efforts qu'exigeaient les années d'étude de la Torah et du Talmud.

Quelques jours plus tard, les membres les plus en vue de notre communauté, parmi lesquels se trouvait mon grand-père, discutèrent de la proposition insolite de l'étranger. Grand-père nous raconta par la suite que c'était surtout notre rabbin qui s'était opposé à la demande de melamed Weiss.

– Un *meshuggener* ! avait-il crié. Un charlatan ! Un *ganef*, qui veut mener la belle vie à nos dépens. Je sais ce qu'il faudrait faire de ce sale gueux.

Avec ses idées à la dernière mode, cet homme qui s'est autoproclamé Reb remet en question les piliers de la foi, tempêtait le rabbin. Faire la classe aux filles ! Tout le monde savait que les femmes n'étaient pas des êtres humains. Tout homme récitait chaque jour la prière : "Dieu, je te remercie de ne pas m'avoir fait femme."

D'autres, et mon grand-père aussi, ne voyaient pas les choses d'un œil aussi sévère. On finit par trouver un arrangement digne de Salomon : les filles dont les mères pouvaient se passer de leurs services durant quelques heures par semaine et dont les pères ne refusaient pas de souscrire à cette expérience douteuse, iraient apprendre le peu de sagesse que possédait ce *meshuggener*.

Notre groupe n'était pas trop grand. Comme ma sœur, la plupart des filles aînées devaient aider leurs mères aux tâches ménagères. Moi, par contre, j'eus le droit d'aller chez le vieil homme dévoré de punaises qui prétendait vouloir m'apprendre des choses intelligentes. Tous les vendredis, le professeur frappait aux portes des maisons où vivaient ses élèves et recevait de leurs parents des petits dons sous forme de vivres, de vêtements ou de quelques pièces de monnaie. Isaak, le photographe, l'accueillit chez lui et lui attribua un endroit où dormir, dans un coin de son atelier.

– Tu auras la vie facile, m'expliqua le professeur le premier jour de classe. Sa main pesait lourdement sur ma tête, mais je n'osai bouger. Du bout de ses doigts rugueux, il me grattait le cuir chevelu.

– Ce n'est pas bien que les petites filles portent des tresses aussi longues et aussi lourdes, dit-il.

Son souffle caressa mon visage.

– Sous le poids de tes tresses, ton intelligence sort de ta tête. Tu auras la vie facile.

Il sourit comme si ce n'était pas à moi qu'il parlait mais à un interlocuteur imaginaire.

– Aux esprits fous, rien d'impossible, déclara-t-il. Ils se promènent au-dessus de précipices qui ne semblent exister que dans l'imagination d'autrui.

Je levai les yeux et regardai le visage de l'homme. Sa peau ressemblait à un vieux parchemin. Il me dépassait d'une demi-tête à peine alors que je n'avais que huit ans. Mais peut-on attendre de quelqu'un qui apprend à lire et à écrire à des filles qu'il soit aussi grand qu'un véritable melamed qui prépare des garçons à la *yeshiva* ? Quand il me regarda, ses yeux d'un vert mat s'assombrirent. Je souris, levai mes tresses et les enroulai en un chignon qui, sur ma tête, devait avoir l'air d'une petite tour de Babel. Ainsi, elles ne pourraient plus faire sortir l'intelligence de ma tête, dis-je, mais l'homme ne semblait pas convaincu.

Melamed Weiss dessinait des lettres dans le sable avec sa canne. Nous n'avions pas de salle de classe à nous. Quand le temps se mettait au froid ou à la pluie, nous nous rabattions sur une grange. Mais la plupart du temps nous restions dehors.

Melamed Weiss vous regardait parfois comme s'il attendait la réponse à une question qu'il n'avait pas posée. Avec lui, on avait l'impression d'être pris au sérieux, mais on ne savait jamais jusqu'à quel point il était vraiment sérieux. C'était sans doute un type bizarre mais nous nous prîmes vite de sympathie pour lui. Surtout, il savait raconter les histoires. Sa voix prenait alors un ton solennel comme s'il était lui-même l'un de ces personnages bibliques avec lesquels il essayait de nous familiariser à travers ses récits. Son regard glissait au-dessus de nos têtes et plongeait dans les profondeurs du passé.

– Et, des deux mains, Judith saisit l'épée. Son visage respirait la détermination et la noblesse. Ses yeux lançaient des étincelles, et la chambre d'Holopherne resplendissait de cet éclat froid. C'est alors qu'elle leva son arme. L'épée était lourde, mais elle surmonta sa faiblesse féminine innée. Elle prit son élan…

Fascinées, nous avions les yeux rivés sur les mains de notre professeur agrippées à une baguette de bouleau courbée.

– Et tchak ! Ah, aah ! Voilà la tête du tyran qui roule sur le tapis comme une pomme mûre tombée de l'arbre. – Il respira profondément et laissa tomber la baguette. – Voilà ce qui arrive à tous ceux qui veulent du mal aux Juifs et, en même temps, sous-estiment la détermination des femmes juives, murmura-t-il en s'asseyant par terre. Je pense par exemple à Rachel de Kichinev et au facteur Krugoglas, un affreux antisémite qui avait tué le père de Rachel lors d'un pogrom. Celle-ci se déguisa en paysanne, usa de ses charmes féminins pour séduire le facteur, le soûla, passa une nuit avec lui dans la chambre d'une auberge, et une fois qu'il fut endormi profondément, elle prit un couteau et fit en sorte qu'à partir de ce moment-là il ne fût plus jamais en mesure de s'amuser avec les femmes. Ce fut un lourd châtiment, c'était comme si elle l'avait poignardé. Mais vous êtes encore trop petites pour comprendre…

Nous fîmes ainsi connaissance de la Bible et d'autres histoires plus ou moins sacrées, et à côté de cela, le melamed nous enseignait la langue hébraïque. Il commença par des dictons et des poèmes qu'il récitait à haute voix avec emphase et nous les expliquait ensuite en yiddish d'une manière moins emphatique. Pour chaque dicton il avait une anecdote. Néanmoins, nous n'apprenions pas les bases de la sagesse juive de la même façon que les garçons qui, au *kheder*, ingurgitaient de la grammaire, des textes et des commentaires.

– Un âne, c'est quelqu'un qui attend son sac d'avoine dans une prairie verdoyante au lieu d'attraper les fleurs qui poussent sous son nez, expliquait notre professeur. Hélas, nombre d'érudits qui se sont voués à transmettre leur savoir aux jeunes ressemblent beaucoup à cette bête de somme utile.

Reb Weiss ne tarda pas à mener avec nous de brèves conversations en hébreu sur les choses de la vie quotidienne. Quand nous faisions des fautes, il nous corrigeait rarement.

– Les cheveux aussi, d'abord on les coupe et on leur donne une forme une fois qu'ils ont poussé, disait-il souvent.

Il regardait mes longues tresses, et je me demandais s'il croyait encore qu'elles faisaient sortir la sagesse de ma tête.

Parfois, melamed Weiss nous lisait des passages de ses livres. Il les portait toujours sur lui. Il lui suffisait d'ouvrir son caftan pour dévoiler ces trésors, car il avait de nombreuses poches intérieures réparties sur plusieurs rangées, de la poitrine jusqu'à l'ourlet. Chaque poche contenait un livre. Peut-être sa démarche pesante tenait-elle au fait qu'il trimballait toujours cette bibliothèque sur lui. La plupart du temps, toutefois, il nous récitait les textes de mémoire. Son répertoire semblait inépuisable. Quand nous lui demandions où il avait acquis son savoir, il balayait notre question d'un geste :

– Est-il important de savoir d'où une personne tient sa sagesse ? Celui qui aime le verbe et éprouve la soif de connaître apprendra aussi là où les autres errent en aveugles et sans but.

Ce fut melamed Weiss qui, derrière la façade du monde, me montra une autre réalité : une réalité invisible, que moi seule étais capable de créer dans toute sa splendeur. Un labyrinthe. Il fallait juste avoir assez d'imagination et de courage pour s'y aventurer. Les filles qui ne voulaient ou ne pouvaient prendre cette voie finirent tôt ou tard par ne plus revenir en cours. Au final, il n'en resta que quatre ou cinq. Nous, les heureuses élues, eûmes un jour enfin le droit de toucher les livres de notre maître, de les feuilleter et d'en lire des passages. Le papier était jauni, sentait la transpiration, l'oignon et le tabac. Les bords étaient déchirés et s'émiettaient parfois entre nos doigts. Mais quel honneur et quel bonheur c'était pour nous ! C'est de cette époque que date mon amour des livres. Un quart de siècle plus tard, alors que je souffrais de la faim dans le Leningrad assiégé, alors que les nazis, à seulement quelques kilomètres de là, s'apprêtaient à envahir la ville pour nous tuer, ma famille et moi, un des moments les plus horribles fut celui où, par des températures négatives à deux chiffres, je dus brûler ma bibliothèque pour pouvoir nous chauffer. Ce fut comme si je brûlais une partie de moi-même.

– L'essence du judaïsme, nous expliquait le maître, n'est ni la charité ni la bonté, mais la justice. Celui qui est juste sera miséricordieux envers tous ceux qui ont besoin de miséricorde et fera preuve de bonté quand il le faut.

Mais la justice, à cette époque, nous n'eûmes guère l'occasion d'en faire l'expérience.

Avant de se retirer de notre village, vers la fin de la guerre, les troupes russes pendirent devant la mairie trois Juifs âgés soupçonnés d'espionnage. Je ne me souviens plus du nom des pendus, je me rappelle seulement leurs visages blancs, déformés par la douleur, et les panneaux en carton accrochés autour de leurs cous sur lesquels on avait inscrit *espion*. Je réussis à jeter un bref regard vers les morts, puis ma mère détourna ma tête.

Le lendemain, les troupes russes s'enfuirent tellement vite qu'elles laissèrent sur place du matériel et même des uniformes et des chaussures. Néanmoins, elles avaient eu le temps de piller l'auberge juste avant. Ce jour fut aussi celui où les Allemands prirent Vitchi sans coup férir. Pour commencer, ils défilèrent dans le village. Nous, les enfants, suivions à distance respectueuse l'avant-garde et une pièce d'artillerie tirée par deux chevaux de labour. Les Allemands installèrent l'arme sur une butte à l'autre bout du village. Devant eux se trouvaient des champs et des prairies, et au bord de la rivière, à environ trois cents mètres, un moulin.

Le moulin de Kreyna Sakodover était situé sur une position stratégique. De là, on pouvait surveiller le chemin, la ligne de chemin de fer, la rivière et l'entrée du village. Les Russes avaient installé une mitrailleuse sur le toit du moulin. Les troupes étaient parties depuis longtemps.

Tous ceux qui se trouvaient dans le moulin s'enfuirent du bâtiment. La grosse Kreyna accourut en criant dès qu'elle aperçut l'engin dont le canon était dirigé vers son moulin. Elle gravit la colline à toute allure, en haletant, pour aller trouver les Allemands. Dans une main, elle avait une bouteille de vin, dans l'autre une poule battant des ailes qu'elle tenait par les pattes.

– Oh, monsieur l'officier, que le Seigneur vous bénisse, vous et vos enfants, qu'avez-vous l'intention de faire ? demanda-t-elle en yiddish d'une voix essoufflée. L'adjudant-chef, un roux tout maigre, fronça les sourcils mais il la comprit.

– Je détruis le moulin, dit-il.

Kreyna commença à se lamenter.

– Ah ! Je vous en supplie, épargnez mon moulin, monsieur l'officier, et tenez : prenez quelques petits présents, comme geste de bienvenue et comme marque de respect.

– J'ai mes ordres, dit l'adjudant-chef, occuper village, détruire moulin, puis avancer jusqu'à lisière forêt.

– Ô malheur ! gémit Mme Sakodover en agitant la poule caquetante sous les yeux de l'adjudant-chef. Mais les Russes sont déjà loin. Où, très honoré monsieur l'officier, voyez-vous encore un uniforme russe ?

– Ça m'est égal ! déclara l'adjudant-chef. Il se tourna vers le soldat qui se tenait près de la mitrailleuse, donna un ordre. Le soldat tira sur une ficelle, recula d'un demi-pas, la poule se libéra et se précipita, toute paniquée, vers le village, un coup de sifflet sonore retentit, puis le moulin de la veuve Sakodover explosa dans un bruit assourdissant. Pendant une fraction de seconde, la terre trembla sous nos pieds, puis des planches s'envolèrent en direction du soleil et retombèrent sur le sol comme des allumettes.

Au début, la domination allemande n'apporta pas de grands changements. Tout comme les troupes russes, les Allemands réquisitionnèrent eux aussi nos biens. Ils ne nous traitaient pas différemment de nos voisins biélorusses. Parfois, sur un laissez-passer, on pouvait lire à côté du nom du détenteur : *Ce sale youpin originaire de Vitchi est autorisé à aller dans le village de Krioutchkovo du 1er avril 1918 au 1er mai 1918 pour rendre visite à sa* mishpokhe *juive*, ou simplement : *Permission accordée à cette sale youpine de circuler librement dans le district militaire de Gomel.* Les patrouilles allemandes souriaient d'un air amusé lorsqu'elles contrôlaient de tels laissez-passer. Les plaisanteries de ce genre, nous les encaissions sans broncher.

La Kommandantur était installée dans la mairie. Le commandant, lui, habitait "à titre d'invité" dans la maison du grand propriétaire Lioubimov qui, en fonction des rapports de force, se réclamait d'ancêtres russes, biélorusses, ukrainiens, polonais ou même germano-baltes. Le seul point positif en cette dernière année de guerre, c'était que nos jeunes hommes n'étaient plus envoyés sous les drapeaux. Toutefois, nous ne recevions plus aucune lettre du front de la part de Moyshe, ce qui remplit mes parents d'angoisse.

Sur les bouleversements politiques qui agitaient notre pays ne nous parvenaient que des rumeurs, car la censure allemande était presque sans faille. Le tsar avait abdiqué et la Russie avait été proclamée république. Peu de temps après, cette république fut remplacée par la république communiste des Soviets. Qui pouvait croire des choses pareilles ? Moscou était gouvernée par les bolcheviks : les Juifs, comme on disait. Ils voulaient rendre les pauvres riches et les riches pauvres. La terre, les machines et les usines appartenaient désormais aux ouvriers et aux paysans, et les Juifs, comme on le prétendait, avaient été promus ministres ou commandants en chef. Pouvait-on vraiment croire ce genre de choses ? Le portrait de l'empereur d'Allemagne était toujours accroché dans le vestibule de la Kommandantur. Les soldats saluaient au garde-à-vous et continuaient leurs réquisitions. Et notre melamed continuait de nous raconter des histoires tirées de la Torah.

Les cours pour les filles prirent fin à l'été 1918. Dans le village s'était propagée une nouvelle qu'on n'osait transmettre qu'en chuchotant. Les yeux de mon père brillaient d'un éclat étrange lorsqu'il en parla. Ma mère secoua la tête et prit un air soucieux. Nous ne savions pas vraiment si nous devions nous réjouir ou avoir peur. Ces jours-là, nos voisins biélorusses paraissaient de mauvaise humeur et abattus. Leurs regards ne présageaient rien de bon. C'étaient les Juifs qui étaient responsables de ce crime, racontaient-ils. Les Juifs allaient le payer. Nous essayâmes de nous rendre invisibles, tout en espérant la protection des baïonnettes allemandes. La nuit, je tirais la couverture au-dessus de ma tête et j'attendais que les fenêtres éclatent et que les ivrognes, de leur voix éraillée, se mettent à crier de joie, pendant que ma sœur priait. Elle demandait pardon à Dieu pour ses péchés et le priait d'épargner notre famille. Elle promettait de devenir une bonne maîtresse de maison et une bonne mère, un modèle pour toutes les femmes juives, humble et obéissante. Au bout d'un certain temps, je ne supportais plus ses jérémiades. Je la rabrouais, lui ordonnais de se taire, pour finir je lui donnais des coups de poing. Je ne voulais plus être humble et obéissante. Cela ne se passait pas ainsi, dans les histoires de mon professeur.

Ce fut vers midi que la colère du peuple se déchaîna. Debout sur la place principale de notre village, Reb Jakob Weiss s'était adressé aux gens presque comme un de ces prophètes qu'il admirait tant. Ses yeux pétillaient, ses cheveux étaient ébouriffés, à la commissure de ses lèvres se formaient des petites bulles d'écume. Il agitait les mains comme un fou. Mais n'étaient-ce pas là les caractéristiques communes à tous les grands hommes de notre histoire biblique ? C'est ainsi, et pas autrement, que je me les étais imaginés : Abraham, Moïse, Samson, Isaïe ou Elie.

– Il a reçu le juste châtiment, Nicolas le Sanglant, criait le melamed. Ils l'ont exécuté, ce boucher de Nicolachka, cet assassin et *pogromtchik* ! Que les vers se délectent de son corps de pécheur. Il va aller en enfer et – gloire au Seigneur – sa descendance dépravée aussi, afin que le Mal ne réapparaisse pas sous une autre forme ! Il n'y aura plus de tsars.

Dans un premier temps, tout le monde l'écouta en silence, décontenancé, bouche bée. Puis un grondement s'éleva.

– Le sale youpin, le sale cochon ! cria quelqu'un. Comment ose-t-il offenser notre tsar, le martyr ?

– Cassez-lui les dents !

– Coupez-lui la langue !

– Arrachez-lui ses papillotes !

– Crevez-lui les yeux !

– Défoncez-lui le crâne !

Melamed Weiss se retrouva à terre. Il reçut des coups de pied. Quelqu'un lui donna un coup de canne. Il saigna. Des soldats allemands se tenaient à l'écart et regardaient la scène. Ils souriaient. "Défoncez-lui le crâne !" hurlait la foule. Enfin, un officier sortit de la Kommandantur au pas de course. Il ne portait pas de képi, sa veste d'uniforme était ouverte. Il sortit son pistolet et tira plusieurs fois en l'air. Les gens abandonnèrent leur victime à contrecoeur, s'immobilisèrent à quelques pas de là et attendirent. Le melamed couché à terre gémissait et avait les jambes tremblantes. Son visage n'était plus qu'une masse rouge. L'officier se tenait à côté de lui, sans le regarder. Il était à bout de souffle, quelques jurons étranglés sortaient encore de sa bouche, et il continuait d'agiter son pistolet. Puis il fit évacuer le grand blessé de la place du village par deux soldats.

Ce jour-là, on renforça les patrouilles et on décréta le couvre-feu. Le pogrom auquel on s'attendait n'éclata pas, notamment parce que notre rabbin avait eu un long entretien avec le pope et que celui-ci savait apaiser les hommes.

Melamed Weiss survécut. Ses livres, qu'il portait contre son corps, l'avaient peut-être empêché de subir des lésions internes trop graves. Ses blessures guérirent comme s'il était un chat – tout le monde sait que l'on prête sept vies aux chats. Seul son visage était abîmé, couvert de cicatrices, son nez cassé s'était reconsolidé de travers, il se traînait dans le village en boitant, encore plus voûté qu'auparavant. Mais c'était sa raison qui semblait avoir souffert le plus. Désormais, il ne prononçait plus que des phrases incohérentes. La plupart du temps, il parlait tout seul. Même les paysans eurent pitié de lui et le laissèrent en paix. Qui donc lèverait sa canne pour frapper un fou ?

Ce jour-là, je compris que mon père avait raison quand il disait qu'un Juif avait tout intérêt de se réjouir en silence des grands et petits événements de ce monde. Plus l'événement est grand, plus le Juif doit être silencieux ! Mais les Juifs n'ont pas tous observé ce principe, moi y compris.

Pan Radek Knofelewski ne pouvait souffrir mon vieux melamed. À chaque fois que l'homme à l'esprit dérangé croisait son chemin il fronçait le nez, marmonnait des jurons en polonais et crachait par-dessus son épaule droite. Peut-être croyait-il que ce Juif portait malheur. Pan Knofelewski n'aimait pas les Juifs, mais aucun acte antisémite ne fut commis aussi longtemps qu'il régna sur notre village.

Pan Knofelewski fut l'un des nombreux gouverneurs que connut notre village. Les années 1918 à 1921 furent marquées par une succession de régimes. Le Reich allemand avait gagné contre la Russie, mais perdu la guerre à l'Ouest. Un jour, les troupes allemandes étaient parties sans tambour ni trompette. Elles avaient laissé le portrait de Guillaume II dans l'ancienne Kommandantur. L'homme au regard sévère et à la moustache ridicule n'était plus empereur.

Rares étaient les moments où l'on nous laissait complètement livrés à nous-mêmes, aux Allemands succédèrent les bolcheviks, les Blancs antirévolutionnaires, les Polonais ou tout simplement des bandes, mélange hétéroclite d'anciens soldats, de vagabonds et de prisonniers évadés. Ils ne restaient pas assez longtemps pour changer grand-chose dans notre village, se contentaient de voler, piller, violer ou tuer, la plupart du temps au nom de je ne sais qui ou quoi.

Pendant des dizaines d'années, je me suis efforcée de chasser de ma mémoire les images de cette époque. Aujourd'hui encore elles viennent hanter mes rêves. Je revois mon père en train de condamner la porte et les fenêtres de la maison avec des planches. Je nous revois assis dans la cave. Je serre ma sœur dans mes bras. J'entends mon père prier. Il se balance régulièrement d'avant en arrière, au rythme des prières. Même lui a retrouvé la foi. Je trébuche sur des gens égorgés, j'entends, dans l'étable, les meuglements de la vache qui n'a pas été traite, je vois les chiens se bagarrer pour des bouts de cadavres, les langues de feu jaillir des fenêtres. Je vois les femmes arracher leurs vêtements en signe de deuil. Durant ces années, mon grand-père enterre deux fils et une fille. Un fils succombe à la tuberculose, l'autre se fait battre à mort par des bandits. Un soldat polonais ivre donne des coups de botte dans le ventre de ma tante qui est enceinte. Elle meurt dans de violentes convulsions.

Je me souviens que les Juifs s'enfuyaient de leurs maisons. Les uns se cachaient chez des voisins non juifs, les autres dans les forêts et les marécages. Les "troupes" du "Général" Balachovitch approchent du village. Installées entre les fronts des grandes armées, elles sèment le trouble en Biélorussie et en Ukraine en commettant pillages, incendies et massacres de Juifs. Mes parents, mon frère, ma sœur et moi allons nous réfugier chez Lioubimov. Nous parcourons en hâte, presque au pas de course, la longue rue des Biélorusses. L'avant-garde de Balachovitch, deux cavaliers portant des bonnets en laine noire, des manteaux d'uniforme de l'armée tsariste sans épaulettes ni cartouchières passées autour des épaules et de la taille, galopent dans la rue. Les habitants vont se terrer dans leurs caves et leurs remises. La rue se vide, un silence lugubre s'installe. On entend le claquement des sabots des chevaux et les cris d'excitation des deux cavaliers. Ils font le tour de la place principale, regardent autour d'eux, tirent sur les rênes. Les chevaux soulèvent des tourbillons de poussière. Un des deux intrus sort un pistolet et abat le coq en bronze, l'emblème de notre village, qui orne le toit pointu de la mairie. Puis les cavaliers s'en vont au galop.

De nombreuses familles juives ont déjà trouvé refuge chez Lioubimov. Nous nous cachons au grenier. Il règne une odeur de poussière et de pourriture. Nous entendons les bandits mettre tout sens dessus dessous, renverser des chaises et des tables, nous entendons leurs voix éraillées et les protestations de Lioubimov. Le bruit est de plus en plus proche. Les hommes qui sont dans notre pièce entonnent le Shema Israël. Les femmes prennent leurs enfants dans leurs bras. Personne ne crie ni ne pleure. Nous ne pouvons plus nous enfuir nulle part. Nous nous rapprochons les uns des autres. Les jeunes enfants se cachent sous les jupes de leurs mères ou dans de vieux coffres. J'ai la ferme conviction que je vais mourir d'un instant à l'autre. Mes dernières minutes. Je sens le souffle de la mort. Comme si j'étais déjà morte. Mais les assassins ne trouvent pas leurs victimes, se contentent des biens dérobés dans la maison de Lioubimov.

Que ne donnerais-je pour pouvoir oublier !

Un jour, mon frère revint. Il portait encore son uniforme de l'armée russe. Il était maigre, grave et silencieux. Nous le lavâmes, lui donnâmes des vêtements propres et passâmes toute la journée à fêter son retour.

Il ne nous raconta rien de ce qu'il avait vécu ces dernières années.

– Viendra le temps où tout cela ne sera plus qu'un mauvais rêve, dit-il seulement. Mais ce temps ne vint pas, et pour lui, relieur et révolutionnaire, il n'y avait pas de travail au village.

Au bout de quelques mois à peine, Moyshe reprit la route. Il voulait se rendre à Gobyl, dans la famille de ma mère, nous expliqua-t-il. Là-bas, à cette époque, le pouvoir soviétique était déjà en place.

– Je vais rejoindre l'Armée rouge et me battre pour un monde meilleur, un monde où il n'y a plus ni violence, ni haine ou jalousie.

Ma mère se mit à se lamenter, le supplia de rester, mais Moyshe n'entendait plus se laisser dicter sa conduite. Mon père haussa les épaules et sortit dans la cour. La mère et le fils n'avaient qu'à régler cela entre eux. Moi, par contre, j'étais fière de mon valeureux frère. C'était un héros !

– Nous vaincrons, me dit-il avant de partir à pied en direction du sud. Tu verras, bientôt on chantera des chansons sur nous et on nous érigera des monuments.

Moyshe, comme nous allions l'apprendre plus tard, avait effectivement rejoint l'Armée rouge. Il fut maintes fois décoré pour son courage au combat. Après la fin de la guerre civile, il resta chez les militaires. C'est ainsi que l'ancien déserteur devint un cadre de l'armée.

La République de Pologne et la Russie bolchevique étaient en guerre. Notre région, comme pendant la Grande Guerre, était une zone de combat, sauf que cette fois-ci les armées étaient mal équipées, avaient moins d'hommes, aussi la campagne et les villages ne furent-ils pas détruits sous le feu de l'artillerie. Ils furent d'autant plus dévastés par la soldatesque une fois les hostilités terminées. Lorsque les premiers uhlans polonais arrivèrent à cheval dans la rue principale, la plupart des villageois, apeurés, s'étaient terrés chez eux. Volets et fenêtres étaient condamnés par des planches. Nous craignions le pire. On racontait que, dans une petite ville d'Ukraine, les Polonais avaient entraîné presque tous les Juifs dans la synagogue qu'ils avaient ensuite incendiée, puis avaient ordonné aux Juifs encore en vie de mettre les cendres des morts dans des brouettes et de les déverser dans la rivière.

Mais les Polonais qui avaient conquis Vitchi n'avaient manifestement pas l'intention de brûler vifs les Juifs du village. Dans un premier temps, ils ne commirent ni meurtre ni vol. Bien évidemment, l'armée polonaise levait les contributions ordinaires. Leurs officiers logeaient dans nos maisons. Quelques actes de violence furent perpétrés çà et là. Pendant quelque temps, nous eûmes nous aussi un officier chez nous, pan Zbigniew Król, un maître boulanger de Lublin qui parlait un mélange de polonais et de russe avec mes parents tandis que ceux-ci répondaient en biélorusse. Le Polonais dormait à côté de nous, dans le lit de mon frère. C'était désagréable mais supportable. Il nous laissait en paix. La seule chose qui dérangeait ma mère, c'était qu'il ait absolument tenu à accrocher un crucifix au mur de notre salon.

Hélas, le premier commandant polonais établi dans notre village ne tarda pas à partir au front. Il fut remplacé par pan Radek Knofelewski. Cet homme de trente-cinq ans, élancé, parlait un russe impeccable. Chaque matin, il traversait le village sur une jument arabe marron. Je n'avais encore jamais vu pareil cheval de ma vie. On aurait dit un personnage de conte qui avait pris vie.

Lorsque je rencontrais pan Knofelewski dans la rue, il me saluait d'une révérence, me disait "vous" et m'appelait "jeune demoiselle". À douze ans, je me sentais flattée. En fait, tout le monde se sentait flatté parce que ce pan avait ce qui d'ordinaire fait défaut à tous les puissants : de la classe. Il saluait ma mère, comme toutes les femmes du village, en touchant nonchalamment de son index droit la visière de sa casquette. Il portait toujours des gants blancs.

Comme la plupart des autres villageois, j'éprouvais moi aussi de l'admiration pour cet officier durant ces premiers jours. Les drapeaux rouge et blanc ornaient le village tout entier. Le curé polonais débarrassa de son plein gré sa maison attenante à l'église catholique romaine et partit s'installer chez un parent afin de laisser à la disposition de l'officier un logement digne de son rang, de son importance et de ses ambitions. La période de misère semblait terminée. La situation était enfin stable, aussi célébra-t-on des offices d'action de grâce, et pas seulement dans l'église catholique.

Au bout d'un certain temps, pan Knofelewski, qui jusqu'ici se contentait de se pavaner dans la rue principale ou de se promener à cheval, se mit à inspecter plus avant le village. Accompagné de deux soldats, il se rendait dans chaque maison pour, comme il disait, "faire personnellement connaissance avec ses protégés", visitait aussi bien les pièces de vie que les locaux à usage professionnel, demandait avec quoi chacun gagnait son argent, quel métier il avait appris, acceptait volontiers une invitation à boire le thé ou un verre de vodka et annonçait que dans le nouvel État polonais tout le monde aurait une vie meilleure et plus de liberté.

Nous avions tellement envie de le croire. Nous fûmes peu surpris lorsque, quelques jours plus tard, il commença à racheter notre bétail ainsi que des chariots à ridelles, des calèches, des brouettes, des pelles et des bêches pour l'armée polonaise. D'autres avant lui avaient fait de même. Toute armée avait besoin de chevaux, de carrioles et de pelles.

Pour les objets achetés, le pan délivra des reconnaissances de dettes sur lesquels il indiqua des sommes généreuses. "Après la victoire sur les bolcheviks la *Rzeczpospolita Polska*, la République polonaise, remboursera toutes ses dettes", déclara-t-il. Nous savions que nous n'obtiendrions pas un sou.

Toutefois, pan Knofelewski ne se limita pas au matériel de guerre. Lentement et de façon systématique, il "racheta" nos biens.

– Vous me vendez votre machine à coudre, cher monsieur Masur ? demanda-t-il à mon père en s'inclinant.

– La machine à coudre ? marmonna mon père, médusé.

– Pourquoi avez-vous besoin de la machine à coudre ? protesta ma mère.

– Nous sommes en guerre, chère madame Masur. Nous luttons pour votre liberté. L'armée polonaise a besoin d'uniformes, et pour fabriquer ceux-ci, elle a besoin de machines à coudre.

Il s'assit à la table de la cuisine et, de sa belle écriture, établit une reconnaissance de dette en polonais. Sa signature aurait pu être celle d'un roi. Il avait toujours sur lui ses accessoires de bureau – un encrier en forme de sphinx et une plume à manche d'ivoire.

Pan Knofelewski acheta des outils d'artisan et du matériel agricole, de la vaisselle et des coffres à linge, des couverts en argent et des tisonniers rouillés. Il acheta la robe de mariée de ma mère (l'armée polonaise avait besoin de tissus, nous expliqua-t-il) et la collection de pipes de mon père, il acheta le blé des champs, la récolte de pommes de terre et de betteraves et les chaussures de la cordonnerie. Il acheta les montres en or des villageois cossus et des appuis de fenêtre en tôle, il acheta des lits d'enfants, des béquilles et de vieilles bagues en fer.

Si quelqu'un refusait de vendre, pan Knofelewski ne haussait jamais le ton, ne s'abaissait jamais à des propos grossiers ou même insultants. Il ne menaçait jamais, il agissait. Au bout d'un certain temps, il trouvait un prétexte pour faire arrêter le rebelle et l'envoyer en déportation au cœur de la Pologne. Sa fortune était alors confisquée de manière très officielle.

C'était la première fois qu'on nous pillait de façon aussi brutale et aussi systématique. Pan Knofelewski fit transporter nos biens, qui ne nous appartenaient plus, dans une remise près de la gare. Les objets qui ne rentraient pas dans le petit bâtiment de bois étaient déposés sur le quai ou à côté de la voie ferrée. Des gardes patrouillaient, fusil en joue.

Un jour, un train de marchandises vint chercher les affaires. Du train descendirent non pas des soldats, mais des hommes en civil. Pan Knofelewski s'entretenait avec eux en polonais tandis qu'ils chargeaient les marchandises. Avec quelques autres enfants je m'étais aventurée tout près du bâtiment de la gare et je pus observer la scène. Les hommes n'avaient manifestement aucun respect pour l'uniforme de pan Knofelewski. Ils bavardaient et plaisantaient avec lui comme s'il était l'un des leurs, l'appelaient par son prénom Radek et buvaient dans la même bouteille que lui. Un costaud immense portant une combinaison défraîchie lui donna même une tape sur l'épaule, comme à un bon vieux copain… Le train revint plusieurs fois encore et repartait toujours à plein en direction de l'ouest.

Les gens du village étaient désespérés. Les paysans avaient perdu leur récolte et les semences. Beaucoup souffraient de la faim. Des enfants mouraient de malnutrition ou de maladies que leurs corps affaiblis ne pouvaient plus combattre. Le pope, le rabbin et le prêtre se présentèrent chez le grand propriétaire Lioubimov. Mais même lui ne pouvait rien faire contre le commandant. Le Polonais déclara qu'il faisait seulement son devoir. C'était la guerre, et la guerre avait ses lois propres.

Pan Knofelewski ne toucha pas à la fortune de Lioubimov. Il respecta également l'intérieur des églises et de la synagogue. Il allait régulièrement à confesse et chaque dimanche à la messe. Le prêtre dit que s'il le pouvait, il étranglerait son compatriote. Le pan fit don à l'église catholique d'une statue de la Vierge grandeur nature, en marbre, avec une couronne dorée.

Au bout d'un moment, notre commandant se mit à acheter des maisons entières. Il fit déplacer les occupants et démonter les maisons. Les clous et autres éléments en fer comme les poêles en fonte, les rebords, et aussi les cadres des fenêtres, les portes et le verre partirent dans le convoi suivant à destination de sa Pologne natale.

Les gens grognaient, ils souffraient, ils priaient, mais chacun avait peur de s'attirer la disgrâce du pan polonais. Lorsqu'on était un "bolchevik", un "anarchiste" ou simplement un "élément subversif", on pouvait très vite se retrouver en prison à Pinsk, Brest-Litovsk ou Varsovie.

Une seule personne osa s'opposer au pan – mon melamed, qui errait dans le village et se nourrissait de déchets ou d'aumônes. Depuis longtemps, il n'habitait plus chez Isaak le photographe, mais dormait dans la rue, dans les granges, les jardins ou sur les bancs de sable au bord de la rivière. Reb Weiss était le seul chez qui pan Knofelewski ne put rien prendre et il était le seul à ne pas craindre le commandant.

Dès le premier jour, alors que nous étions encore tous impressionnés par le rayonnement de l'élégant Polonais, le vieux Juif se mit en travers de son chemin, le jaugea de ses yeux de fou et, dans un mélange de russe et de biélorusse, cria :

– Voleur ! Tu es un voleur ! Je te reconnais ! Tu as la tête d'un voleur !

La rue entière attendait la réaction de pan Knofelewski. Mais celui-ci se contenta de maugréer entre ses dents quelque chose que nous ne pûmes entendre, se détourna et cracha par-dessus son épaule droite. Cet incident resta sans suite pour le melamed.

Durant toutes ces semaines que pan Knofelewski passa chez nous, il se produisit régulièrement la même scène. Dès que Reb Weiss apercevait le Polonais, il se mettait à l'injurier et à le maudire :

– Que le malheur s'abatte sur le fruit de tes entrailles, criait-il en hébreu, puis il ajoutait en russe : – Tu n'échapperas pas au jugement du Seigneur !

Tout le monde attendait l'inévitable, l'arrestation du pauvre fou. Mais il n'en fut rien. Pan Knofelewski jurait à chaque fois qu'il voyait la maigre silhouette dans son caftan déchiré, bien qu'il fût un Polonais raffiné, d'ordinaire calme et courtois. Toutefois, pour une raison que nous ne pouvions expliquer, il épargna le Juif.

Le fou vit sa cote grimper. À présent, les paysans qui autrefois l'avaient quasiment battu à mort partageaient avec lui les quelques vivres qui leur restaient et le laissaient passer la nuit dans leurs granges. Quand il s'approchait d'eux, ils s'écartaient respectueusement.

Un jour, pan Knofelewski fut relevé de ses fonctions et rappelé en Pologne. Des bruits couraient comme quoi le pan avait trop tiré sur la corde et était tombé en disgrâce auprès de ses supérieurs. Pendant les derniers jours de son séjour à Vitchi, il n'effectua aucun achat, sans doute aussi parce qu'il n'y avait plus rien à acheter chez nous. Il devint acariâtre, ne sortait plus régulièrement à cheval, et quelqu'un affirma l'avoir vu un jour dans la rue chaussé de bottes non cirées.

À notre grand soulagement arriva enfin le jour où l'on vint seller le cheval de pan Knofelewski et charger sur un chariot à ridelles ses affaires de voyage personnelles, rangées dans quelques coffres et valises.

Pan Radek Knofelewski fit le tour de la charrette, vérifia que tout était correctement empilé et fuma sa dernière cigarette dans notre village. À cet instant, mon vieux melamed s'approcha de lui. Il avait l'air plus misérable et plus courbé qu'auparavant.

Le vieil homme se mit une fois encore à pester.

– Ton compte est bon ! – Il y avait du sarcasme dans sa voix. – Ici commence ton martyre. On va te pendre, je te vois déjà en train de te balancer.

Et soudain il se mit à rire et leva le bras droit et pointa le doigt vers notre ancien commandant.

Et il se produisit ce que beaucoup attendaient, et parfois même souhaitaient en secret depuis le premier jour. Pan Knofelewski perdit patience. Il cracha sa cigarette.

– Je vais te découper en morceaux, espèce de chien ! hurla-t-il en dégainant son sabre. Au soleil, l'acier scintillait comme un rayon de lumière qui danse. Un sifflement sourd retentit, tel celui du fléau d'un paysan qui bat le foin. La lame allait trancher la tête du Juif comme une pastèque. Mais avant que l'arme ne s'abatte sur son crâne, le Juif se déroba en levant les mains pour se protéger et tomba brusquement sur le côté, d'abord sur les genoux puis face contre terre. Le coup de pan

Knofelewski partit dans le vide. À ses pieds gisait un corps inanimé. Du bout de sa botte il le tourna sur le dos. Les yeux du melamed étaient ouverts. Sa bouche édentée grimaçait un sourire factice. De la terre était collée à ses lèvres.

Pan Radek Knofelewski laissa tomber son sabre. Puis il se signa à plusieurs reprises, de façon mécanique et de plus en plus vite, il marmonna des prières qui commençaient toutes par *Matka boska**. Il regarda autour de lui. Les gens se tenaient à distance respectueuse et ne disaient rien. Les paysans avaient ôté leurs bonnets. J'avais l'impression que pan Knofelewski était en train de se demander s'il devait encore dire quelque chose. Mais il se contenta de hausser les épaules, ramassa son sabre, enfourcha sa jument arabe et quitta le village au galop.

* Vierge Marie / Mère de Dieu.

6

– Aujourd'hui, un nègre à la peau complètement sombre s'est fait prendre par la police dans le parc municipal, dit Rosa. Noir comme la nuit.

– Et alors ?

Lentement et en râlant, Kostik se redressa dans son lit. De la main gauche, il lissa ses cheveux qui devenaient de plus en plus rares ces dernières années. De la main droite, il chercha à tâtons ses lunettes sur la table.

– Il parlait russe.

– Le nègre ? Russe ?

La main de Kostik tremblait. Les médecins avaient diagnostiqué la maladie de Parkinson au stade initial. Rosa lui tendit les lunettes. Sa belle-fille entra dans la chambre avec un verre d'eau et jeta à la vieille femme un regard réprobateur. Bien entendu, Rosa savait qu'elle ne devait pas déranger Kostik pendant sa sieste mais elle ne voulait pas attendre que son fils se réveille pour lui raconter l'histoire du "nègre qui parlait russe".

– Qu'est-ce que tu fabriquais encore ? demanda Kostik. Il vida le verre d'un trait. Boire de l'eau dans ce pays était un plaisir. À Saint-Pétersbourg, elle avait une couleur de pisse diluée. Au sud, en Allemagne, le soleil était éblouissant même en hiver, ce qui n'était pas le cas à Leningrad, même en juin. Il baignait la chambre d'une lumière sympathique, donnant l'impression que le papier peint blanc était jaune.

Kostik but un deuxième verre à pleines gorgées. L'eau reflua par les commissures de ses lèvres, dégoulina sur ses joues et son menton et tomba sur les poils gris de son torse. C'était ainsi qu'il buvait quand il était enfant. Rosa lui sécha le coin des lèvres avec un mouchoir en tissu.

– Arrête maman ! dit-il sur le ton d'un gamin de quatorze ans. La belle-fille l'aida à sortir du lit aux ressorts fatigués. Il avait du mal à se lever tout seul. Ses pieds nus cherchèrent ses pantoufles à tâtons. Il traversa la chambre d'un pas traînant et s'affala sur le canapé. La belle-fille mit de l'eau à chauffer, prépara les tasses pour le thé.

– Comment se fait-il que ce nègre parlait russe ? demanda Frieda. Mais Rosa commença par le commencement : toute la peine qu'elle avait eue à traverser le parc – se déplacer d'un banc à l'autre, puis le long du fleuve en se tenant à la rambarde vert clair. Le cœur fonctionnait bien, seules les jambes ne voulaient plus avancer. Parfois elle était capable de courir comme une jeune fille, et ensuite, quand le temps changeait ou qu'une pensée la tourmentait, elle n'arrivait plus à mettre un pied devant l'autre. Elle n'aborda sa rencontre avec le Noir qu'après avoir bu la première tasse.

Il était agenouillé dans l'herbe, un homme encore jeune, les bras dans le dos, les mains tordues dans une position étrange. Deux policiers étaient penchés au-dessus de son torse qui se balançait légèrement d'avant en arrière. Le plus âgé harcelait l'homme à genoux :

– Alors ? On la trouve où, cette pièce d'identité ? Tu vas bien pouvoir prouver ton identité, hein ?

Le Noir bredouilla quelque chose que les policiers ne comprirent pas, mais Rosa, si.

C'était une journée d'hiver humide. La neige avait fondu. Le jean du Noir absorbait l'humidité du sol. Autour de ses genoux se formaient des taches d'humidité avec des bords d'un marron affreux.

– *Ya nitchevo nié ponimaïou*, soutint le Noir. Je ne comprends rien.

Il parlait de façon saccadée. Il expulsait les mots avec un lourd accent. Rosa se rappelait que les membres de certaines peuplades de Sibérie parlaient russe de la sorte. Ou bien étaient-ce des peuples du Caucase ? La voix du Noir devint stridente. On sentait qu'il avait très peur.

– Nous prends pas pour des cons ! dit le plus âgé des deux policiers. Je crois que tu comprends notre langue. Je le vois à ta tronche. Je peux lire dans ton âme noire et, pour ça, je n'ai même pas besoin d'appareil de radiographie. Tu ne veux pas nous dire où tu habites ? Tu es déclaré quelque part, au moins ?

– *Nié ponimaïou ya*, murmura le Noir. *Ostavitié menia v pokoïe ! Ya vas prochou !* – Je ne comprends pas. Laissez-moi en paix. Je vous en supplie.

– C'est quoi comme langue ? demanda le plus âgé.

– C'est particulier, dit le plus jeune. Pourrait être du portugais. Hé, toi, tu viens d'Angola ? Angola ? ! Mozambique ?

– Ouah ! Tu es drôlement cultivé ! – Le plus âgé sourit. – C'est ce genre de choses qu'on apprend maintenant à l'école de police ?

– Je suis sorti avec une Portugaise.

– Une négresse ? Euh… je veux dire, une Noire, une colorée ?

Le plus jeune ne dit rien. Rosa remarqua qu'il se taisait toujours au moment où la conversation promettait de devenir intéressante. Le plus âgé se pencha au-dessus du prisonnier, le saisit par les menottes et les tira vers le haut, si bien que le buste du malheureux bascula en avant. Pendant ce temps, le plus jeune alluma une cigarette.

– Pas de blague, dit le plus âgé. Allez, lève-toi, on va s'expliquer au commissariat. C'est sûrement toi le voleur de la Kaiserstraße. C'est un type comme toi que l'opticien a vu. Allez, on y va !

Un murmure parcourut la foule de badauds de plus en plus nombreux. Puis on entendit les glapissements d'un chien. Un caniche blanc enroulait une laisse extensible autour des jambes d'un vieil homme. “Asta, ici !” lança une voix de femme. Le caniche contourna la grappe de personnes, ligotant d'autres jambes avec sa laisse. Quelqu'un pesta. Un autre rit. Rosa regardait le visage du Noir qui se laissait soulever comme un sac de pommes de terre. Il essayait encore d'expliquer quelque chose.

– À ce moment-là, j'ai vraiment pensé que l'antipathie que certains ont pour les Allemands est justifiée, raconta Rosa. –

Elle regarda Kostik, mais celui-ci buvait son thé sans lever son regard de la nappe. – Ça m'a fait penser à ces images, ces vieilles photos que j'ai vues un jour, expliqua-t-elle. Deux SA tabassent un Juif. Tout autour il y a des gens qui rient. Des visages bien nourris, l'air suffisant.

– Ce n'est pas comparable ! dit la belle-fille. Voilà que vous vous y mettez aussi, Rosa Abramovna ! Vous croyez que les gens sont mieux ailleurs ?

– Mais, ailleurs, les gens ne sont pas les enfants de ceux-là !

– Ah bon ? Vous en êtes si sûre ? Et, en Ukraine, c'était qui les assassins ? Les Ukrainiens autant que les Allemands.

– J'ai mal à la tête, dit Kostik.

– Cela m'intéresserait quand même de savoir pourquoi ce nègre parlait russe, dit Frieda.

– Eh bien, fit Rosa, c'est une histoire de fou… cela dit, il ne faut pas toujours se fier à sa première impression. On croit avoir compris ce qui se passe, on s'est déjà fait une opinion, et tout à coup il survient quelque chose de complètement différent.

Sous les yeux de la foule, les policiers relevèrent le Noir, qui trébucha et tomba, et ils le remirent sur ses jambes, lui lançant des insultes et des bourrades. Une fraction de seconde de plus et il se serait fait embarquer. Les gens les auraient regardés s'éloigner, lui et ses tortionnaires, auraient encore un peu parlé de l'incident, peut-être ri ou baissé les yeux d'un air contrit, ou les deux à la fois, ou bien ils auraient secoué la tête. Puis ils se seraient dispersés et auraient raconté cette histoire chez eux, pour amuser la galerie, dans leur salon bien chauffé, autour d'une bière ou d'une tasse de café.

– Stop ! Ça ne va pas du tout ! Vous ne pouvez pas traiter un être humain de la sorte ! Montrez-moi votre insigne, je vais déposer une plainte contre vous auprès de votre supérieur.

La femme qui parlait était une blonde entre deux âges. Pendant un moment, Rosa s'attendit à ce que les policiers réagissent vivement à cette intrusion malséante. Après tout, c'étaient des policiers et non des miliciens comme en Union soviétique, qui, au mépris de tout arbitraire, avaient pour mission de servir le peuple, tandis que la police, elle, comme dans la Russie tsariste, préservait les relations de pouvoir et protégeait les riches repus contre les pauvres affamés. C'est aussi pour cela qu'on l'appelait police et non milice, comme dans les pays gouvernés par le peuple…

Un bref instant s'écoula, puis Rosa chassa de son esprit l'illusion qu'autrefois le monde était beau.

Le plus jeune des policiers ignora la remarque de la passante, le plus vieux, en revanche, se lança dans une explication. Un homme en uniforme qui justifie son comportement face à une civile tout à fait ordinaire ! C'est le monde à l'envers, un monde sens dessus dessous, se dit Rosa. Une sensation agréable, terrifiante. Se comportent-ils de la sorte lorsque la populace en furie brûle les foyers de demandeurs d'asile et traque les étrangers dans les rues ? se demanda-t-elle. Et, ensuite, discutent-ils avec les incendiaires et les assassins ou les matraquent-ils avant qu'ils ne commettent d'autres dégâts ?

Le plus âgé fit à la dame un exposé sur la politique d'immigration et d'asile que menait le gouvernement fédéral puis sur les directives policières concernant le traitement des étrangers qu'on ne peut identifier de façon précise. L'agent parlait d'"étrangers", la dame, en revanche, de "concitoyens étrangers". Quoi qu'il en soit, le prisonnier ne comprenait pas un mot.

Cela faisait au moins quarante ans que Rosa n'était pas intervenue lorsqu'elle voyait des agents de l'État abuser de leur autorité. Autrefois, elle était énergique et avait rarement peur, mais en vieillissant elle était devenue moins sensible. On n'avait qu'à laisser les jeunes s'occuper de la justice et de l'injustice dans le monde. Elle, elle voulait avoir la paix. Elle se surprit elle-même à dire quelque chose, peut-être parce que cela l'agaçait qu'à l'Ouest aussi on agisse de façon aussi arbitraire et brutale, mais plus probablement parce qu'elle était tout simplement curieuse. Toujours est-il qu'elle fit quelques pas vers le prisonnier et lui demanda en russe comment il s'appelait. Le Noir la regarda d'un air surpris.

– Oh, vous parlez russe. Aidez-moi, je vous en supplie !

Le plus jeune des policiers lâcha les menottes.

– Ce n'est pas du portugais, dit-il. Maintenant je sais ce que c'est.

– Et vous, qui êtes-vous ? demanda le plus âgé sur un ton à la fois méfiant et légèrement amusé. Cela devait effectivement faire bizarre de voir une femme édentée de quatre-vingt-dix ans, tenant à peine debout, venir tout à coup proposer ses services de traductrice. Tout en parlant, Rosa remarqua qu'elle avait oublié sa prothèse dentaire à la maison. En quelques phrases, elle expliqua qui elle était.

– Du russe ! s'écria le plus âgé. C'est incroyable ! Un nègre qui parle russe. Chez nous, à Gigricht.

– Je vous prierais, monsieur l'agent de police, de ne pas employer le terme nègre, intervint de nouveau la femme de tout à l'heure.

– C'est bon ! grogna le policier. Je ne disais pas ça dans un sens négatif. Je n'ai rien contre les Noirs. Après tout, je ne le traite pas de moricaud, non ?

– Auriez-vous l'amabilité de poser au monsieur à la peau sombre quelques questions sur sa personne ? demanda le plus jeune à Rosa, avec un sourire.

Rosa interrogea le Noir et celui-ci commença à raconter son histoire en bafouillant, il confondait quelques mots, ne plaçait pas l'accent au bon endroit et, en proie à une nervosité croissante, faisait des fautes de grammaire alors qu'il parlait correctement russe l'instant d'avant. Il s'appelait Tesfaye Ezana et était originaire d'une petite ville d'Éthiopie. Son père avait été un fonctionnaire communiste sous l'ancien régime. Comme il voulait que son fils aîné reçoive une bonne formation, il l'envoya à Moscou pour qu'il y fasse des études d'ingénieur. L'Université internationale de Lumumba était surtout fréquentée par des jeunes du Tiers-Monde. À Moscou, Tesfaye apprit le russe, la seule langue qu'il maîtrisait à côté de l'amharique, sa langue maternelle. Après l'effondrement de l'Union soviétique, il ne reçut plus aucune aide financière. Ses études terminées, il prit des petits boulots à Moscou. Personne ne voulait embaucher comme ingénieur cet étranger à la peau sombre. Finalement, il décida de rentrer chez lui. Mais il n'avait pas les moyens de se payer un billet d'avion. Son père était mort, le régime communiste en Éthiopie déchu, et sa famille presque sans ressources. Il donna ses économies à un chauffeur routier qui lui fit passer illégalement la frontière et l'emmena en Pologne. Là-bas, il survécut tant bien que mal en faisant la manche et en travaillant à la journée, en toute illégalité. Pour cela, ses connaissances en russe et quelques bribes de polonais suffisaient manifestement. À Varsovie, dans une petite rue, il se fit tabasser puis détrousser. C'est ainsi qu'il perdit son passeport...

Il refusa de dire de quelle façon il était arrivé en Allemagne et comment il envisageait la suite de son voyage. Il affirma seulement vouloir quitter le pays le plus vite possible pour aller vers le sud.

– Une histoire touchante, dit le plus âgé des policiers après que Rosa eut tout résumé en allemand. À d'autres.

– Pourquoi mettez-vous ses paroles en doute ? demanda la femme qui avait pris la défense du prisonnier.

– Il peut raconter tous les bobards possibles, répondit quelqu'un.

– De toute façon, il faut l'emmener au poste, dit le plus jeune. S'il n'a pas de papiers, il faut procéder en conséquence.

– Nous allons demander un interprète de russe, il sera difficile de trouver un traducteur d'éthiopien à Gigricht, déclara le plus âgé.

– Je serais prête à vous accompagner au poste et à faire la traduction jusqu'à l'arrivée de l'interprète, proposa Rosa.

– Pas question, dit le plus jeune. Ce n'est pas conforme aux instructions.

Mais le plus âgé eut soudain un sourire aimable et, peut-être pour agacer le plus jeune, lâcha :

– La barbe ! C'est quand même très gentil de la part de la dame de nous faire cette proposition. Tout ira plus vite. – Et, se tournant vers Rosa : – Bien entendu, nous vous conduirons du poste jusqu'à chez vous en voiture.

– Ce n'est pas conforme aux instructions, insista le plus jeune.

– Bah !

Le plus âgé fit un geste de dédain. Rosa se demanda après coup pourquoi elle avait fait une telle proposition. Peut-être parce que la mine désespérée du prisonnier l'avait émue, peut-être parce qu'elle se rappelait comment on traitait les Noirs en Russie, déjà rien que la façon dont on parlait d'eux. Les étudiants nègres séduisent ou violent les femmes russes, disait-on. C'étaient des chauds lapins, montés comme des étalons. Il y avait beaucoup de femmes qui aimaient cela, bien mal leur en avait pris ! Les Noirs, disait-on, dégageaient une odeur nauséabonde, étaient bruyants et se distinguaient à peine des prosimiens. Rosa se souvint d'une blague qu'elle avait entendue un jour : dans la résidence étudiante de l'université Lumumba, un étudiant s'est fait manger. L'administration du foyer et la milice sont indignées. Pourquoi avez-vous fait cela ? demande un milicien aux auteurs du crime. Vous êtes quand même nourris… Mais la nourriture de notre pays nous manquait, expliquent les étudiants africains.

Quand Rosa voyait un Noir dans la rue, elle avait toujours un mauvais pressentiment. Les Noirs qui séjournaient à Moscou se comptaient sur les doigts de la main. Un jour, Kostik avait fait la connaissance d'un Noir dans un sauna. C'était tellement peu courant qu'il en parla dans la cuisine de l'appartement communautaire.

– Il était complètement noir ? avait demandé Sveta.

– Oui, absolument, assura Kostik.

– Il était donc noir ? insista Sveta.

– Entièrement et partout.

– Partout sur le corps ?

Kostik hocha la tête en la regardant d'un air ahuri. Dans ce genre de situation, il était toujours un peu obtus. Sveta avait une lueur de malice dans les yeux. Soudain, Kostik rougit et sortit de la cuisine.

Le plus jeune des policiers conduisit Tesfaye vers la sortie du parc. Le plus âgé soutenait Rosa. La femme qui était intervenue leur cria encore quelque chose que Rosa ne comprit pas. Les gens se dispersèrent.

Rosa prit place à l'arrière de la voiture de police, à côté de l'Africain à qui on n'avait toujours pas ôté ses menottes. Au centre de la voiture, un treillis métallique séparait les sièges avant de la banquette arrière. Les portières arrière étaient verrouillées. Pourvu que personne que je connais ne me voie, se dit la vieille femme.

Le plus jeune des policiers était au volant. Le plus âgé alluma une cigarette et descendit la vitre. Rosa remarqua qu'il les observait, elle et Tesfaye, dans le rétroviseur. Elle baissa les yeux.

– Si tout ce qu'il raconte est vrai, dit le plus âgé, il sera bientôt là où il veut aller. Nous allons le renvoyer dans son pays aux frais de la princesse.

– Expulser, précisa le plus jeune.

Rosa traduisit leurs propos en russe. L'Africain ne manifesta aucune réaction. Il avait l'air absent, presque indifférent.

Le commissariat, situé à une centaine de mètres à peine du parc, se trouvait au rez-de-chaussée d'une maison d'angle, près d'un carrefour animé. Une table ovale. Des affiches bariolées sur les murs. Des fauteuils confortables pour accueillir le public. Deux vitrines à travers lesquelles les passants pouvaient regarder à l'intérieur. Une ambiance d'agence de voyages.

Tesfaye et Rosa furent conduits dans une pièce qui se trouvait derrière le poste de garde et où l'atmosphère était moins chaleureuse. Un fonctionnaire en civil, vêtu de façon décontractée, enregistra l'identité du prisonnier et tapa un procès-verbal sur un ordinateur. De temps à autre, il faisait des pauses pour se servir du café dans un thermos. Il fredonnait une chanson. Les deux hommes en uniforme avaient disparu par une autre porte.

– Vous vous plaisez en Allemagne ? demanda le fonctionnaire à Rosa.

– Je m'étais imaginé cela différemment.

– Oui, c'est ce que tout le monde dit. On croit que chez nous les bananes poussent sur les arbres.

– Je déteste les bananes, dit Rosa.

– Bon, peu importe. Les gens ont une vision des choses complètement démesurée. Celui-là aussi. Ne croyez pas un mot de ce qu'il raconte. Il est peu probable qu'il soit éthiopien. Il bosse clandestinement quelque part ici. Regardez-le qui commence à s'agiter ! Il comprend tout ce que je dis.

L'Africain, en proie, en effet, à une agitation manifeste, regardait dans tous les sens. Rosa remarqua que de la sueur commençait à perler à la racine de ses cheveux. Tous ceux qui se retrouvent menottes aux poignets dans un poste de police transpirent de peur, peu importe qu'ils aient bonne ou mauvaise conscience, se dit-elle. Toutefois, elle ne savait pas elle-même jusqu'à quel point elle devait croire l'histoire de l'Éthiopien.

– Au fait, ça me rappelle une blague, poursuivit le policier. Dans un foyer de demandeurs d'asile où sont logés principalement des Africains, un nègre se fait tuer et manger par les autres. La police arrive et demande : pourquoi, bon Dieu, avez-vous fait ça… ?

– Merci, l'interrompit Rosa. Je la connais déjà.

C'est vraiment incroyable, songea-t-elle.

Le fonctionnaire prit dans le tiroir une petite clé argentée gravée d'un numéro avec laquelle il ouvrit les menottes. "Et fais pas d'histoires !" dit-il d'un ton menaçant en tendant à Rosa et à l'Éthiopien un exemplaire du procès-verbal. Tesfaye mit quelques instants avant de pouvoir bouger ses doigts. Des hématomes s'étaient formés sur ses poignets. Puis il tourna plusieurs fois la feuille, en regardant tour à tour Rosa et le policier.

– C'est le procès-verbal, expliqua Rosa. Votre identité et le résumé de ce que vous m'avez raconté. On attend votre signature.

– Je ne signerai pas ! s'écria Tesfaye. Dites-le-lui. J'exige une traduction en amharique. Je ne signerai rien avant.

Il posa la feuille sur la table et se mit à frotter les endroits endoloris de ses mains.

– Pas folle, la guêpe, dit le policier, et Rosa crut même percevoir de la reconnaissance dans sa voix. – Mais cela ne lui servira à rien de retarder la procédure. Nous allons peut-être être obligés de le transférer à Francfort ou Nuremberg. Là-bas, il y a sûrement un interprète de l'éthiopien.

– Et qu'est-ce qui va se passer après ? s'enquit Rosa.

– Il sera expulsé. Reste à savoir où.

L'Éthiopien, assis à côté de Rosa, ne disait toujours rien. Il semblait apathique, ce qui mit Rosa mal à l'aise, même si elle ne savait pas clairement quel comportement elle attendait de lui. Aurait-il dû la remercier de l'avoir accompagné ?

Le policier s'approcha d'un petit coffre fixé au mur au-dessus du lavabo, en sortit deux autres tasses, les posa sur la table, servit du café.

– Je le bois toujours avec du lait et du sucre, dit Rosa. À cet instant, la porte de la pièce d'à côté s'ouvrit. Les deux policiers qui avaient arrêté Tesfaye apparurent de nouveau, suivis de deux hommes en civil. L'un, mince, entre deux âges, avait l'allure d'un personnage officiel, l'autre, plus âgé, corpulent, semblait nerveux, dans tous ses états.

– C'est lui ! dit-il à peine entré, d'une voix irritée. Pas de doute. C'est lui ! Il était dans ma boutique, et après, cinq paires de lunettes avaient disparu et les gros billets n'étaient plus dans la caisse. J'étais allé à la vitrine chercher une monture neuve qu'un client voulait essayer. Je suis sûr que…

– Eh, doucement, l'interrompit l'autre.

Il serra la main de Rosa et se présenta comme étant l'inspecteur Ferlitz. Il dirigeait ce commissariat et était très reconnaissant à Rosa d'avoir accepté de "sacrifier son temps pour cette fâcheuse affaire". Puis il se tourna de nouveau vers l'opticien.

– Regardez-le bien, monsieur Eberle. Nous ne voulons pas faire d'erreur.

– C'est le Noir qui m'a volé, dit Eberle.

Il avait l'air plus sûr à présent.

Tesfaye se leva d'un bond.

– Non ! cria-t-il. Non !

Les deux hommes en uniforme le plaquèrent sur sa chaise.

– Je savais qu'il comprenait notre langue, dit en riant le fonctionnaire assis au bureau. Il va voir la vitesse à laquelle il va parler, maintenant.

Rosa se sentait coupable et avait un peu l'impression de s'être ridiculisée. En même temps, elle était fâchée. Qu'avait-elle à voir dans toute cette histoire ?

– En fait, je ne suis pas sûr à cent pour cent, dit soudain l'opticien. Quelque part, ils se ressemblent tous, pas vrai ?

Il se balançait d'une jambe sur l'autre en triturant sa cravate.

– Bon, et maintenant ? – L'inspecteur se tourna pour faire face à l'opticien. – C'était lui ou ce n'était pas lui ? Il faut que vous soyez clair dans vos affirmations, sinon nous ne pourrons pas engager de procédure.

L'opticien haussa les épaules.

Tesfaye était désormais avachi sur sa chaise. Il avait les larmes aux yeux. Un silence désagréable se fit.

– Je n'ai volé personne, dit-il enfin, en russe. Rosa traduisit.

– Le mieux, c'est d'attendre l'arrivée de l'interprète officiel, décréta l'inspecteur. J'espère seulement qu'il va bientôt arriver. Conduisez cet Africain dans mon bureau. Je vais le passer à la moulinette. Venez aussi, monsieur Eberle.

Puis il remercia de nouveau Rosa et lui serra la main. Il ordonna au fonctionnaire assis au bureau de la raccompagner chez elle. Les deux hommes en uniforme prirent congé à leur tour d'une poignée de main.

– N'ayez crainte, il sera traité correctement, assura le plus jeune. Nous sommes en Allemagne, quand même.

Ils prirent alors l'Africain par les bras, le mirent debout. Il commença par trépigner, essaya de se dégager, puis il se mit brusquement à crier. Quelque chose dans sa langue. Des propos rapides, hachés et gutturaux. Il tourna la tête en arrière pour chercher de l'aide et regarda Rosa, les yeux remplis d'angoisse. Mais Rosa ne voyait aucune possibilité de lui apporter du soutien, et elle se maudit, maudit son impuissance et le monde entier, et tout d'un coup elle se dit que cela n'avait aucun sens d'atteindre l'âge de quatre-vingt-douze ans. Une parole de Macha lui vint à l'esprit : "En vieillissant, tu deviendras sage et parfois cynique, mais tu continueras malgré tout de croire en la bonté humaine. Et c'est précisément pour cela, crois-moi, que tu atteindras un grand âge."

– Pas de blagues ! dit à l'Africain le plus âgé des hommes en uniforme. Ça ne sert à rien.

Au même moment, l'opticien murmura d'un air contrit :

– En fait, je ne sais pas trop si c'était lui. Je ne peux pas le dire.

Kostik et Frieda avait bu leur thé lorsque Rosa eut terminé son histoire.

– Ce genre de choses me donne toujours des maux de tête, dit Kostik. Il vaut mieux que je me rallonge. – Il se leva lentement du canapé. – Mon Dieu, maman, fit-il après avoir fait quelques pas en direction du lit. Tu ne manques pas d'air ! Tu es dans un pays étranger et tu te mêles de choses qui ne te regardent pas. Comme si la vie n'était pas déjà assez dure comme ça. Contente-toi de participer à ce projet débile de livre-anniversaire.

– Arrête de critiquer ce projet. Il me procure un grand plaisir, protesta Rosa. Je peux raconter ce que je veux. On me laisse parler. Personne ne me dit ce que je dois faire. Et, en plus, cela rapporte de l'argent. J'ai une histoire avec laquelle je les ai appâtés mais ils vont devoir l'attendre encore un moment. Ça rapporte cinquante marks par jour et, bien sûr, je vais en profiter. Plus je raconte, mieux c'est. Après tout, tu veux aller à Aix-en-Provence. Sans ce truc, comment pourrions-nous nous payer le voyage ?

– Si je pouvais aller à Aix-en-Provence, je crois que je serais heureux comme jamais je ne l'ai été dans ma vie. Mais j'ai tout de même un mauvais pressentiment avec ces interviews. Fais attention de ne pas te casser le nez avec tout ça, dit Kostik.

– C'est exactement ce que disait Macha.

– Qui ???

– Ah, laisse tomber.

– Vous pouvez dire ce que vous voulez, intervint brusquement Frieda, mais moi, je n'aime pas trop les nègres. Je sais que c'est mal de penser ainsi. Mais quand même.

– Maman, tu vas certainement recommencer à faire tes cauchemars habituels, prédit Kostik une fois qu'il s'était mis au lit et que Frieda l'avait bordé.

7

Une épaisse forêt de conifères. Des marécages. Au printemps et à l'automne, les charrettes s'enfoncent dans la boue. Sur la seule colline alentour, les ruines du manoir, un terrain de jeu apprécié des enfants. Lioubimov, l'ancien seigneur, s'est enfui à l'étranger en 1921. Les bolcheviks ont mis le feu à sa demeure. Derrière un virage en épingle à cheveux apparaît brusquement le village, au bord de la rivière. Des champs. Des friches. Des maisons en bois, groupées autour de l'église, du petit port et de la station de chemin de fer. Un peu à l'écart, la synagogue. Ici, peu de choses ont changé depuis les grands bouleversements. Même les lieux de culte sont encore à la disposition des fidèles. Dans le village voisin, à trente kilomètres de là, on trouve à présent une porcherie à l'intérieur de la synagogue et, dans l'église, un club d'athées – dirigé par le Juif Raikin. C'est qu'ils ont de l'humour, ces communistes ! Et ils ont tenu parole, du moins pour ce qui concerne l'électrification du pays. Le long de la voie ferrée, près de la rivière, ils ont installé des poteaux, suspendu des fils de métal brillants. Dans chaque maison, il y a une ampoule suspendue au plafond. Cinq lampadaires éclairent la rue principale, si bien que les nuits sans lune on ne glisse plus dans la boue et on ne marche plus dans les flaques. Bientôt, plus rien ne sera comme avant.

Sauf que, dans notre village, il y a un certain nombre de paysans qui ne touchent pas aux interrupteurs car ce qui brille la nuit sans feu est l'œuvre du diable, disent-ils, et la présidente du Komsomol local, l'organisation de la jeunesse communiste, refuse de venir aux réunions du samedi, parce que c'est shabbat.

Je ne peux qu'en rire. Je suis intelligente et cultivée, je vais en neuvième au lycée Friedrich Engels de Gomel où, dans le grand hall de la poste principale, se trouve un téléphone, où il y a un institut de sylviculture et où, bientôt, circuleront même des tramways.

Mon père a réussi. Grâce au nouveau pouvoir, il a gagné en assurance, voit son heure arrivée. Ceux qui autrefois avaient souffert de la situation et n'étaient arrivés à rien se retrouvent aujourd'hui du côté des vainqueurs. Depuis 1922, mon père est secrétaire du Soviet du village bien qu'il soit suffisamment occupé par son travail à la Coopérative forestière régionale où il a un emploi fixe. C'est pour cette raison que pendant les vacances d'été, lorsque je rentre de Gomel, je l'aide à faire la paperasse du secrétariat.

En ce moment, un décret important va entrer en vigueur dans toute l'URSS. Tout citoyen du pays doit se voir délivrer une pièce d'identité. Les gens des petits villages et hameaux des alentours viennent au service administratif de notre commune où, assise derrière un bureau, je remplis à la chaîne des formulaires à l'encre noire, au point d'en avoir mal aux doigts.

Lechtchenko, Zakhar Kirilovitch, domicilié au hameau de Morkovino, marié, ouvrier agricole, né le…

Le jeune paysan se gratte le menton.

– Ça doit bien faire dix-huit ans que ma mère m'a mis au monde, dit-il en réfléchissant encore un moment. Peut-être même dix-neuf.

Je secoue la tête.

– Avez-vous un certificat de naissance ? je demande. Il réfléchit.

– J'en avais un, je crois. Mais il a sûrement brûlé en même temps que la vieille maison. Une chose est sûre : lorsque je suis né, Antochka, le vieux forgeron, s'est cassé le cou. C'est ma mère qui me l'a dit, Dieu ait son âme.

– Je n'ai jamais entendu parler d'un Antochka.

– C'était à l'époque où il y a eu cette grêle terrible qui a tué les bêtes, y compris des chevaux.

D'autres m'ont déjà parlé de cette grosse grêle. En conséquence, il ne fait aucun doute que son année de naissance est 1905.

– Connaissez-vous votre jour de naissance ? je demande.

– Qu'est-ce que j'en sais ? Mon Dieu, ma fille, il y a plus important dans la vie.

Une fois de plus je lui indique la chaise. Mais il reste debout, les deux mains agrippées au dossier.

– C'était au printemps, dit-il. Quelques semaines après la fonte des neiges.

Après un moment d'hésitation, j'inscris le 5 mai dans la rubrique correspondante. 5.5.1905 – une belle date de naissance. Pour les Juifs, le cinq est un chiffre magique. Même si ce paysan n'est pas juif, il aura, à mon avis, de la chance dans la vie. Il a un visage sympathique avec des fossettes aux joues, et des bras vigoureux. Quand je le regarde, une sensation étrange s'empare de moi, agréable et inquiétante à la fois, si bien que je baisse vite les yeux.

Un autre paysan me présente un certificat de naissance orné d'un aigle bicéphale et d'un cachet pâli. "Comme notre Sauveur", déclare-t-il fièrement en pointant le doigt sur la date. C'est le 24 décembre 1887. Je fais rapidement le calcul et j'écris : *6 janvier 1888*.

Il regarde par-dessus mon épaule.

– Mais ma fille !!!

Je sursaute. Une affreuse tache d'encre se répand sur la feuille, se transformant d'abord en scarabée, puis en araignée. À tâtons, je cherche mon mouchoir en tissu dans la poche de ma robe.

– Le nouveau calendrier, murmuré-je. Le calendrier grégorien. D'après la réforme de 1918. Nous devons enregistrer les dates selon le calendrier nouveau style.

– Mais moi, je veux garder mon vrai jour de naissance ! insiste le paysan.

– Le pouvoir soviétique a décrété que…

Je me lève d'un bond en criant. D'un geste violent, le paysan a balayé l'encrier de la table. L'encre gicle sur mes chaussures et mes bas.

– Va au diable avec ton pouvoir soviétique, sale petite Juive ! hurle l'homme en agitant le poing devant mon visage. D'abord, il réquisitionne mes céréales jusqu'à ce que mes enfants aient le ventre ballonné à force de n'avoir rien à bouffer. Et ensuite il me prend non seulement mon jour, mais aussi mon année. Rends-moi mon année de naissance ! Rends-la-moi !

Je vois que nous sommes encore loin des lendemains qui chantent. Le paysan obtient satisfaction.

Chaque soir, mon père et le président du Soviet du village viennent signer les passeports. En bas à gauche, sur la feuille comportant les informations sur la personne de mon père, le secrétaire, appose sa signature ; le président, Ivan Mourtchenko, dit Vanika le Rouge, signe à droite. Hautement décoré pendant la Grande Guerre, commandant d'une unité d'élite de l'Armée rouge durant la guerre civile, il est, à mes yeux, le seul vrai communiste parmi les bolcheviks, parce que c'est quelqu'un d'honnête et d'incorruptible. En revanche, sur le front de la paperasse il s'embourbe vite. À la vue des passeports prêts, il est pris de sueurs. Il retrousse ses manches et soupire : "Ah ! Que de travail !" Quand il écrit, il passe sa langue sur sa moustache comme pour y reproduire chaque trait qu'il dessine laborieusement. Un I penché, un M bossu. Le lendemain, les documents authentifiés seront remis aux mains de leurs propriétaires.

Un jour, une jeune femme – elle a peut-être deux, trois ans de plus que moi – entre dans le bureau. Rien dans ses mouvements ne trahit ce mélange de méfiance, de peur rentrée et de révérence que je vois chez les autres. Elle pose sur la table la photo qu'elle est sans doute allée faire chez le vieil Isaak dans son petit atelier près de la gare, et s'assoit. Son visage m'est familier, mais au début je n'y fais pas tellement attention, déploie sur la table un formulaire avec un savoir-faire acquis au fil des semaines, passe la main sur la surface légèrement nervurée du papier granuleux.

– Nom ?

– Rabinovitch. Rivka Movchevna.

Ça y est, je me rappelle où j'ai vu le visage de cette femme. Dans le moulin situé en aval, là où le ruisseau se jette dans la rivière. Ce moulin appartenait autrefois à la veuve Sakodover, qui avait été tuée en 1920 par la bande de Balachovitch. Il est désormais devenu la propriété de la coopérative d'État et emploie trois ou quatre ouvriers. Après la prise de possession, Movshe Rabinovitch en avait été nommé directeur provisoire. Pourtant, la femme assise en face de moi n'est pas sa fille. Elle s'appelle Evdokiya et est ukrainienne. Il y a vingt ans, son père est venu dans notre région pour participer à la construction de la ligne de chemin de fer. J'ai remarqué Evdokiya parce qu'elle est solide comme un homme et charrie les sacs de céréales et de farine d'un air acharné, comme si elle menait à elle seule une guerre contre elle-même et le monde.

Je pose ma plume.

– Karachtchouk, dis-je. Evdokiya, euh… Isaïevna, si je ne me trompe pas.

Je la regarde et elle me regarde.

– Tu es sourde ? Écris ce que je t'ai dit !

Aucune de nous ne baisse les yeux.

– Acte de naissance, je chuchote. Ma bouche et mon palais deviennent brusquement secs.

– J'en ai pas, dit-elle. Perdu, brûlé, volé… C'est moi la gardienne des papiers de mes parents ?

Dans la pénombre, ses yeux semblent ternes et irréels, comme recouverts d'un voile.

– D'autres documents ? Des documents tsaristes ? Allemands ? Polonais ?

– Tiens ! Regarde ! Le voilà, mon document !

Elle fait un geste obscène avec les doigts et profère un de ces jurons qui commencent par la mère ou la grand-mère du destinataire et finissent par ses petits-enfants.

– Eh, arrête ! Arrête ou je t'en colle une !

Je ne vais pas me laisser faire par cette garce à peine plus âgée que moi. Je ne suis pas n'importe qui. Cependant, mes paroles ressemblent plus à une prière qu'à une menace.

Je suis un personnage officiel. Je remplis une mission importante.

Elle va me tabasser à mort, sans aucun doute !

Dans mon lycée à Gomel, je suis la première de la classe. Même le directeur m'a félicitée.

Cette péquenaude stupide est plus forte que moi !

Mes amies m'apprécient.

Elle me déteste !

Elle se lève, se penche vers moi au-dessus de la table. J'ai l'estomac qui se noue. Mes mains tournent le manche en bois de la plume, de plus en plus vite. Si seulement je pouvais me lever pour aller chercher un verre d'eau à l'autre bout de la pièce. Par réflexe, je tourne la tête sur le côté.

– Frappe-moi ! Essaye ! dit-elle à voix basse. Son ton est enjoué. Elle se rassied, croise les bras et les jambes.

– Je tiens encore à la vie, dis-je, et je souris également, je peux à nouveau respirer.

– Qu'est-ce que tu dois encore savoir ? demande-t-elle.

– Date de naissance !

– 15 novembre 1906.

Je sens son regard qui pèse sur moi. Comme des petites aiguilles qui s'enfoncent dans mon corps. Je me lève d'un bond, cours vers l'interrupteur. L'ampoule diffuse une lumière froide.

– Je fais comme tu veux, le pouvoir soviétique est généreux, dis-je mais je demande malgré tout : – Pourquoi ce faux nom ? Et un nom juif en plus. De toute façon, les gens savent qui tu es vraiment.

– Occupe-toi de tes affaires, répond-elle sèchement, mais je sais aussitôt qu'elle va quand même me raconter. Elle hésite un instant, me dévisage.

– En fait, voilà : je n'ai pas envie de rester dans ce trou misérable. Mes parents sont morts, je n'ai personne. Je veux arriver à quelque chose dans la vie. J'irai à Minsk ou même à Moscou, ou Leningrad.

– Mais pourquoi… ?

– Pourquoi ? Tu es mieux placée pour le savoir. Qui c'est qui va à l'école en ville où on apprend toutes ces choses intelligentes dont on a besoin pour, un jour, commander les autres au lieu de charrier des sacs de farine ? C'est toi, et Chaïm et Rachel, la fille du rétameur, pas Evdokiya. Quelle est la meilleure façon de parvenir à ses fins dans un pays gouverné par les nez crochus ? Allez ! Écris ! Écris ! Et n'oublie pas le tampon.

Il m'est difficile de décrire ce que je ressens après ces paroles. Le sang me monte aux joues, je tremble, je me déteste parce que je ne sais pas quoi répondre. J'ai peur. Je suis désemparée.

Je hais mon père qui m'a imposé ce travail, qui n'est pas là à mes côtés et m'a appris à me taire. Je hais cette grande époque qui nous portera bonheur et que nous attendons tous avec impatience. Je regarde la fille sortir de la pièce d'un pas ferme.

Des dizaines d'années plus tard, je retrouve Evdokiya à Leningrad. Staline a été élevé au rang d'un dieu, pourtant sa mort ne fut pas du tout divine. Il nous a laissé ses angoisses et ses nuits sans sommeil. Khrouchtchev a tout transformé et est tombé de son piédestal, son successeur se hisse en haletant sur le mausolée du grand initiateur, où il incarne, bon an mal an, l'immuabilité et la sécurité de notre existence.

Le quotidien est calme, les gens les plus intéressants, on les rencontre dans la queue devant chez le boucher. Quelles conversations j'ai pu avoir là-bas ! Quelle merveilleuse invention, l'économie de pénurie. À quel moment a-t-on du temps à se consacrer les uns aux autres si ce n'est dans une file d'attente qui avance en rampant comme un serpent, perd la tête, se reforme d'elle-même jusqu'à ce que la porte du magasin se referme avec fracas ? Le sentiment de sécurité, la curiosité, la surprise et le coup de coude sous les côtes qui te donne l'impression que tu vas rendre l'âme, et pourtant tu finis presque toujours par atteindre ton but. Une livre de viande de porc pleine d'os en guise de trophée.

Après tant d'années, je reconnais aussitôt Evdokyia – non, je devrais dire Rivka – bien que son visage se soit beaucoup élargi. Comme son corps tout entier. Elle est là, debout devant moi.

– Evdokiya ? !

– Cela fait une éternité qu'on ne m'a pas appelée ainsi, murmure-t-elle en se forçant à sourire. Avant la guerre, j'étais Rivka Movchevna. Aujourd'hui, tout le monde m'appelle Raïssa Markovna.

Un moment de silence qui représente cinq décennies. Nous sommes face à face, immobiles.

– Ouvrez, n'empêchez pas la file d'avancer ! crie-t-on derrière.

Une heure plus tard, je suis chez elle. Elle me sert du thé. Sa chambre est grande, dans le passé cela avait peut-être été un salon de la grande bourgeoisie. Pourtant, on arrive à peine à s'y mouvoir, il faut se frayer un chemin entre les meubles. Le murmure monotone derrière la cloison provient des toilettes, m'explique-t-elle. La chasse d'eau ne fonctionne plus depuis des années. Son mari, un ancien combattant qui boite, me salue d'un air renfrogné et se retire dans la cuisine. Le fils tient un petit enfant dans les bras. La belle-fille est dans l'équipe du soir, c'est pour cela qu'elle n'est pas à la maison.

– Mon Yachenka a deux jours de repos, me raconte Rivka. Dès demain il reprend son service, pour quarante-huit heures. Il est infirmier à la maison de retraite municipale.

– Maison de retraite, elle est bonne, celle-là ! dit Yacha en posant délicatement dans le lit à barreaux l'enfant qui s'est endormi dans ses bras. Un chenil, à côté, c'est un sanatorium.

– Dire qu'il voulait devenir médecin. – Rivka soupire. – C'est une grosse tête, mon Yacha, on dirait presque que c'est un vrai Juif. Mais on ne l'a pas pris, justement parce qu'on croyait que c'en était un.

– Voilà maman qui remet sur le tapis la légende comme quoi je ne serais pas juif.

L'agacement perceptible dans sa voix laisse entendre qu'il en a assez de discuter de ce sujet usé jusqu'à la corde.

– Elle, elle peut le confirmer ! – Sa mère fait un signe de tête dans ma direction. – C'est la petite Juive qui m'a délivré ma pièce d'identité à l'époque, tu connais l'histoire…

– Arrête ! l'interrompt Yacha, me dispensant ainsi de la désagréable obligation de livrer mon témoignage. Il faut que tu apprennes enfin à assumer ce que tu es. Notre peuple s'est fait piétiner pendant trop longtemps.

– Tu entends ça ? Tu entends ça ? crie sa mère. Un vrai sioniste. Heureusement que son défunt grand-père n'est pas là pour voir ça. Son père était pope.

– Maman, regarde-moi ! – Yacha s'est levé, mais c'est vers moi et non vers sa mère qu'il se tourne. – Si je ne suis pas un Juif pur-sang, alors je suis l'empereur du Japon.

– Enchantée, Majesté, marmonne la mère.

En effet, le nez de Yacha évoque la crête du Caucase. Ses lèvres sont rouges comme les drapeaux des défilés du 1er mai. Ses cheveux, déjà un peu clairsemés, sont frisés et noirs. Et ses yeux brun foncé, brillants, reflètent cette tristesse légendaire – la douleur d'un peuple opprimé depuis deux mille ans…

– Et le père… ?

– Vassia ? Il vient du village de Peripityoulkino près d'Orenbourg. Il est aussi juif que notre premier secrétaire du Parti est professeur de physique nucléaire.

Un phénomène extrêmement intéressant, me dis-je. Kostik a raison de dire que nous vivons dans le pays des impossibilités limitées.

– Mais il y en a sûrement eu d'autres? je demande d'un ton timide. À part Vassia, je veux dire.

– À ton avis, pour quelle raison je me dispute presque tous les jours avec mon mari depuis quarante ans… Rien que des reproches et des accusations! Mais non, ça ne colle pas du tout. Seul Vassia peut être le père.

Elle me raconte volontiers sa vie, qu'elle a travaillé dans une usine de Minsk, fréquenté les cours du soir et ensuite une université du soir pour les personnes en activité, qu'elle s'est installée à Leningrad et a réussi à devenir cadre dans un combinat de construction mécanique, et qu'au début de la guerre elle a été évacuée dans l'Oural avec tout le personnel de l'usine.

– On était des héros sur le front du travail. Dix jours de travail, un jour de repos, douze heures par jour.

À la fin des années 40, tout a basculé. Soupçonnée de cosmopolitisme, Raïssa Markovna – redevenue subitement Rivka Movchevna pour ses supérieurs – est tombée en disgrâce, a été contrainte de quitter le combinat et de prendre des petits boulots pour survivre. Son fils s'est vu refuser le droit d'étudier, et même ses parents éloignés qui vivaient en Ukraine et vers qui elle s'était tournée pour qu'ils attestent sa non-judéité, ne voulaient plus entendre parler d'elle.

– Laisse-nous en paix, m'ont-ils dit. Si on apprend que nous sommes apparentés à une Juive et que nous sommes peut-être nous-mêmes juifs, nous pouvons faire notre prière.

Tu sais comment c'est. Quand tout le monde dit que tu es un chameau, va donc prouver que tu n'en es pas un…

Elle respire vite et bruyamment comme si elle avait grimpé trois escaliers au pas de course.

– J'ai même songé à me mettre à ta recherche pour que tu puisses confirmer ma version des faits.

Je ne dis rien.

– Saloperie de youpins ! jure Evdokiya-Rivka. D'abord, ils s'emparent du pays, le chamboulent de fond en comble, démantèlent tout, et ensuite ils ne sont même pas capables de garder le pouvoir et se font de nouveau persécuter. L'homme ordinaire ne peut plus avoir confiance en rien. Il se fait constamment duper par les Juifs. Quel peuple répugnant ! Pardon, tu n'es pas visée personnellement.

Mais je ne suis pas vexée.

– Tu as sûrement raison, Rivka Movchevna, dis-je.

Pendant un instant, ses yeux étincellent de colère. Le verre à thé, dans sa main, se met à trembler. Je devrais me lever et la prendre dans mes bras, lui raconter des histoires semblables et d'autres plus terribles encore, dire une banalité qui rendrait l'atmosphère beaucoup plus légère et plus pesante à la fois.

Je reste assise.

– Et maintenant Yachenka a envie d'émigrer en Israël. Il a déposé son dossier il y a quelques semaines.

– Je veux partir d'ici le plus vite possible, dit Yacha qui était resté silencieux pendant le récit de sa mère. Nous, les Juifs, avons enfin un pays où nous pouvons nous sentir chez nous.

– Voilà, tu l'entends toi-même. – Rivka-Evdokiya a une voix faible. – Yachenka voudrait nous emmener dans son État juif, Vassia et moi. Vassia n'aurait rien contre. Il rêve d'un appartement au bord de la mer. Avec un balcon. Et un palmier dans son champ visuel. Moi, je ne sais plus ce que je veux.

– Ma foi, peut-être trouveras-tu le bonheur… là où règnent les nez crochus, dis-je. Elle ne répond pas et me sert du thé.

8

Un jour de pluie, en août 1925, je descendis du train dans la ville de Leningrad, où quelques années auparavant, lorsqu'elle s'appelait encore Petrograd, le peuple avait pris le pouvoir. Professeurs, amis et parents m'avaient fait l'éloge de cette ville. "Si tu veux vivre avec ton temps, va à Leningrad, m'avait conseillé ma professeur de russe, tu es bien trop douée pour rester croupir en province. Pendant des siècles, on a interdit à la plupart des Juifs de notre pays d'habiter dans les grandes villes. Maintenant ils en ont le droit. Tu devrais saisir cette chance."

J'avais toujours été une élève modèle. J'avais obtenu les meilleurs résultats au baccalauréat de ma promotion et j'avais les idées les plus progressistes, c'est-à-dire de bonnes prédispositions à réussir ma vie dans notre patrie socialiste en plein essor. J'étais appelée à un plus haut destin que celui de travailler dans une entreprise de province ou dans l'administration du village, me marier quelques années plus tard et consacrer le reste de ma vie à ma famille comme le faisaient la majorité des femmes. Cela, même mon père finit par l'admettre, lui qui, au début, ne voulait pas me laisser partir. Cette fois-ci, ma mère avait été d'emblée de mon côté.

– Si tu n'avais pas autant hésité, nous serions depuis longtemps au Canada, que ma fille serait en train de nous faire sillonner au volant de sa voiture, avança-t-elle. Maintenant ce n'est plus possible. Tu as gâché ma vie, tu veux aussi empêcher cette enfant de réussir la sienne ?

– Après le départ de Klara, murmura mon père, j'espérais que Rosa, au moins, resterait auprès de nous.

– Tu ne penses toujours qu'à toi ! cria ma mère. Tous ceux qui sont doués et veulent réussir vont s'installer dans les grandes villes ! Jamais les Juifs ne se sont aussi bien portés dans ce pays. Un jour, ils devront en payer le prix, alors autant en profiter tant que ça dure.

Je ne partageais pas le pessimisme de ma mère. Une fois que le socialisme aurait triomphé dans notre pays, il n'y aurait plus ni Juifs ni Russes ou Biélorusses, mais seulement des citoyens soviétiques. Mais je pardonnai à ma mère ses opinions réactionnaires. Elle était le produit de son temps et de sa classe. L'avenir lui ouvrirait les yeux. Je promis à mes parents de venir souvent leur rendre visite. Je n'éprouvai aucune tristesse à l'idée de quitter ce misérable patelin de Vitchi. J'avais la vie devant moi.

Pendant des jours et des nuits, j'ai voyagé dans un wagon dont l'inscription *Troisième classe*, dessinée sur la paroi extérieure, avait été recouverte de peinture et remplacée par un emblème représentant un marteau et une faucille. Il n'existait plus de classes en Union soviétique. Désormais, lorsqu'on n'avait pas les moyens de s'offrir un siège mou ou une couchette, on voyageait dans le compartiment à sièges durs.

Ma sœur était partie de Vitchi un an auparavant, avait fait une école de secrétariat à Moscou et pris un emploi dans une grande entreprise. Quant à moi, je rêvais de devenir juriste afin d'œuvrer un jour pour la justice dans notre pays.

Quand j'étais élève, j'avais assisté une fois, à la Maison de la culture de Gomel, au procès fictif d'un ivrogne présumé qui avait l'habitude de dilapider l'argent du ménage dans la boisson. Un spectacle lors duquel le public pouvait, à tour de rôle, déterminer ce qui était juste et ce qui ne l'était pas. À cette époque, la population appréciait beaucoup ce genre de jeux. Leur but était de former des citoyens responsables. Le "procureur général" réclama avec insistance la condamnation de l'auteur des faits. Il voulait qu'on lui retire la garde de ses enfants et qu'on lui impose une cure de sevrage dans un établissement fermé. Le "défenseur" expliqua qu'il y avait un grand fossé entre les époux et que la femme portait une part de responsabilité. Ces propos me mirent tellement hors de moi que, même si je n'avais que seize ans, je pris la parole. La timidité n'avait jamais fait partie de mes points faibles. Je fis un discours enflammé dans lequel je condamnais l'ivrogne et défendais son épouse, si bien que de nombreux spectateurs m'applaudirent. D'autres dirent: "Qu'est-ce qu'elle y connaît, cette gamine, cette petite morveuse? Si on l'enferme, qu'est-ce qu'elle va devenir, sa femme? C'est quand même lui qui fait vivre la famille. S'il n'est plus là, sa femme sera encore plus dans la misère." Finalement, deux amis furent obligés de me faire passer par la porte de derrière pour qu'il ne m'arrive rien. Quelques femmes avaient menacé de me rouer de coups.

Je passai quelques jours chez ma sœur à Moscou avant de me rendre à Leningrad. Dans le compartiment du train express étaient assis un étudiant, une famille juive avec un fils obèse d'une douzaine d'années, un gentleman portant un pince-nez, professeur d'université avant la révolution, désormais cogérant d'une entreprise commerciale à Leningrad. Normalement il voyageait en wagon-lit, mais il avait perdu presque tout l'argent de son voyage en jouant aux cartes. Dans le cadre de ce qu'on appelait la "Nouvelle Politique Économique", l'entreprenariat privé était de nouveau autorisé, c'était une régression, un phénomène temporaire, et pourtant, comme l'écrivaient les journaux, une nécessité au regard de la situation économique. L'ambiance était bonne. Nous mangions dans les restaurants des gares, où nous faisions toujours des rencontres intéressantes. À Tver nous attendîmes une demi-journée avant de reprendre la route. Mais ce n'était pas un problème. Lorsque nous arrivâmes enfin à Leningrad, nous avions l'impression de nous connaître depuis des années.

La famille juive fut accueillie sur le quai par sa tribu tout entière. Les grands-mères et grands-tantes vêtues de longues jupes qui touchaient le sol, comme c'était la mode avant la révolution, les hommes portant casquettes de militaires, vestes grises, chemises blanches soigneusement boutonnées jusqu'en haut et caoutchoucs bleu foncé aux pieds. Je pensais que les habitants de notre ancienne capitale auraient l'air plus mondain même lorsque cela ne faisait que quelques années qu'ils étaient installés dans la grande ville. Ceux qui attendaient noyèrent les nouveaux venus sous un flot de phrases uniquement en yiddish. L'enfant criait quelque chose, vociférait, tapait des pieds :

– *Chè nè feu pa, mamélè*… lança-t-il de sa voix aiguë, stridente. Il y a des gifles qui se perdent, me dis-je. Ah, comme je détestais ces petits Juifs de province, avec leur suffisance mêlée de nonchalance et cette manie, propre aux gens du *shtetl*, de céder à la panique, comme si l'époque des persécutions n'était pas définitivement terminée.

– Mon enfant, dit l'ancien professeur d'Université au moment de nous quitter, si un jour tu as des problèmes ou que tu te sens complètement perdue dans notre ville, cette porte dorée ouverte sur l'Occident dont on a tant chanté les louanges, viens me voir. Tu seras toujours la bienvenue. Voici ma carte.

On pouvait y lire : *Arkadi Sergueïevitch Breitscheid, Commis voyageur, oulitsa Fabritchnaïa, immeuble 99, appartement 14. Numéro de téléphone : 17129.* Lorsque l'homme s'était présenté à moi dans le train, le nom de Breitscheid m'avait semblé un peu curieux. Ses ancêtres étaient des Allemands de la Baltique, m'avait-il expliqué. Je fus surprise qu'il ait un téléphone chez lui mais je n'eus pas le temps de m'attarder sur ce détail car, déjà, j'étais entraînée vers la sortie par les autres voyageurs. Du coin de l'œil, j'aperçus un type à la lourde silhouette qui s'approcha de Breitscheid. Il prit ses bagages et les porta comme s'ils étaient aussi légers que des cages à oiseaux. Cela me conforta dans l'opinion que tous les profiteurs de la Nouvelle Politique Économique étaient des bandits. Du moins, ils avaient des amis qui ressemblaient à des bandits.

L'étudiant me montra le chemin. Après avoir traversé un long hall et monté un escalier, nous parvînmes à gagner la sortie et nous nous retrouvâmes dans la rue. Le ciel, lourd de pluie, pesait sur la ville. Tout ce que je vis en regardant dehors pour la première fois, gens, chevaux, calèches, tout ruisselait d'eau. Je remarquai que, dans la plus européenne des métropoles du premier État ouvrier et paysan au monde, circulaient encore des tramways hippomobiles et que les voyageurs fortunés montaient non pas dans des taxis à moteur – à Gomel il y en avait déjà même deux – mais dans des fiacres. Mais dans dix ans au plus tard, d'après ce que j'avais appris à l'école, nous aurions surpassé la puissance économique et la prospérité des États-Unis. Ainsi, même chez nous, dans le coin le plus reculé du pays, chacun se déplacerait au volant de sa propre automobile. J'étais tellement confiante et heureuse ce jour-là que je donnai un billet à l'un des enfants en haillons qui mendiaient devant l'entrée de la gare. Il me remercia d'un petit signe de tête, me toisa avec mépris et s'enfuit.

– Tu es folle ? s'écria l'étudiant. Tu en auras rudement besoin de ton argent. Il y a suffisamment de gens qui peuvent aujourd'hui se permettre des largesses.

Je le détestai aussitôt. Comment ce type répugnant osait-il me gâcher cet instant ? Je le saluai d'un ton sec et m'en allai.

– Au fait, tu as un endroit où loger ? me lança-t-il. Je pourrais me débrouiller pour te trouver quelque chose. Hé, où vas-tu si vite ?

Il ne manquerait plus que cela, pensai-je. Dans le train déjà j'avais eu l'impression que cet homme me lorgnait.

Avant de me rendre chez Sore, une cousine de ma mère, j'explorai le parvis de la gare. Il s'appelait place de l'Insurrection et était entouré d'immeubles de plusieurs étages. Chacun me faisait l'effet d'un château. Les portes étaient en piteux état, le crépi s'effritait et des tuyaux de poêle sortaient des impostes, mais c'était justement cet aspect prolétaire et mondain à la fois qui m'impressionnait. Ce qui me fascinait le plus toutefois, c'était le monument qui trônait au centre de la place, une gigantesque statue en bronze du tsar Alexandre III, le père de notre dernier monarque absolu, Nicolas le Sanglant. J'étais étonnée qu'elle ait survécu à la révolution. À Gomel, cela faisait bien longtemps qu'on avait déboulonné tous les monuments de l'ancien régime. Mais je ne tardai pas à comprendre pourquoi celui-ci avait été épargné. Le corps massif du tsar était juché dans une posture guindée et sans grâce sur un cheval de course qui faisait penser à un cheval de labour. L'attitude et l'expression du souverain avaient quelque chose de tellement brutal et de repoussant que je frissonnai à sa vue. Un empereur byzantin sous les traits d'un paysan. Visiblement, l'inscription sur le socle était plus récente : *Mon père et mon fils ont déjà reçu ici-bas le châtiment qu'ils méritaient, tandis que moi, effroyable exemple, je demeure ici à tout jamais. Alexandre* III, *Autocrate de tous les Russes.* Malgré la pluie et le froid, je m'attardai dix minutes, peut-être plus, devant la statue. Qu'était cette ville où ce genre de choses était possible ? À l'époque, je ne connaissais encore absolument rien du contexte, j'appris plus tard seulement que l'érection de ce monument, à la fin du XIXe siècle, avait été perçue comme un acte révolutionnaire et démystificateur, et je ne comprenais pas en quoi ce type d'art monumental pouvait représenter un danger pour les nouveaux dirigeants. Cette œuvre d'art géniale, réalisée par le sculpteur Troubetzkoï et communément appelée "l'épouvantail", fut, de fait, retirée quelques années plus tard. Mais peut-être avais-je déjà senti à l'époque que cette place, avec ses immeubles somptueux tombant en ruine, sa gare dont la façade splendide était toutefois déjà couverte de crasse, et ce spectre en son centre, reflétait toutes les facettes de cette ville. C'est cette première impression, bouleversante, un attachement vif mêlé d'angoisse, qui allait persister durant trois quarts de siècle.

L'homme me regarda en plissant ses petits yeux. Il sentait l'après-rasage bon marché et la transpiration. Il frottait sans arrêt son ventre avec la paume de sa main droite.

– Vous êtes une amie de Sore ? me demanda-t-il.

– Je suis sa nièce.

Ses yeux s'écarquillèrent pendant une seconde. Ils avaient la couleur de bonbons au caramel.

– Vous lui direz du bien de moi.

– Moi ?

– Oui, vous. Qui d'autre ? La grosse dondon, là-bas ? Elle préférerait m'arracher la tête. Ou bien le vieux syphilitique ? Quand il marche dans le couloir, on a l'impression de croiser la Faucheuse en personne. La nuit, il se masturbe comme un malade, à rendre le dernier souffle.

J'étais tellement effrayée que je ne pus faire un pas. Le foulard sur ma tête et mon manteau étaient trempés. L'eau de pluie dégoulinait sur le parquet.

– Je ne connais personne ici, dis-je. Ma bouche et ma gorge devinrent sèches.

J'avais déjà eu un mauvais pressentiment lorsque je m'étais retrouvée devant cet immeuble, dans la Dixième Ligne de l'île Vassilievski. Il m'avait fallu changer trois fois de tramway hippomobile avant de trouver la Dixième Ligne, à la périphérie ouest de la ville. Ce n'étaient pas les rues mais les lignes d'immeubles qui étaient numérotées. De l'autre côté de la rue, c'était la Ligne numéro onze. Je n'avais rencontré personne dans le couloir, mais la porte de l'appartement de Sore était entrouverte. J'avais entendu des pas et le bruit d'un objet lourd qu'on fait glisser sur le sol. J'étais entrée dans la chambre au moment où l'homme tirait de sous le lit un coffre volumineux dans lequel je pensai tout à coup découvrir le cadavre de ma tante.

– Je préfère m'en aller, dis-je.

– Non, je vous en supplie ! s'écria-t-il, il me prit par le bras, me tira vers le milieu de la chambre, ferma la porte d'un coup de pied et se mit en travers de mon passage. Les valises glissèrent de mes mains et tombèrent sur le sol. Je regardai autour de moi, complètement affolée. Une autre porte donnait manifestement sur une pièce attenante, mais devant se trouvait un bureau. La fenêtre était fermée.

– Il faut que vous m'aidiez ! répétait l'homme d'une voix désespérée. S'il vous plaît, laissez-moi vous expliquer.

Ses joues tremblaient et il éclata en sanglots.

J'essayai de me dégager, mais il s'était cramponné à ma manche. De l'autre main il ouvrit le coffre.

– Mes affaires sont là, expliqua-t-il. Elle me les a confisquées alors que j'étais en train de chercher du travail. En gage, qu'elle a dit. Et pourtant je lui ai demandé de ne pas le faire. Je l'ai suppliée. Je me suis jeté à genoux devant elle. Dès que j'aurai un nouveau travail, je lui rembourserai les cinquante roubles. Mais elle ne me croit pas. Comment peut-on se montrer aussi insensible ? Ça fait pourtant trois semaines que je suis au régime sec. Tenez, regardez dans le coffre, tout ça ce sont mes affaires, tout ça c'est à moi.

Mais je me contentai de fixer ses yeux gonflés par les larmes. En un instant, ma peur s'était dissipée.

– Vous voulez que je me mette à genoux devant vous ?

Sa voix devint stridente. Il me lâcha enfin et tomba à genoux en poussant un soupir. J'aurais pu m'enfuir en courant, mais à ce moment-là la porte s'ouvrit et je vis une grosse femme dans la quarantaine et un homme âgé, sec, dont je me souviens encore, avec son cou très long et fripé et sa pomme d'Adam saillante. La grosse dondon et le vieux syphilitique, pensai-je aussitôt. Inéluctablement, mon regard glissa le long du torse de l'homme, jusqu'à l'endroit où pendaient les deux bouts de la ceinture du peignoir, sous le nœud.

– Encore vous, Porfiri Filimonovitch ! s'écria la femme. Vous savez que vous n'avez plus le droit de venir ici. C'est une décision du tribunal.

– Ah, mon Dieu, ayez pitié, chère Marfa Savelievna, dit Porfiri Filimonovitch dans un sanglot. – Il était encore à genoux. – Je suis juste venu chercher mes affaires. Trois chemises, un veston, cinq cravates et la montre en argent. Elle appartenait à mon père. Un héritage.

– Je ne veux pas le savoir ! hurla la femme. J'en ai assez d'écouter vos histoires. Disparaissez, et emmenez votre putain avec vous. Tous les jours une nouvelle traînée. Vous n'avez pas changé depuis votre déménagement, Porfiri Filimonovitch. Vous devriez avoir honte !

Je tressaillis.

– Je suis… commençai-je à expliquer, mais elle ne me laissa pas terminer.

– Tais-toi ! me cria-t-elle en tapant du pied. Le parquet grinça. Je me retournai pour voir le "vieux syphilitique", mais celui-ci avait déguerpi.

– Dehors ! glapit Marfa Savelievna. – Poings serrés, elle s'avança vers moi. – Tu disparais, tu n'as rien à faire ici !

– Mais je suis… tentai-je une nouvelle fois, d'une voix timide.

– Je n'ai aucune envie de discuter avec toi, espèce de débauchée ! Je vois à ta tête qui tu es et surtout ce que tu es.

Je pris mes deux valises et partis. J'entendis Marfa Savelievna hurler sur Porfiri Filimonovitch.

Dehors il pleuvait toujours des cordes. Je traversai la rue et m'arrêtai dans l'entrée d'un immeuble. J'avais peur que Porfiri Filimonovitch me voie en sortant.

J'attendis ma tante. Cela pouvait durer des heures. La rue était déserte. Je vis alors un vieil homme sortir d'une ruelle adjacente. Il poussait une brouette, avait du mal à respirer, lançait des jurons à peine audibles, toussait. Je n'arrivais pas à voir ce qu'il transportait car le chargement était recouvert d'une bâche. À la brouette était attaché un caniche. Le cordon le tirait vers l'avant, lui serrant le cou. Le chien résistait, tremblait, se secouait à intervalles réguliers. En passant devant moi, l'homme leva brièvement les yeux et m'adressa un sourire en coin, édenté. Sa casquette était plaquée sur ses cheveux.

– Sale temps aujourd'hui, dis-je.

– Ouais, pourrait être mieux.

Il parlait vite et indistinctement.

– Qu'est-ce que vous avez là, dans votre brouette ?

– Pose pas tant de questions, ça t'évitera bien des frayeurs, grommela-t-il, et il se détourna.

– Vous pourriez être plus aimable.

– L'amabilité, c'est dans l'autre vie que tu la connaîtras, ma fille.

Les yeux rivés sur la porte de l'immeuble d'en face, j'attendais avec curiosité le moment où Porfiri Filimonovitch allait sortir. Marfa Savelievna ne tarderait pas à le mettre dehors, je n'en doutais pas. Mais il s'écoula presque un quart d'heure avant que l'homme ne sorte dans la rue en titubant. Il fit quelques pas vers le milieu de la chaussée puis revint en arrière comme s'il n'arrivait pas à décider dans quelle direction aller. Il se frottait le ventre des deux mains. Il secoua la tête, cracha, s'arrêta. Peut-être avait-il lui aussi pris la décision d'attendre Sore devant l'entrée.

Je me réfugiai dans l'immeuble, essayant de faire le moins de bruit possible. Cela fut difficile car, avec une valise dans chaque main, je dus pousser la porte avec mon épaule. Un couloir menait à une cour intérieure. L'immeuble du fond avait une issue qui donnait sur une autre rue. Je poussai un soupir de soulagement. Je ne voulais pas retourner dans la Dixième Ligne. Pas dans un appartement avec des gens pareils. J'étais une jeune fille honnête. Et, de toute façon, je n'avais jamais eu de sympathie pour ma tante Sore.

Toutefois, je ne fus pas contrainte de passer la nuit dans la rue. J'avais reçu quelques lettres de la part de Tatiana, mon ancienne camarade d'école, originaire de Vitchi comme moi, qui avait passé le baccalauréat un an avant moi et étudiait la médecine à Leningrad. J'avais noté son adresse, à tout hasard. Elle aussi habitait sur l'île Vassilievski. Lorsque je me présentai chez elle avec mes deux valises, elle n'avait pas du tout l'air ravi de me voir car elle vivait dans une minuscule mansarde avec un lit étroit qu'elle dut partager avec moi les jours suivants. Mais il aurait été indécent de me refuser l'hospitalité.

De l'étroite fenêtre, on voyait, au-delà des toits, la Neva et les grues du port, et même la flèche dorée de l'Amirauté qui semblait soutenir le ciel. Cette vue compensait l'inconfort de cette mansarde sans lumière électrique ni eau courante, ainsi que l'accueil peu chaleureux que m'avait réservé Leningrad. J'aurais pu rester des heures devant la fenêtre à regarder dehors.

Chaque nuit, pendant son sommeil, Tatiana me poussait hors du lit et je me retrouvais par terre. Bien qu'elle ne m'eût jamais demandé de partir, il n'était pas difficile de voir que ma présence l'étouffait.

Je me souviens encore bien de ce matin-là, fin août. La veille, ma vision du monde s'était effondrée tel un échafaudage mal assemblé. J'avais passé toute la soirée à la rafistoler. Tatiana avait mollement tenté de me consoler. Je lui avais fait signe de ne pas insister et étais allée me coucher. Mais au réveil, je n'arrêtais pas de penser à mon apparence. Ma mère avait toujours dit que, physiquement, j'étais dans la moyenne, la meilleure condition pour mener une vie heureuse, car les laiderons suscitent le dégoût et les beautés l'envie. Rabinovitch, en revanche, trouvait que j'étais une fille très attirante.

Les yeux entrouverts, je regarde le miroir qui se trouve en diagonale du lit, près de la porte. Je ne peux y distinguer mon visage, seulement la couverture négligemment jetée sur mes pieds et la chaise sur le dossier de laquelle pend ma jupe. Les premiers rayons du soleil pénètrent par l'étroite fenêtre. Un carré jaune sur le papier peint entre le poêle et l'armoire. Il y a des taches d'humidité au plafond. Une tache, la plus grosse, ressemble à un bonhomme tout maigre au dos courbé. Elle me rappelle Rabinovitch. Comme je n'ai pas envie de penser à lui, je referme les yeux.

Tatiana est déjà partie. Je ne sais pas pourquoi elle sort de si bonne heure. Elle a un petit ami, qui loge dans un foyer pour étudiants. Peut-être a-t-elle rendez-vous avec lui. Elle n'a plus envie de l'amener chez elle bien que je lui aie proposé de quitter l'appartement dès qu'il arrive, d'aller me promener une heure ou deux. Même plus, s'il le faut.

Je vais me lever, passer le balai, faire les courses. C'est la moindre des choses que je puisse faire pour Tatiana. Je regarde la pendule. Il est huit heures. Une fois habillée, je m'assois sur la chaise et de nouveau je fixe la tache d'humidité.

– Je vous trouve sympathique, vous êtes une fille très attirante, dit-elle avec la voix de Rabinovitch. Je sais que ce n'est pas votre faute. Mais je ne peux malgré tout vous aider. C'est la lutte des classes. C'est une question de principe.

Je sais que c'est une question de principe. On ne fait pas d'omelette sans casser des œufs. Après tout, il s'agit de l'avenir de nos enfants et petits-enfants.

Rabinovitch est encore jeune, mais a déjà l'allure d'un point d'interrogation.

– Cinq années d'école talmudique, m'avait-il expliqué lors de notre première rencontre, tandis que je ne pouvais détacher mon regard de son dos. Mais mes enfants ne ressembleront pas aux Juifs du *shtetl*, dans vingt ans il n'y aura plus un seul Juif du *shtetl*.

Et il m'avait fait un clin d'œil, avait survolé rapidement mon diplôme du baccalauréat, feuilleté ma pièce d'identité.

– Vitchi ! s'était-il écrié comme si j'arrivais directement d'un camp d'internement. Mes grands-parents sont originaires de Vitchi. Moi, j'ai grandi à Moguiliov.

Je lui avais tendu mon formulaire de candidature rempli et deux pages dans lesquelles j'expliquais pourquoi je désirais étudier la jurisprudence à la faculté de droit de l'Université de Leningrad. *En tant que fille d'une famille issue du prolétariat juif rural, j'ai souffert, enfant, de privations et ai été témoin et victime de mesures arbitraires de la part des autorités tsaristes…*

La tache d'humidité au plafond est noire sur le bord. Au milieu elle est beige et jaune. Lorsque je plisse les yeux, les contours deviennent flous, et je reconnais le nez aquilin de Rabinovitch. Un étudiant talmudiste avec un marteau et une faucille sur le revers de son veston. Il y a encore dix ans, il aurait été inconcevable qu'un Juif occupe le poste de directeur du service des inscriptions à l'Université de Saint-Pétersbourg. Ils doivent se retourner dans leurs tombes, tous ces pantins de nobles, ces princes, comtes et têtes d'œuf de bourgeois décadents qui avaient détenu ce poste avant la révolution et qui, dans la mesure où ils avaient eu le malheur de vivre octobre 1917, avaient été expédiés dans l'autre monde pendant la Terreur rouge.

– Vous avez jusqu'au 31 août au plus tard pour venir retirer votre carte d'étudiant, m'avait expliqué Rabinovitch. Les cours commencent le 1er septembre… Au fait, êtes-vous membre du Komsomol ? En tant qu'étudiante en droit, ce serait bien que vous le soyez.

– Non, avais-je murmuré d'un ton gêné. Mon grand-père maternel qui habitait Gobyl, en Ukraine, était entrepreneur. Il était copropriétaire d'un bateau à aubes.

– Hmm.

Rabinovitch avait gratté son menton pointu.

– C'est pour cette raison que je n'ai pas été acceptée au Komsomol.

– Votre grand-père est-il encore en vie ?

– Il est mort en 1920 lors d'un pogrom.

– C'est tragique ! Mais une bonne chose pour vous… Je vais écrire que votre grand-père a été une victime de la contre-révolution. Cela compensera un peu ses activités anti-prolétariennes d'avant la révolution, et vous pourrez adhérer au Komsomol. Quant à moi, je vais intercéder en votre faveur auprès du camarade Filippov, le président de notre section du Komsomol.

Un nuage est venu se mettre devant le soleil. Dans cette ville, le temps change souvent. Quand il ne pleut pas pendant une journée, c'est tout un événement. Le carré de lumière sur le papier peint gondolé disparaît, la tache d'humidité prend une teinte d'encre bleue diluée. Il y a des éclairs dans le miroir. Je compte les secondes jusqu'au coup de tonnerre. L'orage est à trois kilomètres à peine.

Hier, je suis retournée voir Rabinovitch. D'un signe de la tête, le fonctionnaire m'a indiqué la chaise. Tandis que je m'asseyais, il a ouvert une chemise à rabats.

– Vous m'avez caché quelque chose, camarade Masur.

Aucun reproche dans sa voix, aucun regret. Aucune émotion. Neutre.

– Je n'ai rien caché.

Soudain, des crampes à l'estomac, une boule dans la gorge.

– Si, ma fille. Avant la révolution et pendant la guerre civile, votre père n'avait-il pas travaillé comme garde forestier pour le grand propriétaire terrien Lioubimov ?

Pendant quelques instants j'ai eu la respiration coupée.

– Aujourd'hui mon père travaille dans une coopérative forestière, ai-je dit tout bas. Il a longtemps été secrétaire du Soviet du village et a posé sa candidature pour entrer au Parti. Personne n'a…

– À Vitchi, ma fille ! m'a interrompue Rabinovitch. En Biélorussie ! En province ! Mais ici, chez nous, on est en train de créer un corps de juristes prolétariens. Des procureurs, des juges, des employés administratifs qui incarnent l'époque du communisme. Il faut que vous le compreniez, Masur.

J'ai bredouillé quelque chose où il était question de mise à l'épreuve. Je me laverais des tares de mon père, après mes études je prendrais le poste le plus difficile, effectuerais des travaux d'intérêt collectif, renoncerais à la bourse, tiendrais des discours lors des rassemblements.

– Je vous trouve sympathique, vous êtes une fille très attirante, a dit Rabinovitch d'une voix radoucie, comme s'il parlait à un enfant têtu. Je sais que ce n'est pas votre faute. Mais je ne peux malgré tout vous aider. Les lois sont ainsi faites. C'est la lutte des classes… Puis il a prononcé cette phrase qui m'a longtemps fait souffrir, telle une marque au fer rouge : – C'est une question de principe.

Je n'ai pas répondu. J'avais tellement honte.

– C'est regrettable, a dit l'homme, nous avons besoin de jeunes gens comme vous. Il y a cinq, six ans, je n'étais pas bien différent de vous, un garçon juif de province, la révolution a balayé toutes les restrictions, tous les hommes sont égaux, j'étais plein d'entrain, avide d'apporter ma pierre au nouvel édifice, j'ai pris mon destin en main… Mais si nous tombons, il nous faudra serrer les dents et nous relever. C'est l'expérience qui nous l'a appris. Cela fait deux mille ans que nous passons notre temps à nous relever. Qui plus est, c'est notre devoir en tant qu'enfants de la révolution.

J'avais envie de pleurer, de crier et de déchirer les papiers posés sur le bureau, mais je me suis souvenue à temps que je devais me comporter comme une adulte.

– Tentez une autre faculté ou un autre institut. Vous n'êtes absolument pas forcée de faire de la jurisprudence. Vous ferez votre chemin.

Dehors, dans le hall, mes condisciples, qui ne seraient jamais mes condisciples, se tenaient devant un panneau de bois sur lequel étaient affichés les emplois du temps, les journaux muraux de diverses facultés ainsi que différentes informations. Ils semblaient d'excellente humeur, étaient plongés dans des conversations animées. Pour ces fils de paysans, d'ouvriers non qualifiés, de balayeurs et de compagnons d'artisans, il était hors de doute qu'ils se reverraient le 1er septembre au cours d'introduction. Eux, dont les parents ne savaient souvent ni lire ni écrire, étaient la noblesse de demain. Les générations futures écriraient des poèmes louant leurs exploits, composeraient des chants, on les taillerait dans le granit et on les coulerait dans le bronze. Et moi ?

Je continue de fixer la tache d'humidité. Il faut que je rende la pareille à Tatiana. Pendant deux semaines elle m'a hébergée chez elle sans exiger un seul kopeck. Je vais enlever les toiles d'araignée, laver les carreaux et passer de la peinture blanche sur les taches d'humidité au plafond.

– Mon Dieu, quelle empotée tu fais, ma fille ! Tu as encore beaucoup à apprendre.

Arkadi Sergueïevitch Breitscheid inclina son binocle légèrement en avant et me regarda par-dessus ses verres. “Si tu veux mener une vie paradisiaque dans notre paradis bolchevique, ce n’est pas le droit que tu devrais étudier… Quoi ? Tu veux devenir procureur ? C’est de la folie. Les procureurs vivent dangereusement. Puissants comme des rois un jour, le lendemain derrière les barreaux. Si tu étais un homme, je te conseillerais d’étudier les sciences ou, mieux, le génie mécanique dans un institut technique. L’avenir appartient à la technique. Les bolcheviks raffolent de tout ce qui fonctionne à l’électricité ou au diesel.

L’ancien professeur d’université était mon dernier espoir. Je voulais à tout prix rester à Leningrad et faire des études. Peut-être ce vieux bandit peut-il m’aider, m’étais-je dit. Tant qu’à être une ennemie de classe, autant frayer avec mes semblables.

Tatiana m’avait conseillé d’aller à Moscou pour y tenter ma chance à l’Université ou dans l’un des instituts. Si là-bas aussi ils refusaient de me prendre, je pourrais aller directement me plaindre au Narkomat, le Commissariat du peuple à l’Enseignement supérieur. De plus, j’avais une sœur à Moscou, chez qui je pouvais loger. Tatiana avait raison, mais Moscou ne m’avait pas plu. Je voulais rester à Leningrad.

Avant la fin du mois d’août, j’avais épuisé presque tout mon argent. Si je ne me dépêchais pas de commencer des études, il ne me resterait plus qu’à embrasser la carrière réservée traditionnellement aux filles qui ont fait le lycée : des cours de sténodactylo, ensuite un emploi de secrétaire dans une entreprise commerciale ou un service administratif, le mariage dans la foulée, une chambre commune, deux enfants, un garçon et une fille dans l’idéal, des excursions à la campagne en tramway pendant les jours de congé, une fois par mois un déjeuner chez les beaux-parents, trois fois par an le luxe d’une sortie au restaurant…

Dans mon désespoir, je me souvins de la carte de visite que l’ancien professeur m’avait donnée après notre arrivée à Leningrad, sur le quai. J’hésitai pendant une journée, évitant le bureau de poste. Le lendemain matin, je pris mon courage à deux mains, m'arrêtai juste un instant devant l'entrée, poussai la porte battante, me rendis au guichet où l'on m'indiqua une cabine téléphonique, composai le numéro, collai l'écouteur en forme de cône contre mon oreille, approchai mon visage de la grille qui se trouvait sous le cadran. L'appareil sentait le bois et le vernis bon marché. La sonnerie retentit six ou sept fois, puis j'entendis la voix encore endormie de Breitscheid : "Bon sang ! Qui est-ce qui appelle en pleine nuit ?" Mon premier réflexe fut de raccrocher. La pendule du hall indiquait neuf heures dix. Je dis mon nom.

– Masur ? Rosa Masur ? Masur ? Rosa ? Rosa… ce nom m'est familier, mais je n'arrive pas à le situer. Kiev ? Non. Ou bien. Attendez…

– Moscou-Leningrad, il y a deux semaines, murmurai-je d'une voix abattue. Je suis la fille du train.

– Aaaah ! Eh bien, en voilà une agréable surprise !

– J'aurais une faveur à vous demander. Ou une question à vous poser. Ou les deux, plus exactement. Ou…

– Le mieux c'est que vous veniez ici, dit-il en riant. Une conversation téléphonique de ce genre, ça coûte une fortune… Où êtes-vous ?… Dans un bureau de poste ? Venez, tout simplement… Tout de suite ?… Ma foi, pourquoi pas.

L'oulitsa Fabritchnaïa était située à la périphérie sud-est de la ville, c'était une large rue qui avait été aménagée à la veille de la Grande Guerre. Les premiers immeubles de rapport dataient d'avant la révolution. À présent, dans les années 20, il y avait des grues partout, des engins de chantier et d'innombrables jeunes filles de mon âge perchées sur les échafaudages. Les immeubles étaient séparés entre eux par des espaces vides – des terrains clôturés, des cabanes, des potagers ou tout simplement des prés qui servaient de déchetteries, d'aires de jeu pour les enfants, ou même parfois de pâturages pour les chèvres et les moutons. À l'emplacement de l'actuelle usine d'ampoules électriques, il n'y avait que marécages, broussailles et, à l'horizon, quelques misérables arbustes. L'immeuble du 99 était un bâtiment imposant, terminé en 1916, c'est-à-dire pratiquement neuf, avec un escalier tortueux mais large, des corridors lumineux et une façade décorée de zigzags dorés, verticaux, de têtes de monstres marins, de sirènes et de coques de bateaux stylisées.

Bien qu'il fût déjà presque midi, Arkadi Sergueïevitch m'accueillit en robe de chambre. Cela me semblait déplacé, mais pas vraiment scandaleux. Toutefois, vu la situation fâcheuse dans laquelle j'étais, je ne pouvais pas me permettre de m'arrêter à ce détail, voire de m'en offusquer. Mon hôte me conduisit dans le séjour, un salon bourgeois meublé dans le style d'avant la révolution, avec un lourd canapé au milieu, une table ronde en acajou véritable ornée d'un samovar en argent et d'un service à thé en porcelaine, ainsi que des rayonnages de livres qui montaient jusqu'au plafond. Tout en haut, je repérai de nombreux volumes portant l'inscription *Encyclopaedia Britannica.* Je n'arrivais pas à en détacher mon regard.

– Un souvenir du temps jadis, expliqua Arkadi Sergueïevitch. Lorsque j'avais encore ma villa, l'*Encyclopaedia* était la pièce maîtresse de ma bibliothèque. Maintenant je ne m'en sers plus, et de surcroît elle prend trop de place… Au fait, avez-vous déjà pris votre petit-déjeuner ?

Cinq minutes plus tard, je mangeais la meilleure charcuterie et le meilleur fromage de ma vie, accompagnés de pain blanc, de beurre, de thé. Au dessert il y avait du gâteau au chocolat. Il avait été fait d'après une recette viennoise, expliqua Arkadi Sergueïevitch, et portait le nom de Sachertorte.

Mon hôte trouvait "amusantes" les catastrophes qui s'étaient abattues sur moi ces deux dernières semaines.

– C'est le genre d'histoires qui méritent d'être rassemblées dans un livre. Rien ne caractérise mieux notre pays et ses gens que la bêtise de ses puissants. Il en était déjà ainsi du temps de saint Vladimir, qui nous a fait don du christianisme orthodoxe grec, et sous les bolcheviks ce n'est pas différent. Vous le connaissez bien, ce regard de cheval qui louche derrière ses œillères.

Si j'avais dénoncé cet homme, il aurait sûrement été envoyé au camp de concentration des Solovki. Mais au lieu de l'engager à tenir sa langue, comme je l'avais déjà fait à plusieurs reprises dans des cas similaires, je fondis en larmes.

– Il faut que je rentre à Vitchi ? demandai-je dans un sanglot. J'imagine qu'ils vont bien ricaner, ceux du village… tout ça est tellement injuste !

L'homme me tapota la joue et sortit. Je l'entendis qui s'affairait dans une autre pièce ou dans la cuisine. La porte d'une armoire grinça. Il revint avec une bouteille et deux verres.

– Ararat. Du cognac arménien. Le meilleur au monde. Millésime 1907.

– 1907. C'est mon année de naissance.

J'essuyai mes larmes avec ma manche.

– Ah, si jeune, soupira-t-il. Je n'arrive toujours pas à m'habituer au fait qu'il y a des adultes qui sont venus au monde au XXe siècle… Santé ! Nous buvons à votre emménagement chez moi. À une cohabitation en bonne intelligence !

– Quoiii ???

– À moins que vous ne vouliez attendre que l'État vous attribue une chambre ? Sans avoir de place à l'Université ou un emploi ? En ce qui concerne vos études, nous allons sûrement trouver une combine… Allez, buvez ! Je n'ai pas ouvert la bouteille pour moi tout seul. Ce n'est pas élégant de boire seul.

Je pris une gorgée. Puis je vidai mon verre. Sur la surface en cristal je regardai les gravures délicates de femmes qui dansaient, jambes et bras vaporeux comme des plumes, leur tenue esquissée en quelques traits seulement. Elles dansaient. Elles dansaient vraiment ! Je me laissai retomber sur le sofa en suffoquant, quelque chose me souleva pour m'enfoncer davantage encore dans le rembourrage moelleux. Jamais de ma vie je n'avais bu autant d'alcool en si peu de temps.

L'homme s'approcha. Il va se pencher sur moi. Une pensée dégrisante. Je me redressai, étirai mon dos, serrai les genoux l'un contre l'autre, croisai les bras.

– Pour commencer, vous n'avez pas de souci à vous faire pour le loyer, dit Arkadi Sergueïevitch. Je n'ai pas besoin d'argent, c'est autre chose que j'attends en retour.

Je me levai d'un bond, saisis mon sac à main, me précipitai vers la porte. Je vacillais sur mes jambes.

– Mais non ! me cria l'homme en riant. Ce n'est pas ce que vous pensez. Revenez ! Croyez-moi, pendant ma longue vie j'ai souvent eu l'occasion de m'amuser avec des jeunes filles. Aujourd'hui, je privilégie les plaisirs du palais.

Je m'arrêtai et me retournai. Les yeux de Breitscheid lançaient des éclairs de malice. Le lorgnon avait glissé sur le bout de son nez.

– Il y a quelque temps j'ai été obligé de renvoyer ma gouvernante parce qu'elle me volait en permanence. Je peux fermer les yeux une fois lorsqu'on vole dix roubles dans le tiroir de mon bureau, mais pas quand cela devient une habitude. Bref, j'ai besoin de quelqu'un pour tenir en ordre mon appartement, effectuer une course de temps à autre et me tenir parfois compagnie pendant les repas.

Soulagée, je posai mon sac sur une commode. L'hôte me fit signe d'approcher, m'indiqua le sofa et remplit de nouveau mon verre.

Le soir même, je m'installai au 99 de l'oulitsa Fabritchnaïa, appartement 14.

Breitscheid habitait seul ce logement de quatre pièces. Sa femme était morte en couches avant la fin du siècle, sa famille s'était réfugiée à l'étranger après la révolution. Parfois il parlait d'une cousine à Zagreb, ensuite d'un neveu à Prague. À une époque où la moitié de la province russe avait commencé à bouger et affluait dans les grandes villes du pays, où l'on divisait les anciens logements somptueux en parcelles semblables à des poulaillers, et où des grandes familles emménageaient à dix dans des salons, des bibliothèques et des chambres de service, Breitscheid, lui, résidait à son domicile, c'était comme si le peuple n'avait jamais chassé ses oppresseurs, comme si Nicolas II continuait de donner des ordres à ses sujets depuis son Palais d'hiver. Arkadi Sergueïevitch me fit comprendre par la suite qu'il avait de bons contacts jusque "tout en haut". Il y avait des personnes dont nul ne se doutait qu'elles faisaient partie de ses amis d'affaires. Tandis qu'il parlait, un sourire se dessina sur ses lèvres, donnant à son visage un air enfantin.

Mon hôte faisait ses courses, qu'il payait au prix fort, dans un magasin spécialisé où, d'ordinaire, seuls des professionnels étrangers, techniciens automobiles allemands, ingénieurs en textile polonais ou financiers américains s'approvisionnaient en marchandises provenant de leur pays d'origine. Bien entendu, Arkadi Sergueïevitch n'allait jamais faire lui-même ses emplettes, il se faisait livrer les denrées alimentaires à domicile. Normalement c'est moi qui préparais les repas. Mais pour les grandes occasions – et chez Breitscheid, il y avait une grande occasion tous les trois jours – une cuisinière venait à la maison. Parfois il faisait appel au serveur d'un des luxueux restaurants du centre-ville qu'il louait pour une soirée entière. La plupart des serveurs se déplaçaient de façon guindée, telles des marionnettes, s'inclinaient souvent et vite, comme si leurs hanches et leurs épaules étaient montées sur des charnières, et ils parlaient français. Dix ans plus tard, Leningrad ne comptait plus ni restaurants raffinés ni serveurs sachant parler les langues étrangères, mais des cantines où l'on vous servait des boulettes de viande nauséabondes en échange de tickets de rationnement.

Arkadi Sergueïevitch m'attribua la chambre d'amis. Le mobilier me parut élégant mais sommaire, vu que je confondais confort et exiguïté et que je considérais comme luxueuses les pièces chargées de meubles. Un lit, une table de chevet avec une lampe, un bureau, une chaise, une armoire – rien que des objets de valeur, de bon goût et aux couleurs bien assorties. Les rideaux étaient décorés de caractères chinois (ou peut-être japonais). À côté du bureau il y avait un gramophone. Les disques se trouvaient dans une boîte bleue à couvercle rabattable. Les murs n'étaient pas tapissés mais peints en blanc. Au-dessus du lit était accroché un tableau étrange. Il représentait un bâtiment qui semblait avoir été haché en plusieurs cubes puis reconstruit grossièrement et de travers. Il flottait dans les airs. Le ciel était rouge-brun comme la terre au printemps. Je n'avais encore jamais rien vu de tel et je ne savais pas quoi en penser. En tout cas, c'était moderne, donc c'était forcément bien.

Qu'est-ce que mes parents auraient dit de cette chambre ?

La première nuit je n'arrivai pas à trouver le sommeil. J'avais honte d'être tombée si bas. Une ennemie de classe logée comme gouvernante chez un capitaliste aux menées douteuses. Je voulais devenir procureur et, en réalité, je n'étais rien qu'une abjecte créature. J'avais obtenu ce que je méritais. Au lieu de me lamenter et d'implorer l'aide de bandits, j'aurais mieux fait d'aller à l'usine afin de lutter d'arrache-pied pour l'édification du socialisme. J'aurais pu suivre une formation de fondeur d'acier. Avec le temps j'aurais avancé en grade et serais devenue contremaître, un modèle pour les autres. Peut-être serait-on allé jusqu'à me décerner l'Ordre de Lénine pour mon engagement héroïque sur le front du travail. Tout le monde ne peut pas occuper une position de dirigeant, mais chacun doit, à la place qui lui a été allouée par le destin, donner le meilleur de lui-même pour l'intérêt général. Il faut accepter les injustices qui surviennent au cours de toute révolution, même lorsqu'on en est soi-même victime. Rabinovitch avait raison : on ne fait pas d'omelette sans casser des œufs. Ce n'est pas dans ses détails que réside le bien-fondé de la révolution, mais dans sa force destructrice et créatrice qui aspire sans cesse au mieux et crée ainsi du neuf.

Je restai éveillée jusqu'à l'aube, la lampe allumée. Je sursautai à chaque bruit derrière la porte. Étaient-ce les pas de mon hôte qui arpentait le couloir ? À quel moment entrerait-il dans ma chambre ? Je finis par me lever, tournai la manivelle du gramophone, posai un disque – l'ouverture de Don Juan jouée par l'orchestre de l'Opéra de Saint-Pétersbourg, un enregistrement de l'année 1913 –, mis le volume au plus bas. La musique m'apaisa un peu. Je promenai mes regards dans la chambre. Mes yeux s'arrêtèrent sur la poignée de la porte. Lentement, de façon à peine perceptible, elle tourna vers le bas. D'un geste brusque j'ouvris la porte, cherchai à tâtons l'interrupteur sur le mur. Une lumière blafarde éclairait le couloir vide. De la chambre d'Arkadi Sergueïevitch parvenait un bruit régulier de ferraille. On aurait dit que quelqu'un agitait doucement un verre contenant une dizaine de minuscules billes de fer. Je me souvins des ronflements de mon grand-père. Enfant, je me disais toujours que c'étaient quatre-vingt-dix-neuf bons et mauvais esprits qui se ruaient les uns sur les autres. Avant que mon grand-père ne se réveille, les bons esprits avaient vaincu les mauvais et les avaient chassés de son corps…

Ma peur s'était dissipée. Je retournai dans ma chambre. À peine allongée dans mon lit, je m'endormis. Je rêvai de poignées de porte qui tournaient sur elles-mêmes, du visage d'Arkadi Sergueïevitch penché au-dessus du mien, de l'éclat humide de ses yeux, de son haleine douceâtre, de ses doigts qui cherchaient à m'attraper. Lorsqu'il tendit les mains, ses doigts devinrent de plus en plus longs. Je me blottis dans un coin, j'implorai grâce, je tremblai de peur, j'attendis que les longs doigts me touchent mais fus déçue de ne sentir aucun contact.

Maudit capitaliste! me dis-je une fois réveillée. À cause de lui, je fais des rêves dont je me passerais bien. Demain, non, la semaine prochaine au plus tard, je déménage. Je le déteste.

Mais je me détestais encore plus.

Malgré mes remords, je restai dans l'appartement de Breitscheid. En ce qui concerne mes études, une solution fut rapidement trouvée. Je n'avais aucune prédisposition ni le moindre intérêt pour les sciences et la technique. Ce qui me convenait, c'était le professorat, car si je ne pouvais servir mon pays comme juriste, je désirais tout au moins contribuer activement à la formation de la première génération de vrais citoyens soviétiques.

Quant au marxisme-léninisme et aux sciences politiques, il en était hors de question pour moi, "l'ennemie de classe". Aussi optai-je pour des études de langue. Au lycée j'avais appris l'allemand et avais toujours fait partie des meilleurs. L'allemand était considéré comme la langue de l'avenir. La plupart des publications scientifiques paraissaient en allemand. C'était la langue de Karl Marx, Friedrich Engels, Rosa Luxemburg et Ferdinand Lassalle. C'était la langue du progrès. La révolution mondiale, commencée en Russie, serait exportée en Allemagne et, de là-bas, se propagerait dans l'Europe tout entière. Il était donc tout naturel que je fasse des études d'allemand. La direction de l'Institut de pédagogie Alexandre Herzen ne considérait pas les "manquements" de mon père comme une raison suffisante pour ne pas m'accepter. Mon plus gros problème était de savoir comment j'allais financer les quatre années jusqu'au diplôme. Pour demander une bourse il fallait que j'aie travaillé quelque temps dans une entreprise d'État : celui qui n'a rien fait pour le bien du peuple ne peut attendre de celui-ci qu'il lui finance des études supérieures, disait-on à l'époque. Ma place chez Breitscheid m'offrait bien sûr une certaine sécurité mais je n'avais pas envie d'être dépendante de ce vieux monsieur pendant quatre ans. C'est pourquoi je pris la résolution de repousser mes études de deux semestres, et me fis embaucher comme ouvrière dans une usine textile. Breitscheid me dit que j'étais folle, mais fut obligé d'accepter ma décision puisque je continuais à m'acquitter de mes tâches de gouvernante.

J'étais fière de me lever à sept heures du matin et de me rendre en tramway à l'autre bout de la ville, à la périphérie ouest, là où la Neva se jette dans le golfe de Finlande et où se dressaient plusieurs bâtiments d'usine aux vitres noires de suie ainsi que des baraques en bois. Tous les matins, les sirènes hurlaient : la mélodie du travail. Et moi, je faisais désormais partie de la grande famille des prolétaires.

Dans un atelier haut de plafond qui rappelait le hall d'une gare, d'innombrables femmes étaient installées devant des métiers à tisser. Il était impossible de mener une conversation car le crépitement des bobines couvrait tous les bruits. Au bout de l'allée centrale, dans une cabane en bois qui faisait penser à un affût de chasse, était assis le contremaître. Pas un geste malencontreux, pas une pause sans autorisation n'échappait à son regard perçant. Lorsque l'une des femmes voulait aller aux toilettes, il fallait qu'elle lève la main comme à l'école et attende que le surveillant acquiesce d'un signe de tête. Au mur était accrochée – au-dessous du marteau, de la faucille et de l'étoile rouge – une banderole portant l'inscription : *Qui ne travaille pas n'a pas le droit de manger !*

J'aurais bien aimé qu'on me mette moi aussi devant un métier à tisser, mais mon souhait ne fut pas exaucé.

– Qu'est-ce que tu as comme formation ? me demanda le contremaître.

– Les neuf années du collège et du lycée suivies du baccalauréat.

Il fit une grimace.

– Encore une qui veut faire des études et vient travailler chez nous pour décrocher la bourse… Une de ces intellectuelles à lunettes qui sèment la zizanie au lieu de travailler.

– Je ne porte pas de lunettes, rétorquai-je.

– Peu importe, grommela-t-il. Comment tu t'appelles ?

– Rosa Masur.

– Une Juive ! Non, je ne te confie pas de métier à tisser. Les Juifs ont deux mains gauches. Nos machines n'aiment pas les Juifs.

Je me mis à protester :

– Ce sont des opinions réactionnaires, antisoviétiques !

Il me fit gentiment signe de laisser tomber :

– Calme-toi, ma fille. Je disais juste ça comme ça.

Mais il resta sur sa décision. Les mois suivants, je chargeai des rouleaux de tissu dans un chariot, une espèce de caisse, poussai celui-ci avec deux ou trois autres femmes dans une cour intérieure jusqu'à la porte de l'usine d'où partait, à intervalles réguliers, un camion tiré par des chevaux aux membres charnus. Parfois le conducteur nous aidait à décharger la marchandise de la charrette pour la mettre sur le camion. Mais la plupart du temps il restait assis sur son siège de cocher, fumait, nous regardait nous échiner avec un sourire, lâchait çà et là une remarque salace ou somnolait, le menton sur la poitrine, la casquette enfoncée sur le front. La cendre de sa cigarette tombait sur sa veste tachée.

Nous étions des ouvrières non qualifiées, plus mal payées que les femmes des métiers à tisser et reléguées au dernier échelon de la hiérarchie de l'usine. La plupart étaient des ratées, des alcooliques, d'anciennes prostituées réinsérées de force, des handicapées mentales ou d'anciennes détenues.

Une vingtaine de femmes et trois hommes étaient occupés à charger les étoffes. L'un d'eux, un quinquagénaire grincheux, était notre contremaître, qui lançait des bordées d'injures avant de donner ses ordres. Il traitait toutes les femmes de “chattes” :

– Plus vite, espèce de chatte! disait-il ou: amenez les rouleaux rouges par ici, vous les trois chattes près du chariot.

Au début, j'essayai de me défendre contre ces insultes. Il me répondit par une longue phrase dans laquelle le mot "chatte" apparaissait au moins dix fois.

Le deuxième homme était un Tatar sourd-muet qui, plusieurs fois par jour, interrompait son travail, déroulait au milieu de la cour un tapis sur lequel il se prosternait devant son dieu. Même le secrétaire du Parti de l'usine ne réussit pas à lui faire perdre cette habitude. Même lorsqu'un jour il donna un violent coup de pied dans sa croupe proéminente, cela ne changea rien. L'homme jeta à son bourreau un regard plein de mépris et inclina de nouveau sa tête devant Allah.

Dès mon premier jour de travail, le troisième homme de notre groupe s'approcha discrètement de moi et posa sa main sur mon épaule. Je tressaillis, me retournai. Il ne lâcha pas mon épaule. De l'autre main, il caressait son ventre en faisant des mouvements rapides. "Salut, ma fille, dit-il. Alors comme ça, on se retrouve. Comment va Sore? Quand va-t-elle enfin me rendre mes affaires? Tu vois, j'ai enfin retrouvé du travail. Elle pourrait donc me rendre mes affaires."

9

Le 5 février 1926, il fit si froid à Leningrad que quelques chevaux tractant les tramways en moururent dans la remise. Les journaux racontèrent par la suite qu'un procès allait être intenté contre le chef des gardiens de chevaux de la Compagnie municipale des transports pour négligence et ébriété pendant le service.

Nous traversions la cour de l'usine en poussant à toute vitesse les chariots dont les roues avaient été remplacées par des patins. Une pause de trop, et la sueur à notre front se transformait en croûte de glace. Trois d'entre nous tombèrent gravement malades en ce mois de février. Deux en sont mortes.

Les cochers se montrèrent fort serviables ce jour-là. Ils chargeaient rapidement les rouleaux de tissu sur leurs traîneaux, comme s'ils travaillaient à la tâche. Le vieux Tatar, lui, continuait à ôter ses chaussures pour faire ses prières. Peut-être Allah le protégeait-il du froid.

Le soir je pris un bain de pieds chaud. Lorsque je réussis enfin à bouger de nouveau mes orteils, je poussai un soupir de soulagement. J'attendais avec impatience le surlendemain, mon jour de repos, en espérant que d'ici là le temps se serait un peu radouci. Breitscheid m'avait promis une promenade en traîneau sur la mer, jusqu'au château de Petrodvorets ou vers le nord, d'où l'on voyait, au loin, la côte finlandaise. Quand il avait un peu de temps, Arkadi Sergueïevitch m'accompagnait au théâtre, à des expositions ou bien il faisait des excursions dans les environs. Une fois, il m'avait emmenée dans un restaurant cher, où, hélas, étaient déjà installés certains de ses associés pour qui je fus l'attraction de la soirée. Charmante, fraîche et pure furent les qualificatifs dont on me gratifia, une "petite Juive câline de la campagne qu'on a envie de caresser, de tripoter et de dorloter". Comme j'étais en compagnie de

Breitscheid, on me fit grâce de remarques encore plus grivoises. Néanmoins, je me sentais mal à l'aise parmi ces profiteurs de la Nouvelle Politique Économique. Les serveurs en livrée me troublaient. Des musiciens gantés de blanc jouaient un air étrange, strident, qui rappelait les cris d'un chat dont des enfants s'amusent à brûler le pelage. Ce style de musique venait d'Amérique, on l'appelait jazz, m'expliqua Breitscheid.

Il me vint à l'esprit qu'Arkadi Sergueïevitch n'était pas encore venu me saluer de la soirée. La porte de l'appartement n'était pas fermée à clé, aussi devait-il être à la maison. Je savais qu'il lui arrivait de passer des nuits entières dans son bureau. Mais cela ne lui ressemblait pas de ne pas en sortir pour me dire bonsoir. La plupart du temps, il me demandait de venir poser sur son bureau une théière dans laquelle il me fallait ensuite rajouter de l'eau à plusieurs reprises, jusqu'à minuit. Cette fois-ci, néanmoins, j'étais tellement frigorifiée et fatiguée en rentrant à la maison que je n'avais même pas remarqué si de la lumière venant du bureau entrait dans le couloir.

Lorsque je me fus réchauffée, j'allai dans ma chambre. Sur le plateau du gramophone il y avait toujours le disque que j'avais écouté la veille. Des chansons dans une langue exotique – je ne me souviens plus si c'était de l'espagnol ou du portugais. Arkadi Sergueïevitch avait eu la générosité de mettre sa collection de disques à ma disposition. Je tournai la manivelle de l'appareil et me mis au lit. Je me dis que je me sentais bien chez Breitscheid. L'histoire des paquets était la seule chose qui m'ait dérangée, mais cela remontait à quelques semaines déjà.

Je fermai les yeux et écoutai la voix de la chanteuse étrangère… À mon réveil il était onze heures du soir. C'était très étrange qu'Arkadi Sergueïevitch n'ait pas réclamé de thé. Il était d'ordinaire très à cheval sur les rituels. Par tous les temps, il allait, par exemple, faire après le repas sa promenade digestive qui durait toujours vingt-cinq minutes exactement. Il ne pouvait être malade et fatigué au point de l'avoir oubliée.

Je me rhabillai et me dirigeai vers le bureau. La porte était entrouverte. À l'intérieur il y avait de la lumière. Je toquai, attendis quelques secondes et entrai…

Le milicien me gifla mais je continuai à crier. "Calme-toi, ma fille, répéta-t-il pour la cinquième fois. On est là maintenant. On est là." Ses deux collègues se tenaient en retrait sans dire un mot.

Pendant un quart d'heure, je m'étais comportée de façon très raisonnable, j'étais allée sonner chez les voisins pour les réveiller et leur avais demandé de venir dans l'appartement. Après quoi, le voisin, un jeune ouvrier qualifié, s'était aussitôt rendu en courant au poste de milice le plus proche. J'avais alors attendu devant la porte jusqu'à ce qu'il revienne avec les trois agents. La voisine me tenait la main et n'arrêtait pas de me parler. Je ne comprenais pas un mot de ce qu'elle disait. Mais j'étais très calme. Maintenant que les miliciens étaient là, je redoutais de défaillir d'un moment à l'autre. Je ne cessai de crier que lorsque je fus à bout de forces. Néanmoins, je jetai un dernier regard dans le bureau, par-dessus l'épaule du milicien, comme pour graver à jamais dans ma mémoire les yeux vitreux d'Arkadi Sergueïevitch, sa langue qui pendait et le câble du téléphone enroulé autour de son cou.

Le chef du poste de notre district était visiblement un fonctionnaire de la vieille école, qui avait appris son métier dans la police tsariste. "Un homme rapide, jeune demoiselle, vaut mieux que trois hommes intelligents réunis", m'expliqua-t-il. Aussitôt il envoya des experts sur le lieu du crime pour qu'ils relèvent des empreintes. Une fois leur travail terminé et le corps évacué, le bureau fut mis sous scellés.

Je restai au poste jusqu'au matin. On me demanda si j'étais prête à répondre tout de suite à quelques questions ou si je préférais attendre jusqu'au lendemain. On pouvait m'interroger sans problème, répondis-je, de toute façon, cette nuit je n'arriverais pas à dormir, et le matin il fallait que j'aille au travail.

– La victime a certainement fait entrer elle-même son assassin dans l'appartement. Aucune trace d'effraction n'a été constatée, m'expliqua le chef du poste du district. Je vous prierais de me dire tout ce que vous savez sur ce Breitscheid.

La fonctionnaire assise au bureau d'à côté trempa sa plume dans l'encrier, prête à noter chacun des mots de ma déposition.

Dans le faisceau de la lampe posée sur la table je ne distinguais que ses mains. Cela me troublait de ne pas voir son visage.

– C'est tout ? demanda le milicien, après que je lui eus raconté comment j'avais fait la connaissance de Breitscheid et dans quelles circonstances j'avais emménagé chez lui.

– Je ne suis pas du tout au courant de ses affaires. Et ses amis, je ne les ai jamais vus non plus. Je crois qu'il n'en avait pas. Il ne mélangeait pas vie professionnelle et vie privée. Je sais juste qu'il aimait jouer aux cartes et qu'il allait régulièrement faire des parties de poker. J'ignore où cela se passait.

– Faites un effort, mademoiselle. – Il fronça les sourcils. – Si vous nous cachez quelque chose, cela peut vous coûter cher.

J'eus un moment d'hésitation. Puis je me dis que, de toute façon, cela n'avait aucune importance. Mon heureux avenir, mes études, ma carrière, mon engagement au service du peuple – tout cela était renvoyé aux calendes grecques. J'étais fatiguée et j'avais peur. J'imaginais l'assassin revenant pour m'étrangler. Pouvais-je passer une minute de plus au numéro 99 de la Fabritchnaïa ? Plutôt que de rentrer à Vitchi je préférais aller en prison.

– Il y avait ces paquets, chuchotai-je.

– Quels paquets ?

J'entendais le grattement de la plume. D'abord de manière hésitante, puis avec de plus en plus d'assurance, je racontai que quelques semaines plus tôt Arkadi Sergueïevitch m'avait demandé de porter "un petit paquet de rien du tout" dans un appartement près du canal Obvodny. En réalité, c'était un paquet d'un poids considérable. Le district que traversait le canal Obvodny était un coin mal famé, l'immeuble où l'on m'avait envoyée était voué à la démolition et l'appartement était un minuscule réduit. Je fus reçue par un homme habillé comme un ouvrier. Il se présenta sous le nom d'"oncle Bob" et se révéla extrêmement sympathique.

– À quoi ressemblait-il ? me demanda le milicien d'un ton bourru. Mais, malgré mes efforts, je n'arrivais pas à décrire l'oncle Bob. Je me rappelais seulement qu'il avait les yeux bleus.

Le milicien poussa un soupir.

– Pouvez-vous au moins nous dire quel âge il avait ?

– Un homme assez âgé. Quarante-cinq ans, voire cinquante.

J'entendis des ricanements provenant de la table d'à côté. Mon vis-à-vis fronça les sourcils.

– Continuez ! grogna-t-il.

Je racontai que j'avais remis le paquet à son destinataire et que celui-ci m'avait remercié en des termes tellement soutenus que j'avais aussitôt compris que ce n'était pas un ouvrier ordinaire. À la fin, il m'avait demandé de transmettre à Breitscheid le message suivant : "Les gâteaux de grand-mère sont déjà cuits, on vous invite à prendre le thé."

La fois suivante, le paquet était encore plus lourd. Breitscheid me paya un fiacre, et le message d'oncle Bob était : "Le crocodile verse des larmes."

Les ricanements retentirent de nouveau à la table voisine.

– Taisez-vous à la fin, Klarissa Ivanovna, dit le milicien d'un ton agacé, et faites votre travail.

Aussitôt la table redevint silencieuse.

À ma troisième visite, j'avais dû transmettre à Breitscheid la phrase "Tous les petits oiseaux font déjà leur toilette". Après je ne retournai plus qu'une seule fois près du canal Obvodny. Pour le coup, oncle Bob n'avait plus de message pour moi.

– Et ensuite ? demanda le milicien.

Je haussai les épaules.

– Il ne s'est rien passé d'autre.

Le milicien enfouit son visage dans ses mains et secoua la tête.

– C'est incroyable, l'entendis-je dire.

Le ton de sa voix ne présageait rien de bon.

– Vous êtes vraiment naïve ou vous faites semblant ? – Il haussa le ton. – Ma parole, vous ne vous êtes pas doutée un seul instant qu'il pouvait s'agir de quelque chose d'illégal ? Ça ne vous a jamais intéressée de savoir ce que contenaient ces paquets ?

– Non, mentis-je, ayant bien entendu posé plusieurs fois la question à Arkadi Sergueïevitch. Mais celui-ci s'était toujours contenté de rire et avait dit qu'aussi longtemps que je lui poserais des questions, il se permettrait de ne pas y répondre.

– Et vous n'avez jamais regardé ce qu'il y avait à l'intérieur de l'un de ces paquets ?

– Non !

Cette fois je disais la vérité. Même si je ressentais une vive curiosité, je n'aurais jamais osé abuser de la confiance qui m'avait été accordée, d'autant plus que j'en étais flattée. Arkadi Sergueïevitch m'avait appréciée à ma juste valeur. Il pouvait compter sur moi.

– J'avoue que j'ai du mal à vous croire, dit le milicien. Nous étions au courant des sinistres agissements de ce monsieur depuis bien longtemps, mais nous n'avions pas de preuve convaincante pour y mettre fin. Et le voilà qui prend le risque d'envoyer en mission une jeune fille qui n'a aucune idée de ce qui se passe ? Pourquoi ne pas avoir confié cette tâche à l'un de ses complices ou ne pas l'avoir accomplie lui-même ? Non, il y a sûrement autre chose.

– Si c'était comme vous dites, je ne vous aurais pas parlé de ces paquets, rétorquai-je.

– Vous vous croyez maligne, dit le milicien, irrité. Qui sait ce que vous manigancez.

Je gardai le silence.

– Vous me pardonnerez, mademoiselle, mais j'étais policier déjà au siècle dernier. Je connais les êtres humains. Vous ne me ferez pas gober n'importe quoi. La relation que vous aviez avec le citoyen Breitscheid n'était certainement pas aussi superficielle que vous le prétendez. Maintenant, prenez votre courage à deux mains, soyez sincère, racontez tout. Plus vous serez sincère, mieux ce sera pour vous.

Il était évident que cet ancien policier tsariste avait une dent contre moi. Peut-être parce que j'étais juive. Je soupçonnais d'antisémitisme les fonctionnaires de l'ordre ancien. Peu importait ce que je lui racontais, il ne me croyait pas. Il attendait sûrement des aveux. Que je reconnaisse avoir laissé entrer l'assassin ou même l'avoir aidé à tirer sur le câble du téléphone. Mon destin était scellé. Je passerais le reste de ma vie dans un camp d'internement.

– Quelle était la nature de la relation que vous entreteniez avec ce monsieur, franchement ? insista mon vis-à-vis.

– Vous croyez que j'ai couché avec lui, murmurai-je.

– C'est le cas ?

Je commençai à pleurer.

– Je suis persuadé, cria-t-il, que votre relation avec ce bandit n'était pas purement platonique. Les individus de ce type, ils ne prennent pas les filles de vingt ans comme gouvernantes, mais comme concubines.

Là, j'éclatai en sanglots.

– Allons, mademoiselle… dit-il d'un ton conciliant, mais je lui coupai la parole :

– Je voudrais voir un médecin.

– Vous ne vous sentez pas bien ? Nous pouvons faire venir un médecin immédiatement. Vous avez besoin d'aspirine ?

– Le médecin vous confirmera que je suis encore vierge.

Lorsque je sortis du poste de la milice, c'était le matin. Je me rendis au travail. Au milieu de la foule dans le tramway hippomobile, je me sentis mieux de nouveau. Ils n'ont aucune preuve contre moi, me dis-je. Que peuvent-ils démontrer ? Que j'ai transporté des paquets pour le compte d'Arkadi Sergueïevitch ? Je l'ai moi-même avoué. Ce n'est pas un crime. Que c'était bête de ma part de m'acquitter de cette mission ? Mais la bêtise en soi n'est pas punie par la loi. "Courage, Rosa, courage !" murmurai-je.

Le trajet était long, et j'essayai de dormir un peu, comme je le faisais souvent dans le tramway. Mais dès que je fermai les yeux, je vis le câble de téléphone enroulé autour du cou de Breitscheid. "Ah, Rosa, me dis-je tout bas, ce n'est pas le premier mort que tu vois dans ta vie. On a déjà tué des gens dont tu étais beaucoup plus proche." Je rouvris les yeux et vis le visage d'un gros monsieur vêtu d'un manteau en peau de lièvre, qui était assis en face et me regardait fixement. Je m'étais sans doute parlé trop fort. À l'arrêt suivant, je descendis et fis les deux derniers kilomètres à pied.

– Rosa, tu as presque une demi-heure de retard ! hurla le contremaître. Si ça se reproduit, espèce de chatte, tu es virée !

Il sourit et fit claquer sa langue.

Le contremaître haïssait les femmes instruites.

– Ça lui sert à quoi le bac, à une chatte ? avait-il demandé un jour à la ronde. Vous croyez que ça sait lire, une queue ?

– Non, avais-je répondu. Les queues ne sont pas toutes plus intelligentes que leur maître.

Les femmes hurlèrent de rire, mais le contremaître fut dès lors mon ennemi.

– Allez ouste, au travail ! cria-t-il à présent. Ramène ton cul vers les chariots.

Ce jour-là, il faisait gris, et donc plus chaud, aussi n'étaiton plus obligé de s'emmitoufler pour travailler. Dans la cour, quelqu'un poussa un chariot dans ma direction. Derrière les rouleaux de tissu je distinguai seulement les bonnets des femmes qui tiraient les chariots. J'entendis la voix de Niourka, une ancienne voleuse :

– Regardez la petite, on dirait qu'elle a passé une nuit d'amour torride avec quinze diables. Livide comme un nourrisson mort.

– Après une nuit d'amour on n'est pas aussi pâle, objecta Lisa. En plus, le regard est différent, et la démarche aussi. On dirait plutôt qu'elle est restée dix ans dans un trou sombre.

– Tu es bien placée pour le savoir, dit la troisième femme. – J'ai oublié son nom. – Après tout, tu faisais le tapin autrefois et après tu as été en prison.

Je soupirai et passai mon chemin. À Leningrad, je n'avais pas encore trouvé de véritables amies avec lesquelles j'aurais pu parler de ce qui s'était passé. Pendant mes rares moments de liberté, j'étais trop épuisée pour sortir et rencontrer des jeunes gens. Je trouvais les ouvrières de l'usine ennuyeuses et vulgaires, et avec Tatiana, mon ancienne camarade d'école de Vitchi chez qui j'avais habité les premières semaines, je n'avais plus de contact depuis longtemps. À part notre lieu d'origine nous n'avions pas grand-chose en commun. Plus tard, lorsque je serais étudiante, tout serait différent. J'en avais la certitude.

Dans l'entrée de l'atelier, je tombai sur Portifi Filimonovitch, que tout le monde appelait Porfirka. D'après l'odeur, l'homme était ivre. Il me prit dans ses bras et dit, d'une voix larmoyante :

– Rosotchka, aie pitié ! Je n'en peux plus. Toute la journée je suis entouré de belles femmes mais aucune d'entre elles n'a la générosité de me laisser entrer. Si ça continue, je vais exploser !

Je le repoussai en criant :

– Laisse-moi tranquille, espèce de chien ! J'ai du travail.

– Pourquoi *chien* ? bégaya l'homme, et il me suivit en titubant. Je t'ouvre mon cœur, et tu me compares à un cabot.

J'entendis l'une des femmes dire :

– Et alors ? Le chien est un animal domestique utile, et toi qu'est-ce que tu es ?

– Un chacal ! s'écria une autre.

Une troisième, occupée à charger des rouleaux de tissu sur un chariot, brandit un couteau d'un air triomphant.

– Les filles ! cria-t-elle. Il y a une méthode sûre pour l'empêcher d'exploser… Ses paroles s'étouffèrent sous les clameurs des autres, tandis qu'elle sortait une saucisse de son sac et la coupait en deux.

– Porfirka, viens ici ! lança quelqu'un. On va te guérir de ta maladie.

– Vous n'avez pas de cœur ! dit l'homme dans un sanglot. Me faire une peur pareille ! Comme toujours, lorsqu'il était nerveux, il se massa vigoureusement le ventre en faisant des mouvements circulaires de plus en plus rapides.

Tant que Porfirka était à jeun, je m'entendais bien avec lui, même si ma tante Sore ne lui avait jamais rendu ses affaires. Mais quand il arrivait ivre au travail, ce qui arrivait de plus en plus ces derniers temps, il devenait grossier et essayait de tripoter les femmes. Toutefois, aucune de nous n'avait de mal à le tenir à distance. C'était pénible et humiliant d'avoir à repousser cet individu, mais je ne m'étais jamais encore sentie menacée par lui. J'étais étonnée que le contremaître n'ait pas renvoyé cet ivrogne depuis longtemps. Peut-être parce que c'était un homme, et nous autres, seulement des "chattes".

Charger, pousser, charger, pousser dans l'autre sens, charger. J'avais les muscles en coton. Si au moins les températures étaient tombées en dessous de moins vingt-cinq, nous n'aurions plus été obligées de travailler dehors, comme disait le règlement.

Mais le grand thermomètre accroché à l'extérieur de l'atelier n'indiquait que moins neuf.

– On pooouussse paaaaas ! hurlait la cuisinière en agitant sa louche. Il y en aura pour tout le monde. Celui qui se comporte pas correctement, il aura seulement droit à un coup sur la tête.

Une cloison en tôle percée d'une fenêtre ronde séparait le réfectoire de la cuisine. Derrière la fenêtre se tenait la cuisinière qui servait de la soupe, de la bouillie et du thé. Comme elle utilisait la même louche pour tout, la soupe avait un goût de thé, la bouillie un goût de soupe et le thé un goût de bouillie. Nous recevions également une tranche de pain que nous devions tremper trente secondes dans la soupe avant de pouvoir la manger.

Je posai l'écuelle, le bol et la tasse en fer-blanc sur l'un des anciens couvercles de caisses qui nous servaient de plateaux, et passai devant les autres en essayant de garder le tout en équilibre, ce qui, dans la pénombre, n'était pas simple. Les fenêtres du réfectoire, un ancien entrepôt, étaient étroites. La lumière électrique n'était pas prévue pour les repas.

Devant la porte qui donnait sur la cour était assise Maria Dobrovolzeva. Elle était charrieuse, comme moi. Cette place, inconfortable tant il y faisait froid, elle ne l'avait certainement pas choisie par hasard. Ici, elle n'était pas dérangée par des voisins de table. Depuis qu'elle travaillait à l'usine, personne n'avait encore réussi à mener une longue conversation avec elle. Elle ignorait les bordées d'injures du contremaître. Quand il lui disait quelque chose qui n'avait aucun rapport avec le travail, elle ne lui répondait pas. Curieusement, il cessa vite de l'importuner. Peut-être parce que en secret il la craignait, car il n'y avait aucune femme dans notre groupe qui dégageait autant de force et d'assurance que Maria. On ne pouvait guère la qualifier de belle. Elle était plus grande que la moyenne, avait des épaules larges et une petite poitrine. Dès que ses cheveux étaient longs de trois ou quatre centimètres elle se rasait la tête. Il était difficile de lui donner un âge.

Un jour, quelqu'un eut l'idée de l'appeler Macha, mais elle lui avait lancé un tel regard qu'il n'osa plus s'octroyer cette liberté une deuxième fois. Aussi tout le monde continua de l'appeler Maria. Je me souviens qu'une femme de notre groupe avait dit à une autre : "Laisse-la tranquille, celle-là. Elle est de la race des prédateurs. Je le sais. Je connais ces gens-là. J'ai été en camp. Je sens ces choses-là. Ce sont des gens qui n'attaquent jamais en premier. Mais si tu t'approches trop d'eux, ils te sautent à la gorge. Et là, tu peux faire ta prière."

Je regardais Maria avec admiration. Lorsqu'elle arrivait le matin à l'atelier, tout le monde se taisait pendant un instant et s'effaçait devant elle. La tête haute, le dos droit comme s'il était tracé à la règle, elle passait devant les autres d'un pas léger. "Bonjour, mesdames", lançait-elle à la ronde sans regarder quelqu'un en particulier, les yeux toujours rivés sur les rouleaux de tissu empilés ou sur un chariot. Aucune d'entre nous n'aurait eu l'idée de réagir au ton moqueur de son salut. "Bonjour, Maria", murmurions-nous d'un ton timide et grave comme si c'était le directeur de l'usine en personne qui se présentait chez nous pour contrôler notre travail.

Pour arrogante qu'elle fût, Maria ne se départait jamais de son extrême courtoisie. Quand on lui tenait la porte elle ne disait pas juste "merci" mais "mille fois merci". Quand elle bousculait quelqu'un sans faire exprès elle faisait une petite courbette en guise d'excuse, et quand l'une de nous menaçait de tomber de fatigue, c'était elle qui venait la remplacer. Jusque dans sa façon de prendre son déjeuner, il y avait en elle une telle dignité qu'elle donnait l'impression d'être assise non pas dans le réfectoire crasseux d'une usine qui sentait la sueur et la soupe au chou, mais dans l'un des meilleurs restaurants de la perspective Nevski. Comme j'aurais aimé avoir autant de charisme qu'elle. Mais, pour tout le monde, je n'étais que "Rosotchka, la petite Juive".

À plusieurs reprises j'avais tenté d'engager la conversation avec Maria, mais je m'y étais mal prise.

– Quand le temps est ensoleillé comme aujourd'hui, le travail est tout de suite plus agréable, lui avais-je dit un jour.

– Que le travail te procure du plaisir ou non, c'est ton problème, avait-elle répondu. Si tu arrives à mieux charrier quand il fait soleil, tant mieux pour toi. Le contremaître en sera peut-être content.

Sur ces mots, elle s'était détournée.

Une autre fois, je voulus savoir si elle était originaire de Leningrad et où elle avait travaillé par le passé.

Elle me toisa.

– Ce qui compte, c'est de pousser ce chariot de l'autre côté de la cour. On se fiche de savoir où je suis née et où j'ai travaillé.

Je m'assis à côté de Maria. De profil, son visage avec son menton en galoche rappelait un croissant de lune avec un nez, une bouche et des oreilles, comme dans les livres pour enfants. Sauf que dans ceux-ci, la lune, en général, souriait.

Sa soupe terminée, Maria se tamponna la bouche avec la serviette en tissu qu'elle avait étendue sur ses genoux. D'abord le coin gauche, puis le coin droit, ensuite, délicatement, la lèvre supérieure et la lèvre inférieure. De la poche de son tablier elle sortit une autre serviette et essuya la cuiller. Alors seulement elle se mit à manger la bouillie.

– Hier mon logeur s'est fait assassiner, chuchotai-je.

Ma voisine ne dit rien. Je n'étais pas sûre qu'elle ait entendu ma phrase. Tandis que je mangeais la soupe, j'avais les tempes qui battaient. Avant de me jeter sur la bouillie je comptais lécher la cuiller. Au lieu de quoi, je l'essuyai avec mon mouchoir.

– Mon logeur s'est fait assassiner hier, répétai-je, plus fort cette fois.

– Des milliers de personnes se font assassiner chaque jour, répondit Maria, et elle se tamponna de nouveau la bouche avec la serviette bien qu'elle n'eût pas encore terminé sa bouillie.

– Hier, en rentrant chez moi, je le découvre étranglé dans son bureau. Le câble du téléphone autour du cou. C'était horrible.

Maria ne dit rien.

– La milice croit que je suis impliquée dans ce meurtre.

La cuiller tremblait dans ma main. J'attendis. Mais Maria resta muette.

– Je ne sais pas si je peux prendre le risque de retourner dans cet appartement. Peut-être l'assassin va-t-il revenir. Je suis morte de peur.

Maria, qui en avait fini avec la bouillie, recommença tout son rituel avec ses lèvres et sa cuiller. J'avais envie de lui arracher la serviette des mains.

– Je veux m'enfuir d'ici !

Maria posa le bol dans l'écuelle et les poussa sur le côté d'un geste lent de la main.

– Je veux m'enfuir d'ici !

– Économise plutôt tes forces pour le travail, dit Maria à voix basse, en remuant son thé avec sa cuiller.

Je me levai d'un bond.

– Tu sais à qui tu me fais penser ? m'écriai-je, et je pris une profonde inspiration. Au cheval de mon grand-oncle.

Pour la première fois depuis le début de notre conversation, Maria me regarda. Entre ses sourcils s'était creusée une ride profonde.

Je laissai mon repas et sortis. La soupe au chou au goût de thé et toutes ces émotions m'avaient donné la nausée. À peine étais-je sortie des latrines derrière le bâtiment principal que le hurlement de la sirène retentit. Au milieu de la cour se tenait le contremaître. Il trépignait, faisait de grands gestes avec les bras et brandissait ses moufles. On aurait dit un boxeur qui s'échauffe avant le combat.

– Vous êtes où, les chattes ? hurla-t-il. Sa voix sonore couvrit la sirène. – Allez, on retourne au boulot, bande d'agitatrices qui se prennent pour des matelas ! Notre patrie socialiste a besoin de tissu.

Dehors, dans la rue, derrière la porte voûtée de l'usine, le premier traîneau attendait déjà.

Quelque chose de lourd battait en cadence contre mon crâne. À chaque minute, l'intervalle entre les coups diminuait. Quelque part, le téléphone n'arrêtait pas de sonner, vingt fois, vingt-cinq fois, cinquante fois, mais personne ne décrochait. Les sonneries se rapprochèrent. Mes mains étaient collées à la poignée du chariot qui me tirait derrière lui. Nous irions ensemble jusqu'au bout du monde si je n'étais pas tenue de me relever.

– Hé, la petite ne respire presque plus, elle est pendue à la caisse comme un gant de toilette au bord du seau.

À qui était cette voix ?

– Vous connaissez le meilleur remède dans ces cas-là ? Une à gauche, une à droite, et une de chaque côté. Et les joues redeviennent vite roses.

Je levai les yeux. Mes genoux heurtèrent la neige dure comme la pierre tandis que le chariot s'éloignait en glissant. Dans l'obscurité je distinguai la lanterne qui se balançait sous la porte de l'usine, ainsi que la lumière rougeâtre du traîneau.

Après que la sirène eut annoncé la fin de la journée, j'étais tellement fatiguée que, dans la queue devant la pointeuse, je dus m'appuyer contre le mur. Dehors, devant la porte, un attroupement s'était formé, comme tous les soirs, des ouvrières qui attendaient leurs collègues, des enfants qui venaient chercher leurs mères, des amis, des amoureux, des époux. L'arrêt du tramway hippomobile, de l'autre côté de la place, semblait hors d'atteinte. Je m'adossai au mur en pierre de l'usine. Dans dix minutes, un quart d'heure au maximum, la place serait déserte. Mais, pour l'instant, les sirènes des usines alentour hurlaient encore. Les patins d'un traîneau restèrent coincés dans les rails du tramway. Le cocher cravachait les chevaux comme un fou. Le conducteur d'un tramway sauta de son véhicule et cria sur le cocher.

Un visage large vint me cacher la vue. L'odeur de vodka bon marché.

Où Porfirka se procure-t-il sa vodka pendant le travail ? Peut-être est-ce le contremaître qui lui fournit ce tord-boyaux. Dans quelques années, ils jetteront cet homme dans la fosse, à moins que son corps imbibé d'alcool ne prenne feu avant, au moment où il allumera l'une des vingt à trente papirossy qu'il fume chaque jour.

– Rosotchka ! – Des larmes brillaient dans ses yeux. – Tu es délicate comme un jeune bourgeon. Rosa, fleur d'Israël, femme sensuelle, racée, voluptueuse, belle et envoûtante comme ton peuple, noble et honnête comme mon peuple. Rosotchka, offre une demi-heure de ton temps au pauvre Porfiri qui est à l'automne de sa vie. Rien qu'une petite demi-heure de rien du tout pour qu'il puisse repasser sa vie l'esprit en paix.

Je voulais partir mais il me retint, les deux mains sur mes épaules. À un autre moment je l'aurais repoussé comme je l'avais fait le matin même et les jours précédents. Je l'aurais giflé et lui aurais même balancé mon genou dans l'entrejambe. Mais cette fois-ci je n'eus pas la force de rejeter ses avances. Dégoûtée, je tournai la tête sur le côté en gémissant :

– Laisse-moi tranquille à la fin, je t'en supplie, je t'en supplie ! Laisse-moi partir.

Mais il me plaqua contre le mur, me chuchota des obscénités à l'oreille, colla son ventre contre mon corps. J'essayai de me dégager mais c'était comme si je ne faisais plus qu'un avec le mur.

Jamais je n'aurais cru cet ivrogne capable de déployer autant de force.

– Au secours ! criai-je en haletant. Pour l'amour du ciel, aidez-moi !

Devant mes yeux apparut la vision de Breitscheid. Il enroulait un câble de téléphone autour du cou de Porfirka. Je sentais la transpiration de l'ivrogne, son haleine. S'il me donne un baiser, je vais tomber raide morte. Je ne pourrai plus jamais toucher personne, pas même moi. Jusqu'à la fin de mes jours cette souillure restera collée à mon corps. J'ai envie de me dissoudre.

Le visage disparaît de mon champ visuel. J'avance d'un pas en gémissant et je trébuche sur quelque chose qui hurle, gigote, se contorsionne par terre.

– À partir d'aujourd'hui tu la laisses en paix, dit calmement une voix de femme. Sinon ton cadavre se retrouvera là où il mérite d'être. Sur le tas de compost.

Et, avant que j'aie le temps de dire quelque chose, Maria me prend par la main et m'entraîne.

– Je n'en peux plus, dis-je d'un ton plaintif une fois que nous nous fûmes engagées dans une ruelle adjacente.

– On est presque arrivées, répondit sèchement Maria.

Je regardai autour de moi. Les lampadaires oscillaient. Les maisons se penchaient vers moi. Leurs toits étaient à portée de main.

– Et s'il… ?

Je me retournai vite et fixai l'obscurité.

– Il va rester à terre encore un bon moment.

– Où as-tu appris à te battre ? demandai-je.

– D'abord calme-toi.

Maria avait l'air tellement serein qu'on aurait pensé que nous faisions notre promenade du soir. Son visage ne reflétait aucune émotion. Soudain je me dis que peut-être elle n'était pas un être humain mais une nouvelle machine fantastique que l'on avait affublée d'une enveloppe humaine. Maria sortit un flacon de son sac, et je fus surprise qu'une femme comme elle ait de l'alcool sur elle. Je pris une gorgée, puis une autre, et encore une autre.

Maria me donna la main.

– Viens !

C'était agréable de sentir la chaleur de sa paume.

Maria habitait une chambre dans un ancien bâtiment administratif rénové qui se trouvait à un kilomètre à peine de l'usine. Elle était aménagée de façon rudimentaire. Hormis des vêtements, une vieille valise et quelques livres, on n'y voyait pas un seul objet personnel – pas un tableau accroché au mur, pas une photo, aucune nappe portant des initiales ou un motif que Maria aurait elle-même brodé. Après avoir allumé le poêle, préparé du thé et posé du pain et de la confiture sur la table, Maria s'assit sur le rebord du lit. C'était étonnant de voir à quel point son apparence et son attitude étaient en harmonie avec l'atmosphère de cette pièce sobre. Comme bien souvent, je ressentis un malaise en présence de cette femme, et comme toujours il fut masqué par un sentiment d'admiration.

– Je suis désolée de n'avoir que du pain à te proposer, dit-elle. Mais j'ai rarement faim. Il m'arrive de ne pas faire les courses pendant des jours.

Je regardai le corps vigoureux de Maria et fus étonnée. En fait, il aurait fallu qu'elle mange de la viande tous les jours.

– Si tu n'avais pas été là, ce cochon de Porfirka m'aurait sûrement jetée à terre et…

– Devant tout le monde ? Non, il n'aurait pas osé… À partir de maintenant il te laissera tranquille.

Je coupai le pain. Mes mains tremblaient encore mais elles obéirent.

– Maintenant explique-moi, pourquoi te fais-je penser au cheval de ton grand-oncle ? demanda Maria.

– Mon grand-oncle avait un cheval blanc, racontai-je. Parfois il galopait si vite que mon grand-oncle arrivait à peine à tenir en selle, puis il s'arrêtait, têtu comme une mule, et on n'arrivait plus à le faire avancer d'un pas même en lui donnant des coups de bâton. Il ne se passait pas un jour sans qu'il morde mon grand-oncle, le désarçonne ou lui donne un coup de sabot. Mais il pouvait toujours compter sur lui pour le conduire à bon port.

– Et toi, tu crois que tu pourras toujours compter sur moi ?

– Non, dis-je.

Le visage de Maria devint grave.

– Alors pourquoi m'as-tu comparée à ce cheval ?

– Parce que mon grand-oncle avait les genoux qui tremblaient quand il l'enfourchait et qu'avant chaque promenade il expliquait à ma grand-tante où se trouvait son testament. Et, pourtant, c'était ce cheval-là qu'il montait à chaque fois. Il n'avait pas le choix, c'était le seul qu'il avait.

Je me mis à rire, et brusquement Maria rit à son tour.

– Tu peux m'appeler Macha, dit-elle.

Après avoir mangé deux grosses tranches de pain je me sentis mieux. La fatigue aussi avait disparu, peut-être parce qu'il faisait froid dans la chambre de Macha, ou parce que j'étais trop excitée pour pouvoir la ressentir.

– Qu'est-ce qui s'est passé avec ton logeur ? demanda Macha. Qui lui a serré le kiki ? C'était toi, peut-être ?

Le pain me resta en travers de la gorge, mais Macha se remit à rire.

– Tu aurais dû voir ta tête !

– On ne plaisante pas avec ce genre de choses.

– Je suis comme ça. Soit tu prends les gens comme ils sont, soit tu les traites comme j'ai traité aujourd'hui ce poivrot.

– Il existe une solution intermédiaire, contestai-je.

– Laquelle ?

– On peut les changer.

– Tu as là un beau projet pour la vie. – Elle rit de plus belle. – Tu n'auras pas d'autre choix que de vivre très vieille.

– Et toi, tu mourras jeune, ripostai-je.

– Possible, répondit-elle d'une voix enjouée.

Je racontai par le menu à Macha comment j'avais découvert Arkadi Sergueïevitch mort dans son bureau, puis l'interrogatoire que j'avais ensuite subi au poste de la milice. À chaque fois que je décris des événements dramatiques, je me grise de mes propres paroles, et il m'est difficile de ne pas enjoliver les détails.

– Tu leur as vraiment proposé de faire attester ta virginité par un médecin ? s'écria Macha, et cette fois-ci elle rit si fort qu'un voisin énervé fit irruption dans la chambre.

– Qu'on me laisse dormir, à la fin, lança-t-il d'un ton exaspéré. Il était tard, et le lendemain il était de l'équipe du matin. À chaque éclat de rire qui résonnait derrière le mur sa femme et lui se dressaient dans leur lit. – À côté de ça, la mitrailleuse que j'ai utilisée pendant quatre ans à la guerre ronronnait comme un chaton, bougonna-t-il. En sortant il claqua la porte derrière lui.

– Je crois que je me suis trompée sur ton compte, avoua Macha qui n'avait rien dit en voyant le voisin débarquer chez elle. Quand tu es arrivée à l'usine, je pensais que tu étais toi aussi une de ces délicates créatures qui n'ont jamais travaillé mais se bousculent aujourd'hui à l'entrée des usines parce qu'elles ont besoin de bourses. On en a déjà eu quelques-unes chez nous. Aucune n'a tenu plus d'une semaine. Toi, tu es différente.

Je regardai le fond de ma tasse et sentis mon visage rougir.

– Qu'est-ce qui s'est passé après, au poste de la milice ? demanda Macha.

– Le milicien m'a renvoyée après avoir dit qu'il pouvait se passer de certificat médical. Il était capable de vérifier lui-même ce genre de choses.

Macha haussa les sourcils.

Nous discutâmes jusqu'au matin. De temps à autre, nous dûmes nous lever et faire les cent pas dans la chambre. Le petit poêle dégageait plus de fumée que de chaleur. Nous finîmes par remettre nos manteaux.

– Mon père était un dieu, raconta Macha. Les dieux, on ne les aime pas, on les adore.

Avant la révolution, le père de Macha était un illustre juriste et donnait des cours à l'université. Lorsqu'il rentrait de l'université l'après-midi, il posait sa canne à pommeau d'argent près de la porte, jetait son manteau dans les bras grand ouverts de la servante et s'installait au salon. Une demi-heure plus tard, on amenait la petite Macha à son père. La gouvernante la peignait, ajustait les nœuds sur sa robe et lui mouchait le nez.

Derrière les brumes du tabac au parfum douceâtre, son père était assis dans son fauteuil, le gilet à moitié ouvert, la chaînette de sa montre de gousset posée en demi-cercle sur son ventre. Jour après jour, Macha attendait avec impatience ce bref moment où elle pouvait être seule avec son père. Mais celui-ci se contentait de lui caresser la tête, lui demandant ce qu'elle avait fait pendant la journée et si elle était heureuse. Tandis qu'elle répondait, lui, la plupart du temps, curait sa pipe. Dix minutes plus tard, il s'absorbait de nouveau dans son journal ou ses livres.

Lorsqu'elle vit son père pour la dernière fois, Macha avait dix ans. Jusqu'à la révolution de février 1917, la vie de la famille, malgré les ombres obscures que jetait la guerre, était restée inchangée. Mais, brusquement, le père n'eut plus un seul mot gentil pour l'enfant. Les après-midis, le salon restait fermé à clé. Quand Macha collait son oreille contre la cloison, elle entendait des pas rapides et les grincements du parquet. Dehors, des cortèges de manifestants en uniforme défilaient devant l'immeuble avec des banderoles. Leurs cris résonnaient dans les pièces de l'appartement et couvraient le tic-tac familier des pendules.

Macha ignorait ce qu'elle avait fait pour que son père soit aussi irrité et ne lui adresse plus un mot. De sa mère elle n'obtint aucune réponse convaincante. Les yeux gonflés de larmes, celle-ci se bornait à lui dire que son père avait enfin trouvé le prétexte qu'il cherchait depuis toujours.

Un après-midi, au début de l'automne, Macha chercha son père en vain. Sa vie changea radicalement à partir de ce jour, car son père, en quittant le pays à bord du vapeur à destination de Stockholm, avait emmené avec lui non seulement la gouvernante "pour les plaisirs de la chair" et la cuisinière "pour les plaisirs du palais", mais aussi une grande partie de la fortune commune. L'argent que la mère de Macha avait gagné après en vendant des objets de valeur fut rapidement mangé par l'inflation.

– Ma mère, raconta Macha, avait toujours accepté les nombreuses aventures de mon père avec le tact conforme à son rang et à son éducation, car l'homme, comme elle me l'avait expliqué, est par nature une créature qui obéit à son instinct animal irrépressible et dont il faut accueillir les faiblesses avec indulgence. Cela dit, elle, fille d'un général, ressentait désormais comme une offense le fait de devoir préparer elle-même les repas. Elle se lamentait beaucoup. Je m'asseyais à ses côtés et faisais semblant d'écouter. Je me suis alors juré de ne jamais devenir comme elle.

La voix de Macha était toujours dénuée d'émotion.

– Mais je lui ressemble encore beaucoup trop, ajouta-t-elle après un moment de silence.

Les premiers mois de l'année 1918, Macha fit l'expérience de ce qu'elle ne connaissait jusqu'ici qu'à travers des récits : la faim. Elle oublia par la suite de qui sa mère avait reçu les quelques vivres qui leur avaient permis de survivre à l'hiver. Elle avait fort probablement été soutenue par les rares amis qui lui restaient, ou bien elle avait enfilé une robe de domestique et était allée mendier dans les rues.

En été, la mère de Macha s'enfuit avec son enfant en Sibérie, qui était dominée par les contre-révolutionnaires. Pétrograd la bolchevique était devenue trop dangereuse pour les "ennemis de classe". Elles firent un voyage éprouvant, tantôt dans des trains bondés, tantôt à pied. Parfois un paysan laissait la jeune femme et sa petite fille passer la nuit dans sa grange. Elles dormirent souvent dans des gares ou à la belle étoile.

– Pendant ces années, raconta Macha, j'ai appris que l'être humain est le couronnement de la Création. La décence, l'éducation, les bonnes manières, tout cela n'est qu'une comédie qui sert à nous faire croire les uns aux autres que nous sommes des animaux intelligents. Mais le Créateur nous a fait à son image. Et l'image du monde est à l'avenant.

– Dieu n'existe pas ! répliquai-je.

– Si ! Tout notre malheur ne peut provenir que d'une volonté perverse. Ce genre de choses ne se crée pas tout seul. Quand je prie Dieu, c'est juste pour l'énerver.

– Je ne crois pas en Dieu ! clamai-je. Je crois en l'homme.

– Tu es quelqu'un de très amusant, Rosa. Chacune de tes phrases est une bonne blague… Quand notre survie s'est trouvée en jeu, ma mère a vite appris à resquiller dans les files d'attente devant les épiceries et à pousser les plus faibles, les malades et les enfants. Elle a appris à voler et à mentir. Ce n'est pas ce qu'on lui avait enseigné au pensionnat de jeunes filles. Et lorsque nous nous sommes retrouvées bloquées à Simbirsk, elle a couché avec un commissaire, s'est ensuite soûlée avec lui et s'est mise à chanter des chansons paillardes, elle, la fille du général. D'ailleurs, ce n'est pas le seul qu'elle ait laissé s'approcher d'elle. Comment, sinon, aurions-nous survécu à cette époque ?

– Ce sont les dérives de la transition, répondis-je. Nous bâtissons un monde nouveau, un monde meilleur. Cela ne se fait pas en un seul jour. Chez nous à Vitchi, j'ai vécu moi aussi des choses terribles, des pillages, des pogroms. Il y avait un commandant polonais, il s'appelait Radek Knofelewski. Ce Polonais…

– Un monde meilleur ?! m'interrompit Macha, et elle rit de nouveau si fort que le pauvre voisin tambourina du poing contre le mur. À chaque fois que les hommes veulent bâtir un monde meilleur, c'est-à-dire jouer à Dieu, c'est l'occasion de tirer des conclusions sur l'essence divine. Il serait peut-être plus judicieux de remplacer les croix et les icônes dans les églises par la représentation d'un fou en camisole de force. Cela collerait bien avec notre époque. Même si, bien sûr, le Crucifié n'est pas un mauvais symbole – un criminel qui se fait exécuter.

J'imaginais les fidèles en train de réciter “Notre père qui êtes aux cieux”, inclinés devant la photographie d'un homme en camisole de force attaché à son lit.

– En Sibérie orientale nous avons eu une mésaventure avec un officier japonais qui a été déterminante pour la suite de notre destin, continua Macha. Nous avons rejoint un convoi de réfugiés qui faisait route vers la Chine. Un jour, il n'a plus été possible d'aller plus loin. Une unité japonaise bloquait la voie. À cette époque, la partie la plus à l'est de la Sibérie était occupée par des troupes japonaises. Le commandant décréta qu'il ne nous laisserait passer qu'à la seule condition que l'une des femmes du convoi passe une nuit avec lui. C'était à nous de désigner la candidate. Nos hommes se sont empressés de dire que leurs femmes et leurs filles n'étaient pas disponibles pour cela. En même temps, ils faisaient la morale à celles qui n'étaient pas accompagnées d'un homme. La survie de tous les réfugiés dépendait de leur "sacrifice". La malchanceuse ne se déshonorerait pas. Elle serait une sainte. Un pope qui se trouvait là se proposa de la bénir et de prier pour son âme. Quelqu'un alla jusqu'à mettre Marie Madeleine sur le tapis. Finalement, on tira au sort parmi les jeunes femmes qui n'avaient pas d'homme à leurs côtés. La victime fut ma mère. À son retour dans notre wagon, le lendemain matin, elle raconta que le Japonais n'avait pas réussi à assouvir ses pulsions. Il était resté pendant des heures assis sur son lit sans bouger, à méditer. Même après il n'avait pas retrouvé sa vigueur. Ma mère ne révéla pas que le Japonais lui avait offert un collier en or, la priant de passer sous silence son humiliant échec. Il avait perdu la face. Pour un Japonais il n'y avait rien de pire… Tu vois, certains hommes ne se contentent pas d'être des cochons, ils vont jusqu'à ériger en culte leurs pulsions perverses.

Macha et sa mère n'arrivèrent jamais en Chine. Des troupes étrangères – Macha ne se rappelait plus si c'étaient des Japonais, des Chinois, des Anglais, des Français ou des Américains – ne les laissèrent pas passer. Après un long voyage à travers la Sibérie orientale, elles regagnèrent le territoire dominé par les bolcheviks. C'était grâce au collier en or du Japonais qu'elles avaient survécu.

– En 1920, ma mère a épousé un fonctionnaire communiste, un Letton, pas par amour, bien entendu. C'était un balourd. Tous ses petits camarades étaient venus au mariage, des gens qui, pour la plupart, sont soûls dès le matin. J'aurais bien aimé voir la tête qu'aurait fait mon grand-père, le général. Mais il était mort depuis longtemps…

Vint alors l'époque où la vie de Macha reprit peu à peu son cours normal. Elle passa son baccalauréat et retourna s'installer dans sa ville natale.

– Je n'ai plus envie d'avoir affaire à ma mère ni à cette créature qui vit à ses côtés. Tous deux habitent aujourd'hui à Moscou. Mais ce bolchevik a tout de même fait en sorte que je puisse faire des études, malgré mes origines bourgeoises. Maintenant je travaille à l'usine pour pouvoir décrocher une bourse d'études, comme toi.

– Et qu'est-ce que tu veux étudier ? demandai-je.

– Le génie mécanique. Tu ne crois pas que je vais faire des sciences humaines !

Vers neuf heures du matin je rentrai à la maison. Épuisée, je m'écroulai sur mon lit. Pendant un instant je tremblai de nouveau à l'idée que l'assassin d'Arkadi Sergueïevitch puisse revenir. Mais j'avais trouvé dans la cuisine une bouteille de cognac ouverte et en avais bu un verre entier. L'alcool dissipa mes angoisses. Je pouvais faire la grasse matinée. C'était mon jour de repos.

Depuis cette nuit Macha est mon inséparable compagnon de route. Je suis fière d'être son amie.

Porfirka ne revint plus jamais m'importuner. Un jour, il ne se présenta plus à l'usine. Et l'assassinat de Breitscheid finit par jouer en ma faveur. J'eus le droit de rester dans son appartement. Avant que les autorités municipales y logent d'autres familles, je quittai la chambre d'amis pour m'installer dans l'ancien salon qui était beaucoup plus spacieux. Les autorités confisquèrent les meubles de valeur et même la plupart des livres (l'*Encyclopaedia Britannica* entre autres), mais j'avais un logement que l'on pouvait qualifier de luxueux.

La milice me fit encore subir plusieurs interrogatoires, mais je me contentai de répéter ce que j'avais dit lors de ma première déposition. Plus personne ne mit en doute ma virginité. On finit par me laisser tranquille. Dans le journal, j'appris par la suite le *Décès de l'ennemi des classes A.S. Breitscheid, escroc et profiteur de la Nouvelle Politique Économique, retrouvé étranglé dans son appartement.* De toute évidence, il s'agissait d'un règlement de comptes entre gangsters. Un certain Saveliev, ancien associé de la victime, avait été arrêté en tant que suspect. Selon les déclarations de la milice, il avait l'intention, avec la complicité de Breitscheid, de passer de l'or et des objets précieux en fraude à l'étranger. Un autre individu, dont l'identité ne serait pas divulguée tant que l'enquête serait en cours, était toujours en fuite. On était à deux doigts d'élucider le crime.

J'ignore si l'assassin de Breitscheid a effectivement été arrêté, toujours est-il qu'en 1927 ou 1928, je reçus une carte postale d'Italie. Elle montrait un cabriolet au volant duquel on voyait la silhouette d'une dame avec un châle et un chapeau. À l'arrière-plan, on distinguait le Colisée. La carte était accompagnée d'un texte bref: *Bons baisers de l'enfer capitaliste au paradis socialiste. Bob.*

Au bout d'une année à l'usine textile, on m'accorda une bourse. Ma vie ne fut guère différente de celle de milliers d'autres étudiants, mis à part le fait que la porte du Komsomol me resta fermée en raison de mon “origine sociale”, même si j'avais eu assez d'aplomb pour faire une demande d'admission. Je ne subis aucune discrimination et, lors des réunions d'étudiants, je ne fus pas mise au pilori en tant qu'“ennemie de classe”. À partir du second semestre j'avais des “très bien” dans toutes les disciplines et je terminai mes études en juin 1930 en me classant troisième de ma promotion. Bien évidemment, ce n'est pas en Allemagne que j'eus la possibilité d'acquérir mon expérience linguistique. On m'octroya à la place un voyage dans la République autonome des Allemands de la Volga, où je visitai des villages ennuyeux, écoutai des pasteurs protestants faire leur sermon et des vieilles femmes prier pour la santé du camarade Staline. Vers la fin de mon séjour, j'étais même capable de distinguer les dialectes locaux entre eux. Si seulement on m'avait laissée aller à Berlin, ne serait-ce qu'un mois! Mais un tel privilège n'était même pas accordé aux militants du Komsomol ou aux fils et filles des fonctionnaires locaux du Parti.

En septembre 1930, j'espérais entrer comme professeur dans un lycée de Leningrad, mais une fois de plus l'amitié de mon père pour Lioubimov, le grand propriétaire terrien, se révéla un obstacle. D'après une lettre officielle de l'administration scolaire, je n'étais pas *apte* à exercer le métier d'enseignante car jugée *politiquement non fiable.* Je souhaitais à notre ancien "bienfaiteur", qui, paraît-il, vivotait désormais à Paris comme chauffeur de taxi, de finir dans la Seine avec sa voiture.

Je traversai l'une des pires semaines de ma vie. Des nuits entières, je laissai la lumière allumée, bus plusieurs tasses de thé et ne réussis pas à trouver le sommeil. À peine fermais-je les yeux que je glissais d'une falaise et tombais à des milliers de kilomètres dans le vide. Mon voisin Losaberidse, un Géorgien qui avait emménagé avec sa femme, son enfant et son vieux père dans l'ancienne chambre d'amis de Breitscheid, finit par aller chercher le médecin de garde qui m'injecta un calmant. Losaberidse mit la cage de son canari dans ma chambre. Son chant m'apaisa un peu.

Tous les soirs, Macha venait prendre de mes nouvelles.

– Je crains que tu ne souffres encore un long moment, disait-elle. De même qu'un malade doit transpirer ou prendre des laxatifs pour éliminer le poison de son corps, de même tu devras souffrir pour purifier ta tête. Tu n'y parviendras jamais complètement. C'est le fameux cycle éternel des choses.

– Ah, oh là là, répondais-je d'un ton plaintif, pourquoi tu n'as pas étudié la philosophie?

– La philosophie? Tu es folle? J'ai envie de vivre encore quelque temps.

"Après une phase de désespoir, le délicat bourgeon de l'espoir pousse comme du chiendent sur un tas de fumier", avait coutume de dire mon grand-père, qui, hélas, était déjà décédé à cette époque. Peut-être, pensais-je, y en a-t-il d'autres qui sont plus aptes que moi à instruire des enfants, ceux pour qui la neige restera toujours d'une blancheur immaculée sous leurs pieds. Moi, j'ai vécu trop de choses. Je ne laisserais que des traces sombres.

J'eus malgré tout de la chance. Comme je ne faisais pas partie des "masses prolétariennes" et que, par-dessus le marché, j'étais au chômage, on aurait pu me faire quitter Leningrad. À l'époque, des centaines de milliers d'"ennemis du peuple" furent déchus de leurs droits civiques. Beaucoup furent déportés hors des grandes villes. En octobre, j'appris la création, à Leningrad, d'une entreprise qui, conformément à la manie bolchevique des abréviations, portait un nom un peu effrayant : MEIATLIL. Décodé, cela signifiait Maison d'Édition, Imprimerie et Agence de Traduction de Littérature Internationale de Leningrad. Un poste de traducteur de l'allemand vers le russe restait à pourvoir dans le service de presse et de littérature spécialisée. Je présentai ma candidature et, ce qui me surprit moi-même, fus embauchée. C'était un travail bien rémunéré.

Le 10 novembre 1930, j'entrai pour la première fois dans le bâtiment art nouveau de cinq étages, qui, avant la révolution, avait abrité les bureaux d'une grande société maritime. MEIATLIL était surnommé "la Maison" par les employés. On me fit bon accueil et on m'attribua une table de travail dans un bureau paysager prévu pour douze personnes. Quelques années plus tard, je fus transférée dans une autre pièce, plus tard encore j'obtins un bureau pour moi toute seule, et après la guerre, lorsque je fus affectée à un poste de direction, j'eus même droit à ma propre secrétaire.

Dès le premier jour, je décidai de rester seulement quelques mois, un an au maximum, dans la Maison. Au bout de quelques heures je commençai déjà à m'ennuyer. Un an plus tard, il n'était plus question de démissionner, j'étais enceinte. Je continuai d'attendre le moment opportun. Jusqu'à la retraite.

10

Quand j'étais jeune, j'avais de nombreux soupirants. Nous allions ensemble au cinéma, au théâtre, dans les clubs culturels ou les bals, faisions des excursions en bateau dans le golfe de Finlande, organisions des pique-niques, flânions en ville avec des amis. Mais le seuil de mon appartement était le terminus pour chaque homme. Je voulais d'abord finir mes études et, après seulement, fonder une famille. Les aventures d'un soir ne m'intéressaient pas.

Je n'avais pas le comportement typique des femmes de ma génération. L'État prônait la fin des normes traditionnelles. La citoyenne soviétique ne devait plus subir de contraintes dans sa vie privée. Peu de temps après la révolution d'Octobre, on alla jusqu'à abolir l'institution du mariage. Certes, on pouvait faire "enregistrer" une union au bureau de l'état civil, mais ceci n'avait aucune incidence juridique. Beaucoup y renoncèrent. Comme, plus tard, mon mari et moi. Dans le bureau d'enregistrement des mariages du service de l'état civil de notre district, était assise, derrière le pupitre, une fille qui paraissait si jeune que nous décidâmes de ne pas nous laisser unir par cette enfant. Ce qu'ils étaient beaux et majestueux, les mariages juifs à Vitchi ! Mais les mariages célébrés selon le rite juif étaient rares dans le Leningrad de 1930. Nous n'avions même pas fait circoncire Kostik pour ne pas courir le risque d'être accusés de maltraitance.

Pendant mes études, je restai fidèle à la décision que j'avais prise et ne tombai pas amoureuse. Mais dès que je fermais les yeux dans mon lit, je voyais mes soupirants venir vers moi. Ils déboutonnaient leur chemise et leur pantalon, se penchaient sur moi…

– C'est sale, je ne veux plus entendre parler de ça ! criait Macha lorsque je lui racontais mes rêves. Elle éprouvait du dégoût pour tout ce qu'elle nommait avec mépris "la chair". Elle rechignait à donner la main à quelqu'un, ne se maquillait jamais et mettait des vêtements amples aux coloris en général sombres, et des chaussures à talons plats. Une fois, elle m'avoua qu'elle adorerait avoir un enfant. Si seulement on pouvait éviter de subir l'acte avilissant qu'était l'"union charnelle" avec un homme. Lorsque je laissai entendre qu'il existait des méthodes pour tomber enceinte sans avoir de rapport intime avec un homme, elle me fit signe de ne pas insister. Tout enfant avait besoin d'un père, dit-elle. Mais elle, elle refusait d'engager une relation avec un homme.

Je fis la connaissance de Naoum à l'automne 1930 dans l'appartement de Sara, mon ancienne camarade d'étude. Sara était ce qu'on appelle une beauté juive, et un "personnage mondain", si tant est qu'il y en eût à cette époque. Les bas de soie, le rouge à lèvres et les chapeaux étaient le seul luxe que nous pouvions nous offrir. C'était le russe sans accent de Sara, libéré de toutes les intonations du yiddish, ainsi que son langage châtié qui l'élevaient au-dessus de la masse des immigrés venus de Biélorussie et d'Ukraine. Son père, un médecin, vivait déjà à Saint-Pétersbourg avant la Grande Guerre.

Pratiquement tous les week-ends, elle invitait des amis – d'anciens collègues d'étude et de travail, des voisins, des célibataires et des jeunes couples, des personnes rencontrées par hasard. Jusque tard dans la soirée on mangeait, on buvait et on discutait. Souvent quelqu'un allait chercher la guitare de Sara dans le coin de la chambre et jouait un chant d'étudiant populaire. On devait apporter soi-même la nourriture et les boissons, car la maîtresse de maison n'avait pas les moyens de régaler tant de monde. La chambre, au bout de quelques heures, était envahie de fumée de tabac, au point qu'on ne distinguait presque plus les visages.

Un des invités de Sara était Naoum Schwarz, un comptable originaire d'Ukraine, dont les parents avaient péri dans la tourmente de la guerre civile, très probablement lors d'un pogrom. Je n'en ai jamais appris davantage, car à chaque fois que je lui demandais de me parler de son enfance, Naoum changeait de sujet et se montrait tellement froid que je finis par renoncer à lui poser des questions. La seule chose que je peux dire avec certitude, c'est qu'adolescent, il avait travaillé comme manœuvre au port de Iekaterinoslav, aujourd'hui Dniepropetrovsk, et qu'il était arrivé à Leningrad au milieu des années 20 pour, à l'issue d'une formation en comptabilité, prendre un emploi dans le service comptable d'un combinat spécialisé dans la fabrication de pâtisseries et confiseries.

Au milieu de cette bande de joyeux drilles, Naoum se faisait remarquer par son sérieux et sa faible consommation d'alcool. En général, il passait toute la soirée à discuter avec quelqu'un, l'amenant par des questions habiles à lui raconter des détails intéressants, voire intimes, de sa vie, tandis que lui ne révélait que peu de choses sur lui-même.

– Un drôle d'oiseau, me dit un jour Sara, je ne sais absolument pas qui l'a introduit chez moi. Il vient ici régulièrement depuis des semaines sans s'être vraiment lié d'amitié avec quelqu'un. Durant tout ce temps je n'ai entendu de sa bouche ni un compliment ni une parole charmeuse. Je ne sais même pas si je lui plais, et en même temps je le trouve plutôt mignon.

Lors d'une de ces soirées je liai conversation avec Naoum. Je lui racontai plusieurs histoires amusantes, et il m'assura qu'il était extrêmement plaisant et agréable de discuter avec moi. Je fus surprise de voir combien les rôles, dans notre cas, étaient inversés, puisque d'ordinaire c'était normalement l'homme qui divertissait la jeune dame, tandis que celle-ci, manifestant un intérêt réel ou feint, devait veiller à ce que le flot des paroles de son chevalier servant ne vienne à tarir. Lorsque le nuage de fumée commença à s'épaissir, je demandai à Naoum s'il ne voulait pas me raccompagner chez moi.

C'était de profil que le visage de Naoum était le plus beau. Cela m'a toujours étonnée que les autres ne parviennent pas à voir cette beauté. Son grand front lui donnait un air sévère. Il avait le cou maigre d'un enfant, et sa tête semblait encore plus lourde à cause de son épaisse chevelure. Son physique reflétait les contradictions de son caractère. Le visage énergique et les grandes mains, et avec cela, depuis qu'il était tout jeune, le corps fluet et la posture voûtée. Quand il avait trente ans, on pouvait, de loin, le prendre pour un vieillard.

Lorsque, quelques semaines plus tard, Naoum et moi étions allongés, silencieux, l'un à côté de l'autre dans le lit, j'étais heureuse, même si je m'étais imaginé différemment l'union charnelle avec l'homme que j'aimais. Je n'étais pas déçue. Je pouvais attendre. J'aimais être auprès de Naoum, humais l'odeur de sa sueur, caressais ses épaules osseuses et sa poitrine velue.

– Ton Naoum, dit un jour Macha, est tellement sérieux et taciturne, on pourrait croire qu'il est un peu bête, mais quand on le regarde dans les yeux on a l'impression qu'il se moque de nous. Qu'est-ce que tu lui trouves?

J'essayai de lui expliquer pourquoi j'aimais mon mari. Je parlai pendant une bonne demi-heure, peut-être davantage. Elle ne m'interrompit pas une seule fois. Si autrefois j'arrivais aisément à justifier pourquoi je n'aimais pas les autres hommes, il m'était d'autant plus difficile à présent de décrire avec des mots les sentiments que j'éprouvais pour Naoum. Peut-être était-ce justement pour cela que je l'aimais.

Kostik vint au monde à sept mois. La poche des eaux éclata alors que j'étais en train de traduire un article du dirigeant communiste allemand Ersnt Thälmann et réfléchissais à la façon de formuler la phrase *Lors d'une réunion du KPD, les responsables syndicaux des usines sidérurgiques de Cassel ont exhorté leurs camarades versatiles à suivre davantage la ligne du Parti et à se montrer plus disciplinés.* Trois équivalents russes pour le mot *versatile* me vinrent à l'esprit. J'allais demander conseil à une collègue, j'ouvris la bouche et me mis soudain à gémir. Mes collègues firent cercle autour de moi. Elles étaient beaucoup plus agitées que moi. Finalement, elles me portèrent dans une pièce voisine et m'allongèrent sur un sofa.

Dans l'ambulance, je n'arrêtais pas de penser à la ville de Cassel. J'essayais de songer à l'enfant, mais je chuchotais tout le temps : “Cassel, ville industrielle et commerciale allemande, située sur la Fulda, dans la province prussienne de Hesse-Nassau, versatile, versatile, versatile…” Quelques années plus tard, je rencontrai un collègue qui, lors d’un voyage d’affaires dans l’Empire allemand, était allé, entre autres, à Cassel. Il me décrivit une ville de province ennuyeuse dans laquelle, bien entendu, plus rien n’évoquait Thälmann. À cette époque, le président du KPD était déjà en camp de concentration.

– Cassel ??? me demandait-on soixante-cinq ans plus tard, à Gigricht. Si vous voulez aller quelque part en l’Allemagne, autant aller directement à Berlin, Munich, Hambourg ou Cologne. Là-bas, au moins, il y a des choses à voir.

Aussi n’ai-je jamais été à Cassel jusqu’à présent.

L’accouchement fut simple. L’enfant était très petit mais avait les yeux vifs. Pour les médecins et les infirmières, c’était bon signe. L’enfant était suffisamment vigoureux, disaient-ils, aussi n’avait-il pas besoin, contrairement aux autres bébés nés à sept mois, d’aller dans une couveuse. Le lendemain, Kostik avait une pneumonie. C’était le début d’un calvaire qui, toute sa vie durant, allait le conduire de maladie en maladie.

Pendant la grossesse, j’avais suivi scrupuleusement les instructions de la gynécologue et ménagé mes forces. Pas une seule fois je ne suis tombée. Nous avions tout ce dont nous avions besoin. Notre chambre était chaude et sèche. Je ne souffrais ni de la faim ni de carences en vitamines. Par la suite pourtant, je me suis souvent demandé si, et en quoi, j’étais responsable des problèmes de santé de Kostik. C’était l’une de ces pensées lancinantes par lesquelles nous nous prouvons que ce ne sont pas les autres mais nous-mêmes qui élaborons les meilleures méthodes pour nous infliger les pires souffrances.

Durant les quatre premières années de sa vie, Kostik fut un enfant calme. Il ne pleurait même pas quand il avait mal. Tout le monde était étonné de voir le sang-froid avec lequel il endurait ses maladies : la rougeole, la varicelle, la scarlatine, une bronchite chronique, un eczéma sévère, une indigestion, une otite… Naoum passait des heures à son chevet, à lui lire des contes ou à inventer des histoires.

– Un jour, toi aussi, tu seras un héros, Kostik. Tu verras. Tu seras un grand général, un chevalier. Tous les deux, on ira conquérir le monde !

– Oui, papa, acquiesçait le petit garçon de quatre ans en regardant par la fenêtre, par-dessus la tête de Naoum.

– Tu seras conducteur de locomotive ou de char d'assaut, et après…

– J'aimerais plutôt être un serpent, papa.

– Un serpent ?

– Comme ça je pourrai m'enrouler autour du pied du docteur et ramper sous son pantalon.

Notre première nourrice s'appelait Akoulika. Elle était originaire de Knopovka, un village situé sur l'Irtych, et fut la seule à ne pas s'être laissé effaroucher par le terme redoutable de bronchite. À l'époque, de nombreux citadins prenaient chez eux des filles de la campagne. Seules quelques mères de famille pouvaient se permettre de ne pas travailler. Les jardins d'enfants étaient rares. Ces filles étaient logées et recevaient de l'argent de poche. Pour elles, c'était toujours mieux que de devoir chercher une chambre dans la ville surpeuplée et de trimer à l'usine.

Akoulika raconta que sa grand-mère lui avait appris à conjurer les esprits des maladies – que des âmes de femmes assassinées, exécutées ou mortes brutalement d'une autre façon. Elle refusait de nous révéler les formules secrètes. Elle n'avait le droit de dévoiler qu'une méthode d'exorcisme :

– Quand vous voyez une personne atteinte d'une maladie contagieuse, expliqua-t-elle, vous devez aussitôt penser à trois fous, trois criminels, trois roux et trois Juifs et cracher trois fois par-dessus l'épaule droite : cela maintient la maladie à distance et c'est plus efficace que la tisane, le miel, l'aspirine ou une visite chez un docteur à lunettes.

Lorsque les journaux annoncèrent qu'une épidémie de choléra s'était déclarée dans le sud du pays, Akoulika se mit à parler de lutte finale entre les bons et les mauvais esprits, dont l'issue déterminerait l'évolution de la domination bolchevique. Nous fûmes contents qu'elle n'entre pas davantage dans les explications.

Akoulika retourna à Knopovka pour soigner sa mère malade. Les bons esprits lui ont-ils alors apporté leur soutien ? Je ne saurais le dire car elle n'a répondu à aucune de mes lettres.

Maroussia, une Ukrainienne, emménagea chez nous. Nous l'aimions beaucoup même si elle appelait parfois Kostik "mon petit morveux de youpin". Naoum riait.

– Un Ukrainien qui n'est pas antisémite est soit malade, soit juif lui-même, disait-il.

Kostik était en bonne voie de guérison. Bientôt, je l'espérais, il serait un enfant comme les autres.

– Tu ne veux pas aller faire du patin à glace sur l'étang ? Dans la cour de l'usine aussi il y a une patinoire. Si tu en as envie, je viens avec toi.

– Non, maman, je pourrais tomber et me faire mal.

– Mais c'est amusant.

– Je préfère marcher.

– D'accord. On va se promener au parc.

– Je n'ai pas envie d'aller au parc.

– Alors on va au bord de la Neva regarder les bateaux.

– Là-bas, il fait trop froid.

– Où veux-tu aller, alors ?

– À Moscou.

– Comment ça, Moscou ?

– Je voudrais montrer mes chevaux en tissu au camarade Staline.

– On est à Leningrad. Pour aller à Moscou il y a dix heures de train.

– Oh oui, prenons le train.

– Ce n'est pas possible, je travaille demain. On reste à la maison.

– Je veux pas.

– Nom de Dieu, qu'est-ce que tu veux ?

– Faire du patin à glace.

– Ils ont été créés comment, les êtres humains ? me demanda-t-il un jour.

– L'homme descend du singe, expliquai-je. Un jour, le singe a commencé à réfléchir, s'est mis à se fabriquer des outils, à aller à la chasse, à construire sa première cabane, à cultiver la terre. Au fil du temps, il a cessé de vivre dans les arbres, a perdu son pelage et sa queue, et a commencé à marcher le dos droit. Le singe était devenu un homme. La pensée et le travail, voilà ce qui différencie l'homme de l'animal.

– Ça signifie, dit Kostik, que si je ne fais rien et ne pense rien, je vais redevenir un singe ! Comme ça j'aurai un pelage et une longue queue.

Cette idée l'enthousiasmait. Pendant toute la journée il se déplaça tout nu à quatre pattes sur le sol. Lorsque j'essayais de le relever, il se débattait et me mordait la main.

J'étais désespérée. Il ne se passait guère un jour qui ne se termine en catastrophe. Kostik brisait des miroirs et des vases, jetait des objets par la fenêtre, urinait devant la porte de la voisine, se cachait pendant une demi-journée dans le grenier et ouvrait tous les robinets d'eau de l'appartement. Une fois, il amena dans la cuisine un rat trouvé dans la cour et le jeta dans la marmite dans laquelle Mme Losaberidse faisait bouillir des légumes.

– Pourquoi tu as fait ça ? lui demandai-je.

– C'est le rat qui l'a voulu ! Il préfère être mangé par un être humain plutôt que par un chat.

Il haussa les épaules et se détourna.

– C'est bon signe qu'il fasse preuve d'autant d'imagination, dit Naoum.

– Il faut qu'il apprenne qu'il ne peut pas faire tout ce qu'il veut, répondis-je. Je vais lui faire passer l'envie d'être méchant.

– Il faut que tu lui laisses le droit d'être un enfant.

– Comment tu étais, petit ?

J'essayai de ne pas regarder mon mari. Peut-être lui serait-il ainsi plus aisé de révéler quelque chose de son passé. Mais, au lieu de répondre, il sortit de la chambre.

– Avant-hier il m'a donné des coups de pied, se plaignit Maroussia auprès de moi, hier il m'a traitée de chameau qui ressemble à un hippopotame, puis il est resté pendant des heures tapi sous le lit, et aujourd'hui il est allé prendre des ciseaux à la cuisine, et il a découpé ma robe en morceaux. En plus, il m'a versé un verre de lait sur la tête. Vous savez ce qu'on fait dans mon village avec des gosses pareils ? On prend une branche de bouleau toute fine et…

– Je t'ai expliqué dès le premier jour, Maroussia, qu'on ne lève pas la main sur notre enfant. Un point, c'est tout.

Je me redressai de toute ma hauteur et regardai la fille droit dans les yeux jusqu'à ce qu'elle baisse le regard. Kostik était assis sur le lit, les genoux ramenés contre lui, et piaillait :

– Chameau qui ressemble à un hippopotame, chameau qui ressemble à un hippopotame, chameau qui…

– Tais-toi ! dit Naoum.

Je remarquai que la fille avait effectivement des résidus de lait collés dans les cheveux.

Maroussia nous quitta après que Kostik eut mis un ver de terre dans son lit.

– Je regrette, Rosa Abramovna, expliqua-t-elle, mais des reptiles dans un lit, ça porte malheur. Lorsque j'étais toute petite, un orvet s'est glissé une nuit dans le lit de ma grand-mère, qui s'est mise à courir dans toute la maison en criant et a mis un bon moment à retrouver ses esprits. Deux jours plus tard, elle s'est cassé une jambe, et deux semaines après mon grand-père est mort… Non, je ne reste pas auprès d'un enfant pareil. Il a le mauvais œil.

Maroussia déménagea peu de temps après.

Kostik était assis sur mes genoux et me souriait.

– Tu es un petit monstre, dis-je, tu ne te rends pas compte de ce que tu fais ? Tu fais du mal aux autres et tu rends tes parents malheureux.

Il passa ses bras autour de mon cou et me donna un baiser sur le front.

– Maman, je t'aime tellement, chuchota-t-il. À partir de maintenant je serai toujours sage.

Mon exaspération s'était aussitôt dissipée. Il m'était difficile de donner à mes paroles la sévérité nécessaire.

– Les autres ont des enfants dont les parents peuvent être fiers. Par exemple, le petit Zviad. Il a ton âge, sait déjà lire, prend même des leçons de piano et, quand il joue avec les autres enfants, il ne devient jamais méchant.

– Zviad est un petit Géorgien. Les Géorgiens sont tous des marchands de feuilles de laurier, et quand ils parlent on ne dirait pas que c'est une langue qu'ils ont dans la bouche, mais une grenouille. Il est toujours vilain avec moi. Je le déteste. J'espère qu'il va bientôt mourir.

Kostik leva les bras pour se protéger, comme s'il craignait que je le frappe. Son sourire ne s'effaça même pas lorsque je le frappai. Alors ma vue se brouilla et je tombai à terre.

– Maman, maman, maman ! – Kostik me tirait par la manche. – Mais maman, ça n'a pas fait mal du tout !

J'étais assise sur le sol et n'arrivais toujours pas à bouger. Jamais je ne m'étais autant méprisée qu'à ce moment-là.

– Ça n'a vraiment pas fait mal ! assura Kostik. Il ne souriait plus. Sa joue droite était devenue rouge foncé.

La nuit où la police secrète était en train de fouiller la chambre de notre voisin Pavel Sidorov, Kostik se mit à crier. Après coup, Naoum dit que cela avait peut-être été une erreur de fermer la porte à clé. Cela avait fait peur à l'enfant.

– Maman, je veux aller aux cabinets, dit mon fils, tandis que dans le couloir des dizaines de bottes faisaient grincer le plancher.

– Va sur pot ! ordonna Naoum. Il se pencha par la fenêtre et regarda en bas. Devant l'immeuble était garée une grande voiture qui faisait penser à un insecte ventru. Ses phares éclairaient la rue déserte.

– Je veux pas aller sur le pot, je veux aller aux cabinets !

Dans la chambre voisine on entendait la mère de Sidorov qui pleurait.

– Maman, viens avec moi aux cabinets, papa ne me laisse pas.

Je baissai le pantalon de Kostik et l'assis sur le pot. Et là, il se mit à crier. Les trompettes de Jéricho faisaient certainement moins de bruit. J'essayai de lui mettre la main sur la bouche mais il se dégagea, courut dans la chambre en hurlant.

On vint alors cogner à notre porte.

– Ouvrez !

J'obéis. Kostik sortit furtivement avant que je puisse le retenir.

– Veillez à ce que votre enfant se tienne tranquille, vous allez réveiller tout l'immeuble !

Sur le col de l'uniforme brillaient les galons, des losanges et des triangles, sous l'éclairage du couloir.

– De toute façon, tout l'immeuble est déjà réveillé, dit Naoum à voix basse. – L'homme en uniforme lui jeta un regard noir. – À moins que ce que vous faites ici ne soit interdit par la loi, si bien que vous avez peur que quelqu'un vous observe en plein travail ?

Cette fois, Naoum avait un peu haussé le ton.

– Écoutez, citoyen, abstenez-vous de ce genre de remarques, sinon…

Au même moment, Kostik revint des toilettes.

– Pourquoi il saigne, le nez d'oncle Pavel ? demanda-t-il à l'homme du NKVD. Et pourquoi les deux autres messieurs inconnus ne sont pas gentils avec lui ?

L'homme en uniforme tournait son regard tantôt vers Kostik, tantôt vers Naoum. J'aurais donné cher pour savoir ce qu'il pensait.

– Je vous souhaite une bonne nuit, camarades, dit-il enfin en soupirant. Puis il ferma doucement la porte derrière lui.

– Dieu sait ce que ce Sidorov a fait de mal, murmurai-je à l'oreille de mon mari. Un contre-révolutionnaire qui pendant toutes ces années s'est fait passer pour un loyal citoyen soviétique… Tu es fou, ma parole ! Tu veux qu'ils croient qu'on a un lien avec ce type ?

Mais Naoum se contenta de répondre :

– Le camarade du service de sécurité avait une tête qui ne me revenait pas.

À cet instant, j'eus un élan d'amour pour mon mari, même si je doutais de son intelligence.

Les jours suivants, la mère de Pavel Sidorov resta assise pendant des heures sur le bord de la banquette de la cuisine comme si elle avait peur de prendre trop de place, se balançant d'avant en arrière et parlant de tous les endroits où elle était allée pour obtenir la libération de son fils "emprisonné alors qu'il était totalement innocent". J'avais l'impression qu'elle avait rapetissé de dix centimètres. Personne n'avait le courage de lui prodiguer une parole de soutien ou de réconfort. L'époque des grands mots avait fait place à celle du silence, si ce n'est que mon fils de six ans criait à tue-tête. La persuasion, tout comme la menace, n'avait servi à rien. Les crises de Kostik cessaient aussi brusquement qu'elles survenaient. Nous ne savions jamais ce qui pouvait les déclencher.

– Tout ça, c'est la faute à la nourriture, disait le vieux Losaberidse, toutes ces pommes de terre, ces nouilles et ces légumes secs. Comment voulez-vous qu'un enfant ne tombe pas malade ? Chez nous au moins, en Géorgie, il y a encore assez de fruits et de légumes, mais ici, dans le nord, on ne peut plus rien acheter de convenable depuis la collectivisation. Pourquoi Staline a-t-il aboli la Nouvelle Politique Économique ? Qu'est-ce que ça nous a apporté ? Des tickets de rationnement.

Cela tenait du miracle que, pour cette phrase, le vieux Losaberidse n'ait pas subi le même sort que Sidorov. Mais il avait déjà quatre-vingt-cinq ans. Il n'avait plus peur.

– Il faudrait consulter un médecin, dit le fils Losaberidse. Je peux vous recommander un excellent pédiatre. Quand Zviad est malade, nous allons toujours chez lui.

– Vous vous prenez trop la tête, lança la jeune ouvrière d'usine, Maria Petrovna. Mes parents étaient des gens simples, dans ce genre de situation il n'y avait qu'un seul remède : une bonne raclée !

Bien entendu, nous n'avons pas flanqué de "bonne raclée" à Kostik, mais malgré les difficultés d'approvisionnement, nous réussîmes à lui dénicher des pommes, des poires, des concombres, des tomates et de la salade. Nous consultâmes plusieurs pédiatres. Kostik mangeait tout, endurait patiemment les examens médicaux et continuait à crier.

– Pourquoi cries-tu ? demanda Macha à mon fils. Tu peux me le dire, à moi.

J'étais curieuse de voir la réaction de Kostik, vu qu'il désignait toujours Macha comme sa meilleure amie. Souvent elle faisait la course à quatre pattes avec lui, lui servait de cheval de course ou de balançoire vivante. Mais dès qu'il se mettait à hurler, elle se détournait aussitôt de lui.

– Allez ! Imagine que c'est un jeu. Un point pour un mot. Cinq points pour une phrase complète. À vingt points tu as un cadeau.

Macha avait manifestement oublié l'âge qu'il avait.

– Écoute bien, Konstantin. Maintenant tu dois me donner les raisons majeures pour lesquelles tu cries.

– Je crie parce que ça m'amuse.

– Ce n'est pas une raison suffisante.

– Je crie parce que ça rend un beau son.

– Tu dois avoir des oreilles de cochon.

– Je crie parce qu'après, tous les autres crient aussi.

– Aah boooon ?

– Mais, surtout, je crie parce que tout le monde veut que j'arrête. Et maintenant donne-moi mon cadeau.

– Ça ne faisait pas vingt points.

– Si ! Quatre phrases, ça fait vingt points. Cinq points par phrase... Je veux mon cadeau ! Tu as promis, tante Macha ! Tu as promis !

Le marmot savait déjà compter. Je ne savais pas si je devais m'en réjouir.

– Jeune homme, tu ne sais pas hurler correctement, constata un jour notre voisin Chaïm Rabinovitch. Tu vois cette cicatrice ? – Il montra de l'index le trait rouge foncé sur son front. – C'est le coup de sabre d'un cosaque. Tu sais comment j'ai hurlé à ce moment-là ? Je suis curieux de voir si tu es capable d'en faire autant.

L'instant d'après, les vitres des fenêtres se mirent à vibrer, dans tout le quartier les chiens aboyèrent, et les habitants des appartements voisins accoururent et s'enquirent de ce qui s'était passé. Pendant une semaine Kostik fut un petit garçon sage. Puis il se remit à crier.

À travers la vitre sale de l'autocar je distingue les silhouettes des arbres. À chaque cahot, des sacs ventrus sortent de sous les sièges. Parfois le véhicule se retrouve coincé dans un nid-de-poule. Le conducteur appuie sur l'accélérateur, fulmine : "Tu vas te bouger, espèce de mollasse !" Et quand cela ne fonctionne pas, il crie : "Eh, vous là-dedans, allez botter le cul de ce vieux tacot !" Quelques hommes descendent et poussent le car.

Est-il possible, me dis-je, qu'en 1937 on soit encore obligé de voyager ainsi, que ce mastodonte traverse la forêt en cahotant comme la malle-poste dans laquelle Tchitchikov a autrefois sillonné la Russie profonde pour acheter ses âmes mortes ? Deux heures que nous sommes partis de Leningrad, encore deux heures pour arriver à Bolotovo, peut-être même trois ou quatre. Seul Kostik ne semble pas éprouvé par ce rude voyage. Il a posé sa tête sur mes genoux et dort.

J'essaye de ne pas penser à l'enfant qui grandit en moi. Si cet accident m'était arrivé plus tôt, j'aurais pu aller à la clinique pour régler ce problème. Mais nos dirigeants ont décrété que le nombre de leurs sujets doit augmenter encore plus vite. Depuis un an, les avortements sont interdits.

Klavdia Borissovna, une de mes collègues, appartient à la catégorie de ces gens utiles qui ont une solution pour chaque problème. Elle m'a donné une adresse. Je dois frapper trois coups brefs et deux coups longs contre la porte. Le mot de passe est "heureuse sans". Pourtant, quand j'ai vu la femme au visage antipathique, le divan et les ustensiles sur la nappe à fleurs, je suis ressortie dans la rue en courant et, une fois à la maison, j'ai enfin raconté à Naoum que j'étais enceinte.

Le car est de nouveau bloqué. Maintenant je suis convaincue que nous n'arriverons pas à Bolotovo avant la soirée.

Ne devrais-je pas avoir honte d'éprouver de la colère envers cet enfant qui n'est pas né ? Mais ne suis-je pas déjà suffisamment punie ? J'envisage le proche avenir comme une ère glaciaire.

– Ce sera sûrement une fille ! s'était écrié Naoum, et il était tout content, cet imbécile. – Mon vœu le plus cher, c'est d'avoir une fille.

– Un petit ange, avais-je répondu en ricanant, blond aux yeux bleus qui lève les yeux vers toi en disant papounet et accuse sa mère d'être responsable de tout.

Il prit un air grave.

– Qu'est-ce que tu attends de moi ?

J'aurais voulu crier aussi fort que Kostik.

– Laisse-moi ce plaisir, d'ailleurs ce sera peut-être un garçon, dit-il tout bas. Quant à moi, je me haïssais car je ne disais rien, et je me haïssais davantage encore car je ne trouvais pas les mots justes.

Tout en caressant la tête de Kostik endormi, je me dis qu'il aurait été du devoir de mon mari de m'accompagner à Bolotovo. Mais il m'avait expliqué combien il était important qu'il soit présent au bureau "à ce moment précis". Un expert-comptable venait contrôler les livres de comptes des trois dernières années.

– Mais je viendrai quand même, si tu insistes, avait-il dit.

– Je vais me débrouiller. Ma réponse fut à l'avenant.

Dans un virage, deux soldats de l'Armée rouge arrêtèrent le car. Ils contrôlèrent les papiers des passagers. Personne ne posa de questions. Au bout de dix minutes, nous repartîmes.

Lorsque nous arrivâmes à Bolotovo, je ne vis pas de village. Une prairie au bord du lac, deux cabanes, l'une était une épicerie, devant l'autre se trouvait un poste militaire.

Le car roulait au pas, si bien que Kostik et moi pûmes sauter à terre, et aussitôt il accéléra de nouveau. Je regardai autour de moi. Le soldat devant la cabane sourit et me salua comme si j'étais un général. Sur la berge était assis un garçon, il avait douze ou treize ans, une papirossa au coin des lèvres. Il avait remonté ses manches et le bas de son pantalon. Il était pâle, et j'eus peur qu'il n'ait la tuberculose.

– Peux-tu me dire où habite Maria Routchkova ? je demande.

– La sorcière ?

Il ne lève pas les yeux.

– Sorcière ?

– Ces derniers temps, de plus en plus de gens viennent voir notre sorcière. Elle a ensorcelé le monde entier.

– Tu me montres le chemin pour aller au village ?

– C'est ici, le village. – Il jette le mégot de la papirossa dans l'eau. – Pour aller chez la sorcière, il faut passer à droite, devant le magasin d'État, et traverser la rue. La septième maison sur le côté gauche.

La rue principale est un sentier. À première vue, rien n'indique que l'endroit est habité, jusqu'à ce que, sur la droite, surgisse une clôture et, derrière, un potager et une bête féroce hirsute qui tire sur sa laisse, et, derrière trois noyers, une isba. Quand on avance, on a l'impression, après un virage, d'être de nouveau dans la forêt. En dehors du sentier, le sol est marécageux. Je suis contente que, pour une fois, Kostik soit silencieux et se laisse sagement mener par la main.

L'église a un clocher penché qui fait à peine dix mètres de haut. Au-dessus de l'entrée on voit, bien en évidence, l'inscription : *Nous avons noyé Dieu dans sa propre merde ! Nous allons régler leurs comptes aux popes et à leurs sbires ! Vive la révolution athée !* Ici aussi les slogans habituels, mais en plus bête encore, me dis-je. Peu dignes de la grande mission qui consiste à remplacer la foi par la raison.

À peine ai-je pensé au pouvoir de la raison que je m'en veux de mon attitude. Suis-je vraiment réactionnaire au point de me lancer dans une aventure pareille ?

Amis et collègues de travail m'avaient déconseillé d'aller à Bolotovo. Certains s'étaient moqués de moi. Mon supérieur m'avait qualifiée d'"élément politiquement instable" en ajoutant que j'étais "attardée d'un point de vue éthique et moral". Je savais qu'il ne l'avait pas dit méchamment. Qu'aurait-il dû dire d'autre ?

Seule Macha ne m'avait pas donné de conseils. "Il y a des moments dans la vie, disait-elle, où le rôle des bons amis n'est pas de faire des recommandations mais d'être juste là quand on a besoin d'eux." J'avais malgré tout pris la décision de me rendre à Bolotovo seule avec Kostik.

Peut-être ne serais-je pas allée voir la "sorcière" si, aux crises de colère de Kostik, n'était venu s'ajouter son refus de manger. Je me rappelle le jour où j'étais assise en larmes sur le lit, tandis que mon mari, d'une main, maintenait Kostik sur sa chaise et tenait dans l'autre une cuiller de bouillie.

– Mange! criait-il. Mange! Mange! Mange! Mange!

La septième maison sur la gauche, a dit le garçon, mais il a dû se tromper car la seule chose qu'on voit est une remise. Et pourtant, quand on s'approche, on distingue des rideaux devant les minuscules fenêtres. Devant l'entrée, il y a un seau brisé et une pelle.

– Le professeur Kalt! S'il y a quelqu'un qui peut vous aider, c'est le professeur Kalt du service pédiatrique de la clinique universitaire, avait affirmé Klavdia Borissovna, deux semaines plus tôt. Il est difficile d'obtenir un rendez-vous chez lui, mais soyez sans crainte, je peux arranger cela. – Elle avait posé ses mains sur mes épaules. – On ne panique pas, Klavka est là!

Si je n'avais pas été aussi désespérée je crois que j'aurais toujours cherché à éviter cette personne.

Pour être reçus par le professeur Kalt, nous dûmes nous annoncer à l'infirmière assise à l'accueil de la clinique. Ensuite, une surveillante du service pédiatrique nous fit prendre un long couloir qui menait à une salle d'attente claire où rien ne rappelait que l'on se trouvait dans un hôpital, si ce n'est un couteau chirurgical derrière une vitrine en verre.

– Voici le scalpel avec lequel le docteur a réussi sa première opération, expliqua l'infirmière sur le ton de quelqu'un qui a probablement répété cette phrase des dizaines de fois.

Kostik criait encore plus fort qu'avant. Heureusement que nous sommes seuls dans l'antichambre, pensai-je. L'infirmière nous lança un regard réprobateur, secoua la tête, frappa doucement contre une porte peinte en blanc sur laquelle on pouvait lire, en caractères noirs, l'inscription *Entrée interdite!*, fut invitée à entrer par une voix très irritée. Trente secondes après, elle ressortit, l'air sombre.

– Le professeur demande au casse-pieds qui hurle d'entrer, annonça-t-elle.

– Non, je veux pas, cria Kostik, mais cette fois-ci je fus intraitable, je saisis sa main et le tirai derrière moi.

Le professeur était exactement tel que je me l'étais imaginé : imposant. Derrière les verres épais de ses lunettes, ses yeux paraissaient gigantesques.

– Professeur Ferdinand von Kalt.

L'homme me tendit la main mais il ne regardait que Kostik. Dans son russe perçait une pointe d'accent allemand. Klavdia Borissovna m'avait dit que cet ancien baron, né à Riga dans une famille germano-balte, avait étudié à Heidelberg avant la Grande Guerre, était ensuite entré au parti communiste et, durant la guerre civile, avait servi comme médecin militaire dans l'Armée rouge. Mais qu'il ose, vingt ans après la révolution, se présenter encore sous le nom de "von" Kalt, ce n'était pas seulement déraisonnable, c'était culotté.

À ma grande surprise, le regard de Kalt fit taire Kostik. Tandis que je parlais, le médecin garda le silence, hocha régulièrement la tête et passa à plusieurs reprises l'index de sa main gauche sur l'arête de son nez. Je n'avais pas l'impression qu'il m'écoutait vraiment. Au bout d'un moment, il sortit une boîte de cigares du tiroir de son bureau. La pièce fut bien vite envahie d'une épaisse fumée.

– Merci beaucoup, c'était très éclairant, dit Kalt après que j'eus terminé de décrire le calvaire de Kostik. Puis il pointa le doigt vers un fauteuil en osier qui se trouvait à côté de son bureau.

– Assieds-toi ! ordonna-t-il à Kostik, et mon fils obéit. Ses pieds se balançaient dans le vide. Il leva les yeux au plafond.

– Je vais te poser quelques questions. Tu n'y réponds que si tu as vraiment envie, déclara le professeur, et il posa son cigare dans un grand cendrier en porcelaine. Kostik continuait de regarder le lustre.

– Dis-moi, où se trouve le bout du monde ? demanda Kalt.

D'étonnement, je faillis laisser tomber mon sac à main. C'était le genre de question auquel je m'attendais le moins, mais Kostik, qui ne semblait nullement surpris, donna aussitôt une réponse :

– Le bout du monde se trouve sur la Lune.

– Hmm, une conception extrêmement inquiétante, inquiétante mais compréhensible, murmura le professeur, il caressa de nouveau l'arête de son nez, prit son cigare dans le cendrier et tira une longue bouffée. Un voile bleu tirant sur le jaune dissimulait son visage.

– J'ai une autre question. Toi qui es déjà un grand garçon, tu sais que les êtres humains meurent. N'est-ce pas ?

– Oui, bien sûr, répondit Kostik avec un naturel qui me surprit moi-même.

– Très bien. Alors, dis-moi : crois-tu qu'il y ait une vie après la mort ? Et si oui, à quoi ressemble-t-elle ?

Cette fois-ci, Kostik fut moins rapide à répondre, fixant le bout de ses chaussures, tandis que moi, de plus en plus inquiète, j'en arrivai à la triste conviction que le professeur avait dû, dans sa vie, avoir trop longtemps affaire à des patients difficiles.

– Après la mort nous devenons tous des chiens, dit mon fils juste au moment où j'allais me lever, le prendre par la main et partir. Je restai assise.

– Quel genre de chiens ? demanda Kalt.

– Des qui mordent, déclara Kostik.

– C'est excellent ! s'écria Kalt en prenant son cigare. Cette fois, il le mit à sa bouche sans toutefois tirer dessus. J'entendis le bruit d'un moteur. Il se rapprocha. Je regardai par la fenêtre. Au-dessus des toits de la ville pétaradait un biplan, à l'arrière duquel était fixée une banderole : *Solidarité avec les combattants antifascistes en Espagne !*

– Booon ! Très bien ! Le professeur, visiblement, était satisfait et il se renversa dans son fauteuil pivotant. Si tu as pu répondre à une telle question, la suivante te semblera sûrement facile.

Kostik regarda l'homme et sourit.

– Tu sais donc exactement ce qui nous arrive après la mort. Mais est-ce que tu sais ce que nous étions avant la naissance ? Qu'est-ce que tu étais avant ta naissance ?

Il m'est difficile aujourd'hui encore, plus de soixante ans après, de décrire les secondes qui suivirent. Tout d'abord, Kostik cessa de sourire, puis sa mâchoire inférieure s'affaissa, et brusquement il se remit à hurler. Il glissa de son fauteuil, se roula par terre, agitant frénétiquement les bras et les jambes. Lorsque j'essayai de le toucher, il me donna un coup de pied.

J'entendis un cri qui couvrit les hurlements de mon fils. Était-ce moi qui avais crié ? J'enfouis mon visage dans mes mains.

Le professeur réagit avec calme. Je lui tournais le dos, mais je sentais son regard derrière moi. Au bout d'un certain temps, j'entendis les mots "Maintenant ça suffit ! J'ai compris" à travers l'écran de fumée au-dessus du bureau. Aussitôt Kostik se tut. Assis sur le sol, il tournait son regard tantôt vers le professeur, tantôt vers moi.

– L'image prend forme, dit celui-ci. Je crois que notre premier entretien a été très concluant. Je n'ai plus de questions pour aujourd'hui. À ces mots, il écrasa son cigare, le remit dans la boîte, ouvrit un cahier et se mit à noter quelque chose. Je trouvais qu'il mettait un sacré bout de temps à écrire alors que la conversation avait duré à peine plus d'une minute. Je me demandai si je devais le bombarder de questions ou m'enfuir à toutes jambes de chez ce fou avec mon fils.

– Vous êtes certainement troublée, vous me prenez pour un fou et ne savez pas s'il vaut mieux poser des questions ou partir, dit Kalt, qui griffonna encore quelques notes et tira un gros trait dessous. Pendant une fraction de seconde, j'eus l'impression que cet homme pouvait lire dans mes pensées.

– Ces questions, je ne les pose pas à la plupart des patients qui ont l'âge de votre fils. Je les appelle les trois questions fondamentales. Mais quand j'ai vu votre Konstantin, j'ai su tout de suite que je ne pouvais pas y couper. Revenez jeudi prochain à quatre heures de l'après-midi. D'ici là, j'aurai établi un diagnostic et élaboré un programme thérapeutique.

Kostik avait entre-temps grimpé sur mes genoux et enfoui son visage dans ma poitrine.

– Il ne faut pas vous affoler, dit le professeur. Votre fils mangera dès que la faim lui deviendra insupportable.

Il se leva et ouvrit la fenêtre.

Après cette conversation à la clinique, Kostik se calma un peu et se laissa convaincre de manger tous les jours un peu de soupe et une tranche de pain.

– J'ai rendez-vous à seize heures avec le professeur Kalt, annonçai-je le jeudi suivant à l'infirmière de l'accueil. Celle-ci était assise sur un tabouret, courbée, le nez à vingt centimètres à peine au-dessus d'un livre. À la lumière de la lampe du bureau, ses cheveux paraissaient encore plus blancs. Lorsque je prononçai le nom de Kalt, elle tressaillit et referma le livre.

– Je peux y aller ? demandai-je. Je connais le chemin.

L'infirmière détourna le regard et ne répondit pas.

J'avais un mauvais pressentiment. Toutefois je montai l'escalier avec Kostik. Dans la pénombre le corridor vide avait un aspect lugubre. La porte qui communiquait avec l'antichambre du cabinet de Kalt était ouverte. Le sol était jonché de classeurs, papiers, stylos et de tampons. Le verre de la vitrine était brisé. Trois hommes en manteau de cuir, postés en demi-cercle, me tournaient le dos et observaient quelque chose par terre. Je regardai leurs nuques rouges sous leurs cheveux coupés court.

– Il fumait des cigares cubains, l'enfoiré, le tabac de chez nous n'était sans doute pas assez bon pour lui, entendis-je dire l'un d'eux, avant de me précipiter vers la sortie, tirant Kostik derrière moi.

Ce soir-là, mon fils hurla comme il ne l'avait pas fait depuis longtemps. Le lendemain, il n'avala rien. Le surlendemain, Klavdia Borissovna me donna l'adresse de Maria Routchkova.

Kostik est assis sur les genoux de la femme. Il paraît un peu nerveux mais ne semble pas avoir peur. Moi, je suis debout au milieu de la pièce, entre la porte d'entrée et le fourneau. Après ce long trajet j'ai mal au dos. Je suis contente de ne plus être obligée de rester assise. La sorcière ressemble à une paysanne ordinaire. Elle est encore jeune, trente ans, trente-cinq tout au plus. On pourrait interpréter comme une marque de sorcière le grain de beauté sur sa joue gauche, piqué de quelques poils noirs. Nulle part on ne voit de baguettes de sourcier, de poupées enchantées, d'os ou de pierres magiques. Les murs sont nus, mis à part une icône de la Vierge accrochée au-dessous du crucifix. Dans la pièce, il n'y a même pas assez de place pour un lit. Sur un grand poêle en pierre est étendue une paillasse. Il n'y a pas d'armoire, juste deux coffres. À Vitchi, même les paysans les plus pauvres avaient plus de choses chez eux. Je me demande ce que la sorcière fait de tout l'argent qu'elle gagne en exerçant son art. À peine avais-je franchi le seuil qu'elle m'avait réclamé trente roubles. C'était le tarif habituel pour les gens de la ville.

Klavdia Borissovna avait parlé d'une "illustre magicienne", chez laquelle venaient non seulement les gens des villages alentour et de Leningrad, mais aussi du pays tout entier.

– Je crois que quelqu'un a infligé le mauvais œil à votre fils, m'avait-elle expliqué. Là où la science échoue, il faut avoir recours à la sagesse populaire. Cela ne relève pas du tout de la charlatanerie ou de la superstition.

La magicienne tient mon fils par les mains et murmure quelque chose qui, à mon oreille, sonne comme du finnois. Après chaque phrase, elle crache par-dessus son épaule droite. Mais que fais-je ici ? me demandé-je, sentant le désespoir monter en moi. Moi, une citoyenne soviétique diplômée, qui, à l'Université, avais fait un exposé sur le thème *religion et superstition – l'opium du peuple*. Suis-je juste ridicule ou bien est-il inconsidéré, voire dangereux, de confier Kostik à cette obscure guérisseuse ? Mais mon fils sourit et répète les mots inintelligibles.

– Alors tu ne manges rien et tu aimes crier, c'est ça ? demande la sorcière. Elle a une voix calme, agréable. Kostik acquiesce.

– Sur qui préférerais-tu crier : le soleil, la lune ou la terre ?

– Tous les trois, répond Kostik sans hésitation.

– Tu aimes le soleil, la lune et la terre ?

– Oui.

– L'un peut-il exister sans l'autre ?

– Non.

Elle pose ses mains sur la tête de Kostik et me lance soudain un regard inquisiteur dans lequel je crois déceler une pointe d'impertinence.

– Dommage que le père de cet enfant ne soit pas venu, dit-elle.

– Il ne pouvait pas, murmuré-je d'un ton gêné. Il a beaucoup de travail.

Mais la femme s'est de nouveau tournée vers Kostik.

– T'arrive-t-il d'imaginer que tu es un animal quand tu cries ? demande-t-elle.

– Non.

– Et si tu devais être un animal, lequel tu aimerais être ?

– Un chien.

– Un chien qui mord ?

– Non, la morsure arrive plus tard.

– Quand plus tard ?

– Beaucoup plus tard.

– Seulement après la mort, peut-être ?

– Oui ! C'est ça ! Après la mort !

Kostik a les yeux qui pétillent. Impatient, il s'agite dans tous les sens sur les genoux de la femme. Quant à moi, il faut que je m'assoie. Je n'avais pas encore parlé du professeur Kalt ni de ses questions. Une sentence du melamed Weiss me revient à l'esprit : "Le monde est toujours tel qu'il paraît, mais seulement pour ceux qui chaque jour redécouvrent tout sans rien oublier." Que dirait-il à présent s'il pouvait me voir ici ? Peut-être que je ne suis pas devenue plus intelligente, bien que je ne porte plus de tresses depuis longtemps.

– Vous en êtes à quel mois ? me demande la sorcière.

– Au troisième.

Je ne lui avais pas dit que j'étais enceinte.

– Vous êtes venue me voir au bon moment, dit-elle, et elle se met à me poser des questions sur mon enfance, ma famille et mon mari.

– Lorsque vous et votre mari approchez l'un de l'autre, comme seuls peuvent le faire un homme et une femme, demande-t-elle, cela ressemble-t-il à une danse remplie de joie dans un jardin sauvage, multicolore et odorant, ou à une promenade paisible entre des massifs de fleurs où l'on reconnaît la main du jardinier ? Ou, peut-être, à une course sur une route de campagne poussiéreuse pendant laquelle chacun espère arriver très vite à destination ?

Je me tais un instant, pousse un soupir et réponds :

– C'est comme une promenade dans un jardin bien entretenu. Les fleurs sentent bons, mais seulement les jours où il fait très beau… Mais quel est le rapport avec Kostik ?

La sorcière ne me donne pas de réponse mais continue de poser des questions jusqu'à ce que je ne sache plus quoi dire sur moi et mon mari.

– Vous êtes la première Juive que je vois de ma vie, me dit-elle au bout d'un moment. Bizarre, moi qui avais toujours pensé que les Juifs avaient tous les cheveux noirs, les yeux sombres et le dos courbé parce qu'ils ont honte d'avoir livré notre Sauveur à ses bourreaux.

Silence.

– Je vais vous raconter un conte populaire, dit-elle sur le ton de quelqu'un qui établit un diagnostic. À cet instant seulement, elle ôte ses mains de la tête de Kostik et les croise sur sa poitrine. Dehors, la nuit est tombée. Dans la lumière vacillante de la lampe à pétrole, la sorcière me fait soudain penser à Ielisaveta Ivanovna, la marchande de bougies de Vitchi.

– Un homme s'en fut parcourir le monde. Il prit le mauvais chemin, s'égara dans les marécages et échappa de justesse à la mort. Le lendemain, tandis qu'il traversait une rivière, le courant lui arracha le sac qu'il portait sur le dos, si bien qu'il perdit pratiquement tout ce qu'il possédait. Il arriva dans un village et se lia d'amitié avec un autre vagabond. Celui-ci promit de lui faire franchir une montagne pour le mener dans la vallée fertile située de l'autre côté. Or, le nouvel ami se révéla un imposteur. Il le conduisit dans un désert sans arbres, où seuls poussaient des buissons épineux, et l'y abandonna. Mais l'homme avait une volonté de fer. Il survécut. Quand il tombait, il se relevait, quand il avait mal, il serrait les dents, et quand il recevait des coups, il savait se défendre. Ainsi allait-il son chemin, pourtant les malheurs qui lui arrivaient, au lieu de les enfouir dans son cœur, il les faisait descendre dans ses jambes, si bien que son cœur devint de plus en plus léger et ses jambes de plus en plus lourdes. Et à chaque pas il ralentissait, tandis que son cœur le pressait et s'impatientait et, pour finir, sortit de sa poitrine et s'envola. L'homme poussa un soupir, baissa le regard, reprit son chemin d'un pas redevenu soudain alerte, sauf qu'il n'avait plus l'œil pour percevoir les couleurs, ni l'oreille pour entendre les sons, ni le toucher pour sentir où est le commencement et la fin.

– Une belle parabole, dis-je, même si je me doute bien que la sorcière ne connaît pas ce mot. Mais que dois-je faire pour que mon fils s'alimente de nouveau et arrête ces cris épouvantables ?

– Les jambes de Kostik deviennent lourdes, dit la femme, mais son cœur bat encore dans sa poitrine. Ses cris, son refus de manger sont comme une main tendue. Il ne tient qu'à vous de prendre cette main.

– Les jambes lourdes ?! – Je passe nerveusement la main sur le plateau non raboté de la table. – Mais si j'ai bien compris ce conte, ce sont les expériences d'une longue vie qui descendent dans les jambes. Mon fils n'a que six ans !

Cette fois, la sorcière sourit. J'ai l'impression que ma bêtise l'amuse.

– Il ne s'agit pas de ses expériences à lui, déclare-t-elle. C'est évident, non ? Qui ne sait pas que la lune, qui scintille à la surface de l'eau, se trouve en réalité dans le ciel !

– Pas ses expériences… je murmure, et, peu à peu, je commence à comprendre.

– Ce sont les cœurs volants de ses prochains qu'il cherche à attraper et il n'y parvient pas. Ce n'est encore qu'un enfant, certes, mais il porte déjà leur image en lui. S'ils ne se détournent plus de leurs propres images, elles deviendront pour cet enfant comme de l'engrais qui fait pousser une plante.

– Mais comment puis-je faire pour entrer en contact avec mon enfant ?

Je parle d'une voix fébrile, forte.

– Ça, vous seule pouvez le découvrir.

De nouveau ce sourire qui m'est si désagréable.

– Mon mari ne parle jamais de son enfance. J'ai quitté ma ville natale avec le désir de tout oublier. Mes rêves partent en fumée. Et je suis incapable d'aimer l'enfant que je vais bientôt mettre au monde. Mais comment faire comprendre à mon fils des choses dont j'ai moi-même si peur ? Que pouvons-nous faire ? Que puis-je faire ? Maintenant !

Je crie.

– Je ne peux pas en dire plus, répond la sorcière d'un ton calme, et elle repose ses mains sur la tête de Kostik. Il existe des plantes qui poussent dans une terre saline, quand il y a de la tempête, de la neige et de l'ombre. D'autres, en revanche, demandent un soin particulier, les plus belles, les plus précieuses, celles qui portent des fruits.

Elle se penche en avant jusqu'à ce que ses lèvres touchent presque le front de Kostik. Doucement, elle repousse sa tête en arrière. Elle le regarde droit dans les yeux. Leurs visages sont tout près l'un de l'autre.

– Je vais soulager la douleur de votre fils, déclare-t-elle, ainsi il n'aura plus besoin de crier et pourra de nouveau manger. Cela vous coûtera trente roubles supplémentaires. J'ai le pouvoir de chasser le mauvais œil, grâce qui ne m'a été donnée ni en récompense ni en héritage, mais qui m'a été attribuée par une volonté supérieure. Cependant je n'ai aucun pouvoir sur un cœur qui désire s'envoler. Je ne peux pas guérir votre fils. Ce n'est pas mon enfant. Je peux voir l'intérieur de son âme, mais son cœur m'est étranger.

Je pose l'argent sur la table.

– Votre montre! ordonne la femme. Vite j'enlève ma montre-bracelet, un cadeau de mon mari. Je donnerais tout à cette femme, ma jupe, mes chaussures, mes bas que j'ai payés cher, la veste à la mode.

La sorcière ferme les yeux, remue les lèvres, décrit des cercles de plus en plus rapides avec la tête, crache de nouveau par-dessus son épaule droite. L'opération dure moins d'une minute. Puis elle lâche Kostik, le met debout par terre, défroisse sa robe, pivote sur ses talons, s'approche du fourneau.

– Il est tard, déclare-t-elle.

Je prends Kostik par la main et sors de la maison sans dire un mot. Il n'est pas facile de trouver le sentier dans l'obscurité. Un faux pas, et on s'enfonce dans le marécage. Prudemment, je me fraye un chemin à travers le hameau. Kostik me tire par la main.

– J'ai faim, maman, chuchote-t-il. J'ai peur. Il y a des fantômes ici ?

Je me penche vers lui, le prends dans mes bras et me mets à pleurer.

– Ne pleure pas, maman, dit-il, je suis près de toi.

Je ravale mes larmes et essaye de sourire.

– Il n'y a pas de fantômes ici, Kostik. Pas ici.

La boule dans ma gorge refusant de se dissoudre, je halète et tousse et, tour à tour, étreins mon fils, l'embrasse et le caresse, et finis par lui donner la pomme que j'ai gardée pour le trajet du retour. Tandis qu'il la saisit voracement, je pense à l'enfant qui grandit en moi, et au fait que tout sera désormais différent, et il me faut quelque temps pour prendre conscience que nous n'avons nul endroit où passer la nuit.

11

Mon frère, qui, pendant la guerre civile, était entré dans l'Armée rouge et avait même atteint le grade de major, fut arrêté au printemps 1941. À cette époque, la Grande Terreur était déjà terminée. Nous avions subi des pertes considérables, mais désormais le pays était vraiment soviétique. Si la guerre n'avait pas éclaté peu de temps après, nous aurions peut-être réellement édifié le communisme. Staline est un despote, certes, mais il veut le meilleur pour son peuple, me disais-je alors. Les grands pécheurs ont eux aussi leurs idéaux. Si tu tournes le dos au diable avec dégoût, son visage te restera à jamais caché. En revanche, il faut une sacrée dose de courage pour attraper le diable par la langue.

En 1937, on vint chercher mon voisin Sidorov dans notre appartement, et en 1938 Rabinovitch fut arrêté. Tous deux étaient des espions fascistes, disait-on. Il me semblait invraisemblable que le vieux Rabinovitch, qui était juif et bolchevik, ait espionné pour le compte de l'Allemagne nazie. J'étais pourtant prête à croire tout ce que les journaux écrivaient sur les ennemis du peuple.

Mon frère Moyshe était en poste à l'est de Moscou. En 1940, je reçus une photo qui le montrait devant l'entrée d'une caserne avec quelques camarades, tous l'air sûrs d'eux, dans une pose triomphale. Sur une pancarte au-dessus de la porte était inscrit le nom de la caserne : *Les poings du combattant rouge.* C'était une période faste pour notre pays. Les forces armées soviétiques avaient, au prix de lourdes pertes, vaincu la Finlande puis envahi sans coup férir les États baltes. Peu de temps auparavant, mon frère était rentré de Pologne orientale, il l'avait sauvée des nazis et libérée du joug de ses dirigeants fascisants. Avec un sourire forcé il posait pour l'objectif. L'expression de son visage était difficile à interpréter.

Depuis mon adolescence, je n'avais presque plus de contact avec Moyshe. Ma sœur, qui habitait Moscou, le voyait régulièrement. Au bout d'une demi-heure, me racontait-elle, tout était dit. Chacun cherchait alors ses mots en vain.

Le dernier message de Moyshe fut une carte postale représentant un sapin de Noël. Un texte bref : *Chère Reyzele, je te souhaite tous mes vœux de bonheur et de santé pour la nouvelle année 1941. Ton frère Moyshe*. À la fin de l'année 1941, nous étions malheureux et malades, et mon frère n'était plus en vie.

Moyshe fut arrêté début juin. Une femme vêtue simplement et coiffée d'un foulard m'annonça cette nouvelle. Elle attendait devant l'entrée de la maison d'édition. Je la remarquai seulement au moment où elle me tira par la manche.

– Rosa Masur ?

– Oui ?

– Je viens de Moscou et je connais votre sœur. Elle m'a fait de vous une description précise.

– Ah bon ?

– J'ai quelque chose pour vous.

Elle chuchotait.

– Quoi ?

Elle regarda autour d'elle, plongea vite la main dans sa poche, en sortit une enveloppe vierge, me la tendit et s'en alla furtivement avant que je puisse poser des questions.

Je ne dois pas ouvrir cette lettre, me dis-je brusquement. Pas maintenant.

Quelqu'un me donna une tape sur l'épaule. Un collègue, traducteur du chinois, un bavard insupportable. J'enfouis vite la lettre dans ma poche.

– Alors, Rosa Abramovna… Un petit bain de soleil avant de commencer le travail ? Et si pâle aujourd'hui, belle dame ?

– J'ai mal dormi, murmurai-je.

– Insomnie ? Je peux vous raconter pas mal de choses à ce sujet. La lutte contre l'insomnie est une science, cela ne se résume pas à compter les moutons. En Allemagne, on a examiné des personnes qui avaient des problèmes pour s'endormir et on a mené des expériences extrêmement intéressantes…

Il me tint la porte. Pendant que je montais les escaliers qui menaient aux bureaux de la maison d'édition situés au deuxième étage, il n'arrêtait pas de me parler. J'essayais de ne pas l'écouter, et hochais mécaniquement la tête.

Au bureau, j'échangeai comme chaque matin quelques mots avec la collègue assise à la table voisine. Ensuite je travaillai pendant une demi-heure à la traduction d'une brochure parue dans la région autonome des Allemands de la Volga, qui traitait des réussites de l'élevage bovin et porcin dans les kolkhozes allemands.

J'allai aux toilettes, verrouillai la porte, tirai à plusieurs reprises sur la poignée par précaution, décachetai l'enveloppe. Une feuille de papier quadrillée. L'écriture de ma sœur. *Hier, Moyshe s'est fait arrêter. C'est un de ses camarades, un ami, qui m'a prévenue. Moyshe aurait espionné pour le compte de la Roumanie. Complètement absurde ! En 1930, comme tu le sais, il était en poste tout près de la frontière roumaine. Peut-être finira-t-on par démontrer son innocence. Il paraît qu'ils relâchent parfois des prisonniers. N'en parle à personne et n'entreprends rien ! Cela ne servirait à rien et nous mettrait tous en danger. K.*

Je déchirai la lettre, jetai les petits bouts de papier dans la cuvette et tirai la chasse d'eau.

Naoum pensait que ma sœur avait raison. Il ne fallait parler ni à Macha ni à personne d'autre de l'arrestation de Moyshe. Dans la nuit, il brûla toutes les lettres de mon frère, ainsi que la photo devant sa caserne.

Cette nuit-là, je me penchai par la fenêtre et fumai ma première papirossa depuis des années. J'avais rarement vu l'oulitsa Fabritchnaïa aussi paisible. La rue était quasiment déserte. Seul un homme ivre était couché devant la clôture qui entourait l'usine. Il avait fermé les yeux, ses jambes étaient régulièrement agitées de soubresauts. Même lui donnait l'impression d'être en paix avec lui-même et le monde.

Comme tout aurait pu être beau. Dans les magasins, on pouvait enfin en avoir pour son argent. Quelques années auparavant, à l'époque où l'on menait la lutte héroïque pour la réalisation du plan quinquennal, on avait encore des tickets de rationnement. Enfin, le ton des journaux s'était radouci. Enfin, on arrivait parfois à oublier qu'un ami pouvait à tout moment devenir un ennemi. Enfin… Mais ton frère est un espion roumain, et demain ils viendront frapper à ta porte. Ton frère est un espion roumain, et ils vont envoyer tes enfants dans un orphelinat et leur raconter des mensonges sur leurs parents, jusqu'à ce qu'ils finissent par y croire.

À la mi-juin, il faisait jour pratiquement toute la nuit. Je me promenais le long du fleuve en fumant toutes mes papirossy. Le matin, je montais dans le premier tramway, longeais la perspective Nevski déserte et arrivais à la maison à temps pour réveiller mon fils.

– Debout, Kostik ! C'est l'heure !

Il couvrait son visage de son bras droit.

– Debout, Kostik. Tu vas être en retard.

Ce jour-là, Kostik fut conduit avec d'autres enfants dans un camp de vacances au sud de Leningrad. Il avait l'air heureux. Mais je ne savais pas si je le reverrais un jour. Au moment de partir, il me prit dans ses bras. Quand le car s'éloigna, il fit un signe de la main. Un enfant tout à fait normal qui part en vacances. Trois semaines plus tard, il serait de retour chez ses parents. Comment pouvait-il deviner que son oncle était un espion roumain, et ce que cela signifiait. Naoum n'arrivait pas à retenir ses larmes.

Quelques jours plus tard, je racontai tout à Macha et lui demandai si elle pouvait s'occuper de ma petite Shelia de quatre ans et de Kostik au cas où l'on viendrait nous chercher, Naoum et moi. Macha était la personne en qui je pouvais avoir le plus confiance. Elle ne se lamenta pas, ne leva pas les bras au ciel, n'essaya pas de me chasser de l'appartement en invoquant quelque excuse, pour ensuite prétendre ne pas me connaître.

Macha garda le silence pendant une à deux minutes. De temps en temps, elle ouvrait le premier bouton de son chemisier puis le refermait, de plus en plus souvent et de plus en plus vite. C'était le plus haut degré d'émotion qu'elle fût disposée à montrer.

– Ton frère ne sera pas fusillé. On n'exécute pas les espions roumains. La Roumanie est trop insignifiante. Il n'y a pas à avoir peur de ces barbares qui mangent de la *mămăligă*. Les espions japonais, anglais, français ou allemands, eux, on les colle au mur. Aux espions polonais non plus, on ne leur faisait pas de quartier, du temps où la Pologne était encore indépendante. Les espions roumains écopent de dix années de camp.

– Mais mon frère est innocent, dis-je tout bas. Du moins, je l'espère.

– Je n'en doute pas un seul instant. S'il était effectivement un espion, il n'aurait pas été le seul à être fusillé sur-le-champ, ton mari, ta sœur et toi l'auraient été aussi. Mais tu es là, assise devant moi. C'est la meilleure preuve de son innocence.

– Tu penses que…

– Il restera en vie…

Je me tus et attendis. Assise sur l'unique chaise de la chambre, j'évitais de regarder le visage de Macha, fixant à travers la fenêtre le feuillage du chêne qui se dressait devant son immeuble. Elle était assise sur le lit, les yeux rivés sur moi.

– S'il devait vous arriver quelque chose, à toi et à ton mari, dit-elle après un silence, je m'occuperai de tes enfants. Je veillerai à ce qu'ils n'aillent pas dans un orphelinat. Je te le jure.

J'eus envie de l'enlacer et de lui chuchoter des mots tendres à l'oreille, des mots qui sont déplacés quand c'est une femme qui les dit à une autre.

– Il ne vous arrivera rien, ajouta Macha, et elle croisa les bras.

Je fis alors quelque chose que, ni avant ni après, je n'aurais jamais osé faire. Je me levai, me dirigeai vers Macha, posai mes mains sur ses épaules, me penchai vers elle et lui donnai un baiser. Elle sursauta mais ne me repoussa pas. Elle esquissa un léger sourire.

Macha avait raison. Mes enfants, mon mari et moi échappâmes aux persécutions. Peu de temps après, la guerre commença. Kostik et son groupe durent rentrer à Leningrad. Nous nous retrouvâmes très vite confrontés à des angoisses bien pires que celles que nous avions connues les jours qui avaient suivi l'arrestation de Moyshe.

Je n'ai jamais su ce qu'il était advenu de mon frère. Ce n'est qu'à l'automne 1956 que j'appris qu'il avait été réhabilité. Après son XXe Congrès, le parti communiste avait ouvert la voie à la déstalinisation. Le jugement prononcé à l'encontre du camarade Moyshe Masur, major de l'Armée rouge, exécuté le 12 juillet 1941, était annulé avec effet immédiat, disait la lettre du ministère de l'Intérieur. *Faute d'éléments constitutifs du délit*, on avait prononcé un non-lieu. À titre posthume, Moyshe fut rétabli dans ses droits civiques et dans son rang militaire. Son exclusion du parti communiste fut invalidée. Hélas, mon frère n'avait pas d'enfants qui auraient pu se réjouir de cette réhabilitation.

– Il y a un point sur lequel tu t'es trompée, on a aussi fusillé des espions roumains, dis-je quelques jours plus tard à la tombe de mon amie Macha, alors que j'enlevais les fleurs fanées sur la dalle. Et si elle n'était pas morte depuis des années, Macha, qui avait de la repartie, aurait sûrement répondu : "Chère Rosa, à la mi-juin 1941, je ne pouvais pas deviner qu'une semaine plus tard, la Roumanie entrerait en guerre contre nous aux côtés de l'Allemagne de Hitler."

Un dimanche matin, au printemps – je ne sais plus si c'était en 1958 ou en 1959 –, le téléphone sonna. Boulat Losaberidse décrocha. Cette semaine-là, c'était lui qui assurait l'accueil téléphonique. Dans notre appartement communautaire, nous avions clairement défini qui devait aller décrocher, à quel moment et à quelle fréquence. L'organisation des tâches ménagères communes, notamment le nettoyage des toilettes et de la cuisine, était soumise à un règlement strict.

Losaberidse frappa à notre porte :

– Pour vous, me dit-il. Un homme avec un accent, figurez-vous, un Polonais je crois.

Je fus surprise car je ne connaissais pas de Polonais, mais je ne pus réprimer un sourire, car notre voisin géorgien avait un accent assez fort, le même que son compatriote autrement plus célèbre, dont on avait peu de temps auparavant enlevé les portraits dans toutes les administrations et sur la plupart des panneaux d'affichage.

Je pris le combiné.

– Allô ?

– Rosa Masur ?

En effet. Un Polonais !

– Oui.

– Vous avez un frère, non ? Moyshe Masur ?

– Moyshe Masur ? Il est mort depuis longtemps !

Notre voisine Maria Petrovna ouvrit doucement la porte de sa chambre.

– Ah ! s'écria mon interlocuteur à l'autre bout du fil. C'est à la guerre qu'il s'est… ?

– Mais qui est à l'appareil ?

– Je m'appelle Benedikt Hirsch. J'ai connu votre frère.

Silence.

– Nous parlons de la même personne ? demanda-t-il. Votre frère était-il major dans l'Armée rouge en 1939 ? A-t-il participé à l'occupation de la Pologne orientale ?

– Oui. C'était mon frère.

Nouveau silence. Les yeux de Maria Petrovna pétillaient de curiosité.

– Vous ne voulez pas passer à la maison ? Vous êtes à Leningrad ? m'empressai-je de demander.

Il était depuis quelque temps en ville et n'avait pas réussi à retrouver mon frère. Il fut convenu qu'il viendrait chez nous l'après-midi. Il fallait abolument qu'il me parle.

Les Soviets l'avaient délivré des nazis, me raconta Ben. S'il n'y avait pas eu les bolcheviks, si ceux-ci n'avaient semé la terreur dans le pays, lui, Ben, ne serait plus qu'un tas d'os.

Ben était originaire d'une ville de Biélorussie qui, avant la Seconde Guerre mondiale, faisait partie de la Pologne et avait été occupée par l'Armée rouge en septembre 1939. Ben avait alors seize ans. Peu de temps avant l'invasion de l'Union soviétique par Hitler, ses parents furent arrêtés. Quant à lui, on vint le chercher quelques jours après. Le juge d'instruction lui brisa le nez. Ben signa tout ce qu'on lui présenta. Il s'ensuivit un procès expéditif. Le juge décréta que dix ans de détention en camp et cinq ans d'exil représentaient une peine légère pour cet "ennemi du peuple". Ensuite, il fut envoyé en Sibérie orientale – cinq semaines dans un convoi de prisonniers, avec soixante-dix autres détenus dans un wagon de marchandises. Lorsque le train arriva à destination, la guerre avait déjà commencé. La Wehrmacht s'était emparée de la ville natale de Ben dès le premier jour.

Une fois sa "peine" purgée, Ben fut réhabilité et, en 1956, obtint l'autorisation de rentrer. Il apprit que ses parents étaient morts dans un camp et que le reste de sa famille, grands-parents, oncles et tantes, avait été tué par les nazis.

Ben était assis dans notre chambre, un homme encore très jeune, mais son visage me rappelait mon premier professeur, le vieux melamed de Vitchi. N'étaient ses mains un peu fripées, il aurait été difficile de lui donner un âge. Il se faisait tout petit comme s'il voulait prendre le moins de place possible dans cet appartement assez exigu.

Lorsqu'en 1939 l'Armée rouge avait envahi la Pologne orientale, se souvint Ben, son père avait découpé la robe rouge de sa mère, noué les lambeaux autour d'une perche qu'il avait suspendue à la fenêtre. Du deuxième étage, on voyait les casquettes et le canon des fusils des soldats qui défilaient. On ne pouvait distinguer leurs visages.

Les gens se tenaient sur le bas-côté et observaient en silence les troupes et le train de combat, les camions et charrettes à chevaux : un cortège interminable qui traversait la ville d'est en ouest.

– Les communistes ont eux aussi besoin de médecins, dit le père de Ben.

– C'est toujours mieux que les Allemands, ajouta sa mère. Avec tout ce qu'on entend.

– Il ne faut pas prendre au sérieux tout ce qu'on raconte, dit le grand-père. Hitler ou pas Hitler, les Allemands sont des gens civilisés. J'ai fait leur connaissance pendant la dernière guerre. Par contre, la domination des bolcheviks, je l'ai vécue en 1920, avant qu'ils ne soient de nouveau chassés par les Polonais. Pas un beau souvenir.

Et la grand-mère de Ben de soupirer :

– De toute façon, ce sont toujours les Juifs qui sont visés.

Durant les premiers jours de l'Occupation, l'administration militaire instaura le couvre-feu. La nuit, on entendait des coups de fusil. Par la suite, après le coucher du soleil, il régnait un silence de mort, on aurait dit que la ville se reposait avant d'affronter une nouvelle épreuve.

La Kommandantur fut installée dans le bâtiment où siégeaient autrefois les autorités de la voïvodie. En ville, le bruit courait qu'on avait arrêté d'anciens fonctionnaires, des officiers, des élus locaux et des membres de l'aristocratie polonaise. Il était question d'appartements réquisitionnés, d'expropriations et de déportations, de suicides et de tentatives d'évasion.

Lorsque le couvre-feu fut levé, on vit dans les rues des réfugiés juifs venus des territoires occupés par les Allemands, de pauvres hères qui avaient tout perdu. La plupart passaient la nuit dans le hall de la gare, dans les wagons de marchandises vides, dans les parcs, les champs en dehors de la ville et dans les synagogues. Pendant la journée, beaucoup venaient mendier dans la rue.

Le père de Ben, un praticien réputé dans la ville, soignait ces réfugiés gratuitement. Ce qu'ils racontaient avoir vécu dans la zone d'occupation allemande paraissait incroyable.

Et, au milieu de cette misère, les soldats de l'Armée rouge regardaient avec étonnement les étalages des grands magasins, qui, bien que déjà pillés par des particuliers ou les nouveaux gouvernants, resplendissaient encore de l'éclat de leurs anciennes richesses.

Ben ne se rappelle plus comment son père avait fait la connaissance du major soviétique, si c'était le fruit du hasard ou parce que, s'étant fait le porte-parole de ces nombreux réfugiés, il était allé plaider leur cause auprès des autorités militaires. Un jour pourtant, c'était en octobre 1939, peu de temps après la fin des combats, le major avait été invité un après-midi à prendre le thé. Cet événement avait été précédé d'âpres discussions, néanmoins les grands-parents avaient fini eux aussi par se laisser convaincre qu'on ne devait pas se fermer à cette nouvelle ère dont le major était sans nul doute l'incarnation. Et puis, qui oserait décommander un major de l'Armée rouge ?

La grand-mère revêtit sa belle robe bleue, le grand-père sa chemise blanche à boutons de manchettes en or et son gilet à rayures, le père son costume marron foncé, fait sur mesure par Finkelkraut, le meilleur tailleur du quartier, la mère son chemisier de soie orné d'une broche et Ben, qui ne tenait pas à porter de costume, passa le pull-over blanc à col en V qu'il aimait tant.

Il arriva, comme convenu, à quatre heures précises : major Moyshe Abramovitch Masur, un homme dans la quarantaine, un personnage imposant. Dans les mains il tenait, enveloppé dans du papier kraft, un objet dont les contours évoquaient une bouteille. La grand-mère de Ben jeta un regard noir à l'invité, qui, tout gêné, s'était arrêté dans le vestibule, et fronça les sourcils. Il était très mal vu, se souvient Ben, d'apporter de l'alcool à la maison. On ne buvait qu'aux fêtes ou aux grandes occasions, et même là seulement du vin. Le grand-père, de plus en plus tolérant envers ce genre de choses, prit le cadeau de Masur, tandis que le père s'inclinait brièvement et lui indiquait la direction du salon en disant :

– C'est un grand honneur pour nous, monsieur le major. Veuillez me suivre.

L'invité traversa le vestibule, s'immobilisa, indécis, regarda le parquet astiqué, demanda s'il devait ôter ses bottes.

– Inutile, répondit le père. Ne vous dérangez pas.

Dans le salon, le père de Ben, d'un ton cérémonieux, présenta le major Masur au reste de la famille, sans oublier de mentionner qu'il était originaire de Vitchi – c'est-à-dire d'une localité pas trop éloignée de la ville natale de Ben – et que, par conséquent, il était presque un compatriote. Le grand-père posa la bouteille de vodka sur la table, tandis que la grand-mère se mettait à parler de l'époque où il n'y avait ni Union soviétique, ni République de Pologne, seulement l'Empire russe et, de ce fait, aucune frontière entre leur ville et Vitchi.

– Cette frontière n'existera plus à l'avenir, dit Masur en s'asseyant à la place qu'on lui avait attribuée. Il est inscrit dans le cours inexorable de l'Histoire que le prolétariat brisera les chaînes de ses oppresseurs dans les prochaines décennies et que s'effondrera le système pourri du capitalisme et des prétendues démocraties bourgeoises, transmis de génération en génération. Les États socialistes n'auront plus besoin de frontières, car on ne peut empêcher des hommes libres d'entrer et de sortir.

– Le major Masur est expert en la matière, expliqua le père. Il a fréquenté une école du Parti à Minsk et, plus tard, voudrait consacrer toute son activité à servir celui-ci.

– Ma foi, on verra, marmonna Masur qui, un peu crispé sur sa chaise, posait ses mains tantôt sur la table, tantôt sur ses genoux, et se sentait visiblement mal à l'aise dans le salon bourgeois de cette famille de médecin. Il parlait russe avec un fort accent juif, tandis que le père de Ben, diplômé de la faculté de médecine de Moscou en 1915, avait une prononciation parfaite. Du reste, raconta Ben, tout le monde dans sa famille parlait polonais et russe. On comprenait le biélorusse, la "langue des paysans". Le yiddish, considéré comme un jargon, était proscrit. Seule la grand-mère l'utilisait parfois.

– Vous êtes donc un homme instruit, monsieur le major, dit la mère de Ben. Dans notre famille, nous attachons un grand prix à l'éducation. Mon mari est médecin. Mon père était avocat et mon grand-père un illustre rabbin, un érudit. L'éducation est la porte qui ouvre sur le monde. Sauf qu'en Pologne, les Juifs n'ont guère la possibilité de faire des études. Dans presque toutes les disciplines, il y avait un *numerus clausus* pour eux. De plus, des étudiants juifs se font régulièrement passer à tabac par leurs condisciples antisémites. C'est pour cette raison que notre fils a choisi de faire ses études de médecine à Prague, pour pouvoir ensuite reprendre le cabinet de son père… Vous prenez le thé avec du lait ou du citron ? Servez-vous une petite part de gâteau, monsieur le major. C'est moi qui l'ai fait.

– Camarade ! Camarade major, la corrigea Masur en fourrant le gâteau dans sa bouche. Le thé avec du citron, s'il vous plaît. Mais, si je puis me permettre, qu'est-ce qu'un *numerus*… euh… comment déjà ?

– Une limitation du nombre ou de la proportion d'étudiants admis, s'empressa d'expliquer le père. Les études de médecine, par exemple, étaient interdites aux Juifs. On appelait cela *numerus nullus*.

Le major Masur se renversa en arrière et défit le premier bouton de sa veste d'uniforme :

– Les forces réactionnaires ont toujours su dresser les nations les unes contre les autres. Une restriction par-ci. Un passe-droit par-là. Cela attise les jalousies. Maintenant c'est terminé. Si vous êtes travailleur et doué, qu'importe votre origine, toutes les portes vous sont ouvertes. Votre fils peut étudier à Minsk ou à Moscou, à tout moment, dans les meilleures conditions et sans débourser un sou. Le fait qu'il soit juif n'est absolument pas un problème. Chez nous, tout propos ou acte antisémite est sévèrement puni. Si tu traites quelqu'un de sale youpin, tu vas en taule, un point c'est tout… Chez nous, en Union soviétique, tous les peuples sont traités sur un pied d'égalité.

– Jamais et nulle part on n'a encore vu cela, marmonna la grand-mère.

– Mais si ! Mais si ! s'enflamma le major. Regardez-moi. Chez nous à Vitchi, mon père a longtemps été le plus pauvre parmi les pauvres, un *luftmensch**. Grâce au Parti, j'ai pu faire une formation et une carrière militaire. Il n'y a pas plus beau pays que l'Union soviétique. Vous pouvez vous estimer heureux que ce soit nous qui vous ayons libérés.

– On raconte tant d'histoires atroces sur la vie en Union soviétique, intervint soudain le grand-père qui n'avait rien dit jusqu'à présent. La collectivisation, les procès-spectacles.

Le père de Ben le fusilla du regard, et sa mère se mit à faire des sourires enjôleurs au major, lui donna une autre petite part de gâteau, servit du thé.

– Des horreurs. Rien que des mensonges, expliqua Masur, regardant d'un air émerveillé la tasse en porcelaine chinoise fine avant de la porter à ses lèvres.

Chez nous, tous les hommes sont heureux. Seuls nos ennemis ont des raisons d'avoir peur.

---

* Yiddish (litt : "homme qui vit de l'air du temps") : Juif sans occupation fixe, que son éducation traditionnelle rend improductif.

– Mon beau-père est un vieil homme et il n'entend rien aux temps nouveaux, dit le père de Ben. Quant à moi, je n'ai, de toute façon, jamais cru à la propagande antisoviétique des nombreux journaux réactionnaires qui existaient en Pologne. J'ai toujours été un homme de gauche et convaincu que les forces progressistes triompheraient.

Ben fut un peu étonné de la volte-face de son père, qui avait toujours été un social-démocrate modéré et antibolchevique. Mais il comprenait qu'il ne faut pas brusquer un invité comme l'avait fait le grand-père, qui, l'air maussade, avalait son thé en faisant du bruit et tiraillait nerveusement sa barbe.

Le major Masur hocha la tête de satisfaction, prit la bouteille de vodka.

– Buvons à la santé du camarade Staline et à des lendemains qui chantent.

Là, évidemment, personne ne put le contredire, pas même la grand-mère. La mère de Ben apporta des verres. Tout le monde s'était levé.

– Au camarade Staline, père de tous les peuples, espoir des masses laborieuses, le meilleur de tous les hommes ! dit Masur en levant son verre. À un avenir dans la paix et la prospérité pour tous, et à la victoire du socialisme !

Il vida son verre d'un trait tandis que les autres buvaient à petites gorgées, se resservit aussitôt, but de nouveau, parut visiblement plus détendu et de meilleure humeur.

Ben regardait avec admiration le major juif qui lui faisait l'effet d'un géant prêt à écraser de ses grosses pattes les ennemis du pouvoir soviétique s'il venait à en attraper. C'est à une véritable armée populaire qu'il appartient, pensa Ben, il n'a même pas d'épaulettes, à première vue on le distinguerait à peine d'un simple soldat, rien à voir avec ces officiers polonais imbus d'eux-mêmes.

Ben aurait aimé poser plein de questions au major. Mais il était bien élevé, ne disait rien et écoutait. Le soir, son père lui expliquerait tout dans le détail.

Au bout du troisième verre, Masur alluma une cigarette. En guise de cendrier il utilisa, ce qui agaça un peu Ben aussi, une des belles soucoupes en porcelaine.

La grand-mère ouvrit ostensiblement la fenêtre.

Durant quelques instants le silence se fit.

Le major interpréta sans doute mal ce silence, car il proposa des cigarettes au père et au grand-père de Ben, leur tendit le paquet, leur fit un clin d'œil, dit :

– De la marchandise soviétique de première qualité.

On déclina poliment son offre parce que le père ne fumait que des cigares, et ne les fumait jamais dans le salon mais exclusivement dans son bureau, et que le grand-père avait arrêté de fumer la pipe depuis des années.

– Désirez-vous autre chose, camarade Masur ? demanda la mère de Ben.

– Ah, appelez-moi donc Moyshe ! répondit Masur.

– Et vous, vous pouvez m'appeler Nathan, murmura le père de Ben, vidant également son verre après avoir trinqué à la santé du major, et il détourna la conversation sur les réfugiés juifs.

– Un malheur ! Un grand malheur, reconnut le major. L'administration militaire fait ce qu'elle peut. Mais une fois que le pouvoir soviétique sera définitivement établi, que les nouvelles structures seront là, que le Soviet municipal sera élu, alors les réfugiés seront pris en charge comme il se doit. Bientôt ces gens iront tellement bien qu'ils oublieront leur vie d'avant et les malheurs qui leur sont arrivés.

– Ah bon ? fit le grand-père. J'ai entendu dire que des réfugiés juifs sont renvoyés chez les nazis. C'est quoi cette politique ?

La grand-mère s'empressa d'assurer que son mari ne se rendait manifestement pas tout à fait compte de ce qu'il disait :

– Il ne fait que répéter ce qu'il a entendu je ne sais où. Ce n'est pas notre affaire. Nous sommes des gens apolitiques.

– De nos jours, chère madame, dit le major, tout est politique. Dans l'État des ouvriers et des paysans, tout est mis au service d'une seule et unique cause. Du reste, on ne renvoie que les éléments suspects, criminels, saboteurs, ennemis de l'ordre que nous avons établi.

Masur raconta qu'il était tout à fait capable de se mettre à la place d'un réfugié pour avoir été lui-même obligé de fuir les hordes de contre-révolutionnaires pendant la guerre civile :

– Dans la ville ukrainienne de Gobyl, où j'étais autrefois, les *pogromtchiki* ont fendu le crâne d'une de mes tantes d'un coup de sabre. Comme ça. *Prak* ! – Il tapa du plat de la main sur la table, faisant tinter les tasses. – Mon oncle, assis dans la mare de sang, a pris la tête de sa femme dans ses mains et chanté : *schlof meyn kind, schlof eyn, keyn kummer wird dir nischt mehr zeyn**. Puis lui aussi, il s'est fait prendre, mon oncle. Et moi, je me suis enfui, j'ai traversé à pied les marécages et les forêts, vers l'est, me nourrissant de baies et d'herbes. Plus tard, je suis revenu avec l'Armée rouge et je leur ai rendu la monnaie de leur pièce. Je savais qui c'était. Dans un patelin aussi petit, on connaît tout le monde.

Il s'arrêta, remarqua que ses mains tremblaient, dut poser le verre sur la table, eut un rire forcé, se frappa le genou avec le poing.

– Le passé ! s'exclama-t-il, et il se racla la gorge. Si vous regardez trop vers le passé, le diable vient vous prendre et ne vous lâche plus.

Les grands-parents restèrent silencieux, le père se mit à parler de l'avenir, et la mère resservit une part de gâteau au major, Ben commença à avoir un peu la nausée. Il n'arrêtait pas de penser au coup de sabre et au crâne fendu d'où giclait la cervelle.

– Chez nous, il n'y a plus ni pogroms, ni marchands ambulants, ni rabbis miraculeux, ni *luftmenschen*, dit Masur après une courte pause. Juste des ouvriers. Il y a quelque temps, j'étais dans votre bourgade sur le marché et je vois un vieux Juif, tout miséreux, marqué par les soucis, qui vendait sa camelote. Des vieilleries. Un buste en plâtre de l'empereur autrichien François-Joseph, entre autres. Je ris et demande : eh, vieux, qui donc va t'acheter ça ? Qui, de nos jours, s'intéresse encore à ça ? À François-Joseph. À une époque comme celle-là. Oh, ne dites pas ça, monsieur l'officier, me répond-il. Toute marchandise trouve preneur, lorsque le vendeur fait son travail avec amour et dévouement.

* "Dors, mon enfant, endors-toi, et plus de soucis tu n'auras."

Alors je lui ai acheté le François-Joseph. Histoire de rire. Et parce qu'il me faisait pitié et me rappelait un peu mon père. Ces choses-là, ça n'existera plus. Cette pauvreté.

Et tous furent d'accord avec lui pour dire que ce genre de choses n'existerait plus, ne devait plus exister. Le père de Ben parla des conditions de vie dans l'ancienne Pologne, du chômage, des sans-abris et de la misère des paysans et avoua qu'il ne regrettait pas la disparition de cet État. Et le major Masur assura que l'Union soviétique avait besoin de bons médecins, faisant ainsi allusion au camarade Staline et à son amour pour la science, et que le père de Ben n'avait aucun souci à se faire et que Ben ferait un excellent médecin, au service des masses laborieuses. Et tandis que le père de Ben n'avait que l'avenir à la bouche, le major, peut-être parce qu'il avait trop bu, sombrait de plus en plus dans la mélancolie et le mutisme. Il raconta aussi qu'il n'avait pas de famille mais qu'il aimerait en avoir une, qu'il avait trois sœurs, une au Canada, qu'il essayait d'effacer de sa mémoire, une à Moscou, Klara, sa préférée, et une à Leningrad, Rosa, qu'il appréciait pour son intelligence et sa détermination, qui avait fait des études et était devenue traductrice de l'allemand. Vingt ans après, Ben se souvenait encore de leurs noms.

Au bout d'un moment, le major fit ses adieux. Il avait, hélas, reçu une nouvelle affectation, cette fois-ci dans les environs de Moscou, là où il avait stationné durant les trois dernières années.

Le major Masur se tenait devant la porte du vestibule. Il se retourna une dernière fois, laissa errer son regard dans la pièce, sur la table où étaient posées la bouteille de vodka à moitié vide et la vaisselle de porcelaine, sur le lustre en bronze, les peintures à l'huile, des représentations de paysages bucoliques imaginaires, qui, dans la pénombre de la nuit tombante, paraissaient encore plus irréels et dégageaient une atmosphère presque magique ; sur la bibliothèque avec ses éditions de luxe en polonais, russe, hébreu et allemand, sur le tapis tissé avec art. Puis il poussa un soupir, referma le bouton du haut de sa veste, se coiffa de son képi et, avec de la mélancolie dans la voix, se mit brusquement à parler yiddish : "*Okh, Jidn, hobt ihr gehot a leybn ! Okh, wos ihr hobt gehot fir a leybn*[*] !"

Et Ben se souvint que sa mère blêmit, que son père baissa les yeux et que la grand-mère saisit la main du grand-père.

* "Oh, vous les Juifs, vous n'avez pas eu la vie facile ! Oh, quelle vie vous avez eue !"

12

Dans la synagogue de Gigricht se retrouvent des gens qui ont soixante ans et n'ont encore jamais récité une prière de leur vie. Il s'y retrouve des gens qui, il y a quelques années, maudissaient Dieu, qui se qualifient ouvertement d'athées, parfaitement, il s'y retrouve même des gens qui ne sont pas juifs du tout. Par exemple, le couple Badaïev originaire de Bakou, qui, maintenant, s'appelle officiellement Rosen et rêve d'ouvrir le premier restaurant azerbaïdjanais de Gigricht. Ils ont déjà trouvé les locaux adéquats, dans le centre-ville. Mais la banque leur refuse un crédit.

– Le banquier à qui j'ai demandé un crédit doute qu'il y ait à Gigricht une demande suffisamment forte en matière de gastronomie azérie, dit Mme Badaïev. Évidemment, il n'a encore jamais goûté à mon rôti d'agneau.

Dans l'entrée de la synagogue, les Badaïev discutent avec les Masur, les Schwarz et les Rotschwants. Pendant l'office, ils chuchotent à mi-voix. Le jeune rabbin venu d'Israël a abandonné depuis longtemps ses tentatives de conversion. Seuls les Juifs allemands établis de longue date se sentent dérangés par les chuchoteries des "Russes". Ils sont les seuls à connaître vraiment les textes des livres de prières.

– S'il y avait un Dieu, dit M. Cohen, un vieillard à l'allure digne dont les gestes reflètent encore la rigueur de la discipline militaire d'autrefois, ce n'est pas avec les Juifs qu'il aurait fait son peuple élu, mais avec les Luxembourgeois. Pourquoi n'a-t-il pas choisi les Luxembourgeois ? Avez-vous déjà entendu quelqu'un dire du mal des Luxembourgeois ? Être élu, ça veut dire être laissé en paix. C'est ce qu'on pourrait penser. Mais moi, à force d'être sans cesse élu, je me suis ramassé plein de coups dans la figure.

– Il y a du vrai dans ce que vous dites, dit Rosa, même si en ce moment mon origine juive m'est extrêmement utile. – Elle sourit. – Comme vous le savez, je participe à ce projet de livre-anniversaire, et plus je leur parle de mon vieux *shtetl*, de *luftmentschen*, d'instituteurs fous, de rabbins et de pogroms, plus elle est contente, cette Mme Wepse, la directrice du projet. L'autre jour, elle m'a demandé si je connaissais des contes hassidiques. Elle aimerait tant en avoir un dans son livre.

– Alors ? demande Cohen.

– Je connais beaucoup de contes, grâce à mon père, répond Rosa. Mais cela n'a rien à voir avec le hassidisme. Je leur ai toutefois raconté l'histoire de l'homme et ses trois chèvres : Foi, Amour et Espérance. Foi se faufile un jour à travers la clôture qui entoure la maison, s'égare dans la forêt et se fait manger par un loup. Il ne reste plus que ses sabots. Amour renverse une lampe à pétrole que l'homme négligent avait laissée dans la bergerie et prend feu. D'elle ne subsiste qu'un morceau de charbon. Désormais, l'homme est aux petits soins avec Espérance, la dernière chèvre qui lui reste. Il la gâte et la bichonne, bien qu'il soit devenu pauvre et ait lui-même à peine de quoi vivre. Il se montre généreux envers elle, dépense l'argent qui lui reste en nourriture, jusqu'à mourir de faim à ses côtés. On le retrouve mort dans la bergerie. Ses mains sont agrippées aux cornes de l'animal.

À la synagogue, Rosa fait la connaissance d'une octogénaire, Chava Rapoport. Les deux femmes s'apprécient. Elles sont assises dans le local du club de la synagogue et discutent. À droite comme à gauche, de vieux messieurs jouent aux échecs, aux dames ou aux dominos. Le claquement régulier des pions est apaisant. Au-dessus de leurs têtes, à côté de l'armoire marron foncé où se trouvent les échiquiers, et entre deux drapeaux portant l'étoile de David et des rayures bleues et blanches : le visage barbu de Theodor Herzl avec son doux regard de rêveur, dans un cadre d'or. Les “Russes” savent à présent qui c'est. Au début, certains l'avaient pris pour un champion d'échecs local.

– J'ai toujours vécu, dit Chava, en ayant conscience qu'une fois à la retraite je ne pourrais pas faire de folies mais que je passerais mes vieux jours dans une modeste aisance. Je ne voulais pas plus. Je suis quelqu'un de réaliste. Après tout, je connais bien la vie.

– Si nous n'avons connu que des galères, c'est peut-être parce que nous avons toujours vécu modestement, dit Rosa. Dans notre bonté infinie, nous avons subvenu aux besoins de nos époux, de nos enfants et de l'État, nous avons travaillé dur sans presque rien exiger. Et qu'avons-nous obtenu en retour ?

Chava fait un geste indécent de la main en mettant le pouce entre l'index et le majeur.

– Voilà ce qu'on a obtenu ! répond-elle. – Les vieux messieurs devant les échiquiers sourient. – Dans notre belle Russie toute neuve, j'avais une pension qui me permettait de mourir de faim à petit feu. Mais contrairement à beaucoup d'autres, j'ai l'esprit pratique. J'ai liquidé de vieilles affaires, fouillé les décharges de Moscou à la recherche d'objets récupérables, vendu les bijoux de ma grand-mère, fait divers petits boulots. Les choses qu'on fait habituellement. En plus, je suis juive. Comme si la vie n'était déjà pas assez dure comme ça.

– Vu la vie qu'on a, nous, les Juifs, on devrait peut-être nous accorder une prime de pénibilité, suggère Rosa. J'ai entendu dire qu'en Papouasie-Nouvelle-Guinée, il existe des peuplades classées parmi les espèces protégées. Pourquoi personne n'a pensé aux Juifs ?

– Je voulais enfin vivre de nouveau comme un être humain et pas comme un chien errant, dit Chava en abattant le plat de la main sur la table.

Si elle est capable de s'emporter de la sorte, elle vivra encore au moins cinq ans, pense Rosa.

– Pourquoi l'Allemagne et pas Israël ? demande-t-elle. La sempiternelle question.

– Israël ? Qu'est-ce que j'irais faire chez les chameaux ? Je ne supporte pas le Sud. Un jour, je suis allée à Batoumi, au bord de la mer Noire, là où les Caucasiens se défoncent le crâne les uns aux autres. C'était affreux. Cette chaleur. Les collines caillouteuses avec, çà et là, des buissons qui poussent dans les crevasses. Sinistre. En Israël, il n'y a pas de neige en hiver. Et moi, je ne peux pas vivre sans neige. Sinon j'ai le cafard. Toujours cette même terre sombre, dans laquelle nous finirons tous. Et puis la terreur et les Arabes. Et avec ça, les extrémistes à papillotes qui croient toujours à n'importe quoi et en n'importe qui. Tous bourrés de complexes. Ai-je besoin de ça à mon âge ? Dieu sait si j'ai déjà suffisamment souffert dans ma vie.

– Tous les gens que j'ai rencontrés jusqu'ici ont dit la même chose, fait observer Rosa, mais Chava ne réagit pas à cette remarque.

– Je suis allée au consulat d'Allemagne, raconte-t-elle. Une longue file à l'entrée. Rien que des visages juifs. La porte a fini par s'ouvrir. Les gens se sont rués à l'intérieur. Nous avons pris un ticket, rempli un formulaire, quelqu'un nous a expliqué quelque chose dans un bon russe, mais avec cet accent qui me semblait si familier que ça m'a fait un pincement au cœur désagréable.

– Pourquoi ?

– Avec les Allemands je n'ai pas eu de bonnes expériences, autrefois, dans le ghetto de Minsk…

– Je comprends.

– Le jeune homme assis dans le bureau meublé dans un style moderne avait environ trente-cinq ans, peut-être quarante. Il m'est toujours difficile de donner un âge aux gens si bien nourris. Il était très courtois et prévenant. Il parlait russe à la perfection, mais là encore avec cet accent.

– Comme je suis germaniste, j'ai réussi à discuter avec tous les gens du consulat, raconte Rosa. Quand un Allemand parle russe, on dirait un chien qui essaie de miauler. Je n'ai pas envie de savoir quel effet cela fait, pour un Allemand, d'entendre un Russe parler allemand.

– Cet homme s'est montré extrêmement correct. Il m'a invitée à prendre place, m'a demandé mon nom, quel métier j'exerçais autrefois et si j'avais de la famille en Allemagne. Non, je n'en ai pas, lui ai-je dit. Ensuite il a voulu savoir si j'étais juive. Et comment que je le suis ! que je lui ai répondu. Et là, je lui ai parlé du ghetto. Bien entendu, dans la version habituelle, édulcorée. Juste avant la liquidation du ghetto – c'est comme ça qu'ils appelaient ça à l'époque, liquidation – j'ai rejoint un groupe de résistants. Je me suis réfugiée dans les bois, auprès des partisans, et c'est ainsi que j'ai survécu, alors que ma famille, elle, s'est fait assassiner.

– J'imagine sa réaction, dit Rosa. L'air tout penaud et troublé. Ce qu'ils arrivent le mieux à faire aujourd'hui, les Allemands, c'est se montrer penauds et troublés.

– Tout à fait, acquiesce Chava. Quand il a entendu le récit du ghetto et du sort qu'avait subi ma famille, le fonctionnaire a baissé les yeux. Lui, en tant qu'allemand, portait, comme tous les Allemands d'ailleurs, une grande responsabilité dans ce qui avait été fait aux Juifs au nom du peuple allemand, a-t-il dit. Toutefois ses parents étaient des opposants au nazisme (m'aurait étonnée qu'il ne le dise pas) et il était content de ne pas avoir vécu lui-même cette période. Il espérait que je coulerais mes vieux jours heureuse en Allemagne. Puis il a voulu voir mes papiers. L'homme a examiné mon passeport intérieur soviétique, et son regard s'est assombri. Mais, a-t-il dit en me regardant d'un air surpris, au point numéro cinq il est mentionné russe et non juive. Il n'était plus aussi courtois qu'avant et, en entendant le ton de sa voix, j'ai de nouveau eu un pincement au cœur, encore plus douloureux que le précédent. Ce ton. Comme les grognements d'un berger allemand. Tu comprends ce que je veux dire.

– Chez nous en Union soviétique, tu t'en souviens peut-être encore, on a, pendant la guerre, rebaptisé le berger allemand en berger d'Europe de l'Est, dit Rosa. Chava éclate de rire.

– La nationalité, c'est quelque chose de très particulier, ai-je expliqué à l'Allemand. Lorsque le ghetto de Minsk a été liquidé avec mes parents et mes frères et sœurs, c'est aussi mon passé qui, d'un seul coup, s'est trouvé liquidé, y compris celui qui figurait dans les registres officiels. Là, pas une seule attestation de séjour n'a été délivrée. Je peux comprendre que les Allemands attachent de l'importance à la précision et que chaque chose doive être à sa place, mais ni les certificats de naissance, ni les passeports ou autres documents anciens n'ont été conservés. L'ancien partisan que j'ai épousé vers la fin de la guerre n'était pas juif, et j'en ai profité – à l'époque, c'était encore possible – pour prendre son nom de famille, me faire délivrer de nouveaux papiers et modifier à mon avantage le point gênant de la nationalité. Passer pour une Juive, après tout ce que j'avais vécu, me semblait absolument inopportun. La politique du petit père Staline n'était, elle non plus, pas vraiment philosémite.

– Comment ça s'est passé ensuite au consulat ?

– L'Allemand s'est montré très compréhensif – c'était malgré tout un gentil jeune homme – et a assuré qu'il ne voyait pas la moindre raison de mettre mes paroles en doute. Il fallait néanmoins que je prouve que j'étais juive.

– Eh oui, les temps changent. Un jour, ils t'écorchent parce que tu es un âne, et le lendemain tu dois crier hi-han tout haut pour qu'ils te donnent de l'avoine. Pas étonnant qu'on se braque.

– Lui aussi avait les mains liées, m'a dit le jeune homme. Il devait obéir à des directives qui ne venaient pas de lui. Il fallait que je me mette à sa place et que j'essaye de comprendre le dilemme des autorités allemandes.

– C'est incroyable ce qu'on nous demande dans la vie.

– Aujourd'hui, la moitié de l'humanité veut émigrer en Allemagne, qu'il a dit. Malgré ça son pays s'est déclaré prêt à laisser entrer un contingent restreint de Juifs russes, mais seulement ceux dont l'origine juive est irrécusable. Il y a d'ailleurs des problèmes semblables avec les Allemands de la CEI. On raconte que tous ceux qui comptent un berger allemand parmi leurs ancêtres veulent émigrer.

– En même temps, les Allemands aiment tellement les bêtes.

– Je n'ai pas de bergers allemands à vous proposer, lui ai-je expliqué, tout au plus un rabbin comme grand-père, mais il a été tué par les nazis, et il n'y a plus aucun document écrit prouvant qu'il ait existé. Le jeune Allemand trouvait cette circonstance fort regrettable. On voyait qu'il était sincèrement déçu.

– Aujourd'hui les Allemands aiment les Juifs, du moins tant que les Juifs ne se comportent pas d'une façon aussi juive qu'ils croient que les Juifs pourraient se comporter, mais ne le devraient pas.

– Ça c'est trop calé pour moi, dit Chava. Toujours est-il que j'ai demandé au jeune homme si on pouvait trouver dans les archives allemandes une preuve de mes origines juives. Après tout, pour la solution finale de la question juive, les Allemands ont procédé avec beaucoup de minutie et de soin, ont tout enregistré et tout comptabilisé bien proprement. Mais le jeune homme se contente de soupirer, secoue la tête et m'explique que c'est à moi qu'incombe la charge de la preuve, c'est le règlement qui le dit. Si je ne peux apporter de preuve irréfutable que je suis juive, on ne peut, hélas, absolument rien faire. Et une telle preuve ne peut être qu'un certificat sur lequel est explicitement indiquée la nationalité juive, c'est-à-dire l'origine de la personne en question. Sinon, chacun peut prétendre tout ce qui lui passe par la tête. Un fils de paysan devient alors le dernier descendant d'une célèbre lignée de rabbins, et un homme dont les ancêtres vivaient depuis plus d'un millénaire en Ukraine se découvre brusquement des ancêtres sur les rives du Rhin. Même un pays riche comme l'Allemagne ne peut accueillir tout ce qui se présente. Pour les Juifs, bien sûr, c'est une tout autre histoire. Mais les demi-Juifs bénéficient eux aussi d'un traitement de faveur. Au moment de prendre congé, il m'a dit qu'en cherchant bien je finirais peut-être par mettre la main sur un vieux papier.

Chava marque une pause. Ses mains triturent nerveusement la nappe. À présent les joueurs d'échecs écoutent attentivement eux aussi.

– Dans la rue, j'avais les jambes qui flageolaient. J'étais littéralement sciée, si bien que j'ai dû rester un long moment assise sur un banc avant de pouvoir poursuivre mon chemin. Mais j'ai réussi à reprendre mes esprits. Je connais bien la vie, après tout... Une fois chez moi, je me suis mise à chercher. Peut-être avais-je quand même un document qui mentionnait, au moins indirectement, mon origine juive. Je n'ai rien trouvé. J'ai donc téléphoné à mes amies et à de la famille, j'ai appelé le petit-fils d'un oncle au troisième degré. Toutes ces personnes auraient été capables de prouver que je suis juive, mais elles n'avaient aucun document écrit... Le lendemain, je suis allée en ville. Je peux faire une croix sur l'Allemagne, ai-je pensé. C'est alors que je vois un petit groupe de personnes qui distribuent de la documentation de propagande pour l'un des nombreux mouvements d'extrême droite. Certaines sont plongées dans une discussion animée. Je m'arrête, me mêle à eux, engage la conversation. On ne parle pas aux gens comme vous, dit quelqu'un, avec votre tronche de Juive. On me recommande de dégager. Eh bien, si ce n'est pas de l'humanité, ça ! Eux au moins, ils regardent mon visage et pas mon passeport, me suis-je dit.

– Mais comment es-tu malgré tout arrivée en Allemagne ? demande Rosa.

– À ton avis ? J'avais tellement la rage au ventre ! Je ne vais pas me laisser faire, me suis-je dit. On ne fait pas de moi tout ce qu'on veut. Pendant quatre-vingts ans, on s'est essuyé sur moi comme sur un paillasson. Maintenant c'est fini ! J'ai donc commencé à me renseigner, j'ai téléphoné à des gens que je n'avais pas vus depuis des années mais dont j'avais eu des nouvelles, l'oncle Dima, le grand-père Petia, c'étaient des connaissances de mon défunt mari, et ils m'ont dit de m'adresser à Martha, la poule de luxe, un annuaire ambulant, et ainsi, de fil en aiguille, j'ai fini par me retrouver dans le garage d'une ancienne entreprise de transports, à la périphérie de Moscou. Dans mon sac à main j'avais une grosse somme en dollars, bien emballée et bien camouflée. J'avais tenté le tout pour le tout en vendant mon appartement. Une bonne amie m'hébergeait provisoirement chez elle. Dans le vieux garage, il y avait un atelier d'imprimerie complet. Des imprimantes. Des photocopieurs. Des appareils photo. Plein d'autres machines. Des piles entières de papier et une foule de documents originaux de toutes les périodes du XXe siècle. De l'encre de Chine de différentes couleurs. Une grande table à dessin. La production tournait à plein régime. Des pièces d'identité, des documents officiels, des certificats, des lettres et même des billets de banque. On y fabriquait vraiment de tout. Et s'il n'y avait eu les deux malabars à l'entrée et un autre à l'intérieur, armés comme s'ils allaient conquérir à eux seuls la Tchétchénie, on se serait cru dans une entreprise artisanale tout à fait ordinaire. Des hommes et des femmes en tenue de travail, qui vibrionnaient d'une machine à l'autre. Un bureau avec ordinateur, secrétaire, téléphone et fax. Et un manager entre deux âges, les traits tirés, un costume noir, une montre en or au poignet et un téléphone mobile dans la poche du veston.

Je lui explique brièvement la situation. J'ai frappé à la bonne porte, dit-il. Ce n'est qu'une question de tarif. Je peux aussi vous délivrer un laissez-passer de ghetto, qu'il dit, sur du papier datant de la période nazie. Vous étiez dans quel ghetto, déjà ? Minsk ? Un jeu d'enfant. Vilnius, c'est plus difficile, mais quand même faisable. Voilà ce qu'il dit. Tu t'imagines, Rosa ?

– C'est l'économie de marché. Voilà ce qu'on a attendu pendant soixante-dix ans. Pouvoir enfin acheter tout ce dont on a besoin.

– Nous nous sommes rapidement mis d'accord sur le prix. Les tarifs variaient plus ou moins selon les types de pièces d'identité. Je voulais un passeport intérieur indiquant ma nationalité juive. Délivré avant la guerre. J'ai donné à l'homme une vieille photo de moi, une de 1947, pour qu'il me fasse un faux document daté de 1940. Ça ne fait rien, qu'il a dit. De toute façon, les Allemands sont trop bêtes pour voir la différence. Vous étiez une femme qui avait de la race, épanouie avant l'heure et vieillie avant l'heure, une Juive au tempérament de feu. Ils vont bien gober ça, les Allemands. À vingt ans on peut en paraître trente. Je lui ai versé un acompte de cent dollars et le reste une semaine après, lorsque je suis venue chercher le produit fini. C'était époustouflant. Avant la guerre, j'avais possédé une carte d'identité qui ressemblait à peu près à celle-là et même mon ancien nom y figurait : Chava Rapoport. Désormais, je portais de nouveau le nom que mes parents m'avaient donné. Elle faisait vieille et usée, cette carte. Les bords déchirés, l'écriture et le tampon délavés. Une véritable œuvre d'art.

– Chapeau bas, dit Rosa.

– Oui. La seule chose que je n'avais pas prévue, ce sont les voix qui me hantent, les cauchemars et les angoisses. Je me crois sans cesse entourée de gardiens, de SS ou de soldats. Je vais à l'épicerie pour acheter du pain et du lait, et une tronche de SS regarde fixement dans ma direction. Quelqu'un qui hausse le ton dans le bus, je ne peux m'empêcher de me recroqueviller. Deux hommes qui discutent amicalement, je repense immédiatement aux officiers qui déambulaient dans le ghetto en bavardant. Parfois, l'un d'eux sortait un pistolet et tuait quelqu'un. Comme ça. Le pire, c'est quand je rencontre des hommes en uniforme, peu importe qu'ils soient policiers ou facteurs. Aussitôt je me mets à transpirer, à trembler, à suffoquer, et je m'enfuirais à toutes jambes si j'en avais la force. Pour gagner, si possible, la frontière la plus proche.

– Mais tu as un réfrigérateur rempli de vivres, dit Rosa, un joli petit appartement, la télévision par satellite, des étagères avec tous tes livres préférés et beaucoup de temps. Ferme soigneusement ta porte à clé, baisse les stores et imagine que tu es en Russie, dans une Russie pacifique, philanthrope et riche, qui n'a jamais existé et n'existera probablement jamais.

13

Les derniers jours de juin 1941, Naoum reçut son avis d'incorporation. Le crâne tondu, sanglé dans un uniforme, il était assis dans le salon. Sur ses genoux était lové notre chat Mourka, qui ronronnait. Les haut-parleurs dans la rue déversaient de la musique militaire. Dans tout l'immeuble, les femmes pleuraient. J'étais la seule, ce jour-là, à n'avoir aucune raison d'être triste. Naoum avait reçu son ordre de marche – il devait se rendre à Khabarovsk, sur les rives du fleuve Amour, à la frontière de l'empire du Mandchoukouo qui était sous domination japonaise. Il n'était pas tenu de partir immédiatement. Sa caserne d'origine, située à Leningrad, l'avait d'abord affecté comme dactylographe dans ses bureaux administratifs.

– Peut-être ne m'enverra-t-on pas au front, vu que je ne suis plus tout jeune et que j'ai eu des problèmes de santé ces dernières années, dit-il.

– Le principal, c'est que tu restes en vie, répondis-je.

– Le Japon ne nous attaquera certainement pas, assura Naoum. Nous avons conclu un pacte de non-agression avec lui. C'est juste par mesure de précaution que nos troupes sont stationnées à la frontière.

J'étais prête à le croire, mais Kostik, lui, fut déçu. Il aurait aimé voir son père en héros de guerre.

La veille, mes parents avaient téléphoné de Vitchi. La population juive allait être bientôt évacuée. À Smolensk, Orel, voire à Stalingrad, c'est-à-dire dans des territoires éloignés du front où les Allemands ne viendraient jamais. Cela me rassura. On savait bien ce que les nazis pensaient des Juifs. Certains prétendaient même que les Allemands voulaient tuer tous les Juifs, mais à l'époque je croyais que ces atrocités étaient pure invention.

Fin juin, le département allemand de notre maison d'édition fut dissous. Au début, les employés – traducteurs de l'allemand, correcteurs, lecteurs et compositeurs – conservèrent leur emploi. Quelques-uns furent autorisés à rédiger des textes en russe, d'autres trouvèrent du travail à la comptabilité, la distribution ou au secrétariat. Pendant deux ans l'Union soviétique avait été alliée à l'Allemagne de Hitler. À cette époque, il était interdit de dire du mal du maître de Berlin. Après tout, c'était un national-socialiste – c'est-à-dire un socialiste, et donc un ami de la classe laborieuse.

Depuis le début de la guerre, nous imprimions de nouveau des ouvrages antifascistes. Tout ce qui était allemand était désormais considéré comme hostile et médiocre, mais malgré tout je n'arrivais pas à détester la langue allemande. Dans ma bibliothèque, il y avait toujours des livres de Stefan Zweig, Thomas Mann et Heinrich Heine. Je savais que d'autres traducteurs brûlaient ce genre de livres. Il fallait se méfier des voisins. Le seul fait de posséder un ouvrage en langue allemande pouvait être interprété comme étant de la propagande fasciste. Un jour, notre voisine Maria Petrovna fit une remarque à ce sujet. Elle savait que je possédais des ouvrages d'auteurs allemands. Mais, cette fois, je n'avais aucune raison de la craindre.

– Je suis juive ! lançai-je. Vous osez prétendre que je suis une sympathisante de Hitler ? Tenez votre langue, sinon je raconte à tout le monde ce que vous avez dit en septembre 1939 : Hitler va leur faire ravaler leur orgueil, à ces fumiers de Polonais ! C'est qui alors, la fasciste ?

À partir de là, Maria Petrovna me laissa en paix.

Même si je continuais d'aimer la langue allemande, je me mis à haïr les Allemands. On racontait qu'en Biélorussie et en Ukraine ils allumaient des incendies et commettaient des meurtres, qu'ils maltraitaient les prisonniers de guerre et menaient une guerre d'extermination contre la population civile. Les affiches portant le slogan *Mort à l'intrus allemand!* me laissaient de marbre. “Un bon Allemand est un Allemand mort”, disaient beaucoup de gens. On ne tarda pas à expulser tous les Allemands de Leningrad. C'étaient "nos" Allemands, qui vivaient dans cette ville depuis des générations. La plupart ne comprenaient pas un mot de la langue de leurs ancêtres. Je réalisai après coup quels crimes on avait commis contre eux. On les avait déportés en Sibérie ou en Asie centrale, on avait confisqué leur fortune, on les avait maltraités, tués ou laissés mourir de faim. Mais, en 1941, je ne pensais pas beaucoup à cela. J'étais trop préoccupée par mes propres problèmes.

– Nos Allemands sont la cinquième colonne de Hitler, affirma quelqu'un. Ils changeront de camp à la première occasion.

Et Macha était la seule à dire :

– Hier encore, notre dirigeant adoré était l'ami de Hitler. Aujourd'hui, il a peur des petits Allemands, même si dans les écoles maternelles ils vénèrent son portrait comme s'il était Dieu le père.

Je suppliai Macha d'éviter ce genre de propos. C'est un miracle que personne ne l'ait dénoncée.

Le sort des Allemands me laissait indifférente. J'avais de la pitié seulement pour une de mes collègues de travail, une jeune fille, presque encore une lycéenne, qui portait le même nom que mon mari : Schwarz. Lorsqu'elle me montra son avis d'expulsion, je cherchai en vain des paroles de réconfort. En sanglotant elle me raconta que son arrière-grand-père, déjà, avait été un loyal fonctionnaire du tsar. Son père avait été officier pendant la Première Guerre mondiale et avait ensuite combattu dans l'Armée rouge contre les Polonais. Je la pris dans mes bras et lui parlai longuement.

Début juillet, alors que j'étais au travail, je reçus la visite d'un employé de la municipalité. Il me proposa d'encadrer un groupe d'enfants à la campagne. J'avais une formation en pédagogie, trente-trois ans – j'étais donc dans la force de l'âge –, j'étais moi-même mère de famille et jouissais d'une réputation sans tache. J'étais la personne idéale pour endosser ce rôle lourd de responsabilité. La municipalité s'attendait à ce que Leningrad soit bombardé et voulait mettre le plus d'enfants possible à l'abri.

Nous partîmes le 3 juillet 1941. Ce jour-là, Naoum et moi avions entendu un discours de Staline à la radio.

– Frères et sœurs, déclara notre dirigeant, l'heure est grave ! Jamais notre patrie n'a été autant en danger qu'aujourd'hui. Nous devons mobiliser toutes nos forces pour chasser de notre pays l'ennemi malfaisant et perfide, nous devons l'écraser comme un serpent, l'anéantir tout comme nos ancêtres, au Moyen Âge, ont anéanti les armées de l'Ordre teutonique qui menaçaient Novgorod ! Tout comme nous avons chassé Napoléon en 1812. Tenez bon, frères et sœurs !

Telles furent, à peu près, les paroles du dictateur. Son discours nous donna de la force. Prononcé avec beaucoup d'émotion, il nous alla droit au cœur. Nous étions convaincus que tout allait s'arranger pour le mieux, même si les nouvelles du front étaient tout sauf encourageantes.

Naoum ne voulait pas m'accompagner à la gare. Il ne supportait pas de rester sur le quai à regarder le train s'éloigner. Aussi, nous prîmes congé l'un de l'autre dans l'appartement. C'était la première fois, depuis dix ans de mariage, que nous allions être séparés.

Nous avions de la chance, les enfants et moi, de ne pas être contraints de rester en ville, me dit mon mari. À Kiev, les attaques aériennes avaient fait de nombreuses victimes.

Lui avait de la chance de ne pas être tenu d'aller au front, répondis-je à mon mari. Les Allemands n'arriveraient jamais jusqu'à Khabarovsk, sur les rives du fleuve Amour.

Nous nous enlaçâmes dans le vestibule, tandis que Kostik et Shelia attendaient dans la cage d'escalier. Il m'écrirait dès qu'il aurait mon adresse, me dit Naoum. Je sortis en courant sans me retourner. Face aux enfants j'affectai une grande gaieté. J'enfouis mes gros sanglots tout au fond de moi.

La gare était remplie de convois de troupes et de trains de marchandises contenant armes, camions, autos, charrettes et autres biens indispensables à la guerre. Les plates-formes d'innombrables wagons étaient chargées d'équipements d'usines entières : machines, meubles de bureau, produits semi-finis, tubes en acier, bobines géantes autour desquelles étaient enroulés des fils de cuivre. Seules quelques marchandises étaient recouvertes d'une bâche en toile à voile. Je me demandais pourquoi on emportait tout cela. Leningrad n'était pourtant pas une zone de front. On voyait arriver et partir des trains sanitaires ainsi que des trains spéciaux pour les cadres militaires et civils. Partout des barrages, des contrôles d'identité, des flèches de signalisation, des personnes en uniforme et en civil qui tentaient d'obtenir des renseignements, d'autres qui tentaient d'en donner.

Pour les mères qui nous avaient confié leurs enfants, le voyage s'arrêtait à l'un des barrages. Des plaintes s'élevèrent. Ces mères voulaient nous accompagner jusqu'au train, mais les fonctionnaires postés au barrage demeurèrent inflexibles. Le règlement, c'était le règlement. À la vue ce désordre je ne pus m'empêcher de repenser aux paroles de Macha.

– Tu ferais mieux d'attendre qu'il y ait un convoi qui parte vers l'Est, m'avait-elle conseillé, si possible dans la région d'Omsk ou d'Irkoutsk. Là où on vous envoie maintenant, quelque part entre Leningrad et Novgorod, tu ne seras pas en sécurité.

Notre train se trouvait à l'extérieur de la gare, sur une voie de garage : cinq wagons à bestiaux avec des fenêtres grillagées de la taille d'un mouchoir de poche. Là-bas, il n'y avait ni quai ni chemin asphalté.

Les enfants, âgés de deux à seize ans, étaient à peu près cent vingt. Les plus petits étaient pour la plupart accompagnés de grandes sœurs qui veillaient sur eux. Il y avait en outre trois institutrices et deux mères, désignées officiellement comme les éducatrices mais qui s'occupaient en priorité de leurs propres enfants. Quelque temps plus tard, on me choisit pour être chef de convoi, peut-être parce j'étais la plus âgée. J'avais trente-trois ans.

Nous comptions arriver à destination après cinq ou six heures de voyage. Cette estimation se révéla bien optimiste. Nous nous retrouvions sans cesse sur des voies de garage et dans des gares, devions céder le passage à des trains transportant des troupes et des armes ou emprunter des voies secondaires afin d'éviter la circulation sur les voies principales.

Le train fut obligé de faire un grand détour. Personne n'était capable de nous dire combien de temps le trajet allait encore durer. Nous n'avions des vivres que pour une demi-journée. Les enfants comme les adultes n'avaient pas emporté grand-chose. Tout au plus un sac à dos chacun, ou une sacoche ou bien un balluchon. Une fois arrivés à destination, nous devions être logés et nourris. La seule exception était la mère de trois enfants dont le mari était directeur d'un grand magasin. Elle avait un sac rempli de nourriture qu'elle gardait jalousement avec elle.

L'eau ne tarda pas à manquer. Il n'y avait pas de toilettes. Pour faire nos besoins nous utilisions des seaux. Dans l'un des wagons, nous réussîmes à casser une latte du plancher.

Au lieu d'une demi-journée, le voyage dura plus de quarante heures. Les enfants étaient assis par terre recroquevillés sur eux-mêmes et demandaient sans cesse quand nous allions arriver. Les petits se mirent à pleurer. Nous étions incapables de leur donner de réponse, les mots que nous trouvions ne parvenaient pas à les apaiser. Nos visages et nos gestes exprimaient sans doute un manque d'assurance et une angoisse qui rejaillissait sur eux.

Le train glissait, à trente kilomètres à l'heure maximum, à travers un paysage monotone : des bois, entrecoupés de surfaces labourées, de temps à autre un village avec des isbas de couleur marron, des clochers à bulbe doré ou vert et des tours vertes et blanches derrière les bouleaux, le long de la voie, des petits chevaux aux longs crins et aux pattes de devant attachées. Parfois on voyait des femmes coiffées de foulards blancs. Au fil du temps, les habitations et les gares se raréfièrent. La forêt s'éclaircit, faisant place à un paysage de prairies marécageuses.

Au bout d'une journée et d'une nuit de voyage, quelques enfants eurent la diarrhée. Ils étaient trop faibles pour tenir sur leurs jambes. Nous devions les soulever et les asseoir sur le seau. Ensuite nous faisions coulisser la porte du wagon et déversions le contenu du seau sur les prairies qui bordaient la voie afin de les fertiliser. La puanteur à l'intérieur du wagon était malgré tout insoutenable. Lorsque nous dûmes nous arrêter de nouveau sur une voie de garage, je descendis et courus jusqu'à la locomotive.

– Moi non plus, je ne peux rien faire, m'expliqua le conducteur. Il se pencha à la fenêtre de sa cabine. Les manches de sa combinaison grise étaient retroussées. Ses bras velus présentaient de nombreuses cicatrices.

– Il y a une gare assez grande à quarante kilomètres d'ici, le village le plus proche est à vingt kilomètres.

– Et l'hôpital le plus proche, autant que je sache, à cent kilomètres, ajouta le chauffeur. À l'aide d'un chiffon il essuya son visage couvert de suie et alluma une papirossa. – De toute façon, tout part en eau de boudin, dit-il. C'est le merdier.

Je regardai autour de moi. Rien que des prairies et des champs à perte de vue, le ciel, gris, les poteaux télégraphiques le long de la voie ferrée inclinés tels des peupliers dans le vent, à côté de l'aiguillage reliant la voie principale et la voie secondaire un réduit qui faisait penser à un poulailler, la cabane du garde-barrière. Celui-ci se proposa d'envoyer un télégramme dans la localité la plus proche. *Enfants malades dans train numéro… Demande urgente de soins médicaux.* Il ne pouvait pas faire plus. Il déclara avec un geste de dépit qu'il ne savait pas à quel moment nous allions repartir. Il attendait le signal pour libérer la voie.

– Je fais juste ce qu'on me dit de faire, le reste je m'en fiche, grommela-t-il. Entre-temps, un des enfants avait perdu connaissance.

J'étais désespérée. Étions-nous condamnés à rester là sans pouvoir rien faire, à regarder ces enfants mourir ? Jusqu'à ma mort j'aurais ce poids sur la conscience, comme une tache sombre.

D'un pas décidé, je retournai vers la locomotive.

– Les enfants vont mourir ! dis-je au conducteur. Il haussa les épaules et détourna la tête.

– Que voulez-vous que j'y fasse ?

– Repartez ! criai-je. Peu importe que le signal soit rouge ou non. Il faut prendre ce risque ! À moins que vous soyez capable d'assumer la mort de ces enfants ?

– Et vous, êtes-vous capable d'assumer la nôtre ? demanda le chauffeur. Il émit un ricanement forcé, sans joie, et me souffla la fumée de sa cigarette à la figure.

– Les employés des chemins de fer sont soumis au droit de la guerre, expliqua le conducteur. Ce que vous nous demandez de faire est passible de la peine de mort.

– Ah bon ? Et qui donc fait des règles pareilles ? hurlai-je, regrettant aussitôt cette remarque absurde.

– Qui c'est qui fait les règles ? répéta le chauffeur. Ceux d'en haut, qui sont assis dans leurs fauteuils moelleux, loin du front. J'ai envie de tous les niquer, et leurs femmes aussi, je les nique, je nique leurs filles, et leurs fils, et leurs mères, et leurs pères, et leurs grands-mères et leurs grands-pères, et leurs chiens et leurs chats, je les nique, et je nique…

Mais je n'ai jamais su qui le chauffeur voulait encore niquer. Un coup de sifflet strident couvrit ses paroles. Un nuage de fumée et un point noir apparurent à l'horizon. Le point grossit jusqu'à devenir une locomotive noire, suivie d'une autre, puis d'une autre. Trois locomotives accrochées les unes aux autres, quelques voitures de voyageurs et toute une série de wagons de marchandises, tellement que je n'arrivais pas à distinguer le bout du train. Je vis des gens. On aurait dit qu'ils n'avaient pas assez de place pour respirer. Quelques-uns étaient penchés aux fenêtres, certains étaient même accrochés à la rampe des marchepieds. J'essayai de faire un signe de la main et de crier, même si je savais que mes efforts étaient vains. Pourtant, à ma grande surprise, le train s'arrêta. Les roues des locomotives se bloquèrent. Des étincelles jaillirent. Un bruit perçant retentit. Le frottement du fer contre le fer. Je fus obligée de me boucher les oreilles. Puis les portes des wagons s'ouvrirent, des gens sautèrent sur le gravier entre les rails, se retrouvèrent entre nos deux trains, visiblement désorientés, jetant des regards curieux autour d'eux. Un homme musclé, cinquante-cinq ans environ, se précipita vers le garde-barrière et se mit à lui parler. Celui-ci pointa le doigt dans ma direction et l'homme se tourna vers moi.

Il s'appelait Morossov, ou Ovsov, et était le président du kolkhoze Karl Liebknecht, spécialisé dans l'élevage porcin, qui se trouvait dans la zone proche de la frontière entre la Russie et la Lituanie et qu'on était en train d'évacuer face à l'avancée des Allemands, avec hommes et cochons, vers les rives de la Volga.

De fait, de l'arrière du train parvenaient des couinements et grognements bruyants, allant des graves aux aigus, comme si des milliers de cochons menaient un débat à n'en plus finir.

– Nous avons déjà perdu cinq truies pleines et un verrat, expliqua Ovsov-Morosov. On nous arrête constamment en rase campagne, sans eau ni nourriture. À une époque comme celle-ci, personne n'a de cœur envers les bêtes.

Dans le train du kolkhoze se trouvait une femme médecin qui s'occupa de nos malades.

– Il faut qu'ils se fassent soigner par des professionnels, déclara-t-elle. La meilleure chose à faire est de les emmener avec nous. Nous avons des médicaments à bord du train.

Morosov-Ovsov n'y voyait aucun inconvénient.

– Soit ! fit-il. Trois de plus ou trois de moins, qu'est-ce que cela peut faire, de toute façon on est pleins à craquer.

Ainsi, nous confiâmes nos trois malades au kolkhoze spécialisé dans l'élevage porcin en échange de reçus. Ovsov-Morosov certifia qu'il prenait provisoirement les enfants en charge, jusqu'à nouvel ordre. Il était impossible, en raison de la situation militaire, de fixer une date à laquelle il pourrait nous les rendre. Un quart d'heure plus tard à peine, le train des éleveurs de cochons était reparti. En guise de "petit cadeau", nous avions reçu de leur part dix kilos de jambon.

À l'endroit où nous fûmes évacués, des autochtones nous attendaient avec des charrettes attelées de chevaux. Les plus jeunes des enfants eurent le droit d'y prendre place, tous les autres suivirent en marchant. Nous traversâmes un paysage marécageux. Les buissons et les herbes ondoyaient dans le vent comme des vagues à la surface d'un grand lac. Le village était sorti de terre dix ans plus tôt. Il n'avait toujours pas de nom, mais on le désignait sous cette appellation, un peu alambiquée : "Sovkhoze des héros de la Commune de Paris, lotissement numéro 7." Aucun des habitants ne savait ce qu'avait été la Commune de Paris et pourquoi leur sovkhoze portait le nom de ses héros. Cette question ne semblait pas non plus les intéresser particulièrement, la plupart d'entre eux étant des hommes âgés et grincheux qui se faisaient avant tout du souci pour leurs fils et petits-fils partis au front. Pour eux, ces enfants venus de la ville n'étaient que des bouches à nourrir supplémentaires. Nous atteignîmes enfin le village, situé à douze kilomètres de la station de chemin de fer. Il se composait d'une rue et d'une douzaine d'isbas, d'une école et d'un bâtiment administratif. Pas une seule construction en briques. Entre les maisons, perpendiculaires à la route, déambulaient cochons, chèvres et poules. Je ne m'étais pas imaginé un endroit aussi rustique.

À l'entrée du lotissement, les femmes attendaient. Elles nous prodiguèrent ces paroles de réconfort dont nous avions grand besoin vu notre état d'épuisement. Certaines allèrent jusqu'à nous proposer d'accueillir les enfants chez elles.

Une des femmes prit Shelia dans ses bras en déclarant :

– Cette petite princesse vient chez moi.

– La petite princesse a une mère, rétorquai-je.

– Mais elle est sale, elle a faim et sommeil, objecta la paysanne. Je vais la laver et lui donner quelque chose à manger.

Kostik se mit à pleurer.

– Vous savez quoi, dis-je, prenez aussi le garçon, pendant que vous y êtes. Ils s'aiment beaucoup tous les deux, et je ne laisse pas mon enfant partir seule.

– D'accord, répondit la femme en emmenant Shelia et Kostik, tandis nous étions conduites avec les autres enfants dans le plus grand bâtiment du village, une école.

Dans cette isba carrée, rien n'avait été préparé. Il n'y avait ni lits, ni matelas, ni draps. Sur le tableau de la salle de classe était écrit *Bonnes vacances* !

Les enfants étaient à bout de forces. Beaucoup pleuraient. Ils étalèrent leurs vestes par terre et s'allongèrent dessus pour dormir. Nous, les adultes, suivîmes leur exemple. Lorsque je me réveillai le lendemain matin, mes vêtements étaient mouillés. Deux petites filles, qui étaient couchées à côté de moi, s'étaient fait pipi dessus.

Nous divisâmes le groupe. On me donna les enfants entre deux et dix ans, tandis que les deux institutrices prenaient en charge les plus âgés. En fin de matinée, la paysanne nous ramena Shelia et Kostik. J'étais contente qu'ils n'aient pas été obligés de passer la nuit par terre.

Plus tard, on mit des paillasses à notre disposition. Nous étions mal nourris, si tant est que nous l'étions. Notre base de ravitaillement était très éloignée et approvisionnait en priorité l'armée. La seule chose qu'on nous donnait était un demi-litre de lait par jour et par personne ainsi qu'un peu de pain. Le temps qu'il arrive chez nous, le lait avait très souvent tourné. Je donnais de l'argent à la femme chez qui mes enfants avaient dormi pour qu'elle nous fasse bouillir des pommes de terre. C'était désormais devenu notre principale nourriture. Nous les mangions sans sel et sans accompagnement.

Kostik et Shelia s'accoutumèrent rapidement à la vie dans le lotissement. Certes, les autochtones n'avaient pas assez de place pour héberger tous les enfants dans leurs maisons, mais deux à trois fois par semaine au moins, mes enfants dormaient dans de vrais lits et avaient droit à un petit-déjeuner copieux. Avec le temps estival, les occasions de jouer en plein air ne manquaient pas. À un kilomètre du lotissement se trouvait un étang dans lequel les enfants se baignaient. On aurait pu croire que ce n'était pas la guerre et qu'ils ne fuyaient pas les bombes des Allemands mais qu'ils étaient dans un camp de vacances. Deux semaines après notre arrivée, je reçus enfin un message de Naoum. On l'avait envoyé en Extrême-Orient.

Je m'entendais bien avec les villageois, surtout avec Gricha, le maître de poste. À la suite d'un accident il avait eu le bras gauche amputé, ce qui l'avait dispensé de service militaire. C'était un homme taciturne, qui donnait l'impression de se maîtriser en permanence, jamais il ne buvait ni ne fumait. Aussi les hommes du village le surnommaient-ils parfois "la religieuse en pantalon", mais il ne faisait aucun cas de ces taquineries.

– La bêtise a des ailes, avait-il coutume de me dire dans ce genre de situation. Plutôt que de lui décocher une flèche, laissons-la s'envoler.

Au village, il était le seul à lire régulièrement des journaux et des livres et à écouter la radio.

– Vous allez bientôt devoir repartir, me disait-il lorsque nous étions seuls. Les Allemands seront ici avant la fin de l'été.

Je ne le croyais pas, mais il avait un sourire amer lorsque je mettais ses paroles en doute.

– Avant la guerre, je rêvais d'aller dans un *tekhnikoum,* un lycée d'enseignement technique et professionnel, à Leningrad. Cela restera certainement un rêve. Mais quand les Allemands seront là, je pourrai peut-être ouvrir une épicerie. Avant la collectivisation, mon père avait un magasin de ce genre. Un jour, ils ont tué mon père.

Nous ne fûmes pas les seuls à être évacués dans ce lotissement. Début août, un convoi de réfugiés arriva dans le sovkhoze, essentiellement des Juifs originaires d'Ukraine occidentale. S'ils avaient été évacués chez nous, dans la région de Novgorod, désormais elle-même menacée par les troupes allemandes, c'était justement en raison du chaos et de la désorganisation qui régnaient en ces premiers mois de guerre. Ils repartirent une semaine plus tard, vers l'est. Deux ou trois jours après leur arrivée, Gricha se présenta dans notre dortoir, me fit signe d'approcher, mit l'index sur ses lèvres en m'indiquant la porte du regard.

– Nous avons peut-être arrêté le parent d'un grand bonze du parti nazi, me chuchota-t-il à l'oreille lorsque nous fûmes dans la rue.

– Pardon ? Un bonze du parti nazi ? Ici, dans le sovkhoze ?

Je n'en croyais pas mes oreilles.

– Il faut que vous nous aidiez à tirer cette affaire au clair.

– Moi ?

– Venez avec moi ! murmura Gricha. Je le suivis jusqu'au bâtiment administratif du lotissement, qui abritait à la fois le siège du Soviet du village, le bureau de la milice ainsi que celui des postes et des télégraphes.

Le "bonze du parti nazi" était un petit Juif trapu au crâne chauve auquel il était difficile de donner un âge. L'air terrorisé, il expliquait en bégayant quelque chose au directeur du sovkhoze. Le milicien du village, un Komsomolets* de dix-sept ans, revolver au poing, n'arrêtait pas de crier d'une voix aiguë, presque stridente :

* Membre du *Komsomol,* l'organisation de la jeunesse communiste.

– Je ne crois pas un mot de ce que tu racontes, espèce de fasciste ! Au mur ! On va te coller au mur, un point c'est tout !

– Je proteste contre ce traitement, et je vous prie de ne pas me tutoyer, jeune homme, bredouilla le prisonnier.

– On va te tabasser à mort, car tu ne mérites pas qu'on gaspille une balle pour toi, le coupa le milicien. Chez nous, au sovkhoze, on ne proteste pas, tu entends ?

Je ne tardai pas à comprendre pourquoi l'homme s'était retrouvé dans cette fâcheuse posture. La faute en revenait à son nom de famille. Il s'appelait Gebels et avait eu la malchance de venir au monde en Allemagne, à Kœnigsberg. Sur le banc, à côté de lui, était assise sa femme, une Juive replète aux cheveux tout gris. Tantôt elle sanglotait, tantôt elle accablait les représentants de l'autorité publique d'injures en yiddish, que ceux-ci, heureusement, ne comprenaient pas. Après quoi, elle en appelait de nouveau à la "raison et au bon sens" de leurs bourreaux, ce qui, dans cette situation, faisait plutôt l'effet d'une plaisanterie.

– Mais, camarades ! m'écriai-je. Le ministre de la Propagande du Reich s'appelle Goebbels, pas Gebels.

– Oui, oui, oui, bégaya l'infortuné Gebels. Chez nous, à Jmerinka, il y a une bonne douzaine de Gebels. L'un d'eux était talmudiste, et mon oncle, Itzik Gebels, a combattu contre Denikine en tant que soldat de l'Armée rouge, un héros de la guerre civile hautement décoré.

– Gebels ou Goebbels, où est la différence ? fit le directeur. Je n'entends pas de différence. Tu entends une différence, Arkacha ?

– Il n'y a pas de différence ! constata le milicien en agitant le canon de son revolver sous le nez du prisonnier. Il essaye juste de nous rouler, ce fasciste. Allez, avoue que tu es le frère du bonze du parti nazi !

Pour ce garçon de dix-sept, cela ne faisait pas l'ombre d'un doute.

Gricha se tenait en retrait, les yeux rivés au sol. Contrairement à ses deux camarades, cette scène le mettait visiblement mal à l'aise.

– Pourquoi es-tu né à Kœnigsberg ? demanda le directeur. Tu es allemand ?

– Allez, Yossélé, dis-leur pourquoi tu es venu au monde à Kœnigsberg.

Sa femme l'enlaça.

– N'aie pas peur, je suis près de toi, Yossélé, tout va s'arranger, chuchota-t-elle, en ajoutant à haute voix : – Les camarades ne sont pas bêtes.

– Mon père était voyageur de commerce, expliqua Gebels. Pendant des années, il a sillonné le monde avec sa famille, il a été à Lemberg, Cracovie, Budapest, Kiev et dans de nombreux autres lieux. Ma sœur est née à Czernowitz et moi à Kœnigsberg. Juste après ma naissance, nous avons de nouveau déménagé. Je ne connais absolument pas Kœnigsberg et je ne sais pas un mot d'allemand.

– Tout ça n'est pas du tout convaincant ! hurla le directeur. Fusillons-le, je vous dis ! Fusillons-le !

– Tu as la gâchette drôlement facile, Arkacha, dit Gricha à voix basse.

– Mais je suis juif ! glapit le malheureux Gebels, d'un ton désespéré. Les Allemands détestent les Juifs ! Nous nous sommes enfuis in extremis de Jmerinka. Je suis juif. Je peux le prouver.

– Nous allons t'en donner la possibilité, dit le directeur. C'est pour cela que nous avons fait venir Rosa Abramovna.

Tous les regards se braquèrent sur moi.

– Vous êtes bien juive ? N'est-ce pas ?

– C'est exact, mais…

– Non, non, comprenez-moi bien, s'empressa de rectifier le directeur. Il s'agit seulement de… euh… ce que je veux dire, c'est…

Il se frotta les mains et, gagné par l'embarras, se mit à rougir.

– Vous êtes sûrement la personne la mieux placée pour juger si quelqu'un est circoncis selon le rite juif ou non, dit le milicien. Personnellement, je ne crois pas que ce salopard soit juif. – Il colla le canon de son revolver contre la tempe de Gebels. – Allez, baisse ton pantalon, fumier !

Le milicien sourit.

S'il n'y avait eu la guerre qui battait son plein et les troupes allemandes qui gagnaient du terrain, j'aurais peut-être protesté. Mais je savais que la vie de Gebels ne tenait qu'à un fil. Le tribunal le plus proche était à cinquante kilomètres. Chaque jour, des avis de décès arrivaient du front. On mettrait Gebels au poteau derrière une grange ou juste devant le bâtiment administratif, on le fusillerait et on jetterait son cadavre à la décharge. Dans le pays tout entier, on fusillait des milliers d'espions et de traîtres présumés. Quelle valeur avait le destin d'un individu ?

Gebels se mit à pleurer. Son visage ridé fit brusquement penser à une feuille de papier roulée en boule et jetée négligemment dans un coin.

– Je viens d'avoir quarante-neuf ans, dit-il dans un sanglot. Jamais de ma vie je n'ai été aussi humilié.

– Fais-le, Yossélé, dit sa femme à voix basse, ça va aller. – Ses doigts caressaient doucement son crâne chauve et les touffes de cheveux gris au-dessus de ses oreilles. – C'est bon. C'est l'affaire d'un instant. Fais-le pour moi, fais-le pour les enfants.

Je sentis une boule dans ma gorge.

Ses mains ne lui obéissaient plus. Un bouton du pantalon sauta, tomba sur le sol et roula sous le bureau du directeur.

Le caleçon de Gebels était gris foncé et troué. Après l'avoir enlevé, il était blanc comme un linge. Le milicien baissa son revolver.

– C'est l'œuvre d'un circonciseur juif, ça ne fait aucun doute.

Était-ce moi qui avais prononcé cette phrase stupide ? Ma voix avait pris un timbre inhabituel et éraillé. Gebels remit son pantalon et sortit de la pièce en traînant les pieds, en appui sur le bras de sa femme. Sans dire un mot, nous les regardions s'éloigner.

De nouveau dans la rue, j'entendis des pas. Je m'arrêtai. Gricha s'approcha de moi. Il avait du mal à respirer.

– Rosa Abramovna… commença-t-il.

– Pour l'amour du ciel, Gricha, l'interrompis-je. Ne dites rien, je vous en prie !

Au début, les formations de bombardiers allemands volaient à haute altitude. Nous arrivions à compter les avions. Quinze. Trente. Quarante. Leur nombre augmentait de jour en jour. Puis arrivèrent les avions de chasse. L'armée de l'air soviétique n'était visible nulle part. Le sovkhoze ne disposait d'aucune défense antiaérienne. La base militaire la plus proche était à plusieurs kilomètres. De plus en plus de chasseurs se détachaient des formations et fonçaient en piqué sur le lotissement, les toits des maisons dans leur viseur. Le silo à grains fut détruit. Le réservoir de carburant pour les tracteurs explosa. Les gens prirent la fuite dans les champs. Quelques villageois furent tués, mais aucun de nos enfants ne fut blessé. Tandis que Shelia était trop petite pour comprendre à quel point notre situation était devenue dangereuse, Kostik me demandait chaque jour quand nous allions enfin partir. "Maman, disait-il, rentrons à Leningrad. Les Allemands vont tous nous tuer. S'il te plaît maman !" Il ne se passait guère une nuit sans qu'il se réveille.

J'allai voir Gricha à la poste. Le téléphone fonctionnait encore. Au bout de quelques heures, il réussit à établir une liaison avec le Soviet municipal de Leningrad. Je tarabustai un bureaucrate pendant une heure encore, jusqu'à ce qu'il me promette, "concernant le groupe d'enfants évacués, convoi numéro 12 du 3 juillet", de tout mettre en œuvre pour les rapatrier. Les parents des enfants seraient informés de notre retour.

Enfin, on nous emmena. La gare où nous étions descendus pour aller au sovkhoze avait déjà été bombardée. Il nous fallait faire un détour pour monter dans le train à un autre endroit. On nous donna des chevaux et des charrettes. Quelques hommes nous accompagnèrent. Devant la petite gare en bois, nous nous dîmes adieu. Gricha me prit dans ses bras. "Je penserai toujours à vous. Ç'a été pour moi un grand bonheur de connaître quelqu'un d'aussi intelligent que vous, et je suis sûr que vous et vos enfants sortirez sains et saufs de cette guerre." Et vite, il se retourna.

Nos amis du sovkhoze à peine partis, le bombardement commença. Nous nous cachâmes dans une porcherie où l'on avait creusé un abri antiaérien pour les cochons, dans lequel nous nous installâmes. Nous entendions les bombes exploser. La seule chose que nous pouvions faire était de souffler sans cesse aux enfants :

– N'ayez pas peur, c'est juste la défense antiaérienne. Ne faites rien. N'ayez pas peur. N'ayez pas peur !

Au fil des minutes, les tirs s'intensifièrent. Je me glissai hors du trou et, à travers la fente entre les planches de la porcherie, regardai dehors. Des parties du bâtiment de la gare, des rails, des traverses, des tuiles, de la terre, des pierres. Tout volait dans les airs, puis on entendit un affreux hurlement provenant de la voie ferrée. Des moteurs d'avions, la défense antiaérienne, le sifflement des bombes qui tombaient, les explosions. On n'entendait plus rien. Juste ce hurlement.

Nous traversâmes la route du village en courant. Deux adultes en tête, puis les enfants en file indienne, trois adultes pour fermer la marche. Les nuages de fumée nous bouchaient la vue. Il régnait une odeur d'essence, de bois brûlé, de chair brûlée. Nous nous dirigeâmes en hâte vers la rivière qui coulait derrière le lotissement et ensuite nous gagnâmes la forêt.

La rivière n'était pas très profonde ni particulièrement large, en fait c'était juste un ruisseau. Debout dans l'eau, nous nous passions de l'une à l'autre les enfants les plus jeunes, qui étaient incapables de traverser tous seuls. L'opération dura un bon moment. Une accompagnatrice prit son fils en disant :

– Mon Seriochenka compte plus que tous les autres !

Elle laissa le groupe en plan et s'enfuit. Nous ne les avons plus jamais revus, ni elle ni son enfant.

Le bombardement terminé, nous retournâmes vers la voie ferrée. Le village était complètement détruit. Les ruines des maisons étaient hérissées de cheminées noires. Soudain, nous aperçûmes des gens au milieu des décombres. Des femmes qui erraient à la recherche de proches ou allaient prendre dans les maisons dévastées ce qui restait de leurs biens. Des secouristes qui transportaient des blessés étendus sur des civières dans un endroit où l'on avait dressé une tente faisant office d'hôpital. Nous comptâmes les enfants. Ils étaient encore tous là, et indemnes. Si les miracles existent, alors c'en était un.

Je me rendis seule à la gare. Les autres devaient rester m'attendre à l'orée du village, près de la voie ferrée. Du bâtiment de la gare ne subsistaient que les murs extérieurs, mais le chef de gare était encore en vie. Il paraissait très calme.

– Votre train devrait vous attendre à deux ou trois kilomètres d'ici, déclara-t-il. Au début de l'attaque, j'ai reçu un message de la gare voisine disant qu'il y était passé sans s'arrêter. Il est courant qu'en cas de bombardements les trains attendent à une distance de sécurité.

Je me dépêchai de rejoindre le groupe d'enfants. Nous longeâmes des cratères de bombes, des traverses noires de suie et des rails tordus. Cinq cents mètres plus loin, la ligne de chemin de fer était de nouveau intacte. L'attaque n'avait visé que le village. Et à cinq cents mètres encore, l'heureuse surprise. Dans un petit bois, dans un tournant, un train attendait en effet : trois wagons de marchandises et une petite locomotive – un modèle assez ancien taché de rouille, dédaigné par l'armée, mais encore assez bien pour transporter des enfants.

– Un quart d'heure de plus, et je serais reparti, dit le conducteur, je n'ai pas envie que ma femme soit veuve.

Nous roulions depuis une demi-heure à peine lorsque nous entendîmes au-dessus de nos têtes un bruit de moteur. Au début, on aurait dit un bourdonnement, puis il s'intensifia, enfla. Le train s'arrêta net. Malgré les croix rouges peintes sur les toits des wagons, nous fûmes attaqués par un avion volant en rase-mottes. Vite, nous ouvrîmes les portes. Nous sautâmes, courûmes dans les champs alentour et nous jetâmes à terre. Il flottait une odeur d'herbe et de fleurs, une odeur de fin d'été, chaude et pénétrante. L'avion cribla les croix rouges d'une rafale de mitrailleuse et disparut dans la brume du ciel sans nuages. Nous revînmes sur nos pas en courant, nous empressâmes de faire monter les enfants à bord des wagons. Le conducteur de la locomotive démarra aussitôt. Il craignait que l'avion ne revienne.

Après cet incident, le train accéléra. Au loin, on entendait des feux d'artillerie. Ils se rapprochaient de plus en plus. Le wagon était plongé dans le silence. Enfants et accompagnateurs étaient assis sur le sol, épuisés. Dans les moments d'accalmie, entre deux détonations, j'entendais le martèlement régulier des roues. Au-dessus de moi il y avait une fenêtre. Il faut que je regarde dehors, pensai-je, sinon je vais tomber dans l'apathie comme les autres, et ça, je ne peux pas me le permettre. Je me levai avec peine. Je m'agrippai aux deux barreaux qui divisaient la fenêtre en trois parties à peu près égales, collai le menton contre le bord inférieur et jetai un coup d'œil à l'extérieur. Nous traversâmes une petite forêt à toute allure puis nous passâmes devant des champs et un village détruit. Quelques maisons brûlaient encore, on voyait des braises çà et là, des véhicules militaires renversés, des chevaux morts, un camion en travers de la route. Il n'y avait pas âme qui vive. Je m'étonnai que la voie ferrée n'eût pas été endommagée. Nous roulions aussi vite qu'un train express. Les destructions ne me surprirent pas mais j'étais inquiète de ne voir personne. Les habitants avaient-ils pris la fuite ? Étaient-ils morts ? Où étions-nous ? À un embranchement se trouvait un side-car vert foncé. Un homme était assis sur le véhicule, mains sur le guidon. Un autre se tenait à quelques mètres de là, mitraillette en joue. Tous deux suivaient notre train d'un œil fasciné. Malgré la vitesse, je crus discerner de la surprise sur leurs visages. Les hommes portaient un uniforme et un casque. Mais ce n'étaient pas ceux de l'Armée rouge… Je lâchai les barreaux.

– C'est comment dehors, Rosa Abramovna ? me demanda l'une des institutrices.

– Pas très engageant, murmurai-je. J'attendis pendant quelques minutes qu'elle cesse de regarder dans ma direction. Puis je me glissai dans le coin où étaient assis mes enfants, les serrai fort contre moi jusqu'à ce que nos têtes se touchent.

– Quand nous nous arrêterons, dis-je tout bas, si bien que les autres ne pouvaient entendre, des soldats étrangers vont venir fouiller le wagon. Il y aura peut-être avec eux des gens qui parlent russe. S'ils demandent notre nom de famille, vous dites Petrov. C'est clair ? Mais pas un mot. À personne !

Shelia et Kostik me regardèrent d'un air étonné. Comment mes enfants auraient-ils pu aussi comprendre cela ?

– Rachel Petrova, dit la petite voix de Shelia au bout d'une minute environ. Je m'appelle Rachel Petrova.

– Pas Rachel, mais Katia, chuchotai-je. Rachel fait trop juif.

– Konstantin Petrov ? demanda Kostik.

Je hochai la tête… Ils avaient donc compris, brusquement devenus sérieux comme des adultes.

Au bout d'un moment, je ne me souviens pas depuis combien de temps nous roulions, nous nous arrêtâmes en effet. C'est la fin, me dis-je. Je fermai les yeux et serrai mes enfants dans mes bras. La porte coulissante du wagon s'ouvrit de l'extérieur. Une parole de mon grand-père me revint à l'esprit : "Quand le Messie viendra, il n'y aura plus ni ennemis ni amis. Et il régnera la paix absolue. Car tu n'auras plus aucune attache ni aucune peur. Tes désirs et soucis s'envoleront comme la poussière dans le vent, et quand tu marcheras tes pieds ne toucheront pas le sol…"

– Nique ta mère, Kolia, y a que des gosses là-dedans ! Fait chier.

Je rouvris les yeux. Pendant quelques secondes, la lumière m'aveugla, puis je vis un soldat de l'Armée rouge grimper dans notre wagon.

– Je me disais bien que c'était notre train, dit-il. On nous a promis un train qui nous emmènera loin d'ici. Près de Malogoïe, on construit une nouvelle ligne de défense. Ce n'est pas pour vous inquiéter, mais les Allemands ont fait une percée au sud de la ville.

Elle est bonne celle-là, pensai-je. Cela dit, tu ne sais pas encore à quelle distance ils se trouvent réellement. En regardant dehors, je vis une centaine de soldats soviétiques postés autour d'une maison de garde-barrière laissée à l'abandon. Ils avaient l'air tristes, fatigués et nullement belliqueux. Aux carrés dessinés sur son col, je devinai que le soldat de l'Armée rouge devait être un officier.

L'officier se retourna et cria au-dehors :

– Nique ta grand-mère, Kolia ! Y a plus du tout de place pour nous. Va donc falloir qu'on y aille à pied. Putain ! Putain !

– Camarade, modérez votre langage, dit l'une des institutrices. Il y a des enfants ici.

– C'est bon, camarade.

– Le tronçon jusqu'à Leningrad, il est encore ouvert ? m'empressai-je de demander avant que l'officier saute du wagon.

– Jusqu'à Malogoïe, vous pourriez avoir quelques difficultés, mais après, en tout cas, la voie devrait être libre, répondit-il. C'est un miracle que vous ayez réussi à en réchapper. Avec des enfants, en plus. Ici, on est tous dans la merde jusqu'au cou, pas vrai, Kolia ?

Kolia, que je ne pouvais voir, ne répondit pas.

– Je vais donner au conducteur de la locomotive l'ordre de vous faire partir d'ici le plus rapidement possible. Voilà. Bonne route et bonne chance ! Vous en aurez besoin.

À ces mots, il referma la portière. Nous reprîmes notre voyage et arrivâmes à Malogoïe dans la soirée.

La gare de Malogoïe n'avait pas été détruite. Mais il y régnait une pagaille absolue. Des soldats qui couraient dans tous les sens. Le personnel qui ne savait plus quoi faire. Des papiers qu'on rassemblait sur le quai pour les brûler. Comme je l'appris peu de temps après, le chef de gare s'était suicidé. On l'avait menacé de le fusiller.

Je me rendis tout d'abord à la cantine.

– Vous pouvez nous donner quelque chose à manger ?

– Nous avons de la soupe.

– Donnez à chacun une assiette de soupe et un bout de pain, dis-je.

La soupe était liquide et sentait le chou-fleur pourri. La plupart des enfants tremblaient d'épuisement. Ils renversaient presque tout avant d'avoir porté la cuiller à leur bouche. Certains, faute d'avoir trouvé une place sur les banquettes en bois inconfortables, étaient assis par terre. D'autres mangeaient debout, leur gamelle de soupe en fer-blanc collée contre leur corps, comme s'ils craignaient que quelqu'un ne leur enlève leur précieux repas. Quelques soldats qui se trouvaient eux aussi à la cantine offrirent aux enfants des sandwichs au saucisson et du chocolat. Moi, je ne pouvais plus rien avaler.

En comptant les enfants, nous constatâmes qu'il en manquait une douzaine. Visiblement, ils s'étaient trop éloignés du train lors de l'attaque de l'avion qui volait en rase-mottes, et n'avaient pas réussi à revenir. Nous étions partis précipitamment et avions oublié de compter les enfants.

– C'est notre faute ! s'écria l'une des institutrices. Je ne me le pardonnerai jamais.

Elle pleurait.

– Personne d'entre nous n'est coupable de quoi que ce soit, dit une autre. Mais on nous fera quand même passer en jugement parce que nous avons failli à notre devoir de surveillance.

– Ils vont sûrement être recueillis par des paysans, avança la première. Peut-être que quelqu'un les ramènera à Leningrad. Vous en pensez quoi, vous ?

Elle me lança un regard qui demandait de l'aide. Mais je n'avais pas les mots pour la rassurer.

Je me détournai. Je n'arrivais pas à pleurer. N'y pense pas, me dis-je. Tu as deux enfants à toi et plus d'une centaine d'autres placés sous ta responsabilité. Si tu te mets à cogiter sur ce qui s'est passé, autant te jeter tout de suite sous le train.

Je sortis. Au bout du quai, il y avait, comme dans toutes les stations, à côté des rails, une grande citerne. La chaudière de notre locomotive fut remplie au moyen d'un long tuyau en fer courbé. Une civière passa devant moi. Un corps était recouvert d'un drap blanc. Seul le bout des bottes dépassait, et le bras droit pendait mollement. La pointe des doigts balayait les dalles nervurées qui recouvraient le quai. Je reconnus la manche d'un uniforme de cheminot.

– Comment il s'est suicidé ? demanda quelqu'un.

– À votre avis ? Dans la remise à outils, il y a quand même suffisamment de corde.

– Se suicider pendant la guerre, quel gâchis ! Il a fait le boulot des Allemands, ce con !

Je me détournai avec dégoût et marchai jusqu'à l'autre bout du quai. La nuit était tombée. Je m'assis au bord du quai. Devant mes yeux défilèrent les images de cette journée. Puis le train prit feu. Dans un virage il se renversa et tomba dans un précipice. Les douze enfants disparus illuminèrent, tels des flambeaux, le ciel de la nuit. Au loin apparut la silhouette de mon grand-père. “Si l’ennemi s’incruste dans ton âme, dit-il, tu es perdue, sauf si tu réussis à geler ton âme.”

– Camarade !

Dans l’obscurité, je ne parvenais pas à distinguer le visage de l’homme, je voyais juste le point rouge de sa cigarette allumée et une fine moustache. Je remontai sur le quai.

– Je vous ai observée à la cantine avec les enfants, dit l’homme. Sa voix avait quelque chose de doux et de ferme à la fois, que je trouvais néanmoins inquiétant.

Je ne répondis pas.

– Parmi les accompagnatrices de ces enfants, c’est vous qui me paraissez la plus raisonnable. J’ai une proposition à vous faire : au lieu d’emmener tout ce groupe à Leningrad, partez dans l’Oural. Là-bas, vous serez directrice d’un foyer d’accueil. Je suis l’officier responsable de ce tronçon. Je peux faire en sorte que votre train emprunte une déviation. C’est encore possible, mais sûrement plus pour longtemps. J’ai des relations, je peux faire tout le nécessaire.

– Pas question ! rétorquai-je. Vous avez bien vu dans quel état sont les enfants. En plus, leurs parents attendent à Leningrad.

– Mais comprenez donc ! Dans quelques semaines, peut-être même dans quelques jours, Leningrad sera une zone de front.

Il me saisit par les épaules.

– Quelle quantité de nourriture pouvez-vous nous garantir durant le trajet jusque dans l’Oural ? demandai-je, reculant d’un pas, et il me lâcha.

– Seulement deux cents grammes de pain par enfant et par jour. À part ça, tout ce qui se présente pendant le transport, ce que les autorités locales mettront à votre disposition.

– Non, dis-je, tout d’abord, je suis moi-même mère de famille. Mes enfants sont à bout de forces.

– Mais que voulez-vous donc faire ?

– Je vais rentrer à Leningrad, remettre ces enfants à leurs mères, et après, s’il le faut, j’irai jusqu’au bout du monde. Dans l’Oural, en Sibérie, au Tadjikistan, là où vous voudrez.

– Il sera trop tard. – Il s’approcha tout près de moi. Je fus assaillie par l’odeur du tabac, du pain et de cette soupe

nauséabonde que mes enfants avaient engloutie avec voracité.
– Quand les Allemands vont se mettre à bombarder Leningrad, chuchota-t-il, il n'en restera plus rien. Je n'ose pas penser à ce qui nous attend.

Sa cigarette s'était éteinte. Il gratta une allumette, et je vis le visage d'un homme encore jeune, à peine âgé de trente ans. Ses yeux brillaient comme s'il avait de la fièvre.

– Advienne que pourra, dis-je. Je ne suis plus en mesure de prendre sous ma responsabilité des enfants que je ne connais pas. Je n'ai plus de force.

– Je comprends, dit-il sèchement. Aujourd'hui, plus personne n'a envie de prendre de responsabilités.

Il me serra la main et s'en alla.

Les heures suivantes, la ligne jusqu'à Leningrad resta fermée. Nous dûmes passer la nuit à Malogoïe. Nous ne parvînmes pas à dormir, car cette nuit-là la petite ville subit sept attaques aériennes. À peine les enfants avaient-ils grimpé dans les wagons et s'étaient allongés que la sirène retentit. Ces attaques causèrent des dégâts considérables sans tout détruire pour autant, contrairement à celles que nous avions connues la veille. Nous repartîmes au petit matin.

À Kolpino, nous fûmes obligés de monter dans un train de banlieue. Nos trois wagons de marchandises furent réquisitionnés par l'armée. Ce train ne comportait qu'une seule voiture. Alors que dans les trois wagons nous n'avions déjà pas eu beaucoup de place, nous étions maintenant obligés d'allonger les enfants entre les sièges ou même dans le porte-bagages, les plus petits s'installèrent sur les genoux des plus grands. Heureusement qu'il ne restait plus beaucoup de chemin à parcourir pour arriver jusqu'à la ville.

Dans la gare de Leningrad, la pagaille était encore plus grande qu'en juillet. Des soldats et des civils postés aux barrages criaient et gesticulaient comme des sauvages. De nombreux wagons sans locomotives, des trains de voyageurs et de marchandises dont on ne savait s'ils venaient d'arriver ou allaient partir. Des patrouilles de militaires interpellant, soidisant au hasard, des gens dans la foule, contrôlant papiers et bagages. Une voix de femme aboyait des messages incompréhensibles, déformés par les haut-parleurs.

Nous eûmes de la peine à faire descendre du train les enfants épuisés. Dans le hall, leurs proches attendaient déjà : parents, grands-parents, amis. La plupart tenaient dans leurs mains des sacs remplis de vivres. Il y eut beaucoup de cris, de larmes de joie, d'embrassades et quelques visages dont l'expression passait de l'impatience à la surprise, à l'inquiétude et, pour finir, au désespoir.

– Où sont nos enfants ?

Les visages étaient ceux des parents dont les enfants s'étaient perdus.

– La dernière fois que nous les avons vus, c'était avant Malogoïe, lors d'une attaque aérienne. Ils n'ont pas réussi à remonter dans le train.

Une pluie d'injures et de menaces s'abattit sur nous. J'avais l'impression que nous étions entourés de bêtes sauvages. Elles s'approchèrent.

J'entendis la voix hystérique d'un homme :

– Je vais vous casser la gueule ! Je vais vous casser la gueule !

Un claquement sonore. Comme un tapis qu'on bat. Une de nos institutrices poussa un gémissement. Elle avait le nez en sang.

– Oh ! Je vous en supplie… nous ne voulions vraiment pas… c'étaient les fascistes ! Les fascistes !

– Faites-leur la peau !

– Tabassez-les à mort !

– Bande de garces !

J'étais tellement fatiguée et désespérée que je n'avais pas peur. Je sentis alors un coup sous les côtes et tombai. Je couvris mon visage mais je ne reçus pas d'autres coups. Des soldats avaient formé un cordon entre nous et la foule déchaînée qu'ils étaient en train de chasser de la gare. Quelqu'un tira en l'air. Des gens se jetèrent par terre. Des enfants pleuraient. Je me remis sur mes jambes. Les visages de Shelia et de Kostik étaient pétrifiés de peur. Nous n'avons plus jamais reparlé de cet incident par la suite.

Les parents des enfants disparus ne revinrent plus me harceler ce jour-là ni après. Soit ils s'étaient rendu compte qu'il était absurde de nous demander des comptes, soit ils étaient déjà bien occupés à chercher leurs enfants dans la zone de front de Malogoïe. Je ne saurais le dire. J'étais néanmoins hantée par un sentiment d'échec. Si j'avais été pieuse, j'aurais fait une prière. Mais je ne croyais pas en Dieu. Il n'y avait rien qui pût me réconforter.

Nous restâmes à la gare avec une vingtaine d'enfants. Leurs parents n'avaient pas le téléphone, n'étaient pas joignables sur leur lieu de travail, ou ils n'étaient pas au courant de notre retour pour d'autres motifs comme, peut-être, une négligence de la part des autorités municipales. Ces enfants étaient bouleversés. Nous les répartîmes en plusieurs groupes et nous nous dîmes adieu. Brièvement et sans effusion.

Parmi les cinq enfants qui m'avaient été confiés, une fille de quatorze ans affirma connaître le chemin pour rentrer seule chez elle et ne pas avoir besoin d'être raccompagnée. D'une cabine téléphonique j'appelai Macha et lui demandai de ramener Shelia et Kostik chez nous, dans l'oulitsa Fabritchnaïa. Shelia était trop épuisée pour supporter de traverser la moitié de la ville afin de rejoindre les domiciles des quatre enfants qui étaient encore sous ma protection. Nous restâmes d'abord dans le hall de la gare, entourés de soldats et de réfugiés venus de la campagne assis sur leurs sacs et leurs valises. L'atmosphère était étouffante, nous avions du mal à respirer.

– Ils sont morts, mes parents ? me demanda une fillette de cinq ans. C'est ce que je me dis, puisqu'ils ne sont pas venus me chercher.

Essayant de donner à ma voix un ton ferme et posé, je lui assurai qu'elle les reverrait bientôt. L'enfant ne se laissa pas convaincre et fondit en larmes. Quelques instants plus tard, ils pleuraient tous les six.

Enfin, Macha apparut devant moi. Elle nous dévisagea avec une expression d'effroi.

– Tu fais peur à voir, dit-elle. Je ne t'avais pas dit dès le début que c'était n'importe quoi, ce voyage ?

Je me contentai de hocher la tête, lui confiai Shelia et Kostik et partis avec les quatre autres enfants.

Sur les places et les toits étaient installées des pièces d'artillerie antiaériennes, des monuments étaient entourés de murs en briques, recouverts de bâches de camouflage ou avaient été enlevés. Des flèches indiquaient l'entrée des abris. Les affiches de propagande sur les murs étaient encore plus agressives qu'un mois et demi auparavant : *Mort aux assassins d'enfants ! Écrasez ces salauds de fascistes ! Tout pour la victoire ! Vaincre ou mourir ! Mort aux Allemands !*

Les parents de la fillette de cinq ans n'habitaient qu'à deux stations de tramway de la gare. "Et moi qui espérais que ma fille serait en Oural, dit sa mère avec un soupir. Hier, j'ai reçu d'une parente de Novgorod un télégramme disant que tous les groupes d'enfants partis de Leningrad pour être évacués dans cette région allaient être envoyés en direction de l'Oural… apparemment, ils y seraient mieux pris en charge qu'ici.

– Possible, dis-je.

– C'est presque sûr que Leningrad va capituler, me glissa-t-elle à l'oreille. Dans quelques semaines, les Allemands seront là.

– Taisez-vous ! lui criai-je, et je claquai la porte. Si j'étais allée la dénoncer pour avoir tenu de tels propos, elle aurait été condamnée à mort.

Ensuite, j'emmenai un garçon de dix ans sur l'île Vassilievski. Un trajet en tramway qui dura plus d'une heure. Ses parents étaient au travail. Seule une tante était à la maison, qui, pour me remercier, voulut m'offrir trois cuillers en argent. Je refusai, ce que je regrettai vivement par la suite. Pendant le siège, j'aurais pu échanger ces cuillers contre des vivres.

Il me restait un garçon et une fille, aucun des deux n'étant encore en âge d'aller à l'école. Ils s'appelaient Liouba et Oleg Baranov, deux des enfants les plus sages et les plus calmes du groupe. Leur frère aîné avait eu la diarrhée durant le trajet jusqu'au sovkhoze et était parti avec le kolkhoze spécialisé dans l'élevage porcin.

Les parents habitaient le quartier appelé Petrogradskaïa Storana, "le côté de Petrograd". Il me fallut encore près d'une heure pour m'y rendre depuis l'île Vassilievski car les tramways ne circulaient plus régulièrement. Les Baranov n'étaient pas chez eux. "Baranova ? me demanda un voisin en riant. Qu'est-ce que j'en sais, moi, où elle est encore allée traîner, cette salope. Baranov, lui, par contre, je sais où il est. Vous descendez et à droite vous prenez la Pionerskaïa. C'est le gérant du magasin d'équipement ménager. Devrait encore y être à cette heure."

Cet homme parlait d'un ton assez désagréable, mais après une journée pareille, j'avais l'impression d'entendre un amoureux me murmurer des mots doux. Je pris les enfants par la main, les emmenai dans l'oulitsa Pionerskaïa.

– Il travaille où, ton père ? demandai-je à la fillette. L'enfant m'indiqua un bâtiment qui se trouvait de l'autre côté de la rue, dans la diagonale. Les stores du magasin d'électroménager étaient déjà baissés. À travers les lames je vis la silhouette d'un homme qui se tenait penché derrière le comptoir. Il était visiblement en train de faire du rangement ou de compter sa caisse. Je frappai à plusieurs reprises. L'homme, agacé, cria quelque chose que je ne compris pas. Je frappai de plus belle, et cette fois les enfants se mirent à appeler leur père. L'ombre glissa vers la porte. Les stores se levèrent aussi vite que si on avait appuyé sur un bouton, la porte s'ouvrit, et l'homme s'accroupit sur le seuil et serra ses enfants dans ses bras. Je ne me rappelle plus ce qu'ils se sont dit. Il devait s'agir de ces paroles qu'on a coutume de prononcer en pareille circonstance. J'étais tellement fatiguée que je ne percevais quasiment plus ce qui se passait autour de moi. Enfin, le père se leva. Il posa ses yeux sur moi, puis les détourna, promena son regard autour de lui, un regard d'abord serein et plein d'espoir, puis de plus en plus rapide, de plus en plus fébrile. Il tourna la tête. Il se mit même sur la pointe des pieds. Je savais qui il cherchait.

– Mais où est Aliocha ? me demanda-t-il.

En cette première année de guerre, l'heure n'était pas aux précautions oratoires. On ne se ménageait même pas soi-même quand c'était notre propre vie qui était en jeu. Aussi racontai-je à l'homme en quelques mots ce qui s'était passé durant le trajet jusqu'au sovkhoze. De la poche latérale de mon sac à dos, je sortis le reçu que m'avait remis le président du kolkhoze spécialisé dans l'élevage porcin. L'écriture d'Ovsov-Morosov dansait devant mes yeux : ... *nous prenons Alekseï Baranov, né le 3 novembre 1929, sous notre garde... à une date indéterminée... le président du kolkhoze Karl Liebknecht, spécialisé dans l'élevage porcin accuse... la réception...*

Je tendis le papier à l'homme. Il le prit d'un geste machinal, le lut d'un bout à l'autre, puis me lança un regard ahuri. J'avais l'impression que ses joues s'étaient creusées. Un halètement sortit de sa bouche :

– Rendez-moi mon enfant. Soudain il se mit à crier : – Rendez-moi mon enfant ! Je ne veux pas de reçu en échange de mon enfant ! Qu'est-ce que vous voulez que je fasse d'un reçu ?

Que lui répondre? C'est lui qui avait raison. Plus je lui parlais, plus la rage montait en lui. La sueur perlait à son front. Pendant un instant je crus qu'il allait me frapper. Debout entre nous deux, les enfants apeurés tournaient leur regard tantôt vers leur père, tantôt vers moi.

– Comment vous voulez que je sache où se trouve ce kolkhoze où on élève des cochons ? C'est quel genre de personnes, ces éleveurs de cochons ? Mon fils a des dons d'artiste, ce qu'il veut c'est devenir pianiste, pas éleveur de cochons. Est-ce qu'ils seront capables de veiller sur lui, ces éleveurs de cochons ? Comment vous voulez que je déniche ce kolkhoze, avec la guerre ?

Je finis par tourner les talons et m'en aller.

– Je vais tous vous traîner en justice ! me cria Baranov. Rendez-moi mon gosse ! Qui me garantit qu'il n'arrivera rien à mon gosse ? Comment savoir si mon gosse est encore en vie ?

Chaque fois que je vais mal, si mal que je me dis que jamais cela ne pourra être pire, je repense à cette journée, je repense à cet instant où le père désespéré reçut une quittance à la place de son fils.

Un mois plus tard, les Allemands avaient encerclé notre ville. Comme je l'appris au cours des mois suivants, marqués par la famine et les bombardements, les Baranov et leurs deux jeunes enfants trouvèrent la mort, tandis qu'Aliocha, lui, survécut aux années de guerre sur les rives de la Volga.

14

En décembre 1941, nous commençons à arracher nos tapisseries des murs. On gratte la colle du papier peint et on en fait un bouillon qui remplit l'estomac. De nombreuses personnes sont mortes après avoir ingéré cette nourriture qui leur a fait gonfler les intestins.

À l'heure qu'il est, nous avons déjà mangé le chat Mourka. Kostik l'a tué d'un coup de marteau tandis que Shelia le tenait en pleurant.

– Mon petit Mourotchka, chuchotait Shelia, c'est bientôt fini. Tu vas aller au paradis des chats. Là-bas, il y a plein de poissons pour toi. Toute la journée, tu peux manger du saumon, de la morue et de la carpe. Le dieu des chats, c'est une baleine que tu peux grignoter quand tu veux, et la partie que tu as mangée repousse toute seule.

Le chat miaulait et essayait de se libérer. Au moment où Kostik saisit le manche du marteau à deux mains et prit son élan pour frapper, Mourka se tut, cessa de mordre et de griffer, leva les yeux vers nous comme s'il cherchait des marques de compassion sur nos visages. Là, je réalisai qu'il avait compris.

– Du poisson ! cria Shelia. Du poisson !

Ses doigts glissaient sur le pelage galeux et les côtes saillantes de Mourka. Je plaquai la tête de l'animal contre le plancher. Kostik frappa enfin.

– Du poisson ! cria Shelia. Du poisson ! Du poisson ! Du poisson !

Elle mit un moment à comprendre que les taches rouges sur ses bras étaient le sang de Mourka. Puis elle lâcha le cadavre encore pantelant et, en larmes, alla se glisser sous les draps. Je n'osai pas la toucher.

– Du poisson ? – Notre voisine Maria Petrovna se tenait dans l'encadrement de la porte. – J'ai entendu parler de poisson. Où avez-vous déniché du poisson, Rosa Abramovna ?

Lorsque nous mîmes Mourka à mijoter dans la cuisine, je dus m'armer d'un couteau de cuisine et d'un manche à balai pour empêcher les voisins d'approcher.

Deux cent cinquante grammes de pain par jour pour ceux qui travaillent, cent vingt-cinq pour les enfants et les proches. La farine est mélangée à de la sciure de bois. De temps en temps, on distribue des petites rations de chocolat et de beurre, de purée déshydratée et de lait, mais elles sont de plus en plus petites et se font de plus en plus rares. Je découpe le pain en cubes. Un pour le petit-déjeuner, un pour le déjeuner, un pour le dîner. Je donne la plus grosse part aux enfants. Nous faisons griller le pain sur le feu et buvons de l'eau chaude en accompagnement. Cela fait longtemps que nous n'avons plus de thé. En automne, nous arrivions à ramasser des orties et de vieilles feuilles de chou pour en faire de la soupe. J'ai traversé la moitié de la ville, parce qu'il existait soi-disant un endroit où l'on pouvait encore acheter de la bouillie de gruau, du lait et même des pommes de terre. Au bout de plusieurs heures passées à faire la queue, on apprenait que la rumeur, la plupart du temps, était fausse.

Nos billets de banque n'ont plus aucune valeur. Nous pourrions tout aussi bien les brûler pour nous chauffer ou les utiliser comme papier-toilette. Seuls l'or, les pierres précieuses ou une montre peuvent être échangés au marché noir contre de la nourriture. Il n'y a plus ni électricité, ni combustible, ni eau courante. Les canalisations ont gelé ou éclaté. Nous allons chercher de l'eau au fleuve ou ramassons de la neige dans la rue. Nous ne quittons plus nos manteaux, même lorsque nous sommes au lit. Dehors, sur le rebord de la fenêtre, le thermomètre indique moins quarante. L'hiver le plus froid depuis des décennies. Je casse les chaises et la table pour en faire des bûches faciles à manier et les glisse à l'intérieur du petit poêle en fonte qui se trouve dans notre chambre. Une fois le stock de meubles épuisé, nous brûlons les livres. Il y en a un tout petit nombre que je ne jette pas au feu, sans quoi je ne pourrais plus vivre.

Ma maison d'édition a cessé son activité. Maintenant je travaille à la chaîne dans une usine de munitions où l'on fabrique des projectiles de canons antiaériens. En allant au travail, je passe devant ces gens qui n'ont pas survécu et j'essaie de ne pas regarder leurs visages. Ceux qui meurent chez eux, on les enveloppe dans des couvertures et on les dépose sur des luges d'enfants. Des centaines, des milliers de luges par jour. Ce sont presque toujours des femmes qui, avançant péniblement dans la neige, se rendent aux cimetières de la ville. Les hommes sont au front ou déjà morts. Les hommes sont plus faibles que les femmes. Ils meurent avant.

Au petit matin, je sors de l'immeuble. Des bâtons de ski à la main, sans quoi je n'aurais plus la force de marcher. À cause des avions ennemis, la ville assiégée doit rester plongée dans l'obscurité. J'avance à tâtons. Les taches noires des immeubles sur le ciel gris pâle, les taches noires des morts sur la neige bleu pâle. Et les hurlements du vent dans les fenêtres sans vitre, les couloirs et les escaliers vides des immeubles bombardés. Au lever du jour, je vois les impacts dans les murs, des câbles qui pendent, des congères qui atteignent le rebord des fenêtres du premier étage, des carcasses de tramways, de camions et de bus calcinés.

À l'usine, le courant fonctionne. Vers midi, on nous donne une soupe. Pourvu que je ne m'effondre pas d'épuisement ! Les femmes qui sont à ma gauche et à ma droite ont déjà été remplacées deux fois. Je ne sais pas si elles sont mortes ou si on les a évacuées de la ville par le lac Ladoga. Nous sommes presque totalement encerclés par la Wehrmacht. Seul un corridor qui mène au lac est encore ouvert. Quand serai-je évacuée ? Ceux qui ont réussi à franchir les tirs de barrage de l'artillerie allemande et à gagner l'autre rive dans des camions roulant sur la glace sont acheminés vers l'est, dans des régions sûres, où ils auront suffisamment à manger et seront à l'abri des bombes. "Route de la vie", c'est le nom que l'on donne à la voie frayée à coups de pelle sur le lac. De nombreuses personnes sont enfouies sous la glace. De l'autre côté on trouve du pain et de la viande en boîte, raconte-t-on. Si l'on ingère trop vite cette nourriture, on est pris de crampes d'estomac et on meurt, dit-on. Mieux vaut, paraît-il, manger à sa faim, rien qu'une seule fois, puis crever, plutôt que mourir de faim à petit feu.

Mes enfants m'attendent dans le froid glacial. J'ai donné à une vieille femme habitant l'appartement d'à côté mon alliance et les bijoux que m'a mère m'a offerts lorsque je suis partie m'installer à Leningrad. En contrepartie, cette femme veille sur mes enfants quand je suis à l'usine. Elle connaît un fonctionnaire chargé de l'alimentation qui, en échange des bijoux, lui fournit du pain, du lait concentré et des graines de sarrasin. Elle nous en donne un peu. Elle peut se permettre d'être généreuse. Son fils est matelot sur l'un des navires de guerre qui mouillent dans le port de Leningrad et barrent l'entrée à la marine allemande. En tant que membre de la marine, il reçoit cinq cents grammes de pain par jour et fait régulièrement parvenir quelque chose à sa mère. "Le monsieur de l'administration des vivres, me dit la voisine, m'a raconté que son chef fait un régime amaigrissant pour ne pas s'attirer la haine de la population à cause de son physique. Il possède sa propre boulangerie où l'on fabrique des viennoiseries pour les hauts fonctionnaires du Parti.

Fin novembre, le père de mon voisin Losaberidse est mort. Juste avant, il avait mangé son canari.

À quelques kilomètres au sud, les troupes allemandes attendent que nous soyons tous morts de faim. Hitler souhaite rayer Leningrad de la carte. Il veut que la Neva devienne la frontière entre l'Allemagne et la Finlande. Le "problème de la population" se résoudra tout seul, par la famine, pensent les Allemands. En automne, ils ont détruit les entrepôts de vivres que compte la ville. Maintenant, nous faisons cuire des lanières de cuir et des semelles de chaussures. C'est incroyable tout ce qu'on est capable de manger.

Tous les jours, nous nous faisons tirer dessus par l'artillerie allemande ou bombarder par des avions. Je fais partie de l'équipe d'intervention contre les incendies qui se déclarent dans notre immeuble. Les bombes incendiaires transpercent le toit. J'ai réussi à en éteindre quelques-unes sous les combles. En guise de récompense, on m'a promis une médaille. Si je meurs, je la recevrai à titre posthume. Si par hasard un obus de gros calibre atteint notre immeuble, nous sommes fichus. Toujours est-il que, lors des alertes aériennes, mes enfants ne descendent plus à la cave. Je me souviens qu'un jour l'alarme a retenti quatre fois, et trois fois la nuit suivante. Kostik est trop faible pour descendre à chaque fois, puis remonter, et Shelia n'a plus peur quand la sirène hurle ni quand il y a des explosions dans le voisinage. Elle a quatre ans. Pour elle, la guerre dure depuis une éternité. Il ne se passe pas un jour sans que des gens se fassent tuer ou s'effondrent dans la rue. Shelia est raisonnable. "Quand vous serez morts, Kostik et toi, m'explique-t-elle, je sortirai dans la rue, je marcherai jusqu'à ce que je trouve un milicien et je lui dirai : monsieur le milicien, ma maman et mon frère sont morts de faim. S'il te plaît, emmène-moi dans un orphelinat." Ma fille me confie par ailleurs qu'elle n'est pas juive. "Toi, tu es juive, maman, Kostik aussi. Pas moi ! Moi, je suis russe." Les Allemands la croiront-ils lorsqu'ils s'empareront de la ville ? Mais ils ne s'empareront pas de Leningrad ! Dans le port, il y a notre flotte. L'Armée rouge a formé une ceinture défensive autour de la ville, creusé des fossés antichars, élevé des remparts et des casemates et posé des barbelés. Les sites stratégiques sont bien camouflés. On lâche dans les airs des montgolfières sans pilote qui vont obstruer la vue aux avions ennemis. Il n'y a que la faim qu'on n'arrive pas à dissimuler.

Quand elle descend les escaliers, Shelia est obligée de se tenir aux barreaux de la rampe en fer forgé. Ses bras sont décharnés, comme si on avait grignoté la chair puis enroulé la peau autour des os nus. Prudemment, elle descend les marches l'une après l'autre. À chaque étage, elle fait une longue pause. Malgré le froid, elle passe beaucoup de temps dans la cour avec des enfants de son âge. Il lui arrive même de rire.

L'école de Kostik a été bombardée. Un obus a déchiqueté sous ses yeux un camarade de classe. Les morceaux carbonisés du cadavre étaient éparpillés autour du cratère en forme d'entonnoir, à l'intérieur duquel brûlait le cartable de l'enfant tué. Des lambeaux de papiers et de vêtements sont tombés aux pieds de Kostik. Comme par miracle, lui en était sorti indemne. Mais depuis ce qui s'est passé, il refuse de sortir de l'appartement.

– Quitte à se faire tuer, autant que ce soit à la maison, dit-il.

On fait désormais la classe dans un abri antiaérien non chauffé. Les enfants sont emmitouflés dans plusieurs épaisseurs de vestes et de manteaux. Leurs doigts sont engourdis par le froid. Ce n'est pas bien grave si Kostik n'assiste pas à ces cours. Il est couché dans son lit tout habillé, la couverture remontée jusqu'au menton. Ses yeux sont immenses dans son visage émacié. Parfois je lui lis une histoire. *La Fille du capitaine, Eugène Onéguine* de Pouchkine ou *Un héros de notre temps* de Lermontov, voire *Guerre et Paix* de Tolstoï, mais pas les chapitres sur la guerre, seulement ceux sur la paix. Parfois je n'ai plus la force de parler. Alors je chuchote ou je remue juste les lèvres. Kostik ne m'en veut pas. Il me regarde malgré tout avec attention. J'ignore si, à dix ans, il est déjà en mesure de tout comprendre, en tout cas il réclame sans cesse ces histoires, parce qu'elles se passent au XVIIIe siècle ou dans le lointain Caucase, ou dans des salons mondains où tout le monde parle français.

Des gens au bord du fleuve. Leurs corps maigres enveloppés dans un épais cocon de tissu, des vêtements d'hiver passés pardessus des vêtements d'été, qui ne servent qu'à protéger leurs squelettes du vent humide. De loin, ces gens, dans la lumière blafarde, font penser à des choucas sur la glace. Ils tournent autour de quelque chose et essayent de s'en approcher en jouant des coudes. À une vingtaine de mètres de la berge, là où le fleuve est suffisamment profond, on a percé un trou dans la glace. Les gens se disputent pour décider qui va plonger son seau en premier. De loin, l'eau paraît noire comme de l'encre. Quelqu'un tombe et on le pousse sur la glace comme une bûche, ou bien il reste tout simplement couché là, la main dans l'eau, sa moufle ayant été emportée par le courant. Quand on vient le chercher le soir, ses doigts gelés se brisent.

Les gens mettent les seaux sur des luges d'enfants qu'ils font remonter sur le quai en les tirant le long d'une rampe. Quand le soleil perce les nuages, les petites stalactites de glace scintillent aux commissures de leurs lèvres et sur leur menton, leurs visages émaciés paraissent encore plus pâles. Plus tard, un camion passe dans les rues pour ramasser ceux qui se sont effondrés en chemin.

L'homme est un vieillard, ou encore un enfant. Je ne saurais le dire, on ne peut plus donner d'âge aux gens. Je sais seulement qu'il n'a même pas de bottes – peut-être les a-t-il troquées contre de la nourriture –, juste des chaussures, comme celles que l'on porte d'habitude en automne. Il se balance d'une jambe sur l'autre.

Sur la berge, derrière le parapet en pierre, se tient un milicien. Dans son uniforme beaucoup trop large, il fait penser à un soldat de plomb.

L'homme n'arrive plus à soulever le seau d'eau, il le tient par l'anse et le pousse dans la neige, l'eau déborde, dessinant sur le chemin parcouru d'étranges figures de glace. Je remarque que l'homme lance au milicien des regards méchants, presque insolents. Il finit par abandonner son seau, tombe à genoux. Il n'a plus de force.

Immobile, le milicien regarde l'homme en train de mourir. Il sait qu'il ne se relèvera plus. Peut-être est-il en train de s'interroger sur l'utilité de sa présence en ce lieu, à cet instant.

L'homme s'est redressé et regarde le milicien dans les yeux. Celui-ci se balance d'une jambe sur l'autre. L'homme prend une profonde inspiration. Il crie :

– Fils de putes ! Salauds ! Charognards !

Le milicien extirpe de la poche de son manteau une cigarette et une boîte d'allumettes. Ses doigts ne lui obéissent plus. La boîte lui glisse des mains. Il se penche lentement pour la ramasser.

– Ils vaincront ! Je les vois déjà qui arrivent ! Je vois leurs casques. Les drapeaux à croix gammée. *Sieg Heil !*

Le milicien fixe l'homme. La boîte d'allumettes est toujours dans la neige. La cigarette est collée à sa lèvre inférieure.

– Les bolcheviks sont au bout du rouleau ! Maintenant c'est foutu, tout ce qu'il a créé, Lénine, ce psychopathe syphilitique !

Où cet homme trouve-t-il donc la force de crier ? Les gens passent devant lui avec indifférence. Le milicien a remis la cigarette dans la poche de son uniforme et enroulé son écharpe autour de sa bouche et de son nez. D'un pas lent, prudent, tel un automate, il descend vers le fleuve par la rampe d'accès.

– À bas le pouvoir soviétique ! crie l'homme en agitant les bras. Un murmure parcourt la foule.

– Jetez-le donc à l'eau, ce fou ! dit une voix de femme. Une phrase lancée l'air de rien. Vide d'émotion.

– Camarade milicien, arrêtez ce fasciste !

Une voix masculine. Le milicien s'arrête à dix mètres à peine de l'homme. Il observe la scène.

– Quand Hitler envahira Moscou, il mettra vite tout le Politburo à la lanterne ! crie l'homme.

Aucune réaction de la part du milicien.

– Arrête-moi, arrête-moi, arrête-moi ! – L'homme tire la langue au milicien, s'avance vers lui d'un pas chancelant. – Arrête-moi, espèce de fils de vieille pute et de bouc en rut ! Arrête-moi, engeance du diable ! Arrête-moi, je suis un espion allemand !

Ses forces l'abandonnent. Il tombe à terre, soulevant de minuscules cristaux de neige.

Il ne se relèvera pas, me dis-je. Mais, quelques instants plus tard, je vois l'homme qui se tourne sur le ventre, se met péniblement à genoux, glisse et tombe, puis se relève encore.

Le milicien ne bouge pas.

– À bas les youpins ! À bas Staline, ce sale Juif ! À bas Staline, ce Juif de Géorgie !

C'est alors que, brusquement, l'automate se met en mouvement.

– Maintenant ça suffit, citoyen, dit le milicien à voix basse. Venez avec moi !

Plein de gratitude, le prisonnier emboîte le pas à son sauveur. Dans les prisons, d'après ce qu'on raconte, la nourriture est meilleure, et une fois qu'on a été exécuté on ne souffre plus.

Je vois très peu mon amie Macha. Dans la ville assiégée, on ne va pas se rendre visite les uns aux autres, on économise ses forces. Nous n'avons presque plus de contacts avec nos amis et connaissances. Macha ne vient jamais chez nous. Elle souffre d'une dysenterie sévère. Sur son corps amaigri se sont formés des abcès. Elle n'a plus de combustible pour se chauffer et, à part moi, personne pour s'occuper d'elle. Je lui apporte des croûtons de pain et un peu de gruau, mais elle n'y touche pas.

– Tes enfants en ont plus besoin que moi, dit-elle, et j'ai ma fierté.

À la place, nous parlons de cuisine, de *chtchi* à la viande et à la crème, de gâteau au chocolat et de ragoût de chevreuil, bien que nous n'ayons jamais mangé de ragoût de chevreuil de notre vie.

Macha est devenue pieuse. Avant d'aller se coucher, elle récite tout bas une prière qu'on lui a apprise quand elle était enfant. Il y a désormais une icône accrochée au mur. Aucune idée de l'endroit où elle a trouvé ce portrait de la Vierge Marie avec son auréole dorée. Avant la guerre, il était déconseillé d'exhiber ce genre d'objets de culte. Aujourd'hui, cela ne dérange plus personne. Macha prie plusieurs fois par jour.

– Si je meurs, tu pourras garder l'icône, dit-elle.

– Il ne faut pas penser à la mort. Sinon tu vas vraiment mourir, et tu ne peux pas me faire ça.

Elle repousse mon étreinte.

– Quand je serai morte, tu pourras avoir mes tickets de rationnement, dit-elle.

Il y a quelque temps encore, Macha était employée comme ingénieur dans une usine. Depuis un moment elle n'est plus en état d'aller travailler.

– Je t'emmène à l'hôpital, dis-je.

– Peu importe l'endroit où je meurs. Je n'irai pas à l'hôpital. Là-bas, il n'y a plus rien à manger, je n'aurai que d'autres mourants autour de moi. Je préfère être seule.

Elle parle d'un ton ferme qui n'admet aucune réplique. Nous nous quittons toujours comme si nous n'allions jamais nous revoir.

– J'ai envie de te bénir, dit Macha. Je sais que tu es juive et que pour toi, cela ne signifie rien, mais j'ai quand même envie de le faire.

Je pense aux Allemands qui, cantonnés à quelques kilomètres de là, attendent notre mort. Ils sont sûrement en train de manger de la choucroute et des saucisses, de boire de la bière et de se moquer des Russes, ces sous-hommes qui préfèrent crever dans leur vieille capitale plutôt que de se rendre. Je me fais la promesse de ne plus jamais traduire une phrase écrite en allemand. Jamais plus un mot en allemand ne franchira mes lèvres. Plus tard, j'oublierai cette promesse parce qu'on est un peu indolent quand on a le ventre plein et que les phrases ne sont que des constructions abstraites. Il suffit d'un petit effort pour oublier les gens qui sont derrière.

Un jour, Macha est vraiment morte. Je le sais déjà lorsque je monte les marches usées de l'escalier. La porte n'est pas fermée à clé, la chambre a été vidée. Même l'icône a disparu. Le visage de Macha est paisible, ses yeux sont entrouverts, ses bras raidis par le froid. Ses mains sont agrippées aux plis de son manteau.

Je l'enveloppe dans un linceul et enlève son corps du lit. Il est plus léger que je ne le pensais. Telle une planche, je le descends jusqu'au bas de l'escalier et le dépose sur la luge.

Il faut marcher un bon moment pour arriver au cimetière. Je lutte contre le poids de la luge et le vent glacial. Plus j'approche du cimetière, plus je vois autour de moi des femmes tirant des traîneaux. La distance s'allonge à mesure que j'avance. Mais je ne peux pas mourir maintenant. Pour mes enfants. Je compte mes pas. À cent je ferai une pause. Quand j'arrive à cent, je repars de zéro. Les crissements des patins dans la neige évoquent le bruit de la bouillie de sarrasin ou de millet qu'on racle dans l'assiette.

Une femme au visage blafard inscrit le nom de Macha dans le registre des décès. Une bouche à nourrir en moins, c'est un peu plus pour les survivants. Les derniers jours de décembre, les rations de pain ont été un peu augmentées. J'ai dû faire la queue devant le bâtiment du service funéraire, comme si c'était une épicerie. Ici, au moins, personne n'essaie de resquiller.

On met le cadavre de Macha avec les autres sur un traîneau tiré par quelques femmes. Le sillon tracé dans la neige est tellement profond qu'on voit presque la terre. Une allée longe les pierres tombales et les monuments. Derrière se trouve une vaste étendue avec une immense fosse. Au bord, on fait basculer le traîneau. Puis on jette quelques pelletées de terre et de chaux sur les morts. Jusqu'à l'arrivée du chargement suivant.

Sur le chemin du retour, je vois le visage de Macha apparaître devant moi. Il se brouille puis redevient net. Sa bouche s'ouvre et se ferme, comme si elle me parlait ou mâchait quelque chose. L'un de ces croûtons de pain que je lui avais apportés et auxquels elle n'avait pas touché. "Quand la guerre sera finie, je ferai faire une pierre tombale à ton nom et la ferai dresser sur le terrain au-dessus la fosse commune", je lui explique.

Les sirènes hurlent. Les passants descendent aux abris. Mécontents, ils disparaissent dans les entrées des immeubles. Moi, je continue à marcher. Cent. Quatre-vingt-dix-neuf. Quatre-vingt-dix-huit, je compte les pas, le regard rivé sur le bout de mes chaussures enveloppées dans des morceaux de tissu pour les protéger du froid. J'ai échangé mes bottes contre du pain. Mes pieds frottent le sol comme si j'étais chaussée de skis, poussant la neige devant eux. Celle-ci forme des taupinières qui s'affaissent après chacun de mes pas. Je ne prête pas attention au sifflement des bombes ni aux détonations. Et là brusquement, j'entends tout au fond de moi la voix de Macha. Elle est comme autrefois, comme avant le siège, forte et claire, et un peu dure : "Tu veux te tuer, Rosa ? Moi, je suis morte, mais toi, tu es encore en vie et tu as une responsabilité à assumer. Mets-toi à l'abri, je resterai auprès de toi et t'accompagnerai jusqu'à la fin de tes jours."

Je lève la tête. À une centaine de mètres à peine, un immeuble est enveloppé dans un nuage blanc de poussière et de neige, comme si on avait versé dessus une énorme cargaison de sucre glace. Des flammes jaillissent du toit. La fumée devient grise, puis noire. Les murs penchent et s'effondrent tranquillement, presque au ralenti. Vite, je me réfugie dans l'entrée d'un immeuble et descends à tâtons l'escalier sombre qui mène à la cave.

Il fait particulièrement froid en février. Un jour, il n'y a plus de pain dans notre épicerie. Les gens ne se plaignent pas. Ils sont épuisés. À quoi bon s'énerver ? Ce jour-là, c'est l'hécatombe dans l'immeuble. Le surlendemain, un dimanche, Shelia disparaît de la cour.

Dans la cour, les enfants jouent à un jeu de paix : au papa et à la maman. Une table dressée. Des tartelettes, des bouchées de chocolat au rhum et des boulettes de viande façonnées avec de la neige. Des stalactites en guise de couteaux et de fourchettes. La dernière semaine de décembre, Shelia n'était pas sortie de l'appartement. Je la prenais avec moi dans mon lit pour la réchauffer avec mon corps. Depuis que les rations de pain ont été portées à trois cents grammes pour ceux qui travaillent et à deux cents pour les proches et les enfants, Shelia se sent mieux. Quand je regarde dehors par la fenêtre du vestibule, je la vois qui gambade dans la cour. Quand on a cinq ans, seul compte l'instant présent.

Toutes les dix minutes, je sors de la pièce à vivre en traînant les pieds et je vais dans le couloir regarder par la fenêtre ce qui se passe dans la cour. Dans une heure au plus tard, j'irai chercher Shelia pour qu'elle n'attrape pas froid. Si elle tombe malade, elle n'a aucune chance de survivre. De plus, le dimanche je n'aime pas me déplacer plus que nécessaire, je préfère avoir mes deux enfants avec moi dans la chambre pour pouvoir m'allonger et me reposer. Fermer les yeux. Penser à Naoum. Quelle chance il a, mon mari ! À Khabarovsk, loin du front, il mène une vie de garnison monotone mais agréable. Il n'a pas réussi à obtenir son transfert sur le front de Leningrad.

Dans la cour carrée, la neige est devenue une masse pétrifiée à force d'être piétinée par les enfants. Ceux qui en sont encore capables prennent leur élan pour glisser sur la cour comme s'il s'agissait d'une patinoire. Certains vont jusqu'à grimper sur les poubelles renversées. Celles-ci sont vides. Pendant le siège, il n'y a aucun déchet. On recycle tout.

Mon regard se porte de nouveau sur les enfants qui jouent dans la cour. Des taches de couleurs qui tournoient. Des toques en fourrure qui dansent dans la lumière pâle du soleil d'un après-midi d'hiver. Je ne vois pas la toque de Shelia. Je retourne dans notre chambre et regarde dans l'oulitsa Fabritchnaïa. De la fenêtre de la cuisine, je fouille des yeux le chemin d'à côté qui, partant de la Fabritchnaïa, longe notre immeuble et mène jusqu'à l'ancienne église qui sert à présent de dépôt de munitions. Aucune trace de Shelia.

– Kostik, tu as vu Shelia ?

Question stupide. Il a passé toute la journée dans la chambre. De temps en temps, il se lève et fait quelques pas. Son visage retrouve peu à peu des couleurs. Il est maintenant jaune et non plus blanc.

Je descends. J'essaye de dissimuler mon angoisse du mieux que je peux, de marcher en me tenant bien droite, de paraître sûre de moi et calme afin de ne pas effrayer les enfants.

– Les enfants, vous savez où est Shelia ?

– Elle n'est plus là, répond une fillette d'environ six ans.

– C'est ce que je vois ! Mais où est-elle allée ?

– Elle est partie avec Borika, dit l'un des enfants.

Borika, le garçon de huit ans de l'immeuble d'à côté.

– Je les ai vus dans la rue, raconte un des garçons. – Il est assis sur la poubelle renversée comme sur un cheval à bascule. – Ils parlaient à un homme, Borika et Shelia. Il faisait de grands gestes avec les mains.

– Quel genre d'homme ? demandé-je tout bas, horrifiée. Ce n'est pas le moment de m'évanouir !

– Un grand.

– Il était comment ?

– Grand.

– Quel âge avait-il ?

– Je sais pas.

Je me détourne. Peut-on attendre d'un enfant de cinq ans qu'il décrive convenablement une personne ? Je me précipite dans le passage qui relie notre cour à la rue, me retrouve dans la Fabritchnaïa. Je fais cinquante pas en avant. Reviens en arrière. Cent pas dans l'autre sens. Shelia reste introuvable…

– Avez-vous vu une petite fille ? Cinq ans. Elle porte un manteau bleu foncé et est accompagnée d'un garçon de huit ans.

– Aucune idée. Désolée, dit la passante. Je n'ai remarqué personne.

– Et vous ?

– Je regrette. Adressez-vous à la milice.

Mais, au lieu de me rendre à la milice, je reviens vers l'immeuble et monte l'escalier qui mène à notre appartement. Comme je cours vite, d'un coup ! C'est comme si je pesais encore soixante-deux kilos et non quarante et un, comme si j'avais des jambes robustes, de l'énergie et de la fougue, comme avant la guerre ! Je grimpe les marches deux par deux. Je sens dans mon cou la caresse glaciale de l'air hivernal.

– Tu as vu Shelia, Kostik ?

Mes murmures se muent en quinte de toux.

– Non, maman.

Désespérée, je me laisse choir sur le lit de Kostik. Je prends mon fils dans mes bras et enfouis mon visage dans la couverture qu'il a remontée jusqu'au menton.

– Elle va revenir bientôt, maman ! – Kostik caresse ma tête. – Shelia est bien trop intelligente pour s'en aller avec un cannibale.

Ça y est, Kostik a lâché l'horrible mot. Je me lève d'un bond, me rue dans le couloir, frappe aux portes de nos voisins de palier. Pas de réponse.

– Shelia ! – Un cri jaillit de ma poitrine. – Shelia !

Mon regard glisse le long de la rampe de l'escalier sinueux, descend jusqu'au rez-de-chaussée en passant devant chaque palier et plonge dans la pénombre de la cave.

Les enfants sont les victimes favorites des cannibales. Ils ne sont pas très charnus, certes, mais se laissent très facilement duper, suivent un "monsieur inconnu" dans son appartement sous prétexte que des friandises les y attendent. Les plus âgés flairent vite le piège. Les plus jeunes se laissent emmener et atterrissent dans la marmite.

Dans les catacombes de la ville a lieu tout un trafic de chair humaine, raconte-t-on. C'est là que résident les rois des cannibales et des charognards, des personnages légendaires dont nul ne connaît le nom et qui envoient leurs hommes de main faire le sale boulot. Je n'accorde aucun crédit à ces histoires d'horreur, et pourtant le cannibalisme est une réalité. Il y a six mois, les cannibales étaient peut-être encore des scientifiques, des médecins, des ingénieurs, des journalistes ou des écrivains. Ils réfléchissaient à l'avenir du pays, se rendaient à des congrès, rédigeaient des thèses ou sauvaient des vies humaines en tant que pompiers. C'étaient des pères de famille aimants, des philanthropes, des pacifistes ou d'intraitables moralistes. Si quelqu'un leur avait dit que, quelques mois plus tard à peine, ils découperaient des petits enfants en morceaux pour les jeter dans des marmites, ils lui auraient collé leur poing dans la figure.

– Oh, mon Dieu, fais qu'il n'arrive rien à Shelia. Fais qu'il ne lui arrive pas ÇA ! crié-je.

– Pas ça, pas ça, me répond, railleur, l'écho dans la cage d'escalier.

Je pense à Morkovine, un ancien collègue de mon mari, qui, il y a quelques semaines, a travaillé dans la même usine de munitions que moi. Morkovine a élaboré une théorie sur le cannibalisme.

– Si nous voulons gagner la guerre, Rosa Abramovna, m'a-t-il expliqué un jour, nous devons déroger provisoirement aux principes éthiques qui régissent notre conduite. Vous admettrez sûrement, Rosa Abramovna, que nous avons affaire à un adversaire barbare et que cette guerre est la plus impitoyable que l'histoire ait jamais connue.

– Où voulez-vous en venir, Anton Ivanovitch ?

– Vous avez sans doute remarqué, chère Rosa Abramovna, qu'aujourd'hui plus personne ne s'indigne lorsqu'on lâche des bombes sur des femmes et des enfants innocents, des bombes qui sont précisément, c'est-à-dire exclusivement destinées à tuer ces femmes et ces enfants. Les Allemands nous bombardent, et maintenant ce sont les Britanniques qui se mettent à bombarder les Allemands. Nous considérons qu'il s'agit là d'une manière légitime de mener la guerre, mais manger nos morts pour échapper à une famine assurée et à la capitulation, nous trouvons ça scandaleux. Quel raisonnement cynique, me direz-vous ! Cela vous semble inconcevable ? Les Maoris, en Nouvelle-Zélande, mangeaient leurs ennemis et, pourtant, ils étaient bien plus pacifistes que nos voisins soi-disant civilisés d'Europe occidentale. Bien entendu, j'estime qu'il est immoral de tuer des gens pour les manger. Mais que faire de ces innombrables morts qu'on enterre inutilement dans les fosses communes ?

Je n'avais rien répondu. J'appris plus tard que Morkovine avait mangé son grand-père mort de faim et d'épuisement. Sa femme et lui ne déclarèrent pas tout de suite le décès afin de profiter pendant quelques jours encore des tickets de rationnement du grand-père. Ce genre de choses était monnaie courante. Beaucoup de gens, à Leningrad, faisaient de même. Les Morkovine laissèrent le cadavre dans son lit. Quelques jours s'écoulèrent. Puis Morkovine trancha le bras de son grand-père, le mit à bouillir et, grâce à la chair et au bouillon, sauva la vie à sa femme. Ils comptaient dire au service funéraire que le grand-père avait perdu son bras lors d'une attaque aérienne. Mais au lieu de transporter le grand-père jusqu'au cimetière, ils attendirent un jour, puis un autre, et puis un autre, mangèrent le deuxième bras, puis une jambe, et après, tout le reste, le foie, le poumon, le cœur… jusqu'à ce qu'il ne reste que le squelette. Je ne me souviens plus comment on a découvert le pot aux roses, toujours est-il qu'on les a tous les deux fusillés sur-le-champ. Pas de quartier avec les cannibales. À quoi bon s'embarrasser d'un procès ?

– Shelia !!!

Je hurle.

Je tambourine contre la porte marron d'un appartement de l'immeuble voisin. Encore une déception. Borika n'a pas emmené Shelia dans l'appartement de ses parents. Sa mère ne partage pas mon inquiétude.

– Des cannibales ? – Dans sa bouche, ce mot a un accent à la fois moqueur et amer. – Il n'est pas du genre à se laisser manger, notre Borika, c'est plutôt lui qui va bouffer quelqu'un.

Je n'ai plus aucune prise sur ce gosse, il traîne avec des plus grands, des garnements, des petits voyous ! Vous ne pouvez imaginer ce qu'il a appris comme mots. J'en arrive à rougir… Mais il va revenir, vous verrez.

Ses paroles ne me rassurent guère. Je prends congé, retourne dans notre immeuble, me reprochant de n'avoir jamais accordé autant d'attention à Shelia qu'à Kostik. C'est la plus robuste, la moins compliquée des deux.

– Laisse-la en vie ! crié-je en fondant en larmes. Désormais je traiterai mes enfants de la même façon. Je le promets !

Puis, à voix basse, je récite toutes les prières juives dont je me souviens encore…

Il y a quelques semaines, on a arrêté un cannibale dans la Fabritchnaïa. Un individu de la pire espère, un "amateur de chair fraîche", non pas un voleur de cadavres mais un assassin. Deux soldats ont défoncé à coups de pied la porte de son appartement qui ressemblait à un abattoir. Du plafond pendaient des corps écorchés. Le cannibale a essayé de sauter par la fenêtre. Alors qu'il se trouvait sur le rebord, les soldats l'ont tiré pour le faire rentrer à l'intérieur.

– On ne va pas gaspiller des cartouches pour une ordure pareille ! Elles sont pour les Allemands, aurait dit un soldat. Ils ont étranglé le cannibale sur son canapé.

Je jette encore un coup d'œil dans la cour.

– Shelia n'est toujours pas rentrée, Rosa Abramovna ! m'informent les enfants. Aussitôt je redescends dans la rue, devant l'immeuble. Je ratisse la Fabritchnaïa et quelques rues adjacentes. Dans la cour de l'usine d'ampoules électriques, qui fabrique à présent du matériel de guerre, la masse des ouvriers qui ont fini leur journée me pousse vers la porte de la sortie. Le dimanche aussi on travaille. L'après-midi touche à sa fin. La nuit commence à tomber sur la ville. Il faut que j'aille à la milice, même si je sais qu'il est inutile de faire un signalement de disparition. L'inconnu est un fantôme sans taille, sans âge et sans visage. Si son intention était de tuer Shelia, c'est certainement fait depuis longtemps.

Je tourne au coin de la rue. Le poste de la milice n'est pas loin. D'un pas chancelant, je croise les passants, heurte quelqu'un. Je me fais insulter. J'aperçois deux enfants. Ils marchent sur le trottoir d'en face, dans la direction opposée. En direction de la Fabritchnaïa. Je jette un regard vers la petite fille. Cela pourrait être Shelia. Je continue à avancer, et il me faut quelques instants pour réaliser qu'il s'agit bel et bien de Shelia. Je crie. Les deux enfants s'arrêtent, baissent les yeux, l'air confus, tandis que je cours les rejoindre. Pourquoi rentrent-ils la tête dans les épaules et lèvent-ils les bras comme pour se protéger ?

– Où étiez-vous ?

Ce sont les seuls mots que je réussis à prononcer. Je suis tellement essoufflée que je suis obligée de mettre les mains sur les côtés et de me pencher en avant.

– Au théâtre, c'est tout, répond Boria avec des larmes dans la voix.

– Vous étiez oooùùù ?

Je me redresse.

Shelia étreint mes jambes, lève la tête et me regarde d'un air coupable.

– Je regrette, dit-elle de sa petite voix aiguë.

– Un monsieur devant l'immeuble nous a raconté qu'on jouait une pièce pour les enfants au Bolotnaïa, explique Borika d'un ton timide. Le Petit Chaperon rouge et le méchant loup dans un abri antiaérien. L'entrée était gratuite.

Le Bolotnaïa se trouve à dix minutes à peine de la Fabritchnaïa. Même pendant le siège on peut aller au théâtre et au cinéma. Il y a même des concerts.

– C'était chouette ! dit Shelia. Le loup portait une petite moustache. Comme Hitler. Et le Petit Chaperon rouge avait une étoile rouge sur sa robe.

– Tu aurais dû me demander la permission, je crie à Borika. Tu ne peux pas entraîner ma fille comme ça ! Qu'est-ce qui t'a pris ?

Mais au lieu de répondre, le coupable tourne les talons et s'enfuit en courant. Je soulève ma fille. Je la serre contre moi et elle passe ses bras minuscules autour de mon cou.

15

Un jour, à la fin de l'été, j'appris la mort de mes parents. Dans les rues, l'asphalte fondait sous la chaleur. Les pneus des camions à vapeur – mastodontes qui, durant les années de guerre marquées par la pénurie d'essence, circulaient dans les rues de notre ville avec un fracas de tonnerre – laissaient de profondes ornières dans le revêtement des chaussées. Les soldats portaient leurs chemises d'uniforme ouvertes. Les femmes, vêtues de robes qui collaient à leur corps, déblayaient les gravats des immeubles bombardés, réparaient les chaussées ou posaient des rails de tramway.

Le blocus fut forcé début 1943, au bout d'un an et demi. En janvier 1944, les troupes allemandes furent définitivement chassées des faubourgs de notre ville. À présent, nous avions suffisamment de rations alimentaires pour survivre. Kostik retourna à l'école, qui avait été transférée dans un bâtiment demeuré intact. Ses camarades de classe venaient à la maison. Chacune de leurs petites plaisanteries me comblait de joie. Ils avaient de nouveau le droit d'être des enfants.

Mais c'était encore la guerre, on célébrait encore des victoires, on se faisait encore du souci pour les proches qui étaient au front, l'ère de la colère n'avait pas encore fait place à celle du deuil. Pendant les rares moments de temps libre qui me restaient entre le travail, les courses et le ménage, j'allais encore au parc, levais les yeux vers le ciel et m'étonnais que de là-haut, la mort ne s'abatte pas sur nous, tandis qu'en Allemagne, les villes se faisaient raser les unes après les autres. Puissent-elles subir les affres que nous subissions chaque jour ! On estimait à de plus de six cent mille le nombre de personnes mortes de faim et à plus de neuf cent mille le nombre de soldats tombés sur le front de Leningrad. Nous, les survivants, considérions chaque nouveau matin comme une victoire.

En cet été 1944, mon village natal fut libéré. Nos troupes anéantirent les troupes allemandes sur le front du centre. Au printemps, celles-ci se trouvaient encore aux environs de Smolensk, en été à Lublin, en automne aux portes de Varsovie. Au cours de leur fuite vers l'Ouest, les Allemands brûlèrent des champs, firent sauter des ponts, détruisirent des lignes de chemin de fer, pendirent et fusillèrent des dizaines de milliers de personnes. Nos troupes subirent elles aussi de lourdes pertes, et une fois de plus j'étais contente que mon mari ait été affecté à la frontière mandchoue.

Le facteur me remit une lettre de la poste aux armées. Elle portait le cachet d'un bataillon qui m'était inconnu. Un texte bref rédigé en yiddish à l'encre bleu foncé. Une écriture un peu maladroite et anguleuse. Signé : Daniel Masur – un de mes cousins –, lieutenant dans l'Armée rouge. Je ne l'avais pas vu depuis vingt ans. Pourquoi Daniel écrivait-il en yiddish ? *Chère Reyzele, j'ai, hélas, une mauvaise nouvelle à t'annoncer, il va falloir que tu sois forte. L'autre jour, j'étais à Vitchi. Le village est détruit. Tous ses habitants juifs ont été tués par les barbares fascistes. Y compris tes parents, chère Reyzele. On les a fusillés avec les autres à proximité du village. Ce qui s'est passé est grave, toute notre vie nous porterons en nous cette souffrance, mais notre avenir sera beau malgré tout. Nous allons remporter la victoire, et après tout sera différent. Pour la Patrie et pour Staline, nous marchons vers l'ouest afin d'écraser la tête du serpent fasciste. Garde un bon souvenir de tes parents, Reyzele, c'étaient des gens bien, et salue tout le monde très chaleureusement de ma part. Ton cousin, Daniel Chaïmovitch Masur, lieutenant.*

Je pliai soigneusement la lettre et la glissai dans un tiroir. Puis j'allai dans le square, à quelques minutes à pied de la Fabritchnaïa, et m'assis sur un banc. Mais les larmes ne vinrent pas. Cela faisait trois ans que je n'avais plus aucune nouvelle de mes parents. Aucune des recherches que j'avais menées une fois le siège levé n'avait abouti.

Les premières gouttes tombèrent sur mes cheveux et mon front. J'attendis. La pluie se mit à frapper en cadence les feuilles, les gravillons de l'allée et les bancs en bois. Mes tempes battaient au rythme de la pluie. Je me levai. Je ne bougeai pas. J'attendis. Mes cheveux et mes vêtements s'imprégnèrent d'eau. Mais les larmes ne vinrent pas.

Un an après, le 9 août 1945, nos troupes franchirent le fleuve Amour. Mon mari vit cinq de ses camarades se faire tuer sous ses yeux par un obus japonais. Lorsque Naoum sortit de l'hôpital deux mois plus tard, il portait une douzaine d'éclats de ferraille dans le corps et, sur sa veste d'uniforme, une médaille. Il était l'un des premiers à avoir atteint le rivage ennemi, sans avoir pour autant tiré un seul coup de fusil. Sa participation à la Seconde Guerre mondiale avait duré moins d'une heure.

Par une journée d'automne ensoleillée, j'allai le chercher à la gare. Il se tenait sur le quai, un peu crispé, appuyé sur la poignée courbée d'une canne noire. Les enfants se ruèrent sur lui. "Papa ! Papa ! Papa !" Ils l'enlacèrent avec tant de fougue que j'eus peur qu'il tombe. Ils étaient tout excités, n'arrêtaient pas de lui parler. Kostik, presque aussi grand que son père, avec ses cheveux coiffés en arrière qui lui donnaient un air effronté, son foulard rouge de jeune pionnier noué en nœud papillon. Shelia se cramponnait au manteau militaire de Naoum. On avait l'impression qu'elle voulait s'assurer que c'était bien son père, en chair et en os.

Naoum résista à l'assaut de ses enfants avec le sourire – toute sa vie il a gardé le sourire, même quand il était triste – et sans rien dire.

Cette nuit, je caresse les cicatrices de mon mari. Je ferme les yeux et, à partir de mes souvenirs et des signaux que m'envoient le bout de mes doigts et mes paumes, je recrée son corps. Cette nuit, je ne suis plus dans l'attente. Je ne veux rien d'autre que cette image qui s'avance lentement vers moi jusqu'à déborder du cadre dans laquelle je l'avais placée.

Cette nuit, j'ai fait un rêve d'une limpidité effrayante. Naoum et moi sommes sur la tombe de Macha. Nous nous tenons par la main. Kostik et Shelia sont à nos côtés et chantent des chants de pionniers débiles qu'on leur a appris à l'école. Naoum serre fort ma main au point de me faire mal. De l'autre main, je fais le signe de croix, comme la mère de Macha le faisait peut-être et comme Macha aurait sans doute voulu que je le fasse. Puis je me dis qu'il est temps de partir. C'est alors qu'apparaît, à l'entrée du cimetière, à l'emplacement du portail, la vieille maison où j'ai grandi. Macha ouvre la porte et mes parents franchissent le seuil. Ils font un geste de la main. Naoum et moi avançons vers la maison, tandis que les enfants restent en retrait. Lorsque nous approchons, la maison se transforme en gare. Naoum me suit en portant ma valise.

Je monte dans le train express pour Gomel. Naoum m'accompagne jusque dans mon compartiment. Je glisse la valise sous le siège.

– Je ne resterai pas longtemps, dis-je. Mais il faut que j'y aille. Je n'ai pas le choix.

– Mais je n'ai rien dit.

Il semble agacé.

– Ce n'était pas un reproche.

– Appelle-moi dès que tu en as la possibilité, dit-il.

– Bien sûr.

– Envoie-moi un télégramme.

– N'oublie pas la réunion des parents avec les professeurs.

Il sourit en secouant la tête.

– Tu es une femme étrange, Rosa. Tu es vraiment sûre de vouloir faire ce voyage ?

Je pose ma main sur sa bouche, l'enlève aussitôt et l'embrasse. Quelques instants plus tard, il est debout sur le quai, devant la fenêtre du compartiment. Ses lèvres dessinent des mots qui pourraient vouloir dire "je t'aime". Je colle mes mains contre la vitre.

Le voyage dura presque trois jours. À Gomel, je montai dans le train de banlieue. Le compartiment était bondé. Bien que la fenêtre soit restée ouverte durant le voyage, il régnait une odeur de transpiration. À côté de moi étaient assis des hommes en uniforme, des femmes avec des sacs lourds, des enfants galeux, couverts de pustules, qui avaient l'air affamés. Ces gens ne parlaient ni de la guerre ni de l'avenir, juste des marchés locaux où l'on trouvait d'autres produits que des denrées alimentaires, ainsi que du commerce florissant des trophées, ces biens dont on avait dépouillé l'Allemagne vaincue.

Par une fin d'après-midi de novembre, j'arrivai à Vitchi. L'ancienne gare, à la construction de laquelle mon père avait participé comme ouvrier journalier, près d'un demi-siècle auparavant, n'existait plus. Il ne restait qu'un tas de briques noires de suie, de poutres et de tuyaux de fer tordus. Devant le poste de commandement, une cabane en bois, se tenaient des vieilles femmes avec des paniers. Dès l'arrêt du train, elles se mirent à circuler d'une fenêtre à l'autre, proposant d'un ton quémandeur leurs marchandises : pommes, poires, pommes de terre et orge mondé. Je crus reconnaître certaines d'entre elles, mais ne retrouvai pas leurs noms.

Je fus la seule à descendre. Le contrôleur me regarda d'un air à la fois un peu surpris et dépité puis referma vite la portière derrière moi. Les femmes coururent après les wagons, criant aux passagers des prix et des poids, puis finirent par s'arrêter, hors d'haleine. J'étais contente qu'elles ne m'aient pas abordée.

Je pris ma valise et me rendis à l'endroit où se trouvait autrefois le village. Je traversai la place principale, longeai le ruisseau, entendis, au fond, le murmure de la rivière, vis la colline boisée où s'étendait jadis le domaine du propriétaire terrien. Chaque bruit, chaque recoin, chaque colline m'était familier. Même l'odeur des champs et de l'eau me rappelait mon enfance. Il n'y avait qu'à Vitchi qu'on sentait cette odeur. Les feuilles des arbres avaient une couleur particulière que je n'avais vue ni à Leningrad ni nulle part ailleurs. Seules les maisons manquaient. Ici et là, on voyait encore des vestiges de murs, une clôture couchée sur le sol, un poêle en pierre avec une cheminée au milieu d'un terrain vague envahi de chiendent, de la vaisselle cassée, des lambeaux d'uniformes allemands, des casques de soldats rouillés, des barbelés, des tranchées dans lesquelles s'était accumulée une eau d'une couleur marron sale. Et, partout, des monticules de plusieurs mètres de haut où s'entassaient poutres calcinées, briques et éclats de verre. Je me demandai soudain pourquoi j'étais revenue ici. Les morts n'occupaient-ils pas déjà une place importante dans ma vie ?

Je cherchai la partie habitée du village. Il fallait que je la trouve avant la tombée de la nuit, car les rares lampadaires qui existaient avant la guerre avaient disparu et ma valise devenait de plus en plus lourde à chacun de mes pas.

Je finis par découvrir le nouveau lotissement, derrière l'église polonaise dont il ne restait que les fondations et des vestiges du portail. Il s'agissait d'un ensemble de baraquements disposés en rectangle autour d'une cour où se trouvaient un puits et une cabine de bain.

– Mon Dieu, Rosa ! – Une femme courut à ma rencontre et prit ma valise. – C'est bien toi ?

– Oui, c'est bien moi, répondis-je d'une voix qui, à mon grand étonnement, n'exprimait aucune émotion. La femme s'appelait Olga et c'était la fille du pope. Nous avions souvent joué ensemble lorsque nous étions enfants. Je me retrouvai bientôt encerclée par les autres femmes et elles se mirent à me parler sans discontinuer. Elles déploraient le sort de leur village, détruit par les Allemands en représailles à des attaques de partisans. Et ce qui avait résisté à la destruction systématique était tombé au cours des combats de l'été 1944, époque où le commandant en chef allemand du secteur avait fait construire la "forteresse de Vitchi" à partir des ruines. En quelques minutes, je fus au courant de tous les détails que je ne tenais pourtant pas à entendre.

Les femmes parlaient toutes en même temps. Elles prenaient mes mains et les caressaient et me tiraient par les manches de mon manteau. J'avais l'impression qu'elles attendaient de moi que je leur vienne en aide d'une façon ou d'une autre, comme si le fait de venir de la lointaine métropole, de "la ville héroïque" de Leningrad, me conférait un pouvoir magique. Dans la cour, les enfants s'étaient arrêtés de jouer et observaient la scène avec une curiosité mêlée d'une pointe de mépris.

Je ne fus guère sensible à l'émotion des femmes. J'avais l'impression d'avoir à côté de moi une autre Rosa, cette Rosa qui avait vécu ici longtemps auparavant. Toute l'attention était tournée vers elle. Elle avait pitié de la pauvre Olga, de son père assassiné, de ses enfants déportés en Allemagne et de sa mère morte de la tuberculose juste après la guerre. Les récits d'Olga la touchaient tellement qu'elle ne parvenait plus à faire la distinction entre sa propre douleur et celle des autres. Quant à moi, la vraie Rosa de 1945, j'attendais avec impatience que mes amies d'enfance se taisent. Que m'importait le sort du pope qu'un SS allemand avait roué de coups au point de lui fracasser la boîte crânienne ? Méritait-il que je pleure sur ce qui lui était arrivé ?

– Reste-t-il quelqu'un de ma famille au village ? demandai-je.

– Isaak ! répondit Olga. Il a perdu une jambe à la guerre. – Elle marqua une courte pause. – Parmi les survivants, c'est le seul, ajouta-t-elle tout bas. Je ne savais pas si le mot "survivants" désignait les membres de ma famille ou tous les Juifs de Vitchi.

– Il habite dans la baraque numéro 5, expliqua une autre femme. Dans la chambre qui fait l'angle. Il sera content de te voir.

– Bon sang, qu'est-ce que tu fais ici, Reyzele ?

La jambe droite d'Isaak était amputée quasiment jusqu'à la hanche. Il était assis sur son lit, dos contre le mur. La jambe droite de son pantalon était accrochée à sa ceinture. Le "cousin" Isaak était le fils d'une cousine de mon père. Après l'école, il avait appris le métier de cordonnier.

– Je ne sais pas pourquoi je suis venue, répondis-je. Je ne resterai pas longtemps.

– Mouais, moi j'ai ma petite idée sur la question.

Isaak se leva en s'appuyant sur une béquille. Il s'installa un couchage par terre, juste à côté du poêle en fonte dont le tuyau traversait la moitié de la pièce et sortait à l'extérieur par un trou dans le mur. Il me laissa le lit. Pendant la guerre il avait souvent dormi par terre, expliqua-t-il. Il s'y sentait même plus à l'aise que sur la paillasse.

– Vous êtes tous sains et saufs, ton mari, tes enfants ? demanda-t-il.

– Naoum et les enfants vont bien. Nous sommes restés à Leningrad pendant le siège. Naoum a été blessé pendant la guerre contre le Japon, mais lui aussi a eu de la chance.

– C'est chouette de pouvoir arracher quelques âmes au diable. Comme ça, il ne prend pas la grosse tête et ça lui laisse encore du travail pour plus tard.

Isaak était le seul Juif du village. Il tenait l'atelier de cordonnerie rattaché au sovkhoze. Parmi les autres Juifs qui, partis au front, chez les partisans ou dans d'autres parties du pays, avaient survécu à la guerre, aucun ne voulait revenir dans son lieu d'origine.

– Moi, peu m'importe l'endroit où je vis, dit Isaak. Les gens sont partout les mêmes. Ils essaient de remettre de l'ordre dans leur vie. Qu'est-ce qu'ils en ont à faire d'un Juif estropié ? S'ils le voient en travers de leur chemin, ils le tueront. Où veux-tu que j'aille ? Je n'ai ni femme ni enfants, mes parents, mes frères et sœurs sont morts, ici j'ai mes repères, et un travail.

D'après lui, ses voisins biélorusses étaient des assassins, des menteurs et des faux jetons.

– Lorsqu'en 1941 on a rassemblé tous les Juifs et qu'on les a ensuite fusillés à l'endroit où se trouvait autrefois le moulin de Sakodover, en contrebas, ces gentils voisins non juifs ont aidé les Allemands à débusquer les quelques Juifs qui avaient pris la fuite et s'étaient cachés dans d'anciennes glacières, des granges, dans les bois ou dans le port, sous les planches de l'embarcadère. Après la Libération, on a seulement arrêté ceux qui travaillaient pour la police allemande. Les autres collaborateurs vivent toujours et sont de nouveau de braves citoyens soviétiques. Tu veux des noms ? Je connais tous les noms.

Je n'avais pas envie d'entendre ces noms. C'était déjà assez difficile de continuer à vivre. J'aurais préféré être seule ce soir-là.

– Elles t'ont sûrement rebattu les oreilles de leurs malheurs, mais pas une seule fois elles n'ont évoqué l'assassinat des Juifs, n'est-ce pas ?

– Oui.

– Elles étaient drôlement courageuses quand il était question de dénoncer leurs voisins.

J'avais envie qu'Isaak se taise, mais il ne s'arrêta de parler que lorsque je lui dis que j'étais morte de fatigue, et je m'écroulai sur mon lit sans avoir rien mangé. Tandis que j'étais à moitié endormie, j'entendis encore sa voix :

– Tu peux me croire, je me suis renseigné ! affirmait-il sans cesse, alors qu'à aucun moment je n'avais mis ses paroles en doute.

Le lendemain, j'explorai tous les endroits : les lieux de mon enfance comme ceux du crime. Isaak, qui, malgré son infirmité, marchait d'un pas alerte, me devançant dans les escaliers et les chemins pleins de trous et de bosses, m'accompagna lors de ma visite.

– Vous allez là-bas ? me demandèrent les femmes lorsque nous nous mîmes en route.

– Oui, là-bas.

D'un air compatissant, elles nous regardèrent nous éloigner. Isaak était capable de dire quand et comment chacun des bâtiments avait été détruit, qui s'était fait tuer, dans quelles circonstances et dans quelle rue, où se trouvaient les tranchées des Allemands et celles de l'Armée rouge. Il s'était renseigné, en effet. Ou bien il avait beaucoup d'imagination.

J'étais au milieu des ruines de la maison où j'avais grandi. Le toit n'était plus qu'un trou béant. Sur le sol de la chambre, des tuiles, des câbles, des portes renversées, un seau rouillé, des ressorts de matelas, des broussailles touffues.

– Ils ont tout emporté, dit Isaak. Je ne savais pas s'il parlait des Allemands ou des villageois, ou des deux, et je ne lui posai pas la question.

Dans le train à destination de Vitchi, je m'étais dit que, dans un moment pareil, j'aurais pleuré ou crié, peut-être maudit les assassins, peut-être déchiré mes vêtements comme c'était la coutume. Je me contentai de regarder de tous côtés. Jamais il n'avait fait aussi clair à l'intérieur de la maison. Je cherchai un signe qui m'aurait permis de retourner dans le passé, mais n'en trouvai aucun. Dans la cour, je cherchai des yeux une des nombreuses figurines maladroitement sculptées par mon père, un de ces êtres imaginaires informes qui avaient accompagné mon enfance. Je ne trouvai rien, et même si j'avais découvert quelque chose, je n'aurais probablement rien emporté avec moi.

Seuls quelques poteaux de clôture rappelaient qu'à cet emplacement se trouvait autrefois le moulin.

– Au début, ils ont enterré les cadavres ici, me raconta Isaak, et après, avant de battre en retraite, ils les ont déterrés, les ont mis sur de grandes grilles en fer et les ont brûlés. Pour effacer les traces. Ils ont déversé les cendres dans la rivière. En tout cas, c'est ce qu'on m'a raconté. Tu peux me croire, je me suis renseigné.

Je pensais à notre rivière se jetant dans le Dniepr et celui-ci dans la mer Noire, et aux cendres de mes parents qui, après avoir longé les rives de Constantinople, traversé les Dardanelles, étaient peut-être arrivées depuis longtemps dans la Méditerranée et, réduites en millions de particules microscopiques, s'étaient mêlées aux cendres de centaines de milliers d'autres personnes pour combler tous les océans. Cette pensée avait quelque chose de réconfortant. Tu vois, maman, me dis-je, tu es finalement sortie de notre misérable trou.

– Ensuite ils ont rebouché la fosse, poursuivit Isaak, et juste après la Libération, ceux du sovkhoze ont planté du seigle à cet endroit.

– Faisons demi-tour, dis-je tout bas.

Nous remontâmes sur la colline, et je me souvins que trente ans plus tôt la vieille veuve Sakodover était montée ici en haletant, une poule vivante dans une main, une bouteille de vin dans l'autre, et que l'adjudant-chef allemand avait malgré tout donné l'ordre de détruire son moulin. Arrivée à l'endroit où se trouvait la pièce d'artillerie, je regardai de nouveau autour de moi. La rivière et le champ étaient plongés dans le brouillard. Bientôt, tout serait recouvert de neige. J'essayai de me remémorer le visage de mon père. La dernière fois que je l'avais vu, c'était à l'été 1940. À l'époque, seule Shelia, avec qui il jouait pendant des heures dans le jardin, était encore capable de lui arracher un sourire. Le reste du temps, il ne réagissait pas à nos plaisanteries et ne semblait pas vraiment s'intéresser à notre vie. J'avais alors été frappée de voir à quel point Kostik ressemblait à mon père.

– Il aurait mieux valu qu'il hérite de quelques-uns de mes traits de caractère, avait dit ma mère. Dans ce monde, il faut avoir des dents et des griffes. On n'arrive pas à grand-chose juste avec des beaux yeux.

Ma mémoire n'eut aucune indulgence envers moi. Malgré mes efforts, je ne parvins pas à faire renaître l'image de mon père devant moi. Pendant un instant, je vis toutefois les traits anguleux de ma mère, si près que j'aurais pu lui caresser la joue en tendant la main. De son vivant, il ne me serait jamais venu à l'idée de faire une chose pareille. Puis le visage de ma mère se fondit dans la brume qui flottait au-dessus du lieu où elle avait trouvé la mort. Vite je me retournai, cherchai des yeux, comme je l'avais fait des milliers de fois auparavant, le clocher du village, le centre du monde de mon enfance. Mais le clocher n'était plus là, et Isaak avait déjà avancé de dix mètres en boitant.

Peut-être mes sensations étaient-elles toutes déjà émoussées, un peu comme lorsqu'on a avalé un liquide amer dont on ne sent brusquement plus l'amertume quand on en reprend une gorgée. Ce fut seulement des années plus tard que mes parents vinrent régulièrement hanter mes cauchemars. Pourquoi avais-je survécu, moi ? Ce n'était même pas une question que je me posais à l'époque. L'absurde obéit à la loi du hasard, me répétais-je sans arrêt. Cela faisait longtemps que j'avais cessé de chercher un sens. Je voulais vivre.

Je décidai de repartir le lendemain. Qu'avais-je espéré, en fait ? Plus jamais je ne reviendrais ici, peut-être écrirais-je une lettre à Isaak une fois par an, ou, mieux encore, tous les deux ans.

Dans le lotissement, je me rendis au baraquement administratif où se trouvait le bureau de poste et demandai à la téléphoniste de me mettre en communication avec Leningrad. À la maison, tout se passait bien. Lorsque j'entendis la voix de Kostik, je me sentis mieux de nouveau.

De retour dans la baraque qui servait d'habitation, je trouvai mon hôte à la cuisine, devant le fourneau. Malgré son handicap, il manipulait la vaisselle avec dextérité tout en s'appuyant sur sa béquille coincée sous son aisselle. Lorsque je lui proposai mon aide, il réagit vivement.

– Je peux me débrouiller tout seul, Rosa.

– Lorsque je suis invitée quelque part, j'aide toujours aux tâches ménagères, assurai-je.

– Je vais te dire, moi, ce que tu penses réellement : toute sa famille a été assassinée, et en plus il a perdu une jambe à la guerre, le pauvre estropié… Tu n'es pas obligée de prendre cet air gêné. Je suis sûr que c'est à peu près ce que tu as pensé.

Tout en parlant, il fit un geste violent, perdit l'équilibre mais se rattrapa au dernier moment au bord du fourneau. La béquille tomba à terre, mais avant que je puisse la ramasser, Isaak s'était accroupi en fléchissant sa jambe valide, avait remis la béquille debout et s'était relevé en s'appuyant dessus.

– Ne me sous-estime pas ! s'écria-t-il. J'ai passé trois ans et demi au front. Quand on réussit à surmonter ça, c'est qu'on a plus de force, plus de volonté et plus de chance que les autres. De tous ceux qui ont été enrôlés en 1941 comme simples soldats, pratiquement aucun n'est encore en vie. J'ai reçu trois médailles, et quand je serai mort, on écrira sur ma pierre tombale que j'ai été un vétéran de la Grande Guerre patriotique. Tes parents et les miens n'ont même pas de tombe sur laquelle je pourrais réciter le kaddish. C'est d'eux dont tu devrais avoir pitié.

Je laissai Isaak en paix, m'assis à la table et attendis qu'il me serve le repas. Je repensai à la stèle que j'avais fait ériger à la mémoire de Macha, une fois le siège levé, au-dessus de la fosse commune. Dans le champ situé devant le moulin de Sakodover, il n'y avait même pas de plaque commémorative. Je décidai de repousser mon départ de deux jours.

Dans la partie récente de Vitchi, on ne trouvait pas de tailleur de pierres. Dans la baraque des artisans, j'allai trouver Seriocha, le menuisier, un homme d'à peu près mon âge, qui, dans son enfance, avait subi de nombreuses moqueries à cause de ses grandes oreilles décollées et s'était vengé de ses tortionnaires en les tirant par les oreilles. À peine avais-je franchi le seuil de l'atelier que Seriocha se mit à me raconter sa vie. Elle était semblable à celle de la plupart des autres villageois.

– Ma famille s'est fait assassiner par les Allemands, me confia-t-il. Lorsqu'on a envahi la Prusse orientale, je leur ai rendu la monnaie de leur pièce.

Je demandai à Seriocha de fabriquer une plaque commémorative en bois, cinquante centimètres sur cinquante maximum, et d'y graver une inscription : *Ici, en août 1941, tous les Juifs de Vitchi furent assassinés par les barbares fascistes. Ils furent victimes de la haine et de la folie raciste des Allemands. Cette plaque a été posée en novembre 1945 par Rosa Masur, endeuillée par la disparition de ses parents Abram et Kreyna Masur.*

Je me proposai de payer la plaque de ma poche et d'avancer l'argent. Je voulais des caractères blancs sur fond noir. Il fallait que Seriocha m'aide à la dresser devant le moulin de Sakodover.

– J'aurais préféré que tu me fasses une commande qui me mette un peu plus en joie, soupira le menuisier. J'aimerais mieux te fabriquer un joli coffre en bois…

Nous nous mîmes d'accord sur un prix raisonnable. Je posai une bouteille de vodka sur la table.

Je tenais déjà la poignée de la porte lorsque j'entendis la voix de Seriocha dans mon dos.

– À propos, Rosa, j'allais oublier. Tu as une autorisation pour poser cette plaque ?

– Une autorisation ?

– Évidemment. Tu débarques, ou quoi ?

Seriocha avait raison. Je fus surprise de ma propre naïveté.

– Une autorisation de la part du directeur du sovkhoze, expliqua-t-il.

– Je vais me la procurer aujourd'hui, promis-je, un peu gênée parce que j'allais certainement repousser encore mon départ d'une journée.

Dans la baraque administrative, on m'informa que le directeur ne serait pas dans son bureau avant la soirée. Il était parti en forêt avec les bûcherons, non seulement pour "donner des ordres", m'assura-t-on, mais aussi pour "donner un coup de main".

– Notre directeur, le camarade Koslov, n'a rien à voir avec ces ronds-de-cuir de l'administration, expliqua la téléphoniste, c'est un homme, lui, un vrai.

À l'expression de son visage et au ton de sa voix, je compris qu'elle éprouvait pour lui plus que du respect.

– Il est très cultivé, notre directeur ! Pendant son temps libre, il lit des livres. Des récits, des romans et même des poèmes !

Cette allusion au goût prononcé de Koslov pour "les belles lettres" me remplit d'espoir.

À la tombée de la nuit, les bûcherons rentrèrent au village. En tête marchait un homme dont l'apparence tout entière montrait indubitablement que c'était lui le chef. Le comportement des autres, qui se tenaient à distance respectueuse de lui, laissait penser qu'ils le craignaient. *La toute-puissance de l'Empereur byzantin au format de poche est plus terrible qu'une tempête dans les steppes…* Qui avait écrit cela ? Un poète d'avant-garde qui avait acquis une certaine notoriété au milieu des années 20. Démasqué il y a longtemps comme ennemi du peuple, il s'était fait assassiner et était tombé dans l'oubli. Ses livres furent retirés des librairies, des bibliothèques et des étagères des appartements privés, puis détruits. C'était cette strophe, tirée de son poème "Byzance dans nos campagnes", qui me revenait à présent à l'esprit.

Le directeur avait changé de tenue. À ma grande surprise, sa métamorphose de forestier en fonctionnaire était une belle réussite. On aurait dit qu'il s'était fait faire son costume par un riche tailleur de la ville. L'homme passait délicatement sa main dans ses cheveux, triturait le nœud de sa cravate, tortillait les pointes de sa moustache. Au milieu de toute cette désolation, sa vanité paraissait grotesque et mais elle avait aussi quelque chose de réconfortant.

Koslov se leva et me tendit la main par-dessus la table.

– Je suis ravi de faire votre connaissance, dit-il. J'ai déjà entendu parler de vous. Avec nos femmes, les nouvelles vont vite. En tout cas, c'est une bonne chose que les anciens habitants du village n'aient pas totalement oublié d'où ils viennent, surtout en ces temps difficiles…

– Aujourd'hui, beaucoup de gens estiment que c'est une chance de pouvoir oublier, répondis-je.

Le directeur sourit, hocha la tête et dit :

– La mémoire ne se laisse pas facilement commander. Il s'avère qu'elle nous domine bien trop souvent, au lieu d'être dominée.

– Un maître fort capricieux, fis-je remarquer.

– En effet, camarade Masur, en effet.

Il sourit de nouveau. L'expression de son visage avait quelque chose de rusé. Puis, soudain, il prit un air grave.

– Il y a six mois, raconta-t-il, lorsque je suis revenu dans mon village pour la première fois depuis 1941, j'ai repensé à un poème d'Essenine* : *Qui pourrais-je héler ? La triste joie / D'être encore en vie, avec qui la partager ? / Même le moulin, avec son aile unique / D'oiseau en rondins, se dresse les yeux fermés.*

Je me souvins du choc que nous avions eu, en 1925, en apprenant la nouvelle du suicide d'Essenine. Les jeunes gens pleuraient la perte de leur idole, récitaient ses poèmes à l'occasion de soirées littéraires, dans des appartements privés et des clubs de loisirs, tandis que la presse officielle reprochait au premier classique soviétique de s'être suicidé. Comment un poète prolétarien pouvait-il se donner la mort dans le premier État ouvrier et paysan au monde ?

– *Personne ici ne me connaît*, dis-je en récitant les vers suivants, *Tout souvenir de moi peu à peu s'est éteint. / Et là où se trouvait la maison paternelle, / Il n'y a plus que cendres et poussière du chemin.* Si Essenine n'avait pas mis prématurément fin à ses jours, qu'aurait-il bien pu écrire à présent ?

Koslov ouvrit un tiroir et en sortit un formulaire.

– Vous êtes sûrement venue vous faire enregistrer. – Il glissa le formulaire dans ma direction. – En toute chose il faut de l'ordre… D'ailleurs, je suis sûr qu'Essenine aurait trouvé les mots justes, lui.

– Je suis aussi venue vous voir pour une tout autre affaire, dis-je en remplissant le formulaire de déclaration de séjour. J'aurais une faveur à vous demander…

* "La Russie des Soviets" de Sergueï Essenine, 1924. (Traduction d'Henri Abril, *Circé*, 2005).

– Allez-y, camarade, je suis à votre service. Cela fait six mois que je m'efforce de répondre aux demandes des gens. Avant ça, j'ai passé quatre ans à expédier des gens dans l'autre monde. Et croyez-moi : j'avais souvent moins de mal à remplir ma triste mission d'assassin que celle dont je suis actuellement chargé.

Je pouvais comprendre pourquoi cet homme se montrait aussi sarcastique. Je lui présentai ma requête en soulignant que j'étais tout à fait prête à modifier le texte de la plaque. *La victoire héroïque du peuple soviétique sur le fascisme hitlérien garantit que ce genre de choses ne se reproduira plus !* proposai-je d'ajouter. Bien entendu, je n'avais également rien contre le fait qu'il soit fait mention du rôle qu'avaient joué le Parti ou le camarade Staline.

– Le rôle héroïque du Parti. – Koslov fit la grimace. – Il était où, le Parti, quand on était dans la merde, en 1941 ? Mais bon, si c'est ce que vous pensez.

– Je ne pense rien du tout, rétorquai-je, pour moi ce qui compte, c'est de trouver la formule adéquate. Il ne réussira pas à me faire dire une parole malheureuse, me dis-je.

Le directeur examina ma fiche de renseignements. Son silence prolongé me rendait de plus en plus nerveuse.

– J'ai commandé un monument à un tailleur de pierre de Gomel, m'annonça-t-il au bout d'un moment. Dessus il sera écrit : *À la mémoire des 1483 citoyens soviétiques assassinés à Vitchi par les fascistes pendant l'occupation allemande (1941-1944). De la part des survivants.* Le chiffre mentionné fait référence aux victimes de toutes les nationalités, russes, biélorusses, polonais, juifs, ukrainiens…

– Et moi, mais parents sont morts dans le champ devant les ruines du moulin, et ils sont morts parce qu'ils étaient juifs. Pour cette seule et unique raison.

– Je sais, camarade Masur. Malgré tout, je ne peux, hélas, vous donner la permission. Pour ce genre de monument, il faut demander une autorisation en haut lieu. J'envoie demain un télégramme à Gomel pour qu'on m'explique la marche à suivre dans ce genre de situation. En attendant, je vous demanderai d'être patiente.

L'entretien se termina plus vite que je n'aurais cru.

Je n'arrivais pas à trouver le sommeil, me tournais et me retournais sur mon matelas, essayant de me concentrer sur la respiration rauque et régulière d'Isaak. Lui, au moins, était manifestement en paix avec lui-même. Lorsque, le soir, je lui avais raconté ma visite chez Koslov, il avait éclaté de rire.

– Tu ne manques pas d'air, Reyzele, avait-il dit. Lorsque les Allemands sont arrivés en 41, on les a reçus avec du pain et du sel. Tu peux me croire, je me suis renseigné ! Hitler était vraiment un imbécile. S'il avait bien traité les Ukrainiens et les Biélorusses, il aurait sûrement gagné la guerre. Les Juifs ? Qui aujourd'hui parle de ce qui est arrivé aux Juifs ?

Le lendemain, le directeur du sovkhoze refusa de me voir. Il avait une affaire urgente à régler, m'informa la téléphoniste.

– Revenez demain.

Le ton de sa voix était froid.

Bref, encore une journée à attendre.

La nuit, il avait neigé. Les enfants tiraient des luges dans la cour, disparaissaient de mon champ visuel, là où la forêt décrivait une courbe, derrière le lotissement, et ressurgissaient quelques instants après, tels des points noirs, sur la colline qui surplombait le village en ruine. La baraque qui servait d'école ne comptait qu'une salle de classe. Tous les enfants avaient cours en même temps. Les petits terminaient plus tôt et étaient tout contents de voir les premières neiges de ce premier hiver d'après-guerre.

J'allai trouver Seriocha à son atelier.

– C'est bien ce que je craignais, déclara-t-il. Ça a une dimension politique, un monument, et moi, la politique, je n'y connais rien, ce n'est pas mon fort, la politique, mais il y a une chose que je sais : quand ceux de là-haut se réunissent pour prendre une décision, ça met toujours plus de temps que quand c'est nous, les gens simples, qui le faisons. Mais bien entendu, je n'ai rien dit…

De l'atelier je me rendis à l'épicerie. Il n'y avait pas grand-chose à acheter, du pain sec, du hareng et du gruau. Sur les autres étagères se trouvaient des photographies représentant les denrées qui manquaient : jambon, fromage, œufs, viande, caviar, conserves, légumes…

– Avant, les paysans faisaient leur pain eux-mêmes, dis-je.

– Justement, c'était avant, rétorqua la vendeuse d'un ton désagréable. Avant, les morts étaient encore en vie.

Ce jour-là, je remarquai que les femmes me saluaient moins amicalement. Je contournai le lotissement détruit et descendis à la rivière, là où se situait autrefois le port. Seules quelques planches rappelaient que, trente ans plus tôt, le vapeur *Prince Alexandre* accostait ici deux fois par semaine pour charger des sacs de seigle, d'avoine et d'orge. Nous, les enfants, nous grimpions toujours sur le toit du hangar pour observer les aubes qui s'enfonçaient dans l'eau et Iefimka, le vieux marin, qui attachait au ponton la corde grosse comme le poing. Je regardai la fine croûte de glace qui s'était formée au bord du rivage, entre les planches. Pour la première fois depuis mon retour, je ressentis comme de la mélancolie.

Le lendemain matin, le président du sovkhoze m'accueillit de nouveau avec un sourire amical.

– Je n'ai pas encore reçu de réponse de Gomel, déclara-t-il. Et telles que je connais nos administrations locales, elle n'est pas près d'arriver. Si vous voulez un conseil : retournez à Leningrad. Je vous informerai dès que j'aurai du neuf parce que…

– Mais comprenez-moi ! le coupai-je. Je ne peux plus attendre. J'ai envie d'en finir avec toute cette histoire, rentrer à Leningrad et, si possible, ne plus jamais revenir ici. Je voudrais, non, je dois ériger ce monument maintenant, en bas, devant le moulin de Sakodover, afin de pouvoir m'y recueillir au moins une fois et dire adieu à mes parents. Peut-être pourrai-je alors enfin pleurer.

– Pleurer ? s'écria Koslov. Il s'était levé et s'était mis à faire les cent pas dans la pièce. – Je n'ai pas pleuré depuis ma tendre jeunesse. La dernière fois, je crois que c'était quand je me suis fait tabasser par mon père. Même au front je n'ai jamais pleuré. Quand mes camarades sont morts, je n'ai pas pleuré, ni quand j'ai appris que mon père avait été tué par les Allemands.

Je n'ai même pas pleuré de joie lorsque j'ai vu Berlin en ruine, ni lorsque j'ai tiré dans la nuque du SS qu'on m'avait dit d'emmener. Je n'ai pas pleuré ! Nom de Dieu, ce n'est pas le moment de pleurer ! Le moment de se soûler peut-être, mais pas de pleurer ! Ça, je l'ai compris même sans monuments. Je n'ai pas besoin de monuments !

– Mais peut-être faut-il faire quelque chose pour déterminer quand le moment sera venu.

J'essayais de garder mon calme.

Koslov se laissa retomber dans son fauteuil, tripota sa moustache, secoua la tête.

– Très bien ! cria-t-il brusquement en frappant la table du plat de la main. Très bien ! Très bien ! Je vais téléphoner ! Dès demain matin, je téléphone moi-même à Gomel. J'appelle ! Et je tire ça au clair ! J'ai mes contacts là-bas.

Son visage, rouge de colère l'instant d'avant, paressait désormais fatigué.

– Alors ? Contente ? – Il criait de plus belle. – Vous êtes vraiment un peuple coriace. On vous chasse par la porte, et vous rentrez par la fenêtre. Si on verrouille portes et fenêtres, vous passez par la cheminée.

Comme j'aurais aimé, ce jour-là, posséder une baguette magique pour me plonger dans un sommeil profond. Comme j'aurais aimé être dans un ascenseur invisible qui m'aurait fait descendre dans un cachot souterrain, loin des hommes.

– La vieille bique avec son mémorial aux Juifs ! La vieille bique avec son mémorial aux Juifs ! me hurlaient les enfants.

– Laissez-moi tranquille, sinon je vous attrape par les oreilles et je vous soulève jusqu'à ce que vous arriviez à voir l'endroit où les crabes hibernent, criai-je en serrant les poings. Les enfants riaient.

– Telle mère, telle fille, entendis-je les femmes siffler dans mon dos. La mère, une mégère, et ses rejetons, la même chose. Le fils, ils l'ont coffré avant la guerre, et les deux autres, ils les ont oubliés.

C'est incroyable ! pensai-je. Bon sang ! Comment savent-ils que Moyshe avait été arrêté ?

– Ils sont comme ça, les Masur, dit de nouveau la voix dans mon dos. Ils croient qu'ils ont plus de droits que les autres. Sur la terre comme au ciel.

Je me retournai vite. Aussitôt les femmes se turent. Elles se tenaient au milieu de la cour, leurs fichus enfoncés sur le front.

Le soir même, Isaak me demanda d'un ton étonné comment je pouvais être encore aussi naïve à mon âge.

– Tu n'as donc pas remarqué, s'échauffa-t-il, qu'il n'y a plus beaucoup de Juifs qui occupent des postes de dirigeants ? Tu ne sais pas qu'il y a eu des pogroms dans plusieurs endroits après la guerre, que les soldats juifs qui reviennent du front sont accueillis par des slogans nazis et que les autorités font mine de ne pas le voir, et qu'on dit des Juifs que c'étaient des tire-au-flanc et des lâches pendant la guerre ? Tu ne t'es pas rendu compte que les journaux et les livres parlent de la guerre d'extermination menée par Hitler contre l'Union soviétique, mais pas du massacre des Juifs ? Que les soldats racontent leur expérience au front, les civils les privations qu'ils ont endurées, les partisans leurs exploits, mais que pas un seul Juif rescapé des camps de concentration ne prend la parole ? Bien sûr que tu le sais ! Pourquoi la plupart des gens ont-ils accepté que les Allemands tuent les Juifs ? Pourquoi beaucoup d'entre eux ont-ils applaudi, et pourquoi certains sont-ils allés jusqu'à participer à leur massacre ? Parce qu'ils ont oublié les commissaires russes qui leur ont pris leurs céréales, mais pas les commissaires juifs, parce que les fonctionnaires du Parti, bourreaux, fanatiques révolutionnaires et brailleurs stupides qui étaient russes, ils les ont tous oubliés depuis longtemps, mais pas ceux qui étaient juifs. Décidément, comment avons-nous pu vivre dans l'illusion que nous étions ici chez nous, croyant que notre exil était terminé comme s'il pouvait l'être un jour ?

Même si en mon for intérieur je donnais raison à Isaak, je le contredis. Tout cela n'avait donc servi à rien ? La révolution, la guerre civile, la nouvelle société, nos idéaux, la victoire sur le fascisme ? Les choses allaient-elles redevenir comme avant ou se dégrader davantage encore ?

– La situation ne s'est jamais vraiment améliorée, Reyzele, soupira Isaak. Mais quand on rêve, on voit le soleil même s'il y a des nuages dans le ciel. Et si un jour la situation s'améliore vraiment, il y aura toujours cette ombre dans les ruelles et cette puanteur dans les latrines.

Pour autant, je n'arrivais pas à me faire à la puanteur des latrines.

À l'aube, je m'endormis. Lorsque je me réveillai, Isaak était parti à son atelier. C'était ce jour-là que tout allait se décider. Les enfants attendaient dans la cour, devant l'entrée de l'école. La jeune institutrice passa en hâte devant la fenêtre, jeta un regard dans ma direction, me fit un signe de tête. Elle ne me connaissait pas depuis longtemps, étant arrivée à Vitchi seulement après la guerre. C'était la seule qui me saluait encore.

Dans la baraque administrative, la téléphoniste me débarrassa de mon manteau et de mon bonnet puis ouvrit la porte du bureau du directeur. Ce geste courtois ne présageait sûrement rien de bon.

Koslov me tendit la main.

– Asseyez-vous, camarade Masur.

Quand il sourit, je vis qu'il lui manquait plusieurs dents. Il avait un air de petit garçon tout excité. Je compris que j'avais perdu.

– J'ai eu une longue conversation téléphonique avec le camarade Triapkine de Gomel. – Koslov fit une pause, croisa nonchalamment sa jambe droite sur sa jambe gauche, posa le coude droit sur la table. – Le camarade Triapkine, sachez-le, n'a jamais été quelqu'un de très courageux. Quand on attend de lui qu'il prenne une décision, il hésite, délègue, se plaint de tout le travail que sa fonction lui impose. Je me suis toujours demandé comment le camarade Triapkine avait pu accéder à une position de dirigeant. Du reste, sa grand-mère était juive, mais lui, officiellement, il est biélorusse, bien sûr.

– On n'a donc toujours pas pris de décision ! m'écriai-je d'un ton désespéré.

– Ne pas prendre de décision, c'est aussi une décision. – Il y avait une pointe de malice dans la voix de Koslov. – Le camarade

Triapkine pourrait envoyer une missive à Moscou, mais il n'a pas envie d'importuner ces grands messieurs de Moscou par des requêtes sans intérêt. Vous voyez, je vous parle en toute franchise. Un monument de ce genre, comment dire, ça pose quelques petits problèmes. Nous sommes un pays qui prône la solidarité internationale. Nous avons vaincu le nationalisme. Et vous, vous voulez élever un monument aux morts d'un seul peuple. Je reconnais que les fascistes ont particulièrement fait souffrir ce peuple, mais sachez aussi qu'un Biélorusse sur quatre est mort pendant la guerre, et un Ukrainien sur cinq...

– Donc pas de monument, l'interrompis-je.

– Le camarade Triapkine n'a rien de personnel contre votre monument, mais il ne se sent absolument pas en mesure de prendre une décision.

Il marqua une nouvelle pause, pianota de l'index et du majeur sur la table. C'était le rythme d'une rengaine à la mode dans les années 20 : *Un crocodile s'enfuit du zoo, pour retrouver son beau Limpopo, sa fuite en Afrique il réussit, où plein de nègres il engloutit.*

– Peut-être cela a-t-il un rapport avec sa grand-mère juive. Il n'a pas envie qu'on lui reproche de faire du favoritisme, dit le directeur d'un air pensif. Mais ceci, bien sûr, n'est que pure spéculation, et je n'ai jamais dit cette phrase. Oubliez-la sur-le-champ !

– Élever un monument aux Juifs assassinés, c'est faire du favoritisme ?

– Je vous autorise à poser ce panneau de bois à l'endroit où se trouvait autrefois le moulin, déclara-t-il. Mais sans indiquer qu'il s'agissait de Juifs. Contentez-vous d'écrire : *Victimes du fascisme*. Pour vous ce sera une consolation, et les morts, eux, ne souffrent plus.

– Ils n'ont pas été que des victimes du fascisme ! – Il ne faut pas que je me laisse aller, pensai-je brusquement. Pas face à cet homme ! – Ceux qui sont tombés au combat, sont morts de faim ou ont péri sous les bombes, tous ont été des victimes du fascisme. Nous avons tous été des victimes du fascisme. Mais nous, les Juifs, ils nous ont tués parce qu'à leurs yeux on n'avait pas le droit de vivre.

Koslov abattit son poing sur la table.

– Pourquoi ? hurla-t-il. Pourquoi vous, les Juifs, il faut toujours que vous vous preniez pour des gens à part ? Même en matière de souffrance vous cherchez à nous surpasser.

– Parce que vous autres, vous avez besoin de nous ! criai-je à mon tour. Et si nous n'existions pas, vous seriez obligés de nous créer. Je ne suis pas sûre que notre présence vous rendrait alors plus heureux.

Koslov se leva lentement de sa chaise.

– Un peu de respect, camarade ! lança-t-il entre ses dents. Vous avez de la chance que je sois un homme bon, sinon je porterais plainte contre vous pour incitation à la haine et propagande antisoviétique.

Il fit le tour de la table et s'avança vers moi. Son visage, pâle l'instant d'avant, avait viré au rouge vif. Il va me frapper ! Mon Dieu, cet homme est vraiment capable de me coller une gifle, à moi, une femme de trente-huit ans, mariée, mère de deux enfants, diplômée, correctrice dans une maison d'édition, appréciée de tous ses collègues, rescapée du siège de Leningrad, décorée de médailles, etc. Ce forestier va me gifler comme une gamine mal élevée, comme si j'étais encore la jeune campagnarde peu dégourdie d'autrefois. Je collai mes bras contre mon torse mais ne bougeai pas d'un pouce.

– Sortez immédiatement de mon bureau, ordonna Koslov.

– Je pars aujourd'hui même, dis-je tout bas.

– Ah, encore une chose, camarade Masur !

Je me retournai malgré moi.

– Quoi encore ? Je crois que tout est dit.

– Essayez d'oublier le passé, camarade Masur, regardez vers l'avenir, il sera assez difficile comme ça.

À Vitchi, le train ne s'arrêtait que deux fois par jour. Je décidai de prendre celui de six heures du matin. Je devais changer à Gomel puis à Vitebsk. Au bout de cinquante heures de trajet à peine je serais de nouveau à Leningrad, auprès de mon mari et de mes enfants, je verrais des amis, irais au théâtre et lirais des livres. Ce qui m'était arrivé ici, dans le village où j'avais vu le jour, je parviendrais à le refouler, jusqu'à ce que la réalité me rattrape, quelques années plus tard.

Lorsque j'arpentai le village pour la dernière fois, il faisait encore nuit. Dans mon dos, j'entendais les halètements des vieilles femmes qui traînaient leurs sacs de pommes et de pommes de terre. Je doutais fort que quelqu'un vienne leur acheter quelque chose de si bonne heure.

J'avais dissuadé Isaak de m'accompagner à la gare. J'étais seule, parce que mes souvenirs avaient quitté ce lieu depuis longtemps et que les cendres de mes parents étaient à des milliers de kilomètres de là, parties vers des contrées exotiques que je ne verrais jamais de ma vie, et aussi parce que j'allais désormais devoir porter le monument tout au fond de moi, jusqu'à la fin de mes jours.

16

Chère Macha,

Tu seras sans doute surprise que je t'écrive au lieu de te parler directement, comme je l'ai fait durant les cinquante-huit années qui se sont écoulées depuis ta mort. Mais sois sans crainte, cette démarche ne signifie nullement que quelque chose a changé entre nous. Il ne s'agit que d'un caprice de vieille femme. Tu as toujours été source de sécurité dans ma vie, et, comme tu le sais, ta perspicacité m'a évité plus d'une erreur de jugement. En 1963, après le décès brutal de mon mari, c'est toi qui m'as aidée à sortir du désespoir et guidée sur le chemin du deuil. J'ai repris goût à la vie, la mort marque souvent le début d'une nouvelle existence. Toutefois, lorsque j'étais sur la tombe de Naoum, j'étais seule à parler, lui écoutait en silence. Il ne m'a jamais répondu.

J'ai des insomnies et des sautes d'humeur, peut-être à cause des entretiens que je mène avec Dmitri, le garçon qui m'interviewe, mais qui me font néanmoins l'effet d'un élixir de longue vie. J'espère que l'écriture, par son caractère mécanique, m'aidera à retrouver le déséquilibre qui sied à une femme de quatre-vingt-douze ans.

Qu'adviendra-t-il de cette lettre ? Je l'ignore. Parmi les créatures imaginaires qui peuplent mes nuits sans sommeil, il y a ce facteur allemand qui, dans le bureau de poste de notre quartier, cherche consciencieusement le sac portant l'inscription *Au-delà*, et après s'être renseigné auprès de son supérieur, tamponne la lettre, y inscrit la mention *Inconnu à cette adresse* et la retourne à l'expéditeur, c'est-à-dire à moi. En réalité, cela fait bien longtemps que la poste allemande n'est plus aussi scrupuleuse que l'image que l'on se fait d'elle. Certes, les Allemands numérotent leurs immeubles selon un système clair et très logique, mais ils oublient parfois, peut-être par caprice ou même par méchanceté, de donner également des numéros aux appartements qui se trouvent à l'intérieur de ces immeubles. Par conséquent, le facteur doit faire preuve d'une grande capacité de mémorisation lorsqu'il distribue le courrier, puisqu'il lui faut associer les boîtes aux lettres et les portes des appartements (sur lesquelles, parfois, ne figure pas de plaque) aux noms de famille écrits sur les enveloppes et les colis, ce qui, dans notre cas, trois personnes vivant dans le même foyer sous trois noms différents, est loin d'être simple. Il y a quelques jours, on nous a remis une lettre adressée à Mlle Friederike Schwarz. Cette vieille dame habite à l'étage au-dessus. La lettre venait de Tittmoning (Haute-Bavière). Je suis immédiatement allée l'apporter à Mlle Schwarz. Une lettre adressée à Kostik, écrite par Isidor, son ancien camarade d'étude qui habite depuis quelques années à Bat-Yam, en Israël, a atterri à son tour chez la demoiselle en question. Celle-ci est venue frapper à notre porte et nous a remis la lettre avec un sourire. Elle était ouverte. Cela m'a beaucoup énervée, même si Mlle Schwarz n'avait pas réussi à lire le texte écrit en russe. Kostik a pris l'enveloppe décachetée en marmonnant quelque chose. Il laisse à sa vieille mère le soin de s'occuper des tracas du quotidien. Il y a certaines tâches, comme effectuer les démarches administratives ou discuter avec les voisins, que j'ai toujours pensé être la seule à pouvoir accomplir, ne sentant pas mon fils assez diplomate pour cela. Pourquoi, à soixante ans passés, changerait-il de comportement ?

Je me tiens donc face à Mlle Schwarz, avec une certaine assurance et cet air un peu pincé que j'affiche toujours en pareille circonstance, et je la remercie, en m'efforçant de ne paraître ni trop polie ni trop sèche. La demoiselle regarde par-dessus mon épaule pour essayer de voir un peu à quoi ressemble l'intérieur de notre appartement. Cela ne me plaît pas. Comment ose-t-elle exhiber sa curiosité avec autant d'impudeur ? Ne valons-nous même pas la peine qu'elle manifeste un semblant de tact ? Peut-être devrais-je l'inviter à prendre le thé, comme ça elle pourrait se rincer l'œil à son aise. Elle ne trouverait rien d'extraordinaire. Pas de mystérieux symboles maçonniques ni d'enfants chrétiens qu'on aurait assassinés pour faire du pain azyme. J'hésite un instant à lui parler de la lettre ouverte, mais je renonce. À quoi cela servirait-il ? Elle se contenterait de déchirer la prochaine lettre à notre nom qui atterrirait dans sa boîte.

– Vous avez de la famille en Israël ? demande la vieille.

– Hmm.

– Alors vous êtes juifs ! s'exclame-t-elle comme si elle m'annonçait qu'elle avait gagné cinq cent mille marks au loto. Il n'y avait ni rancune ni méchanceté dans sa voix, juste de la curiosité.

– Non ! dis-je. Nous sommes oudmourtes.

– Pardon ?

– Je vous explique : mon fils et moi sommes oudmourtes, mais ma belle-sœur, elle, est tchouvache, et mon défunt mari était mordve.

– Mo… ?

– Mordve.

– Mais Israël ?

– Eh bien, on ne vous a jamais dit que les Israéliens et les Oudmourtes sont de grands amis ? C'est pour ça que de nombreux Oudmourtes vivent en Israël. Au revoir, mademoiselle Schwarz.

À ce stade, tu vas certainement me demander, chère Macha, si je souffre de vivre à l'étranger. Tous les jours la même question – j'ai ta voix qui résonne dans mon oreille –, tous les jours la même réponse : je ne manque de rien ; Dieu sait que j'ai déjà connu bien pire. Parfois j'ai l'impression que je m'envole, que je plane dans les airs, que je suis près de toi. Nous nous tenons par la main, regardons en bas, observons les hommes qui s'agitent sur terre – leur comportement peut faire l'objet d'études, c'est parfois amusant, mais la plupart du temps sans grand intérêt. Personnellement, je me sens loin de tout cela. Et là, je pense à Kostik, et je tombe. Le choc est douloureux. Même chose il y a quelques jours, lorsque mon petit-fils Sacha nous a annoncé qu'il quittait Gigricht. Son entreprise lui a proposé un poste à Hambourg pour une durée de trois ans, un emploi mieux rémunéré et avec plus de responsabilités… Je te laisse imaginer l'état dans lequel cette nouvelle a mis Kostik et Frieda. Déménager, et, qui plus est, pour aller dans un autre Land, n'est pas chose aisée pour un "réfugié du contingent" qui perçoit les aides sociales. Sans compter que Sacha n'a pas l'intention de nous emmener avec lui à Hambourg, car il ne peut pas savoir où sa boîte l'enverra à l'issue de ces trois années.

Ne va pas croire que Sacha me manquera beaucoup. Je n'ai jamais été proche de mon petit-fils. Parfois je me dis que ç'aurait été bien que Shelia ait des enfants. Mais je n'ai pas envie de parler de Shelia. À chaque fois que je pense à elle, j'en ai le cœur serré. À chaque fois qu'on évoque son nom, c'est la guerre à la maison pendant des jours, et Kostik, lui, est assez habile pour faire comme s'il n'avait jamais eu de sœur.

Ces derniers mois, Sacha nous appelle régulièrement.

– Quoi de neuf, papa ?

– Qu'est-ce que tu veux qu'il y ait de neuf chez moi ?

– Le cœur ?

– En ce moment, aucun souci. Et toi ?

– Beaucoup de travail. Comme d'habitude. Je suis content. Bientôt, quand j'aurai un peu de temps, je passerai le permis et m'achèterai une voiture.

– Ah, ça c'est une bonne chose.

Cette phrase marquait en général la fin de la conversation.

Même les rares fois où il venait nous rendre visite, Sacha ne nous révélait pas grand-chose sur sa vie.

– Tu as une petite amie ? demandait Frieda à chaque fois en scrutant son visage, persuadée qu'il n'avait jamais appris à changer de masque comme de chemise.

– Tu as trente-quatre ans, disait Kostik. Pense à l'avenir. Une vie sans famille, sans enfant, ne vaut pas la peine d'être vécue.

Sacha continuait de manger la soupe aux poireaux que sa mère lui préparait à chaque fois et répétait toujours, sans regarder ses parents :

– D'abord l'argent, ensuite le plaisir.

– À condition que plus tard il te reste encore du temps pour le plaisir, lui faisais-je parfois remarquer.

– J'ai de l'endurance.

Enfant déjà, mon petit-fils faisait partie des meilleurs dans tous les domaines. Le premier de sa classe, un pionnier exemplaire, le Komsomolets le plus engagé, l'étudiant le plus studieux. Les filles qu'il ramenait à la maison étaient toujours des êtres tristes. Il suffisait d'un regard pour savoir qu'il les laisserait tomber peu de temps après. Frieda était la seule à ne pas s'en rendre compte, accueillant chacune d'entre elles comme s'il s'agissait de sa future belle-fille.

À l'époque de la perestroïka, Sacha faisait des conférences sur la réforme du socialisme, mais en 1991, après l'échec de la tentative de putsch, il a été le premier à quitter le Komsomol. Ensuite, il a créé sa propre entreprise d'électronique avec quelques individus louches, a fait faillite et, pour finir, il a émigré en Allemagne où il fait désormais carrière dans l'un de ces grands groupes qu'au milieu des années 80, à l'époque où il participait à des réunions publiques du Komsomol, il qualifiait de “requins du capitalisme”, de “bourreaux des masses travailleuses” ou d'“exploiteurs des peuples”. Quoi ? Tu veux savoir où je veux en venir ? Sacha est plein de bon sens, je ne peux pas le nier. Il est athée, et les athées ont la vie plus facile car ils n'ont pas de doutes.

– Pourquoi sommes-nous venus ici ? me demande Frieda. Moi, je voulais être auprès de mon fils. C'est la seule raison pour laquelle j'ai émigré dans ce pays de mangeurs de saucisses. Vous croyez que ça m'amuse de passer mes vieux jours dans ce trou misérable ? Qu'allons-nous faire ?

Comme tu l'imagines sans doute, chère Macha, je ne peux apporter de réponse satisfaisante à cette question. Qu'aurais-tu dit à ma place ?

Kostik, lui, a une réaction moins vive.

– Hambourg, pourquoi pas ? fait-il. De toute façon, on le voit à peine, notre fils. Moi, tout ça, ça ne me fait plus grand chose. La seule chose que je puisse encore espérer, c'est aller une fois dans ma vie à Aix-en-Provence. Peut-être que je serai alors heureux, ne serait-ce qu'un petit moment.

Une fois par semaine, parfois deux, je me rends à l'Institut de recherche historique et je raconte ma vie à Dmitri. Au début, il a essayé d'orienter le cours de mon récit, faisant étalage de ses connaissances en histoire. Cela me faisait sourire. Ce garçon, qui aurait pu être mon petit-fils, cherchait-il vraiment à m'impressionner ? En tout cas, il a vite compris qu'il ne pouvait pas jouer à ce petit jeu avec moi. Quand il insistait pour connaître certains détails, je faisais mine de ne plus m'en souvenir, les choses qui me semblaient importantes, je les racontais par le menu, même quand je sentais qu'il commençait à perdre patience. Il a vite compris : c'était à prendre ou à laisser. L'essentiel de sa tâche s'est vite résumé à mettre le magnétophone en marche, à me donner un mot-clé, à m'aider à remonter le fil de mes souvenirs, à combler les lacunes. Je n'irais pas jusqu'à prétendre qu'il a un rôle purement passif. Il traduit tout ce que je lui raconte dans un allemand soigné. Il a supprimé des répétitions, rétabli la cohérence temporelle et thématique du récit et regroupé les épisodes distincts dans des chapitres. J'ai lu cette version écrite en allemand. Le jeune homme a pris quelques libertés dans la traduction. Mais j'ai décidé d'être tolérante.

Dmitri est naturellement conscient qu'il n'est pas au bout de ses peines. Il lui faut trouver les termes adéquats pour raconter le moment le plus marquant de mon existence. Si j'ai été sélectionnée pour participer à ce projet de livre-anniversaire, c'est grâce au document que j'ai présenté comme étant la preuve que cette histoire est vraie. Mais Dmitri, cet insolent, m'a sorti un jour, avec cette franchise éhontée qui lui est propre, qu'il tenait cette "soi-disant preuve" pour un faux.

– Ce papier ne résisterait pas à une analyse approfondie menée par des spécialistes, m'a-t-il expliqué, il suffit de vérifier la composition de l'encre et l'écriture, et votre canular tombe à plat.

– Pourquoi vous ne le faites pas ? ai-je demandé d'un ton provocant. Si vous faites plus confiance à vos experts qu'à une vieille femme.

– Peut-être bien que je le ferais si ça ne tenait qu'à moi, mais Mme Wepse est tellement emballée par votre histoire, et le docteur Sambs aussi, notre chef, et surtout l'adjoint au maire chargé de la culture, et le maire, n'en parlons pas – il en raffole ! Les hommes politiques, comme tout le monde sait, passent leur temps à courir de rendez-vous en rendez-vous, et la seule chose qu'ils veulent, c'est qu'on leur raconte l'essentiel en peu de mots, entre deux portes si l'on peut dire, mais cette histoire, évidemment, on ne voulait pas les en priver.

– D'accord, et maintenant qu'est-ce qu'on fait ? ai-je demandé.

Il a ri, m'a fait un clin d'œil et a mis une cigarette dans sa bouche, sans l'allumer, car je lui ai formellement interdit de fumer en ma présence.

– Vous voulez que nous, à l'Institut, on déçoive ces personnalités éminentes en faisant réaliser quelque chose d'aussi prosaïque qu'une expertise ?

Après je n'ai plus dit un mot. Rien ne me dérange du moment qu'on me laisse raconter mes histoires. Et puis je suis déjà trop vieille pour penser que la frontière entre la moralité et l'immoralité est comme celle qui sépare la vérité du mensonge. Mais je m'égare, alors que j'ai des choses plus importantes à raconter.

Il y a quelques jours, Frieda a reçu une lettre de sa tante Esther qui vit dans un hospice à Be'er Sheva. Au milieu des années 70, elle a émigré avec son fils en Israël.

L'enveloppe contenait juste un bout de papier d'à peu près dix centimètres sur dix. Le message, bref, commençait par *Frieda !* et non *Chère Frieda !* ou *Salut Frieda !*, juste *Frieda !*

Je suis très déçue, écrivait la tante, *que toi, Frieda, ne sois pas venue en Israël, notre patrie à nous, les Juifs. À la place, tu préfères vivre parmi les descendants des assassins de ton peuple. N'as-tu donc aucune fierté ? En échange de quelques sales marks que tu reçois en guise d'aide sociale, tu te vends à ceux qui nous ont exterminés comme des insectes. Je vous souhaite, à toi et à ta famille, de ne pas vous sentir bien là-bas ! Que toutes les maladies s'abattent sur vous, le malheur, la misère et la mort !*

– Elle a toujours eu le cerveau un peu fêlé, a dit Kostik. Vous vous rappelez sûrement que Sacha l'appelait sans arrêt la *grand-mère du diable* quand il était petit.

– Sénile ! me suis-je exclamée. Ce sont clairement les symptômes de la sénilité. Mais ce penchant pour le pathos, elle l'avait déjà autrefois.

– C'est le genre de choses qui a la cote en Israël, dit Kostik.

– Communisme. Capitalisme. Sionisme. Pacifisme. Altruisme. Toute m'a vie on m'a rabâché ce qui est bien et ce qui est mal. On disait tantôt blanc, tantôt noir. Je ne laisserai plus personne me dicter quels sont les critères d'une attitude morale, ai-je affirmé.

Frieda a mis deux jours à retrouver son calme.

– Toute ma vie j'ai essayé de bien agir, se lamentait-elle. Je me suis occupée de mes parents jusqu'à leur mort, et quand cette tante était malade, c'est moi qui veillait sur elle. Elle n'a pas de fille, seulement un fils, et bien sûr, il n'a jamais remué le petit doigt. Et là, maintenant que je suis vieille, on me crache à la figure. Ça veut dire que dans ma prochaine vie je reviendrai sur terre sous la forme d'un ver de terre.

Au club de la synagogue, on aime beaucoup commenter les lettres provenant d'Israël. Beaucoup d'entre elles ressemblent à celle que Frieda a reçue de la part de sa tante. Un jour, quelqu'un a même raconté qu'on lui avait envoyé un fanion avec une croix gammée.

– Les Israéliens se considèrent comme les seuls représentants du peuple juif, racontait un homme (je crois qu'il est originaire de Kaunas) au cours d'une de ces nombreuses conversations. Mais que ferait Israël sans le soutien des Juifs de la diaspora, dites-moi ? Ici, en Allemagne, nos enfants vivront dans l'aisance et serviront les intérêts d'Israël ou enverront des dons là-bas parce qu'ils sont juifs. Les Israéliens nous doivent une fière chandelle. Sans nous, les Juifs de la diaspora, les chameliers les auraient transformés en brochettes depuis longtemps.

– Si les États-Unis nous laissaient encore venir chez eux, ça fait longtemps qu'on y serait, disait un autre. Mais ça fait dix ans qu'ils n'accueillent plus de Juifs russes.

– Écoutez, moi je ne veux pas aller en Amérique. Tu es au courant que là-bas le système de protection sociale est très mauvais ? Et le taux de criminalité élevé, l'insécurité permanente.

– Oui, mais c'est l'Amérique ! Tu comprends ? L'Amérique ! Si on te donne l'Amérique, tu ne vas quand même pas la refuser. Malgré tout ça, c'est l'Amérique !

– L'Allemagne n'est plus du tout ce qu'elle était, disait une femme. Elle fait partie de l'Union européenne, et celle-ci formera bientôt un État unique. Mes enfants seront des citoyens de l'Europe. Pas des Allemands, des Européens.

– Quoi qu'il en soit, ils resteront juifs.

– Je crois qu'on doit renforcer la présence juive en Allemagne, disait M. Rotschwants pour justifier sa venue en Allemagne. Non seulement, ça représente une revanche tardive sur Hitler, mais ça apportera en plus une touche d'humanité à l'Europe centrale. – Mme Rotschwants a poussé un soupir et s'est détournée, tandis que son mari continuait de parler. – Partout où il y a une forte population juive, on observe des prouesses dans le domaine artistique, culturel et scientifique. Comme chacun sait, les Juifs sont le sel de la terre…

– Monsieur Rotschwants, l'ai-je interrompu. Arrêtez ! Si vous avez émigré en Allemagne, c'est parce que vous vouliez manger du bifteck tous les jours, vous promener dans un parc propre et avoir une salle de bains moderne. Ne me racontez pas d'histoires ! Vous savez à quoi cela me fait penser ? À la jeune fille de quinze ans enceinte qui prétend être vierge. Elle s'est plongée dans l'eau où son frère avait lui-même pris son bain avant elle et s'était visiblement masturbé. Et un médecin lui dit : ma chère, si tu as commis un péché, au moins avoue-le.

– Les vierges aussi peuvent être des salopes, a grommelé Rotschwants.

Tout compte fait, chère Macha, peu importe, évidemment, que je passe les derniers mois ou les dernières années de mon existence ici ou ailleurs. Une fois que je serai morte, cela n'aura aucune importance que je sois enterrée à côté de cadavres de Juifs, d'antisémites, d'Allemands ou de nationalistes russes. Les vers se régaleront tout autant.

Parfois je me réveille la nuit et je n'arrive plus à me rendormir. Le matin, lorsque les premières lueurs du jour pénètrent, encore pâles, dans la chambre à travers les rideaux, et que le faisceau lumineux, tel un cadran solaire, se met à grandir sur le parquet, je compte les secondes et j'attends la sirène annonçant le début du travail dans l'usine d'ampoules électriques. Le signal ne vient pas, et je me lève, un peu déroutée, je m'habille et je descends dans la rue. Devant l'entrée de l'immeuble, je rencontre une vieille connaissance.

– Bonjour, Chaïm Berkovitch, dis-je à mon voisin Rabinovitch, mais l'homme me lance un regard surpris et se détourne avec un haussement d'épaules. Tout en marchant, j'essaye d'interpréter son étrange comportement. Était-ce en 1938 qu'il s'était fait arrêter ou seulement en 1948, lors de la vague de répression ? Ou bien était-ce en 1953 ? Je ne cesse de tomber sur des gens que je crois morts.

Au parc, je discute avec des personnes âgées.

– Les jeunes ne peuvent pas imaginer à quel point nous avons souffert, m'explique une femme. Je me souviens encore de ce jour de la saint Sylvestre, en 1944, lorsque les bombardiers anglo-américains qui nous terrorisaient ont tout réduit en cendres. Même les arbres du parc étaient en feu.

– Un jour, pendant le siège, j'ai cru que ma fille s'était fait manger, dis-je.

– Les rations alimentaires ! se souvient-elle. Quasiment rien ! En 1945, les réfugiés juifs essayaient de faire baisser les prix au marché noir. Un jour, je m'y suis fait voler mon porte-monnaie. Pendant une semaine, je ne me suis nourrie que de pain et d'eau. Et les mégots de cigarettes que les Amerloques balançaient, je les finissais. Ça calmait la faim.

– Deux cent cinquante grammes de pain par jour pour ceux qui travaillent, cent vingt-cinq pour les proches et les enfants. Les gens tombaient raides morts dans la rue. Et moi, j'enjambais les cadavres. J'en rêve encore la nuit.

– Et après, en 1952, j'avais trente kilos en trop. Mais à l'époque, les hommes aimaient encore les gros seins et les gros culs. Aujourd'hui, ils préfèrent les manches à balai dans des vêtements à la mode.

– Pendant le siège, je pesais trente kilos, dis-je.

– Mon mari est tombé à la guerre. J'étais encore jeune quand je me suis retrouvée veuve. Les hommes me couraient après, c'est moi qui vous le dis, comme des chiens en rut qui courent après une femelle en chaleur.

– Après la mort de mari je n'ai eu aucun autre homme dans ma vie. Il a été le premier et le seul.

– Ça oui, fait-elle, on en a vu de toutes les couleurs.

Je continue à marcher, sors de l'oulitsa Maïakovski et m'engage sur la perspective Nevski, quand soudain je me retrouve sur la place principale de Gigricht. Lentement, les choses se remettent à leur place, mais j'hésite encore à prendre une ruelle adjacente pour rejoindre la Dvortsovaïa plochad et ensuite la Neva.

Mais en fait, chère Macha, j'avais l'intention de te raconter ce qui m'est arrivé hier. Comme à mon habitude, je me promenais en ville. J'ai fait une halte à un arrêt de bus et observé les gens qui montaient et descendaient, discutaient entre eux ou fumaient des cigarettes. Le bus numéro 9 allait au cimetière. Je suis montée.

Le cimetière de Gigricht donnait l'impression que même les morts devaient obéir à un règlement intérieur. Je suis entrée par un portail peint en blanc au-dessus duquel trônaient deux anges au ventre rebondi. Ce qui m'a frappée, c'est qu'ils montraient leurs visages aux visiteurs, tandis que les morts, eux, avaient vue sur leurs adorables petits derrières. Les allées couvertes de gravier étaient d'une propreté impeccable. On ne voyait même pas de traces de pas, c'était comme si quelqu'un passait derrière les visiteurs avec un râteau afin d'effacer leurs empreintes. On aurait dit que chaque pierre tombale avait été dressée la veille. À Gigricht, la mort est un gentleman bien éduqué.

Devant une grande tombe en marbre noir se tenait une femme bien habillée que je n'ai vue d'abord que de dos. Hormis elle, le cimetière était désert, peut-être parce qu'il était encore tôt et qu'il faisait mauvais temps. La femme, dans sa robe moulante qui tombait jusqu'aux chevilles, faisait penser à une statue de marbre ou à un personnage de Tchekhov qui, par le fruit du hasard, avait quitté le XIXe siècle pour se retrouver au début des années 2000. Cette scène m'a rappelé le tableau d'un peintre anglais – son nom m'a échappé – que j'avais souvent contemplé à l'Ermitage.

Au début, je ne comptais m'arrêter là qu'un petit moment. Du coin de l'œil, j'avais déjà repéré une allée dans laquelle j'allais m'engager. Mais après j'ai changé d'avis, je suis allée me mettre à côté de la femme et j'ai lu l'inscription sur la pierre tombale : *Dr Ferdinand von Pfaffenhofen, 29.1.1910-13.12.1989. Même si tu nous as quittés, tu resteras à jamais dans nos cœurs.* Cet ajout me paraissait superflu. Sur la tombe de Naoum étaient juste gravés son nom ainsi que ses dates de naissance et de décès. Ce qui me plaisait, c'était l'écriture – des lettres élégantes, sans aucune fioriture. J'ai tourné la tête. Le visage de la femme était presque aussi beau que sa silhouette élancée et son long cou qu'on aurait pu qualifier d'aristocratique. Elle portait des chaussures à talons aiguilles, avec lesquels il était sûrement pénible de marcher sur le gravier, ainsi qu'une montre-bracelet à maillons en or, qui coûtait sans doute plus cher que toutes les montres que j'ai eues dans ma vie. À la main elle tenait un bouquet de fleurs – des roses rouges et blanches. Elle n'était plus toute jeune, soixante-dix ans peut-être.

Ma façon de la dévisager avait dû lui sembler très indécente, car elle s'est tournée vers moi, visiblement agacée, m'a considérée un instant sans rien dire, s'est retournée et a posé les fleurs sur la tombe.

– Cela fait plus de trente-cinq ans que mon mari est mort, ai-je dit. Les premières années, je venais lui rendre visite chaque semaine au cimetière.

– Ce n'est pas mon mari, a déclaré la femme sans me regarder. À sa voix, on aurait dit qu'elle avait cent ans.

– Votre frère ? Un autre membre de la famille ? ai-je demandé. Ou un ami ?

– Pourquoi tenez-vous à le savoir ?

– Comme ça, ai-je répondu.

Elle a penché la tête en avant, si bien que son menton touchait presque son sternum, et a gardé le silence. J'ai attendu un peu, ai regardé ma montre et décidé de rebrousser chemin. Il m'est alors venu à l'esprit que je ne m'étais pas renseignée pour savoir combien de fois par jour le bus numéro 9 retournait au centre-ville. Pourtant, je n'avais pas fait quelques pas que j'ai entendu derrière moi la voix de la femme :

– Je ne connais pas du tout le monsieur qui repose ici. C'est la première fois que je me trouve devant sa tombe. Vous le connaissez, vous ?

J'avais l'impression qu'elle avait soudain eu peur que je m'en aille. Alors je me suis de nouveau retournée. La femme avait les yeux fixés sur mes souliers éculés datant de l'époque soviétique.

– Jusqu'à présent je n'avais jamais mis les pieds dans ce cimetière, ai-je dit. Mon mari est enterré à Leningrad. Je ne reverrai sans doute jamais sa tombe.

– Moi non plus, je ne reverrai jamais la tombe de mon mari, a déclaré la femme, et sa bouche s'est allongée puis rétrécie, l'esquisse d'un sourire qui tout d'un coup a altéré la beauté de son visage. Il repose ici, dans ce cimetière, rangée 37. Il y a trois platanes à cet endroit. Il ne les a pas mérités, ces beaux platanes.

– Il ne pousse pas de platanes à Leningrad, ai-je dit en pensant aux allées envahies de chiendent et aux pierres tombales renversées du cimetière juif.

– Je ne lui ferai pas ce plaisir. Non, je ne lui ferai pas le plaisir de venir sur sa tombe. Quarante années de vie commune, ça suffit. Et maintenant il est mort. Mais moi, je suis encore en vie. Oui ! Il ne l'aurait jamais cru. Que c'est moi qui serais en vie, et lui qui serait mort. Au printemps, quand tout est en fleurs, c'est là que c'est le plus beau. Et je ressens vraiment à quel point tout est beau. Et lui, il est enterré là-dessous et il ne pourra plus bouger. Plus jamais !

J'en ai connu dans ma vie des moments difficiles, pourtant, face à un tel déferlement de haine, je suis restée sans voix, au point que j'en ai fait tomber ma canne. La femme s'est baissée pour la ramasser.

– Pourquoi ces fleurs, alors ? ai-je murmuré tandis qu'elle me tendait la canne. Des fleurs pour quelqu'un qui vous est totalement inconnu ?

– Il faut bien que j'aille quelque part ! s'est-elle exclamée. À part lui, je n'ai personne ici. Seulement lui. Mais il n'aura pas mes roses. Oh non, mes roses, il ne les aura pas.

Sa voix est devenue stridente.

D'abord j'ai reculé, puis j'ai pris la fuite, mais je me suis arrêtée au bout de quelques mètres, me suis retournée, malgré moi, mais néanmoins mue par un vif désir de regarder encore une fois ce visage rempli de haine.

Et c'est à cet instant, chère Macha, que je me suis sentie de nouveau heureuse et sereine, et réconciliée avec le monde, chose qui ne m'était pas arrivée depuis longtemps. J'ai pensé à toi, à Naoum ainsi qu'aux nombreuses autres personnes que j'avais perdues au fil des décennies mais qui pourtant me touchent souvent, si bien que j'arrive à sentir la chaleur de leurs paumes.

Affectueusement,
Rosa

17

Tout petit déjà, Kostik s'intéressait à la technique et était excellent en mathématiques. En sixième, il avait décidé qu'il irait étudier à l'Institut d'aéronautique. Tous les ans, en octobre, il se rendait à la journée des portes ouvertes et allait même parfois assister aux cours magistraux. Il réussit le difficile examen d'entrée en 1950. Il obtint vingt-huit points sur trente. Avec vingt points on avait déjà de fortes chances d'être admis.

Le lendemain de sa dernière épreuve, je lui achetai une sacoche de cuir marron à fermoir argenté. Il ne nous restait plus qu'à attendre la confirmation de son admission. Il s'était déjà procuré tous les manuels de première année. Ses yeux brillaient quand il les feuilletait.

Le jour où il devait se présenter au bureau des inscriptions de l'Institut, nous avions tout préparé pour fêter l'événement : cognac, pain blanc, faux caviar, gâteau aux pommes, et même quelques-unes des célèbres bouchées au rhum pétersbourgeoises que j'avais achetées dans une pâtisserie sur la perspective Nevski. Et voilà Kostik qui revient à la maison, livide, la mine défaite.

– Je n'ai pas été pris.

– Quoi ?

– Les gens ont été appelés un par un, raconta-t-il. À la plupart, on leur a dit de se présenter demain au kolkhoze pour aider à la moisson comme bénévoles, et aux autres, on ne leur a rien dit du tout. À moi non plus. Ils sont tous juifs, ceux qui ne sont pas obligés d'aller au kolkhoze, et tout le monde sait que seuls ceux qu'on envoie à la campagne seront officiellement admis à l'Institut comme étudiants.

Le lendemain, Kostik retourna au bureau des inscriptions.

– Eh bien, ça veut dire que vous n'avez pas le niveau pour suivre ces études, dit la responsable. Elle faisait tout pour éviter son regard.

– Ah bon, comment ça ? J'ai de très bonnes notes.

– Peut-être que… – Elle s'arrêta. – Peut-être qu'il y a une erreur avec les informations inscrites dans votre dossier.

– Je n'étais pas dans la zone occupée, protesta Kostik. Mes parents non plus.

Quiconque avait eu le malheur, même enfant, d'avoir vécu sous occupation allemande, était jugé "peu fiable" et n'était pas autorisé à faire des études.

– Alors, c'est autre chose.

Blême l'instant d'avant, la femme se mit alors à rougir.

– Ah ah, voilà qui en dit long. Cette autre chose dont vous parlez : ça n'a pas un rapport avec mon nez, des fois ?

– Un peu de respect, je vous prie ! – Kostik raconta qu'elle s'était carrément mise à brailler. – N'oubliez pas où vous êtes !

D'un geste brusque, elle referma le classeur qu'elle avait feuilleté et montra la porte à mon fils.

Kostik reçut un relevé officiel de ses résultats aux épreuves – quatre Très Bien et deux Bien. *En raison de la forte concurrence et eu égard à vos résultats obtenus aux épreuves, nous ne pouvons donner de suite favorable à votre demande d'admission à la faculté de radiomécanique de l'Institut d'aéronautique*, tel était l'argument, formulé en ces termes lapidaires.

Plus tard, nous avons appris que sur les cent étudiants admis à la faculté de radiomécanique un seul était juif. En reconnaissance de son brillant parcours scolaire, celui-ci avait reçu une médaille d'or, ce qui lui donnait officiellement le droit d'étudier dans tout institut de son choix sans être obligé de passer des examens d'entrée. Toutefois, s'il était autorisé à faire des études, c'était seulement parce qu'un responsable de l'administration scolaire était un ancien camarade de front de son père.

Même à l'époque du tsar, le numerus clausus concernant les Juifs était de cinq pour cent, et non de un pour cent.

La ville comptait des dizaines d'établissements d'enseignement supérieur. Cela n'avait aucun sens de tenter sa chance dans la vénérable Université de Leningrad, disait-on. Depuis un an les Juifs n'y étaient plus acceptés. De toute façon, il y avait trop de scientifiques juifs dans le pays. À l'Institut Oulianov-Lénine, une école prestigieuse, nous n'avions aucune chance non plus. Nous décidâmes de faire une tentative à l'École supérieure de communication qui portait le nom de Bontch-Brouïevitch, un héros de la guerre civile.

Le responsable vérifia les documents de Kostik et demanda :

– Comment se fait-il qu'on ne vous ait pas accepté ? Les facultés techniques manquent toutes de candidats, et vous, avec des résultats pareils, vous n'avez pas réussi à y entrer ?

– Je ne sais pas pourquoi, répondit Kostik.

La politique antisémite des administrations n'avait rien d'officiel. En parler ouvertement, c'était courir le risque de se faire arrêter pour "propagande antisoviétique".

– Alors, c'est sans doute que vous n'avez pas de chance avec vos informations personnelles, dit le fonctionnaire en plissant les yeux avec méfiance.

– C'est impossible. Mon dossier de candidature est complet. Je n'ai oublié aucun renseignement. Ni mes parents ni moi n'avons vécu un seul jour sous occupation allemande.

Le fonctionnaire relut le nom de famille à haute voix.

– Schwarz. Schwarz. – Il nous lança un regard empreint de mélancolie. – Vous n'aurez aucune chance chez nous. Mieux vaut ne pas essayer.

À l'Institut technologique de l'Industrie de la cellulose et du papier, nous reçûmes un bon accueil.

– Je vous en prie, dit le directeur-adjoint, prenez place ! Nous n'avons pas eu assez de candidats cette année et nous devons remplir notre quota.

Après avoir examiné les documents de Kostik, son passeport et la lettre de refus de l'Institut d'aéronautique, son sourire s'effaça.

– Vous savez, murmura-t-il, ça ne va pas marcher chez nous. Il est déjà trop tard. Les délais sont passés...

Il cherchait ses mots. Il finit par nous rendre les documents et le formulaire d'inscription rempli.

– Vous feriez mieux d'oublier cette conversation. Vous n'êtes jamais venus nous voir, dit-il en essuyant son front en sueur. Que les choses soient claires ! Vous… n'êtes… pas… venus… nous… voir… aujourd'hui. Je ne vous ai jamais vus de ma vie et je ne ferai jamais votre connaissance.

Ensuite nous tentâmes notre chance à l'Institut du bâtiment, là où il y avait eu le moins de candidatures cette année-là. Ce domaine, à vrai dire, n'intéressait pas du tout Kostik. Mais que pouvait-il faire ? Il était en âge d'aller à l'armée. Comme il souffrait d'hypertension artérielle sévère, nous savions que ce n'était pas l'appel immédiat sous les drapeaux qui l'attendait, mais un séjour obligatoire dans un hôpital militaire. Là-bas, on réussissait à faire de certains patients des soldats aptes au service militaire, la plupart, toutefois, gardaient de ce "traitement" des séquelles indélébiles. S'il avait été étudiant, Kostik aurait été dispensé de service militaire.

On le flanqua à la porte aussitôt qu'il eut donné son nom de famille au secrétariat de l'Institut. En dépit du nombre restreint d'étudiants, cette école avait elle aussi épuisé son "quota de Juifs".

Le bâtiment de l'Institut polytechnique abritait une faculté de radiotechnique, une antenne de l'Institut d'électronique pour les personnes en activité implanté à Moscou. Je décidai d'y tenter ma chance.

– Comment cela se fait-il ? s'étonna le doyen. Il est impossible qu'un garçon ayant obtenu de tels résultats à ses examens ne soit pas accepté.

– Vous ne voyez vraiment pas pourquoi il n'a pas été pris ? demandai-je. Pour moi, c'est clair comme de l'eau de roche. Mais ça fait partie des sujets tabous.

Nous étions seuls dans la pièce.

– Vous croyez que je ne vous comprends pas ? chuchota-t-il.

Je ne dis rien.

– Vous savez quoi, fit-il après un moment d'hésitation, laissez son dossier ici. Je ferai tout ce qui est en mon pouvoir.

Vous n'avez qu'à passer me voir après-demain. Le mieux, c'est que votre fils vienne aussi.

Le soir même, Kostik me raconta qu'il était allé au Comité local du Komsomol, l'organisation de la jeunesse communiste. "Ne reviens plus nous enquiquiner avec ces histoires!" avait-on dit là-bas. Il se rendit en tramway au Comité central de Leningrad, à l'autre bout de la ville. Cette fois-ci, il se montra tenace, réclama avec insistance qu'on le reçoive, et attendit jusqu'à ce qu'on l'autorise à voir la secrétaire du Parti chargée de l'Éducation. D'après la description de Kostik, elle semblait être l'une de ces fonctionnaires devant lesquelles même le requérant le plus courageux et le plus impertinent se met à bafouiller. Qu'il fasse court, lui avait-elle dit avec un agacement à peine voilé dans la voix, elle n'avait pas beaucoup de temps.

– Je viens faire une réclamation! Je voulais étudier à l'Institut d'aéronautique. Apparemment, mes résultats à l'examen n'étaient pas suffisants. Ce n'est pas vrai! J'étais à l'école, par exemple, avec Kolia Ivanov. Lui a réussi les épreuves avec beaucoup de difficulté, et on l'a accepté avec dix-huit points. Ce Kolia est un bon violoniste, mais ce n'est pas un matheux. Et moi, avec vingt-huit points, je n'ai pas le droit d'étudier! Qu'est-ce que ça veut dire?

– À qui d'autre en avez-vous parlé? s'informa la femme.

– Je suis allé au Comité local du Komsomol. Je me suis fait jeter. Écoutez, si le Komsomol soutient les injustices, je n'ai plus envie de faire partie d'une organisation pareille.

Il posa sa carte de Komsomolets sur la table, fondit en larmes, se leva et se dirigea vers la porte.

– Reviens! Reviens!

Il ne se retourna pas, entendit la femme se lever de son fauteuil, fut étonné de la rapidité avec laquelle elle avait mis en mouvement son corps replet. Elle le rattrapa, se mit en travers de son passage.

– Écoute, dit-elle, et elle ferma la porte et tourna la clé. On a été injuste envers toi. Mais on vit à une époque où l'on ne peut plus se permettre de parler pour ne rien dire. Personne ne sait de quoi demain sera fait. Je ne vais pas y aller par quatre chemins. Savoir endurer sa propre impuissance est parfois un signe de puissance. Reprends ta carte ! Si tu quittes l'organisation, tu signes ton arrêt de mort ! Mais je ne t'ai rien dit ! Cette conversation n'a jamais eu lieu.

Durant cette période, Shelia se mit à dessiner des voiliers sur un cahier d'écolier. Chaque jour un bateau. Sur la couverture elle avait tracé, à l'encre de Chine rouge et d'une écriture pleine d'arabesques délicates, les mots *Pour Kostik : Bateaux*. C'étaient toujours des trois-mâts à la coque élancée, toutes voiles dehors, avec des hublots, la cabine du capitaine sur le pont, des canots de sauvetage et de nombreux matelots en maillot de corps à rayures bleues et blanches. Les bateaux portaient des noms originaux tels que *Nostalgie de l'Atlantique* ou *Terreur d'Hawaï*.

– Qu'est-ce que tu essaies de me dire avec ces dessins ? plaisanta Kostik. Tu veux que je m'en aille d'ici à bord d'un voilier ?

Elle secoua la tête.

– Je n'ai encore jamais pris le bateau, répondit-elle, alors que je vis dans un port.

– À ma prochaine croisière je t'emmène avec moi.

Quelques jours plus tard, le doyen de la faculté de radiotechnique de l'Institut d'électrotechnique nous informa que Kostik était accepté.

– D'après la loi, vous êtes tenu de trouver un travail. Ceci est un institut de formation pour les personnes en activité, expliqua-t-il. Mais avec le temps les choses vont rentrer dans l'ordre. Les cours commencent le 1er octobre.

Nous avions encore deux mois devant nous.

– Tous les autres font des études, je chuchote la nuit à l'oreille de Naoum. Des imbéciles qui avaient du mal à l'école. Roman, par exemple, l'ami de Kostik, voulait lui aussi étudier à l'Institut d'aéronautique. À la faculté de mécanique de précision. Il a déjà raté les deux premiers examens. Son père a des relations à l'Institut du textile. Il n'est pas contremaître pour rien. Il a détourné un chargement de matériaux de construction pour le directeur qui voulait se faire bâtir une datcha. Maintenant, son fils étudie à l'Institut de la couture. Bien qu'il soit juif et qu'à l'Institut du textile ils aient sûrement leurs quotas. Mais les Juifs et les machines à coudre, ça fait bon ménage. Ils ont été tailleurs pendant pas mal de temps, les Juifs. Qu'ils retournent à leur place et, de préférence, dans leur *shtetl*, c'est là leur place.

– Laisse-moi tranquille ! gémit Naoum. Une machine à coudre, c'est un appareil très sophistiqué, et là j'ai envie de dormir.

– Toujours est-il que ce n'est pas pour le cerveau ni pour le cœur, dis-je.

– Mais ça lui permet d'avoir un diplôme universitaire et d'éviter le service militaire sur la presqu'île de Kola ou dans le désert du Turkménistan. Toujours mieux qu'un Institut de formation pour personnes en activité, qui ne donne pas de dispense de service militaire.

– Il faut qu'il cherche un travail. Sur un chantier peut-être. Tu t'imagines Kostik sur un chantier ? Avec sa santé. Ils vont l'achever là-bas ! Un Juif sur un chantier.

– Laisse-moi dormir, à la fin. On ne peut rien y faire. Il faut prendre la vie comme elle est.

Parfois je suis assaillie par une vision effroyable. Je prends mon oreiller et le plaque sur le visage de mon mari.

Kostik déclara qu'il n'irait pas à l'Institut du textile.

– Même pas à la faculté de mécanique ? lui demandai-je.

– À la faculté de mécanique, peut-être, mais à l'Institut du textile ou de la couture, hors de question, dit-il.

Le père de Roman fit livrer chez le directeur un nouveau chargement de matériaux de construction. Malgré cela, Kostik ne fut pas admis. La faculté de mécanique comptait déjà quelques Juifs, et le directeur était jeune. Il lui manquait cette assurance propre aux fonctionnaires blanchis sous le harnais. Il n'avait pas encore noué ces relations importantes qui vous permettent de contourner certaines règles pour mettre les vôtres à la place. Il était ambitieux et, qui plus est, était marié et père de famille.

Kostik feuilleta le cahier où Shelia avait dessiné les voiliers.

– Je ferais mieux de m'en aller d'ici à la nage, dit-il l'air songeur. Comme ça il n'y aura plus de problèmes. Ni pour vous ni pour moi. En ce moment, j'aimerais être sur un yacht en Méditerranée. Ou mieux, dans les mers du Sud. Là où il n'y a pas d'instituts ni de Juifs qui n'ont pas le droit de faire d'études. Les gens qui vivent dans les îles des mers du Sud ne savent pas du tout ce qu'est un Juif. Ils croient peut-être que c'est quelque chose qui se mange.

– Si tu cherches des cannibales, ce n'est pas la peine d'aller si loin, dit Naoum.

Les tentatives que je fis pour remonter le moral à Kostik restèrent sans effet. Si Macha était encore en vie, elle m'aurait conseillé de le laisser tranquille.

– Il y a des moments, dans la vie d'une personne, où tu peux la consoler, aurait-elle dit. Mais pas lorsque l'ombre noire se pose sur son visage. Où que tu te mettes, tu empêches la lumière de parvenir jusqu'à elle, et tes paroles sont comme des coups de fouet qui frappent son âme. La seule chose que tu puisses faire, c'est attendre qu'elle trouve elle-même le chemin pour sortir des ténèbres.

Début septembre, je me rendis à Moscou. Au Commissariat du peuple à l'enseignement supérieur, qui, depuis peu, comme avant la révolution, s'appelait de nouveau ministère, je fus reçue par le secrétaire responsable des examens universitaires.

– Vous savez, racontai-je, lorsque mon fils a voulu aller au *tekhnikoum* après la septième, son professeur principal m'a convoquée et m'a fait tout un scandale. Un enfant pareil doit faire des études! avait-il crié. Il est très doué! Le *tekhnikoum*? Quel gâchis… Lorsque Kostik a passé l'épreuve de mathématiques à l'Institut d'aéronautique, on l'a interrogé pendant une heure et quarante minutes. Cinq fois plus longtemps que tous les autres. Et, ensuite, l'examinateur a dit au doyen de la faculté, le président de l'examen d'entrée, comme pour s'excuser: ce garçon est surdoué. Je suis obligé de lui mettre très bien. Mon fils n'en revient toujours pas.

Le secrétaire m'écouta, l'air sombre. Puis, soudain, il demanda :

– Excusez-moi, votre fils porte-t-il votre nom de famille ?

– Non, répondis-je, nous n'avons pas le même nom.

– Comme c'est regrettable, fit-il.

De toute évidence, il était convaincu que j'étais russe. Je ne lui avais pas dit mon nom de famille.

– Le responsable de l'accueil des étudiants de Leningrad est le directeur de l'Institut polytechnique, un certain Kalinine, c'est le président du service central des examens et des inspecteurs de la ville, m'expliqua le secrétaire. Il va vous aider, lui.

Très cher camarade Kalinine, écrivit le secrétaire, *je vous prie instamment d'aider le bachelier Konstantin Naoumovitch Schwarz à intégrer l'un des établissements supérieurs d'enseignement technique de Leningrad, vu qu'il a passé avec succès tous les examens d'entrée. Salutations socialistes…*

Il apposa un cachet du ministère sur le papier et me le tendit. Aussitôt je me sentis mieux. La nuit même, je rentrai à Leningrad.

Le lendemain, Kostik se rendit à l'Institut polytechnique avec le précieux papier dans la poche. On l'informa que le directeur était parti en congé. Lorsque celui-ci revint, un mois plus tard, il ne pouvait plus rien faire :

– Avant mon congé, nous expliqua-t-il, cela n'aurait peut-être pas encore été trop tard.

Les voiliers étaient à présent équipés de petits canons. Les capitaines portaient des uniformes bleus et des épaulettes.

Le 1er octobre, Kostik commença les cours à l'Institut de formation pour personnes en activité. Deux semaines plus tard, il fut convoqué à l'état-major. Le conseil de révision l'obligea à se rendre à plusieurs reprises dans un hôpital où on lui prescrivait des médicaments et des injections qui, au lieu de faire baisser sa tension artérielle, la faisaient monter. Son état de santé se dégrada. Il réussit malgré tout à assimiler le programme de trois semestres en une année.

J'arrachai du cahier de Shelia la feuille avec le cuirassé *Ben Gourion* et le drapeau israélien, et la brûlai. Je ne voulais pas qu'on nous jette en prison pour "propagande sioniste". Ma fille ne m'adressa pas la parole pendant une demi-journée.

L'année universitaire terminée, je me renseignai auprès de toutes les facultés techniques pour savoir si des places s'y étaient libérées. Aucune chance ! Une connaissance me conseilla de ne plus importuner les doyens des établissements de Leningrad par des requêtes inutiles et de tenter plutôt ma chance dans la jeune République soviétique d'Estonie. Les autorités cherchaient à promouvoir l'implantation de russophones dans les territoires récemment annexés à l'Union. Elles souhaitaient que, dans les plus brefs délais, leur nombre quadruple par rapport au niveau d'avant-guerre. Juifs ou non, cela n'avait pas trop d'importance.

À Tallinn, au sein de l'Institut polytechnique, récemment créé, où les cours étaient en russe et en estonien, se trouvait un Institut de mécanique rattaché à la faculté de construction navale. Nous partîmes avec le train de minuit et arrivâmes au petit matin dans la capitale estonienne. Je fus étonnée, déconcertée, subjuguée. Nous étions dans le monde occidental. Enfin presque. Les rues étaient impeccablement pavées ou bitumées, je n'avais pas vu de gens aussi bien mis depuis l'époque de la "Nouvelle Politique Économique" et la période de prospérité du milieu des années 20. Le centre, avec ses ruelles médiévales, me faisait penser aux reproductions de villes allemandes réalisées par Merian au XVIe siècle, que j'avais pu admirer pendant mes études dans les vitrines de la bibliothèque. Bien entendu, il y avait dans ce tableau digne de Merian de nombreux éléments évoquant la souveraineté du peuple. Des portraits de Staline. Des drapeaux rouges. Des files d'attente devant les magasins d'alimentation.

Ce ne fut pas tant la physionomie de la ville que le comportement des gens qui m'étonna. Leur politesse et leur serviabilité qui donnaient au quotidien une douceur déroutante. Dans les transports publics, on ne voyait pas les bousculades habituelles. Quand je voulais traverser la rue, les voitures, et même les camions, s'arrêtaient. Dans les magasins, qui étaient bien mieux fournis que les nôtres, on vous tenait la porte. Les vendeuses souriaient, saluaient et vous remerciaient de vos achats. Il me faudrait attendre l'avènement des coopératives de l'ère Gorbatchev, près de quarante ans plus tard, pour retrouver une telle amabilité chez les commerçants.

L'Institut polytechnique était implanté dans un palais ayant appartenu à un baron allemand avant la Première Guerre mondiale. Aux murs du cabinet du directeur, une ancienne salle de bal, étaient fixés des miroirs qui faisaient paraître encore plus grande la pièce décorée de stuc jaune foncé. Le directeur était assis derrière un gigantesque bureau autour duquel aurait pu prendre place l'ensemble des professeurs.

– Vous pouvez venir en cours dès demain, dit-il à Kostik, après avoir vu le certificat que lui avait délivré l'Institut de formation pour personnes en activité. Présentez-vous au secrétariat pour remplir tous les formulaires nécessaires. Soyez le bienvenu chez nous, cher collègue.

Je n'arrivai pas à croire que tout soit réglé aussi vite et sans la moindre difficulté, restai debout encore quelques instants devant le directeur, perplexe. Où était le hic ? Le grand MAIS. L'allusion, faite en passant, à un document que nous n'étions en mesure de fournir ou à une condition que nous ne pouvions remplir. Je mis un certain temps avant de comprendre.

Dans la rue, je me serais bien mise à faire quelques pas de danse, si cela n'avait été déplacé pour une femme de mon âge. J'avais quarante-quatre ans. Les jeunes gens qui m'abordaient dans la rue m'appelaient déjà mamie. Les couples qui s'embrassaient se détournaient d'un air gêné quand je les croisais. Encore quelques années, et les jeunes me céderaient leur place dans le tramway. Aujourd'hui, je me dis que j'étais ridiculement jeune à l'époque. Si j'avais été plus douée pour me faire belle et si j'avais fait attention à ma ligne, on m'aurait donné tout au plus trente-cinq ans. J'aurais pu sans problème danser avec Kostik sur le trottoir, rares sont finalement les moments de bonheur dans la vie.

Kostik me prit dans ses bras.

– Merci maman, chuchota-t-il. Merci pour tout ce que tu as fait pour moi. Je ne te décevrai pas.

Mais je n'avais jamais eu peur qu'il me déçoive. Ce fils était un amour, il était juste incapable de se débrouiller sans moi. Son occupation favorite était de rester dans l'appartement, à bricoler ses postes de radio ou à lire des ouvrages spécialisés. Aux yeux de ses amis il passait pour quelqu'un de solitaire, un drôle d'oiseau, sympathique mais un peu bizarre. Il parlait peu, mais de temps en temps il décochait un trait incisif parfois plein d'ironie. Il ne buvait pas, ne fumait pas, sortait rarement le soir et n'avait encore jamais eu de petite amie. Quand il invitait à la maison une fille qu'il connaissait, il passait des heures entières à lui montrer ses revues avec les images de nouveaux modèles de radio ou à lui expliquer le fonctionnement de son appareil photo. Quand la conversation menaçait de tarir, il se mettait à raconter de vieilles blagues connues de tous. Les filles, pour la plupart, ne venaient qu'une seule fois. En ville, il confondait les lignes de tramway, perdit son porte-monnaie à trois reprises et offrit un billet de cinquante roubles à une bohémienne qui lui avait lu les lignes de la main (et ce qu'elle avait lu n'était pas intéressant). Comment allait-il se débrouiller, tout seul ? S'il étudiait à Tallinn, on ne tarderait pas à lui retirer son permis de résidence à Leningrad et il serait très probablement obligé de rester toute sa vie en Estonie. Bon, me dis-je, Tallinn ce n'est pas Oulan-Bator. Si Kostik a besoin de moi, je peux rapidement être auprès de lui.

Il me fallut trouver pour Kostik un logement convenable. Le directeur du foyer universitaire, un Russe, nous annonça d'un ton navré que le foyer était complet jusqu'à la fin de l'année universitaire, aucun lit ne serait libre avant septembre 1952.

– Louez-lui un coin de chambre chez un particulier, me conseilla-t-il, c'est plus cher, certes, mais en contrepartie il sera bien nourri.

Il me donna une liste avec les noms et adresses de personnes qui proposaient en ville un endroit où dormir aux étudiants.

– Mais faites attention à ces Estoniens. Ces fascistes nous haïssent ! Et ils haïssent tout particulièrement les membres de…

euh… votre peuple. – Il eut un sourire en coin. C'était sans nul doute un inconvénient que Kostik ait autant l'air d'un Juif. – Sont assez sournois et méchants, ces *tchouchnas*, ordonnés et fades comme les Allemands, mais durs comme du cuir.

Le fait qu'il utilise le mot *tchouchna*, un terme péjoratif pour désigner les Finlandais et les Estoniens, me mit mal à l'aise.

– L'an dernier, on a enfumé les dernières bandes de fascistes dans les bois. Mais quand vous en pendez un, il en arrive dix autres. Peut-être que ça va bientôt encore péter. Alors, faites attention. Surtout le soir et la nuit.

Mais après tout ce que j'avais vécu pendant la guerre, les partisans estoniens ne me faisaient nullement peur, et à Kostik encore moins.

La petite maison située aux abords de la ville était peinte en bleu ciel. Le jardin était agrémenté de parterres de fleurs et de légumes entretenus avec amour ainsi que d'un gazon fraîchement tondu. Je n'avais rien vu d'aussi propre et d'aussi coquet dans la Russie tout entière. La propriétaire portait une robe bleue comme les murs de sa maison et la couleur de ses yeux. À peine avais-je prononcé une phrase qu'elle répondit quelque chose en estonien et nous claqua la porte au nez.

– Tu vas être obligé d'apprendre l'estonien, soupirai-je. Une langue avec quinze cas, des mots qui font des pages entières et des sonorités qui font penser aux gazouillis d'un enfant. Rien que des *lili*, *titi et kiki*. Qu'est-ce qu'il ne faut pas faire pour pouvoir faire des études !

– Ne t'en fais pas, dit Kostik. Si j'ai survécu au siège, j'apprendrai aussi l'estonien.

L'adresse suivante figurant sur notre liste était une maison à colombages située dans le centre-ville. Par un escalier en colimaçon nous montâmes au deuxième étage, sonnâmes à la porte, vîmes le clapet du judas se soulever. Nous sonnâmes une deuxième fois, une troisième puis une quatrième. Le couloir, avec ses minuscules fenêtres, était sinistre. Au bout de notre quatrième coup de sonnette, la porte d'à côté s'ouvrit timidement. Un petit garçon nous regarda, tendit la main droite, pointa l'index vers nous, mit le pouce en l'air.

– Foutus, les Russkoffs ! dit-il d'une petite voix aiguë. Foutus, les Russkoffs ! Pan ! Pan ! Pan !

Son pouce bougeait d'avant en arrière, l'index tremblait.

– Où est ta mère ? me hâtai-je de demander. Mais il avait déjà claqué la porte.

En deux autres endroits, nous fûmes éconduits assez sèchement, jusqu'à ce que nous trouvâmes enfin notre bonheur dans un appartement au sous-sol d'un vieil immeuble collectif. Mme Kaasik était une ancienne blanchisseuse. Désormais, elle touchait une petite pension de l'État. Comme celle-ci suffisait à peine pour survivre, elle louait deux coins de son studio à des étudiants. L'appartement était propre mais meublé de façon rudimentaire : une grosse armoire en bois, un poêle en fonte, une table, deux tabourets. À travers l'étroit soupirail sous le plafond on voyait les jambes des passants. Les étudiants disposaient de lits en bois, tandis que la logeuse se contentait d'un lit pliant.

– Je ne veux pas de Russes chez moi, avaient été les premiers mots de Mme Kaasik. Je suis une antialcoolique.

– Je ne bois pas, murmura Kostik.

– À d'autres. Je vous connais, mes lascars. – Mme Kaasik dévisagea mon fils d'un regard méfiant et demanda brusquement : – C'est quoi, votre nom, déjà ?

– Konstantin Naoumovitch Schwarz.

– Ah, alors vous êtes juif ?

Kostik hocha la tête et me jeta un regard implorant.

– Ça vous pose un problème ? demandai-je d'un ton acerbe.

– Les Juifs ne boivent pas, dit Mme Kaasik sur le même ton d'indifférence que l'instant d'avant. Si vous voulez, je vous loue le lit. Pour une année. Je ne loue pas plus d'une année.

Mme Kaasik nous aida à transporter les bagages de Kostik de la gare jusqu'à l'appartement. En chemin, elle raconta que son mari était tombé pendant la Première Guerre mondiale, que, malheureusement, elle n'avait pas d'enfants et qu'elle avait déjà vécu huit changements de régime dans sa vie, sans avoir jamais bougé de Tallinn – la chute du tsar en 1917, à la République de Russie avaient succédé les bolcheviks, en 1918 les Allemands, ensuite la République d'Estonie fut créée, en 1940 le pays fut envahi par les Soviets, en 1941 de nouveau par les Allemands, et en 1944 encore une fois par les Soviets.

– Ces messieurs viennent et repartent, dit-elle, mais ils veulent tous que leur linge soit lavé.

Le soir, nous fîmes la connaissance d'un autre locataire installé chez Mme Kaasik, un étudiant estonien du nom de Siim. Petit et menu, il me faisait l'effet d'être encore un enfant.

– Quel âge as-tu ? lui demanda Kostik.

Siim réfléchit un long moment avant de répondre dans un mauvais russe :

– Moi être quelques mois sur quatre-vingts.

C'était évident : Kostik ne pourrait engager de longues conversations avec Siim. Mme Kaasik, en revanche, se révéla très volubile. Qui plus est, elle était excellente cuisinière. Je pouvais lui confier mon fils sans aucune crainte.

Je ne restai que quelques jours à Tallinn, partageant le lit avec Kostik. Shelia était restée à Leningrad avec Naoum. Pendant ce temps-là, il la nourrissait de saucisses et de bouillie de sarrasin. Matin, midi et soir, des saucisses, de la bouillie de sarrasin et encore des saucisses. Le tout accompagné de thé noir ou de jus de carottes. Mon mari était une crème d'homme, mais parfois il était perdu comme un enfant. Je me suis toujours demandé pourquoi ce sont les hommes qui gouvernent le monde. Il doit s'agir d'une de ces nombreuses anomalies par lesquelles Dieu nous montre que nous sommes imparfaits.

Kostik s'entendait bien avec ses professeurs et condisciples. Comme sa logeuse n'avait pas le téléphone, je lui écrivais, chaque jour, de longues lettres, et comptais lui rendre visite au moins une fois par mois. Bien entendu, il me manquait beaucoup.

Un jour, je reçus un télégramme dont le contenu était le suivant : "Konstantin gravement malade. Venez vite."

Je partis aussitôt. Je passai la nuit à faire les cent pas dans le couloir du wagon-lit, accablée de mauvais pressentiments et de remords.

Siim et la logeuse étaient contents de me voir. Ils avaient eu peur que je ne puisse voir mon fils encore en vie. Au chevet de Kostik se tenait un vieil homme en blouse blanche qui fouillait dans une sacoche en cuir dont il finit par sortir une seringue et une éprouvette en verre.

– Il a beaucoup de fièvre, ça m'a tout l'air d'une pneumonie et d'une grosse bronchite, expliqua le médecin estonien de sa voix de vieillard, aiguë et chevrotante, après avoir administré l'injection à Kostik, puis il se mit à nettoyer son pince-nez à l'aide d'un mouchoir en tissu blanc brodé, en bleu clair, à ses initiales. – Ses gestes lents, mécaniques, avaient quelque chose d'apaisant. – C'est dangereux de le laisser ici tout seul. Sa tension artérielle est extrêmement élevée. Mais j'ai déjà vu bien pire, madame.

Avais-je bien entendu ? Avait-il dit en effet *madame* et non *citoyenne* ou *camarade* ?

– Sous le nouveau régime les gens meurent beaucoup plus vite qu'autrefois, madame. – Il baissa la voix. – Ni sous le tsar ni à l'époque de notre indépendance ou sous les Allemands, je n'ai eu à remplir autant d'ordonnances qu'aujourd'hui afin d'obtenir des médicaments pour mes patients ! Mais si vous prenez bien soin de lui chez vous, il a de bonnes chances de s'en sortir.

Les verres de son binocle devaient être propres depuis longtemps mais il continuait de frotter.

Je me rendis à l'Institut. Le directeur accepta aussitôt de me recevoir. Je ne l'avais eu qu'une seule fois au téléphone, et après notre arrivée à Tallinn, lui avais peut-être parlé cinq minutes en tout. Toutefois, il avait du temps à me consacrer ou du moins il faisait comme s'il en avait.

– En quoi puis-je vous être utile ? demanda-t-il après que je lui eus parlé de la maladie de Kostik.

– Je suis venue vous demander conseil. Que dois-je faire ?

– S'il reste ici, dit-il, il obtiendra une bourse, et avec le talent qu'il a, dans peu de temps, une bourse supplémentaire. C'est dommage de perdre un tel étudiant. Nous en avons peut-être un ou deux qui sont aussi doués que lui. Mais je suis moi-même père et je peux comprendre que vous souhaitiez le ramener à Leningrad. J'ai également conscience de l'époque à laquelle nous vivons. Vous ne pouvez imaginer tout ce que j'ai vécu ces dix dernières années. Un de mes fils a combattu aux côtés de Hitler, un autre aux côtés de Staline. Maintenant ils sont tous les deux en camp… Si je n'avais pas la protection de ma hiérarchie, je ne serais plus directeur à l'heure qu'il est, mais prisonnier comme eux.

Bien entendu, j'étais flattée qu'il se montre aussi franc avec moi, mais je n'étais pas rassurée pour autant : était-il sincère ou cherchait-il à me soutirer une parole malheureuse ? J'étais assez grande pour savoir que l'on ne doit finalement compter que sur soi-même.

Le directeur me remit une attestation précisant que l'Institut polytechnique de Tallinn ne voyait aucune objection à ce que Konstantin Naoumovitch Schwarz, étudiant en troisième semestre à la faculté de construction navale, poursuive ses études à Leningrad, dans l'institut technique de son choix. Son déménagement de Tallinn à Leningrad se justifiait par des raisons de santé.

– Il peut revenir, me dit le directeur au moment de prendre congé. Je le reprends à tout moment.

Le jour même, je fis les valises de Kostik. Il voyageait toujours avec beaucoup d'affaires. Même lorsque nous partions en vacances, il tenait absolument à prendre ses sept chemises préférées (notamment les quatre à carreaux bleus), ses cinq pull-overs préférés, son pantalon bleu clair et la lampe de chevet avec l'abat-jour rose. J'arrivais habituellement à le faire renoncer à la lampe. Cette fois-ci, alors que nous allions rentrer à Leningrad, il fallait ajouter ses manuels de cours et les journaux, toutes les éditions de la *Tallinnskaïa Pravda* des dernières semaines qu'il collectionnait méticuleusement.

Siim et la logeuse nous aidèrent à nous installer dans le taxi. Une course coûtait une petite fortune à l'époque, mais Kostik était si faible que j'avais peur de monter dans le bus avec lui.

Dans le train, il s'endormit aussitôt. Je craignais qu'il ait perdu connaissance. À cinq heures du matin, nous arrivâmes à Leningrad. Naoum vint nous chercher à la gare. Sans son aide, Kostik n'aurait pas réussi à atteindre la borne de taxi.

À la maison, j'enveloppai mon fils dans des serviettes et des couvertures que Shelia avait chauffées au fer à repasser, et appliquai des ventouses sur la peau jaunâtre de son dos amaigri. À l'œil nu, on pouvait compter chaque vertèbre. Shelia, sans protestation ni commentaire, exécutait tout ce que je lui demandais. Cela m'inquiétait qu'elle ne se révolte pas une seule fois. Durant ses rares moments de temps libre, elle s'était remise à dessiner des voiliers.

Je pris deux semaines de congé non rémunéré afin de pouvoir soigner Kostik. Cette fois, ce fut mon mari qui dut se débrouiller pour lui obtenir une place d'étudiant. Ce fut l'une des rares fois où Naoum accepta de prendre des responsabilités. *Quand il est question de vie ou de mort*, disait Pouchkine, *l'aveugle recouvre la vue et l'analphabète réussit à lire, l'âne devient philosophe et un pauvre boutiquier juif prend en main les rênes de l'État*. Ce n'était peut-être pas exactement en ces termes que s'était exprimé le plus grand poète russe, peut-être était-ce mon ancien melamed de Vitchi qui l'avait dit. Peu importe : Naoum fit vraiment preuve d'initiative ces jours-là, ce qui me surprit beaucoup. Il fit part de nos problèmes à ses collègues de travail, amis, connaissances et aux fonctionnaires de la direction locale du Parti. Je ne saurais dire, après coup, si c'est le naturel calme mais obstiné de mon mari qui incita beaucoup de gens à défendre les intérêts de Kostik, ou si cela tenait plutôt au fait que, cet automne-là, les directives du tout-puissant ministère de l'Éducation, qui se trouvait à Moscou, concernant l'admission des étudiants juifs étaient moins claires que l'année précédente. Néanmoins, ce fut le "très cher camarade Président du district" qui, au bout du septième coup de fil que Naoum avait passé au Comité exécutif local, prit manifestement la décision de régler le problème de Kostik une bonne fois pour toutes.

C'était à l'Institut du bâtiment que Kostik avait les meilleures chances d'être pris. Il était peu probable, disait-on, que l'étudiant Schwarz puisse être admis à la faculté de mécanique, mais cette possibilité n'était pas non plus à écarter. Lorsque Kostik entendit ces propos, sa fièvre passa en une demi-heure de trente-sept, ce qui est acceptable, à trente-neuf six.

– Le bâtiment, ça ne m'intéresse pas du tout, gémit-il. Quelle est la différence entre un ingénieur du bâtiment et un maçon amélioré ?

Mais il n'avait pas d'autre choix s'il ne voulait pas passer ses prochaines années dans les steppes de Mongolie, sur l'île Sakhaline, dans une vallée du Caucase ou dans une autre région reculée, son corps décharné sanglé dans un uniforme. S'il survivait à cette période, il lui serait ensuite encore plus difficile de trouver une place d'étudiant ordinaire.

– Peu importe ce que tu étudies aujourd'hui, lui expliquai-je. Plus tard, tu pourras toujours entrer à l'Institut de formation pour personnes en activité.

– Et moi qui espérais pouvoir un jour collaborer à la conception des navires dans le chantier naval de Tallinn, se lamenta Kostik. À quoi ça a servi que Shelia me dessine des voiliers pendant toute une année ?

– Je peux aussi dessiner des maisons, dit Shelia. Et des chantiers de construction.

– Essaye un peu pour voir !

Le directeur de l'Institut du bâtiment s'appelait Dmitri Arkievitch Ivanov, un scientifique qui s'était fait un nom en construisant des ascenseurs neufs dans de grands immeubles. Le secrétaire du Parti de notre district lui avait parlé. Mon mari reçut en effet une attestation d'Ivanov : *L'Institut du bâtiment ne voit aucune objection à transférer l'étudiant Konstantin Naoumovitch Schwarz de l'Institut polytechnique de la ville de Tallinn à la faculté de mécanique de l'Institut du bâtiment de Leningrad.*

Nous étions début novembre. Nous avions deux attestations, une de Tallinn et une de Leningrad. Elles ne suffisaient pas pour permettre à un jeune homme de vingt ans de changer de filière. Pour ce faire, il avait besoin d'une troisième attestation – la plus importante – sans laquelle les deux autres n'avaient aucune valeur : celle du Comité principal, l'administration centrale de tous les Instituts et Universités, un service du ministère de l'Enseignement supérieur, GLAWK en abrégé, dont le siège était à Moscou. Ce ne fut pas de gaieté de cœur que je confiai Kostik à mon mari, les saucisses et la bouillie de sarrasin n'étant pas une nourriture très équilibrée pour un malade. Pendant un instant, j'avais songé à rester auprès de mon fils et à envoyer mon mari à Moscou, mais j'avais très vite abandonné l'idée. Tenace comme il était, Naoum pouvait impressionner un président de district, mais pour traiter avec la bureaucratie ministérielle de Moscou, il manquait de doigté et d'à-propos.

Le GLAWK : une grande antichambre plongée dans la pénombre des plafonniers qui éclairaient faiblement le sol et les murs de marbre sombre, au-dessus de l'entrée un gigantesque relief représentant le blason de l'Union soviétique, un large escalier muni d'une rampe en bronze. Le portier se comportait avec les requérants tel un potentat asiatique avec ses sujets. Je pouvais être contente car grâce à l'Institut de formation pour personnes en activité, j'avais réussi à obtenir un rendez-vous chez le directeur de cette administration. Mais celui-ci était absent. Son suppléant s'appelait Likhatchov, docteur en droit, un homme corpulent âgé d'environ trente-cinq ans, sympathique à première vue. Lorsque j'entrai, il me tint la porte, fit même une petite courbette.

– Schwarz ? demanda-t-il avec un sourire. Tiens, tiens, vous désirez donc que votre fils étudie à Leningrad. Ça peut se comprendre, étant donné que votre famille est enregistrée à Leningrad.

Il rajusta ses lunettes et se mit à lire ma requête – j'avais écrit un long texte dans lequel je justifiais une fois de plus le déménagement de Kostik en insistant sur le fait qu'il avait des problèmes de santé. Une fois qu'il eut fini de lire, Likhatchov écrivit au feutre rouge sur toute la feuille : *refusé !*

– Il y a beaucoup de gens, notamment des gens comme vous, qui viennent présenter des requêtes chez nous, avec des noms de famille similaires, expliqua-t-il d'un ton jovial comme s'il racontait une anecdote. Nous ne pouvons pas laisser chacun étudier là où il veut. Tantôt ici, tantôt là. Des traitements de faveur en veux-tu en voilà. Il a choisi Tallinn, c'est donc là-bas qu'il doit rester. Où irions-nous si chacun pouvait faire ce qu'il veut ? En plus, il faut que la lettre de l'Institut de Tallinn soit validée par le ministère estonien de l'Enseignement supérieur. Retournez à Tallinn régler cette affaire. Mais je vous le dis tout de suite : cela ne vous servira pas à grand-chose.

Je dévisageai Likhatchov sans rien dire.

– Au revoir, camarade ! dit-il, et il me tint la porte en s'inclinant. Je vous souhaite une bonne journée.

Discrètement, je me glissai dehors.

Je ne me souviens plus combien de temps je suis restée dans l'antichambre du bureau de Likhatchov, les yeux rivés sur le sol en marbre. Avec la manche de mon chemisier j'essuyais les larmes qui coulaient sur mon visage. Chaque fois que je m'étais retrouvée dans une situation désespérée j'avais réussi à trouver une issue, je m'étais toujours tirée du pétrin par mes propres moyens, d'extrême justesse parfois. Quand il s'agissait de protéger les miens, j'étais débordante d'imagination, faisais preuve de ténacité, de ruse, sans jamais faire dans la dentelle. Mais cette fois-ci, j'étais à court d'idées. Pourquoi avais-je flanché ? Quel détail avais-je omis ? Quelle erreur tactique avais-je commise ?

Tout à coup, j'entendis une voix de femme :

– Ça ne va pas ? – Je levai les yeux. Une femme d'à peu près mon âge me demanda d'un air soucieux si je voulais un verre d'eau. – Vous êtes blanche comme un linge ! s'exclama-t-elle en me prenant le bras.

Tout m'était indifférent. Je racontai mon histoire à cette inconnue, sans rien enjoliver.

– Je vous comprends, dit-elle. Aujourd'hui ce genre de choses est monnaie courante. J'ai déjà entendu parler de cas similaires. – La femme travaillait au GLAWK comme directrice du département de la Planification. – Je vais vous donner un conseil. Allez au ministère de l'Enseignement supérieur. Le ministre intérimaire s'appelle Sergueï Mikhaïlov. Le quota d'étudiants pour l'année 1951-1952 est, hélas, déjà épuisé. Mais allez trouver Mikhaïlov. Il a certes ses défauts et ses faiblesses, mais dans le fond, c'est quelqu'un de bien. Il y a peu d'espoir que ça marche, mais peut-être aurez-vous de la chance.

À plusieurs reprises, y compris cette fois, c'étaient des gens que je ne connaissais ni d'Ève ni d'Adam qui étaient venus à mon secours dans les situations difficiles. Certains le faisaient sans doute pour apaiser leur mauvaise conscience, car ils occupaient souvent des postes auxquels ils n'avaient pu accéder que par opportunisme, copinage ou en jouant les hypocrites.

Devant le bureau de Mikhaïlov, je pris place dans la longue file d'attente – des gens comme il faut, bien élevés, plus âgés que moi pour la plupart. Pas de bousculades. Pas de coups. Pas de prises de bec.

– Dites-moi, que dois-je faire pour être reçue par le ministre intérimaire ? demandai-je à la secrétaire de Mikhaïlov.

Cette dame d'un certain âge savait porter son pouvoir avec beaucoup de dignité.

– Que puis-je faire pour vous ? s'enquit-elle.

Je lui expliquai, sans toutefois lui dire que ma demande avait été refusée au GLAWK. Le directeur du GLAWK était absent, mentis-je, aussi était-il impossible de prendre de décision pour le moment, d'autant plus que toutes les facultés avaient déjà rempli leur quota de nouveaux étudiants pour le semestre.

– Vous savez, me dit-elle, aujourd'hui je ne peux pas vous aider, mais revenez demain, vers onze heures. L'agenda du ministre intérimaire est complet, et je n'ai plus de place pendant les trois prochaines semaines, mais le professeur Iastrebov, qui a un rendez-vous demain, m'a fait savoir qu'il allait peut-être devoir animer un séminaire à la place d'un collègue souffrant. Venez à cette heure. Si le professeur est absent, je vous envoie chez le ministre intérimaire, et si celui-ci n'est pas là, on trouvera bien une autre solution.

Je n'osai penser au lendemain. J'étais à bout de forces, je n'avais rien mangé depuis la veille au soir, lorsque j'étais montée dans le train à Leningrad, étais allée directement de la gare au ministère, sans même prendre un thé au buffet. Je trimballais mon sac de voyage partout où j'allais.

Je passai la nuit chez ma sœur Klara. Le lendemain matin je mis sa plus belle robe – elle était bleu foncé, avait des boutons blancs et des motifs blancs brodés sur les manches –, me peignai avec soin, appliquai du fard sur mes joues, du rouge sur mes lèvres…

La secrétaire de Mikhaïlov vint à ma rencontre avec un grand sourire.

– Vous avez de la chance ! Le professeur n'est pas venu, annonça-t-elle.

Au mur du bureau du ministre intérimaire, au-dessus du fauteuil noir pivotant, était accroché un portrait de Lénine. Il était beaucoup plus grand et plus impressionnant que celui de Staline, une photographie ancienne que l'on avait reléguée à une place déshonorante, entre deux armoires contenant des dossiers. Ce détail suffit à me rendre le ministre intérimaire sympathique et à me donner une petite lueur d'espoir. Qui sait… Peut-être… ?! Je ne voulais pas être trop optimiste ! Ça porte malheur.

Le ministre intérimaire, un homme proche de la soixantaine, à en juger par sa façon de parler et ses manières, un fonctionnaire du Parti de la vieille école (et par un mystérieux concours de circonstances, toujours en vie après les purges de 1937, et même en poste), se leva de son bureau pour me saluer.

J'avais déchiré entre-temps mon ancienne requête et en avais rédigé une nouvelle.

– Vous avez été au GLAWK ? me demanda Mikhaïlov après avoir lu ma lettre d'un bout à l'autre.

– Oui, j'y suis allée.

– Pourquoi n'a-t-on rien pu faire pour vous là-bas ?

– Le directeur du GLAWK est absent, et son remplaçant n'a pas autorité pour faire quoi que ce soit parce que plus aucune faculté n'accepte d'étudiants.

C'était la première fois que je mentais aussi effrontément. Je ne savais pas mentir, mon visage devait me trahir, et mon vis-à-vis me regardait droit dans les yeux. Je ne pouvais même pas espérer qu'il poserait son regard sur ma poitrine. J'avais passé l'âge. Il va décrocher le combiné, me dis-je, et appeler le GLAWK. Je regardai instinctivement vers la porte. Je vis entrer deux hommes en uniforme qui me mirent des menottes et m'emmenèrent. Mais je m'étais juré une chose : si Mikhaïlov s'informe effectivement auprès du GLAWK, je lui dis tout ! Qu'il sache ce qui se passe dans notre pays, que des personnes sont victimes de discriminations en raison de leur origine, comme si nous étions sous domination fasciste, et non dans le premier État socialiste au monde. Après il fera de moi ce qu'il voudra.

Mais il n'a pas téléphoné.

– Très bien, fit-il après un moment de réflexion, en mâchonnant le manche de sa plume avec lequel il se gratta ensuite l'oreille. Mais est-ce qu'il est physiquement en mesure de faire ses études, votre fils ?

– Il faut qu'il se fasse soigner, expliquai-je. Il a un problème aux poumons. Cet enfant a vécu le siège de Leningrad. Il en a gardé des séquelles indélébiles, a vu et vécu des choses affreuses. Faites qu'il reste auprès de ses parents !

– Ma foi, puisque vous avez l'autorisation de deux directeurs… murmura le fonctionnaire, puis il s'arrêta, fit claquer sa langue, hésita encore un moment… Je n'y vois aucune objection.

Il prit sa plume. Du cérumen était collé au manche en bois. *Très cher camarade Likhatchov*, était-il écrit sur la feuille de dix centimètres sur dix portant au dos le cachet illisible du ministère. *Je vous prie de faire le nécessaire afin que l'étudiant Konstantin Naoumovitch Schwarz soit immédiatement transféré de l'Institut polytechnique de la ville de Talinn à la faculté de mécanique de l'Institut du bâtiment de la ville de Leningrad…*

Je remarquai qu'il avait mal écrit le mot Tallinn, et j'eus un sursaut involontaire. Mais un ministre intérimaire, me dis-je, peut se permettre une faute d'orthographe, même dans un papier officiel.

Je retournai au GLAWK. J'eus encore droit à un entretien avec Likhatchov, l'homme au sourire faux.

– Nom de Dieu ! Comment avez-vous réussi à le faire céder, celui-là ? demanda-t-il d'un ton agacé après avoir lu d'un bout à l'autre le papier de Mikhaïlov. Avec un geste d'impatience, il saisit le téléphone et fit venir dans son bureau le camarade Protopopov, employé au service du personnel.

– Remettez-lui les papiers nécessaires pour le transfert de cet étudiant Schwarz de Tallinn à Leningrad, siffla-t-il entre ses dents en pointant le doigt dans ma direction, sans me regarder. Mais allez vérifier s'il a réussi ses examens, ce Schwarz, Konstantin, Naoumovitch. Dans sa bouche, le nom de Kostik sonnait comme une insulte. Il faut veiller à ce que ces Schwarzmann, Weissmann, Rabinovitch et Rapoport ne deviennent pas trop nombreux, sinon on n'aura bientôt plus d'air pour respirer.

Protopopov jeta un regard blasé à son chef.

Comment prouver que Kostik avait de bons résultats ? Certes, l'Institut de formation pour personnes en activité lui avait délivré un certificat, mais c'était d'un établissement ordinaire de Tallinn qu'il avait été transféré, où il n'était resté que quelques semaines presque sans avoir passé d'examen. Je me creusai la tête pour savoir ce que j'allais dire. Si j'hésitais trop longtemps tout était perdu.

– S'il n'avait pas eu de bons résultats, il n'aurait jamais été admis à l'Institut du bâtiment. La première chose qu'ils ont faite, ç'a été de contrôler son livret.

À ma grande surprise, Likhatchov accepta cette explication.

Je revins à Leningrad. Kostik était toujours malade mais la fièvre avait baissé. Ces derniers jours il avait repris espoir, était plus optimiste. Il se sentait déjà assez vigoureux pour sortir de l'immeuble. L'attestation de Moscou dans sa poche, il se rendit chez le directeur de l'Institut. Celui-ci lut le papier, hocha la tête, dit "D'accord", écrivit quelque chose et tendit à Kostik un nouveau papier : *Camarade Sergueïev* – c'était le doyen de la faculté de mécanique –, *veuillez accepter l'étudiant Konstantin Naoumovitch Schwarz dans votre faculté.*

On était fin novembre 1951. Il s'était déjà écoulé plus de la moitié du semestre.

– Quoi ? hurla le doyen Sergueïev. Il est hors de question que je vous prenne ! Non ! Non ! Non ! Non !

Sa voix devint stridente. Sur le papier du directeur il écrivit en caractères d'imprimerie rouges : *Je refuse de prendre cet étudiant !*

La faculté de Sergueïev, comme nous l'apprîmes par la suite, comptait de nombreux étudiants juifs qui, n'ayant été admis dans aucun autre Institut, avaient atterri chez lui. C'est pour cette raison que le doyen avait souvent des problèmes avec la municipalité et le ministère. Certains collègues l'appelaient "le roi des Juifs".

Lorsque Kostik rentra à la maison, il avait de nouveau quarante de fièvre. Je le confiai aux soins de Shelia, pris la lettre d'Ivanov et allai voir la direction.

– Regardez, dis-je en posant le papier sur le bureau du directeur, le doyen de votre faculté vous désobéit.

– Quelle impudence ! – Ivanov secoua la tête. – Il veut remettre mon autorité en question ? Le voilà qui recommence sa petite mascarade habituelle, le roi des Juifs !

Il me regarda puis baissa aussitôt les yeux. Mais je me fichais complètement qu'il ait appelé le doyen par son surnom. Au contraire. Maintenant je pouvais parler ouvertement.

– On dirait que vous avez trop de Juifs dans votre faculté, dis-je.

Ivanov fit mine de ne pas avoir entendu cette phrase, rédigea une directive à l'attention du service du personnel : *Veuillez faire le nécessaire pour que l'étudiant Konstantin Naoumovitch Schwarz soit admis à la faculté de mécanique !* et y apposa le cachet rond de l'Institut.

Munie de ce papier, je me rendis au service du personnel. Kostik devait passer le lendemain chercher son attestation de transfert, m'y informa-t-on. Les objections émises par le doyen n'avaient aucun poids, c'était toujours la direction qui avait le dernier mot concernant l'admission des étudiants.

À la maison, je trouvai Kostik en pleurs dans son lit. La chambre était en désordre. Des livres, des cahiers et des vêtements jonchaient le sol. Cela m'effraya car d'habitude mes enfants étaient très ordonnés. Naoum était encore au travail. Shelia était assise à son bureau et dessinait un voilier. Elle tremblait de tout son corps. Le bateau était tellement grand qu'il prenait deux pages du cahier, il avait plusieurs canons, un drapeau avec une tête de mort et portait le nom de *Vengeur des persécutés*. À la traverse inférieure du grand mât, un pendu se balançait. “Je ne lui parle plus, murmura Shelia, d'une voix entrecoupée de sanglots et de hoquets. Je ne peux plus lui parler, je ne peux plus l'écouter, j'en ai assez de tout ça.” Elle jeta le dessin par terre et sortit en courant. Kostik tira la couverture au-dessus de sa tête. Je m'arrêtai au milieu de la pièce, ne sachant que faire, me demandai pendant un instant si je devais courir après ma fille et la rassurer ou bien m'occuper de Kostik. Je tirai alors la couverture qui couvrait le visage de mon fils.

– Bon, demain tu vas au service du personnel chercher ton attestation de transfert, dis-je, tout est réglé.

– Non ! cria-t-il. Je n'irai plus là-bas. – Il enfouit son visage dans l'oreiller. – Comprends-moi, maman. Je n'ai plus la force. Où que j'aille je m'en ramasse plein la gueule. Il n'y a qu'à Tallinn qu'on me traitait comme un être humain.

Sergueïev saisit l'attestation et se mit aussitôt à hurler :

– Quelle impudence ! Quelle bassesse ! On va vous jeter de notre faculté comme un déchet ! Vous allez voler comme une pomme pourrie ! Il n'y a pas que des gens comme vous qui se sont déjà fait virer, des gens bien plus doués l'ont également été.

Je pris la main de mon fils et la serrai aussi fort que je pus. Pourvu qu'il n'ouvre pas la bouche ! Mais il n'émit pas le moindre son.

En sortant du bureau du doyen, Kostik avait des frissons. Il était si pâle que j'avais peur qu'il s'évanouisse. La secrétaire de Sergueïev tenta de le rassurer :

– Ne vous faites pas trop de souci. Une fois que vous aurez commencé à étudier, vous prouverez ce dont vous êtes capable. Et si vous avez de bons résultats, personne, pas même Sergueïev, ne pourra vous mettre à la porte, et je sais que vous, les Juifs, vous êtes des gens très studieux. Tout se passera bien.

Les premières semaines furent les plus difficiles pour Kostik. Il avait manqué la plupart des dates d'examens du semestre. Il ne restait que celle du 31 décembre. En cette seule journée, il passa cinq épreuves avec succès, dont la dernière à dix heures du soir. L'examinateur s'était montré arrangeant, car deux heures plus tard, avec le changement d'année, l'épreuve n'aurait plus été valable. Lorsque Kostik rentra à la maison pour fêter le nouvel an avec nous, il tenait à peine sur ses jambes. Et l'examen suivant était fixé au 3 janvier.

Afin de valider toute sa première année, Kostik devait passer les matières qui lui manquaient, la géométrie descriptive et la langue étrangère, qui n'étaient pas enseignées à l'Institut de formation pour personnes en activité. Il ne savait absolument pas dessiner. Shelia s'en chargea pour lui. Par chance, la langue étrangère qui était enseignée était l'allemand, et non l'anglais ou le français, comme c'était le cas dans de nombreuses autres écoles. Je fus obligée de prendre une semaine de congé supplémentaire, traduisais du matin jusqu'au soir, principalement des articles tirés de revues spécialisées parues en RDA où il était question d'architecture et de reconstruction. Le directeur de notre maison d'édition comprenait ma situation et ne me fit aucune difficulté. Je pouvais prendre autant de congés que je voulais, m'annonça-t-il.

Kostik avait de bonnes notes. Lorsqu'à la fin de l'année universitaire, en juin, il présenta son livret d'études à la secrétaire pour le faire valider, celle-ci dit :

– Sergueïev et moi-même avons senti dès le début que vous feriez de brillantes études chez nous.

– Bien sûr, fit Kostik. J'imagine bien ce qu'il a pu sentir, le camarade Sergueïev.

Au même instant, Sergueïev en personne sortit du bureau, le sourire aux lèvres, serra la main de Kostik en disant :

– Je vous félicite du fond du cœur pour votre réussite. Je suis convaincu que vous poursuivrez dans cette voie ces deux prochaines années.

18

Naoum posa le journal sur la table et chuchota tout bas, car, comme chacun le sait, les murs ont des oreilles : “C’est le début de la fin. Nous devrons nous estimer heureux si nous survivons à cette année. À moins qu’on arrive enfin à l’étrangler dans son lit, le père géorgien de tous les peuples. Je fonde de grands espoirs sur son compatriote.”

Je fus effrayée d’entendre mon mari parler ainsi, d’une part parce que j’avais peur que les murs aient encore de plus grandes oreilles que ce que nous craignions et parce que je considérais Staline malgré tout comme un grand dirigeant et son compatriote Beria comme un vil criminel ; et, d’autre part, parce que je décelai une lueur angoissante dans les yeux d’un homme qui allait jusqu’à jeter par la fenêtre les araignées et les cafards plutôt que de les écraser. Mon mari s’éloignait, et moi, je tendis les bras pour le retenir.

Mon regard tomba sur la une du journal. Le titre de l’article annonçait en caractères gras l’arrestation de quelques médecins du Kremlin qui avaient tous été démasqués comme étant de potentiels assassins, espions et ennemis du peuple. Ils avaient eu pour ignoble dessein d’assassiner des dirigeants du Parti et du gouvernement, à commencer par le camarade Staline lui-même. Ces médecins avaient presque tous des noms juifs.

On était le 13 janvier 1953.

– Ils ont déjà éventé de nombreux complots sionistes, mais ils n’étaient jamais allés aussi loin, chuchota Naoum. Des médecins du Kremlin ! Le prochain, ce sera le camarade Kaganovitch, le dernier Juif de cour du Politburo, et après nous y passerons tous.

– Arrête !

Je saisis la main de Naoum avec une telle brusquerie que pendant un instant j'eus peur de lui casser le doigt.

Peu de temps après, j'étais assise sur le lit, lui à côté de moi, son bras droit passé autour de mes épaules. Pour la première fois depuis des années, je ressentis le désir de m'enfuir, hors du temps, dans un monde d'apesanteur et de silence.

Naoum avait raison. La campagne de harcèlement lancée contre les "sionistes", la "racaille apatride" et les "cosmopolites" prit de l'ampleur. On n'en était pas encore arrivé au point de parler ouvertement d'un "complot juif international", mais il n'y en aurait plus pour longtemps – tous nos amis juifs et nous-mêmes en étions persuadés – avant que le régime ne se dépouille des derniers vestiges de son internationalisme de façade.

Le théâtre yiddish de Moscou, qui était populaire, fut fermé, tous les journaux en yiddish furent suspendus, des artistes et des scientifiques furent arrêtés, les Juifs écartés des positions influentes, les caricatures antisémites publiées dans la *Pravda* se distinguaient à peine de celles qu'on trouvait dans les journaux nazis, l'antisémitisme de rue n'était presque plus sanctionné. Tout cela était terrible, mais c'était encore supportable. Nous apprîmes à accepter l'inéluctable. Mais durant les semaines et les mois qui suivirent l'arrestation des médecins du Kremlin, tout le monde prit conscience du sort qui menaçait les Juifs (tous les Juifs !) : expropriation, arrestation, déportation en Sibérie ou au Kazakhstan. Ce qu'ils allaient subir serait pire que ce qu'on avait infligé aux Allemands de Russie au début de la guerre. Ces rumeurs qui ne cessaient d'enfler, on les colportait en chuchotant, sur le ton de l'indifférence, en faisant un clin d'œil, avec un malin plaisir ou une méchanceté non dissimulée. Jour après jour, les voix prenaient de l'assurance, se faisaient plus fortes, plus haineuses. Et dans les journaux on lisait des articles sur les "assassins en blouse blanche".

Dans notre cuisine commune, notre voisine Maria Petrovna, dont la fille Sveta n'était âgée que de quelques mois à l'époque, se plaignait de ses conditions de logement.

– Ça m'aiderait beaucoup d'avoir une deuxième pièce. Je suis une mère célibataire, après tout. Qu'est-ce qui lui prend à l'État de me laisser croupir dans ce trou… Mais qui sait, peut-être y aura-t-il bientôt une autre pièce de libre dans notre appartement.

Elle dit cela en me regardant, et les autres femmes présentes dans la cuisine me regardèrent aussi, alors je détournai les yeux, faisant mine de ne pas avoir compris.

Une autre fois, Maria Petrovna expliqua que les Juifs pieux tuaient des enfants chrétiens innocents parce qu'ils avaient besoin de leur sang pour fabriquer du pain azyme.

– Ce sont des meurtres rituels, racontait-elle aux femmes qui écoutaient d'une oreille attentive tout en s'activant autour des marmites ou en faisant la vaisselle. De la même manière qu'ils saignent leurs bêtes, ils tuent nos enfants. J'étais là quand on a arrêté un homme avec un grand nez et des petits yeux méchants, un Juif de toute évidence.

C'est alors qu'elle me vit dans l'encadrement de la porte. Elle se tut et baissa le regard. J'avais du mal à contenir ma colère. J'aurais bien pris le rouleau à pâtisserie pour tuer cette femme.

– Maria Petrovna, demandai-je, comment se fait-il que vous soyez encore membre du Parti ? On aurait dû vous retirer votre carte.

– Comment ça ?

– Parce que ce que vous dites est non seulement antisémite, mais aussi contre-révolutionnaire, antisoviétique.

– C'est vous qui allez m'expliquer ce qui est antisoviétique ? hurla-t-elle. Je suis membre du Parti depuis 1934 ! Je suis une communiste convaincue.

– Oui, ça s'entend.

Elle se mit à m'insulter. Sa voix hystérique trahissait la peur et un manque d'assurance. À cette époque, nul ne pouvait savoir jusqu'où il avait le droit d'aller. Ce qui était permis ou même attendu un jour pouvait être un crime le lendemain. Maria Petrovna avait-elle franchi les limites de l'acceptable avec ses accusations de meurtre rituel ? Tandis qu'elle déversait son flot d'injures et tentait de dissimuler sa peur, les autres femmes regardaient ailleurs sans rien dire.

En janvier et en février, il y eut d'autres arrestations. Il fallait s'estimer heureux de ne perdre que son emploi. On arrêta le frère d'un médecin du Kremlin, l'ingénieur Vovsi qui travaillait à l'Institut de technologie de la ville de Leningrad. On arrêta les amis et connaissances de ceux qui s'étaient déjà fait arrêter et, par voie de conséquence, les collègues, amis et connaissances de ces derniers. On arrêta ou on licencia des médecins, des docteurs en pharmacie, des biologistes, des scientifiques spécialisés dans la recherche médicale, des professeurs d'université et des assistants d'origine juive. Puis vint le tour des pharmaciens d'officine, des auteurs de manuels de médecine et des experts en médecine populaire, des médecins militaires à la retraite et des étudiants en médecine, des infirmières, des infirmiers, du personnel auxiliaire des cliniques, y compris des femmes de ménage, quand celles-ci avaient le malheur d'être juives.

Un de nos voisins, un non-Juif, fut arrêté lui aussi, début février 1953. Il avait été l'amant d'une biologiste juive qui comptait parmi les scientifiques du pays les plus en vue dans le domaine de la recherche sur le cancer. Elle avait été arrêtée en tant que "sioniste subversive", quelques jours après ce fut le tour de son mari, et pour finir, de son amant. Mon pauvre voisin, portier dans l'institut où cette biologiste faisait de la recherche, ne savait pas ce qui lui arrivait. Plus tard, une fois libéré et réhabilité, il me raconta qu'on lui avait reproché sa "sympathie pour la pensée sioniste", son "cosmopolitisme" et son "intolérable proximité avec un ennemi du peuple".

– La prochaine fois, l'avait prévenu l'enquêteur, choisis mieux avec qui tu baises.

Dans les écoles, après les cours, avaient lieu des rassemblements de jeunes pionniers et du Komsomol. Des élèves présentaient à leurs camarades de classe et à leurs professeurs des exposés sur les "médecins-assassins" qui s'étaient fait arrêter et sur "les traîtres envers la patrie, serviteurs d'Israël et du grand capital étranger". La plupart du temps, c'était à Shelia, élève modèle et pionnière exemplaire, que revenait l'honneur de faire les exposés sur la politique. Cette fois-ci, on eut le “tact” de ne pas lui confier cette tâche. À sa place, une de ses camarades, une Russe, parla de ces “assassins en blanc qui manient le scalpel comme une arme”.

Le malheur s’abattit sur nous le 23 janvier. Comme tous les jours, Kostik revint de l’Institut en fin d’après-midi. Il était livide. Cela n’était pas inhabituel, mais je connaissais trop bien mon fils pour ne pas deviner aussitôt qu’il avait dû se passer quelque chose de grave. En effet, il laissa tomber à terre la sacoche que je lui avais achetée avant qu’il commence ses études, s’assit sur le canapé et demeura un moment immobile, sans dire un mot.

– Qu’est-ce qu’il y a, Kostik ? demandai-je.

– Rien, chuchota-t-il d’une voix éraillée. Je sus alors que c’était plus grave que je croyais.

– Mais parle ! commanda Naoum.

Mais Kostik garda le silence.

– Il est amoureux, et sa dulcinée lui refuse ses faveurs, dit Shelia en ricanant.

– Toi, tais-toi ! ordonna Naoum, alors que moi, j’espérais de tout mon cœur que c’était vraiment quelque chose d’aussi banal, d’aussi beau qu’un chagrin d’amour.

– Est-ce que ça a un rapport avec tes études ? Ce Sergueïev t’a encore dit une méchanceté ?

– J’ai oublié le *r*, déclara tout à coup Kostik avec un sourire amer. Vous imaginez !

– Pardon ??

Mon fils avait-il perdu la raison ?

Je m’assis auprès de lui et l’enlaçai et le couvris de paroles réconfortantes, tant et si bien que, la voix balbutiante, entrecoupée de sanglots, il finit par raconter ce qui s’était passé.

C’était la traduction d’un texte russe en allemand qui avait causé la perte de Kostik. À l’époque, les cours de langue n’avaient pas pour but d’apprendre aux étudiants à acquérir la maîtrise active d’une langue étrangère. À quel moment un citoyen soviétique ordinaire côtoyait-il des étrangers ? Aussi les cours de langues étrangères dispensés dans l’enseignement supérieur se résumaient-ils la plupart du temps à la traduction de textes pratiques. Dans ce cas précis, il s'agissait d'un article tiré d'une revue soviétique spécialisée. Kostik l'avait traduit consciencieusement. Il y avait passé la moitié de la nuit, j'avais corrigé sa traduction et amélioré quelques passages.

Il avait rendu sa copie un peu plus d'une semaine auparavant, raconta Kostik, et l'avait aussitôt oubliée, sachant que sa mère n'avait certainement laissé passer aucune faute. Rien dans le comportement du professeur d'allemand ne lui avait laissé entrevoir ce qui allait lui arriver.

Le personnel de l'Institut se comportait envers Kostik avec la même amabilité correcte et distante que les mois précédents, et ses amis russes n'avaient pour lui que des mots d'encouragement.

– Ne pense pas à ce qui se passe à Moscou, lui disait-on. Qu'est-ce qu'on en a à faire de ces médecins assassins ?

Lors des examens, Kostik n'était ni plus ni moins désavantagé que les autres Juifs. On continuait de suivre le vieil adage : si tu veux survivre en ce monde, il faut que tu sois meilleur que les goyim.

Kostik était en effet l'un des meilleurs de la faculté. Les professeurs l'appréciaient. Le directeur de l'Institut – un homme honnête (si tant est qu'on puisse rester honnête à cette époque) – l'avait pris sous son aile. Kostik était néanmoins prudent. Il se tenait à l'écart des débats politiques. Lorsque quelqu'un essayait de le mêler à ce genre de conversation, il changeait de sujet. Aussi, sur le coup, ne fut-il pas trop inquiet lorsqu'on l'informa qu'il était convoqué dans le bureau de Sergueïev immédiatement après les cours. Il pensait qu'il s'agissait d'une de ces nombreuses tracasseries avec lesquelles le doyen lui empoisonnait la vie depuis le début de ses études : un certificat médical qu'il n'avait pas fourni à temps, une absence à une réunion du Komsomol, une attitude soi-disant irrespectueuse à l'égard d'un inspecteur du ministère de l'Éducation qu'il n'aurait pas salué assez poliment.

Kostik me raconta qu'il fut néanmoins un peu surpris de trouver dans le bureau du doyen non seulement Sergueïev en personne, mais aussi sa professeur d'allemand. Lidia

Krioutchkova, une femme proche de la cinquantaine, franche, qui avait souvent le mot pour rire, ne desserra pas les dents pendant l'entretien qui suivit. Elle fuyait le regard de Kostik.

Le doyen Sergueïev, quant à lui, semblait d'excellente humeur. Jusqu'alors il n'avait jamais souri en présence de Kostik. Il afficha un large sourire, se leva de son fauteuil, s'appuya des deux mains sur le bureau, se pencha en avant. Le ton de sa voix était amical.

– Ah, collègue Schwarz, dit-il, c'est bien que vous soyez venu aussitôt. Asseyez-vous.

– Merci, camarade doyen.

Sergueïev prit sur la table quelques feuilles noircies d'une écriture serrée et les tendit à Kostik.

– Vous reconnaissez cela, Schwarz ?

Kostik reconnut son écriture. Sa traduction en allemand. Il lança au doyen un regard interrogateur.

– Ne prenez pas cet air stupide, Schwarz ! Vous pensiez que vous alliez vous en tirer comme ça ? Avec des atrocités de ce genre ? Avec des allusions aussi scandaleuses et aussi répugnantes ? C'est de la subversion pure et simple, de la propagande antisoviétique bien camouflée. Quelque chose qui gangrène nos cerveaux très lentement, inconsciemment pour ainsi dire. Vous en avez d'autres en réserve, des plaisanteries de ce genre, Schwarz ?

Kostik lança un regard interdit en direction de Krioutchkova. Mais celle-ci ne dit rien, seules ses lèvres tremblotaient.

– Lisez ! ordonna Sergueïev en haussant soudain la voix. – Son sourire disparut. – Lisez le titre de votre traduction !

Kostik prit cette injonction au pied de la lettre et lut l'intitulé de l'article à haute voix : *Stand der Bauarbeiten in den neuen Viertel der Heldenstadt* STALINGAD*.

– Aïe, murmura-t-il, commençant à comprendre.

– *Stalingad !* cria le doyen. Stalin – *Gad !* Je n'ose le répéter. Stalin – *Gad*. Ne me dites pas que vous ne connaissez pas la signification du mot *gad*, Schwarz !

* "État d'avancement de la construction des nouveaux quartiers de la ville héroïque de Stalingad."

Gad, en russe, veut dire "serpent", au sens figuré "fumier" ou "crapule".

– Une faute d'orthographe ! – Kostik glissa de nouveau un regard en coin, presque implorant, vers Krioutchkova. – Mais ce n'est qu'une faute d'orthographe !

Lui aussi s'était mis à crier.

– Arrêtez de me hurler dessus ! – Le doyen avait encore haussé le ton. – Non, mais quel culot ! N'oubliez pas où vous êtes !

– Je suis désolé, chuchota Kostik...

– Une faute d'orthographe, commenta Sergueïev en ricanant. Quand il s'agit du camarade Staline, on ne fait pas de faute d'orthographe.

– Mais c'était une faute d'orthographe. Et, en plus, c'est un texte en allemand. Et là, *gad* ne veut pas du tout dire...

– Dites donc, Schwarz, vous me prenez pour un con ? l'interrompit le doyen. Je me fiche de votre allemand ! On n'est pas en Allemagne ici ! Ceci n'est pas une dispute académique !!! Vous cherchez des excuses pour vous tirer d'affaire ? Mais vos petites combines, à vous et aux gens de votre espèce, ça ne prend pas avec moi. J'en ai mangé bien d'autres avant vous ! Croyez-vous en notre patrie socialiste, Schwarz, ou bien êtes-vous sioniste, cosmopolite ? Comme la plupart des membres... de votre... de votre... bon, des gens de votre espèce, quoi.

Kostik voulut répondre quelque chose mais le doyen ne le laissa pas parler.

– Taisez-vous ! ordonna-t-il. Je ne veux rien entendre. Je les connais, les gens de votre acabit. Ne me racontez pas d'histoires. C'est une chance que la camarade Krioutchkova ait été assez vigilante pour déceler cette propagande masquée et m'ait prévenu.

Krioutchkova murmura quelque chose, gémit et hocha rapidement la tête à plusieurs reprises. Kostik avait l'impression qu'elle allait s'évanouir d'un moment à l'autre. Le doyen prit la traduction des mains de Kostik et la glissa dans un tiroir qu'il ferma à clé.

– Vous êtes suspendu de cours jusqu'à nouvel ordre, déclara-t-il. Les éléments comme vous, je dois les tenir à distance de mes étudiants. Par ailleurs, j'ai informé les services compétents de cet incident.

Kostik ne se souvenait plus très bien comment il était sorti du bureau du doyen, ni de ce que la secrétaire, qui avait toujours un mot gentil pour lui, lui avait dit cette fois. Quand il fut dans la rue, il entendit des pas derrière lui. Quelqu'un le rattrapa en courant, le retint par la manche.

– Il faut que je vous parle, Schwarz, dit Krioutchkova d'une voix haletante. Il faut que vous compreniez. J'ai des enfants. Comprenez. Des enfants. Quatre. Deux filles et deux garçons. Mon mari est mort à la guerre…

Kostik tenta de se libérer mais elle s'agrippa encore plus à lui.

– Je ne suis pas la seule à consulter ces copies. C'est bien le problème ! Comprenez-moi donc ! Qu'aurais-je dû faire ? Je ne pouvais même pas l'ajouter moi-même, ce maudit *r*, tant votre écriture était serrée, en plus, ça se serait vu… Je vous en prie, Schwarz, j'espère que vous me comprenez, mais je ne vous en voudrai pas si vous me détestez.

Kostik ne lui répondit pas. Il se dégagea, traversa la rue à la hâte, laissant Krioutchkova sur le trottoir d'en face.

Je me fis des reproches. Pendant vingt ans j'avais travaillé dans une maison d'édition, à faire des traductions, à corriger d'innombrables épreuves. J'avais l'œil entraîné à détecter des erreurs plus petites encore, qui échappaient même aux correcteurs et aux typographes professionnels. Comment avais-je pu laisser passer "Stalingad" ? Pas de doute : c'était de ma faute !

Nous passâmes une bonne partie de la nuit à parler à Kostik. Tout rentrerait bientôt dans l'ordre, disions-nous. Dès le lendemain matin, nous irions trouver le directeur de l'Institut. C'était une histoire absurde. Le directeur remonterait les bretelles au doyen, lui couperait les ailes, l'écraserait sous sa botte et aiderait la justice à triompher. Une fois la frayeur passée, nous pourrions rire de tout cela. Kostik écoutait en silence, en hochant la tête. Visiblement, il ne se faisait aucune illusion. Pourquoi mentez-vous tous ainsi ? semblait dire son regard. Pourquoi me parlez-vous comme si j'étais un petit enfant ? Je ne suis pas dupe. Il y a longtemps que j'ai cessé de croire en un monde où les méchants sont punis et les bons récompensés... Mais nous continuions à parler, sans nous arrêter, peut-être parce que nous avions nous-mêmes envie de croire ce que nous disions.

Le lendemain matin, Kostik fut arrêté devant l'entrée de l'Institut. La scène se passa si vite que je n'eus même pas le temps de protester. Les deux hommes qui attendaient devant la porte portaient une tenue discrète. Ça aurait pu être des étudiants qui s'étaient donné rendez-vous à cet endroit avec des condisciples ou leurs petites amies. Lorsqu'ils nous virent, ils s'approchèrent de nous.

– Konstantin Naoumovitch Schwarz ? demanda l'un d'eux.

– Oui.

– Vous êtes en état d'arrestation.

Il extirpa une carte de la poche extérieure de son manteau, la mit sous le nez de Kostik et la referma aussitôt. Je reconnus seulement les initiales MGB : le ministère de la Sécurité d'État.

– Comment ça ? demanda Kostik, même si, bien entendu, il comprenait très bien pourquoi on l'arrêtait.

– Vous l'apprendrez bien assez tôt. Venez !

Kostik saisit ma main. Il prit une profonde inspiration, voulut dire quelque chose. Le deuxième homme le saisit aux épaules et le poussa dans un véhicule qui attendait, portière ouverte et moteur allumé.

Je me souviens que je m'étais mise à crier et que je ne voulais pas lâcher la main de Kostik. Aujourd'hui, je ne saurais dire ce que j'ai crié. Kostik disparut à l'intérieur de la voiture. Le conducteur appuya sur la pédale. Les roues patinèrent quelques secondes dans la neige, crachèrent une boue marron foncé avant d'adhérer à la chaussée. Pétrifiée, je suivis des yeux le véhicule, et ce longtemps après qu'il eut tourné et disparu de mon champ visuel. Le visage de Naoum était blanc comme la neige qui recouvrait les rebords des fenêtres et les toits des immeubles alentour. Il gardait les paupières grandes ouvertes. Il n'avait rien dit ni rien fait. Je le laissai me prendre par la main et m'emmener.

Nous tentâmes par la suite de deviner pourquoi Kostik s'était fait arrêter devant l'entrée de l'Institut et non dans notre appartement. Nous ne trouvions aucune explication plausible à cela. Mais qu'est-ce qui était plausible à cette époque ? Toujours est-il que cet incident nous permit de raconter aux voisins que Kostik souffrait d'une "infection virale rare et dangereuse", raison pour laquelle il avait dû être hospitalisé. Bien entendu, ils allaient tôt ou tard découvrir la vérité. Mais nous espérions que, d'ici là, Kostik serait rentré à la maison.

Le jour même, Naoum et moi nous rendîmes au quartier général du MGB de Leningrad. Le bâtiment tristement célèbre, fonctionnel et sans ornements, que l'on appelait familièrement la "Grande Maison", avait été érigé au début des années 30 et était, avec ses neuf étages, l'immeuble le plus haut de la ville.

Nous prîmes place dans la file d'attente. Personne ne parlait. Au bout de la salle se trouvait une table derrière laquelle étaient assis deux hommes portant l'uniforme du MGB et une femme en civil. Nous avions préparé une valise pleine d'affaires pour Kostik – des chemises, des pull-overs, des chaussettes, des sous-vêtements chauds, de la nourriture, des produits de toilette et un nécessaire de rasage.

Lorsque notre tour arriva, une heure et demie plus tard, Naoum se mit, de façon alambiquée, à raconter aux fonctionnaires ce qui s'était passé.

– Votre passeport, citoyens, l'interrompit l'homme en uniforme. Il tourna les pages de nos papiers avec l'air de quelqu'un qui s'ennuie à mourir.

– C'est comment déjà le nom de votre fils, citoyens ? demanda-t-il au bout d'une minute qui nous avait paru interminable.

– Schwarz, Konstantin Naoumovitch.

Son collègue ouvrit un gros cahier relié de carton noir. Des dates. Des chiffres. Des noms. Des abréviations incompréhensibles. Des initiales. Des inscriptions à l'encre rouge et bleue. Au bout d'un moment, il referma le cahier avant que nous puissions voir ce qui était inscrit à côté du nom de Kostik.

– Aucun renseignement ! annonça-t-il sèchement.

– Mais mon fils est innocent. Tout cela n'était qu'un malentendu. Je peux vous expliquer.

La voix de Naoum tremblait.

– C'est le tribunal qui détermine qui est coupable et qui ne l'est pas, déclara le fonctionnaire.

– Mais comment va mon fils ? m'empressai-je de demander. Il est en vie ? Il a un message à nous transmettre ?

– Nous ne sommes pas autorisés à donner des renseignements, citoyenne. Vous serez informée en temps utile.

– Je demande à voir votre supérieur ! dit brusquement Naoum.

– Cela n'est pas prévu. Les réclamations et requêtes doivent être déposées par écrit.

Rien dans la voix du fonctionnaire ne trahissait l'impatience ou même de l'agacement.

– Je suis un vétéran de la Grande Guerre patriotique, s'emporta Naoum. On m'a décerné l'Ordre de la Bannière rouge de Première classe. Je…

– Aucun renseignement, citoyen ! dit le fonctionnaire.

Je posai la valise sur la table. Était-il possible de faire parvenir au détenu Schwarz les affaires que nous lui avions apportées ?

Sans faire de commentaires, l'homme en uniforme poussa la valise vers la femme en civil assise à côté de lui. Celle-ci l'ouvrit et en vida le contenu sur la table. À l'aide d'un couteau fin, rouillé sur les bords, elle perfora les sandwichs, inspecta les chaussettes, les chemises et les caleçons, remit le tout dans la valise.

– Rien à signaler, dit-elle en écrivant le nom de Kostik et un numéro sur un papier qu'elle colla sur la valise.

– Au suivant ! dit l'homme en uniforme d'une voix forte tandis que j'entraînais mon mari loin de la table et l'emmenais dans la rue avant que l'envie ne le prenne de reparler de la Grande Guerre patriotique et de ses exploits.

Les jours suivants furent parmi les pires de mon existence. Aux angoisses que me causait la situation de mon fils vint s'ajouter l'ignoble lâcheté des autres que j'avais du mal à supporter. On ne saluait plus Naoum lorsqu'il arrivait le matin au bureau. Nos amis et connaissances nous évitaient, inventaient des prétextes, de plates excuses ou, tout simplement, raccrochaient dès qu'ils entendaient notre voix au téléphone. Il était frappant de voir la vitesse à laquelle les voisins s'arrêtaient de parler dès que nous étions à côté d'eux.

Shelia tomba malade et se retrouva au lit avec de la fièvre. Je lui donnai de l'aspirine et appliquai des ventouses sur son dos. Nous ne nous parlions pas beaucoup. Elle resta allongée pendant des heures, les yeux rivés au plafond. J'aurais tellement aimé savoir ce qui se passait dans sa tête, mais je n'avais pas le temps de m'occuper d'elle. Plus tard, je lui demandai à quoi elle avait pensé pendant ces journées.

– À rien du tout, répondit-elle avec une telle arrogance que je n'osai plus lui poser d'autres questions. Aurais-je dû lui parler de mon sentiment de culpabilité, de mon échec et de mes remords ? Si Macha avait été encore en vie, elle m'aurait sûrement donné un conseil pour m'aider à reconquérir ma fille. Mais Macha était morte depuis dix ans, et je ne parvenais pas à faire réapparaître son image devant moi, tout comme je n'avais pas été alors fichue de lui rendre visite au cimetière. Je rédigeais des requêtes, des demandes d'aide et des réclamations que j'envoyais au Soviet suprême, aux ministères de la Justice et de l'Intérieur ainsi qu'au ministère de la Sécurité d'État. Je me rendis à la Grande Maison et au Smolny, le siège du Soviet municipal. Je n'obtins pas de réponse. On m'envoya promener. On allait examiner mon cas. Tout serait tiré au clair le jour de l'audience devant le tribunal. Et Kostik, lui, était toujours en prison. Je n'avais aucune nouvelle de lui.

La nuit, je n'arrivais pas à trouver le sommeil. Mon mari m'enlaçait, caressait mes cheveux et mes joues, essayait de me consoler mais ses paroles n'avaient aucun effet sur moi. La nuit, en hiver, la ville couverte de neige avait quelque chose de sinistre. Çà et là, on entendait des bruits de bottes, le ronflement d'un moteur, ou quelqu'un qui criait dans l'obscurité. On distinguait à peine la lumière blafarde des lampadaires à travers les bourrasques de neige. Les fenêtres noires des immeubles alentour faisaient penser à des dents cassées. Et de la gare de triage située derrière l'usine parvenaient les longs sifflements des locomotives de ces trains qui bientôt allaient tous nous emmener là d'où l'on ne revient jamais.

19

Environ une semaine après l'arrestation de Kostik, je pris la résolution de mettre à exécution cette idée folle qui me trottait dans la tête depuis quelques jours déjà. En me rendant à la gare en tramway, je crus entendre le sifflement des balles avec lesquelles on me fusillerait. Je me sentais malgré tout plus libre que les jours précédents.

Naoum et Shelia ne savaient pas précisément en quoi consistait mon plan, à part que j'avais l'intention d'aller dans la capitale pour dissiper le malentendu qui était à l'origine de l'arrestation de Kostik. Dans ma valise se trouvaient des vêtements de rechange, ma trousse de maquillage, du papier, de l'encre et une plume. Naoum va encore cuisiner tous les jours des saucisses à Shelia, me disais-je. Ça va lui détraquer l'estomac.

L'espace d'un instant, le monde était redevenu beau. Je savais que je me berçais d'illusions, et c'était sans doute pour cela que chaque détail m'apparaissait avec d'autant plus d'intensité : les joues rouges de la contrôleuse, les deux filles qui tirent une luge en riant. Le jeune homme accroché au marchepied qui crie quelque chose à son ami qui n'a pas réussi à monter. Les bords dorés des nuages qui semblent collés aux toits de la ville.

À chaque fois que je venais à Moscou, j'avais envie de voir des coins sales, des clôtures en bois et des arrière-cours laissées à l'abandon dont je soupçonnais l'existence à l'écart des grandes artères. Les bâtiments construits par les prisonniers de guerre allemands avaient un aspect froid. Dans les palais souterrains du métro, les gens passaient en toute hâte devant des mosaïques qui montraient la vie telle qu'elle était décrite dans les journaux.

L'immeuble dans lequel habitait ma sœur était bien plus ancien que ceux d'à côté et existait déjà avant que la ruelle ne soit transformée en boulevard. Tout le quartier datant de l'époque du tsar avait été démoli, seul cet immeuble avait été épargné.

– Et qu'est-ce que tu comptes faire ? me demanda ma sœur Klara après que je lui eus tout raconté.

– J'ai un plan, répondis-je. C'est pour ça que je suis à Moscou.

– Tu peux habiter chez moi aussi longtemps que tu veux, dit-elle.

– Ça va causer notre perte.

– Ça tombe bien, j'ai un lit à deux places.

– C'est une entreprise risquée.

– Tu peux prendre les draps qui sont dans le coffre, dit-elle.

– J'irai faire les courses pour nous deux quand tu seras au travail, dis-je.

– J'ai des voisins désagréables, m'expliqua-t-elle. Les Boublikov. De farouches antisémites.

Ce soir-là, Klara nous prépara de la bouillie de sarrasin. Une fois qu'elle fut partie à la cuisine, je sortis une feuille de papier de ma valise. Elle venait de l'un de ces rares magasins spécialisés où l'on pouvait acheter à prix d'or de la marchandise de première qualité, était rigide, d'un grain fin et d'une blancheur éclatante, dépourvue de la légère teinte grise ou marron du papier ordinaire destinés aux masses. À cette époque, je n'aurais pas pu trouver plus beau papier à Leningrad. Je m'assis au bureau.

Cher camarade Staline ! J'essayai de donner à mon écriture cet équilibre qui inspire le respect et qu'elle avait jadis, lorsque je délivrais des papiers d'identité aux habitants de Vitchi et des environs. *Je soussignée Rosa Abramovna Masur, née le 31 octobre 1907 à Vitchi, dans le gouvernement de Gomel, aujourd'hui district de Gomel en République soviétique et socialiste de Biélorussie, domiciliée actuellement à Leningrad au 99, oulitsa Fabritchnaïa, appartement 14, employée comme traductrice du russe vers l'allemand à la MEIATLIL (Maison d'édition, Imprimerie et Agence de traduction de littérature internationale de Leningrad), m'adresse à vous, camarade Staline, qui êtes honoré et aimé en tous lieux, au sujet d'une affaire de la plus grande urgence…*

Je soulignai au crayon rouge les mots *au sujet d'une affaire de la plus grande urgence.* En quelques phrases je décrivis ce qui était arrivé à Kostik. J'en appelai au sens de la justice de Staline. Cette histoire ne pouvait être que le fruit d'un malentendu. Le plus grand dirigeant de tous les temps et de tous les peuples ne pourrait tolérer que, dans le premier État socialiste au monde, où tous les hommes sont libres, égaux et heureux comme jamais ils ne l'ont été au cours de l'Histoire, un innocent passe les meilleures années de sa vie en prison. Je couchai sur le papier des phrases dont l'idée seule me donnait la nausée, employai des formules qui me firent rougir de honte. Peu de temps auparavant, j'avais traduit le texte d'un éminent marxiste de RDA dans lequel celui-ci comparait Staline à un aigle volant au-dessus des bas-fonds de l'existence, au dieu de la lumière et à l'impératif catégorique de Kant. Dans ma lettre, j'essayai de surpasser l'Allemand qui avait un don pour la poésie, même si je savais que les louanges ne suffiraient pas pour atteindre mon but. J'hésitai néanmoins. Ne fallait-il pas en rester là, signer la lettre et l'expédier? Je pensai à Kostik, à Shelia et Naoum, à Klara et Moyshe, dont j'ignorais à l'époque qu'il était mort. Je me levai et me mis à tourner en rond dans la pièce. De la cuisine s'échappait une odeur de sarrasin et de pain frais. En d'autres circonstances, j'aurais apprécié ce mélange d'odeurs. Pour ne pas vomir les restes du déjeuner sur le parquet usé, j'ouvris la fenêtre d'un geste brusque, aspirai goulûment l'air glacial. Puis je me remis à écrire: *Mon cher camarade Staline, je profite de cette occasion pour vous rappeler ce moment inoubliable qui nous liera à jamais. Après tout, nous avons dormi ensemble! Il n'a jamais été dans mon intention de vous rappeler cet événement qui remonte à des temps anciens, mais les circonstances me mettent dans l'obligation de déroger à mes principes. Actuellement j'habite chez ma sœur à Moscou, à cette adresse: 13, oulitsa Mira, appartement 12, et suis disposée à vous rencontrer en personne à n'importe quel moment…* Quelques formules de politesse pour conclure. Signature… J'attendis que l'encre sèche, pliai la lettre et la glissai dans une enveloppe que j'adressai au *Camarade Iossif Vissarionovitch Staline, Secrétaire général du CC du PCUS et Président du Conseil des Ministres de l'URSS.* À cet instant, ma sœur entra dans la chambre, jeta un regard sur l'enveloppe. Jamais de ma vie je n'oublierai l'expression de son visage. Elle ne dit pas un mot.

Klara travaillait dans le combinat Octobre rouge spécialisé dans la fabrication de moteurs de tramway, où elle était secrétaire du directeur-adjoint du service des statistiques et de l'évaluation des coûts. Tous les mercredis, après le travail, le directeur raccompagnait ma sœur jusqu'à son appartement communautaire où il passait quelques heures avec elle, dans sa chambre. Je me retirais discrètement dans la cuisine ou sortais me promener. Même le dimanche, généralement en toute fin de matinée, ma sœur recevait la visite de son directeur.

– Avant l'affaire des médecins assassins, me raconta Klara, c'était surtout moi qui allais chez lui. Cet homme a un deux-pièces pour lui tout seul. Mais maintenant il ne veut pas que ses voisins distingués le voient avec une Juive.

Je trouvais que le directeur n'avait rien d'extraordinaire, mis à part ses mains fines et délicates. Quand il venait, il me saluait poliment sans jamais me regarder dans les yeux, mais effectuait toujours un demi-tour dans ma direction et j'avais l'impression qu'il me faisait une légère courbette même lorsqu'il enlevait sa toque en laine de caracul avant de l'accrocher à la patère.

J'étais étonnée que Klara ait pris pour amant un homme aussi peu attirant. Cela ne pouvait pas tenir au seul fait qu'il était son supérieur. Ma sœur était une femme séduisante. À cinquante ans, elle avait encore une belle silhouette, son épaisse chevelure noire n'avait que quelques mèches grises, et son visage était à peine ridé. Je m'étais toujours demandé pourquoi elle n'était pas mariée et n'avait pas d'enfants.

– Des enfants ? – Elle haussait les sourcils d'un air moqueur. – J'aime trop ma vie pour en avoir. Je n'ai pas envie de m'enterrer vivante.

Jusqu'à la fin de sa vie, Klara est restée un mystère pour moi. Lorsque la conversation devenait trop personnelle, elle changeait de sujet ou, tout simplement, elle se levait et quittait la pièce. C'était elle qui ressemblait le plus à notre père. À sa mort, en 1983, j'héritai d'elle un album dans lequel se trouvaient quelques vieilles photographies de notre père. Il contenait également des photos de Klara quand elle était jeune. La plupart d'entre elles la montraient posant avec des hommes différents. L'une d'elles en particulier m'a impressionnée : Klara assise dans un fauteuil au milieu d'un salon bourgeois meublé dans le style prérévolutionnaire, à l'arrière-plan une statuette de faune sur une table ronde, un secrétaire, de lourds rideaux garnis de passements. Klara est vêtue d'une robe ample à décolleté profond. Debout à côté d'elle se tient un bel homme portant une chemise blanche sans col et, par-dessus la chemise, une ceinture, comme c'était la coutume chez nous avant la guerre. Il tient sa main. Tous deux fixent intensément l'objectif. Au dos de la photo est écrit : *Pour Klara, en souvenir des moments excitants – ô combien heureux – passés à Alouchta, été 1929. Avec tout mon amour, Pavel.*

Je ne savais même pas que Klara était allée à Alouchta.

Tous les jours je téléphonais à Naoum. Aucune nouvelle de Kostik, me disait-il. Parfois, d'une voix brisée, il me suppliait de rentrer.

Pendant que Klara est au travail, j'erre dans la ville. C'est la fin de l'après-midi. Je suis dans le tramway. Deux ouvriers, visiblement éméchés, discutent de la situation du pays. L'un d'eux, la cinquantaine, est corpulent et a les mains calleuses, couvertes de crevasses et de plaies, la figure rouge et, malgré le froid, des gouttes de sueur sur le front. Sa langue ne lui obéit plus. Tantôt il bégaye, tantôt il traîne les mots.

– Les prix de la vodka, c'eeest une cata-catastrophe ! À quoi ça sert qu'on ait ga-gagné la guerre ?

Il a la voix éraillée du buveur invétéré.

– Le nouveau contremaître est un con, dit le plus jeune. Avant, à la pause de midi, on avait le droit d'aller au magasin de spiritueux, mais avec le nouveau c'est interdit. Comment veux-tu qu'on travaille correctement ? Avec ce gel.

– Sa-samedi, ma femme a vidé la voodka dans les ch-chiottes. Sinon tu vas encoore te con-conduire comme un co-

cochon, qu'elle a dit. M-m-mon Dieu, la raclée que je lui ai mise ! Mais quel intérêt. Ce qui est perdu est perdu.

– Le matin, je suis déjà tellement en colère que je ne sais pas si je dois prendre le petit-déjeuner ou chialer. On n'a pas une goutte à la maison. Ma femme n'arrête pas de dire : prends exemple sur Abrasha, notre voisin, lui, il boit pas, le youpin !

– Ouais, ouais, ils picooolent pas, ceux-là, c'est bien co-connu. L'année dernière, y en avait un avec noooous sur le chan-chantier, Borika Levin…

– Assassins en blouse blanche !

– Bo-Bo-Borika était au poil. Il bo-bossait bien.

– Tous les mêmes ! s'écrie le plus jeune. Donnez-moi un Juif et je l'étrangle de mes propres mains.

Un jeune homme, assis en face d'eux et qui jusqu'à présent regardait par la fenêtre d'un air maussade, se lève lentement :

– Je suis juif ! dit-il à haute voix si bien que tout le wagon l'entend. Essaye un peu de m'étrangler !

– C'est pas ce qu'il a voulu dire, soutient le plus âgé des ouvriers. – Tout à coup, il parle distinctement. – C'était juste une blague, camarade. – En une fraction de seconde, il est dégrisé. – Pas vrai, Kolia ? C'était juste une blague ! ajoute-t-il en donnant un coup de coude à son ami.

Mais Kolia se lève de son siège et crie :

– Je vais vous montrer à tous de quel bois je me chauffe !

L'instant d'après, les adversaires se mettent à tourbillonner dans le wagon, tel un couple d'amoureux sur une piste de danse. Cette valse propulse Kolia hors du tramway. On l'entend qui continue à crier et à jurer, des autos klaxonnent, des freins grincent…

Le jeune homme se rassoit à sa place en silence tandis que le plus âgé des ouvriers, avec un geste dépité, explique aux autres voyageurs :

– Tout ça, c'est la faute à ces foutus prix de la vodka. Une fois qu'ils auront baissé, tout sera différent.

Comparée aux Boublikov, ma voisine Maria Petrovna était une philanthrope. Les Boublikov étaient tous les deux petits, corpulents, proches de la soixantaine. Ils se ressemblaient comme s'ils étaient frère et sœur, et non mari et femme. Ils ne devaient partager avec personne d'autre que ma sœur leur deux-pièces bien meublé situé au centre de Moscou. Un luxe pour l'époque. Néanmoins, la cohabitation était tout sauf agréable. Klara ne pouvait pas laisser de vivres sans surveillance dans la cuisine parce que les Boublikov prenaient trop au pied de la lettre l'idée de la collectivisation de la propriété privée. Il fallait qu'elle garde son nécessaire de maquillage et de toilette dans un coffre en fer fermé d'un cadenas, sinon M. Boublikov aurait bu toute son eau de Cologne. Cela faisait longtemps déjà que Klara avait cessé de se plaindre quand M. Boublikov ne relevait pas la lunette des cabinets au moment d'uriner. De toute façon, la corvée de nettoyage des toilettes était exclusivement réservée à Klara. Les Boublikov se refusaient aux basses besognes. Chaque partie avait ses ampoules respectives dans la cuisine et la salle de bains, afin d'éviter les disputes inutiles concernant la facture d'électricité. De toute façon, on n'allumait la lumière du couloir que lorsqu'on avait de la visite.

Tout cela était supportable. Il y avait pire : les Boublikov cherchaient à dégoûter Klara pour qu'elle quitte leur appartement. La fille des Boublikov et son mari, qui vivaient quelque part dans la périphérie de Moscou, viendraient alors s'installer dans la chambre vacante. Les "mœurs dépravées" de Klara fournirent aux Boublikov une occasion rêvée de mener la vie dure à leur voisine. À chaque fois que le directeur venait rendre visite à ma sœur, Mme Boublikova se tenait dans le couloir.

– En voilà encore un qui vient voir la putain ! glapissait-elle. C'est un scandale !

D'ordinaire, le directeur opposait à ces remarques un silence plein de dignité. Mais, un jour, il dit avec une pointe de reproche dans la voix :

– Ne soyez donc pas jalouse, camarade ! On ne peut pas tout avoir dans la vie.

Cette "impertinence inouïe" se solda par une lettre de réclamation dans laquelle les Boublikov accusaient Klara de s'adonner à la prostitution. Un officier de la milice étudia l'affaire et déclara que la vie privée de ma sœur était conforme à la loi.

Mais les Boublikov n'étaient pas près de s'avouer vaincus. Dès que Klara allumait la radio ou parlait à haute voix dans sa chambre, Mme Boulikova tambourinait à la porte.

– Ce bruit est insupportable ! criait-elle. Il s'ensuivait une plainte pour nuisance sonore. À partir de là, Klara baissa le son au minimum et colla son oreille contre le haut-parleur.

Ensuite, les Boublikov accusèrent ma sœur de vol. Elle leur aurait dérobé une marmite, une couverture, un imperméable et cinq cents roubles. Comme il fallait s'y attendre, l'enquête ne donna aucun résultat, et la milice ordonna aux deux parties de ne plus faire perdre leur temps aux forces de l'ordre.

Ce fut en février 1953 que l'impudence des Boublikov atteignit son paroxysme. Ils se mirent à raconter ouvertement que leur fille viendrait bientôt s'installer chez eux, s'indignaient contre les "criminels juifs", traitaient ma sœur de "sale youpine" et menaçaient de la dénoncer pour "agitation sioniste". Ils déambulaient dans l'appartement la tête haute, allant jusqu'à se témoigner plus d'attention et de tendresse qu'auparavant, comme s'ils avaient rajeuni de dix ans.

– J'ai vu des livres avec des caractères hébraïques dans votre bibliothèque, dit Boublikov sur un ton scandalisé.

– Ce sont des livres en yiddish, expliqua Klara, juste des éditions soviétiques. Il n'y a rien d'illégal à avoir ce genre de livres.

Mon arrivée fournit aux Boublikov l'occasion d'accentuer leur pression sur ma sœur. "Qu'est-ce qu'elle vient faire ici ?"

"Elle est en visite ?" "En vacances ?" "En plein mois de février ?" "C'est pas crédible !" "Elle va rester combien de temps ?" "Une semaine ? Deux ?" "Elle a un permis de séjour pour Moscou ? Où est-ce qu'elle est déclarée ? Elle a un certificat de résidence à Moscou ?" "Sœur ou pas sœur, on s'en fiche. Elle n'a rien à faire ici." "On va envoyer une plainte au service des déclarations de séjour !"

J'appris à endurer cette terreur quotidienne. À chaque fois que j'allais aux toilettes, Mme Boublikova frappait à la porte. "Sortez ! Qu'est-ce que vous avez à rester aussi longtemps ?"

Parfois elle allait jusqu'à me chasser de la cuisine. "Vous n'avez rien à faire ici !"

Dès le premier jour, on m'empêcha de téléphoner. À peine avais-je décroché le combiné pour appeler Naoum que j'entendis une voix perçante à côté de moi : "Raccrochez. Il ne manquerait plus que vous bloquiez notre appareil." Je fus obligée de me rabattre sur la poste centrale.

J'encaissais tout sans broncher. Compte tenu de ma situation, il ne me paraissait guère judicieux de me disputer avec ces deux-là.

Devant l'entrée du marché aux légumes de Moscou, il y a un homme qui crie :

– Tuez les Juifs, sauvez la Russie ! Tuez les Juifs, sauvez la Russie !

Je n'arrive pas à voir s'il est ivre ou sobre, ou bien fou. Est-ce qu'il importe de savoir qui donne une voix à la majorité silencieuse ?

Très vite, un attroupement se forme. Quelques personnes applaudissent.

– Tout à fait d'accord ! dit quelqu'un. Un autre rit. Je me tourne vers un milicien qui se tient à l'écart et écoute, les bras croisés.

– Quand allez-vous faire cesser ces horreurs, à la fin ?

– Comment ça ?

– Ben, vous n'entendez pas ce qu'il crie ?

– Et alors, qu'il crie donc !

– Vous devriez avoir honte ! dis-je. Il y a des enfants qui écoutent, ici.

– Qu'ils écoutent, répondit-il. C'est une bonne chose qu'ils apprennent enfin la vérité. Et puis d'abord, citoyenne, cessez de m'importuner, sinon je vais finir par vous embarquer.

Depuis cet incident, je ne me promène plus dans Moscou.

Par une nuit de février, je reçois une visite inattendue dans l'appartement de ma sœur. C'est l'une de ces nuits où aucun camion ne circule parce que l'essence gèle dans les réservoirs et que le vent balaie dans les rues des cadavres gelés de souris et d'oiseaux. Je suis dans le lit, à côté de Klara.

On frappe à la porte, des coups à peine audibles au début, puis de plus en plus impatients. J'entends des pas dans le couloir, le parquet qui grince, la Boublikova qui peste. Des voix d'hommes. Des bruits de bottes lourdes et des coups frappés en cadence, comme si quelqu'un de pressé tapait contre la porte avec une canne.

La porte de notre chambre s'ouvre brusquement. Dans la pénombre, j'aperçois Boublikova en chemise de nuit rose, un filet sur les cheveux. Son corps exécute d'étranges contorsions. Des convulsions.

– Qu'est-ce qui se passe ?

Klara se redresse dans le lit. Mais Boublikova ne sort pas un mot, juste un "oouuh ! oouaah !" étouffé. Elle pointe son index tremblant en direction du couloir et aussitôt des bras vigoureux la saisissent aux épaules et la font disparaître de notre champ visuel. Un homme en uniforme du MGB pénètre dans la pièce et allume la lumière.

– Debout ! ordonne-t-il.

Avant même que nous ayons pu nous habiller, l'officier s'efface pour laisser place à celui qui se tient derrière lui et dont nous distinguons la silhouette sur le sol. "Toc", entends-je de nouveau. "Toc. Toc. Toc."

D'abord je vois sa pipe, puis la moustache, les joues creusées. Il semble malade. Il cligne des yeux d'un air méfiant, mais pas hostile. Il porte un gros manteau de fourrure et une toque de fourrure qui couvre presque tout son front. Il a la même tête que sur ses nombreux portraits, sauf qu'il paraît plus vieux. Son visage défiguré par des cicatrices de petite vérole semble usé. S'il n'était le plus grand dirigeant de tous les temps et de tous les peuples, on pourrait le prendre pour un concierge tatar.

– Bonsoir, dit-il. Cette voix, avec ce fort accent géorgien, est la même que celle que l'on entend à la radio, elle est juste plus faible, moins distincte. – Excusez-moi de vous déranger à une heure aussi tardive, mais je suis un noctambule et j'ai coutume de dormir le jour.

– Soyez le bienvenu, murmure Klara qui enfile à la hâte sa robe par-dessus sa chemise de nuit. Moi je reste clouée sur place, mal à l'aise. Staline frappe deux fois le sol avec sa canne – recouverte d'un vernis marron, munie d'un pommeau d'ivoire et d'une pointe argentée. Surgit un costaud en uniforme militaire qui rappelle un boxeur azerbaïdjanais des années 30. Le champion de boxe aide Staline à ôter son manteau, lui prend son bonnet, va les porter tous les deux dans le couloir, revient et s'arrête, bras croisés, dans l'embrasure de la porte. L'officier du MGB bourre la pipe de Staline.

Le dirigeant tend la main à Klara.

– Iossif Staline, dit-il.

– Klara Masur, dit Klara.

– Ravi de faire votre connaissance.

Il se tourne vers moi.

– Alors vous, citoyenne, vous devez être Rosa Masur. – Il me dévisage d'un air moqueur. – Eh bien, vous ne vous habillez pas ? Il fait froid.

Je dois vraiment avoir l'air godiche. Un épouvantail en chemise de nuit. J'ai beaucoup de mal à remuer mes membres ankylosés et je commence à enfiler ma robe. Je n'y arrive pas. Soit je la mets à l'envers, soit ma tête se retrouve dans une des manches. Tout cela n'est qu'un rêve, me dis-je, cela ne peut être qu'un rêve. De nouveau, Staline frappe deux fois par terre avec sa canne et fait un signe de tête dans ma direction. D'un bond, le boxeur se retrouve près de moi et, avec les gestes habiles d'une bonne d'enfants expérimentée, m'aide à passer ma robe.

Staline s'assoit sur la chaise à côté du bureau tandis que nous restons toutes deux raides comme des piquets au milieu de la pièce. L'officier tend sa pipe à Staline et l'allume à l'aide d'un briquet en or. Le tabac exhale une odeur douceâtre. La fumée dessine des traînées laiteuses.

– Vous désirez une tasse de thé ? demande soudain Klara. Et des biscuits, peut-être ?

– Avec plaisir.

Klara fait quelques pas en direction de la porte, se retourne brusquement et dit :

– Camarade Staline, pourriez-vous ôter vos bottes, s'il vous plaît ? J'ai ciré le parquet tout à l'heure.

J'ai encore plus le vertige qu'avant. Staline frappe de nouveau deux coups avec sa canne et montre ses bottes du doigt. En un clin d'œil, le boxeur les enlève et les porte dans le couloir pour revenir avec des pantoufles chaudes en feutre.

– Quelle indélicatesse de ma part, s'excuse Staline. Je perds mes bonnes manières. Chez nous, dans le Caucase, on est très à cheval sur la propreté. Personne n'oserait salir le parquet de la maîtresse de maison.

Le dictateur esquisse un sourire. Tandis que Klara prépare le thé à la cuisine, Staline tire sur sa pipe pendant une minute, sans rien dire. J'ai l'impression que ça dure une heure.

– Asseyez-vous, Rosa Abramovna, dit-il enfin.

Je me laisse choir sur le lit.

– Vous avez vraiment de la chance, chère Rosa Abramovna, que votre lettre soit parvenue à son destinataire. En effet, rares sont les lettres de requête qui finissent sur mon bureau. J'ai des affaires d'État à gérer, moi, Rosa Abramovna.

Il tire une nouvelle bouffée, fait claquer ses doigts. La main de l'officier fond comme l'éclair sur le fourneau de la pipe.

– Pourquoi m'a-t-on remis votre lettre ? Mystère ! Mon secrétaire ne pige rien. N'est-ce pas ?

Il regarde l'officier.

– Oui, Iossif Vissarionovitch ! s'exclame celui-ci d'un ton jovial.

Staline rit.

– Vous devriez voir votre tête, chère Rosa Abramovna. N'ayez crainte. Comment disiez-vous, déjà, dans votre lettre ? Que l'Union soviétique était le pays le plus libre que l'histoire ait jamais connu. Que jamais les hommes n'ont été aussi heureux qu'aujourd'hui. On ne saurait mieux dire, ma chère Rosa Abramovna. De façon générale, vous avez, dans votre lettre, employé de belles comparaisons et des tournures poétiques. Vous auriez dû être poète, citoyenne Masur. C'est fascinant de voir la virtuosité avec laquelle vous, les Juifs, maniez notre langue russe. Vous êtes un peuple doué… N'est-ce pas, camarade ?

– Oui, Iossif Vissarionovitch ! aboie l'officier. C'est un peuple doué, les Juifs.

– Avez-vous étudié mes travaux en linguistique ? demande Staline. Je hoche la tête, même si, bien entendu, je n'ai pas lu une seule ligne des théories abstruses que Staline a écrites sur le langage. Mais avant que le plus grand scientifique de tous les temps ne me soumette à un pénible interrogatoire, ma sœur entre dans la chambre, un plateau dans les mains.

– Ah ! Voici notre maîtresse de maison, s'écrie Staline en faisant un clin d'œil à Klara et montrant ses pantoufles de l'index.

– Contente ? demande-t-il.

– Oui, camarade Staline.

Le dirigeant boit du thé. Nous le regardons porter à ses lèvres la tasse en fausse porcelaine décorée de motifs de perroquets multicolores, de palmiers et de singes à longue queue qui sourient, il boit le liquide en faisant du bruit, par petites gorgées irrégulières, entre lesquelles il pose à chaque fois la tasse sur la table. Il ne touche pas au plat de verre contenant les biscuits.

– Vous buvez le thé à l'anglaise, déclare-t-il, apparemment intéressé par le motif de singe. Dans des tasses. Pas dans des verres. Vous êtes anglophile, camarade Masur ?

– Enfant, j'aimais bien les romans d'aventures de Robert Louis Stevenson, répond Klara sans hésiter un seul instant. Plus tard, j'ai lu Walter Scott et les poèmes de Robert Burns dans la traduction de Samuel Marchak. Et aussi, mais là j'étais déjà adulte, bien entendu…

– Tiens, tiens, Stevenson, Scott, Burns, l'interrompt Staline en poussant la tasse d'un geste brusque vers le milieu de la table, comme pour signifier que l'échange de politesses était terminé. Tout cela est fort intéressant, mais maintenant, chère Klara Abramovna, auriez-vous l'amabilité de me laisser seul un instant avec votre sœur ? Le colonel Souboskalov va vous accompagner dans l'appartement de vos charmants voisins, qui, j'en suis sûr, seront ravis de cette petite visite.

À peine ai-je entendu le nom de l'officier zélé du MGB que celui-ci sort de la pièce avec ma sœur. Derrière la cloison, on entend à présent des voix distinctes, la voix de ténor de M. Boublikov – fatiguée, soumise, hystérique –, dans celle de Mme Boublikova on perçoit de la colère rentrée et de la peur.

– Eh bien, allons-y, dit Staline qui frotte ses mains légèrement tremblantes, croise les bras et fixe son regard sur moi. J'ai lu votre lettre avec un certain étonnement, chère Rosa Abramovna. Vous êtes une femme séduisante, il faut le reconnaître, et vous écrivez que nous avons… comment vous dites déjà ?… dormi ensemble. Hélas, je ne me souviens plus d'avoir eu ce plaisir.

Je rougis et lance un regard vers le boxeur qui se tient toujours dans l'encadrement de la porte.

– Vous n'avez pas à vous inquiéter pour Koko, dit-il. Il parle seulement un dialecte d'Ossétie du Sud-Est.

Il ne faut pas que je laisse passer cette chance ! me dis-je brusquement. Si je n'avais pas déjà été assise, mes genoux auraient certainement flanché. Je repense aux pogroms auxquels j'ai survécu dans mon enfance, aux purges, à la guerre, à la faim, à mes parents assassinés, aux maladies de Kostik, au combat que nous avons mené pour lui obtenir une place d'étudiant, aux trains de marchandises assemblés dans la gare de triage pour nous déporter… Il ne faut pas que tout cela ait servi à rien. Après chaque coup dur, je suis tombée bien bas mais j'ai toujours atterri sur mes pieds. Ma peau est devenue à chaque fois plus épaisse. Comme les cernes d'un arbre. Je suis en condition pour survivre.

Je dois m'éclaircir la voix à plusieurs reprises avant de pouvoir sortir un son. Au début, je manque d'assurance, je me répète, je bafouille, je finis par me ressaisir et raconte en quelques phrases ce qui s'est passé il y a plus de trente ans…

Aujourd'hui encore, presque quatre-vingts ans plus tard, je me souviens très bien de cet événement. C'était en 1922, en été, je n'avais pas encore quinze ans. J'allais à l'école à Gomel et passais les grandes vacances à Vitchi. Un violent orage avait dévasté notre région, la rivière était sortie de son lit, coupant la voie ferrée. Au bout de quelques jours, le soleil réapparut et nous nous aventurâmes hors de la maison. Les ruelles ressemblaient à des cloaques, nous devions chausser des bottes pour ne pas nous enfoncer dans la boue. Ce jour-là, pourtant, personne ne parlait des dégâts qu'avaient subis les chaussées, les lignes électriques ou nos maisons, mais de cet événement hors du commun pour un village comme le nôtre. Un train officiel avait fait halte à Vitchi. Il ne pouvait continuer sa route à cause des inondations. Il fallait attendre encore vingt-quatre heures au minimum avant que la liaison ferroviaire ne soit rétablie. Le train transportait une personnalité de marque : Iossif Vissarionovitch Staline. À l'époque, Lénine était encore en vie et Staline n'était pas à la tête de l'État mais il comptait déjà parmi nos hommes politiques les plus en vue. On imagine alors l'agitation qui régnait dans notre village. Où se rendait "le plus grand partisan de Lénine" (c'est le nom qu'on lui avait donné plus tard) ? Pourquoi s'était-il retrouvé dans cette région reculée, près de la frontière ? Je ne m'en souviens plus.

Staline avait décidé de passer la nuit dans son wagon-lit, disait-on. Il avait gentiment refusé la chambre luxueuse qu'on lui avait proposée dans notre auberge et qui était munie d'un escalier privé descendant directement aux cabinets en bois et avait vue sur la place principale. Il préférait rester dans le train.

Avant même que nous ayons eu le temps de poser des questions, les dernières rumeurs parvinrent à nos oreilles. Staline voulait gagner en barque l'autre côté de la rivière. Là-bas, les chemins étaient encore praticables. Cette rumeur ne tarda pas à être démentie. Tous les bateaux avaient été emportés.

Soudain on raconta qu'au centre communal serait organisé un rassemblement en l'honneur de cet hôte exceptionnel. Une cérémonie à laquelle prendraient part, outre Staline et son personnel, toutes les "forces progressistes du village" – le secrétaire du Soviet du village (c'est-à-dire mon père) et sa famille, tous les membres du Parti et du Komsomol, des vétérans de la guerre civile qui avaient été décorés et leurs proches, nos deux miliciens, bien entendu, et le représentant local de la Tcheka, comme s'appelait encore la police secrète à l'époque.

Le président du Soviet de Vitchi était censé faire un discours. J'avais un mauvais pressentiment, car Ivan Mourtchenko, Vanika le Rouge, était certes un homme courageux et loyal et, à mes yeux, comme je l'avais déjà mentionné, le seul véritable communiste parmi les bolcheviks, mais le maniement de la langue n'était pas son fort. Il n'avait pourtant pas le choix. Il paraît que c'est Staline lui-même qui aurait dit : "Le président du Soviet du village doit dire quelques mots."

La salle était pleine à craquer ce soir-là. Les gens qui n'avaient pas de siège s'asseyaient par terre ou s'adossaient au mur. Manifestement, ceux qui ne comptaient pas parmi les "forces progressistes" étaient venus eux aussi. J'aperçus même notre rabbin, dans un coin.

La maison communale était une construction en bois, basse de plafond, avec de minuscules fenêtres. Les murs faits de gros rondins étaient censés protéger du froid en hiver, mais à présent, en été, il y faisait une chaleur insupportable. Ma robe, trempée de sueur, ne tarda pas à coller à mon corps. Quelques paysans décortiquaient avec les dents des graines de tournesol et crachaient les écales par terre. Autour des lampes à kérosène accrochées aux murs – les lignes électriques installées tout récemment étaient coupées – tournoyaient des milliers de moustiques.

Staline arriva enfin, accompagné de quelques personnes en civil et en uniforme. Au moment où nous nous levâmes tous pour souhaiter la bienvenue au Président du Comité central sous un tonnerre d'applaudissements, notre hôte de marque mit un mouchoir en papier devant son nez.

Le pauvre Ivan Mourtchenko grimpa en hâte sur l'estrade. Depuis la fin de la guerre il avait plutôt forci. Son ventre rebondi passait par-dessus la ceinture de son pantalon. Tandis qu'il montait les marches, le bouton de sa chemise, au-dessus du nombril, sauta. Il respirait avec difficulté. Les gouttes de sueur sur son front brillaient même à la faible lueur des lampes à kérosène.

– Camarades ! Amis ! Chers invités ! Cher camarade Staline !

Ce fut terrible. Mourtchenko mélangeait le biélorusse au russe, recourait à des slogans tirés de nos journaux provinciaux dont il se faisait lire les éditoriaux, n'ayant jamais eu le temps, au cours de sa vie aventureuse, d'apprendre à lire et à écrire. Il pimentait le tout d'inventions de son cru :

– Quand le communisme aura triomphé, camarades, nous irons tous mieux. Pour l'instant, nous devons attendre encore un peu avant que ce moment arrive. Mais il viendra ! Nous avons déjà connu de meilleurs moments qu'aujourd'hui, mais nous en connaîtrons de bien meilleurs encore qu'hier.

Un soupir gêné traversa la salle. Très vite, l'orateur s'empêtra dans le piège de ses phrases qu'il s'était lui-même tendu, et chercha désespérément à s'en libérer. Mais plus il suivait le fil de son discours, plus il s'enfonçait dans un labyrinthe d'affirmations et de conclusions, ne sachant plus où il en était. Je ne tardai pas à décrocher. Je fermai les yeux. J'étais fatiguée, il faisait si chaud et le discours était si long… Je fus réveillée par une piqûre de moustique sur mon nez. Je me grattai le bout du nez en regardant autour de moi. La scène qui s'offrait à moi aurait pu donner matière à un caricaturiste s'il s'en était trouvé un dans la salle. La tête de Staline était renversée en arrière, de travers. C'est seulement alors que je réussis à voir son visage avec sa moustache familière. Il avait les yeux fermés. Sa bouche était grande ouverte. Des ronflements sonores s'échappaient de cette bouche, remplissant tout l'espace, tandis que Mourtchenko se tenait toujours sur l'estrade. Il balbutia :

– Dans cette perspective, camarades, avançons ensemble vers l'avenir, afin que se réalise tout ce pour quoi nous avons tant versé de notre sang, des torrents de sang…

Toute la salle attendait avec impatience ce qui allait se passer. Au bout d'un moment, mon père se leva de son siège et se mit à applaudir, et bientôt toute la salle l'imita. La tête de Staline se redressa brusquement. Quelques secondes plus tard, il applaudissait à son tour.

– Je remercie le camarade Mourtchenko pour son exposé plein d'esprit, déclara Staline avant de se faire raccompagner au train par sa suite. Le lendemain matin, la voie était dégagée, le train put repartir. Le camarade Mourtchenko resta encore quelques années président du Soviet de notre village. Il eut la chance de mourir à la fin des années 20, avant les grandes purges, de sa belle mort.

– Vous voyez, camarade Staline, dis-je, nous avons bel et bien dormi ensemble. Vous au premier rang, et moi au dernier, dans la salle communale de Vitchi, par une soirée d'été étouffante de l'année 1922.

Staline me regarde fixement. Si l'un de ses photographes officiels avait immortalisé l'expression de son visage à cet instant, il aurait certainement été exécuté pour outrage au "grand dirigeant et professeur".

– Ce n'est pas par hasard que j'ai choisi la tournure *dormi ensemble* et non *couché ensemble.*

Silence.

– Vous prenez ça sans doute pour un tour de passe-passe et un jeu de mots stupide, dis-je. Mais n'est-ce pas à cause d'un jeu de mots plus stupide encore que mon fils s'est fait arrêter alors qu'il est totalement innocent ? Ne suis-je pas tout à fait en droit de le défendre par les mêmes moyens ? Je suis sa mère ! Pour lui, je suis prête à tout endurer. Faites-moi arrêter et fusiller si vous voulez, camarade Staline, mais libérez mon fils !

J'ai parlé avec toute la force de mes sentiments. Avec des larmes dans les yeux. Je n'ai plus peur. Je meurs d'envie de crier toute notre détresse à la figure du grand dirigeant et professeur, de lui parler de mon frère Moyshe, le prétendu espion roumain, et de tous les autres pour qui les proches se font du souci, de ce qui se passe dans les rues de son empire, j'aimerais lui parler de l'extrême pauvreté des gens qui croupissent dans leurs appartements comme des cafards dans les fissures du plancher, du manque de vivres, du manque de vêtements et du manque de médicaments dans les cliniques. Il faudrait que je lui saute au collet et que je le secoue jusqu'à ce qu'il me révèle pourquoi lui aussi a cherché à anéantir le peuple juif, huit ans à peine après la plus grande catastrophe de son histoire. Qu'avons-nous fait au plus grand dirigeant de tous les temps et de tous les peuples ? Il s'agit peut-être d'un hommage qu'il rend tardivement à son compère Hitler avec qui il a partagé la Pologne et qui l'a si cruellement trahi et déçu par la suite ? Ce n'est certainement pas un hasard si Staline, après sa victoire sur le fascisme, a transformé son pays selon le modèle fasciste, et que, depuis quelques années, on parle très peu de la révolution mondiale, mais de plus en plus de la grandeur et de la sagesse du peuple russe ainsi que de sa mission historique. Ou bien Staline a-t-il été profondément marqué par ses études au séminaire de Tbilissi, où on lui avait appris à haïr le peuple déicide ?

Silence.

Peu à peu, le visage de Staline se décrispe, son regard fait place à une lueur de douceur, et brusquement il se met à ricaner. Au bout d'un moment, il rit à gorge déployée, comme s'il était non pas le dirigeant de la plus grande puissance mondiale, mais un gamin des rues, pieds nus, qui a trouvé un billet de cent roubles.

Il frappe deux fois par terre avec sa canne et montre sa pipe qui se trouve sur la table près du cendrier. Il la fait allumer par Koko, tire quelques bouffées.

– Des talmudistes, des ergoteurs, des joueurs-nés, dit-il.

– Pardon ?

– Vous, les Juifs, vous êtes un peuple rusé. Durant tous ces siècles passés à analyser le Talmud vous avez appris à ergoter, et le jeu, vous avez ça dans le sang. Comment fait-on sinon pour survivre pendant deux mille ans, quand tout le monde cherche à vous écraser comme un pou ? Seulement grâce à un talent inné pour le jeu. – Il réfléchit un instant, plisse les yeux. – Mais on aspire quand même le sang de ceux qui veulent nous tuer. Après tout, on n'a pas le choix. En tant que pou. C'est de l'art, ma chère Rosa, de l'art.

Il se remet à rire.

– Vous êtes une femme futée et courageuse, Rosa Abramovna. Vous me plaisez.

De nouveau un bref silence.

– Vous avez de quoi écrire ? me demande-t-il. J'ouvre le tiroir du bureau, en sors une feuille, l'encrier et une plume, dévisse le couvercle.

– Je peux tremper tout seul, plaisante Staline.

Dans un mouvement rapide et irrégulier, la plume gratte le papier.

– Comment s'appelle l'Institut dans lequel a étudié votre fils ?

– Institut du bâtiment.

– Et comment s'appelle la faculté et son doyen ?

– Faculté de mécanique. Le doyen s'appelle Ivan Petrovitch Sergueïev.

– Le nom de votre fils est…
– Konstantin Naoumovitch Schwarz.
Et voilà Staline qui se met à écrire cette lettre que je vous ai donnée, à vous, cher Dmitri, et à Mme Wepse, lors de notre première rencontre. J'en connais le contenu sur le bout des doigts :

À l'attention du camarade Ivan Petrovitch Sergueïev, doyen de la faculté de mécanique, Institut du bâtiment de la ville de Leningrad.

Cher camarade,

Je vous prie de reprendre immédiatement l'étudiant Konstantin Naoumovitch Schwarz dans votre faculté. J'ai de l'estime pour le Komsomolets Schwarz, avec la famille duquel j'ai un lien particulièrement intime, lui qui est un honnête citoyen soviétique engagé dans la lutte pour l'édification du communisme. Je ne doute pas qu'une fois diplômé, il saura mettre ses richesses au service de notre pays.

Avec l'expression de ma considération distinguée,

Iossif Vissarionovitch Staline

Staline me tend le papier.
– Si ce Sergueïev a encore des doutes, qu'il téléphone ici, dit-il en indiquant un numéro inscrit au bas de la feuille, à gauche.
Le dictateur se lève, regarde la montre à son poignet, bâille et, de l'index, me fait signe d'approcher.
– Ma chère Rosa Abramovna, dit-il tout bas mais d'une voix ferme, je vais sauver votre fils. Non pas pour des raisons politiques, non pas par sympathie, non pas parce que j'ai changé d'opinion au sujet des trahisons que votre peuple a commises, mais… – Il avança son visage tout près du mien, si bien que je pus sentir l'odeur du tabac qui sortait de sa bouche. – … parce que ça m'amuse… Je suis vieux, certes, mais je suis un Caucasien. Mon cœur est toujours jeune, mon âme fait des bonds et des cabrioles, j'ai l'esprit facétieux d'un jeune homme de vingt ans. À cent ans, je gouvernerai encore ce pays, tandis que les autres, écrasés depuis longtemps par le poids des ans, seront devenus incapables de décider quoi

que ce soit ou réduits à l'état de vieillards sentimentaux. Seul celui qui reste jeune peut gouverner. Mais je vous préviens : ne parlez à personne de notre conversation. Dès demain, je pourrais changer d'avis sur un coup de tête. J'espère que j'ai été suffisamment clair.

De nouveau les coups réguliers de la canne. Nous sommes dans le couloir.

– Souboskalov !

L'officier sort de la pièce voisine en courant.

– Présent, Iossif Vissarionovitch.

– Comment s'appellent-ils déjà, les citoyens d'à côté ?

– Boublikov, Iossif Vissarionovitch. Nikolaï Gavrilovitch Boublikov, né en 1897 à Iaroslav, domicilié à Moscou depuis 1928, membre du Parti depuis 1932, gestionnaire dans une filiale de la banque Gosprom…

– Très bien ! l'interrompt Staline. Allez les chercher. Faites venir aussi la citoyenne Masur.

Souboskalov disparaît de nouveau dans la pièce d'à côté. On entend des chuchotements inquiets. Klara arrive en premier et m'interroge du regard. Je hoche vivement la tête en essayant de sourire. Puis les Boublikov font leur apparition. Elle a revêtu sa plus belle robe et s'est pomponnée, a mis du fard sur ses joues. Ses lèvres brillent d'un rouge vif. Lui – en costume-cravate – se cache derrière son dos.

– Camarade Boublikov ! La voix de Staline résonne.

– Êtes-vous membre du parti communiste ?

– Oui, chuchote Boublikov.

On dirait le râle d'un criminel accroché à la potence.

– Plus fort !

– Oui, camarade Staline.

Un gémissement.

– Alors pourquoi, bon Dieu, ne vous comportez-vous pas comme un communiste ?

– Moi ?

– Oui, vous ! À moins qu'il n'y ait un autre Boublikov dans la pièce ? Avez-vous, vous et votre femme, écrit des lettres de réclamation au service de déclaration de résidence ? Avez-vous déclaré que la citoyenne Rosa Abramovna Masur séjourne illégalement dans cet appartement ?

– Oh, camarade Staline, je...

– Oui ou non ?

– Oui, camarade Staline.

– Ne vous avisez plus de recommencer ! La citoyenne Masur est sous ma protection personnelle. Vous m'avez compris, camarade Boublikov ? – La voix de Staline se fait de plus en plus sévère. – Avancez quand je vous parle, camarade Boublikov. On dirait que vous avez envie de vous cacher sous la jupe de votre femme.

D'un pas hésitant, Boublikov s'approche de nous. Il donne plutôt l'impression de ramper. Sa démarche rappelle celle de Charlie Chaplin.

– Vous vous êtes mis sur votre trente et un, camarade Boublikov, fait remarquer Staline. Vous partez déjà au bureau, de si bonne heure ? – Staline fait soudain une grimace. – Mais camarade Boublikov ! C'est quoi, cette saloperie ? Vous ne pouvez pas vous retenir ?

Nous remarquons à notre tour que sur le pantalon de Boublikov, juste entre les cuisses, s'est formée une tache humide. Elle grossit, descend le long des jambes du pantalon. Les chaussures de Boublikov sont mouillées. Il se retrouve bientôt dans une flaque jaunâtre striée de rayures marron. Une odeur âcre se répand dans la pièce. Staline détourne le visage tandis que Souboskalov regarde Boublikov d'un air à la fois désolé et méprisant. Seul Koko sourit.

– Qu'est-ce qu'on doit faire de lui, à votre avis, Souboskalov ? demande Staline.

– Le fusiller, Iossif Vissarionovitch ? – Une voix où se mêlent ironie et gaieté. – Le castrer, peut-être ? Ou bien le laisser vingt-cinq ans dans une de nos maisons de correction ? C'est sûr que là-bas, il apprendra à contrôler ses fonctions corporelles.

Boublikov se met à pleurer. Sa femme tombe à genoux.

– Mon cher camarade Staline, pleurniche-t-elle, pardonnez à mon mari. Il est vieux et malade, il a des problèmes de vessie, de prostate et une gastrite sévère.

– Et vous, qu'est-ce que vous en pensez, citoyenne Masur? me demande Staline. Je ne lui donne pas de réponse.

Staline se tourne de nouveau vers Souboskalov.

– Vous avez un cœur de pierre, colonel. Cet homme a une gastrite sévère. Il mourra de ses ulcères à l'estomac avant d'être exécuté. Il ne survivra pas non plus au camp, et je crois que, dans son cas, la castration ne servirait pas à grand-chose. N'est-ce pas, camarade Boublikova?

Boublikova hoche vivement la tête, comme un Juif orthodoxe qui prie à la synagogue.

– Mais c'est un porc, ton Boublikov! dit Staline au colonel.

– Absolument, Iossif Vissarionovitch, un porc! répond Souboskalov d'une voix forte et saccadée, comme au rapport.

J'entends la voix de Mme Boublikova:

– Il y a deux ans, il s'est cassé la jambe. Il souffre également de troubles du sommeil. Il est pratiquement aveugle de l'œil gauche. Depuis quelque temps, il a aussi des problèmes de cœur. De l'artériosclérose. Une surcharge pondérale. Sans parler des séquelles de sa gingivite. Et son foie? Ah, camarade Staline, je pourrais vous en raconter, des histoires sur le foie de mon mari…

Boublikov s'est arrêté de pleurer. D'un air apathique il regarde la flaque sous ses pieds.

– Voyons, Souboskalov, dit Staline, c'est un homme pareil que vous vouliez faire fusiller? Honte à vous. C'est une mine d'or pour la recherche médicale. Mais c'est quand même un porc, et comme c'est un porc, qu'il grogne!

– Quelle idée fantastique, Iossif Vissarionovitch!

En un clin d'œil, le colonel se retrouve près de Boublikov et le plaque au sol.

– Et maintenant grogne, espèce de porc! ordonne-t-il.

Boublikov avance à quatre pattes dans la pièce en grognant. Derrière lui, sa femme, à quatre pattes elle aussi, grogne.

– Groin. Groin. Groin.

– Encore une chose, camarades Boublikov. Ne vous avisez pas de dire à qui que ce soit un seul mot sur ce qui s'est passé. C'est clair?

– Grrroin!!

– Grrroin !!

– Je crois que ces deux-là ne vous feront plus de misères, dit Staline en me serrant la main pour me dire adieu. Avant même que j'aie réussi à trouver les mots pour le remercier, il disparaît avec son escorte.

Les Boublikov continuent de grogner pendant une dizaine de minutes.

Ce qui se passa les jours suivants ressemble rétrospectivement à un conte de fées. Boublikova nous préparait le petit-déjeuner, nous aidait à mettre notre manteau quand nous sortions de l'immeuble, nous ôtait nos bottes quand nous rentrions, telle une esclave.

M. Boublikov était cloué au lit avec des frissons et grognait. Klara m'apprit plus tard qu'il avait dû être placé dans un établissement psychiatrique. Peu de temps après, sa femme partit s'installer chez sa fille, et Klara garda l'appartement pour elle toute seule, jusqu'à sa mort.

Le lendemain de la visite de Staline, au matin, nous apprîmes par la concierge que, la veille, des agents du MGB avaient tiré du lit tous les habitants de l'immeuble et les avaient envoyés dans une prison. La concierge parlait tout bas, la tête rentrée dans les épaules, tout en regardant furtivement autour d'elle. L'opération s'était déroulée en toute discrétion, sans le moindre incident, dans le silence, aussi n'avions-nous rien remarqué. Nos voisins furent libérés à l'aube. Ils avaient bien trop peur pour émettre ouvertement des hypothèses concernant leur arrestation.

Au-dehors, on entendait la rumeur de la circulation, les gens allaient au travail ou faisaient la queue devant les magasins d'alimentation, et moi, je n'avais pas l'impression d'être un être humain ordinaire de ce monde mais le protagoniste d'un roman absurde écrit par un auteur qui n'était pas encore né. Mais rêve ou réalité, qu'importe : ce moment ne valait-il pas la peine d'être vécu ?

Vers neuf heures du matin, le téléphone sonna. C'était Naoum. Il était dans tous ses états.

– Un miracle, Rosa ! Il s'est produit un miracle ! Kostik vient de rentrer. Il est libre, Rosa. Libre ! – L'instant d'après, j'entendis la voix de Kostik. – Maman, je vais bien ! Maman, on a abandonné la procédure engagée contre moi ! Maman, tu reviens quand ?

Le jour même, je rentrai à Leningrad. Sur le quai, ma sœur me serra affectueusement contre elle, comme jamais elle ne l'avait fait auparavant dans sa vie.

– Notre père aurait été fier de toi, dit-elle.

Kostik faisait peur à voir : la peau sur les os, le teint cireux, de profondes rides sur le front, autour du nez et des commissures des lèvres, les yeux cernés. Son corps présentait des hématomes et des écorchures. Malgré la chaleur de notre logement, il grelottait. J'enroulai une écharpe autour de son cou.

En prison, le responsable de l'enquête lui avait d'abord donné des gifles, puis des coups de poing et, pour finir, des coups de pied. Pendant l'interrogatoire, Kostik perdit connaissance à plusieurs reprises. On l'arrosa d'eau froide. Dès qu'il revint à lui, il entendit son tortionnaire hurler. "Propagande antisoviétique !" "Outrage au grand dirigeant et professeur !" "Subversion !"

– Tu te moques de la grande victoire que nous avons remportée contre l'Allemagne de Hitler ! cria le responsable de l'enquête en le traînant dans la pièce par les cheveux. Tu souilles le nom de la ville héroïque de Stalingrad ! Et dire que nous, les Russes, on t'a sauvé la vie, sale youpin crasseux ! On a versé notre sang dans la lutte contre les fascistes. Notre sang. Si on n'avait pas été là, tu serais maintenant un morceau de savon dans un bordel berlinois et ta peau l'abat-jour d'une lampe posée sur le bureau d'un *gauleiter** !

Il lui décocha un coup de botte entre les jambes.

– Dis-moi qui t'a poussé à faire ça. Tu ne vas quand même pas prétendre, espèce de minable, que ça t'est venu à l'esprit tout seul. Parle ! Je veux des noms. Ta mère ? Ton père ?

---

* Responsable administratif d'un *Gau*, subdivision territoriale de l'Allemagne nazie.

Mais Kostik ne dit pas un mot. On l'enferma dans une cellule en béton sans fenêtres qui faisait un mètre sur un mètre au sol. Au plafond était fixée une ampoule de cent watts, protégée par une cage qui ressemblait à une muselière. Quelqu'un regardait sans arrêt à travers le judas de la porte en acier. Quand Kostik s'asseyait par terre, deux gardiens lui donnaient des coups pour qu'il se remette debout. Le seul moment où il s'était senti encore plus près de la mort, raconta Kostik, c'était pendant le siège. La nuit où il avait pris la résolution de tout avouer, de signer les aveux préfabriqués, de révéler qu'il avait pour complices son père, sa mère, sa sœur, des amis et collègues, il fut libéré.

C'était incroyable ! Fantastique ! L'enquêteur et les gardiens devinrent soudain aimables et s'excusèrent auprès de lui de ce "fâcheux malentendu". Tout cela n'était qu'une erreur déplorable, qui avait causé bien du désagrément à toutes les parties intéressées. On lui offrit du pain blanc, du caviar, de la viande, du chocolat et des cigarettes. Kostik ne comprenait pas ce qui s'était passé. Dans le vestibule de la Grande Maison, il fut reçu par Iermolaïev en personne, le patron du MGB de Leningrad. Ce gros monsieur portait son uniforme de parade et se tenait devant lui au garde-à-vous comme s'il était Beria en chair et en os, le chef des services secrets. Le chef du MGB serra la main de Kostik et lui garantit qu'il veillerait personnellement à ce que la "faute commise qui, dans le fond, était impardonnable" soit réparée.

– À chaque fois que vous aurez un problème, adressez-vous à moi, déclara-t-il en tendant sa carte à Kostik. Une Volga noire reconduisit l'ex-détenu chez lui. Le chauffeur lui tint la portière.

Naoum et Shelia étaient abasourdis.

– Il y a tout de même une justice dans ce pays, dit Naoum au bout d'un moment. Je suis de nouveau fier d'être un citoyen soviétique… Mais quand même. Tu arrives à t'expliquer tout ça, Rosa ?

– Non, pas vraiment, assurai-je, le sourire aux lèvres.

Je consacrai les deux jours suivants à soigner Kostik. Il souffrait de crises de panique. Il ouvrait la fenêtre sans arrêt. La nuit, nous devions laisser la lampe de chevet allumée. Dans l'obscurité, il avait l'impression d'être poursuivi par ses tortionnaires. Il manqua de s'étouffer à plusieurs reprises en toussant et monta à plus de quarante de fièvre. Mais il avait une volonté implacable de survivre. Fallait-il qu'il meure maintenant, après tout ce qu'il avait enduré ? Dans ses yeux fiévreux, je crus déceler des étincelles de détermination et d'entêtement. Les rares moments où il se sentait suffisamment fort, il feuilletait ses manuels de cours, griffonnait au crayon des notes et des formules mathématiques dans ses cahiers. Il ne pouvait pas se permettre de perdre une année. Surtout pas maintenant. Mais il allait devoir attendre plusieurs semaines avant de pouvoir mettre le pied dehors.

Le troisième jour, je le confiai à son père et me rendis à l'Institut du bâtiment. La secrétaire de Sergueïev eut l'air terrifié en me voyant.

– N'entrez pas, chuchota-t-elle, affolée. Ça ne sert à rien. En plus, votre fils, à ce qu'on m'a dit…

– Il est de nouveau libre, dis-je, et totalement innocenté.

La secrétaire eut du mal à dissimuler sa joie. Elle m'ouvrit la porte du cabinet de Sergueïev.

Avec un déplaisir manifeste, le doyen essayait de classer dans un ordre précis des papiers qu'il avait étalés sur son bureau. Il fronçait les sourcils et mordillait nerveusement une papirossa qui n'était pas allumée.

J'attendis qu'il lève les yeux.

– Vous ??? – Il était surpris, mais semblait surtout indigné. – Qu'est-ce que vous faites ici ?

Je m'assis sur la chaise en face du bureau, posai sur mes genoux mon sac à main, un mastodonte en similicuir noir.

– Alors, qu'est-ce qu'il y a ?

– Mon fils est sorti de prison il y a trois jours.

– Mmmh, mmmh.

– De là où vous l'avez envoyé.

– Non, mais quel toupet ! Sortez immédiatement de mon bureau !

– Mon fils a été réhabilité dans tous ses droits. Il percevra une indemnité.

Sergueïev plissa les yeux, me scruta quelques instants d'un air méfiant. Je voyais les petites veines bleues battre sur ses tempes.

– Tant mieux pour lui, dit-il après une brève hésitation puis il se mit à feuilleter ostensiblement ses papiers.

– Je voudrais qu'il revienne étudier dans votre faculté.

– Hors de question. D'ailleurs, cela ne dépend pas que de moi.

– Il étudiera ici !

– Sûrement pas ! Cela fait longtemps que je me suis fait mon opinion sur lui.

Agacé, il plia une feuille dactylographiée portant le cachet de l'Institut et la mit dans un tiroir.

– Ce papier vous aidera à changer d'opinion. – Je sortis la lettre de Staline de mon sac à main. – Veuillez la lire du début à la fin.

– Ça ne m'intéresse pas ! dit-il d'un ton incisif.

– J'insiste ! – Je haussai le ton. – À moins que vous ne vouliez que je lise pour vous ?

Il m'arracha la lettre des mains en râlant, la parcourut des yeux, la lut, me sembla-t-il, une deuxième et une troisième fois. Il rougit, puis pâlit. Il fixa son regard sur moi, sur la lettre, de nouveau sur moi, ôta la papirossa de sa bouche et la jeta par terre. Que n'aurais-je donné pour savoir ce qui se passait dans sa tête durant ces quelques minutes !

– C'est vous qui avez écrit cela, me dit-il enfin. Vous allez le payer cher. Vous êtes folle.

Mais sa voix était faible et hésitante.

– En bas à gauche, il y a un numéro de téléphone, appelez là-bas.

Je savourai ce moment. Des picotements de bien-être envahirent mon corps. J'aurais pu danser.

– C'est quoi ce numéro ?

– À vous de deviner !

Je souris, me renversai sur ma chaise, croisai les mains derrière la tête. Sergueïev me regardait fixement. Sa mâchoire inférieure tremblotait. Il mordillait ses lèvres.

– Allez-y ! fis-je. À moins que vous n'ayez peur ?

Sergueïev hésitait encore.

– Et dire qu'on appelle ça un homme et, qui plus est, un universitaire, ricanai-je. Au fait, vous étiez au front pendant la Grande Guerre patriotique ? Ou bien au chaud avec les planqués ?

Sergueïev saisit le combiné. Le cadran émettait un léger bourdonnement. Pendant une fraction de seconde je me sentis nerveuse. Et si tout cela n'était qu'un rêve ? Ou bien un mauvais tour que m'avait joué le dictateur ? Comme il jubilerait, ce salaud ! Une vision d'horreur : Sergueïev appelle la clinique psychiatrique. Deux vigoureux infirmiers me passent une camisole de force, me traînent au bas de l'escalier jusqu'à l'ambulance aux parois capitonnées.

– Allô ? Ici Ivan Petrovitch Sergueïev, doyen de la faculté de mécanique de l'Institut du bâtiment de Leningrad. J'ai obtenu ce numéro par... oui... oui... bien, j'attends...

Le cou charnu de Sergueïev s'allongea de plus en plus. Soudain, il bondit de son fauteuil.

– Entendu ! fit-il dans le combiné d'une voix haletante. Oui, j'ai compris... Évidemment... Je vais faire tout le nécessaire immédiatement... Oui, je vais m'en charger personnellement... comme je l'ai dit, personnellement... je m'en porte garant, parole de communiste... Oh...

Le doyen se tenait au garde-à-vous devant le téléphone. Je n'ai jamais su s'il avait parlé à Staline en personne ou, ce qui est plus probable, à une personne de son entourage direct, peut-être un membre du Présidium du Comité central. D'ailleurs, j'ignore aujourd'hui encore pourquoi Staline m'a donné cette lettre plutôt que de demander à son secrétariat d'informer l'Institut. Peut-être le dictateur s'était-il tout simplement permis une mauvaise plaisanterie.

Lorsque je sortis du bureau, le doyen était assis dans son fauteuil, le visage pétrifié, et regardait par la fenêtre. Je repris la lettre de Staline qui se trouvait toujours sur la table. Sergueïev n'en aurait plus besoin, tout était rentré dans l'ordre. À cet instant je ne me posai pas la question de savoir si j'avais le droit de reprendre cette lettre. Elle irait rejoindre d'autres documents importants dans une chemise que je conservais soigneusement dans mon bureau.

Le 5 mars 1953, un peu plus d'une semaine après la libération de Kostik, Staline mourut. Il n'avait donc pas atteint l'âge de cent ans. Le plaisir de l'avoir pour dirigeant pendant encore trente ans nous avait été épargné. Je me souviens que les gens pleuraient dans la rue. "Qu'allons-nous devenir, se lamentaient-ils, maintenant que notre père à tous est mort ?"

Le jour où le corps embaumé de Staline fut transféré en grande pompe dans le mausolée de Lénine, une foule immense s'était rassemblée sur la Dvortsovaïa plochad, la place principale de Leningrad. Des haut-parleurs retransmettaient la cérémonie depuis Moscou. Malgré le froid rigoureux, les hommes découvraient leurs têtes. Si vous n'ôtiez pas votre toque, on vous la faisait tomber. J'accueillis la nouvelle de la mort de mon "bienfaiteur" avec des sentiments mêlés. Comment être sûre que les choses n'allaient pas encore empirer ? Lorsque, le 4 avril, les "médecins assassins" furent libérés et réhabilités, et comme la déportation prévue des Juifs n'avait pas eu lieu, je respirai enfin. Une fois de plus, nous l'avions échappé belle.

20

– De mauvaises nouvelles. Vous êtes sûrement déjà au courant de l'histoire ! furent les premières paroles que prononça Dmitri au moment où, ce matin-là, Rosa entra dans le bureau de l'institut.

– Non. Quelle histoire ?

– Ben, vous ne lisez pas les journaux ?

– Rarement.

Dmitri tendit une édition du *Gigrichter Tagblatt* à Rosa et pointa le doigt sur la première page.

L'éditorial portait le titre *PRIVILEGIUM GIGRICHTIACUM ! UN FAUX ! de Karl-Heinrich Dirnhofer.*

– Le doyen du journalisme de Gigricht ! expliqua Dmitri. Ce vieux schnock – passez-moi l'expression – écrivait des éditos et des commentaires il y a trente-cinq ans déjà, et aujourd'hui il est rédacteur en chef adjoint de ce journal. Chez nous, ce n'est pas si simple de faire comme si on ne le connaissait pas.

Comme chacun le sait, écrivait Dirnhofer, *la ville de Gigricht s'apprête à fêter son 750e anniversaire à l'automne de cette année. Cet événement arrive à point nommé pour les responsables politiques puisque cette fête commémorant trois quarts de millénaire d'existence coïncide avec le nouveau millénaire et les élections du conseil municipal et du maire. Cet anniversaire sera célébré avec d'autant plus de faste : une exposition, dans le château de Patsch, retraçant l'histoire de la ville, une fête populaire avec un feu d'artifice, un match amical opposant le SC Gigricht au Bayern de Munich et un défilé en costumes médiévaux suivi d'un "tournoi de chevaliers". Par ailleurs, de nombreuses publications sont prévues, parmi lesquelles des enquêtes historiques et démographiques ainsi que des travaux sur l'aménagement et le développement de la ville. L'auteur de cet article n'est pas le seul à estimer que les brochures commandées par le conseil municipal (dont la production est, bien entendu, financée par l'argent des contribuables) ne sont pas toujours écrites avec une distance critique adéquate ni dans un souci de vérité scientifique. On peut se demander qui va lire ces nombreux ouvrages présentés en édition de luxe.*

Toutefois, quel que soit l'avis que l'on porte sur cet événement – car il y a tout de même chez nous assez d'hommes politiques de renom et notamment des entrepreneurs qui trouvent formidable l'idée d'organiser une fête, parce qu'ils vont en tirer des bénéfices ou pensent qu'elle assurera une bonne publicité à la commune – nos élus (et nos élues, comme on doit sans doute dire dans notre ère du "politiquement correct") ont commis un regrettable impair. Il est question de ce que l'on appelle le "Privilegium Gigrichtiacum", ce document rédigé en latin au XIII*e siècle qui aurait servi de fondement à la charte communale de Gigricht et dont la reproduction stylisée, utilisée comme logo pour les festivités, orne déjà les catalogues, les brochures d'informations, les billets d'entrée, les tickets de transport et l'entrée du château de Patsch. Si nos élues (et élus) n'avaient pas choisi ainsi le Privilegium Gigrichtiacum pour symboliser l'urbanité de Gigricht, cela aurait certainement été bien moins gênant, on aurait même pu alors parler d'un anniversaire "théorique" plutôt qu'historique que l'on aurait pu sans aucun doute célébrer dans un cadre approprié. Mais c'était la moindre des choses que de soumettre ce document à une analyse historique approfondie, raison pour laquelle notre journal a fait venir à Gigricht deux grands médiévistes de l'Université de Würzburg – les docteurs Ingo Plaschke et Corinna Fannenböck-Schehrer – afin de faire réaliser une expertise.*

Et surprise : les soupçons que certains historiens avaient depuis longtemps se sont révélés justes. Le Privilegium Gigrichtiacum, qui est supposé être l'œuvre de l'évêque Petrus Balduin von Patsch (1206-1252), est un faux, de surcroît plutôt grossier, qui, selon toute vraisemblance, a été réalisé entre 1640 et 1660. On se demande pourquoi les responsables des festivités n'ont pas eux-mêmes exigé qu'une expertise historique soit établie.

L'usage de faux était monnaie courante au Moyen Âge. Des souverains, des villes, des pays, des régions entières, mais également des corporations, s'assuraient ainsi des privilèges et prérogatives qui, prétendaient-ils, leur avaient été concédés, dans l'idéal directement par le pape ou l'empereur. De fait, au milieu ou à la fin du XIIIe *ou même à la fin du* XIVe *siècle, la ville de Gigricht n'est mentionnée nulle part. Bien que partiellement conservées, les chroniques de l'évêché de Patsch qui fut dissous en 1387 ne donnent pas non plus d'indication à ce sujet. Cela n'est pas très surprenant compte tenu du fait qu'à cette époque, Gigricht était une ville insignifiante, alors que Patsch, qui fut rattaché à Gigricht en 1937, pouvait au moins se glorifier d'être le siège d'un évêché. Ce n'est qu'au début du* XVe *siècle que Gigricht accéda à la prospérité grâce au commerce d'étoffes. Toujours est-il que les ducs de Gigricht et de Patsch, qui avaient pris le contrôle de notre région en l'an 1459, avaient jugé opportun de ne pas toucher aux "privilèges" de Gigricht. D'un point de vue historique, Gigricht, qui compte aujourd'hui 62 000 habitants, n'est donc même pas un bourg, mais un village…*

Rosa posa le journal.

– Et maintenant ? demanda-t-elle.

– Je ne comprends pas ce qu'il espère, ce Dirnhofer ! s'emporta Dmitri. Il était hors de lui, arpentait la pièce d'un pas nerveux et, malgré les protestations de Rosa, alluma une cigarette. – Il perd complètement la boule avec l'âge ! En tout cas, avec cet article il est foutu. Quand on fait dans les bottes des puissants, on le paye. Il n'a plus qu'à faire sa valise et s'en aller. Mais peut-être que c'est ça qu'il voulait. Lâcher une bombe et filer à l'anglaise. Je me demande pourquoi le rédacteur en chef n'a pas empêché la parution de cet article. Il ne contrôle même pas son propre journal !

– Mais jusqu'à quel point cela aura-t-il un impact sur notre projet ? demanda Rosa bien qu'elle eût évidemment compris depuis longtemps. Elle ressentit au niveau de l'estomac une gêne qui se diffusa dans tout son corps.

– Holà, vous en posez des questions ! s'exclama Dmitri, agacé. La moitié de l'Allemagne se gausse de notre anniversaire.

– Ça veut dire que…

– Voilà ce que ça veut dire : s'il n'y a pas de fête anniversaire, on n'a pas besoin de débourser d'argent ! Adieu le livre-anniversaire, adieu vos cinq mille marks, et moi, adieu mon contrat.

– Mais nos interviews !

– Provisoirement suspendues, ce qui ne veut pas dire que le projet est définitivement à l'eau. En tout cas, c'est ce qu'on dit. Le livre sortira un jour. Dans les mille prochaines années, j'espère.

– Nos enregistrements ?

– Pour l'instant, ils restent aux archives. Vous en recevrez une copie pour votre usage personnel.

– Et quand saura-t-on avec certitude si… ?

Dmitri haussa les épaules. Il jeta par la fenêtre la cigarette encore allumée.

– Avec certitude ? Rien n'est certain dans cette affaire. En ce moment, nos politiques discutent pour savoir s'il faut garder les sept cent cinquante ans comme période pour ainsi dire symbolique afin qu'une partie des festivités puisse quand même avoir lieu, notamment le feu d'artifice et le match de foot, ou si on ne doit pas tout annuler sans exception. Il est primordial que la presse joue le jeu. On arrivera à mettre le *Gigrichter Tagblatt* au pas, les journaux nationaux, en revanche, vont sûrement se lâcher. Cette histoire, c'est du pain béni pour les billets d'humeur corrosifs.

Rosa ne croyait plus qu'elle verrait un seul pfennig des cinq mille marks. Elle avait déjà craint par le passé que le livre prévu ne voie jamais le jour. Un livre qui ne parlait que d'étrangers et de Juifs ? Pourquoi la ville irait-elle dépenser l'argent des contribuables pour faire imprimer une chose pareille ? Ce n'était pas en finançant des projets de ce genre qu'on gagnait des élections.

Dmitri s'était moqué d'elle.

– Vous pensez trop à la soviétique, avait-il dit.

J'arriverai à supporter les sarcasmes de Kostik et de Frieda ainsi que les murmures, pleins d'un mélange de malveillance et de triomphe, qui circulent dans la synagogue, se dit Rosa.

Ce n'est pas ça qui va déstabiliser une femme de quatre-vingt-douze ans. Et puis, nous trouverons bien le moyen de partir en voyage à Aix-en-Provence.

Elle avait néanmoins touché l'allocation journalière, presque mille marks. Au besoin, elle pouvait emprunter à Sacha la somme qui manquait pour le voyage, sans que Kostik et Frieda le sachent. Mais toute cette énergie déployée pour rien ! Toutes ces heures passées à l'Institut et les cauchemars les nuits d'après. Elle s'était fait violence. Jusqu'à l'épuisement. Entre les carreaux de mosaïque multicolores qu'elle avait eu du mal à trouver subsistaient des trous où manquaient des couleurs… Dès qu'elle commençait son récit, ses doutes se renforçaient, les reproches qu'elle s'était faits par le passé ressurgissaient, tout comme la douleur sourde qu'elle éprouvait en pensant aux occasions qu'elle avait laissé passer. Des angoisses qu'elle avait endurées à plusieurs reprises, sur le coup et encore après, des centaines de fois en souvenir et en rêve, s'emparèrent d'elle, abolissant le temps et l'espace. Hier et demain se confondaient, et après-demain c'était il y a soixante ans. Elle pria Dieu de la faire mourir vite. Des prières qu'elle n'avait pas récitées depuis soixante-quinze ans et qu'elle croyait avoir oubliées depuis longtemps revinrent soudain facilement sur ses lèvres. Avant même d'entrer dans l'Institut, elle avait à chaque fois le cœur qui battait la chamade, quelque chose de menaçant cognait dans ses tempes. À chaque fois, elle prévoyait de sauter l'épisode qu'elle voulait raconter, mais elle le racontait quand même, dès que le magnétophone se mettait à bourdonner. À chaque fois, elle était angoissée à l'idée de raconter, et pourtant elle ne pouvait s'empêcher de le faire.

Cela lui faisait de la peine pour le livre. Non pas qu'elle soit vaniteuse…

– Ce que tu es vaniteuse ! lui lança Macha, d'un ton mordant. Cette casse-pieds intervenait toujours au moment où l'on s'y attendait le moins.

– Qu'est-ce qu'elle a de si intéressant, ma vie ? demanda Rosa à son amie. Moi, j'ai fait ça pour l'argent. Juste pour l'argent. Pour Kostik. Pour le voyage à Aix-en-Provence.

– Ne te fais pas d'illusions, ricana la défunte.

Macha avait raison. Il y aurait encore eu beaucoup à raconter. La mort de Naoum par exemple. Et il aurait aussi fallu parler de Shelia. Après ses études de physique, celle-ci obtint un emploi à l'extérieur de Leningrad. Elle partit s'installer à Novossibirsk et ne revint jamais dans sa ville natale. D'année en année, l'éloignement entre la mère et la fille s'accentua. Des lettres de plus en plus rares. Des banalités au téléphone. La voix sévère d'une femme qui avançait en âge, elle qui, autrefois, avait été la petite fille de Rosa. Elle n'avait pas d'enfants. "Je suis moi-même restée enfant beaucoup trop longtemps, expliquait-elle. Je suis contente de ne plus avoir à affaire à des enfants." Un jour, le contact que Rosa entretenait avec Shelia se rompit. Kostik, lui, était de toute façon brouillé avec sa sœur depuis longtemps. "Une punition légitime pour n'avoir toujours pris soin que de ton fils", répétait sans cesse Macha.

Peut-être Rosa aurait-elle parlé du mariage de Kostik et de l'arrivée de sa belle-fille à la maison. Mais peut-être n'aurait-elle rien dit à ce sujet. Et qu'y avait-il d'autre à raconter dans une vie qui s'écoulait de façon monotone et régulière, telle une horloge qui n'a pas besoin d'être remontée ? Des dizaines d'années passées dans l'attente, au 99 de l'oulitsa Fabritchnaïa. L'attente de quoi ? Les cheveux de Kostik devinrent gris, Sacha passait ses étés dans un camp de pionniers, remporta un tournoi d'échecs pour les jeunes, devint président d'une association sportive de jeunesse, la voisine Maria Petrovna mourut en 1984, Losaberidse se fit écraser par un tramway, de nouveaux voisins emménagèrent, depuis 1960 la famille Schwarz était inscrite sur une liste d'attente pour obtenir un appartement rien qu'à elle, mais dont elle ne verrait jamais la couleur.

Tous les matins, Sacha embrassait sa grand-mère sur le front avant d'aller à l'école : "À tout à l'heure, mamie." Quand il rentrait à la maison : "Salut, mamie, comment ça va ?" Elle répondait mais il n'écoutait pas. "Si je me marie, ce sera avec une Russe, déclara-t-il un jour. Je prendrai alors le nom de ma femme."

En Allemagne il était content de s'appeler Schwarz.

Pendant des dizaines d'années, la même fadeur qui imprégnait la physionomie des rues, la même boulangerie au coin de la rue, avec son enseigne des années 40, le même réfectoire dans la maison d'édition, avec ses tables recouvertes d'un vernis marron, les mêmes textes ennuyeux à traduire et la valse des chefs, avec leurs phrases toutes prêtes, leurs vœux d'anniversaire et de bonne année, leurs blessures d'amour-propre, leurs intrigues menées en toute transparence, leurs petits triomphes et leurs petites défaites. Dans les métros, des gens mal habillés, plongés dans leur livre ou leur journal, les anciens combattants qui s'enivraient le 9 mai, les yeux embués de larmes et le regard perdu dans le lointain d'un passé transfiguré, des laissés-pour-compte qui crevaient devant l'entrée des immeubles ou sous les ponts, des files d'attente devant les magasins d'alimentation, les premiers supermarchés où il y avait seulement de longues étagères mais rien à acheter, l'interchangeabilité des années, 1966 ou 1983 – il n'y avait pas grande différence. Seul le corps portait les stigmates du temps qui passe. Puis survinrent la liberté et la misère, et tout changea, sauf au 99 de l'oulitsa Fabritchnaïa, appartement 14, ainsi que dans des millions d'autres appartements similaires, avec leurs robinets qui gouttaient et leur papier peint à fleurs.

Plus personne n'avait les moyens de se payer des chaussures neuves.

Une semaine après la parution de l'article de Dirnhofer, Rosa reçut une lettre. L'Institut de recherche historique la remerciait de sa collaboration au projet du livre-anniversaire. Hélas, la publication était reportée à une date encore indéterminée, raison pour laquelle *les cinq mille marks promis ne pourront, pour l'instant, malheureusement pas être versés aux participants, pour des motifs qui ne relèvent pas de la responsabilité de l'Institut. Vous recevrez une prime exceptionnelle de mille marks, prise sur le budget de la ville de Gigricht alloué à la culture, et qui sera versée sur le compte que vous avez indiqué. Il s'agit en l'occurrence d'une indemnité de participation. En vertu de la loi relative à l'impôt sur le revenu, elle n'est pas imposable en tant que telle. Si vos coordonnées bancaires ont changé entre-temps, merci d'en informer l'Institut dans les plus brefs délais…*

Le téléphone sonna. C'était Dmitri.

– La mairie va donner une réception en votre honneur, dit-il.

– En mon honneur ?

Rosa faillit lâcher le combiné. Elle fut obligée de s'asseoir.

– Et en l'honneur de tous ceux qui ont participé à notre projet.

– Pardon ?

– Ben oui, c'est comme ça en Allemagne. Nos élus locaux se sont couverts de ridicule, les fêtes organisées à l'occasion de cet anniversaire ont toutes été annulées, il n'est pas sûr que tous les ouvrages qu'on a prévu de publier paraissent un jour, mais personne n'a envie de se priver d'une réception.

– Il faut vraiment que j'y aille ?

– Vous n'êtes absolument pas obligée. Mais ce serait bien. C'est ainsi. Quand on vit avec des cannibales, il faut se faire à l'idée de manger de la chair humaine.

– Il faudrait que je devienne végétarienne, murmura Rosa.

Le carton d'invitation avait le format d'une carte postale et était garni d'une bordure aux couleurs noir, rouge et or : *Le maire de la ville de Gigricht, M. Joachim Notscher, a l'honneur de vous convier, vous, Mme Rosa Masur, ainsi que votre fils, à une réception suivie d'un buffet. Lieu : Hôtel de Ville, 1, place de l'Hôtel de Ville, petite salle des fêtes (1er étage). Date : 29 avril, 19 h 30.*

– Tu diras ce que tu voudras, je n'irai pas, décréta Kostik. Je n'ai même pas de costume convenable, et avec mon super niveau en allemand je ne me sentirai pas à l'aise.

– Bien sûr que si, tu iras ! s'écria Frieda. Il faut tout même bien que tu fasses quelque chose pour ces mille marks. Qui sait comment ce sera vu si tu n'y vas pas. Les Allemands, c'est bien connu, n'ont pas d'humour et prennent sûrement vite la mouche.

– L'argent a déjà été versé, dit Rosa. Ils ne vont quand même pas nous le reprendre ?

Rosa savait que ça ne servait à rien de harceler son fils. Il ne supportait pas les cérémonies. Ce qui avait éveillé son attention, c'était sa remarque au sujet du costume. Comment allait-elle elle-même s'habiller ? En robe de soirée ? C'était le genre de situation qui n'arrivait que dans les films. Quant à ses chaussures, elles avaient déjà survécu à quatre secrétaires généraux soviétiques. Elle appela Dmitri pour lui demander conseil. Celui-ci éclata de rire.

– Vous n'allez pas le croire, dit-il, mais à la mairie on a justement parlé de ce problème à Mme Wepse. Quelqu'un a proposé que les étrangers invités à la réception viennent, si possible, vêtus du costume traditionnel de leur pays et de leur ethnie.

– Et moi, comment je dois m'habiller ? demanda Rosa après un bref silence. Avec une perruque ou un foulard comme les Juives orthodoxes, avec un chapeau pointu comme au Moyen Âge ou, carrément, avec une étoile jaune ?

– C'est bien, ça ! s'exclama Dmitri. C'est même très bien ! Mais trêve de plaisanterie. On a vite abandonné l'idée, évidemment. Vous pouvez mettre ce que vous voulez. Notre maire est un imbécile, c'est vrai, mais pour ce genre de choses, il est plutôt coulant. Il n'est pas très à cheval sur l'étiquette.

Rosa s'acheta une nouvelle robe, jaune pâle, avec un col en dentelle, ainsi que d'élégantes chaussures noires vernies. Elle se rendit chez le coiffeur et se fit teindre les cheveux. À présent ils étaient de nouveau châtain, comme soixante ans auparavant.

Le jour de la réception, Frieda fit prendre son bain à Rosa. Ces dernières années, Rosa était devenue un peu pataude et tête en l'air. Parfois elle sortait de la baignoire les cheveux encore pleins de shampooing, ou elle s'habillait sans s'être séchée, ou bien, ce qui était encore pire, elle n'arrivait plus à se relever dans la baignoire. Une fois, elle avait failli se noyer.

En ce jour si important, elle ne voulait pas courir un tel risque. Lavée, coiffée, maquillée et vêtue de neuf, elle se sentait jeune à nouveau, comme à soixante-dix ans.

Dmitri vint chercher Rosa devant la porte de l'immeuble. Ils montèrent dans un taxi. "De toute façon, c'est le maire qui paye tout, expliqua Dmitri. Détendez-vous ! Vous êtes la vedette de la soirée." Rosa se tortillait nerveusement sur son siège.

L'hôtel de ville était un bâtiment de l'après-guerre, fonctionnel et sans ornements. Dans le hall néanmoins étaient accrochés des tableaux réalisés par un artiste de Gigricht, qui, comme le maire de l'époque, s'appelait aussi Notscher. Ces peintures monumentales, d'inspiration expressionniste, montraient des vues de la ville de Gigricht avec des cochons volant au-dessus des toits. Les cochons souriaient, ils étaient grands, gros et rose pâle, et avaient des ailes blanches.

– Ça a provoqué un beau scandale il y a trente ans, raconta Dmitri. *Les cochons de Notscher ou le "kulturkampf" de Gigricht,* titrait la une du *Tagblatt*. Il faut dire que c'était vraiment choquant pour l'époque : des cochons au-dessus de Gigricht, et, qui plus est, exposés à l'hôtel de ville. Mais le maire était très progressiste. Il a réussi à faire accepter ça, et aujourd'hui ça ne heurte plus personne. Au contraire : ces tableaux sont quasiment devenus une attraction.

En voyant les cochons, Rosa se rappela qu'elle n'avait rien mangé de la journée, tant elle était nerveuse. Peut-être qu'au buffet il y aura des canapés au jambon, se dit-elle.

De l'ascenseur à la petite salle des fêtes, le chemin n'était pas long. On avait juste à traverser le couloir. À l'entrée de la salle, des hommes tirés à quatre épingles fumaient.

L'intérieur faisait penser à l'un des nombreux clubs culturels que Rosa avait fréquentés dans sa jeunesse, si ce n'est que les sièges étaient recouverts d'élégantes housses turquoise et qu'au mur étaient accrochés une grande croix, un portrait du président de la République fédérale et les armoiries de la ville, tandis que dans un club culturel soviétique de l'entre-deux-guerres, les sièges auraient été en bois. Sur les murs, on aurait vu, à côté du portrait de Staline, les trognes plus grandes que nature de ceux qui, parmi ses partisans, n'avaient pas encore été victimes de l'"épuration", ainsi que des drapeaux rouges et des slogans.

Quand elle vit les gens présents dans la salle, Rosa fut contente que Kostik ne soit pas venu. S'il s'était présenté ici dans son vieux costume, on aurait sûrement contrôlé plusieurs fois son carton d'invitation. Devant, entre l'estrade et le premier rang, Rosa remarqua quelques personnes qui se distinguaient des autres par leur apparence et leur comportement : un Oriental, un Chinois, un Noir, une femme en sari avec un point rouge entre les sourcils – en costume traditionnel, donc ? Les invités d'honneur, l'air un peu perdu, attendaient en silence.

– Votre place se trouve au premier rang, déclara Dmitri. – Il fit prendre à Rosa le couloir central et l'accompagna devant, jusqu'à un siège sur lequel était posée une feuille portant l'inscription *réservé*. – Attendez un instant, dit-il avant de disparaître par une porte latérale pour revenir quelques minutes plus tard accompagné d'une femme très jeune. Rosa trouvait qu'elle avait l'air d'une adolescente.

– Sabine Lapka, se présenta la femme. C'est moi qui suis chargée de l'organisation et du déroulement de cette soirée, et c'est un très grand honneur pour moi, madame Masur, de faire enfin votre connaissance. J'ai lu le résumé de vos entretiens. Il y a beaucoup de choses à en tirer.

– Ah bon ? s'étonna Rosa. Quoi donc ?

Sabine Lapka ne répondit pas et sourit d'un air gêné.

– Eh bien, reprit-elle après un moment d'hésitation, on apprend beaucoup de choses sur la vie, notamment sur les moments difficiles que les gens ont traversés au cours du XXe siècle.

– J'aurais aimé ne pas avoir à traverser cela, répondit Rosa.

– Oh oui ! dit Lapka en s'efforçant de prendre un air grave. Oh oui, bien sûr !

Silence.

– Mais aujourd'hui vous vous sentirez certainement à l'aise, dit-elle d'une voix qui donnait l'impression qu'elle cherchait à vendre une police d'assurance. La soirée débutera par une cérémonie officielle : mon chef, M. Schulze, directeur du service culturel, prendra la parole, puis ce sera au tour de M. le Maire et, pour finir, d'un monsieur de l'Institut de recherche historique. Par ailleurs, nous avons invité, pour cette occasion, un groupe local de musique ethnique, le Gigrichter Ethnoband. Cette musique va vous plaire. Je peux faire autre chose pour vous ? Vous désirez quelque chose ? Un verre d'eau ? Ou du vin ?

– Je voudrais aller aux toilettes, chuchota Rosa à l'oreille de la femme.

– Vous sortez dans le couloir, puis vous allez à droite, deuxième porte sur la gauche, expliqua Lapka en se tournant vers un homme élancé à la peau foncée et aux cheveux grisonnants : – Eh bien, comment vous sentez-vous, monsieur Boubayamba ?

– Très bien, très bien !

L'homme sourit.

Rosa avait espéré que la femme l'accompagnerait aux toilettes. Elle se sentait faible et elle n'aurait pas refusé un bras sur lequel s'appuyer.

Elle n'eut alors pas d'autre choix que de faire le chemin seule. Sa jambe droite lui faisait mal. À chaque pas, elle serrait les dents pour ne pas crier. Plus que dix pas jusqu'à la porte ornée de la photo d'une petite fille assise sur son pot. Elle avait une natte blonde qui descendait jusqu'au bord du pot et arborait un sourire béat. Plus que cinq pas. Encore trois.

Une pièce avec lavabo, miroir, séchoir à mains électrique et une chaise pliante en bois. Deux cabines. Toutes deux occupées. Rosa se laissa choir sur la chaise, regarda nerveusement sa montre. Il était sept heures vingt-cinq.

Les murs des toilettes étaient recouverts de carreaux blancs, comme dans certains passages souterrains de Leningrad. Mais ceux d'ici étaient plus propres et plus clairs. Au plafond étaient allumés trois tubes au néon. L'un d'eux clignotait légèrement. Rosa aurait bien pris le rouge à lèvres dans son sac à main pour se remaquiller devant le miroir, mais elle n'en avait pas la force.

Tandis qu'elle jetait encore un regard sur sa montre, la porte s'ouvrit. Une femme dans la cinquantaine – robe de soie courte bleu clair, collier de perles – entra. Pimpante, bien mise, mais maigre comme un manche à balai, se dit Rosa. À cinquante ans, je n'avais pas encore autant de rides.

La femme s'arrêta devant Rosa.

– C'est combien ? demanda-t-elle. Elle avait la voix d'une vieille femme, qui jurait avec la robe de soie courte qu'elle portait. – Ça fait combien ? demanda-t-elle de nouveau. Rosa la regardait sans comprendre.

– Qu'est-ce que vous voulez dire ? murmura-t-elle.

– C'est combien pour aller aux toilettes ?

La voix de la femme était impatiente. Elle sortit un porte-monnaie de son sac à main.

Rosa rougit. Qu'importe la façon dont elle s'habillait, les autres, les Allemands, les indigènes, la prenaient quand même pour une dame-pipi.

– Oui, c'est payant les toilettes, ou c'est gratuit ?

– Écoutez, en fait, je ne suis pas… chuchota Rosa d'une voix à peine audible, mais au milieu de sa phrase, elle se ravisa, demanda : – Combien me donneriez-vous ? – et tendit la main. La femme déposa une pièce de deux marks dans le creux de sa main, et à cet instant les portes des deux cabines s'ouvrirent.

Lorsque Rosa revint dans la salle, la plupart des invités avaient pris place et le groupe avait commencé à jouer. Une chanson en yiddish qui sonnait bien plus yiddish que toutes les chansons en yiddish que Rosa avait entendues dans sa vie. Elle racontait l'histoire d'un sage rabbi qui avait perdu ses disciples. Le refrain se limitait à des *oï weï* et *oï oï oï* chargés d'émotion. Le groupe se composait de trois jeunes musiciens. La femme portait un poncho couleur crème, un des hommes un manteau qui tombait jusqu'à terre, décoré de lignes, de losanges, de carrés et de cercles noirs sur un fond jaune safran, apparemment des motifs d'inspiration africaine, l'autre une chemise rouge qui arrivait au genou et dont le col et les manches étaient garnis de dentelle, une ceinture noire, un pantalon rouge et des bottes noires. Costume traditionnel ukrainien, en plus sensuel. L'Ukraine et la sensualité, ça fait deux, se dit Rosa. Elle trouvait tout cela stupide. Elle s'était attendue à un quatuor à cordes et à des mélodies de Schubert.

Le discours du directeur du service culturel se résumait quasiment à des remerciements.

– Nous remercions le maire de la ville de Gigricht, Joachim Notscher, pour le temps qu'il a consacré à cette cérémonie.

Applaudissements. Le maire, assis au premier rang avec les invités d'honneur, se leva et s'inclina.

– Je salue également monsieur Creutz de l'Institut de recherche historique.

M. Sambs, dont Dmitri avait parlé à Rosa et qui était le responsable du projet, ne fut mentionné à aucun moment. Il avait un cancer. Dans ce pays, on ne parle sans doute pas des gens qui sont gravement malades, pensa Rosa. Peut-être que cela porte malheur. Quand tu vois un moribond, crache trois fois par-dessus ton épaule droite, comme lorsque tu vois des animaux morts, lui avait dit un jour une de ses tantes. Si elle avait suivi ce conseil, il y a longtemps qu'elle n'aurait plus de salive.

– Nous remercions M. Amadeus Brauser, le nouveau rédacteur en chef du *Gigrichter Tagblatt,* d'être présent parmi nous.

Applaudissements.

– Nous saluons Mme Henriette Pawlin, directrice du service publicité de la Caisse d'épargne de Gigricht.

Applaudissements.

Pour conclure, il cita les noms des invités d'honneur.

– Nous saluons très chaleureusement M. Boubayamba. Après avoir subi de graves sévices et passé deux ans au secret dans son pays natal, le Cameroun, M. Boubayamba a trouvé asile en Allemagne, et à Gigricht un nouveau chez-lui.

L'Africain se leva, jeta un regard gêné à la ronde et dit quelque chose qu'on n'arrivait pas à comprendre sous les applaudissements.

– M. Adler, d'origine juive, est né en 1919 à Gigricht. Déporté dans plusieurs camps de concentration, il a survécu à l'Holocauste et il est à nouveau parmi nous.

Des applaudissements encore plus frénétiques. M. Adler opina brièvement du chef, rentra la tête dans ses épaules telle une tortue qui se recroqueville dans sa carapace.

– M. Ürdücin a quitté Gaziantep en 1962 pour venir à Gigricht. Aujourd'hui, il a des enfants et des petits-enfants, qui sont nés ici, ont grandi ici et se sentent ici chez eux.

Le vieux Turc se leva d'un bond comme si un professeur l'avait appelé au tableau. Il boutonna son veston, lissa ses cheveux de la main droite, s'inclina deux fois en direction de l'estrade et une fois vers le public. Le flash d'un appareil photo crépita.

– Mme Rosa Masur, la plus âgée de nos invités d'honneur, notre Miss Centenaire, née en 1907 à Vitchi, une petite ville de Biélorussie. Née de parents juifs, elle a connu les hauts et les bas du destin juif dans la Russie du XXe siècle. J'aurais été très heureux de pouvoir lire l'article sur Rosa dans notre livre.

Rosa voulut se lever, mais ses jambes se dérobèrent. Les applaudissements résonnaient dans ses oreilles. Une salle tout entière l'acclamait. À quinze ans, lorsqu'elle rêvait de devenir juriste, elle s'imaginait, en tant qu'avocate de la défense, déclamant des plaidoyers enflammés, et, en tant que juge, rendant des jugements sévères mais justes. Elle soulevait l'enthousiasme, on l'applaudissait. Mais il lui avait fallu attendre plus d'un demi-siècle pour que les gens se mettent effectivement à applaudir à l'appel de son nom, et, qui plus est, dans une petite ville d'Allemagne. Cela lui sembla tout à coup si étrange qu'elle éclata de rire. Un flash crépita. Le photographe du *Gigrichter Tagblatt* était satisfait de sa photo prise sur le vif: *Mme Rosa Masur heureuse de l'hommage qui lui est rendu*. Le groupe de musique ethnique se remit à jouer des mélodies juives.

Rosa remarqua que le maire, pendant son discours, se tournait rarement vers le public, mais plus souvent vers la caméra. La plupart du temps il improvisait, se contentant de lire les phrases clés sur une feuille.

– Même si notre ville ne peut célébrer son sept cent cinquantième anniversaire cette année, dit-il par exemple, nous sommes fiers d'avoir commandé et mené des projets comme celui-ci, et cette cérémonie est l'occasion de rendre hommage aux participants. Oui, nous pouvons, à juste titre, en être fiers, même si nous ne savons pas si ce qu'on appelle le *Privilegium Gigrichtiacum* n'est qu'un faux datant d'une époque postérieure et si notre ville va, réellement ou non, avoir cette année sept cent cinquante ans.

Pendant ce temps, Rosa comptait toutes les réceptions et réunions auxquelles elle avait été tenue d'aller au cours de sa vie. Il lui fallut environ cinq minutes pour arriver au nombre de vingt-sept.

– La ville de Gigricht attache de l'importance à ce que ses citoyennes et citoyens étrangers soient traités en égaux.

Cela devait faire plus que vingt-sept, se dit Rosa. Au fait, on ne peut pas être citoyen et étranger en même temps, se souvint-elle. La plupart du temps, un étranger n'a pas les mêmes droits qu'un citoyen, si l'on entend le terme de "citoyen" au sens de ressortissant d'un État… Si j'inclus les assemblées générales de la maison d'édition, on dépasse largement le nombre de vingt-sept.

– Ce qui est étranger reflète la partie étrangère, souvent refoulée, de notre moi, la face cachée de notre personnalité. – Cette fois, le maire lisait sa feuille. – Celui qui rejette les étrangers ou tout ce qu'il perçoit comme tel, a en réalité peur de lui-même.

On devrait se donner pour règle de verser une prime raisonnable aux gens qui assistent à ce genre de manifestations, se dit Rosa. Dans l'au-delà, on m'enverra sans doute aux assemblées générales des défunts.

Elle entendit la voix de Macha : "Tu devrais être reconnaissante. Pense à moi. J'avais à peine plus de trente ans quand je suis morte de faim. Les voisins ont pillé mon appartement alors que j'étais à l'agonie. Et toi ? Tu as vécu ta vie, tu t'en es toujours sortie saine et sauve. Même à l'étranger tu as su te débrouiller. Avoue que cela t'a amusé de faire ces interviews et que tu aurais été contente que tes mensonges soient immortalisés dans un livre.

– C'est vrai, admit Rosa. Mais laisse-moi tranquille maintenant ! Pendant quinze ans j'ai été pour toi une bonne amie. Pourquoi donc me tourmentes-tu depuis presque soixante ans ?

Et Macha se tut.

Le maire quitta l'estrade sous un tonnerre d'applaudissements. Puis le groupe de musique ethnique joua une chanson en turc. Ou était-ce de l'arabe ? Peut-être du persan ? Probablement un mélange de tout cela.

Le discours de clôture fut prononcé par le professeur Creutz, membre du Comité directeur de l'Institut de recherche historique. Ses propos étaient tellement savants que Rosa ne comprit quasiment rien. Elle était fatiguée.

Enfin, le professeur avait fini de parler. Une porte s'ouvrit sur le côté. Elle donnait sur une salle attenante où attendait un copieux buffet. Rosa y découvrit même les canapés au jambon qu'elle avait tant attendus.

Mme Lapka s'approcha d'elle.

– Madame Masur ! Nous avons des plats casher. Exprès pour vous et les autres messieurs-dames juifs.

Elle désigna une petite table placée en retrait, gardée par un jeune homme en tablier blanc. À l'aide de paroles et de gestes courtois mais fermes, il indiquait les autres tables aux convives qui affluaient en troupeau. Seulement pour les Juifs ! se dit brusquement Rosa.

– C'est très délicat de votre part, reconnut la vieille femme. Mais je préférerais quelques petits canapés au jambon, une escalope, pas trop grosse, s'il vous plaît, un peu de salade de pommes de terre et une bière.

– Oh ! Je comprends, murmura Lapka, déçue.

Rosa se fit des reproches. Qu'est-ce que cela peut me faire, pensa-t-elle, de redevenir une Juive casher pendant une demi-heure.

Elle commença à manger. Elle mâchait et avalait lentement pour ne pas montrer à quel point elle était affamée. Le repas était excellent.

– Ça fait déjà plus de soixante-dix ans que je mange du porc, expliqua-t-elle, la bouche pleine, et je n'ai même pas besoin de faire comme si c'était du canard.

Elle bâilla et sirota quelques petites gorgées de bière. Il était neuf heures passées, elle voulait rentrer à la maison. À cet instant, quelqu'un lui mit la main sur l'épaule. Elle leva les yeux. Les lèvres du maire étaient luisantes de gras. Dans l'autre main, il tenait une assiette vide.

– Madame Masur, j'espère que vous vous sentez à l'aise, dit-il en tendant l'assiette à Lapka, qui alla la déposer avec les autres couverts sales, et il s'essuya la bouche avec un mouchoir en tissu qu'il avait sorti de la poche intérieure de son veston. Le mouchoir était bleu ciel comme les yeux sympathiques de son propriétaire. L'Allemand rondelet éveilla en Rosa des sentiments maternels. Elle était à deux doigts de lui prendre son mouchoir pour lui nettoyer elle-même la bouche et le visage. Elle remarqua que sa cravate était de travers et qu'il avait des taches sur son veston.

Le maire prit place à côté de Rosa. Les autres invités se tenaient à présent à distance respectueuse. De temps à autre toutefois, une main venait se glisser entre eux deux, dans l'espoir d'être serrée par le maire.

– Votre vie m'impressionne énormément, madame Masur.

– Ah bon ? Moi non.

– Si, si ! – Le maire avait de nouveau posé sa main droite sur son épaule. – Soit dit entre nous, dit-il à mi-voix, j'ai feuilleté les résumés de toutes les interviews qui ont été enregistrées, mais le vôtre est le seul que j'aie réellement lu !

– Cela pourrait jouer en ma faveur, mais aussi en ma défaveur. Mais merci. Je me sens honorée.

– Dommage que notre conseil municipal ait supprimé le poste budgétaire alloué au livre-anniversaire, maintenant qu'il n'y a plus d'anniversaire. Mais je vous promets : ce n'est que partie remise. Ce sera sûrement un livre génial ! – Il fit un clin d'œil à la vieille femme et sourit. – Pourquoi, à votre avis, ai-je invité à cette fête autant de représentants de l'économie, de la culture et des médias ? Juste comme ça ? Non ! Nous recherchons des sponsors privés. En Allemagne, il est question de faire de 2004 ou 2005 l'année de l'Amour de l'Étranger. Bon, amour, ce n'est peut-être pas le bon terme, je ne me souviens plus du mot exact, mais ça doit y ressembler. Dans l'esprit. Ce serait une belle occasion de sortir notre livre, dans lequel, bien entendu, nous mettrons une belle photo de vous.

– Et puis quoi encore ? J'ai l'air d'une momie égyptienne sortie de son sarcophage.

– Allons donc ! s'exclama le maire en se levant. Ne vous faites pas de souci. Vous être absolument photogénique !

– En 2004 ou 2005, je serai déjà morte.

Bref silence.

– Au fait, dit enfin le maire. Cette scène dans l'appartement communautaire, à Moscou. Phénoménale ! Si ce n'était pas vrai, on ne pourrait pas mieux l'inventer.

– Mais peut-être que je l'ai inventée ! dit Rosa.

Pendant quelques secondes, il la regarda d'un air perplexe, se balançant d'un pied sur l'autre, hésitant, puis il se mit finalement à rire.

– Non, ce n'est pas le genre de choses qu'on peut inventer. Ce serait bien trop absurde pour ne pas être vrai ! dit-il en se mouchant dans le mouchoir avec lequel il s'était essuyé les lèvres. Ç'a été pour moi un grand plaisir de faire votre connaissance. – Il donna une nouvelle poignée de main à Rosa. Puis il se retourna, fit deux pas, s'arrêta, revint en arrière, se pencha sur Rosa et lui demanda tout bas : – Il y a encore une chose que j'aurais aimé savoir, madame Masur : comment était-il ? Dans ses rapports avec les gens, j'entends, dans sa manière d'être, bref, dans ce qu'il dégageait ?

– Qui ça ?

– Staline !

Rosa Masur se leva à son tour, s'approcha tout près du maire et lui chuchota à l'oreille :

– Dictatorial.

21

Quelqu'un attrape sa jambe, la tire jusqu'au sommet de la colline. Des griffes s'enfoncent dans sa peau. Ses cheveux s'emmêlent dans les ronces, elle a des chardons collés sur tout le corps. Quelqu'un tient dans la main un serpent qui siffle, une vipère peut-être, pour lui faire peur, et appelle tendrement le reptile d'un nom français, Danielle… Mais, comme toujours, elle se réveille avant que la terreur n'atteigne son paroxysme. À la radio, on entend la voix d'une femme qui s'extasie du goût inimitable d'un chocolat. Depuis quelque temps, Rosa laisse la radio allumée la nuit. Elle a besoin des voix et de la musique pour s'endormir. Sinon une angoisse inexplicable s'empare d'elle. C'est la panique ! Des crises d'étouffement. Des faces monstrueuses qui surgissent devant ses yeux. Au-dessus de sa tête, le plafond et le ciel noir qui tombent en lambeaux… Kostik et Frieda ont été obligés de s'accommoder de ce bruit de fond.

Rosa ouvre les yeux. Sa jambe droite dépasse de la couverture. Le pied est posé sur l'arête du lit. Elle ressent une douleur à l'endroit où il est en appui, mais elle n'arrive pas à bouger la jambe. Elle approche son bras droit de ses yeux, mais en raison de la faible luminosité, elle a du mal à lire l'heure à sa montre. Il n'est que six heures du matin. Ce n'est pas encore le moment de réveiller Kostik. Ses jambes sont comme paralysées. De sa main gauche, la plus forte, elle s'accroche au bord du lit et, dans un mouvement brusque, se tourne sur le côté. Comme elle s'y attendait, son corps revient aussitôt sur le dos, mais son pied, lui, a glissé, s'est de nouveau retrouvé sur le matelas mou. Elle aimerait tant rester au lit toute la journée.

Comment vais-je réussir à me lever ? se dit-elle. Et : il ne faut pas que je me laisse aller ! Tandis qu'elle commence à se demander s'il n'est pas présomptueux, à son âge, d'être trop exigeant envers soi-même, ou si, au contraire, on doit s'efforcer de se maintenir en forme et ne pas être un fardeau pour les jeunes, elle se rendort pendant quelques minutes.

À six heures et demie, elle est debout. Appuyée sur sa béquille, elle fait le tour du paravent en boitant pour gagner l'autre partie de la pièce. C'est plus simple qu'elle ne pensait.

– Debout, Kostik! hurle-t-elle à son fils, mais celui-ci couvre son visage de sa main droite, comme il le faisait déjà quand il était enfant.

– Kostik, tu ne sais donc pas quel jour on est?

Rosa lui enlève la couverture. Il s'étire, bâille, regarde autour de lui d'un air hagard, se lève enfin et se traîne jusqu'aux toilettes.

– Occupé! retentit la voix de Frieda.

– Mais je suis pressé...

– Eh! On ne peut même pas avoir la paix quand on...

Il est adossé contre la porte, les yeux fermés, comme s'il essayait de retrouver le rêve que l'appel de sa mère était venu interrompre.

Le petit-déjeuner terminé, ils s'apprêtent pour le départ. Énervé, Kostik fait les cent pas dans la chambre, slalomant entre les valises. Toutes les trente secondes il regarde par la fenêtre. Enfin, l'autocar à impériale s'arrête devant la porte de l'immeuble, signale son arrivée par trois coups de klaxon. Rosa a réservé trois sièges dans cette navette qui dessert la Costa del Sol, en Espagne – la formule la moins chère. On les déposera devant la gare de Nîmes et, deux semaines plus tard, on les récupérera au même endroit à une heure déterminée. Pour aller de Nîmes à Marseille, qui n'est pas sur l'itinéraire du bus, la route n'est pas longue.

Kostik, Frieda et le chauffeur aident Rosa à monter les marches pour entrer à l'intérieur du véhicule.

– Si, à cet âge-là, j'arrive encore à partir en vacances, dit le chauffeur, un homme corpulent proche de la cinquantaine, avec une moustache touffue et un double menton énorme, j'irai à l'église brûler neuf cierges au Seigneur, un pour chaque décennie vécue. Mais, à ce moment-là, je serai sans doute déjà en train de manger les pissenlits par la racine.

Le trajet jusqu'à Nîmes, où ils arrivent en fin d'après-midi, est monotone. Certains passagers veulent absolument engager la conversation. Ils demandent à Rosa d'où elle vient et si la langue dans laquelle elle communique avec son fils et sa belle-fille est du polonais. La vieille femme répond par monosyllabes. Seule Frieda est un peu plus disposée à donner des renseignements. Son allemand est rudimentaire, son accent difficile à comprendre. Les voisins coupent rapidement court à la conversation.

Le bourdonnement régulier du climatiseur se mêle au bruit du moteur. Il commence à faire frais, cela en devient presque désagréable. Kostik ne regarde pas par la fenêtre. Comme pendant le vol de Saint-Pétersbourg à Berlin, il lutte contre la nausée. Rosa se fait du souci pour le cœur de son fils.

Comme il est regrettable que Sacha ne soit pas venu ! Il a téléphoné de Hambourg pour souhaiter un bon voyage à ses parents et à sa grand-mère.

À l'heure du déjeuner, le car s'arrête sur une aire de repos.

– Bon, on va tous manger ici ! décrète le chauffeur. Les passagers obéissent de bon gré. Seuls Kostik, Frieda et Rosa restent à leurs sièges.

Le chauffeur leur lance un regard noir, comme s'il avait pris leur refus pour une offense personnelle.

– Nous n'avons pas faim, s'empresse de dire Rosa.

– Pas faim du tout ! confirme Frieda.

– Et moi encore moins, renchérit Kostik.

Le chauffeur fronce les sourcils et descend. Seuls à présent, Rosa, Kostik et Frieda peuvent déballer leurs sandwichs au saucisson et au fromage et sortir le thermos.

– Il faut être fou pour dépenser de l'argent pour manger au restaurant, dit Frieda. Autrefois, dans les trains russes, il y avait toujours du thé, vraiment pas cher, presque gratuit.

Kostik porte une valise, Frieda un sac de voyage. Rosa se dit qu'il est tout de même agréable de ne plus avoir de responsabilités à assumer. Ici, à la gare de Nîmes, son allemand ne lui sera d'aucune utilité. Elle est frappée par la chaleur, par la clarté et la douceur de la lumière.

Frieda a appris l'anglais à l'école. Au guichet, elle réussit à dire cette phrase après quelques minutes de réflexion : "I want three Aix-en-Provence." La jeune dame dans son joli uniforme est très polie. Le tarif qu'elle écrit sur une feuille de papier est très élevé.

Rosa est rassurée d'avoir déjà réservé la chambre d'hôtel à Aix-en-Provence. Quoi de plus pénible que de devoir chercher un gîte dans un pays dont on ne comprend pas la langue ? En Russie, il n'y avait pas ce genre de problèmes, car tout le monde, des Kirghizes aux Tchouvaches, parlait russe. Pendant un instant elle en arrive même à regretter que la révolution mondiale n'ait pas triomphé.

Dans le train, ils ont un compartiment pour eux tout seuls. Dehors, il fait déjà nuit. On ne voit pas grand-chose du paysage. Le contrôleur sort une plaisanterie en examinant leurs billets. Comment, sinon, interpréter son rire sympathique ? Rosa, Frieda et Kostik lui rendent son sourire. "À l'étranger, il faut tout faire pour ne pas contrarier les autochtones, dit Frieda. La meilleure chose à faire, c'est de prendre leurs habitudes et de faire comme eux."

La gare Saint-Charles de Marseille a un hall spacieux, somptueusement décoré, et une voûte d'acier et de verre. À l'entrée sont installées des tables et des chaises. Il y a un bar où l'on vend des boissons. Quelques hommes âgés, vêtus d'uniformes défraîchis garnis de décorations de toutes les couleurs et de rosettes bleu-blanc-rouge, se tiennent là, assis ou debout, au bar pour la plupart. Ils ont l'air joviaux et font penser aux résidents d'une maison de retraite qui interprètent une pièce de théâtre grotesque. Au-dessus d'eux flotte un drapeau blanc sur lequel on peut lire, en caractères d'imprimerie rouges : *Grand congrès des Anciens Combattants à Marseille du 20 au 29 mai**. Au-dessous, en gros caractères bleus : *Accueil.*

---

* En français dans le texte, ainsi que ce qui suit en italique.

– Regarde un peu, fait Kostik en riant, ici aussi, les vieux messieurs font des défilés.

– C'est partout pareil, constate Frieda. Il manque juste les portraits de Staline.

Sur le grand tableau d'affichage, au-dessus de la porte d'entrée, ils trouvent également leur destination, en dessous de l'inscription *Départs*, après Lyon, Paris, Port-Bou et Nice : *Aix-en-Provence, 23h37, voie 10.* Le départ est dans un peu plus de cinq minutes. Voie 10, le train n'est pas encore à quai.

De toutes parts, ils sont assaillis par des bribes de conversation dans la langue étrangère, par des annonces, les crissements de roues et de freins, les signaux sonores qui marquent la fermeture automatique des portes. Tout près d'eux, un haut-parleur résonne : *"Attention ! Le train régional numéro 697 à destination d'Aix-en-Provence partira aujourd'hui voie 5... Attention, s'il vous plaît ! Le train régional à destination d'Aix-en-Provence partira voie 5 ! Attention au départ !"*

Rosa tend l'oreille.

– Ils ont dit quelque chose sur Aix-en-Provence.

– Sans doute que notre train entre en gare, dit Frieda. Il serait temps qu'on y aille. Mon Dieu, que je suis fatiguée.

– Mais pourquoi les gens s'en vont du quai ? demande Kostik.

– Hein ? Regarde autour de toi. Ils sont là les gens, et ils attendent, répond Frieda.

– J'aurais pourtant juré que...

– Le voilà qui arrive ! s'écrie Rosa. En effet, on aperçoit les feux d'un train qui s'avance vers le quai.

– Tiens, qu'est-ce que je disais ! s'écrie Frieda d'un ton triomphal. Mais le train va de l'autre côté du quai, sur la voie 11. Sur les pancartes des wagons il est écrit *Marseille-Toulon-Nice.*

– Nice ? C'est où, ça ? demande Frieda.

– C'est Nizza, explique Kostik.

– Ah bon ! Aix-en-Provence, c'est sur la route de Nice ?

– Non.

Un peu inquiets, ils attendent encore. Les gens montent dans le train. Une fois qu'il est parti, ils se retrouvent tous les trois seuls sur le quai.

– Regardez ! dit Rosa en montrant le panneau d'affichage de la voie 10. Ils n'indiquent pas Aix-en-Provence.

Deux minutes plus tard, ils sont de nouveau devant le grand tableau d'affichage au-dessus de l'entrée.

– C'est dégueulasse ! s'écrie Kostik. Pourquoi voie 5 ? C'était pourtant indiqué voie 10 tout à l'heure !

– C'était peut-être ça le message qu'ils ont fait passer, dit Rosa.

Les trois arrivent juste à temps sur le quai pour voir s'éloigner les feux arrière du train.

– J'ai faim, dit Frieda.

Frieda achète dans un snack trois sandwichs baguette-jambon-fromage et une bouteille d'eau minérale. Ils prennent le dîner sur le large escalier qui part de la place de la Gare et descend jusqu'à l'avenue d'Athènes. Le *Gigrichter Tagblatt* leur sert de coussin. Des statues d'allégories féminines en marbre qui gardent l'accès à l'escalier les regardent avec un air de compassion. Mais pourquoi vouloir rester dans l'atmosphère étouffante de la gare quand, à l'extérieur, la température est encore agréable ?

Rosa avait insisté pour aller dehors.

– À quoi bon, sinon, être descendus dans le Sud ? dit-elle. Et puis moi, les gares, j'y ai passé suffisamment de temps comme ça dans ma vie. À moins que vous ne vouliez me faire entrer au panthéon des héros de guerre ? Des héros, j'en ai déjà croisé beaucoup trop.

Le train suivant pour Aix-en-Provence ne part qu'à six heures du matin. Il ne leur reste plus qu'à chercher dans Marseille un gîte pour la nuit. Peut-on exiger d'une femme âgée comme Rosa qu'elle attende six heures dans la rue ? Ils n'ont même pas pu laisser la valise et le sac à la consigne parce que celle-ci est fermée après vingt-deux heures.

Les individus qui occupent l'escalier ne leur inspirent guère confiance. Ils sont frappés de voir tous ces visages orientaux, leur rappelant les gars de la mafia géorgienne qui, ces dernières années, sévissaient aux abords d'un café de l'oulitsa Fabritchnaïa, insultaient les passants et importunaient les femmes.

Un homme en costume crasseux raconte quelque chose en tendant la main d'un geste impérieux. Il est temps de partir, et Rosa offre à l'homme le *Gigrichter Tagblatt,* que celui-ci, l'air ahuri, se met à feuilleter.

On entend de la musique venant des bars et des restaurants de l'avenue d'Athènes. Les enseignes portent des inscriptions en arabe qui ressemblent aux vagues de la Neva quand le vent d'ouest souffle fort. Il flotte une odeur de confiseries, de viande, de graillon, de café, d'alcool et de parfum. Les immeubles dont les fenêtres et les balcons, de la largeur d'une serviette de bain, sont ornés de grilles en fer forgé, sont en piteux état. De jeunes hommes se tiennent là, en groupes, gesticulent, discutent avec animation. Il n'y a guère moyen de les éviter. Les rares femmes que l'on voit dans la rue traversent le boulevard à la hâte et disparaissent dans les ruelles adjacentes. Elles portent des foulards et, pour certaines, d'amples manteaux gris foncé qui touchent presque terre.

– Mon Dieu, où avons-nous atterri ? se lamente Frieda. Il y a dix ans, je suis allée rendre visite à ma cousine à Oulan-Oude. Même là-bas, ça faisait plus européen.

Dans le hall d'un hôtel une étoile portant le nom de *Colette* sont installés une table en verre, un canapé rouge, une petite table ronde à plateau de marbre. Un escalier étroit et raide grimpe dans l'obscurité. Un homme au visage marqué par les excès est assis derrière le comptoir. Derrière son dos, les clés des chambres sont posées dans un coffret ouvert divisé en multiples petits compartiments. Il y avait autrefois ce genre de choses dans les bureaux de poste. Kostik laisse tomber sa valise sur le sol, masse les doigts de sa main droite.

– We want room. Three persons. One night, bredouille Frieda.

– *Je regrette messieurs-dames*, dit l'homme en regardant avec compassion les trois inconnus. *Nous sommes complets. À cause du congrès des Anciens Combattants.*

Rosa n'a pas compris ce qu'il a dit, mais ses mimiques et ses gestes ne laissent planer aucun doute.

À l'hôtel suivant, ils n'ont pas de chance non plus.

– *Hé Jacques!* crie la réceptionniste. *Est-ce qu'il reste une chambre pour trois personnes?*

– *Non! Rien!* répond d'un ton lapidaire une voix venant de l'arrière-chambre.

Même refrain dans le troisième et le quatrième hôtel. Partout on leur répète la même chose: "*Congrès des Anciens Combattants.*"

– Ces maudits vétérans, peste Frieda, on dirait qu'ils occupent toute la ville, et pourtant, à part à la gare, je n'ai pas vu un seul uniforme.

– Eux, ils dorment déjà paisiblement dans leurs lits, pendant que nous, on déambule dans la nuit, fait remarquer Kostik. Allez, on continue!

– J'aurais souhaité qu'ils plantent des tentes, dit Rosa. Par nostalgie, en quelque sorte. En souvenir des jours passés ensemble sur le champ de bataille.

– Mais ils ne l'ont pas fait, dit Frieda, agacée. Et moi, je suis crevée. Je vais m'allonger dans la rue et m'endormir.

– Tout ça, c'est de ma faute! s'écrie Kostik en lui lançant un de ces regards tristes qui à chaque fois la fait fondre. Après tout, c'est moi qui ai toujours rêvé d'aller dans le sud de la France.

– Mais non! – Frieda pose le sac et serre son mari contre elle. – Tu te rappelles toutes ces nuits qu'on a passées, allongés dans le lit, à rêver de Paris et de Londres, de New York et San Francisco, de tous ces endroits fascinants qu'on connaissait à travers les livres et qui, bien entendu, nous seraient à jamais inaccessibles. Si quelqu'un nous avait dit qu'on se promènerait un jour dans les rues de Marseille, on lui aurait ri au nez.

Elle le serre encore plus fort, caresse tendrement ses rares mèches de cheveux poivre et sel.

– Continuons! dit Rosa.

– Où voulez-vous qu'on cherche? demande Frieda.

Ils s'engagent dans une ruelle adjacente. Les rares passants ressemblent à des individus qu'on préfère ne pas rencontrer dans une ruelle aussi sombre. Seuls quelques lampadaires éclairent les sacs-poubelle dans le caniveau et les ordures qui jonchent le trottoir. Un magasin de spiritueux est encore ouvert. Le vendeur assis à la caisse observe la rue à travers la vitrine.

À l'entrée d'un hôtel est accroché un panneau sur lequel est écrit *Complet*. Cinquante mètres plus loin, à un carrefour, ils découvrent un autre hôtel. Il s'appelle *Chez Abdul et Ahmed*. On entend du rock, venant du bar situé au rez-de-chaussée. Devant l'entrée, un homme est en train de fumer. Il a le visage fin, les joues couvertes d'une barbe brune, le crâne dégarni et les yeux brillants. Il sent la sueur et l'eau de Cologne et Rosa trouve qu'il fait penser aux bandits et aux assassins dessinés dans les vieux livres pour enfants.

– You have room ? demande Frieda d'une voix haletante et désespérée.

– *Oui, oui ! Entrez.*

L'homme jette le mégot de sa cigarette aux pieds de Frieda.

Aux murs, des pin-up vous sourient – des beautés orientales découpées dans des magazines arabes. C'est tellement étroit derrière la réception qu'on se croirait dans une cabine d'ascenseur.

– *Cent cinquante francs*, dit l'homme.

– What ?

Il écrit le tarif sur un bout de papier qu'il a déchiré dans un calepin. Frieda écarquille les yeux.

– OK, OK, marmonne Kostik.

– *Il faut régler tout de suite !* déclare l'homme. On dirait une menace.

– What ?

– You pay ! Now !

Là, on dirait un ordre.

– Passport ?

Frieda se met à fouiller dans le sac.

– *Non ! C'est pas nécessaire.*

Cela semble amuser l'homme que Frieda demande à lui montrer son passeport. Il rit.

Par un escalier de bois en colimaçon, ils montent au deuxième étage. Sur la première porte du couloir éclairé d'une faible lumière rouge est collé un carton portant l'inscription W-C. L'homme ouvre la porte d'à côté, donne la clé à Kostik.

– *Bonne nuit.*

Un lit à deux places, à côté un lit à une place. Une chaise. Une armoire. Un petit lavabo. Une tapisserie rouge, déchirée. Au parquet manquent quelques lames. Une ampoule qui pend du plafond par un fil dénudé. Une fenêtre donnant sur une cour intérieure.

– Ma foi, j'ai déjà dormi dans des trous bien pires, dit Rosa en se laissant tomber sur le lit. Sous son poids, il s'affaisse jusqu'à presque toucher le sol. Elle a l'impression de sentir chacun des ressorts.

– Peut-être qu'on n'a pas droit à mieux, dit Frieda d'un ton amer. J'espère seulement que cet Arabe ne sait pas que nous sommes juifs.

– Svetlana Ossipovna avait raison, fait remarquer Kostik en regardant les draps tachés avec un dégoût manifeste. Les Français n'ont pas mérité la France.

Cette nuit-là, Rosa n'arrive pas à dormir. On entend tous les bruits venant de la chambre voisine : les grincements rythmés d'un lit, réguliers, puis de plus en plus rapides. Une femme gémit. *"Oh, mon Dieu !* crie-t-elle. *Oh encore ! Encore ! Plus fort ! Plus fort !"* Rosa ne peut s'empêcher de penser que son mari est mort depuis déjà quarante ans. Elle aimerait mourir à son tour, ici et maintenant, dans cette chambre miteuse, au pays de Maupassant, Balzac et Zola. C'est un miracle qu'elle ait survécu à cette journée. Elle ne s'est pas plainte une seule fois, appuyée sur sa canne, elle a sagement suivi les autres en boitant. Manifestement, mourir n'est pas chose aisée, à moins que la mort ne l'ait oubliée. Qu'est-ce qui court là, sur sa main ? En la secouant énergiquement, elle fait tomber le cafard.

– C'est toujours la même chose, explique-t-elle à Macha. On vient au monde soit trop tôt, soit trop tard. Si j'avais vingt ans, j'irais avec toi sur le port, je m'assiérais à la terrasse d'un café et, toute la nuit, j'écouterais le bruit des vagues.

– Pour nous deux, il n'est jamais trop tard, répond Macha. Nous nous reverrons à Aix-en-Provence. Tu n'as qu'à garder les yeux ouverts.

Kostik et Frieda n'ont pas dormi non plus. À présent, ils sont assis dans le wagon à couloir central presque désert et regardent par la fenêtre, fascinés. C'est la première fois qu'ils voient le soleil de si près et si flamboyant. Ses premiers rayons se reflètent sur les vitres des fenêtres, les piscines et les mares. Et soudain, la voilà ! Ils l'aperçoivent pendant un bref instant, puis les barres d'immeubles des faubourgs de Marseille viennent leur boucher la vue. La mer ! Elle est bleu marine comme seule peut l'être une mer tropicale. Après avoir visité Aix-en-Provence, ils comptent revenir ici.

Enfin, la grande ville derrière eux s'efface, faisant place à un paysage aux couleurs somptueuses. Ce sont surtout des coquelicots, un tapis de coquelicots, sur lequel le train semble glisser. En plus des peupliers et des pins, on voit de loin en loin des palmiers, des agaves, des eucalyptus et des mûriers blancs puis, encore et toujours, des oliviers et des vignes à flanc de coteaux. Les maisons sont en pierre, peintes en blanc, aux toits plats. À l'horizon, les sommets karstiques d'une chaîne de collines brillent dans la lumière du matin, comme s'ils étaient en marbre.

– Comme en Crimée, dit Frieda. Pas vrai, Kostik ? C'est comme en Crimée.

– Qu'est-ce que notre misérable Crimée en comparaison ?

Est-ce vrai ? Sa voix a-t-elle effectivement tremblé d'indignation ?

– Je vais prendre plein de photos, chuchote-t-il, et les envoyer à Svetlana Ossipovna.

– Oublie donc cette catin, à la fin !

La gare d'Aix-en-Provence est un bâtiment dont la façade s'effrite. Kostik sort précipitamment dans la rue. Rosa, soutenue par Frieda, a du mal à suivre. L'avenue Victor Hugo, qui mène au centre, n'est pas très impressionnante. À cette heure matinale, elle est encore quasi déserte. La plupart des volets sont tirés. L'avenue Victor Hugo débouche sur une immense place, la place du Général de Gaulle, que Svetlana Ossipovna appelait toujours place de la Rotonde. Au centre trône une gigantesque fontaine construite dans le style de la fin du XIXe siècle. À Leningrad, il y en a beaucoup de ce genre. Kostik traverse la place presque en courant. Rosa a mal à la jambe. Elle a la tête qui bourdonne d'être restée éveillée toute la nuit. Elle a le vertige. La fontaine, les arbres, la couleur des façades, les voitures et les bus : tout se brouille devant ses yeux. Elle a l'impression que la lumière crue pénètre en elle, lui fend le crâne et lui assèche la bouche.

Kostik, enfin, s'immobilise. Le cours Mirabeau s'offre aux regards dans toute sa splendeur. Une large allée plantée de platanes. La promenade de la ville propice à la flânerie. Que de fois Svetlana Ossipovna en avait parlé ! Les cimes des arbres se touchent, formant une voûte verte qui jette de l'ombre sur la rue et la baigne d'une lumière aux reflets verdâtres. Le boulevard est bordé d'immeubles de couleur ocre édifiés dans le style sévère du premier baroque français. Des tables rondes à plateau de marbre blanc et des fauteuils en osier filigrané couvrent les terrasses des cafés et des restaurants. Des serveurs en tablier blanc et gilet noir s'affairent auprès des clients. En France on les appelle "garçons", même lorsqu'ils ont soixante ans. Leurs gestes sont agiles, leurs révérences élégantes comme dans les vieux films. Et, à l'autre bout de la promenade, se dresse la statue du bon roi René, le dernier comte de Provence.

Comme s'il craignait de profaner la terre de ce lieu, Kostik pose délicatement sa valise marron foncé, souvenir de Russie, aux angles garnis de plaquettes en fer rouillées. Puis il s'assoit très lentement sur un banc. Rosa et Frieda ne tardent pas à le rejoindre. Pendant un moment ils restent assis côte à côte à regarder les passants. Des cafés leur parvient un brouhaha de voix. Le moteur d'une voiture de sport se met à vrombir, de plus en plus fort, puis se tait.

– Tu es heureux maintenant, Kostik ? demande Rosa. N'est-ce pas, Kostik, que tu es heureux ! Pas vrai ?

Kostik ne regarde pas sa mère et ne répond rien.

Ce roman s'appuie sur des faits historiques en grande partie authentiques. Certains événements et détails ont toutefois été modifiés pour les besoins de la narration.

Cet ouvrage a été composé par
Atlant'Communication
au Bernard (Vendée)

Impression réalisée par
Corlet, Imprimeur, S.A.
14110 Condé-sur-Noireau

N° d'édition : 2039001 – N° d'impression : 176974
Dépôt légal : février 2016

Imprimé en France